KB131599

여인의 초상

여인의 초상 _상

The Portrait of a Lady

헨리 제임스 장편소설   정상준 옮김

THE PORTRAIT OF A LADY
by HENRY JAMES(1881)

이 번역서는 2007년 교육과학기술부의 재원으로 한국연구재단의 지원을 받아
수행된 연구 과정을 거쳐 출간되었습니다. (NRF-2007-361-AL0016)

이 책은 실로 꿰매어 제본하는 정통적인 사철 방식으로 만들어졌습니다.
사철 방식으로 제본된 책은 오랫동안 보관해도 손상되지 않습니다.

서문

『여인의 초상』은 『로더릭 허드슨』과 마찬가지로 1879년 봄철에 피렌체에서 세 달을 보내는 동안 집필하기 시작했다. 이 소설은 『로더릭 허드슨』 및 『미국인』처럼 『애틀랜틱 먼슬리』에 발표될 예정이었고, 1880년에 연재되기 시작했다. 하지만 먼저 발표된 두 작품과 달리 이 소설은 『맥밀란 매거진』에 다달이 실릴 수 있는 기회를 얻을 수 있었다. 내게는 두 나라에서 동시 〈연재〉한 마지막 경우 중 하나였고, 영국과 미국 사이의 문학적 교류 환경이 달라지면서도 그때까지 그런 관행은 변하지 않고 남아 있었다. 이 소설은 매우 길고, 이 소설을 집필하는 데 오랜 시간이 걸렸다. 이듬해 몇 주일간 베네치아에 머물렀을 때에도 내가 이 소설에 다시 몰두하고 있던 일이 기억난다. 내 숙소는 리바 스키아보니에 있었는데, 산차카리아 성당으로 이어지는 샛길 근처에 있는 주택의 꼭대기 층이었다. 그 집에서 내려다보면 해안의 생활상과 경이로운 석호가 눈앞에 펼쳐졌고, 베네치아로부터 끊이지 않는 인간의 소음이 창문으로 흘러들어 왔다. 나는 글을 쓰느라 부질없이 애를 태우며, 어떤 적절한 암시나 더 나은 구절, 예기치 못했던 사건의 다행스러운 전개, 내 캔버스에 덧칠할 진정한 마무리 필치를 실은 배가 바깥의 푸른 해협에 들어오는지를 보려는 듯 끊임없이 창가로 다가섰던 것 같다. 하지만 이처럼 들뜬 호소에 대해 대체로 가장 자주 일어났던 반응은, 이탈리아의 땅을 가득 채우고 있는 낭만적이고 역사적인 장소들이, 그 자체를 주제로 다루지 않는 경우에는 예술가의 집중에 바람직한 도움이 되지 못한다는, 다소 무자비한 교훈이었음을 생생히 기억한다. 그런 장소들은 그 자체의 생명력이 너무도 풍부하고 그 자체로 의미가 충만하기 때문에, 예술가가 그저 어설픈 구절을 찾아내도록 거들어 줄 뿐이다. 예술가는 자신이 지닌 사소한 물음에서 벗어나 그 장소가 지닌 더 큰 물음을 추구하게 된다. 그리하여 얼마 지나지 않아 자신이 처한 어려운 형편 속에서 그 물음에 애착을 느끼면서 그는 마치 자기에게 잔돈을 잘못 거슬러 준 행상인을 체포해 달라고 역전의 참전 용사들로 이루어진 대부대에 부탁하는 듯한 심정이 된다.

이 소설의 어떤 부분을 다시 읽었을 때, 건물들이 밀집해 있는 널찍한 리바 스키아보니 해안의 곡선과 발코니가 있는 다양한 색깔의 커다란 집들, 파도와 더불어 오르내리며 반복적으로 굽이치는 곱사등처럼 굽은 작은 다리들, 따각거리며 지나가는 자그마한 보행자들의 특징적인 풍경이 다시 떠오르는 것 같았다. 베네치아의 발걸음 소리와 베네치아의 외치는 소리, 그곳의 얘기 소리는 어디서 나온 것이든 간에 물결을 가로질러 부르는 듯이 들리는데, 그 소리들이 다시 한번 창문으로 밀려들어 와 예전에 느꼈던 즐거운 감각과 분열되고 좌절된 마음을 새로 일깨운다. 어떻게 그처럼 〈전반적으로〉상상력에 말을 건넬 수 있는 장소들이 일정한 순간에 상상력이 원하는 것을 주지 않을 수 있을까? 나는 아름다운 장소에서 그런 경이로운 느낌에 빠져들었던 일을 거듭거듭 기억한다. 실로 진실은, 그런 장소들이 이처럼 매력적으로 너무나 많은 것을, 그리고 베네치아의 경우에는 사용할 수 있는 것보다 더 많은 것을 표현하고 있다는 것이리라. 그래서 주위 풍경만 놓고 본다면 결국 이런 장소에서는, 보통의 일상적인 장소에 우리의 비전을 투사하는 것처럼 우리 자아가 조화롭게 작동하지 않는다. 베네치아 같은 곳은 일상적인 곳과 달리 너무도 당당한 곳이라서 그런 자선을 베풀어 주지 않는다. 베네치아는 결코 빌리지 않고, 품위 있게도 오로지 주기만 한다. 여기서 우리는 엄청나게 많은 것을 얻을 수 있다. 하지만 그렇게 하기 위해서는 베네치아에 봉사하려는 의무에서 벗어나거나, 아니면 그 의무감을 가져야 한다. 이 회고는 그러한 것이고, 그래서 우수가 감돈다. 그렇지만 대체로, 의심할 바 없이, 우리가 쓰는 책과 우리의 전반적인 〈문학적 노력〉은 이런 회상으로 인해 더 나아질 것이다. 주의를 기울이려는 헛된 노력이 결국에 가서는 신기하게도 풍부한 결실을 낳는 경우도 종종 있다. 그것은 그 주의력이 〈어떻게〉기만되었고 낭비되었는가에 달려 있다. 고자세의 무례한 사기가 있고, 음험하고 은밀한 사기도 있다. 그리고 유감스럽게도, 가장 계획적인 예술가에게도 늘 지혜롭지 못한 믿음과 늘 열망에 찬 욕망이 있어서 그것들의 기만으로부터 스스로를 방어하지 못한다.

내 착상의 씨앗을 되찾으려고 애쓴 결과, 그것은 이름조차 고약한 기발한 〈플롯〉이나 상상력이 번뜩이는 일련의 관계, 혹은 작가 입장에서 볼 때에 그 자체의 논리에 의해 즉각 움직이거나 나아가거나 빠른 걸음으로 후닥닥 달려가는 다양한 상황들 가운데 하나에 근거한 것이 아니었다는 점을 분명히 깨닫게 되었다. 그 씨앗은 순전히 특정한 인물에 대한 의식에, 어느 매력적인 젊은 여성의 성격과 모습에 존재했다. 그리고 〈주체〉의 온갖 통상적인 요소들과 물론 배경적 요소들이 그 인물에 덧붙여질 필요가 있었다. 최선의 모습일 때의 그 젊은 여성 못지않게 흥미롭게 여겨지는 점을 되풀이해서 말하지 않을 수 없다. 즉, 상상력을 동원하여 기억을 더듬어 보는 과정에서 작품의 동기에 대한 이러한 변명이 전반적으로 점점 많아진다는 것을 알게 되었다. 작가의 예술에 있어서 매혹적인 점은 이런 것들이다. 즉 이처럼 잠재된 확장력, 씨앗이 싹을 틔우려는 이러한 필연성, 마음에 품은 착상이 가급적 크게 자라나 빛과 대기 속으로 밀고 들어가서 꽃을 한가득 피우려는 이러한 아름다운 결의다. 그리고 확고한 기반 위의 좋은 곳에 자리를 잡고, 그 작업의 내밀한 역사를 되살려 보고, 그 단계들과 계제들을 더듬어 보고 재구성하는 것도 그 못지않게 흥미로운 일이다. 나는 몇 년 전에 이반 투르게네프가 허구적 그림의 통상적 기원에 대한 자신의 경험에 관해 직접 들려주었던 말을 늘 소중하게 기억해 왔다. 그에게 있어서 픽션은 늘 어떤 사람이나 사람들에 대한 비전에서 시작되었다. 그 비전은 그의 눈앞에서 떠다녔고, 적극적이거나 소극적으로 그에게 간청했고, 있는 그대로의 모습이나 존재로 그의 흥미를 끌었고, 그에게 호소했다. 그는 그들을 그런 식으로, 자신이 손에 넣어 다룰 수 있는 존재로 보았고, 그들이 우연한 기회나 복잡한 사건에 휘말리는 것을 보았고, 그들의 모습을 생생하게 보았다. 그러나 그런 다음에는 그들에게 적절한 관계를, 그들을 가장 분명히 드러낼 관계를 찾아야 했고, 그 인물들 자체의 의식에 가장 유용하고 적절한 상황과 그들이 만들어 내고 느낄 가능성이 가장 큰 복잡한 사건들을 상상하고, 꾸며 내고, 선택하고, 이어 맞춰야 했다.

〈이런 것들이 떠오르면 내 《이야기》가 떠오릅니다〉라고 그가 말했다. 〈그런 식으로 나는 이야기를 찾습니다. 그러다 보니 결과적으로 내가 《이야기》를 충분히 만들어 내지 못한다는 비난을 종종 받습니다. 나 스스로는 내 인물들을 보여 주고 그들 서로의 관계를 드러내는 데 필요한 만큼은 있는 것 같다고 느낍니다. 내가 취하는 조처는 그것이 전부지요. 그들을 꽤 오랫동안 지켜보면, 그들이 서로 어울리는 것을 보게 되고, 그들이 《자리를 잡는》 것을 보게 됩니다. 그들이 이런저런 행동과 이런저런 어려움에 빠져드는 것을 보게 되지요. 내가 그들을 위해 찾은 배경에서 그들이 어떻게 보이고 움직이고 말하고 행동하는지를 나는 기록합니다. 그 기록에 대해서는, 슬프게도, 그것에 《종종 구조가 결여되어 있다 *que cela manque souvent d'architecture*》라고 감히 말할 수 있습니다. 하지만 나로서는 그 구조로 말미암아 진실을 다루는 작업이 방해받을 위험이 있을 때는, 과도하기보다는 부족한 편을 택할 것입니다. 프랑스인들은 물론 그들의 재능 자체가 구조를 잘 다루기 때문에 내가 제시하는 것보다 더 구조적인 것을 선호합니다. 실로 누구나 자신이 쏟을 수 있는 기량을 전부 발휘해야지요. 바람에 날아온 씨앗 그 자체의 기원에 대해서, 《그것》이 어디서 온 것인지를 묻는다면 누가 대답할 수 있겠습니까? 그 대답을 하려면 너무도 멀리 뒤로 돌아가야 합니다. 우리가 말할 수 있는 것은 고작해야 그것이 천지 사방에서, 길모퉁이마다 《그곳에》 존재한다는 것 아닐까요? 그것이 쌓이고, 우리는 언제나 그 가운데서 골라내고 선택합니다. 그것은 삶의 숨결이지요. 이 말의 뜻은 삶이 그 나름의 방식으로 그 씨앗을 우리에게 불어넣는다는 것입니다. 그것은 삶의 흐름에 의해 규정되고 부여되어 그렇게 우리의 마음속으로 흘러들어 옵니다. 그러므로 주제를 받아들일 만한 이해력이 없는 오만한 비평가가 주제에 대해서 이따금 제기하는 비난은 우둔한 언사가 되고 맙니다. 그러면 본질적으로 그의 직분은 《주제가 매우 어색하다*il en serait bien embarrasse*》는 점을 지적하는 것이니까, 그 주제가 다른 것이었어야 한다고 지적하는 것은 적절할까요? 아, 내가 그 주제를 가지고 무엇을 이루었거나 이루지 못했다고 비평가가 지적한다면 그것은 다른 문제지요. 그 점은 그의 고유한 영역에 있습니다. 나는 내 《건축물》을 그가 원하는 만큼 그에게 내맡깁니다〉라고 그 출중한 벗은 결론을 내렸다.

이렇게 이 아름다운 천재는 말했다. 그리고 회고컨대, 길 잃은 인물이나 외따로 떨어져 있는 인물, 〈자유롭게 떠다니는*en disponibilité*〉이미지 등이 무엇인가를 강렬하게 함축할지도 모른다는 그의 언급에 나는 안도하고 고마움을 느꼈다. 투르게네프의 언급은, 내가 상상력을 발휘하는 — 내가 축복받았다고 여기는 — 습성에 대해서, 혹은 마음에 품었거나 우연히 마주친 어떤 인물이나 한 쌍의 인물, 또는 일단의 인물들에게 성격과 권위를 부여하는 방식에 대해서 당시에 내가 생각하고 있었던 것보다 훨씬 더 정당성을 느끼게

도와주었다. 나는 인물의 배경보다는 먼저 인물 자체를 의식했는데, 이처럼 지나치게 임시적이고 선택적인 관심은 일반적으로 본말을 전도하는 것으로 여겨졌다. 이야기를 먼저 생각하고 그런 다음에 그 이야기를 실행에 옮길 인물을 만들어내는 상상력을 가진 작가들이 부러웠지만 그들을 흉내 낼 수는 없었다. 이야기를 적극적으로 전개시킬 동인이 필요하지 않은 이야기는 생각해 낼 수 없었다. 어떤 상황에 대해서도, 그 상황에 처한 인물의 성격과 그들이 그 상황을 받아들이는 방식에서 흥미를 찾아낼 수 없는 상황은 생각할 수 없었다. 잘나가는 듯이 보이는 소설가들 중에는 상황을 그런 뒷받침과 무관한 것으로 제공하는, 이른바 제시 방식을 택하는 자들이 있다고 믿는다. 그렇지만 그 당시에 나는, 마치 미신을 전적으로 믿듯이 그런 식의 곡예를 시도할 필요가 없다는, 그 탁월한 러시아인의 귀중한 증언을 잊지 않았다. 고백하자면, 그 증언의 동일한 원천에서 나온 다른 메아리들은, 그것이 실로 많은 것을 포용하는 하나의 메아리는 아니라고 하더라도, 여전히 희미해지지 않은 채 내게 남아 있다. 그런 이후에는, 고통스럽고 훼손되고 혼란스러운 객관적 가치의 문제를 실질적으로 대단히 명료하게 다루지 않을 수 없었고, 비평적 평가나 소설에 있어 〈주제〉의 문제도 마찬가지였다.

그 문제에 관해서 나는 그러한 가치들을 올바로 평가하고, 〈비도덕적〉 주제와 도덕적 주제에 관한 따분한 논쟁을 공허한 것으로 치부할 수 있는 본능을 일찍부터 간직해 왔다. 주어진 주제의 가치에 대한 한 가지 척도, 즉 정확하게 답변하게 되면 다른 여러 가지 질문들을 모두 해소해 버리는 질문을 — 예컨대, 그것이 타당한 주제인가? 진정한 주제인가? 진지한 주제인가? 삶의 직접적인 인상이나 인식의 결과인가? ― 민감하게 인식하면서, 처음부터 상황을 전혀 한정하지 않거나 조건을 전혀 규정하지 않는 비평적 허세에 나는 별로 감화를 받지 않았다. 내 초창기의 분위기는, 내 기억에 의하면, 그런 허영심으로 인해 전반적으로 어두침침했던 것으로 보인다. 하긴 오늘날 차이점이 있다면 그저 결국에 조급해지고 주의력이 쇠퇴했다는 데 있을 뿐이다. 이 문제와 관련하여 가장 자양분이 풍부하거나 가장 암시적인 진실은, 예술 작품의 〈도덕적〉 의미는 그 작품을 생산하는 데 관련된 삶에 대한 느낌의 양에 전적으로 달려 있다는 것이다. 그러므로 이 문제는, 명백히, 예술가가 기본적으로 어떤 종류의 감수성을 어느 정도나 갖고 있는가의 문제로 되돌아간다. 그의 감수성이야말로 그의 주제가 싹트는 토양이다. 그 토양의 질과 용적, 그리고 그 토양이 삶에 대한 비전을 그것이 어떠한 것이든 적절히 새롭고 똑바르게 성장시키는 능력이, 거기에 투여된 도덕성을 강하거나 미약하게 드러낸다. 토양이라는 원소는 주제가 지성에 남겨진 어떤 흔적과 맺는 관계, 어떤 진실한 경험과 맺는 다소 긴밀한 관계를 일컫는 다른 이름일 뿐이다. 물론 이렇게 말하는 것은 예술가의 인간성을 둘러싼 이 분위기, 예술 작품의 가치를 마무리하는 이 분위기가 광범위하게, 놀라우리만큼 변화하는 요소가 아니라고 주장하려는 것은 결코 아니다. 그 분위기는 어떤 경우에는 풍부하고 훌륭한 매체이면서, 다른 경우에는 비교적 빈약하고 협소한 매체이다. 여기서 우리는 바로 소설이 문학형식으로서 치러야 할 크나큰 대가를 보게 된다. 소설이 그형식을 엄밀하게 유지하는 동안에는 그 일반적인 제재에 대해 온갖 다양한 개체적 관계로 뻗어 나갈 수 있고, 사람마다 (아니, 더욱 정확히 말하자면, 남자와 여자마다) 결코 동일하지 않은 상황에서 빚어진, 삶에 대한 온갖 다양한 전망과, 온갖 다양한 경향의 성찰과 투사를 망라할 수 있다. 그러나 소설은 잠재된 무절제함으로 그 틀을 깨뜨리려고 애쓰고 전념하면서 그에 비례해서 명확히 그 성격에 더욱 충실하게 보일 수 있다.

픽션의 집은, 간단히 말해서, 하나의 창문이 아니라 무수히 많은 창문을 갖고 있지만 많은 가능한 창문들이 간과되고 있다. 각각의 창문은 개별적 비전의 필요에 의해서 그리고 개별적 의지의 압력에 의해서 그 방대한 전면에 뚫어졌고, 더욱 뚫어질 수 있다. 모양과 크기가 상이한 이 구멍들이 동시에 인간 세상 위에 드리워져 있어 우리는 그 구멍을 통해 대체로 좀 더 동일한 광경을 보게 되리라고 기대할지 모르지만 실제로는 그렇지 않다. 그것들은 기껏해야 창문에 불과하고, 생명 없는 벽에 뚫린 구멍일 뿐이며, 서로 떨어져서 높이 달려 있다. 그것들은 곧장 삶의 현장으로 열리는 경첩 달린 문이 아니다. 그러나 그 창문들 각각에는 두 눈을 가진, 아니면 적어도 쌍안경을 가진 형체가 서 있다는 그 나름의 특징이 있다. 그것이 거듭거듭 관찰을 위한 독특한 기구로 쓰이면서, 그것을 사용하는 사람에게 각각 서로 다른 인상을 확보해 준다. 그와 그의 이웃들은 동일한 쇼를 바라보지만, 한 사람이 많이 보는 곳에서 다른 사람은 적게 보고, 한 사람이 검은색을 보는 곳에서 다른 사람은 흰색을 보며, 한 사람이 큰 것을 보는 곳에서 다른 사람은 작은 것을 보고, 한 사람이 조악한 것을 보는 곳에서 다른 사람은 세련된 것을 본다. 이런 일이 계속해서 일어난다. 다행히도, 어떤 특정한 눈에 창문이 무엇을 개방하지 않을 것인지는 말할 수 없다. 〈다행히도〉라고 쓴 것은, 엄밀히 말해서, 이처럼 범위를 헤아릴 수 없기 때문이다. 멀리 펼쳐진 들판, 인간의 풍경은 〈골라잡을 수 있는 주제〉다. 뚫린 구멍은 널찍하든, 발코니가 있든, 아니면 길게 찢겨지고 좁든 간에 〈문학적 형식〉이다. 그러나 그 구멍이 하나씩이든 여럿이든 그곳에 주둔하고 지켜보는 사람이 없으면, 다시 말해서 예술가의 의식이 없으면, 아무것도 아니다. 그 예술가가 어떤 사람인지를 말해 주면, 나는 그가 무엇을 의식해 왔는지를 여러분에게 말할 것이다. 그렇게 함으로써, 그의 무한한 자유와 동시에 그의 〈도덕적〉 준거 틀을 보여 줄 것이다.

그렇지만 이 모든 것은 내가 처음에 『여인의 초상』을 향해 어렴풋이 나아가던 것에 대해 말하기 위해 멀리 에둘러 돌아간 것이다. 정확히 말해서 처음에 나는 한 인물을 움켜잡았고, 더욱이, 여기서는 더듬어 되돌아갈 수 없는 방식에 의해서 손에 넣었다. 나는 그것을 완벽하게 사로잡은 것 같았고, 오랫동안 그러했다. 그래서 그것에 익숙해졌지만 그 매력은 희미해지지 않았다. 그것이 몹시 절박하게, 몹시 나를 괴롭히면서 움직였고, 말하자면, 옮겨 가는 것을 보았다는 말로 충분할 것이다. 이 말은 내가 그것의 운명에, 여러 가지 가능성 중에서 바로 문제가 되는 이런저런 운명에 몰두해서 그것을 지켜보았다는 말이나 매한가지다. 이렇게 되어 나는 생생한 인물을 얻었다. 그 인물은 여전히 만들어지는 과정에 있고 여러 상황에 의해 제약을 받지 않으며 혼돈 속에 빠져 있지 않음에도 불구하고, 매우 기이하게도 생생했다. 우리의 정체성은 그러한 상황이나 혼돈에 관한 인상에서 많은 부분이 형성된다. 우리는 그와 같은 많은 인상들을 어딘가에 위치시킴으로써 정체성을 형성해 간다. 그 정체성에 대한 비전이 아직 어딘가에 자리를 잡아야 하는 것이라면, 그것이 어떻게 생생하게 보일 수 있었을까? 만일 자신의 상상이 나래를 펼치며 커지는 발전사를 기록하려는, 터무니없지는 않아도 매우 미묘한 일을 할 수 있다면, 의심할 바 없이 그런 물음에 훌륭하게 대답할 수 있을 것이다. 그렇다면, 어느 특정한 시간에 뜻밖의 어떤 일이 상상력에 일어났는지를 묘사할 수 있을 것이고, 그리하여, 가령 어떻게 상상력이 기회를 틈타서 이러저러하게 형성되고 살아 있는 듯한 형체나 형식을 (삶으로부터 곧바로) 접수할 수 있었는지를 거의 명료하게 말할 수 있는 처지가 될 것이다. 그 형체는 알다시피, 그 정도로 자리를 잡은 것이다. 그 형체를 붙잡고, 보존하고, 보호하고, 즐기며, 마음의 어둑하고 복잡하며 이질적인 뒷방에 그것이 존재하고 있음을 의식하는 상상력에 자리 잡은 것이다. 잡다한 귀중품을 거래하는 빈틈없는 상인이 자신에게 맡겨진 희귀한 물건으로 큰돈을 만질 수 있겠다고 자신하면서, 정체를 알 수 없는 영락한 귀부인이나 아마추어 투자가가 맡긴 그 희귀하고 작은 〈물건〉, 벽장 안에 이미 들어 있어서 열쇠를 찰깍 돌리기만 하면 그 장점을 새로이 드러내 줄 그 물건을 의식하듯이.

이 비유는 내가 여기서 이야기하는 특정한 〈가치〉, 즉 상당한 기간 동안 매우 기이하게도 내 의지에 달려 있었던 그 젊은 여자의 이미지에 비해 조금 지나치게 훌륭한 것이라고 인정한다. 그러나 애정으로 가득 찬 기억으로 돌아볼 때 그 비유는 전적으로 사실에 부합되는 듯이 보이고, 더 나아가, 그 보물을 오직 그 적소에 자리 잡게 하려던 내 경건한 욕망을 상기시켜 준다. 그리하여 아무리 높은 값을 받더라도 그 귀중한 물건을 천박한 사람들의 손에 넘겨 주기보다는 영원히 가둬 두겠다고, 〈환금〉하지 않는 것도 감수하려는 상인을 연상하게 된다. 이러한 형식들과 형체들, 보물을 취급하는 사람들 중에 그처럼 고상한 결정을 내릴 수 있는 사람도 〈존재하기〉 때문이다. 그렇지만 내가 말하려는 요지는, 자신의 운명에 감연히 맞서는 한 젊은 여자에 대한 착상이라는 단 하나의 작은 초석이 『여인의 초상』이라는 거대한 건축물을 쌓아 올리는 유일한 장치가 되었다는 것이다. 그것은 널찍한 사각형의 저택이 되었다. 아니, 이처럼 그것을 다시 되돌아보는 내게는 적어도 그렇게 보였다. 그렇기는 해도 그 저택은 내 젊은 아가씨가 오로지 홀로 거기 서 있는 동안 그녀를 둘러싸고 세워져야 했다. 그것이 내게는, 예술가로서 말하자면, 흥미로운 상황이다. 고백하건대, 그 건축물을 분석하려는 호기심에 다시 빠져들었기 때문이다. 이 하찮은 〈인물〉, 대수롭지 않은 비전에 불과한 이 영리하지만 건방진 아가씨가 어떤 논리적 집적 과정에 의해서, 스스로가 〈주체〉의 고귀한 속성을 갖고 있음을 알게 될 것인가? 그리고 실로, 기껏 해봐야 하찮을 내용을 어떻게 구사해야 그러한 주체의 가치가 손상되지 않을 것인가? 영리하건 그렇지 않건 간에 매일 자신의 운명에 감연히 맞서는 수많은 건방진 아가씨들이 있다. 그들의 운명이 기껏해야 무엇을 받아들일 수 〈있다〉고 우리가 그것에 대해 야단법석을 떨어야 할까? 하지만 소설은 본질적으로 무언가에 대해 〈야단법석〉을 떠는 것이다. 그것이 더 큰 형식을 취할수록, 물론 더욱 법석을 떨게 된다. 그러므로 의식적으로 예상할 수 있는 바는 바로 그것, 이사벨 아처에 대해 적극적으로 야단법석을 떠는 일이다.

내 기억으로는, 내가 이런 과도한 생각을 충분히 직시했던 듯하고, 결과적으로 그런 문제의 매력을 정확히 인식했던 것 같다. 이 문제에 조금이라도 지성적으로 도전해 보라. 그러면 그것의 내용이 얼마나 풍부한 것인지를 즉시 알게 된다. 우리가 세상을 바라볼 때 줄곧 놀라운 일은, 이사벨 아처 같은 여자나 그보다 더 시시한 여자들도 매우 단호하게, 매우 터무니없이, 자신이 중요한 존재라고 주장한다는 점이다. 조지 엘리엇은 그것을 감탄스럽게 기록했다. 〈이 연약한 존재에 인간적 애정의 보물이 실려 수세대에 걸쳐 나아간다.〉 『로미오와 줄리엣』에서 줄리엣은 중요한 존재여야 하고, 『아담 비드』와 『플로스 강의 물방앗간』, 그리고 『미들마치』와 『대니얼 데론다』에서 헤티 소렐과 매기 털리버, 로자몬드 빈시와 그웬덜린 할레스도 중요해야 한다. 그처럼 확고한 토대와 기운을 돋워 주는 공기가 내내 존재하고 있으므로 그들의 발과 허파는 그것을 마음대로 이용할 수 있다. 그럼에도 그들은 개별적인 경우에 관심의 축으로 만들기 어려운 부류의 인물이다. 실로 극히 어려운 일이기 때문에 가령 디킨스와 월터 스콧 같은 많은 노련한 소설가도, 심지어는 대체로 매우 교묘한 솜씨를 가진 R. L. 스티븐슨 같은 작가도 그러한 시도를 하지 않고 내버려 두는 쪽을 선택했다. 사실 어떤 작가들에 대해서, 그들이 이런 작업을 회피한 것은 그 작업이 시도할 만한 가치가 없었기 때문이라고 가정하고 그들을 이해하려고 한다. 실은, 이런 용기 없는 입장은 그들의 명예를 거의 지켜 주지 않는다. 우리가 어떤 가치를 형편없이 표현할 것이라고 겁먹는다고 해서, 그 가치가 입증되는 것도 아니고, 그 가치에 대한 우리의 부족한 의식이 입증되는 것도 아니며, 실제로 그러한 태도는 어떤 진실에도 결코 기여하지 못한다. 한 예술가가 어떤 대상을 더할 나위 없이 형편없이 〈다룰〉 것이라고 여긴다고 해서 그것이 대상에 대한 예술가의 흐릿한 느낌을 예술적으로 보상해 주지 못한다. 그보다 더 나은 방법이 있으며, 그 가운데 가장 좋은 방법은 우둔함을 최소화하면서 시작하는 것이다.

그 반면에, 셰익스피어와 조지 엘리엇의 증언에 대해서는, 그들이 줄리엣과 클레오파트라와 포샤(영리하고 건방진 아가씨의 전형적인 본보기로서 포샤에게도) 그리고 헤티와 매기, 로자몬드와 그웬덜린 같은 인물들의 〈중요성〉을 인정하지만, 그 중요성이란 축소될 수밖에 없다고 답할 수 있다. 이들이 주제의 중요한 축으로 등장할 때 그들의 빈약함으로 인해 결코 주제의 호소력을 단독으로 전달하지 못하고, 그들의 부족한 점은 살인과 전투, 세상의 격변으로 가까스로 보완되거나 그렇지 않을 때는, 극작가들의 표현대로, 코믹한 장면이나 곁줄거리로 겨우 채워진다고 말이다. 가능한 한 최대한으로 가장하여 그들이 〈중요한 존재〉로 제시된다고 하더라도, 중요성의 증거는 훨씬 더 강건한 신체를 가진 수백 명의 다른 사람에게서 찾아볼 수 있다. 그들은 그 중요한 존재와 관계를 가질 뿐만 아니라 동시에 제각각 〈그들 자신〉에게 중요한 수많은 사건, 인물과 관계를 맺고 있다. 클레오파트라는 안토니에게 한없이 중요하지만, 그에게는 동료와 적, 로마 제국과 임박한 전투도 엄청나게 중요하다. 포샤는 안토니오와 샤일록, 모로코 영주와 열망에 찬 오십 명의 영주들에게 중요한 인물이지만 이 신사들에게는 각기 다망한 관심사가 있다. 특히 안토니오에게 중요한 관심사는 샤일록과 바사니오, 실패한 모험과 극단적 위험에 처한 곤경이다. 사실 이 극단적인 위험은 포샤에게도 마찬가지로 중요하다. 하지만 그러한 사정은 포샤가 〈우리〉에게 중요한 인물이라는 바로 그 사실에 의해서 흥미를 띠게 된다. 어떻든 간에 그녀가 우리에게 중요하다는 것, 그리고 거의 모든 사정이 다시 그것으로 귀결된다는 점은 한갓 젊은 여자에게서 인정되는 가치를 잘 보여 주는 이 실례에 대한 내 주장을 뒷받침한다. (내가 〈한갓〉 젊은 여자라고 말한 것은, 가령 셰익스피어가 영주들의 열정에 주로 관심을 쏟고 있었더라도 무엇보다 사회적 지위가 높아서 그녀에게 매력을 느낀 척할 수 없었으리라고 여기기 때문이다.) 그것은 엄밀히 말해서 큰 곤경을 헤쳐 나간 용기를 보여 주는 예이다. 즉 조지 엘리엇의 〈연약한 존재〉를, 무엇보다도 소중한 관심사는 아니더라도, 적어도 더없이 명백한 매력으로 만드는 곤경 말이다.

이제 그 극심한 곤경을 용감하게 헤쳐 나가는 일을 살펴보자면, 실로 그 곤경에 빠져든 예술가는 언제라도 그 아름다운 자극을 거의 통증처럼 느끼고, 그 위험이 더 커지기를 바랄 정도로 그것을 진실로 느낀다. 이런 상황에서 그가 맞붙어 싸울 만한 가치가 있는 곤경은 그 경우에 허용될 수 있는 가장 큰 곤경일 수밖에 없다. 그래서 나는 여기서 (늘 그렇듯이, 내 지반의 특정한 불확실성에 직면하여) 그 전투를 끝까지 치러 내도록 만들어 줄 한 가지 방법이, 다른 것들보다 훨씬 더 나은 방법이 있다고 느꼈던 것을 기억한다. 그 연약한 존재, 조지 엘리엇의 〈보물〉이 담겨 있고 그래서 호기심에 차서 접근하는 자들에게 그토록 중요한 그 존재는, 그 스스로에게도 중요한 의미를 가질 수 있는 가능성이 있다. 그 가능성은 다룰 수 있는 것이고, 다룰 가능성을 조금이라도 고려하는 바로 그 순간, 사실은, 특이하게도 실제 다루어지기를 요구한다. 그러한 매력을 지닌 연약한 존재를 자세히 기술하는 일에서 벗어나기 위해서는 언제라도, 피하거나 물러나거나 달아나기 위한 교량으로서, 그녀가 주위 사람들과 맺는 관계를 그려 내면 된다. 그 관계를 압도적으로 〈그들의〉 관계로 그려 내면, 문제가 해결된다. 그녀가 미치는 영향의 전반적인 느낌을 제시하고, 그 위에 상부 구조를 쌓아 올리는 일에 관한 한, 최대한 편안하게 그것을 제시하면 된다. 자, 이제 꽤 확고하게 결합된 관계에서, 내가 그 최대한의 편안함에서 거의 호소력을 느끼지 못했던 것과, 또한 두 개의 저울눈에서 정직하게 추를 옮김으로써 그 편안함을 배제해 버린 듯이 느꼈던 것도 생생하게 기억한다. 〈주제의 중심을 그 젊은 여자의 의식에 두어라〉라고 나는 자신에게 말했다. 〈그러면 더 이상 바랄 수 없을 만큼 가장 흥미진진하고 아름다운 곤경에 직면한다. 중심의 축으로서 《그 곤경》에서 벗어나지 마라. 그녀가 대체로 자기 자신과 맺는 관계의 저울이 될, 그 저울에 가장 무거운 추를 올려놓아라. 동시에 그녀가 자신이 아닌 사물에 충분히 관심을 갖도록 만들어라. 이 관계가 너무 제한적일까 봐 염려할 필요는 없다. 그러면서 다른 저울눈에는 더 가벼운 추(보통은 관심의 균형을 기울게 만드는 추)를 놓아라. 간단히 말해서, 여주인공의 위성들, 특히 남자 위성들의 의식을 거의 추궁하지 마라. 그 관심사가 오로지 더 큰 관심사에 기여하도록 만들어라. 여하튼 간에, 이런 방식으로 무엇을 이룰 수 있는지 살펴보라. 적절한 재능에 이보다 더 나은 영역이 어디 있겠는가? 그 아가씨가 매력적인 인물로서 내 주위에서 맴돌며 사라지지 않으므로, 이제 해야 할 일은 그녀를 매력적이라는 그 관용적 표현의 최대 찬사로 옮기는 일이고 더욱이 가급적 정밀하게 《온갖》 찬사로 옮기는 것이리라. 그 곤경을 헤쳐 나가기 위해 전적으로 그녀와 그녀의 사소한 관심사에 의존한다면, 그녀를 진정으로 《그려 내게》 되리라는 것을 기억하라.〉

이와 같이 나는 생각했다. 그러한 대지 위에 아치를 만들고 그리하여, 구조적으로 말해서, 문학적 기념물을 세우도록 벽돌들을 말끔하고 신중하게 균형을 이루며 쌓아 올리기 위한 적절한 자신감을 고취하기 위해서는 적어도 기술적 엄밀함이 필요했다는 것을 나는 이제 쉽게 알 수 있다. 오늘날 내게 『여인의 초상』은 그런 모양새를 띠고 있는 듯이 보인다. 투르게네프라면 그것이 〈건축학적〉 기술로 세워진 구조물이라고 불렀을 것이다. 작가 스스로 느끼기에는 오랜 세월이 지난 후 뒤이어 발표되었고 의심할 바 없이 더욱 탁월한 원숙미를 가진 『대사들』 다음으로 나의 작품 중에서 가장 균형 잡힌 작품이었다. 나는 한 가지 점에 관해서는 확고했다. 흥미를 일으키기 위해서 벽돌을 하나씩 쌓되, 줄이 맞지 않거나 크기가 맞지 않거나 균형이 맞지 않다고 말할 만한 여지를 남기지 않겠다는 것이었다. 나는 호방하게 쌓아 갈 것이고, 누군가 말하듯이, 멋진 돋을새김으로 꾸며진 둥근 천장과 색칠한 아치를 세우겠지만, 독자의 발밑에 있는 체크무늬로 포장된 바닥이 벽돌담 밑받침까지 닿지 않는 부분이 결코 보이지 않도록 할 것이다. 이 소설을 다시 정독했을 때 가장 뚜렷이 느껴지는 예전의 특징은 그처럼 조심스러운 기분이다. 내 귀에 그 기분은 독자의 즐거움을 위해 내가 무언가를 제공해야 한다는 불안감을 증언하는 듯이 들린다. 혹 있을 수 있는 내 주제의 취약점들을 고려할 때, 즐거움을 제공해야만 한다는 것은 지나친 우려가 아니라고 생각했고, 후반부의 전개는 그렇게 진지하게 추구하는 과정에서 일반적으로 취하는 형태일 뿐이었다. 실로 이야기의 전개 과정에 대해 나 스스로 설명할 수 있는 것은, 이야기라는 형태 속에서 적절히 복잡한 사건들이 시작되고 필요한 부분들이 누적되었다는 점, 그것뿐이라고 생각한다. 당연히 그 젊은 여자는 본질적으로 복잡한 인물이어야 했다. 그것이 기본적인 출발점이었고, 어떻든 이사벨 아처는 처음에 그런 빛 속에서 떠오르기 시작했다. 하지만 그 빛은 오직 어느 정도로만 나아갔고, 서로 다투며 갈등을 일으키는 다른 빛들이, 가능하다면 〈불꽃놀이〉에 사용하는 하늘로 솟는 폭죽이나 통형(筒形) 폭죽, 또는 회전 폭죽처럼 다양한 색깔을 드러내는 다른 빛을 통해서, 그녀가 그처럼 복잡한 존재임을 입증할 수 있을 것이다. 의심할 바 없이 나는 적절히 복잡한 사정을 직감적으로 모색했다. 사정에 따라서, 드러난 전반적 상황을 구성하는 사람들의 걸음을 전혀 추적할 수 없기 때문이다. 그들은 자신들의 가치에 따라 그곳에 존재했고, 한없이 많은 사람이 있을 수도 있다. 그러나 고백하건대, 그들이 어떻게, 어디에서 왔는지에 대한 내 기억은 텅 비어 있을 뿐이다.

내 생각에는 내가 어느 날 아침에 잠에서 깨었을 때 그들 ─ 랠프 터치트와 그의 부모, 마담 멀, 길버트 오즈먼드와 그의 딸과 누이, 워버턴 경, 캐스퍼 굿우드와 스택폴 양, 즉 이사벨 아처의 운명에 기여하는 일단의 확고한 인물들 — 이 내 손에 들어와 있었다. 나는 그들을 알아보았다. 나는 그들을 알았다. 그들은 내 퍼즐 조각들에 속해 있었고, 내 〈플롯〉의 구체적 조건이었다. 마치 그들은 그저 자기들 나름의 충동에 의해서 내 시야로 흘러들어 온 것 같았고, 〈그래, 그녀가 이제 무엇을 《할까》?〉라는 나의 근본적인 물음에 반응하여 나타난 것 같았다. 내가 자기들을 신뢰한다면 자신들이 그것을 보여 주겠다고 대답하는 것 같았다. 그 대답에 힘입어 나는 그들을 믿었고, 그것을 가급적 흥미롭게 해달라고 그들에게 절실하게 호소했다. 그들은 시골 사람들이 파티를 열 때 기차를 타고 도시에서 내려오는 일단의 시종들과 예능인들 같았다. 그들은 파티를 열기 위해 맺은 계약을 상징했다. 그것이 그들과의 훌륭한 관계였고, 헨리에타 스택폴처럼 (응집력이 약하기 때문에) 믿을 수 없는 인물과도 가능한 관계였다. 어떤 작품에서든지 어떤 요소는 본질적인 것인 반면 다른 요소들은 형식에 필요할 뿐이라는 것은 열심히 애쓰고 있는 소설가에게 익히 알려진 사실이다. 즉 이 인물이나 저 인물, 혹은 이런저런 소재의 배치는, 말하자면, 주제에 직접적으로 속하는 것이듯이, 다른 이러저러한 것은 간접적으로만 주제에 속하고 본질적으로는 표현하는 방식에 속한다. 하지만 이 진실에서 소설가는 혜택을 거의 얻지 못한다. 실로 인식력에 입각한 비평, 이 세상과는 너무도 무관한 비평만이 그것을 그에게 납득시킬 수 있기 때문이다. 더욱이 그는 혜택을 생각해서는 안 된다고 나는 거리낌 없이 인정한다. 거기에는 불명예가 내재하기 때문이다. 그가 생각해야 할 혜택은 오직 한 가지다. 그 혜택이란, 무엇이든 간에, 그가 더욱 단순하고, 가장 단순한 형태의 주의력에 주문을 걸었다는 사실과 관련되어 있다. 그에게 주어진 권리는 이것이 전부다. 독자가 성찰을 하거나 판별을 함으로써 그 결과로 독자가 그에게 보낼 수 있는 그 어떤 것에 대한 권리도 없다는 것을 그는 인정해야 한다. 이 순수한 찬사를 그는 〈즐겁게〉 받아들일 수 있겠지만, 그것은 전혀 다른 문제다. 그 찬사를 오직 〈던져진〉 선물로, 기적적으로 바람에 떨어진 과실로, 그가 흔들었다고 내세우지 않을 나무의 결실로 받아들인다는 조건에서만 그러하다. 그를 위해서 모든 땅과 대기는 성찰에 대해, 판별에 대해 반란을 꾀한다. 그러므로 그는 많은 경우에 처음부터 오로지 〈최저 생활 임금〉을 받기 위해 일하도록 스스로를 훈련했어야 한다고 말할 수 있다. 최저 생활 임금이란 독자가 〈주문〉을 알아차리기 위해 필요한 주의력을 가능한 한 최소한으로 베풀어 주는 것을 말한다. 어쩌다 주어지는 매력적인 하사금은 독자의 지성이 그 정도의 주의력을 넘어서서 베풀어 주는 행위고, 바람에 의해 나무에서 곧장 작가의 무릎에 떨어진 황금사과다. 예술가는 물론 변덕스러운 기분에 젖어, 지성에 대한 직접적 호소가 정당하게 인정되는 (예술을 위한) 낙원을 꿈꿀 수도 있다. 그의 열망이 그런 호사에 완전히 귀를 닫기를 바랄 수는 없기 때문이다. 그가 할 수 있는 최대한도는 그것이 호사라는 것을 기억하는 일이다.

이 모든 말은 헨리에타 스택폴이 『여인의 초상』에서 내가 방금 언급한 진실의 좋은 실례라고 우아하게 에둘러 말하는 것과 다름없다. 당시 내 마음 속에 간직되어 있던 『대사들』

의 마리아 고스트레이가 더 나은 예로 언급될 수 있지만 그것만 아니라면 헨리에타 스택폴이 가장 좋은 예라고 부를 수 있을 것이다. 이런 인물들은 마차의 바퀴에 불과하다. 그들은 마차의 몸체에 속하지 않고, 한순간도 내부의 좌석을 제공받지 못한다. 그곳에는 〈남주인공과 여주인공〉, 그리고 가령, 국왕 및 여왕과 마차를 함께 탈 특권이 있는 고급 관리와 같은 주체만 안치된다. 우리는 우리 자아가 자신의 작품에 공헌한 바를 느끼고 싶어 한다. 사실은 비단 자아뿐만 아니라 자신의 모든 것이 공헌하기를 원하며, 거기에는 충분한 이유가 있다. 하지만 우리는 그런 주장이 무익한 것임을 보아 왔으므로 내가 그런 주장을 지나치게 강조한다면 유감스러울 것이다. 마리아 고스트레이와 스택폴 양은 그렇다면 진정한 주체가 아니라 각자 가볍고 〈약한 *ficelle*〉 인물의 사례다. 그들은 〈자신들의 가치에 따라〉 마차 옆에서 달려가고, 숨이 찰 때까지 (가엾은 스택폴 양이 뚜렷이 보일 정도로 그렇게 하듯이) 마차에 매달리겠지만, 둘 다 끝까지 발판에 발을 올려 놓지도 못하고, 먼지 자욱한 길에서 한순간도 발을 떼지 못한다. 그들은 프랑스 혁명 초반기의 가장 험악한 날에 왕가의 마차를 베르사유에서 파리로 되돌아가도록 기여한 어부들의 아내들과 같다고 해두자. 그렇다면 유일한 문제는 내가 헨리에타를 (의심의 여지없이 너무나 많이 등장하는) 왜 그토록 호의적으로, 그토록 기이하게, 거의 설명할 수 없이, 이 소설에 고루 스며들도록 내버려 두었는가, 라는 질문을 당연히 받으리라는 것이다. 그 이례적인 일에 대해서는 곧 내가 할 수 있는 말로, 더없이 회유적인 방식으로 답변할 것이다.

그보다 더 언급하고 싶은 점은, 스택폴 양과 달리 내 드라마의 진정한 주체였던 배우들과의 신뢰 어린 관계가 훌륭한 관계에 도달했더라도 독자들과의 관계가 여전히 남아 있다는 것이다. 그것은 전적으로 다른 문제고, 나는 그 관계에 있어서 나 자신 외에는 신뢰할 사람이 없다고 느꼈다. 따라서 그러한 우려는, 이미 말했듯이, 끈기를 발휘하며 예술적으로 벽돌을 차곡차곡 쌓아 올린 과정에서 드러났다. 벽돌에 사소한 마무리 손질을 하고, 그러면서 새로운 것을 고안하고 보강하면서 쌓아 올린 과정을 전체적으로 다시 헤아려 보면, 그 벽돌들은 실로 무수히 많고 더할 나위 없이 꼼꼼하게 접합되었고 채워졌다고 여겨진다. 그것은 더없이 세밀하고 잔손질이 많이 간 세공의 결과다. 그렇지만, 이와 관련해서 하고 싶은 말을 모두 다 한다면, 그것은 그 대단치 않은 기념물의 전반적인, 더욱 풍요로운 분위기가 계속 살아남기를 바란다는 소망이다. 내가 내 젊은 여성을 위해서 그녀의 속성 가운데 가장 명백한 것을 정확히 짚어 낸 것을 되돌아볼 때, 나는 열망과 재간이 넘치는 이처럼 풍부하고 사소한 예시들 중 적어도 한 부분에 대한 실마리를 쥐고 있는 것 같다. 〈그녀가 무엇을 할 것인가?〉 글쎄, 그녀가 제일 먼저 할 일은 유럽에 가는 것이리라. 실로 불가피하게 그것이 그녀의 주요한 모험의 적지 않은 부분을 형성할 것이다. 이 놀라운 시대에는 유럽에 가는 것이 〈연약한 존재〉에게도 가벼운 모험에 불과하다. 그렇지만 한편에서 볼 때, 즉 여성이 바다와 육지에서의 사고, 이동 사고, 전쟁과 살인과 급사 같은 것과 무관하다는 면에서 볼 때, 그녀의 모험이 가벼운 것이 되리라는 점은 무엇보다도 진실하지 않을까? 그녀가 모험을 의식하지 않는다면, 모험에 대한 의식이 없다면, 그것은 거의 무의미한 일이라고 말할 수 있다. 그러나 모험이 그 의식에 의해서 신비롭게 전환되는 것, 드라마나, 혹은 더 유쾌한 용어를 사용하자면, 〈스토리〉로 전환되는 것을 보여 주는 일 자체에 아름다움과 어려움이 있지 않을까? 나의 취지는 은방울 소리처럼 명료했다. 이와 같은 전환이 일어나는 두 가지 좋은 실례, 그 희귀한 화학 작용을 보여 주는 두 가지 사례는 이사벨이 가든코트에서 비가 내리는 오후에 비를 맞으며 산책인지 무엇인지를 하다가 응접실에 들어와서 피아노 연주에 열중하고 있지만 극히 차분한 마담 멀을 발견하는 부분에 있다. 이사벨은 바로 그 시간에 점점 깊어 가는 어스름 속에서 조금 전만 해도 들어 본 적이 없었던 그 인물의 존재에서 자기 삶의 전환점을 인식한다. 어떤 예술적 성과를 입증하기 위해서라도 너무 많은 것을 제시하는 것은, 자세히 설명하고 자신의 의도를 주장하는 것은 불쾌한 일이고, 나는 지금 그렇게 하려는 열망을 느끼지 않는다. 그러나 여기서 문제는 최소한의 노력으로 최대한의 강렬함을 일으키는 것이다.

흥미를 정점으로 끌어올리면서도 구성 요소들은 그 나름의 기조에서 유지되어야 한다. 그래서 그 전체가 적절한 인상을 준다면, 나는 〈흥미진진한〉 내면의 삶이 더없이 정상적인 상태를 유지하는 동안에도 그런 삶을 이끌어 가는 사람에게 무엇을 할 수 있을지를 보여 줄 것이다. 나는 이러한 이상이 적용된 부분으로서, 이 책의 중반을 바로 지나 내 젊은 여주인공이 자신의 삶에서 획기적인 이정표가 될 일에 대해 밤을 새며 생각한 내용을 서술한 것보다 더 나은 장면을 떠올릴 수 없다. 단순하게 핵심을 말하자면, 그것은 의미를 탐색하고 평가하려는 밤샘에 불과하다. 그러나 그것은 스무 가지의 〈사건〉이 일어난 것만큼이나 줄거리를 진척시킨다. 나는 더할 나위 없이 생생하면서도 군더더기 없이 간결하게 이 장면을 그리려고 의도했다. 그녀는 인식의 주술(呪術)에 사로잡혀 사그라지는 불 옆에 밤늦게까지 앉아 있다가, 마침내 날카로운 깨달음의 순간이 갑자기 자기 앞에 대기하고 있음을 알게 된다. 그 장면은 그저 아무런 움직임도 없이 〈보고 있는〉 그녀를 묘사하고, 동시에 오로지 고요하고 명료한 그녀의 행위를 불시에 나타난 대상(隊商)이나 해적의 정체를 밝히는 일처럼 〈흥미진진하게〉 만들려고 시도한다. 그 문제를 놓고 볼 때, 그 장면은 소설가에게 소중한, 심지어 없어서는 안 될, 정체 확인의 한 가지 사례를 보여 준다. 하지만 그것은 그녀에게 아무도 다가서지 않고, 그녀가 의자에서 일어나지도 않은 채, 일어난다. 그 장면은 분명 이 소설에서 가장 탁월한 부분이지만, 전반적인 계획을 가장 잘 보여 주는 것일 뿐이다. 내가 조금 전에 변명을 하다가 중단한 헨리에타에 대해서 말하자면, 그녀가 지나치게 많이 등장한 것이 우려되지만 그것은 내 계획에 포함된 요소가 아니었고, 그녀는 다만 내 열정이 과도했음을 잘 드러내 준다. 내게 있어서 인물을 (선택할 수 있거나 위험 요인이 있을 때) 적게 다루기보다는 과도하게 다루려는 경향은 일찌감치 시작되었다. (나와 같은 직업을 가진 많은 이들이 내 말에 결코 동의하지 않으리라고 짐작하지만, 나는 〈과도하게 다루는〉 편이 비교적 심각하지 않은 폐해라고 늘 생각해 왔다.) 나는 『여인의 초상』에서 인물을 〈다루면서〉, 그것이 재미있어야 한다는 특별한 의무가 있다는 것을 혹시라도 잊은 적이 결코 없었다. 예전부터 평가받은 바, 내 인물이 다시 〈허약하게〉 보일 수 있었으므로 그 위험을 막기 위해서는, 필사적으로, 생기 발랄함을 계발해야 했다. 오늘날 나는 그것을 적어도 그런 식으로 간주한다. 헨리에타는 그 당시에 내가 생기발랄함이라고 생각한 놀라운 관념의 한 부분이었음이 분명하다. 그리고 또 다른 문제가 있었다. 나는 그 이전에 몇 년간 런던에서 살게 되었고, 그 당시 내가 느끼기에는 〈국제적〉 빛이 런던의 풍경을 자욱하고 풍부하게 뒤덮고 있었다. 그 그림의 아주 많은 부분은 그 빛 속에 잠겨 있다. 하지만 그것은 또 다른 문제다. 실로 해야 할 말이 너무 많이 있다.

헨리 제임스

제1장

　어떤 상황에서는 오후의 다과회라는 의식을 치르는 시간이 인생에서 가장 감미로운 시간이 되기도 한다. 함께 차를 마시든 그러지 않든 간에 ― 물론 절대로 마시지 않는 사람도 있다 ― 차를 마시는 정황 그 자체가 즐거운 때가 있다. 이 소박한 이야기를 풀어 가기 시작하면서 내가 마음에 둔 상황은 그런 순수한 여유를 누리는 데 감탄스러운 배경을 이루는 것이다. 화창한 여름날, 오후의 한중간이라고 할 만한 시간에 고색창연한 영국 시골 저택의 잔디밭 위에 작은 잔치를 벌일 도구들이 늘어놓여 있었다. 오후 해가 좀 기울기는 했으나 아직 많이 남아 있고, 남은 햇살은 더없이 섬세하고 화사하게 빛났다. 몇 시간이 지나야 어스름이 내릴 것이다. 하지만 찬란하게 쏟아지던 여름 햇살은 물러가기 시작했고 공기는 감미롭게 무르익고, 부드럽고 촘촘하게 펼쳐진 잔디밭 위로 그림자가 길게 드리워졌다. 그래도 그림자들은 서서히 길어져 가고, 그 정경(情景)은 앞으로 다가올 한가로운 시간을 암시했다. 아마도 이 시간에 이런 정경에서 누리는 즐거움은 대개 그 한가로움에서 연유하는 것이리라. 5시

부터 8시까지의 시간이 어떤 경우에는 영원하게 여겨지기도
한다. 이런 경우에 그 사이의 시간은 즐겁기만 한 영겁의 시
간이 될 수 있다. 다과회에 모인 사람들은 조용히 즐거움을
누리고 있었다. 그들은 흔히 다과회라는 의식의 애호가로 여
겨지는 성(性)이 아니었다. 흠잡을 데 없이 매끄러운 잔디밭
에 드리워진 그들의 그림자는 곧고 각이 져 있었다. 다과가
차려진 나지막한 탁자 옆 깊숙한 등의자에 앉아 있는 노인
과 그의 앞에 어슬렁거리며 간혹 이야기를 나누는 두 젊은
남자의 그림자였다. 노인은 찻잔을 들고 있었다. 그 찻잔은
유별나게 컸고 다기 세트의 나머지 찻잔들과 달리 화려한 색
깔로 칠해져 있었다. 노인은 매우 조심스레 차를 마셨고 얼
굴을 저택 쪽으로 향한 채 한참동안 찻잔을 턱 가까이 들고
있었다. 함께 있는 젊은이들은 이미 차를 마신 것인지, 그 특
권에 무관심한 채 계속 서성이며 담배를 피웠다. 그들 중 한
사람은 노인 옆을 지나칠 때 이따금 관심을 기울여 노인을
바라보았고, 노인은 관찰하는 시선을 의식하지 못한 채 자
기 집의 붉고 호화로운 외관에 눈길을 고정시키고 있었다.
잔디밭 너머에 서 있는 그 저택은 그렇게 감상할 만한 건물
로서, 내가 그려 내려는 영국 고유의 풍경을 가장 두드러지
게 보여 주었다.

저택은 강 너머의 나지막한 언덕 위에 서 있었다. 런던에
서 40마일 떨어진 곳으로 흘러든 템스 강이었다. 붉은 벽돌
건물인데, 긴 박공이 있는 정면은 시간과 비바람이 그 곁면
에 얼룩을 남기며 장난질을 쳤어도 오직 더욱 고색창연하게
풍치를 더해 주었을 따름으로, 담쟁이덩굴이 덮인 부분과 늘
어선 굴뚝들, 덩굴 식물이 덮어 버린 창문들을 잔디밭 쪽으

로 드러내고 있었다. 그 저택에는 이름과 역사가 있었다. 차를 마시면서 당신에게 이런 이야기를 들려줄 수 있었더라면 노신사는 무척 즐거워했을 것이다. 그 저택은 에드워드 6세 시절에 지어졌으며, 그 위대한 엘리자베스 여왕을 하룻밤 영접했고(여왕이 거대하고 훌륭하며 각진 침대 위에 그 존엄한 옥체를 뻗고 누웠다는 것은 아직도 그 침실의 가장 중요한 명예였다), 크롬웰 전쟁 당시에 상당히 많이 부서지고 손상되었다가, 그다음 왕정복고 시절에 복구되고 대폭 확장되었다. 그리고 18세기에 개축되면서 볼꼴 사납게 손상된 후 마침내 영리한 미국인 은행가의 손에 넘어가 신중한 관리를 받게 되었다. 그 은행가가 그 저택을 구입한 것은 원래 그것이 (자세히 설명하기에는 너무 복잡한 상황으로) 헐값에 나왔기 때문이었다. 그는 그 저택을 매입할 때 꼴사납고 오래되어 낡은 데다 불편한 점이 많다고 몹시 투덜거렸지만 그로부터 20년이 지난 지금은 그 저택에 대한 진정한 심미적 열정을 느끼게 되었다. 그래서 그 저택의 돌출한 지점들을 모두 알고 있으므로 바로 어느 곳에 서야 그 지점들을 다 합쳐서 조망할 수 있는지, 바로 어느 시간대에 각각 돌출된 부분들의 그림자 — 따뜻하고 지친 벽돌에 부드럽게 드리워진 — 가 적절한 길이를 이루는지를 당신에게 말해 줄 수 있을 것이다. 이것 외에도, 이미 말했듯이, 그는 그 저택을 소유했던 사람들이나 머물렀던 사람들 대부분을 줄줄이 열거할 수 있을 것이고, 그들 중 몇몇은 널리 알려진 유명 인사들이었다. 하지만 이렇게 열거하면서 겉으로 내색하지는 않아도 이 저택의 위상이 최근 가장 추락한 것은 아니라고 속으로 확신하고 있을 것이다. 우리가 관심을 두고 있는 잔디밭을 향한 정면에는 현관이 없었다. 현관은 다른 쪽에 있었다. 그러므로 이곳에는 사적인 자유로움이 방해받지 않고 넘쳐흘렀다. 평평한 언덕배기에 양탄자를 깔아 놓은 듯이 넓게 펼쳐진 잔디밭은 호사스러운 실내를 확장시켜 놓은 것 같았다. 거대하고 고요한 참나무들과 너도밤나무들은 벨벳 커튼처럼 짙은 그늘을 던져 놓았다. 실내처럼 방석이 있는 의자들과 화려한 깔개들, 책과 신문 들이 풀밭 위에 널려 있었다. 강은 조금 떨어진 곳에서 흘렀고 잔디밭은, 정확히 말하자면, 땅이 경사져 내려가기 시작하는 곳에서 더 이상 이어지지 않았다. 그래도 강으로 내려가는 길은 매력적이었다.

다탁에 앉아 있는 노신사는 30년 전에 미국에서 건너오면서 짐 꾸러미보다 더 중요한, 미국인답게 생긴 얼굴을 가져왔다. 그는 그 얼굴을 가져왔을 뿐 아니라 최고 수준으로 유지해 왔기에 필요하다면 그 얼굴을 가지고 자기 나라로 되돌아가더라도 거리낄 것 없이 당당했을 것이다. 그렇지만 현재로서는 분명 거주지를 옮길 것 같지 않았다. 그의 여행은 끝났고, 그는 위대한 휴식에 들어서기 전의 휴식을 취하고 있었다. 그의 갸름한 얼굴은 수염이 말끔하게 깎여 있었고 이목구비는 반듯하게 균형 잡혀 있으며 표정은 평온하면서도 예리했다. 분명 감정 표현의 폭이 넓지는 않은 얼굴이었다. 그래서 기민하면서도 만족한 기색이 더욱더 장점으로 보였다. 그 얼굴은 그가 인생에서 성공했음을 말해 주는 것 같았다. 하지만 또한 그 성공이 배타적이거나 남들의 시샘을 받기 쉬운 것이 아니라 오히려 남들에게 불쾌감을 주지 않을 실패를 많이 겪었음을 말해 주는 것 같았다. 그는 확실히 세상사를 꽤 많이 경험한 사람이었다. 하지만 그가 마침내 천천히 조심스럽게 큰 찻잔을 탁자에 내려놓고 여위고 넓적한 뺨에 희미한 미소를 떠올리며 장난기 어린 눈을 반짝였을 때, 거기에는 거의 시골뜨기 같은 소박함이 엿보였다. 그는 솔질이 잘된 검은색 옷을 말끔하게 차려입고 있었다. 하지만 숄을 덮어 무릎을 감쌌고 발에는 수를 놓은 두툼한 슬리퍼를 신었다. 그의 의자 옆 풀밭에 누워 있던 아름다운 콜리 개는, 주인이 위풍당당한 저택의 외관을 다정하게 관찰하듯이 제 주인의 얼굴을 다정하게 지켜보고 있었다. 털이 곤두선 작은 테리어 한 마리가 부산을 떨면서 이따금 다른 신사들을 따라다녔다.

이 신사들 중 한 사람은 남달리 체격이 좋은 서른다섯 살의 남자였고, 내가 방금 묘사한 노신사의 얼굴과 매우 대조적인 영국인다운 얼굴을 갖고 있었다. 눈에 띄게 잘생긴 얼굴은 희고 선명한 피부에 솔직한 표정을 드러냈고, 뚜렷하고 곧은 이목구비에, 회색 눈에는 생기가 넘쳤으며, 밤색 턱수염은 풍부하게 잘 다듬어져 있었다. 이 사람은 운 좋게도 빛나는 비범한 외모와 즐거운 기질이 높은 교양과 어우러져 다듬어진 분위기를 풍기고 있었다. 그렇기 때문에 그를 보는 사람이라면 거의 누구라도 무조건 그를 질투하게 되었을 것이다. 그는 한참 말을 달려 온 사람처럼 박차까지 달린 승마 구두를 신고 있었다. 그의 흰 모자는 그에게 너무 커 보였다. 뒷짐 지고 있는 손 ― 크고 모양 좋은 흰 주먹 ― 은 흙이 묻은 개가죽 장갑을 구겨 쥐고 있었다.

옆에서 나란히 긴 잔디밭을 거닐고 있는 친구는 외모가 그와 전혀 달랐다. 진지한 호기심을 일깨울지는 모르지만, 그 동무와는 달리 그와 같은 사람이 되고 싶은 맹목적인 욕망을 일으키지는 않을 사람이었다. 키가 크고 홀쭉하며, 체구는 단단하지 못하고 무력하게 결합되어 있는 데다 얼굴은 못생기고 헬쑥했지만 재기가 넘쳐 매력적이었고, 콧수염과 구레나룻이 잘 다듬어지지 않은 채 듬성듬성 나 있었다. 그는 영리하게 보였고 병색이 있었는데, 그 두 가지의 결합은 결코 다행스러운 것이라 할 수 없었다. 그는 갈색 벨벳 재킷을 입었고 양손을 호주머니에 찔러 넣고 있었는데, 그의 자세를 보면 그 버릇이 고질적이라는 것을 알 수 있었다. 그는 비틀거리고 어정거리며 걸음을 옮겼다. 확고하게 다리를 버티고 서 있지 못했다. 이미 말했듯이, 그는 의자에 앉아 있는 노인을 지나칠 때마다 노인을 응시했다. 그런 순간에 두 사람의 얼굴을 보면 그들이 부자지간이라는 것을 쉽게 알 수 있었을 것이다. 그 아버지는 마침내 아들의 눈길을 느끼고는 온화하게 응답하는 미소를 지었다.

「기분이 아주 좋아지고 있단다.」 그가 말했다.

「차를 드셨어요?」 아들이 말했다.

「그래, 음미했지.」

「더 드릴까요?」

노인은 평온하게 잠시 생각했다. 「글쎄다, 좀 기다려 봐야겠다.」 그의 말에는 미국식 어조가 배어 있었다.

「춥지 않으세요?」 아들이 물었다.

아버지는 천천히 다리를 문질렀다. 「글쎄, 모르겠구나. 아무 느낌도 들지 않아 모르겠어.」

「어쩌면 다른 사람이 아버지 대신 느낄 거예요.」 젊은이가 웃으면서 말했다.

「아, 누군가 늘 나 대신 느껴 주면 좋겠군! 자네는 내가 어떤 상태일지 느낄 수 있지 않나, 워버턴 경?」

「아, 그럼요, 물론입니다.」 워버턴 경이라고 불린 신사가 즉시 대답했다. 「매우 편안해 보이신다고 말씀드려야겠군요.」

「글쎄, 대체로는 그런 것 같네.」 노인은 무릎을 내려다보면서 그 위에 덮인 초록색 숄을 문질렀다. 「실은 몇 년간 편안하게 지내오다 보니 너무 익숙해져서 그렇다는 사실도 알지 못하는 것 같아.」

「네, 그건 편안함에서 비롯되는 권태입니다.」 워버턴 경이 말했다. 「우리는 불편함을 느낄 때만 의식하지요.」

「우린 다소 까다로운 존재인 것 같군.」 그의 벗이 말했다.

「아, 그래, 우리가 까다롭다는 건 의심할 수 없네.」 워버턴 경이 중얼거렸다. 그러고 나서 세 남자는 잠시 입을 다물었다. 두 젊은이는 노인을 내려다보며 서 있었고, 노인은 곧 차를 더 달라고 청했다. 「그 숄이 마음에 들지 않으실 것 같군요.」 친구가 노인의 찻잔에 다시 차를 따르는 동안 워버턴 경이 말을 꺼냈다.

「아, 아닐세. 아버지께는 숄이 있어야 해!」 벨벳 코트를 입은 신사가 큰 소리로 말했다. 「아버지께 그런 말씀은 드리지 말게나.」

「이건 내 아내의 숄이라네.」 노인이 간단히 대답했다.

「아, 그런 감정적 이유 때문이라면…….」 워버턴 경은 사과하는 몸짓을 했다.

「아내가 오면 돌려줘야 할 걸세.」 노인이 말을 이었다.

「그러시지 마세요. 안쓰럽게도 노쇠한 다리를 감싸도록 갖고 계세요.」

「아니, 내 다리를 능멸해서는 안 돼.」 노인이 말했다. 「내다리가 네 다리만큼은 튼튼할 테니까.」

「아, 제 다리는 마음대로 모욕하셔도 괜찮아요.」그의 아들이 차를 따르면서 말했다.

「그래, 우리는 절름발이 오리 두 마리 같구나. 큰 차이가 없을 게다.」

「저를 오리라고 불러 주시다니 감사합니다. 차가 어떠세요?」

「좀 뜨겁구나.」

「그건 차의 장점이라고 여겨지지요.」

「그래, 장점이 무척 많지.」노인이 상냥하게 중얼거렸다. 「이 애는 아주 좋은 간호사라네, 워버턴 경.」

「좀 서툴지 않습니까?」경이 물었다.

「아니, 서툴지는 않아. 이 애도 환자라는 걸 고려하면 말이지. 아주 좋은 간호사라네. 병자 간호사치고 말이지. 이 애도 환자이기 때문에 나는 내 병자 간호사라고 부르지.」

「아, 제발, 아버지!」못생긴 젊은이가 외쳤다.

「아니, 사실이 그렇잖아. 네가 아프지 않으면 좋으련만. 하지만 너도 어쩔 수 없겠지.」

「노력해 볼 수야 있겠죠. 좋은 생각이에요.」그 젊은이가 말했다.

「혹시 병에 걸린 적이 있나, 워버턴 경?」그의 부친이 물었다.

워버턴 경은 잠시 생각했다. 「네, 페르시아 만에서 한 번 있었습니다.」

「경이 아버지를 놀리는 거예요.」그 다른 젊은이가 말했다. 「그건 농담이에요.」

「그래, 요즘은 농담도 무척 다양한 것 같구나.」아버지가 차분하게 대답했다. 「어떻든 자네는 아파 본 적이 없는 사람처럼 보이네, 워버턴 경.」

「이 친구는 인생에 신물이 난답니다. 방금 제게 그런 말을 하고 있었어요. 그런 이야기를 계속 늘어놓고 있었죠.」 워버턴 경의 친구가 말했다.

「그게 사실인가?」 그 노인이 진지하게 물었다.

「그게 사실이더라도, 어르신의 아드님은 조금도 위로해 주지 않았답니다. 같이 얘기를 나누기에는 형편없는 친구예요. 늘 냉소적이죠. 그 무엇에 대한 믿음도 없는 것 같아요.」

「이건 또 다른 농담이에요.」 냉소적이라는 비난을 받은 젊은이가 말했다.

「그건 건강이 몹시 좋지 않기 때문이라네.」 그의 아버지가 워버턴 경에게 설명했다. 「그래서 마음이 영향을 받고 사물을 보는 방식도 달라지는 거지. 자기에게 기회가 한 번도 없었던 듯이 느끼는 것 같네. 하지만 그건 거의 순전히 머릿속의 생각일 뿐이야. 그렇다고 기분에 영향을 받는 것 같지는 않거든. 나는 이 애가 쾌활하지 않은 때를 본 적이 거의 없네. 지금 그렇듯이 말일세. 이 애는 종종 내 기분을 북돋워 주지.」

그렇게 묘사된 젊은이는 워버턴 경을 바라보고 웃었다. 「지금 그 말씀은 열렬한 칭찬인가요, 아니면 경박함에 대한 비난인가요? 제가 머릿속에 있는 생각을 그대로 실행에 옮기는 것이 좋으시겠어요, 아버지?」

「맹세코, 그런 일을 한다면 어떤 괴상한 것이 나오겠지!」 워버턴 경이 큰 소리로 말했다.

「네가 그런 식으로 말하지 않았으면 좋겠구나.」 노인이 말했다.

「워버턴의 말투는 저보다 더 고약해요. 그는 권태로운 척 하거든요. 저는 조금도 권태롭지 않아요. 삶이 너무나 흥미 진진하다고 느끼니까요.」

「아, 너무나 흥미롭다고. 알다시피, 삶이 그렇다고 인정해 서는 안 돼!」

「저는 여기 올 때면 전혀 권태롭지 않습니다.」 워버턴 경이 말했다. 「찾아보기 힘든 좋은 대화를 나누게 되니까요.」

「그건 또 다른 농담인가?」 노인이 말했다. 「자네는 어디에 서도 권태를 느낄 이유가 없네. 내가 자네 나이였을 때는 권 태라느니 그런 얘기는 들어 본 적도 없었어.」

「매우 늦게 성숙하신 모양입니다.」

「아니, 나는 무척 조숙했어. 바로 그 때문이었지. 스무 살 이었을 때 실로 아주 어른스러웠지. 필사적으로 일했고. 자 네들도 뭔가 할 일이 있으면 지루하지 않을 거야. 그렇지만 자네 젊은이들은 누구나 할 것 없이 너무 게을러. 즐거울 일 만 지나치게 생각하고. 자네들은 너무 까다롭고 나태한 데 다 지나치게 부유하다고.」

「아, 정말이지,」 워버턴 경이 큰 소리로 외쳤다. 「어르신께 서는 다른 사람을 너무 부유하다고 비난하실 수 없습니다!」

「내가 은행가라서 그렇다는 건가?」 노인이 물었다.

「불쾌하게 여기지 않으신다면, 그렇습니다. 그리고 막대 한 재산을 갖고 계시니까요. 그렇지 않습니까?」

「그렇게 부유하신 건 아니야.」 다른 젊은이가 너그럽게 아 버지를 편들었다. 「거금을 기부하셨거든.」

「글쎄, 그 돈은 어르신의 재산이었지.」 워버턴 경이 말했 다. 「그리고 그런 경우에 그보다 더 부유함을 입증하는 증거가 어디 있겠나? 대중에게 자선을 베푸는 분은 다른 사람들이 즐거움을 너무 좋아한다고 탓하지 않으셔야지.」

「아버님은 즐거움을 무척 좋아하시지만, 다른 사람들의 즐거움을 좋아하신다네.」

노인은 고개를 가로저었다. 「내가 더불어 살아가는 사람들의 즐거움을 위해 조금이라도 기여한 바 있노라고 자부할 생각은 없네.」

「사랑하는 아버지, 너무 겸손하세요!」

「제 말은 농담이었습니다, 어르신.」 워버턴 경이 말했다.

「자네 젊은이들은 농담을 너무 많이 해. 농담이 없어지면 자네들에게 남는 것은 아무것도 없을 거야.」

「다행히도 농담거리는 언제나 많이 있어요.」 못생긴 젊은이가 말했다.

「그 말은 믿을 수 없어. 상황이 점점 더 심각해지고 있는 것 같으니까. 자네 젊은이들도 그걸 알게 될 걸세.」

「상황이 더욱 심각해지고 있다면, 농담을 할 수 있는 아주 좋은 기회가 되는 거지요.」

「그러면 무시무시한 농담이 되겠지.」 노인이 말했다. 「나는 큰 변화가 일어날 거라고 믿고 있어. 순전히 더 나은 변화는 아닐 거야.」

「어르신 말씀에 전적으로 동의합니다.」 워버턴 경이 선언하듯 말했다. 「큰 변화가 일어날 테고 온갖 기묘한 일들이 일어나리라고 확신합니다. 바로 그렇기 때문에 제가 어르신의 충고를 따르는 데 큰 어려움을 겪고 있어요. 제가 무언가를 〈꼭 붙잡아야〉 한다고 일전에 말씀하셨지요. 그런데 바로 다음 순간에 하늘 높이 날아가 버릴지 모를 것을 붙잡을까

봐 망설이게 되거든요.」

「자네는 예쁜 여자를 붙잡아야 해.」 그의 친구가 말했다. 「워버턴 경은 사랑에 빠지려고 무진 애를 쓰고 있어요.」 그는 부친에게 설명조로 덧붙였다.

「예쁜 여자들도 날아갈 수 있어!」 워버턴 경이 소리쳤다.

「아니, 아닐세. 그들은 확고할 거야.」 노인이 대답했다. 「여자들은 내가 방금 말한 사회적, 정치적 변화에 영향을 받지 않을 걸세.」

「여자들은 없어지지 않으리라는 말씀이세요? 그렇다면 좋습니다. 가급적 빨리 한 여자를 붙잡아서 구명구처럼 제 목에 걸어 놓겠습니다.」

「여자들이 우리를 구해 줄 걸세.」 노인이 말했다. 「훌륭한 숙녀들이 그렇게 할 거라는 말일세. 여자들도 차이가 있으니까. 훌륭한 숙녀에게 구애하고 결혼하게. 그러면 자네의 인생은 훨씬 더 흥미로워질 거야.」

청년들은 이 말에 함축된 너그러운 아량을 의식한 듯이 한순간 침묵했다. 노인의 결혼 생활이 행복하지 않았다는 것은 그의 아들이나 손님이나 모두 잘 알고 있는 사실이었다. 하지만 그는 여자들이 가지각색이라고 차이를 인정했다. 그리고 이 말은 자신의 선택이 잘못된 것이었음을 고백하려는 의도였을 것이다. 물론 젊은이들은 그가 선택한 숙녀가 분명 가장 훌륭한 여자에 속하지 않았다고 말할 수 있는 처지가 아니었다.

「제가 흥미로운 여자와 결혼한다면 제 인생이 흥미로워질 거라는 말씀이신가요?」 워버턴 경이 물었다. 「저는 결혼에 대한 욕구를 전혀 느끼지 못합니다. 아드님이 저에 대해서 잘못 말했어요. 하지만 흥미로운 여자가 저를 어떻게 만들지 는 알 수 없는 일이지요.」

「흥미로운 여자에 대한 자네 생각을 보고 싶군.」 그의 친 구가 말했다.

「여보게, 생각이란 눈으로 볼 수 없는 거야. 내 생각처럼 종잡을 수 없는 것은 더욱이나 그렇지. 나 스스로 그것을 볼 수 있다면, 그건 대단한 진전이 되겠지.」

「그래, 자네가 원하는 어떤 여자하고든 사랑에 빠져도 좋 네. 하지만 내 조카딸을 사랑해서는 안 돼.」 노인이 말했다.

그의 아들은 웃음을 터뜨렸다. 「워버턴은 아버지께서 자 기를 자극할 의도로 말씀하셨다고 생각할 거예요! 사랑하는 아버지, 아버지는 영국인들과 30년을 함께 살아오시면서 그 들이 말하는 것은 대단히 많이 익히셨지요. 하지만 그들이 말하지 않는 것은 배우지 못하셨어요!」

「나는 하고 싶은 대로 말할 뿐이야.」 노인은 매우 평온하 게 대답했다.

「저는 어르신의 질녀를 만난 적이 없습니다.」 워버턴 경이 말했다. 「그 이야기는 처음 듣는 것 같군요.」

「내 아내의 조카딸이라네. 터치트 부인이 그녀를 영국으 로 데려오고 있지.」

그러자 젊은 터치트 씨가 설명했다. 「알다시피 어머니는 미국에서 겨울을 나셨어. 이제 돌아오실 예정이네. 조카딸을 발견하셨는데 함께 오자고 초청하셨다고 써 보내셨네.」

「그래, 무척 친절하시군.」 워버턴 경이 말했다. 「그 젊은 숙 녀는 흥미로운 아가씨인가?」

「우리도 자네와 마찬가지로 그녀에 대해서 아는 바가 없네. 어머니께서 자세히 설명하지 않으셨거든. 어머니는 주로 전보로 소식을 전하시는데, 어머니의 전보는 해독하기 쉽지 않아. 여자들은 전보 쓰는 법을 모른다고 흔히들 말하지만, 어머니는 오히려 문장을 압축하는 기술에 정통하신 분이라서 말이야. 〈미국에 싫증남. 끔찍한 더위. 조카딸과 함께 영국으로 돌아감. 일등급 기선, 근사한 선실.〉 우리가 어머니에게서 받는 전갈은 이런 식이라네. 그게 마지막 전갈이었지. 그 이전에 다른 전보가 왔는데, 거기서 조카딸을 처음 언급하셨을 거야. 〈호텔을 바꿈. 몹시 고약하고 뻔뻔스러운 종업원. 이곳 주소로 연락할 것. 여동생의 딸을 봄. 작년 사망. 유럽에 감. 자매 둘. 매우 독립적.〉 이 전보를 놓고 아버지와 나는 무척 어리둥절했다네. 너무나 다양하게 해석할 수 있는 글이었으니까.」

「한 가지 분명한 점이 있지.」 노인이 말했다. 「네 어머니가 호텔 종업원을 호되게 나무랐을 게야.」

「그 점도 분명치 않아요. 종업원이 어머니를 내몰았으니까요. 우리는 처음에 거기 언급된 여동생이 그 종업원의 여동생일 거라고 생각했어. 그런데 다음 전보에서 조카딸을 언급하셨으니 그 말은 내 이모님 중 한 분을 가리켰던 모양이지. 그다음에는 두 자매가 누구의 딸인지 의아했네. 아마도 돌아가신 이모님의 딸들 중 두 명일 걸세. 그런데 누가 〈매우 독립적〉인지, 그리고 그 말이 어떤 의미로 쓰인 것인지는 아직 해결되지 않았네. 그 표현이 어머니가 데리고 오시는 아가씨에게 특별히 적용되는 것인지, 아니면 어머니의 자매들에게 똑같이 해당되는 말인지? 그리고 그것이 도덕적인 의미로 쓰인 것인지, 아니면 금전적인 의미에서 쓰인 것인지? 그들이 물려받은 유산이 풍족하다는 뜻인지, 아니면 그들이 신세를 지고 싶어 하지 않는다는 뜻인지? 그것도 아니면 그저 그들이 자기들 마음대로 하고 싶어 한다는 뜻인지 말이지.」

「그런 뜻이라는 것은 분명해. 그 밖의 무슨 의미를 뜻하든지 간에.」 터치트 씨가 말했다.

「직접 아시게 되겠지요.」 워버턴 경이 말했다. 「터치트 부인께서는 언제 도착하십니까?」

「그것도 감감무소식이라네. 아내가 근사한 선실을 찾아내는 대로 올 걸세. 그런 선실을 확보하려고 계속 기다리고 있을 수도 있고, 아니면 벌써 영국에 도착했을 수도 있네.」

「그렇다면 전보를 보내셨겠지요.」

「전보가 오리라고 기대하고 있을 때 아내가 전보를 보내는 일은 절대 없다네. 기대하고 있지 않을 때만 보내지.」 노인이 말했다. 「아내는 불시에 돌아오는 것을 좋아하거든. 내가 뭔가 나쁜 짓을 하고 있는지 알아내려는 속셈이지. 아직까지 그런 일이 없었지만 아내는 단념하지 않는다네.」

「그건 어머니가 말씀하신 독립성이라는 가족적 특징을 보여 주는 부분이죠.」 그 아들은 그 문제를 좀 더 호의적으로 평가했다. 「그 젊은 아가씨들이 얼마나 팔팔한 정신을 갖고 있든, 어머니의 정신은 그에 못지않을 겁니다. 어머니는 모든 일을 스스로 해 나가는 걸 좋아하시고 누구도 자신을 도와줄 능력이 없다고 생각하시니까요. 저에 대해서는 풀을 바르지 않은 우표처럼 쓸모가 없다고 생각하시죠. 제가 감히 어머니를 마중하러 리버풀에 간다면 저를 절대 용서하지 않으실 겁니다.」

「자네 사촌이 도착하거든 적어도 내게 알려 주겠나?」 워
버턴 경이 청했다.

「내가 말한 조건하에서만 그렇게 하지. 자네가 내 질녀와
사랑에 빠지지 않는다는 것 말일세.」 터치트 씨가 대답했다.

「그건 너무 가혹한 말씀인데요. 제가 꽤 괜찮은 사람이라
고 생각하지 않으십니까?」

「자네가 너무 괜찮은 사람이라고 생각하네. 그래서 그 애
가 자네와 결혼하지 않기를 바라는 걸세. 바라건대 그 애는
남편감을 찾으려고 여기 오는 게 아닐 거야. 그런 것을 바라
는 아가씨들이 너무 많아. 고국에는 좋은 남편감이 없는 듯
이 말이야. 그리고 아마 약혼했는지도 모르지. 미국 아가씨
들은 대개 약혼한 상태니까. 게다가 자네가 어떻든 훌륭한
남편이 되리라고 믿을 수도 없네.」

「그녀가 이미 약혼했을 가능성이 클 겁니다. 미국 아가씨
들을 아주 많이 보았는데 모두 다 약혼했더군요. 하지만 그
렇다고 해서 상황이 달라지는 것은 전혀 아니었어요! 제가
좋은 남편이 될 수 있을지에 대해서는,」 터치트 씨의 손님이
말을 이었다. 「저도 확신할 수 없습니다. 그저 시도해 볼 수
있을 뿐이죠!」

「원하는 대로 마음껏 시도해 보게. 하지만 내 조카딸을 상
대로 하지는 말게.」 노인이 미소를 지었다. 그는 노골적으로
유머러스하게 반대 입장을 폈다.

「아, 좋습니다.」 워버턴 경은 더 유머러스하게 대답했다.
「어쩌면 결국 그녀가 시도할 만한 가치가 없는 아가씨일지
도 모르지요!」

제2장

　이런 농담조의 대화가 두 사람 사이에서 오가고 있을 때 랠프 터치트는 평소처럼 양손을 주머니에 찔러 넣고 구부정한 걸음걸이로 어슬렁거리며 약간 떨어진 곳으로 걸어갔다. 테리어 강아지가 요란하게 짖어 대면서 그의 뒤꿈치에 붙어 따라다녔다. 랠프의 얼굴은 저택 쪽을 향하고 있었지만 눈은 생각에 잠겨 잔디밭을 응시하고 있었다. 그래서 그때 넓은 문간에 모습을 드러낸 어떤 여자는 그가 자기를 알아차리기 전에 얼마간 그를 관찰할 수 있었다. 강아지가 갑자기 날카롭게 짖어 대면서 쏜살같이 달려갔기에 그는 그녀 쪽으로 눈을 돌리게 되었다. 개가 짖어 대는 소리는 도전보다 환영의 기미를 담고 있었다. 그렇게 환영을 받은 당사자는 젊은 아가씨였는데, 그 작은 동물의 환영 인사를 즉시 이해하는 것 같았다. 그 개는 급히 달려가서 그녀의 발치에 서서는 위를 올려다보며 맹렬히 짖어 댔다. 그러자 그녀는 망설이는 기색이 전혀 없이 허리를 구부려 양손으로 개를 붙잡고 재빨리 짖어 대는 강아지의 얼굴을 들여다보았다. 이제야 강아지의 주인이 다가갔고, 번치의 새로운 친구가 키가 크고 검은 드레스를 입은 아가씨라는 것을 알 수 있었다. 언뜻 보기에 예쁜 아가씨였다. 그녀는 집 안에 있다가 나온 듯 모자를 쓰지 않고 있었다. 그 사실에 그 집 주인의 아들은 당황했다. 집주인의 건강이 좋지 않으니 당분간 손님들을 맞지 않아야 한다는 사실을 의식했던 것이다. 그러는 사이에 다른 두 신사도 새로 온 아가씨를 알아차리게 되었다.

「아니, 저 낯선 여자는 누구인가?」 터치트 씨가 물었다.

「아마도 터치트 부인의 질녀인, 그 독립적인 아가씨가 아닐까요?」 워버턴 경이 넌지시 말했다. 「개를 다루는 방식으로 보아 그녀일 거라는 생각이 듭니다.」

콜리도 이제 관심을 그쪽으로 돌렸고 문간에 서 있는 아가씨에게로 달려가면서 천천히 꼬리를 흔들었다.

「그렇다면 내 아내는 어디 있고?」 노인이 중얼거렸다.

「저 아가씨가 부인을 어딘가에 두고 왔겠지요. 그것도 독립성의 한 부분이고요.」

아가씨는 테리어를 안은 채 미소를 지으며 랠프에게 말을 걸었다. 「당신의 강아지인가요?」

「조금 전까지는 내 개였는데, 갑자기 당신이 당당하게 주인이 된 것 같군요.」

「같이 나눌 수 없을까요?」 그 아가씨가 물었다. 「너무나 귀여운 녀석이에요.」

랠프는 순간 그녀를 바라보았다. 그녀는 예상 외로 예뻤다. 「전부 다 가져도 좋습니다.」 그가 대답했다.

아가씨는 자신에 대해서나 남들에 대해서 당당한 자신감을 가지고 있는 것 같았다. 하지만 갑자기 이처럼 관대한 말을 듣자 얼굴을 붉혔다. 「제가 아마도 당신의 사촌 동생일 거예요.」 그녀는 개를 내려놓으며 말을 꺼냈다. 「그런데 개가 또 있군요!」 콜리가 다가오자 그녀는 재빨리 덧붙였다.

「아마도?」 젊은이는 웃으면서 외쳤다. 「그 점은 이미 확고한 사실이겠지요! 어머니와 함께 도착했어요?」

「네, 30분 전에.」

「어머니는 당신을 내려놓고 다시 떠나셨고?」

「아뇨, 곧장 방으로 올라가셨어요. 오빠를 만나게 되면 7시 15분 전에 방으로 오라는 말을 전하라고 하셨어요.」

젊은이는 손목시계를 보았다. 「고마워요. 시간을 잘 지킬게요.」 그러고 나서 그는 사촌을 바라보았다. 「여기 온 것을 환영해요. 만나서 무척 반갑고.」

그녀는 명쾌한 지각을 드러내는 눈으로 옆에 있는 사람과 개 두 마리, 나무 그늘 아래 있는 두 신사, 자기를 둘러싼 아름다운 정경, 그 모든 것을 바라보고 있었다. 「여기처럼 아름다운 곳은 처음이에요. 집 안을 다 돌아보았는데 너무나 매혹적이에요.」

「여기 도착한 지 꽤 되었는데 우리가 알지 못했다니 유감이군.」

「영국에서는 사람들이 도착할 때 수선을 피우지 않는다고 이모님께서 말씀하셨어요. 그래서 그렇게 해도 괜찮은 줄 알았어요. 저 신사들 중 한 분이 아버님이신가요?」

「그래요. 나이 드신, 앉아 계신 분.」 랠프가 말했다.

아가씨는 웃음을 지었다. 「다른 쪽이라고는 생각하지 않았어요. 다른 분은 누구신가요?」

「우리의 친구, 워버턴 경.」

「아, 여기에 귀족이 있기를 바랐어요. 꼭 소설 같아요!」 그

러고 나서 그녀는 몸을 굽혀 다시 강아지를 안아 올리면서
〈아, 귀여운 녀석!〉이라고 갑자기 소리쳤다.

　그녀는 터치트 씨에게 가서 인사를 하겠다는 말도 하지
않고 그들이 만난 자리에 가만히 서 있었다. 그녀가 호리호
리하고 매혹적인 몸매로 문간에서 머뭇거리는 동안, 랠프는
그녀가 노인이 자기에게 와서 인사해 주기를 기대하고 있는
것인지 의아했다. 미국 아가씨들은 정중한 대접을 받는 데
익숙했고, 더욱이 이 아가씨는 콧대가 높다고 암시된 바 있
었다. 실로 랠프는 그녀의 얼굴에서 그런 사실을 읽을 수 있
었다.

　「아버지께 인사하러 가지 않겠어?」 그럼에도 그는 감히
요청했다. 「아버지께서는 노쇠하셔서 자리에서 일어나지 못
하시거든.」

　「아, 가엾게도. 정말 안되셨어요!」 아가씨는 즉시 발을 내
딛으며 소리쳤다. 「이모님의 말씀을 듣고 다소, 매우 활동적
인 분이신 줄 알았어요.」

　랠프 터치트는 잠시 입을 다물었다. 「어머니께서 아버지
를 만나지 않으신 지 1년이 넘었으니.」

　「그런데 무척 아름다운 곳에 앉아 계시는군요. 가자, 강아
지야.」

　「아주 오래된 곳이지.」 젊은이가 옆 사람을 곁눈질하며 말
했다.

　「성함이 어떻게 되시나요?」 그녀는 다시 테리어에게 관심
을 돌리며 물었다.

　「아버지 이름?」

　「네.」 아가씨는 재미있어하면서 말했다. 「하지만 내가 물

어보았다는 것은 비밀로 해주세요.」

이때쯤 그들은 터치트 씨가 앉아 있는 곳에 이르렀고, 그는 자신을 소개하려고 천천히 의자에서 일어났다.

「어머니께서 도착하셨어요.」 랠프가 말했다. 「이쪽은 아처 양입니다.」

노인은 양손을 그녀의 어깨에 얹고 인자한 눈으로 잠시 바라보고는 호기 있게 그녀의 뺨에 입을 맞추었다. 「여기서 만나게 되어 무척 기쁘구나. 하지만 우리가 너를 환영할 기회를 주었더라면 좋았을 것을.」

「아, 환영을 받았어요.」 아가씨가 말했다. 「현관에 열두 명쯤 되는 하인들이 있었어요. 대문에서는 어떤 노부인이 절을 하며 맞아 주었고요.」

「우리가 미리 알았더라면 더 환대해 줄 수 있었을 것을!」 노인은 서서 미소를 지으며 양손을 비비고 그녀에게 천천히 고개를 끄덕이며 말했다. 「하지만 터치트 부인은 환영받는 것을 좋아하지 않는단다.」

「이모님께서는 곧장 이모님 방으로 가셨어요.」

「그래, 문을 잠그고 들어앉았겠지. 늘 그렇게 하니까. 아마도 다음 주에나 아내를 볼 수 있을 게다.」 터치트 부인의 남편은 천천히 원래의 앉아 있던 자세로 되돌아갔다.

「그 이전에 만나실 거예요.」 아처 양이 말했다. 「만찬 석상에 내려오실 거예요. 8시에. 7시 15분 전을 잊지 마세요.」 그녀는 랠프에게로 몸을 돌리고 미소를 지으며 덧붙였다.

「7시 15분 전에 무슨 일이 있는데?」

「어머니를 만나러 가기로 되어 있어요.」 랠프가 말했다.

「그래, 기쁘겠구나!」 노인이 한마디를 덧붙였다. 「자, 앉아서 차를 좀 마셔야지.」그는 아내의 조카딸에게 말했다.

「여기 도착하자마자 제 방에서 차를 마셨어요.」아가씨가 대답했다. 「건강이 좋지 않으셔서 유감이에요.」

「아, 나는 노인이란다. 늙을 때가 되었지. 하지만 네가 여기 있어서 내 몸이 좋아질 거야.」

그녀는 다시 주위의 모든 풍경을, 잔디밭과 큰 나무들, 갈대가 우거진 은빛 물결의 템스 강, 아름답고 고색창연한 저택을 바라보았다. 이렇게 주위를 열심히 바라보면서도 함께 있는 사람들을 바라볼 여지도 남겨 두었다. 분명 영리하고 더욱이 흥분한 상태의 아가씨가 이처럼 모든 것을 세밀히 관찰하리라는 것은 쉽게 상상할 수 있는 일이었다. 그녀는 자리에 앉아서 강아지를 내려놓고, 흰 손을 포개어 검은 드레스를 입은 무릎 위에 올려놓았다. 고개를 꼿꼿이 세우고 있었고 눈은 초롱초롱 빛났으며 여러 가지 인상을 민감하게 받아들이면서 그에 따라 유연한 몸매를 쉽게 이쪽저쪽으로 돌렸다. 그녀는 수많은 인상을 받아들였고, 그 모두가 맑고 잔잔한 미소에 반영되었다. 「여기처럼 아름다운 곳은 본 적이 없어요.」

「아주 멋지게 보이지.」터치트 씨가 말했다. 「네가 어떤 인상을 받을지 알고 있단다. 나도 그 모든 것을 느꼈으니까. 하지만 네 모습이 매우 아름답구나.」그는 결코 투박한 농담이 아닌 정중한 어조로 덧붙였다. 그리고 나이가 든 덕분에 이제는 그런 말에 경계할지 모를 아가씨에게 자유롭게 말할 수 있는 특권이 있다는 것을 다행스럽게 생각했다.

이 아가씨가 어느 정도나 경계심을 갖게 되었는지는 정확히 따져 볼 필요가 없다. 하지만 그녀는 즉시 일어서면서 얼굴을 붉혔고, 그것은 상대의 말을 반박하려는 것이 아니었다. 「아, 네, 물론 저는 사랑스럽죠.」 그녀는 재빨리 웃으며 대답했다. 「이 저택은 얼마나 오래되었어요? 엘리자베스 시대의 건물인가요?」

「튜더 왕조 초기의 건물이야.」 랠프 터치트가 말했다.

그녀는 사촌 오빠 쪽으로 몸을 돌리고 그의 얼굴을 바라보았다. 「튜더 왕조 초기라고요? 정말 대단히 놀랍군요. 다른 건물들도 많이 있겠지요.」

「훨씬 훌륭한 건물들도 많이 있지.」

「얘야, 그렇게 말하면 안 돼.」 노인이 항의했다. 「이보다 더 훌륭한 곳은 없으니까.」

「제가 가진 저택도 매우 훌륭합니다. 어떤 점에서는 좀 더 낫다고 할 수 있지요.」 워버턴 경이 말했다. 그는 지금까지 한마디도 말하지 않았지만 줄곧 주의 깊게 아처 양을 바라보고 있었다. 그는 미소를 지으며 약간 고개를 숙였다. 여자를 대할 때 그의 태도는 나무랄 데 없이 훌륭했다. 그 아가씨는 즉시 그것을 감지했다. 그 사람이 워버턴 경이라는 것을 잊지 않았던 것이다. 「그 저택을 당신에게 보여 드릴 수 있으면 매우 기쁘겠어요.」

「그 말은 믿지 마라.」 노인이 큰 소리로 말했다. 「그 저택을 보지 말라고! 초라하고 낡아빠진 엉성한 건물이거든. 여기와는 비교도 안 돼.」

「전 모르겠어요. 판단할 수 없으니까요.」 아가씨가 워버턴 경에게 미소를 지으며 말했다.

랠프 터치트는 이런 이야기에 전혀 관심을 느끼지 않았다. 그는 양손을 주머니에 찔러 넣은 채 처음 알게 된 사촌과 다시 이야기를 나누려는 마음이 간절한 표정으로 서 있었다.

「강아지를 무척 좋아하나 보지?」 그는 이야기를 꺼낼 셈으로 이렇게 물어보았다. 영리한 사람이 꺼내는 말 치고는 서투른 질문이라는 것을 스스로도 인정하는 것 같았다.

「정말로 무척 좋아해요.」

「그럼 저 테리어를 갖도록 해.」 그는 여전히 서툴게 말을 이었다.

「여기 있는 동안에는 기쁜 마음으로 그렇게 하겠어요.」

「오래 머물면 좋겠군.」

「무척 고마운 말씀이세요. 하지만 잘 모르겠어요. 이모님께서 결정하시겠지요.」

「내가 어머니와 함께 그 문제를 결정하겠어. 7시 15분 전에 말이지.」 랠프는 시계를 다시 보았다.

「잠시라도 여기에 머물게 되어 기뻐요.」 아가씨가 말했다.

「남들이 자기 대신 결정하도록 내버려 둘 사람 같지 않은데.」

「아, 아뇨. 제가 원하는 대로 결정된다면 괜찮아요.」

「나는 내가 원하는 대로 이 일을 결정하겠어.」 랠프가 말했다. 「우리가 전에 만난 적이 없다는 건 참으로 이해할 수 없는 일이군.」

「나는 거기 있었어요. 오빠가 나를 만나러 오기만 하면 되었을 거예요.」

「거기라니? 어디를 말하는 거지?」

「미국요. 뉴욕과 올버니와 다른 미국 도시들요.」

「미국이라면 가봤어. 거의 전역을 다 돌았지. 하지만 너를 만나지 못했어. 그 점을 이해할 수 없군.」

아처 양이 조금 망설였다. 「그건 이모님과 제 아버지 사이

56

에 약간 불화가 있었기 때문이에요. 제가 어렸을 때, 어머니께서 돌아가신 다음에요. 그래서 우리는 오빠를 만나리라고 기대할 수 없었어요.」

「아, 하지만 나는 어머니께서 벌이신 말다툼을 전부 다 수긍하지는 않아. 절대 그렇지 않지.」 젊은이가 외쳤다. 「최근에 부친께서 돌아가셨나?」 그는 더 진지한 어조로 말을 이었다.

「네, 1년 조금 더 되었어요. 그 이후에 이모님께서 제게 매우 친절하게 대해 주셨어요. 절 만나러 오셔서 함께 유럽에 가자고 제안하셨죠.」

「알겠어.」 랠프가 말했다. 「어머니께서 당신을 양녀로 삼으셨군.」

「양녀로 삼으셨다고요?」 그녀는 눈을 동그랗게 떴고, 다시 붉어진 얼굴에 순간적으로 고통스러운 표정이 떠올랐다. 랠프는 약간 놀랐다. 그는 자기 말이 어떤 영향을 미칠지를 과소평가했다. 워버턴 경은 아처 양을 좀 더 가까이서 보기를 바랐던 듯 그 순간 두 사촌에게 걸어왔다. 그가 다가오자 그녀는 크게 뜬 눈으로 그를 응시했다. 「아, 아뇨. 이모님은 저를 입양하시지 않았어요. 전 입양될 사람이 아니에요.」

「미안해.」 랠프가 중얼거렸다. 「내 말은…… 내 말은…….」 그는 자기 말이 무슨 뜻이었는지를 알 수 없었다.

「오빠 말은 이모님이 절 돌봐 주기로 하셨다는 뜻이겠지요. 네, 이모님은 다른 사람들을 돌봐 주는 것을 좋아하세요. 제게도 무척 친절하게 대해 주셨어요. 하지만,」 그녀는 의사를 분명히 밝히려는 열렬한 욕구를 드러내며 덧붙였다. 「전 자유를 무척 좋아해요.」

「지금 터치트 부인에 대한 얘기를 하고 있는 게냐?」 노인이 의자에 앉은 채 소리쳤다. 「이리 오너라, 얘야. 내 아내에 대해서 말해 다오. 나는 그런 소식을 늘 고마워한단다.」

그녀는 미소를 지으며 다시 망설였다. 「이모님은 정말로 너그러우세요.」 그녀는 이렇게 대답했고, 그런 다음에 이모부에게로 갔다. 그녀의 말에 그는 명랑한 웃음을 지었다.

워버턴 경은 랠프 터치트와 뒤에 남아 서 있었고, 곧 그에게 말했다. 「자네는 조금 전에 흥미로운 여자가 어떤 사람인지 내 생각을 알고 싶다고 했지. 자, 저기 있네!」

제3장

터치트 부인은 확실히 별난 구석이 많은 사람이었고, 여러 달 떠나 있다가 남편의 집으로 돌아왔을 때 그녀가 보인 행동은 그 점을 보여 준 두드러진 실례였다. 그녀는 언제나 자기 방식대로 행동했다. 너그러운 의도가 없는 것은 아니었지만 온화한 인상을 거의 주지 못했던 그녀의 성격을 가장 간단히 묘사하자면 이렇게 말할 수 있다. 터치트 부인은 선행을 많이 베풀더라도 절대로 기쁨을 주지는 못할 사람이라고. 그녀는 자기 나름의 방식으로 행동하기를 무척 좋아했는데, 그 방식이 근본적으로 불쾌한 것은 아니었다. 다만 다른 사람들의 방식과 의문의 여지 없이 다를 뿐이었다. 그녀의 행동은 윤곽이 너무나 뚜렷해서, 민감한 사람에게는 그 모서리가 때로 칼날처럼 날카롭게 여겨졌다. 그 단단하고 예리한 모서리는 미국에서 막 돌아와 제일 먼저 남편과 아들과 인사를 나누리라고 여겨질 상황에서 그녀가 몇 시간 동안 보여 준 처신에서 잘 드러났다. 터치트 부인은 자기 나름으로 타당한 이유가 있다고 생각했기 때문에 이런 경우에는 늘 자기 방에 혼자 틀어박혀서 다른 사람의 접근을 허용하지 않앉고, 가족들과 인사를 나누는 감상적인 의식은 어수선한 옷차림새를 완벽하게 정돈한 다음으로 미루었다. 그것은 미모나 허영심이 걸린 문제가 아니라서 그렇게까지 중요시할 까닭이 없었다. 그녀는 매력도 없고 우아하지도 않은 평범한 얼굴의 노부인이었기 때문이다. 하지만 그녀는 자기 나름의 이유를 극히 존중했다. 그 이유를 설명해 달라는 요청을 받으면 대개는 기꺼이 설명해 주려고 했다. 그리고 그녀가 설명한 이유는 상상했던 이유와는 전혀 달랐다. 그녀는 실제로 남편과 별거하고 있었지만, 그 상황이 이례적이라는 사실을 조금도 깨닫지 못하고 있는 것 같았다. 그들이 결혼해서함께 살아가기 시작했을 때, 두 사람이 동일한 것을 동일한 순간에 바라는 일은 결코 없으리라는 점이 분명해졌다. 이점이 명확해지자 그녀는 부부 간의 의견 차이를 불행이라는 통속적인 영역에서 끌어올릴 수 있는 방법을 찾게 되었다. 그녀는 그 차이를 하나의 법칙 — 훨씬 더 교화적인 의미의 법칙 — 으로 만들기 위해서 자신이 할 수 있는 최선의 방법으로 피렌체에 정착했다. 그곳에서 집을 구해 터전을 잡았고, 남편은 영국에서 은행 지점을 경영하도록 내버려 두었다. 그녀는 이런 식의 결정이 무척 마음에 들었다. 매우 기쁘게도 그 결정은 아주 명료했다. 런던의 안개 자욱한 지역에 거주하는 그녀의 남편에게도 그 사실은 똑같이 명료하게 여겨졌고, 그곳에서 그는 때로 바로 그 점을 더할 나위 없이 명확한 사실로 깨달았다. 하지만 그처럼 부자연스러운 일은 조금 더 모호했더라면 더 좋았을 것이다. 그는 서로 견해 차이가 있다는 데 동의하기 위해서 애를 써야 했다. 그것만 제외하면 그 어떤 것에든 기꺼이 동의했을 것이다. 의견이 일치하건 일치하지 않건 간에 그것이 왜 그토록 어처구니없이 시종일관한 것이어야 하는지 그는 도무지 이해할 수 없었다. 터치트 부인은 후회하거나 심사숙고하는 일이 없었고, 대개 1년에 한 번 남편의 집에 와서 한 달가량을 지냈다. 그렇게 머무는 동안 그녀는 자신이 선택한 방식이 옳다는 것을 남편에게 납득시키려고 분명 노력을 기울였다. 영국인들의 생활방식이 마음에 들지 않는다는 것이었다. 그리고 대개 서너 가지 이유를 들었는데, 그 이유들이란 사소하기 짝이 없는 오래된 관습과 관련된 것이었지만 터치트 부인에게는 영국에서 거주하지 않을 이유로서 충분히 타당했다. 가령 빵가루를 넣은 진한 소스가 싫다는 것이었다. 그것이 찜질 약처럼 보이고 비누 맛이 나기 때문이라고 했다. 또 하녀들이 맥주를 마시는 것도 불만이었다. 그리고 영국 세탁부들은 세탁 기술을 철저히 익히지 못했다고 주장했다(터치트 부인은 리넨으로 만든 옷의 모양새에 무척 까다로웠다). 일정한 간격을 두고 그녀는 모국을 찾곤 했는데, 이번에는 과거의 어느 때보다도 더 오래 머물렀다.

그녀는 조카딸을 돌봐 주기로 선택한 것이었다. 그 점에 대해서는 의심의 여지가 없었다. 조금 전에 묘사한 사건이 있기 넉 달 전, 비 내리는 어느 오후에 이 아가씨는 책을 들고 혼자 앉아 있었다. 그녀가 책에 빠져 있었다는 것은 곧 그녀가 고독감에 짓눌리지 않았다는 말이나 다름없다. 그녀의 지식욕은 마음을 비옥하게 해주었고 상상력도 강렬했던 것이다. 하지만 이때 그녀의 상황에는 활기가 부족했는데, 뜻밖의 손님이 찾아오는 바람에 사정이 훨씬 나아지게 되었다. 손님이 왔다는 전갈을 듣지 못했던 이 아가씨는 이윽고 옆방에서 누군가가 서성이는 발소리를 들었다. 올버니에 있는 그 낡은 집은 큰 정사각형 모양의 집 두 채가 붙어 있는 형태였고, 아래층 방 한 곳의 창문에 매매할 집이라는 벽보가 붙어 있었다. 출입구가 두 곳인데 한 곳은 오랫동안 사용되지 않았지만 없애지 않아 그대로 남아 있었다. 두 개의 현관은 정확히 똑같았다. 크고 흰 문들은 아치 모양으로 넓은 옆들창이 있었으며, 각각 작은 붉은색 돌계단들이 벽돌로 포장한 도로 쪽으로 경사져 내려갔다. 두 채를 합쳐서 한 집을 만들면서 공유 벽을 헐어서 방들이 서로 통하게 되어 있었다. 위층에는 방들이 무척 많았고 전부 똑같이 상아색으로 칠해져 있었지만 시간이 지나 누르스름하게 보였다. 3층에는 아치 모양의 복도 같은 것으로 집의 두 옆면이 연결되어 있었다. 이사벨과 언니들은 어린 시절에 그곳을 굴이라고 불렀다. 그 굴은 짧고 환하게 밝혀져 있었지만 그녀에게는 늘 낯설고 호젓하게 보였고 겨울철 오후에 특히 그러했다. 그녀는 어렸을 때 여러 차례 그 집에서 살았는데 당시에는 할머니가 그곳에 살아 계셨다. 그런 다음에는 10년간 그 집을 떠나 있었고, 아버지가 돌아가시기 전에 올버니로 돌아왔다. 할머니 아처 부인은 오래전에 주로 가족들을 자주 초대해서 머물게 해주었다. 그래서 어린 소녀들은 종종 할머니 댁에서 몇 주일씩 지냈다. 이사벨은 그 몇 주일들을 가장 행복한 시절로 소중히 기억하고 있었다. 할머니의 집은 생활 방식이 자기 집과 전혀 달라서 더 넓고 더욱 풍요롭고 실제로 더욱 축제 같은 분위기를 띠고 있었다. 아이들 방의 규율은 기쁘게도 모호했고, 어른들의 대화를 들을 기회(이사벨이 귀중하게 생각한 즐거움)는 거의 무진장했다. 늘 사람들이 들락거렸다. 할머니의 아들딸들과 그 자녀들은 언제라도 와 마음대로 머물 수 있도록 영원한 초대를 받은 것 같았다. 그래서 그 집은 한숨을 많이 쉬기는 해도 절대로 숙박비를 청구하는 법이 없는 친절하고 늙은 여주인이 운영하는 시끌벅적한 시골 여관처럼 느껴지기도 했다. 이사벨은 물론 숙박비에 대해서는 아무것도 알지 못했다. 어린 시절에도 그녀는 할머니의 집이 낭만적이라고 생각했다. 집 뒤편에는 지붕이 있는 베란다가 있고, 겁이 나면서도 관심이 끌리는 그네가 있었다. 그곳을 지나면 경사진 땅에 마구간으로 이어지는 기다란 정원이 있었고 그곳에는 믿을 수 없을 만큼 친숙하게 느껴지는 복숭아나무들이 있었다. 이사벨이 할머니 댁에 머문 것은 제각기 다른 철이었지만, 어찌된 일인지 방문할 때마다 복숭아 향기가 감돌았다. 길을 가로질러 건너편에는 더치 하우스라고 불리는 낡은 집이 있었는데 이 집은 식민지 시대 초기에 지어진 특이한 건물이었다. 노란색으로 칠해진 벽돌집이었고 꼭대기의 박공은 모양이 특이해 낯선 이들의 눈길을 끌곤 했다. 주위를 둘러싼 나무 울타리는 부서질 것 같았고 집은 비스듬히 길을 향해 서 있었다. 그 집은 남녀 아이들을 위한 초등학교였는데, 감정을 노골적으로 드러내는 어떤 부인이 거기에서 아이들을 붙잡아 놓고, 아니 오히려 그냥 방치하고 있었다. 그 부인에 대해서 이사벨이 주로 기억하는 것은 이상한 침실용 빗을 관자놀이 쪽에 꽂아 머리칼을 고정시켰던 것과 어떤 유명 인사의 미망인이라는 것이었다. 이사벨이 어린 소녀였을 때 이 학교에서 지식의 기초를 쌓을 기회가 주어졌다. 그러나 단 하루를 보낸 후 그녀는 그곳의 규율에 대해 항의했고, 대신 집에서 지내도록 허락을 받았다. 9월에 더치 하우스의 창문들이 열려 있을 때면 곱셈표를 되풀이하는 아이들의 웅성거리는 목소리가 들려오곤 했다. 그럴 때면 의기양양한 자유로움과 무리에서 소외된 고통이 뗄 수 없이 뒤섞인 기분이 들었다. 그녀는 할머니의 집에서 실로 한가로이 지내면서 지식의 기초를 쌓았다. 다른 식구들이 대부분 책을 읽지 않았으므로 그녀는 권두 삽화가 그려진 책들이 가득한 서재를 마음대로 이용할 수 있었다. 그녀는 의자 위에 올라가서 책을 꺼내곤 했다. 자기 취향에 맞는 책을 발견하면 — 대개는 겉표지의 그림을 보고 책을 선택하곤 했다 — 서재를 지나서 왠지 모르지만 통상적으로 사무실이라고 불리던 신비로운 방으로 책을 가져갔다. 그것이 누구의 사무실이었는지, 어느 시기에 많이 사용되었는지는 결코 알지 못했다. 그 방은 소리가 울리고 기분 좋은 곰팡내가 났으며 낡은 가구들 때문에 부끄럽게 여겨지는 곳이었는데, 그녀에게는 그 사실로 충분했다. 겉으로 볼 때 가구들이 꼭 낡은 것은 아니었고(그래서 그 치욕은 부당한 것 같았다. 가구들은 부당한 대접을 받고 있었다), 그녀는 아이들이 곧잘 그러듯이 가구들과 거의 인간적인 관계를 맺었다. 그 관계는 확실히 극적인 것이었다. 특히 말 털로 짠 직물을 덮은 낡은 소파가 있었는데 그녀는 어린애가 느낄 법한 수많은 슬픔을 그 소파에 털어놓곤 했다. 그 방이 신비롭고 우울한 분위기를 띠고 있었던 것은 주로, 원래 그 방에 들어서려면 그 집의 두 번째 문으로 들어가야 하는데 그 문은 폐쇄되어 있고, 특히 가냘픈 어린 소녀의 힘으로는 도저히 밀어낼 수 없는 빗장으로 걸려 있기 때문이었다. 그녀는 열리지 않는 고요한 현관문이 거리에 면해 있다는 것을 알고 있었다. 만일 문 옆의 창에 녹색 종이가 붙어 있지 않았더라면 현관 입구의 작은 갈색 계단과 닳고 닳은 벽돌 보도를 내다볼 수 있었을 것이다. 그러나 그녀는 밖을 내다보고 싶지 않았다. 그렇게 한다면 그 너머에 눈에 보이지 않는 기이한 곳이 있다는 그녀의 상상과 맞지 않았을 것이다. 그곳은 어린애의 상상 속에서 각기 다른 기분에 따라 즐거운 곳이 되기도 하고 무시무시한 곳이 되기도 했다.

조금 전에 언급한 초봄의 어느 우울한 오후에 이사벨이 앉아 있었던 곳도 바로 그 〈사무실〉이었다. 이 시기에 그녀는 이 집의 어느 방이나 마음대로 골라 앉을 수 있었는데, 그럼에도 그녀가 선택한 방은 가장 우울한 곳이었다. 그녀는 빗장이 걸린 문을 열어 본 적이 없었고 문 옆의 창문에서 (다른 사람들이 새로 끼워 놓은) 녹색 종이를 떼어 낸 적도 없었다. 그 너머에 통속적인 거리가 있다고 스스로를 설득한 적도 없었다. 차가운 비가 세차게 내리고 있었다. 봄철은 실로 인내심을 가지라고 호소했고, 그것은 냉소적이고 위선적인 호소처럼 보였다. 하지만 이사벨은 되도록 계절의 변덕에 마음 쓰지 않으려 했다. 최근에 자기 마음이 방랑자와 흡사하다는 생각이 든 터였다. 그래서 그녀는 큰 재간을 발휘해서 자기 마음을 군인들의 행진에 맞추도록 훈련시켰고, 명령에 따라서 전진하고 정지하고 퇴각하고 더욱 복잡한 작전을 수행하도록 가르쳤다. 지금 그녀는 마음에 행진하라는 명령을 내렸고, 그 마음은 독일 사상사의 모래밭 위를 힘겹게 걷고 있었다. 갑자기 그녀는 자신의 지적인 걸음과 전혀 다른 발소리를 의식하게 되었다. 그녀는 약간 귀를 기울였고 지금 있는 사무실과 통하는 서재에서 누군가 움직이고 있다는 것을 깨달았다. 처음에는 그것이 방문하리라고 예상했던 사람의 발소리라고 생각했다. 그런 다음에는 즉시 여자의 발걸음 소리, 낯선 사람의 발소리임을 깨달았다. 그녀를 찾아올지 모를 손님은 그 어느 쪽도 아니었다. 그 발소리는 호기심이 강하고 실험적인 기미를 띠고 있어서 사무실의 문간에서 멈추지 않을 성싶었다. 그리고 실제로 이 방의 문간에 곧 어떤 숙녀가 나타났다. 그녀는 거기서 걸음을 멈추고 우리의 여주인공을 매우 엄격한 눈으로 바라보았다. 평범한 외모에 나이가 든 여자였고 큰 방수 코트를 걸치고 있었다. 그녀의 얼굴은 여러 모로 다소 강렬한 인상을 주었다.

「아.」 그녀가 말을 꺼냈다. 「너는 대개 여기 앉아 있니?」 그녀는 서로 제각각인 의자들과 탁자들을 둘러보았다.

「손님이 오실 때는 그렇지 않아요.」 침입자를 맞으려고 일어서면서 이사벨이 말했다.

이사벨은 손님을 다시 서재로 안내했고 그동안 그 손님은 연신 주위를 돌아보았다. 「다른 방들도 많이 있는 것 같은데. 상태도 좀 낫고. 하지만 모두 굉장히 낡았구나.」

「집을 보러 오셨어요?」 이사벨이 물었다. 「하인이 집을 안내해 드릴 거예요.」

「하녀는 필요 없어. 나는 집을 사려는 게 아니니까. 하녀가 너를 찾으러 위층에 가서 헤매고 있는 모양이다. 전혀 똑똑해 보이지 않더군. 아무 일도 아니라고 하녀에게 말해 주는 게 좋겠다.」 아가씨가 어리둥절한 채 망설이며 서 있자, 갑자기 나타나서 흠을 잡던 이 부인은 뜻밖의 말을 말했다. 「아마 네가 딸들 중 하나겠지?」

이사벨은 그 부인의 매너가 매우 기묘하다고 생각했다.

「누구의 딸을 말씀하시는지에 따라 다르겠지요.」

「돌아가신 아처 씨의 딸 말이야. 그리고 내 가엾은 여동생의 딸 말이지.」

「아,」 이사벨이 천천히 말했다. 「부인께서는 정신 나간 리디아 이모이신 모양이군요.」

「네 아버지가 나를 그렇게 부르라고 말하던? 나는 네 이모 리디아야. 하지만 정신 나간 적은 없었어. 정신 착란을 일으킨 적은 없다고! 그런데 너는 딸들 중 누구지?」

「셋 중 막내예요. 이름은 이사벨이고요.」

「그래, 다른 애들은 릴리언과 에디스지. 네가 가장 예쁘냐?」

「그런 생각은 해본 적이 없어요.」 아가씨가 대답했다.

「그럴 것 같구나.」 이런 식으로 해서 이모와 조카딸은 서로를 알게 되었다. 몇 년 전 그 이모는 여동생이 죽은 후에 제부와 말다툼을 벌이고 그가 세 딸을 키우는 방식에 대해서 비난했다. 그는 화를 잘 내는 사람이었기에 남의 일에 간섭하지 말라고 처형에게 말했고, 그녀는 그의 말을 곧이곧대로 받아들였다. 여러 해 동안 그와 일절 연락하지 않고 지냈고, 그가 죽은 후에도 그의 딸들에게 편지 한 장도 보내지 않았다. 그 딸들은 방금 이사벨의 태도에서 보았듯이 이모를 무시하는 생각을 갖고 커왔다. 터치트 부인의 처신은 평소와 마찬가지로 더없이 신중한 것이었다. 그녀는 자신이 투자한 것을 살펴보러(그녀의 남편이 금융계에서 상당히 높은 지위에 있음에도 그 투자는 남편과 아무 관련도 없었다) 미국에 올 생각이었고, 그 기회를 이용해서 조카딸들의 상황을 알아볼 생각이었다. 그러니 편지를 쓸 필요는 없었다. 편지로 그들에 대해 알아낼 수 있는 것에는 전혀 의미를 두지 않을 테니까. 늘 그렇듯이 그녀는 자신의 눈으로 직접 본 것을 믿었다. 하지만 이사벨은 이모가 자신들에 대해서 많이 알고 있고 두 언니의 결혼에 대해서도 알고 있다는 것을 깨달았다. 그 자매들의 가엾은 아버지가 남긴 돈은 거의 없지만, 딸들에게 도움이 되게끔 상속 재산인 올버니의 저택을 팔 참이라는 것도 알고 있었다. 또한 릴리언의 남편인 에드먼드 러들로가 이 일을 맡아 처리할 참이며 아처 씨의 병환 중에 올버니에 온 그 젊은 부부가 그 일을 처리하기 위해 당분간 이사벨과 함께 이 고가에 살고 있다는 것도 알고 있었다.

「집값을 얼마나 받으리라고 기대하고 있니?」 이사벨이 부인을 정면 쪽의 거실로 안내해서 자리에 앉았을 때 부인은 거실을 시큰둥하게 살펴보고는 물었다.

「전혀 모르겠어요.」 그 아가씨가 대답했다.

「너는 그 말을 두 번째로 했어.」 이모가 대답했다. 「그런데도 아둔하게 보이지는 않는군.」

「저는 아둔하지 않아요. 하지만 돈에 대해서는 아무것도 몰라요.」

「그래, 너희들은 그런 식으로 키워졌지. 백만 달러를 상속받기라도 할 것처럼 말이야. 네가 실제로 상속받을 돈은 얼마나 되지?」

「정말 모르겠어요. 형부와 언니에게 물어보셔야 해요. 30분 내로 돌아올 거예요.」

「피렌체에서는 이런 집을 아주 형편없게 여기지.」 터치트 부인이 말했다. 「하지만 여기서는 틀림없이 고가에 팔릴 거야. 너희들 각자에게 상당한 몫이 돌아가겠지. 하지만 그것 외에도 뭔가 다른 게 있어야 해. 네가 아무것도 알지 못한다는 건 정말이지 한심한 일이야. 이 집의 위치가 좋으니까 아마 사람들은 이 집을 헐고 일렬로 상점들을 세울 거야. 네가 직접 그 일을 하지 않는 것이 이상하구나. 상점을 세놓으면 큰 이익을 볼 텐데.」

이사벨은 멍하니 바라보았다. 상점을 세놓는다는 것은 생각도 해보지 못한 일이었다. 「사람들이 이 집을 헐지 않으면 좋겠어요.」 그녀가 말했다. 「저는 이 집이 무척 좋거든요.」

「무엇 때문에 좋아하는지 모르겠구나. 네 아버지가 여기서 돌아가셨잖아.」

「네, 그렇기 때문에 이 집이 싫지는 않아요.」 아가씨는 다소 묘하게 대답했다. 「저는 어떤 일들이 일어난 곳을 좋아해요. 슬픈 일이라도 말이죠. 아주 많은 사람들이 이곳에서 죽었어요. 이 집은 생기로 가득 찼더랬죠.」

「생기로 가득 찼다는 말이 그런 뜻이냐?」

「제 말은 경험으로, 사람들의 감정과 슬픔으로 가득 찼다는 거예요. 슬픔만이 아니라. 저는 어린 시절에 여기에서 무척 행복하게 지냈어요.」

「사건들이 많이 일어난 집, 특히 사람들이 많이 죽은 집이 좋다면 피렌체로 가야 해. 내가 사는 오래된 대저택에서는 세 명이 살해되었단다. 알려진 건 세 명이지만, 그 밖에 얼마나 더 되는지는 모르지.」

「오래된 대저택이라고요?」 이사벨이 말을 따라했다.

「그래, 얘야. 여기와는 전혀 달라. 이 집은 아주 소시민적이야.」

이사벨은 할머니의 집을 늘 소중하게 생각했기 때문에 약간 격한 감정이 일었다. 그러나 그 감정에도 불구하고 그녀는 이렇게 말하게 되었다. 「피렌체에 무척 가보고 싶어요.」

「글쎄다, 네가 아주 착하게 군다면, 그리고 내 말대로 고분고분하게 행동한다면, 너를 데리고 가주마.」 터치트 부인이 선언했다.

그 아가씨의 감정은 더 격해졌다. 그녀는 얼굴을 약간 붉혔고 말없이 이모에게 미소를 지었다. 「이모님이 말씀하시는 대로 행동한다고요? 저는 그런 약속을 드릴 수 없을 거예요.」

「그래, 네가 그럴 사람처럼 보이진 않는구나. 너는 네가 원하는 대로 하는 걸 좋아하겠지. 하지만 그건 내가 너를 탓할 일도 아니야.」

「하지만 피렌체에 가기 위해서라면,」 그녀는 금세 큰 소리로 말했다. 「거의 무엇이든 약속하겠어요!」

에드먼드와 릴리언은 금방 돌아오지 않았고, 터치트 부인은 한 시간 동안 조카딸과 단둘이 이야기를 나누었다. 그 조카딸은 이모를 기묘하고 흥미로운 사람이라고 생각했다. 근본적으로 별난 인물이었고, 지금까지 만나 본 적이 없는 사람이었다. 이사벨이 늘 예상했듯이 이모는 괴짜였다. 그리고 여태껏 이사벨은 괴짜라는 사람들에 대한 이야기를 들을 때마다 불쾌하거나 무시무시한 사람일 거라고 생각했다. 그 말은 늘 괴상하거나 불길한 것을 연상시켰다. 그러나 이모를 보니 괴짜라는 말이 과격하지만 부담스럽지 않게 빈정거리거나 우습게 만드는 말로 여겨졌다. 그래서 그녀는 지금껏 알고 있었던 평범한 말투가 이처럼 흥미로웠던 적이 있었는지를 자문하게 되었다. 확실히 어느 누구도, 어떤 경우에도 이 입술이 얇고 눈이 반짝이며 외국인처럼 보이는 여자같이 흥미를 끈 적이 없었다. 부인은 보잘것없는 외모를 특이한 매너로 보완했고, 닳은 방수 코트를 입고 거기 앉아서 유럽의 대저택들에 대해서 놀랍도록 친숙하게 이야기했다. 터치트 부인은 경솔하지 않았지만 사회적으로 윗사람을 인정하지 않았다. 이런 면을 드러내며 지상의 위대한 사람들에 대해 평가하면서 그녀는 순수하고 민감한 마음에 깊은 인상을 주고 있음을 의식하고 즐거워했다. 처음에 이사벨은 아주 많은 질문들에 대답했고, 분명 그녀의 대답을 토대로 해서 터치트 부인은 그녀의 영리함을 높이 사게 되었다. 그러나 그런 다음에는 이사벨이 많은 질문을 던졌고, 이모의 대답이 어떤 방향으로 나아가든 간에 깊이 생각해 볼 만한 말로 여겼다. 터치트 부인은 이만하면 다른 조카딸이 돌아올 시간이 족히 되었다 싶을 만큼 오래 기다렸지만, 6시가 되어도 러들로 부인이 돌아오지 않자 돌아가려고 일어섰다.

「네 언니는 무척 수다쟁이인 모양이구나. 밖에 나가면 몇 시간씩 있곤 하는가 보지?」

「이모님도 언니만큼 오래 외출하신 거예요.」 이사벨이 대답했다. 「언니는 이모님이 들어오시기 바로 직전에 집을 나섰을 테니까.」

터치트 부인은 화가 난 기색 없이 그녀를 바라보았다. 부인은 당찬 말대답을 즐기는 것 같았고 호의적인 마음을 가진 것 같았다. 「그 애는 나만큼 타당한 이유가 없을 게야. 어쨌든 네 언니에게 오늘 저녁에 그 끔찍한 호텔로 나를 만나러 와야 한다고 전해라. 원한다면 남편을 데려와도 좋지만, 너를 데리고 올 필요는 없어. 너는 앞으로 많이 볼 테니까.」

제4장

　러들로 부인은 세 자매 중 맏이였고 대체로 자매 중에서 가장 분별력이 있다는 평가를 받았다. 릴리언은 가장 현실적이고, 에디스는 미인이고, 이사벨은 지적으로 탁월하다는 분류가 일반적이었다. 이 자매들 중 둘째인 키스 부인은 미국 기관 장교의 아내가 되었다. 우리의 이야기는 그녀와 더 이상 관련이 없으므로, 그녀에 대해서는 그녀가 실로 무척 예뻤고 무척 유감스럽게도 남편이 계속해서 좌천하는 바람에 전전하게 된 서부의 여러 촌스러운 주둔지를 꽃처럼 장식해 주었다는 말로 충분할 것이다. 릴리언은 뉴욕 출신의 변호사와 결혼했는데, 그는 목소리가 크고 자기 직업에 열성적인 젊은이였다. 그 결혼은 그리 훌륭한 것이 아니었고 에디스의 결혼보다도 못했다. 하지만 릴리언은 혹시라도 청혼을 받는다면 고마워해야 한다는 평을 종종 받던 아가씨였다. 다른 자매들보다 외모가 훨씬 못했던 것이다. 그러나 그녀는 무척 행복했다. 그리고 지금 건방진 두 사내애의 엄마로서, 그리고 53번가에 억지로 박혀 있는 쐐기처럼 생긴 집의 안주인으로서, 그녀는 과감한 탈출을 기뻐하듯이 자신의 처지를 몹시 기뻐하는 것 같았다. 그녀는 키가 작고 단단했으며, 자태를 뽐낼 수 있는 권리는 의심스러웠어도 당당한 위풍은 아닐지언정 풍채가 있다고 인정되었다. 게다가 사람들이 흔히 말했듯이, 그녀의 외모는 결혼한 다음에 더 나아졌다. 그녀가 인생에서 가장 분명하게 의식하고 있는 두 가지 사실은 자기 남편의 논쟁 능력과 동생 이사벨의 독창성이었다. 「나는 이사벨을 도저히 따라가지 못했어요. 그러자면 내 시간을 전부 들여야 했을 거예요.」 그녀는 종종 이렇게 말했다. 하지만 그러면서도 모성적인 애완견 스패니얼이 자유로운 사냥개 그레이하운드를 지켜보듯이 다소 동경하는 눈빛으로 동생을 지켜보았다. 「이사벨이 무사히 결혼하는 것을 보고 싶어요. 내가 보고 싶은 건 바로 그거예요.」 그녀는 종종 남편에게 말했다.

「나는 처제의 결혼을 특별히 바라지는 않소.」 에드먼드 러들로는 또박또박한 어조로 말하곤 했다.

「당신이 그런 말을 하는 건 논쟁을 벌이기 위해서라는 걸 알고 있어요. 당신은 늘 반대쪽 입장을 취하니까. 그 애가 아주 독창적이라는 것 외에 그 애에 대해서 문제 삼을 것이 뭐가 있는지 모르겠어요.」

「그래, 나는 독창적인 원본을 좋아하지 않아요. 번역된 것을 좋아하지.」 러들로 씨가 이렇게 대답한 것은 한두 번이 아니었다. 「이사벨은 외국어로 쓰여 있소. 나는 처제를 이해할 수 없어요. 처제는 미국인이나 포르투갈인과 결혼해야 해요.」

「그 애가 정말 그럴까 봐 나는 걱정이에요!」 릴리언이 소리쳤다. 그녀는 이사벨이 무슨 일이든 저지를 수 있으리라고 생각했다.

그녀는 터치트 부인의 방문에 대한 동생의 이야기를 무척 관심 있게 들었고 저녁이 되어 이모의 명령을 따르려고 외출 준비를 했다. 이사벨이 그때 뭐라고 말했는지에 대해서는 알려진 바가 없지만, 그녀가 남편과 준비하면서 그에게 한 마디를 했던 것은 틀림없이 동생의 말에 고무되었기 때문이었다. 「이모님이 이사벨에게 멋진 일을 해주시면 정말 좋겠어요. 그 애가 이모님 마음에 든 것이 분명해요.」

「무엇을 해주기를 바라는 거요?」 에드먼드 러들로가 물었다. 「처제에게 큰 선물을 해주기를?」

「아뇨, 그런 것이 아니에요. 그게 아니라 그 애에게 관심을 갖고, 공감을 해주는 것 말이에요. 이모는 분명 이사벨을 제대로 평가해 줄 분일 거예요. 외국에서 아주 오래 사셨으니까. 외국의 사교계에 대해서도 얘기해 주셨대요. 당신도 늘 이사벨이 좀 이국적이라고 생각했잖아요.」

「이모님이 이사벨에게 이국적인 공감을 베풀어 주길 바란다는 거요, 응? 집에서도 충분히 공감을 받고 있다고 생각하지 않소?」

「아, 이사벨은 외국에 가야 해요.」 러들로 부인이 말했다. 「그 애야말로 외국에 꼭 가야 할 사람이에요.」

「그래서 노부인이 처제를 데리고 가길 바란다는 거요?」

「이모님이 이사벨을 데리고 가겠다고 제안하셨대요. 몹시 데려가고 싶어 하시고요. 외국에 데려가셔서 이사벨에게 온갖 혜택을 주시면 좋겠어요. 우리가 해야 할 일은 그 애에게 기회를 주는 거라고 믿어요.」 러들로 부인이 말했다.

「무엇을 위한 기회 말이오?」

「발전할 수 있는 기회요.」

「오, 맙소사!」에드먼드 러들로가 소리쳤다. 「나는 처제가 더 이상 발전하지 않았으면 좋겠소.」

「당신이 논쟁 삼아 그렇게 말한다는 것을 몰랐다면 난 몹시 기분이 상했을 거예요.」그의 아내가 대답했다. 「하지만 당신도 알다시피 당신은 이사벨을 사랑하고 있어요.」

「내가 처제를 사랑하는 것을 알고 있나?」잠시 후 모자에 솔질을 하면서 그 젊은이는 익살맞게 이사벨에게 물었다.

「형부가 사랑하든 안 하든 난 전혀 개의치 않아요!」그 아가씨가 큰 소리로 대답했다. 하지만 목소리와 미소가 그녀의 말처럼 도도하지는 않았다.

「아, 터치트 부인이 방문하시고 나서 무척 도도해졌네.」그 언니가 말했다.

그러나 이사벨은 그 말에 무척 진지하게 반박했다. 「그런 말을 하면 안 돼, 릴리 언니. 나는 전혀 오만한 기분이 아니야.」

「그렇다고 해로울 건 없어.」릴리가 달래듯이 말했다.

「아, 그렇지만 터치트 부인이 방문했다고 해서 오만하게 느낄 이유는 없어.」

「오, 전보다 더 도도하군!」러들로가 외쳤다.

「내가 도도할 때는,」그 아가씨가 말했다. 「더 나은 이유가 있을 때일 거예요.」

그녀가 오만한 기분이었든 그렇지 않든 간에 어떻든 그녀는 평소와 다른 기분이었고, 자신에게 무슨 일이 일어난 것 같았다. 저녁에 혼자 남았을 때 그녀는 평소 하던 일에 전혀 관심을 기울이지 않고 손에 아무것도 들지 않은 채 등잔불 아래 앉아 있었다. 그런 다음에 일어서서 방 안을 서성였고 그러고는 희미한 등잔 불빛이 비치지 않는 곳을 찾아 이 방저 방으로 옮겨 다녔다. 그녀는 들떠 있었고 흥분한 나머지 간간이 몸을 떨기도 했다. 그날 일어난 일은 겉으로 드러난 것과는 전혀 달리 극히 중요한 의미를 갖고 있었다. 실로 그녀의 삶에 변화가 일어난 것이었다. 그 변화가 무엇을 일으킬 것인지는 아직 극히 불명료했다. 하지만 이사벨은 어떠한 변화라도 소중하게 받아들이려는 상황에 있었다. 그녀는 과거를 뒤에 남기고, 혼자 중얼거렸듯이, 새롭게 시작하고 싶은 욕구를 느꼈다. 이 욕망은 실로 현재 주어진 기회에서 생겨난 것이 아니었다. 그것은 창문에 부딪치는 빗소리처럼 익숙한 욕망이었고, 그로 인해서 그녀는 새로운 시도를 무릅쓴 적이 아주 많이 있었다. 그녀는 조용한 응접실의 어스름한 구석에 앉아서 눈을 감았다. 하지만 잠시 졸면서 잊어 보려는 욕구를 느낀 것은 아니었다. 그 반대로 눈이 번쩍 뜨인 느낌이었고, 너무나 많은 것들을 동시에 보고 있다는 느낌을 억누르고 싶었기 때문이었다. 그녀의 상상력은 걸핏하면 엉뚱할 정도로 활발하게 움직였다. 그 상상력은 문이 닫혀 있으면 창문으로 뛰쳐나갔다. 전부터 그녀는 상상력을 빗장 뒤에 가둬 둘 수 없었다. 오로지 분별력만 발휘했더라면 다행스러웠을 중요한 순간에, 분별력으로 판단하지 않고 눈앞에 떠오르는 상상력을 지나치게 자극했다가 벌을 받은 적도 있었다. 지금 그녀의 마음은 변화의 서곡이 울려 퍼졌다는 것을 의식하면서 뒤에 남겨 둘 것들의 이미지를 서서히 떠올렸다. 그녀가 살아온 시간들과 여러 해의 세월이 되살아났다. 큰 청동제 시계에서 울리는 째깍 소리가 정적을 가르는 가운데 그녀는 그 시간들을 한참 되돌아보았다. 무척 행복한 삶이었고 그녀는 매우 운이 좋았다. 가장 선명하게 떠오른 진실은 바로 이것이었다. 그녀는 모든 것을 최고로 누려왔다. 부러워할 수 없는 상황에 처한 사람들이 아주 많은 세상에서 유독 불쾌한 일을 경험한 적이 없었다는 사실은 이로운 점이었다. 자신의 삶에는 불쾌한 일들이 지나치게 부족했던 것 같았다. 불쾌한 일들이 종종 흥미를 일으키기도 하고 심지어 가르침을 주기도 한다는 것을 그녀는 문학작품을 통해서 알게 되었던 것이다. 그녀의 아버지는 불쾌한 일들을 그녀에게 숨겼다. 잘생겼고 많은 사랑을 받았던 그녀의 아버지는 불쾌한 일을 늘 몹시 혐오했던 것이다. 그런 아버지를 두었다는 것은 대단히 행복한 일이었다. 이사벨은 자신의 부모에 대해서 자부심까지도 느꼈다. 돌아가신 후 아버지는 생전에 더 용감한 면을 자식들에게 보여 주었으며 실제로는 자기가 열렬히 바랐던 만큼 추악한 것들을 잘 무시하지 못했음이 드러났다. 하지만 그렇기 때문에 아버지에 대한 사랑이 더욱 강렬해졌을 뿐이었다. 아버지가 지나치게 관대했고, 지나치게 선량했으며, 구차한 문제에 있어서 지나치게 무관심했다고 생각해야 했지만, 그것은 고통스럽지 않은 일이었다. 많은 사람들은 그가 너무 지나치게 무심하다고 생각했고, 특히 그에게 돈을 빌려 준 많은 사람들이 그러했다. 이사벨은 그들의 의견을 똑똑히 들어 본 적이 없었다. 하지만 독자들은 그들이 작고한 아처 씨에 대해서 얼굴이 유난히 잘생겼고 매너가 매우 매력적이라고 인정한(실제로 그들 중 한 사람은 그가 늘 무언가를 얻어내고 있다고 말했다) 반면에 자기 인생을 탕진해 버렸다고 단언했다는 사실에 관심을 느낄 것이다. 그는 상당한 재산을 낭비했고, 유감스럽게도 환락을 좋아했으며, 통 크게 판을 벌여 도박을 즐겼다고 알려져 있었다. 매우 가혹하게 비판적인 사람들 몇 명은 그가 딸들을 제대로 키우지 못했다고 말하기도 했다. 그 딸들은 정규 교육을 받지 않았고 언제고 돌아갈 수 있는 집도 없었다. 그들은 버릇없이 키워졌고 동시에 방치되었다. (대개 매우 형편없었던) 보모나 가정교사와 함께 살거나 아니면 프랑스인이 운영하는 천박한 학교에 보내졌고, 그곳에서 한 달만 지나면 울면서 내쫓겼다. 그 문제에 대한 이런 말을 들었더라면 이사벨은 무척 분개했을 것이다. 그녀가 느끼기로는 자기에게 많은 기회가 주어졌기 때문이었다. 아버지가 석 달간 딸들을 프랑스인 하녀와 함께 뇌샤텔[1]에 남겨 두었을 때 그 하녀가 같은 호텔에 머물던 러시아인 귀족과 달아난 일이 있기는 했지만(그녀가 열한 살이었을 때 일어난 사건이었다), 이처럼 파격적인 상황에서도 그녀는 겁이 나거나 부끄럽지 않았고 그것을 개방적인 교육에 있을 수 있는 낭만적인 일화로 생각했다. 그녀의 부친은 인생을 넓게 바라보고자 했고, 그의 침착하지 못한 태도와 때로 앞뒤가 맞지 않는 행동도 그러한 사고방식을 증명할 뿐이었다. 그는 딸들이 어렸을 때에도 가급적 세상을 많이 보기를 바랐다. 이러한 목적으로 이사벨이 열네 살이 되기 전에 세 번씩이나 딸들을 대서양을 건너 유럽에 보냈던 것이다. 하지만 그때마다 제시된 주제에 관해 그저 몇 달간 둘러보게 했을 뿐이었다. 이런 여행은 우리의 여주인공의 호기심을 충족시켜 주지 못했고 더 자극하기만 했다. 그녀는 아버지의 열성적인 지지자였음에 틀림없다. 세 딸 중에서 그녀는 그가 언급하지 않았던 불쾌한 일들

---

1 프랑스 노르망디 지방 북부의 도시.

에 대해서 가장 큰 〈보상〉이 되었던 딸이었다. 만년에 그는 나이를 먹을수록 하고 싶은 대로 하는 것이 점점 어려워진 세상을 기꺼이 떠날 마음이었지만, 막상 영리하고 탁월하며 남다른 딸과 헤어질 고통을 생각하면 그런 마음이 상당히 줄어들곤 했다. 후에 유럽 여행이 중단되었을 때도 그는 여전히 자식들이 온갖 즐거움을 마음껏 누리게 해주었다. 비록 본인은 돈 문제로 고충을 겪고 있었을지라도, 재산이 많을 거라는 딸들의 철없는 생각이 흔들린 적은 한 번도 없었다. 이사벨은 춤을 매우 잘 췄지만 뉴욕의 무용 서클에서 인기를 누린 적이 없었다. 언니 에디스가, 모두들 말했듯이, 훨씬 더 눈길을 끌었기 때문이다. 에디스는 너무나 두드러진 성공 사례였기에 이사벨은 이러한 장점을 만들어 내는 것이 무엇인 지에 대해서나, 껑충껑충 뛰어다니고 점프하고 비명을 지르 는 — 특히 적절한 효과를 내면서 — 능력에서 자신의 한계 에 대해 환상을 품을 수 없었다. 여동생 자신을 포함해서 스 무 명 중 열아홉은 에디스가 두 사람 중에서 비교할 수 없이 더 예쁘다고 단언했다. 그러나 스무 번째 사람은 이런 판단 을 뒤엎었을 뿐 아니라 다른 사람들이 심미적인 면에서 속물 이라고 생각하면서 회희낙락했다. 이사벨은 남을 기쁘게 해 주려는 욕망을 그녀의 본성 깊은 곳에 간직하고 있었고, 그 것은 에디스보다 더 강렬했다. 그러나 이 아가씨의 깊은 본 성은 매우 외진 곳에 숨어 있었고, 수십 가지 변덕스러운 힘 이 작용하며 그 외진 곳과 표면의 소통을 가로막았다. 그녀 는 언니를 만나러 무더기로 몰려든 청년들을 보았다. 하지만 대체로 그 청년들은 이사벨을 두려워했다. 그녀와 이야기를 나누려면 특별한 준비가 필요하다고 믿었다. 그녀가 책을 많이 읽는다는 소문은 서사시에 등장하는 여신을 둘러싼 구름처럼 그녀의 주위에 감돌았다. 그래서 그녀가 어려운 질문을 하든가 냉정한 어조로 대화를 이어 갈 거라고 예상했다. 그 가여운 아가씨는 머리가 좋다는 말을 듣기 좋아했지만 책벌레라고 여겨지는 것은 싫어했다. 그래서 그녀는 몰래 책을 읽곤 했고, 기억력은 아주 좋았지만 자기가 읽은 내용을 과시하듯이 언급하는 일은 피했다. 그녀는 대단한 지식욕을 갖고 있었지만, 사실 인쇄된 활자보다는 거의 무엇이든 다른 곳에서 정보를 얻는 것을 더 좋아했다. 그녀는 삶에 대해 엄청난 호기심을 갖고 있었고, 끊임없이 눈을 크게 뜨고 궁금해하며 응시했다. 그녀는 내면에 큰 생명력을 갖고 있었고, 자기 영혼의 움직임과 세상의 동요 사이의 연속성을 느끼며 가장 깊은 즐거움을 느꼈다. 이런 이유 때문에 그녀는 많은 사람들이나 널리 펼쳐진 시골 풍경을 바라보기 좋아했고, 혁명과 전쟁에 관한 글을 읽거나 역사적 그림을 보는 것을 좋아했다. 이런 노력을 기울이느라 부당하다고 생각하면서도 종종 아주 형편없는 많은 그림들을 그 주제 때문에 용서해 주었다. 남북전쟁이 일어났을 때 그녀는 아직 매우 어린 나이였다. 하지만 기나긴 몇 달간을 거의 열정적으로 흥분한 상태에서 보냈고, 때로 남군이든 북군이든 관계없이 군인들의 용맹스러운 행동에 거의 무분별한 (스스로 생각해 보아도 몹시 당황스러운) 흥분을 느꼈다. 물론 의심이 많은 청년들이 용의주도하게 그녀를 사교계에서 추방할 정도로 극단적인 행동을 한 것은 아니었다. 다만 그녀에게 접근했을 때 가슴이 설레면서도 자신들에게 머리도 있다는 것을 기억할 만한 청년들의 숫자가 적었기 때문에 그녀는 자신의 성과 나이에 적합한 최고의 훈련을 받지 못했다. 그녀는 아가씨들이 누릴 수 있는 모든 것, 곧 친절한 배려와 찬사, 봉봉 과자, 꽃다발, 자신이 살고 있는 세상의 어떤 특권에서도 배제되지 않았다는 의식, 무도회에 갈 수 있는 풍부한 기회, 많은 새 옷들, 런던의 『스펙테이터』 잡지, 최신 간행물, 구노의 음악, 브라우닝의 시, 조지 엘리엇의 산문을 마음껏 향유하며 살아왔다.

이제 기억 속에서 이런 것들을 더듬자 그것들은 수많은 장면들과 인물들로 용해되었다. 잊혔던 일들이 되살아났고, 최근에 무척 중요하게 생각했던 많은 일들이 눈앞에서 사라졌다. 그 결과 여러 가지 일들이 주마등처럼 눈앞을 스쳤지만 그 주마등은 이윽고 하녀가 들어와서 어떤 신사의 방문을 알려 주면서 작동을 멈췄다. 그 신사의 이름은 캐스퍼 굿우드로, 보스턴 출신의 정직한 젊은이였다. 그가 아처 양을 처음 만난 것은 열두 달 전이었는데, 그녀를 당대의 가장 아름다운 아가씨라고 생각하면서, 내가 암시한 통례에 맞게 그녀의 아름다움을 알아보지 못하는 그 시대를 역사의 어리석은 시기라고 주장했다. 그는 때로 그녀에게 편지를 보냈는데, 한두 주일 전에도 뉴욕에서 편지를 보낸 바 있었다. 그녀는 그가 방문할 가능성이 많다고 생각했고, 실은 비가 내리는 그날 하루 종일 막연히 그의 방문을 기대하고 있었다. 그랬는데도 그가 찾아왔다는 사실을 알았을 때 그를 열렬히 맞이하고 싶은 마음은 전혀 들지 않았다. 그는 지금껏 만난 사람들 중에서 가장 훌륭한 젊은이였고, 실로 더할 나위 없는 청년이었다. 그는 그녀의 마음에 좀처럼 느끼지 못할 깊은 존중심을 불러일으켰다. 다른 사람들에 대해서는 그런 감정이 우러난 적이 없었다. 세상 사람들은 그가 그녀와 결혼하기를 바란다고 생각했다. 그러나 그것은 물론 두 사람 간의 문제였다. 그가 일부러 뉴욕에서 올버니로 온 것은 그녀를 만나기 위해서라고 적어도 인정할 수 있을 것이다. 그는 뉴욕에서 그녀를 만날 수 있기를 기대하여 며칠간 머물렀지만 그녀가 아직 주도(州都)인 올버니에 있다는 것을 알아냈던 것이다. 그녀는 그를 맞으러 나가기 전에 몇 분간 지체했다. 예전에 느끼지 못했던 혼란스러운 느낌으로 방 안을 서성였다. 그러나 마침내 그녀는 모습을 드러냈고 등잔 가까이 서 있는 그를 보았다. 그는 키가 컸고 건강했으며 체구가 약간 딱딱하게 보였고 마른 데다 피부는 갈색이었다. 낭만적으로 잘생긴 얼굴은 아니었지만 어딘지 모르게 멋있게 보이는 얼굴이었다. 그의 얼굴은 상대방의 관심을 요구하는 분위기를 풍겼다. 놀랍도록 뚫어지게 응시하는 그 푸른 눈에서, 그의 피부와는 다른 색의 눈에서, 결의를 드러낸다고 여겨지는 약간 각진 턱에서, 그 얼굴은 상대가 매력을 찾아내는 데 따라서 보답해 주었다. 이사벨은 오늘 밤 그 턱이 확고한 결의를 드러낸다고 속으로 말했다. 캐스퍼 굿우드는 굳은 결의뿐 아니라 희망을 안고 찾아왔지만, 그 결의에도 불구하고 30분이 지나자 패배자의 고통스러운 마음을 안고 자기 숙소로 돌아갔다. 그는 나약하게 패배를 받아들일 사람이 아니라고 덧붙일 수 있을 것이다.

제5장

　랠프 터치트는 매사에 달관한 사람이었지만 어머니의 방문을 (7시 15분 전에) 노크했을 때는 꽤 간절한 심정이었다. 달관한 사람들도 좋아하는 것이 있게 마련이다. 그리고 그가 자식으로서 의존할 수 있다는 감미로운 느낌을 더 많이 느끼게 해준 사람은 그의 부모 중 아버지 쪽이었다는 점을 인정해야 한다. 그가 종종 생각했듯이, 그의 아버지는 더욱 모성적이었다. 반면에 어머니는 오히려 권위주의적인 가장 같았고, 당대의 은어를 쓰자면 주지사 같기도 했다. 그래도 그녀는 외동아들을 무척 좋아했고 1년의 세 달을 자기와 함께 지내자고 늘 주장했다. 랠프는 어머니의 애정에 대해서 착각하지 않았다. 그래서 어머니의 마음속 철저한 계획에 따라 행동하고 하인들을 부리는 일로 채워진 어머니의 일상에서 자신이 차지하는 위치는 언제나 어머니의 뜻을 실행하는 사람들이 이런저런 일들을 제시간 내에 해내는가, 라는 가장 밀접한 걱정거리 다음 순서라는 것을 잘 알고 있었다. 그녀는 만찬을 위해 완벽하게 옷을 차려입었지만 장갑을 낀 손으로 아들을 포옹했고 자기 옆의 소파에 앉게 했다. 그녀는 남편의 건강과 그 젊은이의 건강 상태에 대해서 자세히 물었다. 어느 쪽에 대해서도 그리 시원한 대답을 듣지 못하자 자신이 영국 풍토에 노출되어 살지 않기로 한 것이 현명한 판단이었음을 더욱더 확신하게 되었다고 말했다. 만일 그랬더라면 자신의 건강도 무너졌을지 모른다고 말이다. 랠프는 어머니가 무너진다는 생각에 미소를 지었지만, 자신이 매년 상당 기간을 영국 밖에서 지내므로 자신의 허약함이 영국의 풍토 탓이 아니라는 점을 애써 상기시키지는 않았다.

랠프가 아주 어렸을 때 버몬트 주의 러틀랜드 토박이인 부친 대니얼 트레이시 터치트 씨는 어떤 은행의 부(副) 파트너로 영국에 건너왔고, 약 10년이 지나자 그 은행에서 높은 지위를 차지하게 되었다. 대니얼 터치트는 자신이 택한 나라에서 여생을 보낼 것을 고려하게 되었고, 그 문제에 대해서 처음부터 단순하고 온건하며 융통성 있게 생각했다. 하지만 속으로 생각했듯이 그는 미국인 티를 벗어 보려는 의도가 전혀 없었고, 외아들에게 그런 교묘한 기술을 가르치려는 욕구도 없었다. 그에게는 영국에 동화되면서도 자신의 원래 모습을 그대로 유지하여 살아가는 것이 그리 어렵지 않은 문제였기에, 자기가 죽은 후에 자신의 법적 상속자가 미국식의 흰빛에 따라서 낡은 잿빛 은행을 이끌어가는 것도 똑같이 간단한 문제라고 생각했다. 하지만 그는 그 빛이 더욱 강렬해질 수 있도록 아들을 고국에 보내어 교육을 받게 했다. 랠프는 미국 학교에서 몇 학기를 보냈고 미국 대학에서 학위를 받았다. 그 후 영국으로 돌아온 그가 지나칠 정도로 미국 토박이처럼 보였기에, 그의 아버지는 그를 옥스퍼드 대학교에서 기숙하면서 약 3년을 지내게 했다. 옥스퍼드는 하버드를 삼켜 버렸고, 마침내 랠프는 다분히 영국인답게 보였다. 그러나 그가 주위의 행동양식에 겉으로 순응하며 따른 것은 독자성을 대단히 추구하는 마음의 가면에 불과했다. 그 마음은 어떤 강요를 받아도 오래 억제되는 일이 없었고 천성적으로 모험과 풍자에 끌렸으므로 무한히 자유롭게 사물을 평가하는 데 탐닉했다. 처음에 그는 전도 유망한 젊은이였다. 그가 옥스퍼드 대학교에서 뚜렷이 두각을 드러냈기에 그의 아버지는 이루 말할 수 없이 흐뭇해했고, 주위 사람들은 그토록 영리한 청년이 출세하지 못하고 배제되는 것은 한없이 유감스러운 일이라고 말했다. 그는 고국으로 돌아가서 출세할 수도 (비록 불확실하기는 하지만) 있었을 것이다. 하지만 터치트 씨가 아들과 기꺼이 헤어지겠다는 마음을 먹었더라도(실제로는 그렇지 않다) 랠프는 자신에게 가장 좋은 벗인 아버지와 광막한 바다를 사이에 두고 영원히 떨어져 사는 것이 견디기 어려웠을 것이다. 랠프는 아버지를 좋아했을 뿐 아니라 찬탄했고, 그를 관찰하는 것을 즐거워했다. 그가 보기에 대니얼 터치트 씨는 천재적인 사람이었다. 랠프 자신은 은행업이라는 오묘한 사업에 대한 적성이 전혀 없었지만, 아버지가 이뤄 낸 뛰어난 업적을 판단할 수 있을 만큼은 배우려고 했다. 하지만 그가 가장 즐거운 마음으로 감상한 것은 이것이 아니었다. 그것은 그 노인이 영국의 분위기에 의해 갈고 닦은 듯 상아처럼 섬세하고 단단한 표면을 만들어서 꿰뚫을 수 없게 해놓았다는 점이있다. 대니얼 터치트는 하버드 대학이나 옥스퍼드 대학에 다녀 본 적이 없었다. 그가 자기 아들의 손에 현대 비평의 열쇠를 쥐여 주었다면 그것은 그 자신의 잘못이었다. 부친은 짐작조차 해보지 못했던 생각들로 머릿속이 복잡했던 랠프는 아버지의 독창성을 대단히 존중했다. 옳건 그르건 간에 미국인들은 외국의 상황에 쉽게 적응하는 국민이라는 찬사를 받고 있다. 그러나 터치트 씨가 전반적으로 성공을 거둘 수 있었던 바탕의 태반은 그가 영국에 적응하는 데 한계가 있었기 때문이었다. 그는 처음에 각인된 특징들을 대부분 그대로 간직하고 있었다. 그의 아들이 늘 즐거운 마음으로 주목했듯이, 그의 어조는 번창하는 뉴잉글랜드 지방의 말투 그대로였다. 만년에 이르러 그는 부유해진 만큼 자기 나름의 바탕에서 원만해졌다. 완벽하게 빈틈없는 그의 마음은 겉으로 우애를 베풀어 주려는 성향과 결합되었고, 그가 한 번도 관심을 기울인 적이 없었던 그의 〈사회적 지위〉는 만지작거리지 않은 과일처럼 단단하고 완벽해졌다. 어쩌면 그에게 상상력과, 이른바 역사의식이 결핍되어 있었기 때문일 것이다. 그러나 그의 감각은 교양 있는 외국인들이 영국에서 생활하면서 흔히 받아들이는 많은 인상들에 완전히 차단되어 있었다. 그가 결코 깨닫지 못한 차이점들이 있었고, 그가 결코 몸에 익히지 못한 습관들이 있었으며, 그가 결코 타진하지 못한 불명료한 점들이 있었다. 그런 불명료한 점들을 혹시라도 그가 알아차렸더라면 그의 아들은 아버지를 그토록 훌륭하게 생각하지 않았을 것이다.

랠프는 옥스퍼드를 졸업한 후에 여행을 하면서 2년을 보냈고, 그 후에는 아버지의 은행에서 높은 의자에 앉아 있게 되었다. 내가 생각하기에 그러한 지위의 의무와 명예란 의자의 높이에 따라 가늠되는 것이 아니고 다른 사정들에 따라 달라진다. 다리가 무척 길었던 랠프는 사실 서서 일하는 것을 좋아했고 심지어 서성이며 돌아다니는 것을 좋아했다. 하지만 그가 이처럼 앉아 있는 훈련을 받은 기간은 단기간에 지나지 않았다. 열여덟 달가량 지났을 때 건강 상태가 심각하다는 것을 알게 되었던 것이다. 독감에 걸렸는데 그것이 그의 폐에 자리 잡고는 무시무시한 혼란을 야기했던 것이다. 그는 일을 그만두어야 했고, 자기 몸을 돌보라는 슬픈 명령을 엄격히 따라야 했다. 처음에 그는 몸을 보살피는 일을 등한시했다. 자기가 돌보는 것은 자기 자신이 아니고 자기와는 공통점이 전혀 없는, 흥미롭지도 못하고 흥미를 느끼지도 못하는 사람인 것 같았다. 하지만 차차 익숙해지자 그 사람이 더 낫게 여겨졌다. 랠프는 마침내 그 사람에 대해서 내키지는 않지만 너그러운 마음을 품게 되었고, 내색하지는 않았지만 존중심도 갖게 되었다. 불운이란 잠자리를 같이하는 기이한 친구가 된다. 랠프는 그 일에 중요한 문제가 걸려 있다고 느끼면서 ─ 대체로 그 일은 자신이 정상적인 이해력을 갖고 있는 사람인가 하는 평판과 직결된 문제로 여겨졌다 ─ 그가 돌봐 주어야 할 염치없는 친구에게 상당한 관심을 쏟았다. 그 관심은 적절히 인정되었고, 적어도 그 가엾은 친구의 목숨을 부지할 수 있게 해주는 효과를 낳았다. 그의 폐 한쪽이 좋아지기 시작했고 다른 쪽도 그것을 본받아 나을 가능성이 있었다. 그가 폐병 환자들이 주로 모여드는 다른 기후대로 옮겨 간다면 앞으로 겨울을 열두 번은 날 수 있으리라고 의사들은 장담했다. 그는 런던을 무척 좋아하게 되었기에 영국에서 완전히 추방되는 데 대해서 욕설을 퍼붓지 않을 수 없었다. 그러나 욕설을 퍼붓는 동시에 순응했다. 그가 마지못해 베풀어 준 냉혹한 호의에 대해서도 그의 민감한 폐가 고마워하는 것을 알게 되면서, 호의를 베풀어 주는 일이 차차 더 수월해졌다. 그는 흔히 말하듯이 겨울을 외국에서 났다. 햇볕을 쪼였고, 바람이 불면 실내에 머물렀고, 비가 내리면 잠자리에 들었고, 한두 번 밤중에 눈이 내렸을 때에는 다시는 일어나지 못할 뻔하기도 했다.

그의 내면에 은밀히 쌓여 온 무관심 — 그가 처음으로 학교에 가던 날 다정한 늙은 보모가 교복에 슬쩍 넣어 주었을 두꺼운 케이크처럼 — 이 도움이 되었고, 자기 자신을 포기하려는 마음에 순응하도록 해주었다. 기껏 좋아져 봤자 중증이었기 때문에 스스로를 단념하는 그 괴로운 일 외에는 아무것도 할 수 없었다. 가끔 혼자 중얼거렸듯이, 하고 싶어 견딜 수 없는 일은 사실 아무것도 없었다. 그러므로 적어도 용맹을 떨칠 수 있는 싸움터를 포기한 것은 아니었다. 하지만 이제 금지된 과일의 향기가 솔솔 풍겨 와서 때로 그를 스치면서, 인생에서 느낄 수 있는 최고의 즐거움은 행동의 쾌감이라고 상기시켜 주는 것 같았다. 지금처럼 살아가는 것은 훌륭한 책을 형편없는 번역본으로 읽는 것과 같았다. 자신이 탁월한 언어학자가 될 수도 있었으리라고 느끼는 젊은이에게 번역본을 읽는 것은 하찮은 오락에 불과했다. 건강 상태가 괜찮은 겨울철도 있었지만 고약한 겨울철도 있었다. 괜찮은 겨울철이 지속될 때는 때로 몸이 정말로 회복되고 있다는 환상에 농락당하기도 했다. 그러나 이 이야기의 초반에서 묘사된 사건이 일어나기 약 3년 전에 이 환상은 완전히 사라지고 말았다. 그때 그는 예년보다 더 오래 영국에 머물러 있었고, 알제[2]에 도착하기 전에 갑자기 악천후가 덮쳤던 것이다.

2 알제리의 수도.

그곳에 도착했을 때 그는 살아 있다기보다는 죽은 사람에 가까웠고 몇 주간 생과 사의 갈림길에 서 있었다. 그가 다시 회복한 것은 기적이나 다름없었다. 몸이 회복되었을 때 그는 그런 기적은 단 한 번밖에 일어나지 않는다고 마음속 깊이 되새겼다. 이제 최후의 시간이 눈앞에 다가왔으며 그 시간을 응시해야 할 의무가 있다고, 그렇지만 그 중대한 관심사를 잊지 않으면서도 그 사이의 시간을 최대한 유쾌하게 보내도록 스스로 선택할 수 있다고 혼자서 중얼거렸다. 앞으로 자신의 능력을 잃어버릴 가능성을 놓고 생각해 볼 때, 그 능력을 사용할 수 있다는 것은 그 자체만으로도 절묘한 기쁨이었다. 예전에는 사색의 즐거움을 한 번도 음미한 적이 없었던 것 같았다. 뛰어난 인물로 두각을 드러내겠다는 생각을 단념하기가 괴롭다고 여겼던 시절은 이미 먼 옛날이었다. 생각은 막연했지만 그럼에도 끈질겼고, 같은 가슴속에서 터져 나와 분발하게 하는 자기비판과 싸워 가야 했지만 그래도 역시 즐거운 생각이었다. 그의 벗들은 이제 그가 더 쾌활해졌다고 생각했고 뭔가 아는 듯이 고개를 저으면서 그것은 그가 회복을 기대하기 때문일 거라고 여겼다. 그의 평온함은 몰락해 버린 그의 잔해에 가지런히 자리 잡고 피어난 야생화에 불과했다.

확실히 조금도 지루하지 않은 아가씨가 나타났을 때 랠프가 재빨리 그녀에게 흥미를 느끼게 된 중요한 이유는 관찰 대상 자체가 감미로운 속성을 갖고 있었기 때문일 것이다. 만일 그가 사색에 빠지려는 마음이 일었다면, 왠지 여기 있는 이 아가씨는 여러 날 계속 생각해 보기에 충분한 대상이라는 느낌이 들었다. 요약하여 말하자면, 사랑을 하는 것에 대한 상상 — 사랑을 받는 것에 대한 상상과는 다른 — 이 꼴불견으로 말라빠진 자신의 몸속에 아직도 남아 있었다고 덧붙일 수 있을 것이다. 단, 감정을 분출하는 일이 있어서는 안 된다고 그는 스스로에게 다짐했다. 어떻든 그가 사촌 동생에게 열정을 일으키는 일이 있어서는 안 되고, 그녀 또한 애를 쓴다 하더라도 그가 열정을 품도록 도울 수 없을 것이다. 「자, 이제 그 아가씨에 대해서 말씀해 주세요.」 그는 어머니에게 말했다. 「그녀를 어떻게 하실 작정이신가요?」

터치트 부인은 즉시 대답했다. 「그 애가 가든코트에서 삼사 주 머물 수 있도록 초대해 달라고 네 아버지에게 부탁할 생각이야.」

「그런 격식을 차리실 필요가 전혀 없잖아요.」 랠프가 말했다. 「아버지께선 당연히 초대하실 테니까.」

「그건 잘 모르겠다. 그 애는 내 조카딸이지, 네 아버지의 조카딸이 아니거든.」

「맙소사, 어머니. 소유권에 대한 의식이 너무 철저하세요! 그렇다면 아버지께서 그 아가씨를 초대하셔야 할 이유가 더 많겠지요. 하지만 그다음에, 제 말은 석 달 후엔(그 가엾은 아가씨에게 겨우 삼사 주만 여기 머물도록 초대하는 것은 터무니없는 일이니까요) 그녀를 어떻게 하실 셈이세요?」

「파리에 데리고 갈 생각이야. 그 애에게 옷을 사주려고.」

「아, 네, 물론 그렇겠죠. 하지만 그 외에는?」

「나와 함께 피렌체에서 가을을 보내자고 초대할 거야.」

「사랑하는 어머니, 자질구레한 얘기만 하시는군요.」 랠프가 말했다. 「제가 알고 싶은 것은 전반적으로 그녀를 어떻게 하실 생각이냐는 거예요.」

「내 의무를 다할 거야!」 터치트 부인이 선언했다. 「그 애를 몹시 동정하는 모양이구나.」 그녀가 덧붙였다.

「아뇨, 동정하는 것 같지는 않아요. 그녀는 동정심을 일으킬 아가씨로 보이지 않거든요. 오히려 그녀에 대해 부러운 마음을 갖고 있는 것 같아요. 하지만 확실히 알기 전에, 어머니께서 어머니의 의무라고 생각하시는 것이 무엇인지 좀 알려 주세요.」

「그 애에게 유럽의 네 나라를 보여 줄 거야. 그중 두 나라를 그 애에게 선택하라고 할 거란다. 그리고 그 애가 프랑스어를 완벽하게 익힐 기회를 주는 거지. 이미 프랑스어를 꽤 잘 알고 있거든.」

랠프는 이마를 약간 찡그렸다. 「그건 좀 무미건조하게 들리는군요. 그녀가 두 나라를 선택할 수 있더라도 말이죠.」

「그게 무미건조하다면,」 어머니가 웃으며 말했다. 「이사벨이 거기에다 물을 뿌리게 내버려 두면 될 거야! 그 애는 언제나 한여름에 쏟아지는 장맛비 같거든.」

「그녀가 재능 있는 사람이라는 말이세요?」

「재능이 있는지 어떤지는 모르겠다. 하지만 영리한 아가씨야. 의지가 강하고 아주 씩씩하지. 그 애는 지루하다는 것을 전혀 몰라.」

「그건 짐작이 가요.」 랠프가 말했다. 그러고 나서 돌연히 덧붙였다. 「어머니께서는 그 아가씨와 잘 지내시나요?」

「그 말은 내가 지루한 사람이라는 뜻이냐? 그 애는 나를 그렇게 생각하지 않을걸. 어떤 아가씨들은 그렇게 생각할지 모르지. 하지만 이사벨은 너무 영리해서 그렇지 않을 거야. 내가 그 애를 무척 즐겁게 해주고 있을 게다. 내가 그 애를 잘 이해하고 있기 때문에 우리는 서로 잘 맞아. 나는 그녀와 같은 부류의 아가씨를 알고 있거든. 무척 솔직한 아가씨야. 나도 그렇고. 우리는 서로에게서 무엇을 기대할 수 있는지를 정확히 알고 있어.」

「아, 사랑하는 어머니!」 랠프가 외쳤다. 「어머니에게 무엇을 기대할 수 있을지는 누구나 다 알고 있어요! 제가 어머니에게 놀란 적은 단 한 번뿐인데, 그게 바로 오늘이에요. 살아 있는 줄도 몰랐던 예쁜 사촌을 데려오셨으니까요.」

「그 애가 무척 예쁘다고 생각하니?」

「대단히 예뻐요. 하지만 그 점에 대해서는 강조하지 않겠어요. 그녀가 대단한 사람이라는 분위기를 전반적으로 풍기고 있다는 점에서 특히 강한 인상을 받았어요. 이 진귀한 아가씨는 누구예요? 무엇을 하죠? 그녀를 어디서 찾아내셨어요? 그리고 어떻게 아시게 됐어요?」

「올버니의 낡은 집에서 찾아냈단다. 비가 내리는 날에 음산한 방에 앉아서는 재미없는 책을 읽으며 죽도록 따분해하고 있더구나. 자기가 따분해하고 있다는 것도 모르면서 말이야. 하지만 내가 그 집에서 나섰을 때 틀림없이 그 애는 내가 해준 일에 대해 매우 고마워하는 것 같았어. 너는 내가 그 애의 눈을 뜨게 하지 말았어야 한다고 말할지도 모르지. 그 애를 그냥 내버려 두었어야 한다고. 그 생각에도 다분히 일리가 있지만 나는 양심에 따라 행동한 거란다. 그 애는 더 나은 일을 하도록 태어났다고 생각했거든. 그 애를 데리고 다니면서 세상을 보여 주면 좋은 일이 될 거라는 생각이 들었지. 그 애는 세상을 잘 알고 있다고 생각해. 미국 여자애들이 대개 그렇듯이 말이야. 하지만 미국 여자애들이 대개 그렇듯이 그 애도 우스울 정도로 착각하고 있는 거지. 굳이 알고 싶다면 말해 주겠는데, 그 애가 내게 명예가 될 거라는 생각도 했단다. 나는 남들이 나를 좋게 생각해 주기를 바라는데, 어떤 면으로는 내 나이 또래의 여자에게 매력적인 조카딸보다 더 편리한 것도 없지. 너도 알다시피 나는 여동생의 딸들을 몇 년간 전혀 만나지 않았어. 그 애들의 부친을 봐줄 수 없었거든. 하지만 그가 죽어서 천국에 갈 때쯤 그 애들을 위해서 뭔가해주려는 생각을 늘 하고 있었어. 그 애들을 어디서 찾을 수있을지를 확인하고 찾아가서 단도직입적으로 나를 소개했단다. 두 명이 더 있는데 둘 다 결혼했더구나. 큰딸만 만나보았는데 그 애의 남편은, 말이 나왔으니 말이지, 무례하기짝이 없더군. 그 아내의 이름은 릴리인데 내가 이사벨에게관심을 보인다는 생각에 펄쩍 뛰며 좋아하더라. 자기 동생에게 필요한 것이 바로 그거라고 말했어. 누군가가 그 애에게관심을 가져 주는 것 말이야. 그 언니가 자기 동생에 대해서말하는 것을 들어 보면 마치 사람들이 천재적인 젊은이에 대해서 말할 때와 같더구나. 격려와 후원이 필요한 천재 말이지. 이사벨이 천재일지도 모르지. 하지만 그렇더라도 그 애가 어떤 분야에 특별한 재능이 있는지는 알아내지 못했단다. 러들로 부인은 내가 그 애를 유럽으로 데려가는 것을 특히좋아했어. 거기 사람들은 모두 유럽을 이주의 땅이나 구원의땅, 남아도는 미국 인구를 수용할 피난처쯤으로 생각하고있지. 이사벨은 여기 오는 것을 무척 기뻐하는 것 같았어. 그래서 일이 쉽게 결정되었지. 그 애가 금전적으로 신세 지는것을 싫어하는 것 같았기에 돈 문제에 있어서 조금 난관이있었어. 하지만 그 애는 수입이 그리 많지 않아. 그리고 자기가 스스로 경비를 대면서 여행한다고 생각하고 있단다.」

랠프는 이 명료한 설명에 주의 깊게 귀를 기울였다. 그 이야기를 들었어도 이 문제에 관한 그의 관심은 조금도 줄지 않았다. 「아, 그녀가 천재라면, 그녀의 특기가 무엇인지 알아내야겠군요.」 그가 말했다. 「혹시 불장난을 치는 재주 아닐까요?」

「난 그렇게 생각하지 않는단다. 처음에는 그런 의심을 품을 수도 있겠지만 네 생각이 틀릴 거야. 내가 생각하기로는, 네가 아무리 애를 써도 그 애에 대해서 쉽게 올바른 판단을 내릴 수 없을 거야.」

「그럼 워버턴이 틀렸군요!」 랠프가 기뻐하며 외쳤다. 「그는 그녀에 대해서 알아냈다고 우쭐해했거든요.」

그의 어머니는 고개를 저었다. 「워버턴 경은 그 애를 절대로 이해하지 못할 거야. 그러니 그는 그런 수고를 기울일 필요도 없어.」

「그는 매우 영리한 사람이에요.」 랠프가 말했다. 「하지만 어쩌다 한번은 어리둥절해지더라도 괜찮은 일이죠.」

「이사벨은 귀족을 어리둥절하게 만드는 것을 재미있어할 거야.」 터치트 부인이 말했다.

그녀의 아들은 이맛살을 약간 찌푸렸다. 「그녀가 귀족들에 대해서 무엇을 알고 있나요?」

「아는 게 전혀 없어. 그래서 그를 더욱더 어리둥절하게 할 거다.」

랠프는 웃음으로 이 말을 받아들이며 창밖을 내다보았다. 그러고는 〈아버지를 만나러 내려가지 않으시겠어요?〉 하고 요청했다.

「8시 15분 전에.」터치트 부인이 말했다.

그녀의 아들은 시계를 보았다. 「그럼 아직 15분이 남아 있네요. 이사벨에 대해서 좀 더 이야기해 주세요.」터치트 부인은 그가 스스로 알아내야 한다고 말하면서 그의 요청을 거절했다. 그가 말을 이었다. 「자, 그럼 그녀는 틀림없이 어머니에게 공이 되겠어요. 하지만 어머니의 골치를 썩이지는 않을까요?」

「그러지 않기를 바란단다. 하지만 그 애가 그렇게 하더라도 나는 움츠리지 않을 거야. 나는 절대 그러지 않아.」

「그녀는 매우 꾸밈이 없는 아가씨로 보였어요.」랠프가 말했다.

「꾸밈이 없는 사람들은 골치를 썩이지 않지.」

「그래요.」랠프가 말했다. 「어머니 스스로가 그 점을 보여주는 증거라고 할 수 있지요. 어머니는 전혀 꾸밈이 없으시니까요. 그리고 어느 누구도 괴롭히지 않으셨다고 믿어요. 누군가를 괴롭히려면 노력을 들여야 하지요. 하지만 이것 좀 말씀해 주세요. 방금 떠오른 생각인데, 이사벨이 불쾌하게 굴 수도 있을까요?」

「아,」그 어머니가 말했다. 「질문이 너무 많구나! 너 스스로 알아내거라.」

하지만 그의 질문은 끝나지 않았다. 「지금까지 어머니는 그녀를 어떻게 하실 생각인지 말씀하지 않으셨어요.」그가 말했다.

「그 애를 어떻게 한다고? 마치 그 애가 옥양목 한 마라도 되는 듯이 말하는구나. 나는 아무 일도 하지 않을 거란다. 그 애는 자기가 선택하는 것을 스스로 해나갈 거야. 그 애가 그렇게 하겠다고 이미 내게 통고했단다.」

「그렇다면 어머니가 전보에 쓰신 말의 의미는 그녀의 성격이 독립적이란 뜻이군요.」

「내가 전보에 뭐라고 썼는지 모르겠어. 특히 미국에서 보내는 전보는. 분명하게 쓰려면 너무 돈이 많이 들거든. 네 아버지에게 내려가거라.」

「아직 8시 15분 전이 되지 않았어요.」 랠프가 말했다.

「네 아버지의 조급한 성품을 참작해야지.」 터치트 부인이 대답했다.

랠프는 아버지의 조급한 성품을 어떻게 생각해야 할지 알고 있었다. 하지만 아무 대답도 하지 않고 어머니에게 팔을 내밀었다. 그래서 함께 계단을 내려오면서 그는 중간 층계참에서 잠시 어머니의 걸음을 멈출 수 있었다. 널찍하고 나지막하며 난간이 넓고 세월이 흘러 새까매진 참나무 계단은 가든코트의 가장 두드러진 특징 중 하나였다. 「그녀를 결혼시킬 계획은 없으시겠죠?」 그가 미소를 지었다.

「결혼시킨다고? 내가 그 애에게 그런 속임수를 쓴다면 유감천만이지. 하지만 그와는 별도로, 그 애 스스로 결혼하는 거야 있을 수 있는 일이지. 필요한 건 다 갖추고 있으니까.」

「그녀에게 골라 놓은 남편감이 있다는 뜻인가요?」

「남편감에 대해서는 모르겠다. 그렇지만 보스턴에 한 청년이 있어…….」

랠프는 걸음을 옮겼다. 보스턴의 청년에 대한 이야기는 듣고 싶지 않았다. 「아버지께서 말씀하셨듯이, 미국 아가씨들은 언제나 약혼한 상태로군요!」

그의 어머니는 그가 호기심을 느끼는 대상에게서 직접 호기심을 풀어야 한다고 말했다. 그리고 그렇게 할 수 있을 기회가 부족하지 않으리라는 점이 곧 분명해졌다. 그는 이 젊은 친척 아가씨와 단둘이 응접실에 남겨졌을 때 많은 이야기를 나눴다. 약 10마일 떨어진 저택에서 말을 타고 왔던 워버턴 경은 만찬 전에 다시 말을 타고 출발했다. 식사가 끝나고 한 시간이 지나자 터치트 부부는 적절한 예의를 다 차린 듯이 보였고 피곤하다는 타당한 구실을 대고는 각자의 방으로 물러났다. 그 젊은이는 사촌과 한 시간을 보냈다. 그녀는 그날 아침나절에 여행했지만 전혀 기진맥진한 기색이 없었다. 사실 그녀는 지쳐 있었고 그 사실을 알고 있었으며 이튿날 아침에 그 대가를 치르리라는 것도 알고 있었다. 하지만 그즈음에 그녀는 극도로 피로할 때까지 견디다가 감출 수 없을 정도가 되어야 비로소 자백하는 습성이 생겼다. 멋지게 속이는 것이 얼마간은 가능했다. 그녀는 흥미진진한 기분이었고, 스스로에게 고백했듯이 잔뜩 들떠 있었다. 그녀는 랠프에게 그림들을 보여 달라고 청했다. 그 집에는 그림이 아주 많이 있었고, 대부분은 그가 직접 수집한 것이었다. 가장 훌륭한 그림들은 참나무로 장식되고 쾌적하게 널찍한 화랑에 진열되어 있었다. 그 화랑의 양쪽 끝에는 사랑방이 있었고 저녁에는 대체로 불이 켜져 있었다. 그 빛이 충분히 밝지 않아서 그림을 돋보이게 해줄 수 없었으므로, 화랑을 돌아보는 일은 다음 날로 미룰 수 있을 것이다. 랠프는 과감하게 그렇게 제안해 보았지만 이사벨은 실망한 표정이었다. 그래도 미소를 지으며 말했다. 「괜찮으시면 그림을 조금만 보고 싶어요.」 그녀는 열망에 가득 차 있었고, 자신이 간절히 열망하고 있으며 이제는 겉으로도 그렇게 드러난다는 것을 알고 있었다. 그녀로서는 어쩔 수 없는 일이었다. 〈남의 제안을 받아들이지 않는 아가씨로군.〉 랠프는 속으로 이렇게 말했지만, 짜증이 난 것은 아니었다. 그녀가 조르는 것이 재미있기도 하고 심지어 즐거움을 주기도 했다. 일정한 간격을 두고 선반 받이에 올려져 있는 램프의 불빛은 충분히 밝지는 않아도 부드러웠고, 풍부한 색채의 흐릿한 사각형 그림들과 육중한 액자틀의 빛바랜 도금을 비추었다. 랠프는 촛대를 들고 이리저리 움직이면서 자기가 좋아하는 그림들을 가리켰다. 이사벨은 걸음을 옮겨 그림을 하나씩 살펴보면서 작은 감탄사를 내거나 중얼거리곤 했다. 그녀에게 감식안이 있음은 분명했다. 그녀의 취향은 자연스러웠다. 그가 받은 인상은 그러했다. 그녀도 촛대를 들고 천천히 이곳저곳에 촛불을 비춰 보았다. 그녀가 촛대를 높이 쳐들었다. 그녀가 그렇게 하고 있을 때 그는 방 한가운데 멈춰 서서 그림보다는 그녀에게 더 자주 눈길을 돌리고 있는 자신을 의식했다. 이처럼 시선이 빗나갔어도 사실 그는 잃은 것이 전혀 없었다. 그녀는 대개의 그림들보다 바라볼 만한 가치가 더 많았던 것이다. 그녀가 호리호리하다는 것은 부정할 수 없었고, 몸이 가볍다는 것은 달아 보일 수 있을 정도였으며, 키가 크다는 것은 입증할 수 있었다. 사람들은 그녀를 언니들과 구별하여 말하고 싶을 때 늘 버들처럼 날씬한 아가씨라고 불렀다. 검은색에 가까운 짙은 머리칼은 많은 여자들의 부러움을 샀다. 그녀의 연회색 눈은 심각한 순간에는 좀 지나치게 딱딱하게 보였지만 매혹적으로 광범위하게 사물을 받아들이곤 했다. 그들은 화랑의 한쪽 면을 따라서 천천히 걸었고 다른 쪽으로 돌아왔다. 그런 다음에 그녀가 말했다. 「자, 이제 나는 처음보다 더 많은 것을 알게 되었어요.」

「지식에 대한 열정이 대단하군.」 그녀의 사촌이 대답했다.

「그렇다고 생각해요. 대부분의 여자들은 끔찍하게도 무지하거든요.」

「너는 대부분의 여자들과 전혀 다른 것 같구나.」

「아, 어떤 여자들은 바랄 거예요 ─ 하지만 그들이 어떤 식으로 훈계를 받는지!」 이사벨은 중얼거렸다. 그녀는 아직 자신에 대해서는 자세히 말하고 싶지 않았다. 그런 다음 이내 화제를 바꾸려고 이렇게 말을 이었다. 「말해 주세요. 여기 유령이 나오지 않나요?」

「유령?」

「성에 나타나는 망령 말이에요. 미국에서는 그런 것을 유령이라고 불러요.」

「여기서도 그렇게 부르지. 그런 것이 나타난다면 말이야.」

「그럼 나타난다는 말인가요? 이렇게 낭만적인 고택에서는 꼭 나타날 거예요.」

「여기는 낭만적인 고택이 아니야.」 랠프가 말했다. 「그걸 기대한다면 실망이 클걸. 음울하게도 단조로운 집이니까. 네가 혹시 가져왔을 허황한 공상을 제외하면 여기에는 그런 것이 전혀 없거든.」

「아주 많이 가져왔어요. 하지만 딱 알맞은 곳에 가져온 것 같아요.」

「그것을 안전하게 지킬 수 있을 거야. 여기에는 아버님과 나밖에 없으니 그 공상에 아무 일도 일어나지 않을 테니까.」

이사벨은 그를 잠시 바라보았다. 「여기에는 이모부님과 오빠 외에는 아무도 없나요?」

「물론 어머니가 계시지.」

「아, 이모님은 알고 있어요. 이모님은 공상에 잠기지 않으시죠. 다른 사람들은 없나요?」

「거의 없어.」

「그건 유감스러운 일이군요. 나는 사람들을 만나는 것을 무척 좋아하거든요.」

「아, 너를 즐겁게 해주도록 이 시골에 사는 사람들을 모두 초대해 주지.」

「나를 놀리시는군요.」 그 아가씨는 다소 진지하게 말했다. 「내가 도착했을 때 잔디밭에 있던 신사는 누구였죠?」

「이웃이야. 그는 그리 자주 들르지 않아.」

「유감이군요. 그 사람이 마음에 들었거든요.」 이사벨이 말했다.

「아니, 너는 그에게 거의 말을 하지 않았던 것 같은데.」 랠프가 지적했다.

「상관없어요. 어떻든 그가 마음에 들어요. 이모부님도 좋아요. 한없이.」

「아주 잘됐군. 아버지는 누구보다도 좋은 분이거든.」

「아프셔서 참 안됐어요.」 이사벨이 말했다.

「나와 함께 아버지를 간호해 드려야지. 너는 간병을 잘할 거야.」

「그렇지 않을 거예요. 간병을 못한다는 말을 들었거든요. 의견이 너무 많다고 하더군요. 그런데 아직 유령에 대해서는 말해 주지 않았네요.」

하지만 랠프는 이 말에 주의를 기울이지 않았다. 「너는 내 아버지를 좋아하고 또 워버턴 경을 좋아하니까 또 내 어머니를 좋아한다고 추론할 수 있겠군.」

「이모님을 무척 좋아해요. 왜냐하면 — 왜냐하면 —」 이 사벨은 터치트 부인을 좋아하는 이유를 대려고 고심하고 있었다.

「아, 그 이유는 절대 알 수 없을걸!」 그녀의 벗이 웃으며 말했다.

「나는 언제나 이유를 알고 있어요.」 아가씨가 대답했다. 「그건 이모님이 다른 사람들의 호감을 받으려고 생각하시지 않기 때문이에요. 이모님은 다른 사람들이 좋아하든지 말든지 개의치 않으세요.」

「그래서 어머니를 무척 좋아한다고? 비꼬인 마음에서? 그런데 나는 어머니를 무척 많이 닮았어.」 랠프가 말했다.

「조금도 닮지 않았다고 생각해요. 오빠는 사람들이 좋아해 주기를 바라지요. 그렇게 되도록 애쓰고요.」

「이런, 사람을 속속들이 꿰뚫어 보는군!」 그는 당황해서 큰 소리로 말했고, 그 말이 전적으로 농담조는 아니었다.

「하지만 그래도 나는 오빠를 좋아해요.」 사촌이 말을 이었다. 「그 문제를 매듭지으려면 내게 유령을 보여 주면 될 거예요.」

랠프는 슬프게 고개를 저었다. 「내가 유령을 보여 줄 수는 있겠지만, 너는 절대로 볼 수 없을 거야. 그런 특권이 누구에게나 주어지는 것은 아니거든. 그건 부러워할 만한 특권이 아니야. 너처럼 젊고 행복하고 순진한 사람에게는 절대로 보이지 않으니까. 먼저 고통을 겪어야 해. 크나큰 고통을 겪어야 하고, 쓰라린 인생사를 경험해야 하지. 이런 식으로 해서 유령을 볼 수 있도록 눈이 뜨이는 거야. 나는 오래전에 보았어.」 랠프가 말했다.

「조금 전에 말했듯이 나는 지식을 얻는 것을 무척 좋아해요.」 이사벨이 대답했다.

「그래. 행복하고 유쾌한 지식을 얻는 것을 좋아하겠지. 하지만 너는 고통을 겪지 않았어. 그리고 고통을 겪도록 태어나지도 않았고. 나는 네가 절대로 유령을 보게 되는 일이 없기를 바란단다!」

그녀는 입술에 미소를 띠고 있었지만 진지한 눈빛으로 그의 말을 주의 깊게 들었다. 그는 그녀를 매력적이라고 생각했지만, 다소 건방지게 보이기도 했다. 실로 그것은 그녀가 가진 매력의 일부였다. 이제 그녀가 뭐라고 말할지 궁금했다. 「나는 정말이지 조금도 겁나지 않아요.」 그녀가 말했다. 다분히 건방지게 들리는 말이었다.

「고통을 겪는 것이 겁나지 않는다고?」

「아뇨, 고통을 겪는 것은 겁이 나요. 하지만 유령은 두렵지 않아요. 그리고 사람들이 너무 쉽게 고통을 겪는다고 생각해요.」 그녀가 덧붙였다.

「그렇게 생각한다니 믿을 수 없군.」 랠프는 양손을 주머니에 넣은 채 그녀를 바라보며 말했다.

「잘못된 생각인 것 같지는 않아요.」 그녀가 대답했다. 「고통을 겪는 것이 꼭 필요한 일은 아니거든요. 우리는 고통을 겪도록 태어나지 않았어요.」

「분명 너는 그렇겠지.」

「나 자신에 대해서 말하고 있는 건 아니에요.」 그녀는 조금 떨어진 곳으로 걸어갔다.

「그래, 그렇게 생각하는 건 잘못이 아니지.」 그녀의 사촌이 말했다. 「강하다는 것은 장점이니까.」

「다만, 고통을 겪지 않으면 사람들에게서 냉정하다는 말을 듣게 되죠.」 이사벨이 말했다.

그들은 화랑에서 나와서 들어갔던 작은 응접실을 지나 홀의 층계 아래에서 걸음을 멈췄다. 여기서 랠프는 벽감에 있던 침실 양초를 가져와 그녀에게 건네주었다. 「남들이 뭐라고 말하건 신경 쓰지 말도록 해. 고통을 겪는 사람들은 바보 천치라고 불리거든. 중요한 점은 되도록 행복해지는 거야.」

그녀는 그를 잠시 바라보았다. 그녀는 양초를 들고 참나무 층계에 발을 올려놓았다. 「내가 유럽에 온 이유가 바로 그거예요. 될 수 있는 대로 행복해지려고. 잘 자요.」

「잘 자렴! 완벽하게 성공하기를 바란다. 그리고 내가 거기 보탬이 될 수 있다면 무척 기쁘겠어!」

그녀는 몸을 돌렸고, 그는 천천히 계단을 올라가는 그녀를 지켜보았다. 그런 다음에는 양손을 주머니에 찔러 넣은 채 텅 빈 거실로 돌아갔다.

제6장

　이사벨 아처는 자기 나름의 의견이 많은 아가씨였다. 그녀의 상상력은 남달리 풍부했다. 주위의 사람들 대부분보다 더 섬세한 마음을 타고났다는 것은 그녀의 행운이었다. 그녀는 주변의 사실을 더 폭넓게 인식했고, 경험해 보지 못한 새로운 지식을 원했다. 그녀가 주위 사람들 사이에서 특출하게 생각이 깊은 아가씨로 통한 것은 사실이었다. 이 훌륭한 이웃들은 자기들이 알지 못하는 폭넓은 지성에 대한 찬사를 억누르지 않았고, 이사벨이 비범한 학식을 갖고 있다고 말했다. 그녀가 고전 작품들을 — 번역본으로 — 읽었다는 말도 전해졌다. 그녀의 고모인 배리언 부인은 이사벨이 책을 쓰고 있다는 소문을 퍼뜨린 적이 있었다. 배리언 부인은 책에 대해서 존경심을 품고 있었고, 그 아가씨가 책을 출판해서 유명해질 거라고 단언했다. 배리언 부인은 문학을 높이 평가했는데, 문학에 대한 그녀의 존경심은 결핍감과 관련되어 있었다. 모자이크 탁자와 장식적인 천장 등 각종 구색을 갖추고 있어서 대단히 멋진 그녀의 큰 저택에는 서재가 없었고, 인쇄된 책이라고는 달랑 염가판 소설 대여섯 권이 딸의 방 선반에 꽂혀 있을 뿐이었다. 사실상 배리언 부인이 알고 있는 문학은 『뉴욕 인터뷰어』에 한정되어 있었다. 그녀가 매우 공정하게 말했듯이, 『인터뷰어』를 읽으면 문화에 대한 신뢰를 모두 잃어버릴 수밖에 없었다. 이렇게 생각했기 때문에 그녀는 『인터뷰어』를 딸들이 보지 못하도록 치워 버리곤 했다. 그녀는 딸들을 품위 있게 키우려고 작정했으므로 그 딸들에게 아무것도 읽히지 않았다. 이사벨이 책을 쓰고 있다는 그녀의 생각은 순전히 착각이었다. 그녀는 책을 쓰려고 시도한 적이 없었고 작가의 월계관을 쓰려는 욕구도 전혀 없었다. 그녀는 표현의 재능이 없었고 천재들의 강한 자의식도 거의 없었다. 그녀는 다만 사람들이 자신을 다소 우월한 존재처럼 대할 때 그런 태도가 옳다고 막연히 생각했을 뿐이었다. 그녀가 우월하든 그렇지 않든 간에 사람들이 그녀를 뛰어난 아가씨로 생각한다면 그녀에게 찬사를 보내는 것이 옳았다. 자기의 마음이 다른 사람들보다 더 기민하게 작용하는 듯이 보이는 일이 종종 있었기 때문이었다. 이렇기 때문에 조급함이 더 커졌고, 그런 마음이 곧 우월함이라고 쉽사리 혼동할 수 있었다. 이사벨은 아마도 자만심의 죄에 빠지기 쉬운 아가씨일 거라고 망설임 없이 단언할 수도 있을 것이다. 그녀는 종종 자신의 본바탕을 살펴보면서 만족감을 느끼곤 했다. 근거가 희박함에도 불구하고 자신이 옳다는 것을 당연하게 여기곤 했다. 때로는 자기 자신에게 찬사를 바치기도 했다. 반면에 이따금 그녀의 착각과 미혹은, 자기가 기술하고자 하는 인물의 품위를 지키려는 전기 작가라면 상세히 묘사하기를 꺼릴 만한 것들이었다. 그녀의 갖가지 생각들은 그 모호한 테두리들이 혼란스럽게 뒤얽혀 있었고, 권위 있는 사람의 판단에 의해 수정된 적이 전혀 없었다. 그녀는 자기 나름의 방식대로 의견을 주장했고, 그 방식 때문에 우습게도 우왕좌왕하다가 난관에 빠져드는 일이 부지기수였다. 어쩌다 자신의 생각이 괴이하게도 틀렸다는 것을 알아낼 때도 있었다. 그러면 큰마음을 먹고 일주일간 열정적으로 겸손하게 굴었다. 그러고 나면 다시 전보다 더 높이 고개를 쳐들었다. 그래 봐야 아무 소용도 없었던 것이, 스스로를 좋게 평가하려는 욕망을 억누를 수 없었던 것이다. 그녀는 이런 조건들이 구비되어야만 인생이 살 만한 가치가 있다고 생각했다. 곧 자신은 최고의 인간이어야 하고, 자신이 훌륭한 유기체라는 것을 자각하면서(그녀는 자신의 몸이 훌륭하다는 것을 의식하지 않을 수 없었다), 빛과 자연 발생적인 지혜, 적절한 충동, 우아하게 몸에 밴 영감의 영역에서 움직여야 한다. 자신에 대한 의심을 품는 것은 가장 좋은 친구에 대한 의혹을 키워 가는 것과 마찬가지로 불필요한 일이었다. 인간은 자기 자신의 가장 좋은 친구가 돼야 하고, 이런 식으로 스스로에게 탁월한 벗이 돼주어야 한다. 이 아가씨는 어떤 고귀한 상상력을 갖고 있었고, 그 상상력이 그녀에게 많은 도움을 주기도 했지만 그녀를 기만하는 일도 많았다. 그녀는 아름다움과 용감함, 관대함을 상상하면서 자기 시간의 절반을 보냈다. 그러면서 세상을 밝은 곳, 자유롭게 확장되는 곳, 매혹적인 행동을 할 수 있는 곳으로 간주하겠다고 확고히 결심했다. 겁을 내거나 부끄러워하는 것은 혐오스럽기 그지없다고 생각했다. 자신이 그릇된 일을 저지르는 경우는 절대로 없기를 끝없이 바랐다. 그저 잘못된 감정을 느낀 일에 불과하더라도 그릇된 일을 저질렀음을 알아차렸을 때는 몹시 분노했고

(그런 것을 알아낼 경우에 그녀는 마치 자기를 사로잡아 질식시킬 수도 있었을 덫에서 빠져나온 듯이 늘 몸서리를 쳤다) 다른 사람에게 상당한 해를 입힐 수도 있었으리라는 뜻밖의 가능성이 떠오르기만 해도 때로 숨이 막히도록 놀라곤 했다. 자신에게 일어날 수 있는 가장 나쁜 일은 바로 그런 것이라고 그녀는 늘 생각했다. 전체적으로 생각해 볼 때 그녀는 그릇된 일이 어떤 것인지 분명히 알고 있었다. 그런 일들이 드러내는 모양새를 좋아하지 않았고, 그것들을 찬찬히 바라보면 그 본성을 알아차릴 수 있었다. 비열함, 질투, 거짓, 잔인함, 이런 것들은 다 옳지 않은 것이었다. 그녀는 세상에서 일어나는 사악한 행위를 본 적이 거의 없었지만, 거짓말을 하거나 서로에게 상처를 주려는 여자들은 본 적이 있었다. 그런 것을 볼 때면 그녀의 기개는 더욱 높이 솟구쳤다. 그런 것을 경멸하지 않는 것은 상스럽게 보였다. 물론 높은 기개는 그 나름의 위험이 있었으니, 그것은 일관성이 없다는 점이었다. 항복해서 땅을 넘겨준 다음에도 깃발을 계속 세워 두려는 위험인데, 그런 행위는 그 깃발에 대한 모욕이 될 수 있을 만큼 비뚤어진 것이다. 그러나 이사벨은 아가씨들이 받기 쉬운 공격이 어떤 것인지 거의 아는 바가 없었으므로, 자신의 행위에서 그런 모순을 찾아낼 일은 전혀 없으리라고 우쭐해했다. 그녀의 삶은 자신이 남들에게 줄 가장 유쾌한 인상과 늘 조화를 이룰 것이다. 그녀의 됨됨이는 겉으로 드러나는 모습 그대로일 것이고, 자신의 됨됨이를 그대로 내보일 것이다. 때로 그녀는 언젠가 어려운 상황에 처하기를 바라기도 했다. 그러면 그 상황에 필요한 대로 얼마든지 영웅적인 인물이 되면서 기쁨을 누릴 수 있으리라고 생각해서였

다. 전체적으로 볼 때 그녀의 지식은 빈약했고 이상은 잔뜩
부풀어 있었다. 그녀의 자신감은 순진하면서도 독단적이었
고, 기질은 엄격하면서도 너그러웠다. 또한 호기심이 강하면
서도 까다로웠고, 쾌활하면서 동시에 냉담하기도 했다. 매우
멋지게 보이기를 바라고 가능하면 더 나아지기를 바랐으며,
자신이 직접 보고 시도하고 지식을 쌓겠다고 결심하고 있었
다. 그녀의 섬세하고 변덕스러운 불꽃 같은 정신은 상황에서
빚어진 열성적이고 개인적 성격과 결합되어 있었다. 만일 이
사벨이 독자들에게 더욱 다정하고 더 순수한 기대에 찬 충동
을 일깨우도록 의도된 인물이 아니라면 그녀는 엄정한 비판
을 받기 십상이리라.

　이사벨 아처가 갖고 있는 지론들 가운데 하나는 자신이 매
우 운이 좋게도 독립적인 상황에 처해 있고 그런 상태를 매
우 교양 있게 잘 이용해야 한다는 것이었다. 그녀는 그것을
고독한 상태라고 생각하지 않았고 하물며 홀로 남겨진 외톨
이라고는 더더욱 생각하지 않았다. 그런 묘사는 나약하기
짝이 없다고 생각했고, 더욱이 릴리 언니는 자기 집에 와서
살라고 끊임없이 권했다. 이사벨은 아버지가 돌아가시기 직
전에 한 친구를 사귀었는데 유용한 행동의 고귀한 본보기를
보여 주는 아가씨였기에 늘 그 친구를 모범으로 생각했다.
헨리에타 스택폴은 능력에 대해 찬사를 받고 있다는 장점도
있었다. 그녀는 언론계에서 확고히 자리를 잡은 인물이었다.
그녀가 워싱턴, 뉴포트, 화이트 마운틴과 다른 곳들에서 『인
터뷰어』에 보낸 통신문들은 어디에서나 인용되곤 했다. 이사
벨은 그 통신문들이 〈하루살이〉에 불과하다고 자신 있게 단
언했지만 그 작가의 용기와 활력, 유머를 존중했다. 부모도

없고 재산도 없는 그 작가는 병들고 미망인이 된 언니의 세 아이를 맡아서 문학적 노고를 통해 벌어들인 수입으로 교육시키고 있었다. 헨리에타는 진보파의 선두에 서 있었고, 어떤 주제에 대해서든지 명쾌한 견해를 갖고 있었다. 그녀는 유럽에 가서 급진적 관점으로 통신문들을 써서 『인터뷰어』에 보내려는 소망을 오랫동안 품고 있었다. 그녀는 자신의 의견이 무엇인지, 그리고 유럽의 제도들 대부분이 얼마나 많은 문제점을 드러낼 것인지 이미 완벽하게 알고 있었으므로 그것은 그리 어렵지 않은 일이었다. 이사벨이 유럽으로 떠난다는 소식을 들었을 때 그녀는 자기도 즉시 출발하기를 바랐다. 함께 여행하면 즐거울 거라는 생각이 당연히 들었던 것이다. 그러나 이 계획은 미룰 수밖에 없었다. 그녀는 이사벨을 멋진 아가씨라고 생각했고, 통신문 몇 군데에서 은밀히 그녀에 관한 이야기를 썼다. 그 사실을 친구에게 말한 적은 없었다. 그 친구는 그런 일을 즐거워하지 않을 것이며, 『인터뷰어』를 정기적으로 읽지도 않았다. 이사벨에게 헨리에타는 여자가 혼자 독자적으로 살아가면서도 부족함이 없고 행복할 수 있다는 것을 입증하는 존재로서 중요한 의미를 갖고 있었다. 그녀의 재주는 명백히 겉으로 드러나는 것이었다. 하지만 헨리에타가 말했듯이, 신문기자의 재능이나 대중이 무엇을 원하는지를 추측하는 능력이 없는 사람이라고 해서 자기에게 천직이 없다거나 유익한 적성이 없다는 결론을 내리고 체념하며 물러나서 경박하고 공허한 삶을 살아가서는 안 된다. 이사벨은 공허한 삶을 살지 않겠다고 굳게 결심했다. 적절한 인내심을 갖고 기다린다면 자기에게 안성맞춤인 즐거운 일을 발견할 것이다. 물론 이 아가씨의 지론 가운데 결혼이라는 주제에 관해 수집한 생각들이 없을 리 없었다. 그 가운데 첫 번째는, 결혼에 대해서 너무 많이 생각하는 것은 천박하다는 확신이었다. 그녀는 결혼에 대한 열망에 빠져드는 일이 없기를 간절히 기도했다. 여자가 특별히 취약점이 있는 경우가 아니라면 홀로 살 수 있어야 한다고 주장했고, 다소 비루한 마음을 가진 이성과 교류하지 않고도 얼마든지 행복하게 살 수 있다고 생각했다. 이 아가씨의 기도는 매우 충실한 응답을 받았다. 그녀의 내면에 있는 뭔가 순수하고 의기양양한 무엇 — 그녀에게 구혼했으나 거절당한 사람으로서 분석적 성향이 있는 사람이라면 그것을 차갑고 메마른 것이라고 불렀을 것이다 — 덕분에 지금까지 그녀는 손에 넣을 수 있는 남편감들에 대해서 우쭐해하면서 이리저리 따져 볼 일이 없었던 것이다. 그녀가 봐온 남자들 중에서 턱없이 비싼 대가를 치를 가치가 있어 보이는 사람은 거의 없었다. 그리고 그 남자들 가운데 한 사람이 희망을 품을 수 있고 인내심에 대한 보답을 받으리라고 생각할 것을 상상하면 절로 미소가 떠올랐다. 그녀의 영혼 깊은 곳에는 — 그것은 영혼의 가장 깊은 곳에 있었다 — 만일 어떤 빛이 비치기 시작하면 그녀가 스스로를 상대에게 완전히 내줄 수 있으리라는 믿음이 숨어 있었다. 그러나 이 이미지는 전체적으로 너무나 무시무시했기에 매력적이지 않았다. 이사벨의 생각은 그 이미지 주위를 맴돌았지만 오래 머물지는 않았다. 조금 지나서는 두려움을 느끼며 그 생각을 그만두었다. 자기가 보기에도 스스로에 대해서 너무 많이 생각하는 것 같았다. 그녀를 지독한 이기주의자라고 부른다면 그 어느 때라도 그녀의 얼굴이 벌게지게 만들 수 있었을 것이다. 그녀는 자신의 발전을 계획하고 자신의 완벽함을 희구하면서 자신의 진전을 관찰했다. 그녀가 상상하기에는 자신의 본성이 정원 같은 속성을 지니고 있어서, 은은히 퍼지는 꽃향기와 나뭇가지들이 스치는 소리, 그늘진 정자와 멀리 내다보이는 경치를 연상시켰다. 그래서 내면 성찰이라는 것은 결국 바깥에서 산책하는 것이고, 그러니 장미꽃을 앞치마에 그득 안고 돌아올 수 있다면 자기 정신의 깊숙한 구석을 들여다보는 일이 그리 해롭지 않은 일이라고 느꼈다. 그러나 세상에는 자기 영혼의 감탄스러운 정원 외에도 다른 정원들이 있다는 것을 종종 기억했고, 더욱이 정원이랄 수도 없는 곳들, 추하고 비참한 것들이 두껍게 덮여 있고 유독한 가스가 자욱이 깔린 땅이 많이 있다는 것도 종종 기억했다. 최근에 그녀는 보답을 받은 호기심의 흐름에 실려 둥둥 떠다녔다. 그 흐름은 그녀를 이 아름답고 고색창연한 영국으로 실어 왔고 앞으로 더 멀리 데려갈 것이다. 이 흐름에 실려 가면서 그녀는 자기보다 행복하지 못한 수많은 사람들을 생각하며 종종 스스로를 억제했다. 그런 생각을 하면 그 순간 그녀의 섬세하고 충만한 의식은 일종의 오만함처럼 보였다. 자기 자신을 위한 기분 좋은 일을 계획하면서 세상의 비참함에 대해서는 무엇을 해야 할 것인가? 솔직히 고백하자면, 이 질문에 그녀가 오래 사로잡혀 있었던 적은 결코 없었다. 그녀는 너무 젊었고, 인생을 너무 조급히 갈구했으며, 고통에 대해서는 너무나도 모르고 있었다. 그녀는 무릇 모든 사람들이 영리하다고 생각하는 젊은 여성은 인생을 전반적으로 이해하는 데서 시작해야 한다는 지론으로 늘 되돌아갔다. 실수를 하지 않기 위해서는 그런 이해가 필요하고, 그것을 확보한 다음에야 다른 사람들의 불행한 상황에 특별한 관심을 기울여 고찰할 것이다.

영국은 뜻밖의 새로운 발견이었다. 그녀는 자신이 동화극을 보러 간 아이처럼 즐거워하고 있음을 알게 되었다. 어린 시절에 유럽을 여행했을 때는 유럽 대륙만 돌아보았고 그것도 아이 방의 창문에서 내다보았을 뿐이었다. 아버지가 동경한 곳은 런던이 아니라 파리였고, 게다가 파리에서 아버지가 흥미를 느낀 여러 곳들은 그의 딸들이 당연히 들어갈 수 없는 곳이었다. 더욱이 그 시절에 받은 인상들은 먼 과거의 일이 되면서 아득하게 희미해졌다. 그러나 지금 그녀의 눈에 들어오는 모든 것의 구세계다운 특징들은 이질적인 매력을 전부 갖고 있었다. 이모부의 집은 그림이 그대로 실제가 되어버린 것 같았다. 세련된 조화를 이루는 그 어떤 것도 이사벨은 놓치지 않았다. 가든코트의 풍부하고 완벽한 정경은 한 세계를 보여 주었고 그 어떤 욕구라도 충족시켜 주었다. 갈색 천장과 어둠침침한 구석들이 있는 넓고 나지막한 방들, 창 주위에 비스듬히 벌어진 깊은 틈과 기묘한 여닫이 창, 반짝이는 짙은 색 판벽을 비추는 고요한 빛, 늘 실내를 들여다보는 듯한 바깥의 짙은 신록, 〈저택〉의 한가운데 감도는 잘 정돈된 사생활의 자유로운 느낌 — 이 저택 안에서는 다행히도 소리가 어쩌다가 들릴 뿐이고, 발소리는 흙 속에 흡수되어 버렸다. 부드럽고 짙은 대기에 감싸여 있어서 접촉하더라도 마찰이 없고 말소리에서는 날카로움이 떨어져 나갔다 — 이런 것들이 우리 아가씨의 취향에 무척 잘 맞았고, 그녀의 취향은 그녀의 감정에 지대한 영향을 미쳤다. 그녀는 이모부와 금세 가까워졌고, 그가 의자를 잔디밭에 내놓고 앉아 있을 때면 종종 그 옆에 앉았다. 그는 평온하고 소박한 집안의 수호신처럼 손을 포개고 앉아서 몇 시간을 바깥에서 보냈다. 그 봉사의 신은 일을 끝내고 보수를 받았으며 이제 오로지 쉬는 날뿐인 몇 주, 몇 달을 무료하게 보내는 데 익숙해지려고 노력하고 있었다. 이사벨은 자신의 기대 이상으로 이모부를 즐겁게 해주었고 — 그녀가 사람들에게 미친 영향은 그녀의 예상과 다를 때가 종종 있었다 — 그래서 그는 그녀에게 말을 시키면서 곧잘 재미있어했다. 이런 식으로 그는 그녀가 대화를 나누기에 적합한 환경을 만들어 주었는데, 미국 아가씨들의 이야기에서 흔히 볼 수 있는 자기 〈주장〉이 많이 섞인 대화였다. 다른 나라들보다 미국은 자기네 아가씨들의 말에 더 바짝 귀를 대고 경청해 준다. 대다수의 미국 아가씨들처럼 이사벨은 자신의 생각을 자유롭게 표현하라는 격려를 받아 왔고, 그녀의 말은 주목을 받았으며, 자기 나름의 감정과 의견이 있으리라는 기대를 받아 왔다. 의심할 바 없이 그녀의 많은 의견들은 그리 가치 있는 것이 아니었고, 그녀의 많은 감정들은 말로 표현되는 순간 사라져 버렸다. 그러나 그것들은 적어도 그녀가 느끼고 생각하는 습관을 형성하는 데 그 흔적을 남겼고, 더욱이 그녀가 진정으로 감동을 받았을 때는 즉시 생기발랄한 말을 할 수 있도록 해주었다. 아주 많은 사람들은 그 생기발랄함을 뛰어난 자질의 징후로 간주해 왔다. 터치트 씨는 이사벨이 십 대였을 때의 자기 아내를 연상시킨다고 생각하곤 했다. 생기발랄하고 자연스럽고 이해력이 빠르고 말도 빠르기 때문에(그녀의 조카딸이 보여 주는 여러 특징들인데) 아내를 사랑하게 되었던 것이다. 하지만 그는 이처럼 닮은 점을 그 아가씨에게는 절대 언급하지 않았다. 터치트 부인이 한때 이사벨과 비슷했더라도,

이사벨은 터치트 부인과 전혀 비슷하지 않았기 때문이었다. 노인은 그 질녀에 대해 오로지 다정한 마음만 느꼈다. 그가 말했듯이 그들의 집에 젊은 사람이 와서 묵었던 것은 상당히 오래전의 일이었다. 그리고 경쾌하게 빠른 걸음으로 움직이고 목소리가 청아한 우리의 여주인공은 흐르는 물소리처럼 그의 눈과 귀를 상쾌하게 해주었다. 그는 그녀를 위해서 뭔가를 해주고 싶었고 그녀가 자기에게 요청하기를 바랐다. 그러나 그녀는 오로지 질문만 해댈 뿐이었다. 그 질문이 아주 많았던 것은 사실이다. 때로 그녀가 추궁하는 방식에 어리둥절하기는 했지만 그 이모부에게는 답변을 끌어낼 경험적 자원이 풍부히 구비되어 있었다. 그녀는 영국과 영국의 헌법, 영국인의 성격, 정치적 현황, 왕족의 매너와 관습, 귀족들의 특성, 이웃들의 생활방식과 사고방식에 대해서 무수히 많은 질문을 던졌다. 그리고 이런 점들에 대해 물어보면서 그녀는 대체로 그런 것들이 책에 나오는 묘사와 일치하는지를 묻곤 했다. 그 노인은 늘 무릎을 덮은 숄을 손으로 쓸어내리면서 섬세하고 꾸밈없는 미소를 띤 채 그녀를 바라보았다.

「책이라고?」 그가 한번은 이렇게 말했다. 「글쎄다, 책에 대해서는 잘 모르겠구나. 그것에 대해서는 랠프에게 물어보려무나. 나는 늘 내 눈으로 직접 확인하면서 자연스럽게 정보를 얻었거든. 질문을 많이 한 적도 없었단다. 그저 가만히 있으면서 자세히 관찰했지. 물론 아주 좋은 기회들이 있었어. 젊은 아가씨들이 통상적으로 얻을 수 있는 것보다 더 나은 기회였지. 나는 호기심이 많은 성격이거든. 네가 나를 관찰한다면 그렇게 생각하지 않을 수도 있겠지만 말이다. 네가 나를 아무리 많이 관찰하더라도 내가 너를 관찰하는 것이 더 많을 거란다. 나는 이 사람들을 35년이 넘도록 봐왔지. 그러니 정보를 상당히 많이 얻었다고 주저없이 말할 수 있을 게다. 이 나라는 전반적으로 매우 훌륭한 곳이지. 어쩌면 저 반대편에서 미국인들이 인정하는 것보다 더 훌륭할 거야. 내가 생각하기에 개선되면 좋을 점들이 몇 가지 있지. 그렇지만 아직은 사람들이 대체로 그 필요성을 느끼지 않는 것 같더구나. 무언가가 필요하다고 사람들이 일반적으로 느끼게 되면 대체로 그 일을 그럭저럭 해낸단다. 하지만 그때까지는 기다리는 것을 조금도 불편해하지 않는 것 같아. 확실히 나는 영국인들 사이에서 생활하는 것을 처음 건너왔을 때 예상했던 것보다 더 편안하게 느끼고 있단다. 아마 그건 내가 상당히 성공했기 때문일 게야. 성공을 하면 당연히 편안하게 느끼거든.」

「저도 성공하면 편안하게 느낄 거라고 생각하세요?」 이사벨이 물었다.

「그럴 가능성이 높다고 생각한다. 그리고 너는 틀림없이 성공할 거야. 여기 사람들은 미국 아가씨들을 무척 좋아하거든. 대단히 친절하게 대해 주지. 하지만 너무 편안하게 느껴서는 안 된다.」

「아, 그렇다고 제가 만족감을 느낄 것인지는 전혀 모르겠어요.」 이사벨은 재판관처럼 강조했다. 「저는 이곳이 무척 마음에 들어요. 하지만 여기 사람들을 좋아할지는 모르겠어요.」

「사람들은 아주 좋단다. 특히 그들에게 호감을 가지면 말이지.」

「사람들이 좋다는 점은 의심하지 않아요.」 이사벨이 대답했다. 「그런데 그들과 사귀는 것이 유쾌할까요? 그들이 제게

강도질을 하거나 해치거나 하지는 않겠죠. 하지만 제게 유쾌하게 대해 줄까요? 저는 사람들이 그렇게 해주는 것을 좋아하거든요. 그것을 늘 고맙게 여기기 때문에, 주저 없이 그렇게 말할 수 있어요. 영국인들은 아가씨들에게 매우 친절할 것 같지 않아요. 소설에서는 그리 친절하지 않거든요.」

「소설에 대해서는 잘 모르겠구나.」 터치트 씨가 말했다. 「소설에 장점이 많이 있으리라고 생각하지만, 매우 정확하다고는 생각하지 않거든. 한번은 소설을 쓰는 숙녀가 여기 머물렀던 적이 있지. 랠프의 친구였는데 그 애가 그녀를 초대했단다. 그녀는 매우 명확하고 매사에 빈틈이 없었어. 하지만 신뢰할 수 없는 증거를 제시하는 그런 부류의 사람이었지. 상상력이 너무 분방하다고 할까, 바로 그게 문제였다고 생각해. 그녀가 나중에 소설을 한 권 출판했는데, 그 소설 속에 보잘것없는 내 모습이 묘사되었더구나. 이른바 풍자적으로 말이지. 나는 그 책을 읽지 않았지만 랠프가 중요한 단락들을 표시해서 건네주었단다. 내가 한 말을 그대로 묘사했다고 하더군. 미국인의 특이한 버릇이며 콧소리, 양키들의 관념, 성조기며 뭐 그런 것들 말이지. 그런데 그게 전혀 정확하지 않았단다. 그녀는 내 말을 주의 깊게 귀 기울여 들었을 리가 없어. 그녀가 내 말을 기록한 것에 대해서야 반대할 생각이 없어. 꼭 그렇게 하고 싶었다면 말이야. 하지만 내 말을 애서 주의 깊게 듣지 않았다는 것은 마음에 들지 않았지. 물론 나는 미국인처럼 말한단다. 내가 호텐토트 족처럼 말할 수야 없지. 내가 어떻게 말하든 간에 여기 사람들은 내 말을 아주 잘 이해했어. 그렇지만 내가 그 숙녀의 소설에 나오는 노신사처럼 말하는 건 아니야. 그는 미국인이 아니었어. 미국에서는 어떤 희생을 치르더라도 그런 사람을 받아들이지 않을 거야. 내가 이 얘기를 하는 것은 소설가들이 늘 정확한 것은 아니라는 점을 알려 주려는 거란다. 물론 내게 딸이 없고 아내는 피렌체에서 살고 있기 때문에 아가씨들을 자세히 볼 기회가 그리 많지 않았지. 때로 낮은 계층의 아가씨들은 그리 좋지 못한 대우를 받는 듯이 보이더구나. 하지만 상류 계층에서는, 그리고 중류 계층에서도 어느 정도로는, 아가씨들의 지위가 더 나은 것 같았어.」

「어머나!」 이사벨이 외쳤다. 「계층이 얼마나 많이 있어요? 아마 50개는 되겠죠.」

「글쎄다, 계층을 세어 본 적이 없구나. 계층에 관심을 둬본 적이 없으니까. 바로 그것이 여기에서 살아가는 미국인들에게 유리한 점이지. 어떤 계층에도 속하지 않으니까.」

「그렇기를 바라요.」 이사벨이 말했다. 「영국의 계층에 속한다고 상상하면!」

「그렇지만 어떤 사람들은 매우 편안하게 살고 있단다. 특히 상위 계층 쪽에서는. 하지만 내게는 계층이 딱 두 개뿐이란다. 내가 신뢰하는 사람들과 신뢰하지 않는 사람들. 그 둘 가운데, 귀여운 이사벨, 너는 첫 번째에 속한단다.」

「무척 감사해요.」 아가씨는 재빨리 말했다. 때로 그녀는 찬사를 다소 냉담하게 받아들이는 것 같았다. 그녀는 가급적 신속히 찬사를 털어냈다. 하지만 이 점에 있어서 그녀의 태도는 종종 오해를 일으키곤 했다. 그녀가 찬사에 무감각한 모양이라고 여겨졌지만 실은 그 반대로 찬사에 무한히 큰 기쁨을 느끼는 것을 보이고 싶지 않았을 뿐이었다. 그 점을 드러내면 너무 많은 것을 보여 주게 된다. 「영국인들은 매우 인습적인 것 같아요.」 그녀가 덧붙였다.

「그들에게는 모든 일이 확고하게 정해져 있어.」 터치트 씨가 인정했다. 「모든 것이 예전부터 결정되어 있는 거지. 그들은 마지막 순간까지 거기에서 벗어나지 않는단다.」

「모든 일이 미리 결정되어 있다는 것은 마음에 들지 않아요.」 아가씨가 말했다. 「저는 예상치 못한 일을 더 좋아하거든요.」

그녀의 이모부는 그녀의 뚜렷한 기호에 재미있어하는 것 같았다. 「글쎄, 네가 큰 성공을 거두리라는 것은 미리 정해져 있단다.」 그가 대답했다. 「네가 그것은 좋아할 것 같구나.」

「영국인들이 미련할 정도로 인습적이라면 저는 성공하지 못할 거예요. 저는 미련하게 인습적이지 않거든요. 저는 정반대예요. 그것이 그들의 마음에 들지 않을 거예요.」

「아니, 네 생각은 전적으로 틀렸어.」 노인이 말했다. 「그들이 무엇을 좋아할지는 알 수 없거든. 그들은 도무지 일관성이 없어. 그것이 그들에게서 가장 흥미로운 점이란다.」

「아, 네.」 이사벨은 이모부 앞에 서서 검은 드레스의 벨트 위에서 양손을 꼭 쥐고 잔디밭을 이리저리 바라보면서 말했다. 「그건 제 마음에 꼭 들 거예요.」

제7장

이 두 사람은 그 아가씨가 영국의 대중에게 호소해야 할 입장에 처하기라도 한 듯이 영국민들의 태도에 대해 이야기하면서 이따금 서로 즐거운 시간을 보냈다. 그러나 사실 영국의 대중은 얼마간 이사벨 아처 양에 대해서 지극히 무관심했다. 그녀의 사촌이 말했듯이, 그녀는 운 나쁘게도 영국에서 가장 따분한 집에 발을 들여놓았던 것이다. 통풍에 걸린 이모부는 손님을 초대하는 일이 거의 없었고, 터치트 부인은 남편의 이웃들과 교제를 해오지 않았기에 그들의 방문을 기대할 만한 이유가 없었다. 하지만 그녀는 특이한 취미를 갖고 있었는데, 방문 카드를 받기 좋아하는 것이었다. 이른바 사교라고 불리는 것에 대해서는 거의 흥미를 느끼지 않았지만, 홀에 있는 탁자에 상징적인 명함 조각들이 비스듬히 쌓여서 하얗게 덮여 있는 것을 보면 무엇보다도 즐거워했다. 그녀는 자신이 매우 공정한 여자라고 자부했으며, 이 세상에서 공짜로 얻어지는 것은 전혀 없다는 최고의 진실을 익히 알고 있었다. 그녀는 가든코트의 안주인으로서 사교적인 역할을 떠맡은 적이 전혀 없었다. 그러므로 주위의 마을 사람들이 그녀가 도착하거나 출발하는 일에 세심하게 관심을 기울여 주리라고는 기대할 수 없었다. 그러나 그들이 자신의 동정(動靜)에 대해서 너무나 무관심한 것은 잘못된 일이라고 그녀가 느끼지 않았으리라고는 확실히 말할 수 없다. 또한 그녀가 그 근방의 중요한 인물이 되지 못한 (실로 매우 부당한) 사정이 남편이 선택한 나라에 대한 그녀의 신랄한 언급과 그리 관련이 없었다고도 확실히 말할 수 없다. 오래지 않아 이사벨은 자신이 이모의 말을 반박하면서 영국의 제도를 옹호하는 기묘한 상황에 처하게 되었음을 알았다. 터치트 부인은 이 유서 깊은 국가에 날카로운 침을 찔러 넣으려는 습관을 갖고 있었던 것이다. 이사벨은 늘 그 침들을 뽑아 내려는 충동을 느꼈다. 그 침들이 오래되고 질긴 양피지 문서에 조금이라도 해를 입힐 거라고 생각해서가 아니라 이모가 나름의 예리한 판단력을 다른 부분에서 발휘하는 것이 더 나으리라고 생각하기 때문이었다. 이사벨 자신도 영국에 대해 매우 비판적인 태도를 갖고 있었고, 그런 태도는 그녀의 나이와 성, 국적을 가진 사람에게 흔히 있는 일이었다. 그러나 그녀는 매우 감상적이기도 했으므로, 터치트 부인의 냉담한 말에 담긴 무언가에 자극을 받아서 자기 나름의 도덕적 샘을 분출하기도 했다.

「그런데 이모님의 관점은 어떤 것인가요?」 그녀는 이모에게 물었다. 「여기 영국의 모든 것을 비판할 때는 어떤 관점이 있어야겠지요. 이모님의 관점은 미국적인 것 같지 않아요. 이모님은 미국의 온갖 것들을 몹시 불쾌하게 생각하셨어요. 저는 비판할 때 제 나름의 관점이 있고, 그것은 철저히 미국적이에요!」

「이봐요, 아가씨,」 터치트 부인이 말했다. 「세상에는 양식이 있고 관점을 갖고 있는 사람들의 수만큼이나 다양한 관점들이 있단다. 그렇다면 그 수가 그리 크지 않다고 너는 말할지도 모르지! 미국적 관점이라고? 절대로 그건 아니야. 그건 지독하게 편협하거든. 내 관점은, 고맙게도, 순전히 개인적인 거야!」

이사벨은 겉으로 인정하지는 않았지만 이 답변이 매우 훌륭하다고 생각했다. 이 답변은 그녀 스스로가 판단하는 방식을 꽤 정확하게 묘사한 것이었다. 하지만 이사벨이 그렇게 말했다면 그럴듯하게 들리지 않았을 것이다. 터치트 부인보다 나이도 어리고 경험으로 배운 것도 적은 아가씨의 입술에서 그런 말이 나왔더라면 겸손하지 못할뿐더러 교만하게 들리기까지 했을 것이다. 그럼에도 그녀는 랠프와 이야기를 나눌 때 교만하게 보일 위험을 무릅썼다. 그녀는 그와 많은 대화를 나누었고 그와 대화할 때는 마음껏 자유롭게 버릇없는 말을 늘어놓았다. 그 사촌은, 흔히 말하듯이, 그녀를 놀려 대곤 했다. 곧 그는 모든 것을 농담으로 만들어 버린다는 평가를 그녀에게서 받게 되었다. 그리고 그는 그런 평가에서 얻을 수 있는 특권을 소홀히 할 사람이 아니었다. 이사벨은 사촌 오빠에게 불쾌하게도 진지한 면이 부족하고 자기 자신부터 시작해서 모든 것을 비웃는다고 비난했다. 그가 존경심을 품을 수 있는 미미한 능력을 발휘하는 대상은 오로지 자기 아버지뿐이었다. 그 나머지 것들에 대해서는 심드렁하게 재치 있는 발언을 일삼았다. 그 아버지의 아들에게, 그 신사의 약한 폐에, 그의 무익한 인생에, 그의 기발한 어머니에게, 그의 친구들(특히 워버턴 경)에게, 그가 선택한 나라와 그의 모국에, 최근에 발견한 매력적인 사촌에게 말이다. 「내 곁방에는 악단이 있어.」 그가 한번은 그녀에게 말했다. 「멈추지 말고 계속 연주하라는 명령을 내렸지. 그것이 내게는 두 가지 점에서 큰 도움이 되고 있어. 세상의 시끄러운 소음이 내실에 들어오지 않도록 막아 주고, 그 안에서 무도회가 진행되고 있다고 세상이 생각하게 만들어 주니까.」 실로 랠프의 악단 소리가 들리는 곳에 이르면 대개 무도회곡이 들려왔다. 활기 넘치는 왈츠 곡이 공중에 둥둥 떠다니는 것 같았다. 이사벨은 끊이지 않는 바이올린 소리에 종종 짜증이 이는 것을 느꼈다. 그녀는 사촌이 곁방이라고 부른 곳을 통해서 그의 내실에 들어가 보고 싶었을 것이다. 그 방은 매우 황량하다고 그가 분명히 말했지만 그것은 그리 중요하지 않았다. 그녀는 그 방을 청소하고 정돈할 수 있었더라면 기뻤을 것이다. 그녀를 자기 방에 들어오지 못하게 하고 계속 바깥에 두려는 것은 절반의 환대밖에 되지 않는다. 그런 접대에 대해서 그에게 벌을 주려고 이사벨은 젊은이다운 직선적인 기지를 회초리 삼아 무수히 두드려 주었다. 그녀의 기지는 대체로 스스로를 변호하는 데 발휘되었다고 말해야 할 것이다. 그녀의 사촌이 그녀를 〈컬럼비아〉[3]라고 부르면서 살이 델 만큼 뜨거운 애국심을 갖고 있다고 비난하며 재미있어했기 때문이었다. 그는 그녀에 대한 풍자적인 만화를 그렸는데, 당시의 유행에 따라서 주름진 옷을 입고 있는 아주 예쁜 아가씨로 그려져 있었고 그 옷은 성조기였다. 이 시기의 성장 단계에서 이사벨이 가장 두려워한 것은 편협한 마음을 가진 사

3 시어로 미국을 뜻함.

람으로 보일지 모른다는 것이었다. 그다음으로 두려웠던 것은 자신이 실제로 편협할지도 모른다는 것이었다. 그러나 그런 것도 아랑곳없이 그녀는 망설임 없이 사촌 오빠가 의도하는 바를 풍부히 드러냈고 고국의 매력을 그리워하며 한숨을 짓는 척했다. 그가 그녀를 미국인으로 간주하고 싶어 한다면 원하는 만큼 미국인이 돼줄 것이다. 그가 그녀를 비웃으려 한다면, 비웃을 기회를 많이 줄 것이다. 이사벨은 그의 어머니의 말에 반박하면서 영국을 옹호했다. 그러나 랠프가 (그녀가 말했듯이) 그녀의 성을 돋우려고 일부러 영국에 대한 찬사를 읊을 때면, 여러 가지 점에서 그의 의견에 반박하곤 했다. 실은 이 원숙한 작은 나라는 그녀에게 시월의 배처럼 달콤한 맛을 풍기는 것 같았다. 그리고 그녀의 활기찬 기분의 밑바닥에는 만족감이 있었기에 그녀는 사촌 오빠의 놀림을 받으면서도 그와 비슷하게 응수할 수 있었다. 만일 그녀의 쾌활한 기분이 때로 가라앉았다면 그것은 그녀가 고약한 대접을 받았기 때문이 아니라 갑자기 랠프에 대해 안쓰러운 기분이 들었기 때문이었다.

「오빠에게는 대체 무슨 문제가 있는지 모르겠어요.」 한번은 그녀가 그에게 말했다. 「하지만 오빠가 대단히 허풍쟁이라는 생각이 들어요.」

「그렇게 생각하는 건 네 권리지.」 랠프는 대답했다. 그는 그렇게 노골적인 말을 듣는 데 익숙하지 않았다.

「무엇에 관심이 있는지 모르겠어요. 오빠는 그 어떤 것에도 관심이 없는 것 같아요. 영국을 칭찬할 때도 영국에 대해서 정말로 관심이 있는 게 아니고, 미국을 비난하는 척할 때도 미국에 대한 관심이 없어요.」

「내가 관심을 느끼는 것은 오로지 너뿐이야, 사랑하는 사촌.」 랠프가 말했다.

「그 말이라도 믿을 수 있으면 정말 기쁘겠어요.」

「아, 그럼. 믿어 주기를 바라고 있어!」 젊은이가 큰 소리로 말했다.

이사벨이 그 말을 믿었더라도 진실에서 그리 벗어난 것은 아니었을 것이다. 그는 그녀에 대해서 아주 많이 생각했다. 그의 마음속에는 줄곧 그녀가 자리 잡고 있었다. 자신의 생각만으로도 벅찬 짐이었던 시기에, 아무런 기대도 품을 수 없었던 상황에서 운명의 자비로운 선물처럼 그녀가 갑자기 도착하자 그의 사고는 다시 기운을 얻어 되살아났고 날개를 얻었으며 날아가서 도달할 곳을 얻게 되었다. 가엾은 랠프는 그 이전에 몇 주일간 우울한 기분에 빠져 있었다. 장래에 대한 전망은 어느 때나 음울했지만 더 어두운 먹구름의 그림자에 덮여 있었다. 부친에 대한 근심이 더 커졌다. 부친의 통풍은 지금까지 다리에 제한되어 있었지만 더 중요한 기관으로 옮겨 가기 시작했다. 노인은 봄철에 중병을 앓았는데, 다시 발병하면 그때는 치료가 쉽지 않을 거라고 의사들이 랠프에게 귀띔했다. 지금은 아버지가 그리 고통을 느끼지 않는 듯이 보였지만, 랠프는 이것이 방심한 틈을 타서 공격하려고 기다리고 있는 적의 속임수라는 의심을 떨칠 수 없었다. 만일 그 작전이 성공한다면, 이쪽에서 강력한 저항이 있으리라는 희망은 거의 품을 수 없을 것이다. 랠프는 아버지가 자기보다 더 오래 생존하리라는 것을 늘 당연한 사실로 여겨 왔고, 자신이 먼저 죽음의 냉혹한 호출을 받으리라고 생각했다. 그 아버지와 아들은 가까운 동무로 지내 왔으므로 홀로 남아서 아무 맛도 없는 여생을 받아들이게 되리라는 전망은 그 젊은이에게 전혀 기쁜 일이 아니었다. 그는 궂은일을 이럭저럭 헤쳐 나가는 데 아버지가 도움이 될 것을 은연중에 기대하고 지냈다. 자신을 이끌어 온 중요한 동기를 잃을 가능성에 직면하자 랠프는 실로 유일한 격려를 잃는 셈이었다. 자신이 아버지와 동시에 죽을 수 있다면 더없이 좋을 것이다. 그러나 아버지와 벗하면서 받았던 격려를 얻지 못한다면 자기 차례를 기다리려는 인내심조차 발휘할 수 없을 것이다. 그는 자신이 어머니에게 없어서는 안 될 존재라는 느낌으로 격려를 받아 본 적이 없었다. 어머니의 원칙은 낙담하지 않는 것이었다. 물론 그는 자기와 아버지 두 사람 중에서 수동적인 자신보다 능동적인 아버지 쪽이 사별로 인한 절절한 고통을 겪게 되기를 바라는 것이 부친에게 그리 친절한 일은 아니라고 생각해 왔다. 부친은 요절하리라는 아들의 예상을 늘 말재주에 불과한 잘못된 생각으로 간주해 왔음을 그는 기억했다. 부친은 자신이 먼저 죽음으로써 그 생각이 잘못된 것임을 입증할 수 있다면 즐거워할 것이다. 그러나 두 가지 승리 중에서, 즉 아들의 궤변을 반박하는 승리와 온갖 즐거움이 줄었음에도 불구하고 그가 여전히 즐겁게 받아들이는 삶에 조금 더 오래 매달려 있는 승리 중에서 터치트 씨에게 후자가 허용되기를 바라는 것은 죄가 아니라고 랠프는 생각했다.

　이것은 미묘한 문제였다. 그러나 이사벨이 나타나자 그 문제를 놓고 고심하던 일이 중단되었다. 온화한 아버지보다 자신이 더 오래 살면서 느끼게 될 참을 수 없는 권태에 어떤 보상이 있을지도 모른다는 생각이 들었다. 그는 자신이 이 올버니 출신의 독립적인 아가씨에 대해서 〈사랑〉을 품고 있는 것인지 의아했다. 그러나 전반적으로 보건대 그렇지 않다고 판단했다. 그녀를 일주일간 본 후에 그는 이 문제에 대해서 확고하게 마음을 정했고 그 확신은 나날이 조금씩 강해졌다. 그녀에 대한 워버턴 경의 판단은 옳았다. 그녀는 참으로 흥미로운 아가씨였다. 랠프는 자기 이웃이 그 사실을 어떻게 그리도 빨리 간파했는지 궁금했다. 그런 다음에는 바로 그 점이 자기가 늘 무척 찬탄했던 친구의 뛰어난 능력을 드러낸 또 하나의 증거일 뿐이라는 생각이 들었다. 만일 그 사촌 동생이 자신을 즐겁게 해주는 소일거리에 지나지 않더라도, 그것은 차원 높은 것이라고 랠프는 생각했다. 그는 속으로 이렇게 말했다. 〈저런 성격은, 자유롭게 작용하는 작고 진정한 열정적 힘은 세상에서 가장 섬세한 것이지. 그것은 가장 섬세한 예술 작품보다도, 그리스의 얇은 부조나 위대한 티치아노의 그림, 고딕 성당보다도 더 섬세하거든. 전혀 기대하지 않았을 때 융숭한 대접을 받는 것은 무척 즐거운 일이야. 그녀가 여기에 오기 한 주쯤 전에 나는 그 어느 때보다도 우울하고 권태로웠어. 그때처럼 유쾌한 일이 일어나리라는 기대를 품을 수 없던 때도 없었지. 그런데 갑자기 티치아노의 그림이 우편으로 배달되어 내 방의 벽에 걸린 거야. 그리스의 얇은 부조가 내 벽난로 선반에 부착된 거고. 아름다운 성당의 열쇠가 내 손에 쥐어지고, 안으로 들어가서 감상하라는 말을 들었지. 가엾은 녀석, 너는 슬프게도 감사할 줄 몰랐어. 이제는 입을 다물고 다시는 불평하지 않는 게 좋겠어.〉 이러한 성찰의 취지는 매우 공정했다. 하지만 랠프 터치트의 손에 열쇠가 쥐어졌다는 것은 엄밀히 말해서 사실이 아니었다. 그의 사촌은, 그가 말했듯이, 많은 것을 알고자 하는 매우 뛰어난 아가씨였다. 그러나 그녀를 알기 위해서도 많은 것이 필요했다. 그녀에 대한 그의 태도는 관조적이고 비판적이기는 했지만 재판관처럼 공정하지는 않았다. 그는 그 건물을 바깥에서 바라보고 몹시 감탄했다. 또한 창가에 서서 안을 들여다보면서 바깥과 똑같이 아름답게 조화를 이루고 있다고 느꼈다. 하지만 그는 그저 흘끗 보았을 뿐이고 아직 그 지붕 아래 서보지 못했다고 느꼈다. 그 문은 잠겨 있었다. 그의 주머니에 열쇠들이 있었지만 그 어느 것도 맞지 않으리라고 그는 확신했다. 그녀는 영리하고 관대했으며, 섬세하고 자유로운 성격이었다. 그러나 그녀가 자기 자신으로 무엇을 할 것인가? 이것은 통상적인 질문이 아니었다. 대부분의 여자들에게는 이런 질문을 할 필요가 없다. 대개의 여자들은 스스로 아무것도 하지 않는다. 그들은 어떤 남자가 다가와서 어떤 운명을 제공해 주기를 다소 우아하고 수동적인 자세로 기다린다. 이사벨에게 있어 색다른 점은 그녀가 자기 나름의 의도를 갖고 있다는 인상을 풍긴다는 것이었다. 「그녀가 그 의도를 실행에 옮길 때, 그때가 언제든, 내가 그 자리에서 목격할 수 있으면 좋겠군.」 랠프가 말했다.

집안의 주인 노릇은 물론 그에게 맡겨져 있었다. 터치트 씨는 자리에서 일어날 수 없었고, 그의 아내는 다소 엄격한 손님과 다름없는 입장이었다. 그래서 랠프가 의무적으로 해야 하는 행동에는 기꺼이 하고자 하는 마음이 조화롭게 뒤섞여 있었다. 그는 산책을 그리 좋아하지 않았지만 사촌과 함께 어슬렁거리며 저택 구내를 산책했다. 이사벨은 영국의 음침한 날씨를 예상했지만 생각지도 못했던 맑은 날씨가 이어지면서 산책에 적합했다. 기나긴 오후에 — 그 시간이 길어질수록 그녀의 충족된 열망도 더욱 커졌다 — 그들은 강에서 보트를 탔다. 이사벨이 귀여운 강이라고 부른 강의 반대쪽 기슭은 여전히 그 풍경의 전경(前景)처럼 보였다. 보트를 타지 않을 때는 사륜마차를 타고 시골을 돌아다녔다. 차체가 나지막하고 널찍하며 바퀴가 두꺼운 그 사륜마차는 터치트 씨가 예전에 많이 이용했으나 이제는 타지 않게 된 것이었다. 이사벨은 드라이브를 대단히 좋아했다. 말구종이 숙련된 자세라고 인정해 준 자세로 고삐를 잡고는 조금도 지치지 않은 기색으로 이모부의 훌륭한 말들을 몰아서 구불구불한 오솔길들과 샛길들을 달렸다. 그녀는 그런 길에서 흔히 일어나는 시골의 사건들을 보게 되리라고 자신 있게 기대했다. 목제 기둥에 초가지붕을 얹은 오두막들을 지나고, 격자창이 있고 바닥에 모래가 깔린 선술집을 지나고, 오래전에 공유지였던 작은 밭들과 흘끗 보이는 텅 빈 사냥터를 지나고, 한여름에 울창해진 산울타리 사이를 지났다. 집으로 돌아오면 대개 잔디밭에 차가 준비되어 있었다. 터치트 부인이 남편에게 찻잔을 건네야 하는 불편한 일을 굳이 마다하지 않았음을 알 수 있었다. 그러나 그 부부는 대개 아무 말 없이 앉아 있었다. 노인은 머리를 기댄 채 눈을 감고 있었고, 뜨개질을 하는 그 아내는 어떤 여자들이 바늘의 움직임을 바라보며 그러듯이 몹시 심오한 표정을 짓고 있었다.

하지만 어느 날 한 손님이 도착했다. 두 젊은이가 강에서 한 시간을 보낸 후 천천히 걸어 집으로 돌아왔을 때, 나무 그늘에 앉아서 터치트 부인과 대화를 나누는 워버턴 경의 모습이 보였다. 대화가 띄엄띄엄 이어지고 있는 것은 멀리서도 알아볼 수 있었다. 그는 자기 집에서 여행용 가방을 들고 왔고, 그 부자가 종종 그에게 묵어 가라고 초대했던 이상, 저녁 식사와 잠자리를 요청했다. 이사벨은 가든코트에 도착하던 날 그를 30분간 보고는 그가 호감을 주는 사람이라는 것을 그 짧은 시간에 알아낸 바 있었다. 사실 그의 인상이 꽤 선명하게 그녀의 섬세한 감각에 각인되어 있었기에 그녀는 그에 대해서 여러 번 생각했다. 그를 다시 만나기를 바랐고, 다른 사람들도 만나고 싶었다. 가든코트는 지루하지 않았다. 저택 자체가 비할 데 없이 훌륭했고, 이모부는 점점 더 소중한 할아버지처럼 여겨졌으며, 랠프는 지금까지 만난 어떤 사촌과도 달랐다. 예전에는 사촌들에 대해서 생각하면 늘 울적한 기분이었다. 지금까지 그녀가 가든코트에서 받은 인상은 너무나 신선하며 새로운 인상으로 재빨리 채워졌으므로 그 광경의 어딘가가 비어 있다는 느낌은 아직 거의 들지 않았다. 하지만 이사벨은 인간의 성격에 관심을 갖고 있으며, 외국 여행을 통해서 자신이 가장 바랐던 것은 많은 사람을 만나려는 일이었음을 스스로에게 상기시킬 필요가 있었다. 랠프는 여러 번 이렇게 말했다. 「네가 이런 생활을 견딜 수 있다고 생각하는 게 놀랍군. 이제 이웃들 몇 사람과 우리의 친구들 몇 명을 만나야겠지. 너는 그렇게 생각하지 않겠지만 사실 우리에게는 이웃들과 벗들이 몇 명 있거든.」 그리고 그가 이른바 〈한 떼거리〉를 초대해서 그녀에게 영국 상류 사회를 보여 주겠다고 제안했을 때 그녀는 그렇게 호의적인 충동을 격려했고 그 소란스러운 일에 적극 가담하겠다고 미리 약속했다. 하지만 현재까지 그 제안은 아직 결실을 거두지 못했다. 그리고 만일 그 젊은이가 그 제안을 실행하는 일을 미뤘다면 그것은 사촌을 즐겁게 해주려는 노고가 외부의 도움이 필요할 만큼 어려운 일이 결코 아니라는 사실을 알아냈기 때문이라고 독자들에게 살짝 귀띔할 수 있을 것이다. 이사벨은 그에게 〈표본〉에 대해서 빈번히 말했다. 그것은 그녀의 어휘에서 상당히 중요한 의미를 갖는 단어였다. 그녀는 뛰어난 사례들로 예시된 영국 상류 사회를 보고 싶다고 그에게 알려준 바 있었다.

「자, 저기 표본이 있군.」 그들이 강가에서 올라와 걷고 있을 때 워버턴 경을 알아본 그가 말했다.

「무엇의 표본인데요?」 아가씨가 물었다.

「영국 신사의 표본이지.」

「신사들이 모두 저분과 같다는 뜻인가요?」

「아니, 모두가 그와 같지는 않아.」

「그렇다면 저분은 좋은 표본이군요.」 이사벨이 말했다. 「멋진 사람이라고 확신하니까요.」

「그래, 아주 멋진 사람이지. 무척 운이 좋은 사람이고.」

그 운이 좋은 워버턴 경은 우리의 여주인공과 악수를 나누고 그녀가 건강하기를 바란다고 말했다. 「하지만 그것은 물어볼 필요가 없겠군요.」 그가 말했다. 「당신은 노를 젓고 있었으니까요.」

「노를 약간 저었어요.」 이사벨이 대답했다. 「그런데 어떻게 아셨어요?」

「아, 저 친구는 노를 젓지 않는다는 걸 잘 알고 있거든요. 너무 게으르니까요.」 그 귀족이 웃음으로 랠프 터치트를 가리키며 말했다.

「오빠에게는 게으름을 부릴 만한 좋은 구실이 있어요.」 이사벨은 목소리를 약간 낮추며 대답했다.

「아, 그는 모든 것에 대한 좋은 핑곗거리가 있습니다!」 워버턴 경은 여전히 낭랑하게 울리는 웃음을 터뜨리며 말했다.

「내가 노를 젓지 않은 것에 대한 핑계는 내 사촌이 너무 잘 젓는다는 거라네.」 랠프가 말했다. 「그녀는 무슨 일이든지 잘하거든. 그녀가 손을 대기만 하면 무엇이든 아름답게 장식된다네!」

「그렇다면 당신의 손에 닿고 싶군요, 아처 양.」 워버턴 경이 단언했다.

「올바른 의미에서 닿는다면, 그 때문에 더 나쁘게 보이지는 않을 거예요.」 이사벨이 말했다. 재주가 많다는 말을 듣고 기쁜 마음이 들었지만, 자기가 탁월하게 잘하는 일이 몇 가지 있는 한 그런 만족감이 나약한 마음을 드러내는 것은 아니라고 다행히도 곰곰이 생각할 수 있었다. 스스로를 좋게 생각하려는 그녀의 욕구에는 적어도 겸손한 부분이 있었는데, 그 욕구가 언제나 증거를 통해 뒷받침될 필요가 있다는 생각이 그것이었다.

워버턴 경은 그날 밤을 가든코트에서 지냈을 뿐 아니라 이튿날도 더 묵으라는 청에 설득되었다. 그래서 날이 저물었을 때 그는 다음 날 아침까지 출발을 미루기로 작정했다. 이렇게 머무는 동안 그는 이사벨에게 많은 이야기를 건넸고, 그녀는 이처럼 그의 존중심을 드러내는 증거를 매우 우아하게 받아들였다. 그녀는 그 신사에 대해서 큰 호감을 품게 되었음을 알게 되었다. 그에게서 받은 첫인상이 중요하기는 했지만, 그와 어울려 저녁 시간을 보내고 난 뒤에는 그를 ── 비록 무시무시한 점이 전혀 없기는 했어도 ── 로맨스의 영웅처럼 생각하기에 이르렀다. 잠자리로 물러나면서 그녀는 행운을 얻었다고 생각했고, 앞으로 일어날지 모를 행복한 일을 상상하며 마음이 두근거렸다. 「그처럼 매력적인 두 사람을 알게 되다니 매우 멋진 일이야.」 그녀는 이렇게 말했고 〈두 사람〉이란 사촌 오빠와 그의 친구를 뜻했다. 더욱이 그녀의 유쾌한 기분을 시험하는 듯이 보인 사건이 있었다는 것을 덧붙여야겠다. 터치트 씨는 9시 30분에 잠자리에 들었지만 그의 아내는 다른 이들과 함께 응접실에 남아 있었다. 그녀는 잠을 자러 가지 못하고 한 시간이 좀 못 되게 불침번을 섰고, 그런 다음에 자리에서 일어서면서 이사벨에게 신사들과 밤 인사를 나눌 시간이라고 말했다. 이사벨은 아직 잠자리에 들고 싶지 않았다. 그날 밤은 꼭 축제 같은 기분이 들었고, 축제란 그렇게 이른 시각에 끝나지 않는 법이다. 그래서 더 생각해 보지도 않고 그녀는 아주 간단히 대답했다.

「제가 가야 해요, 이모님? 30분 내로 올라갈게요.」

「그때까지 널 기다릴 순 없단다.」 터치트 부인이 대답했다.

「아, 이모님께서 기다리실 필요 없어요! 랠프 오빠가 제 양초에 불을 붙여 줄 거예요.」 이사벨은 명랑하게 대답했다.

「제가 양초에 불을 붙여 드릴게요. 그렇게 하도록 해주세요, 아처 양!」 워버턴 경이 큰 소리로 말했다. 「다만 그때가 자정 전이 아니기를 바랄 뿐입니다.」

터치트 부인은 반짝이는 작은 눈으로 잠시 그를 쳐다보았고 그런 다음 차갑게 조카딸에게로 시선을 옮겼다. 「너 혼자서 신사들과 있을 수는 없단다. 여기는 올버니의 네 집이 아니야.」

이사벨은 얼굴을 붉히며 일어섰다. 「올버니에 있다면 좋겠어요.」 그녀가 말했다.

「아니, 어머니!」 랠프가 갑자기 소리를 질렀다.

「친애하는 터치트 부인!」 워버턴 경이 중얼거렸다.

「당신네 나라의 관습을 만든 건 내가 아니에요, 워버턴경.」 터치트 부인이 당당하게 말했다. 「나는 내 눈에 보이는 대로 그 나라의 풍습을 받아들일 수밖에 없어요.」

「제가 사촌 오빠와 함께 있을 수도 없나요?」 이사벨이 물었다.

「워버턴 경이 네 사촌인 줄은 몰랐구나.」

「어쩌면 제가 잠자리에 드는 편이 좋겠군요.」 방문객이 제안했다. 「그러면 해결이 되겠어요.」

터치트 부인은 약간 체념하는 표정을 짓고는 다시 자리에 앉았다. 「아, 필요하다면 자정까지 앉아 있도록 하지.」

랠프는 그 사이에 이사벨에게 촛대를 건네주었다. 그는 그녀를 관찰하고 있었다. 그가 보기에 그녀는 분노에 휩싸인 것 같았으므로, 흥미진진한 사건이었다. 하지만 그녀가 불끈 성을 내기를 기대했다면 그는 실망할 수밖에 없었다. 그 아가씨는 그저 약간 웃었을 뿐이고, 고개를 끄덕여 잘 자라고 인사하고는 이모와 함께 응접실을 나섰다. 랠프 자신으로 보자면, 어머니의 처신이 옳다고 생각했지만 그래도 어머니에게 화가 났다. 위층에서 두 숙녀는 터치트 부인의 방문 앞에서 헤어졌다. 이사벨은 올라가는 동안 아무 말도 하지 않았다.

「내가 간섭하는 바람에 물론 화가 났겠지.」 터치트 부인이 말했다.

이사벨은 잠시 생각했다. 「화가 난 건 아니지만 놀랐어요.

무척 어리둥절하고요. 제가 응접실에 있는 것이 예의 바르지 못한 일이었나요?」

「전혀 예의 바른 일이 아니었어. 여기서는 점잖은 집안의 아가씨가 혼자서 밤늦게 신사들과 함께 있지 않는단다.」

「그렇다면 그 말씀을 해주신 것이 옳은 일이었어요.」 이사벨이 말했다. 「이해는 할 수 없지만, 그것을 알게 되어 무척 다행이에요.」

「내가 보기에 네가 지나치게 멋대로 행동할 때마다 늘 말해 줄 거란다.」 이모가 대답했다.

「그렇게 해주세요. 하지만 이모님의 충고가 언제나 정당하다고 생각할지는 모르겠어요.」

「아마 그렇지 않겠지. 너는 네 나름대로 하는 것을 너무 좋아하니까.」

「네, 전 제 방식대로 하는 것을 무척 좋아하는 것 같아요. 하지만 해서는 안 되는 일이 무엇인지는 언제나 알고 싶어요.」

「해서는 안 될 일들을 하려고?」 이모가 물었다.

「선택하려고요.」 이사벨이 대답했다.

제8장

이사벨이 낭만적인 풍경을 무척 좋아했으므로 워버턴 경은 그녀에게 언젠가 자기 저택을 구경하러 오기를 바란다고 과감하게 말했다. 매우 진기하고 유서 깊은 곳이라는 것이었다. 그는 조카딸을 데리고 로클리를 방문하겠다는 터치트 부인의 약속을 받아냈고, 랠프는 아버지에게 자기가 없어도 된다면 기꺼이 숙녀들을 따라가겠다는 뜻을 밝혔다. 워버턴 경은 그 사이에 자기 여동생들이 이사벨을 방문하러 올 거라고 말했다. 그가 가든코트에 있을 때 함께 시간을 보내면서 그의 가족과 관련된 여러 가지 점들에 관해서 그의 생각을 알아보았으므로 이사벨은 그의 누이들에 대해서 약간 알고 있었다. 이사벨은 관심을 느낄 때면 무척 많은 질문을 던졌고 그녀의 상대는 말을 잘하는 사람이었으므로, 이 문제에 관해서 열심히 물어본 것은 헛되지 않았다. 그는 누이가 넷 있고 남동생이 둘 있으며 양친이 계시지 않는다고 말했다. 형제자매들은 매우 좋은 사람들이었다. 〈특별히 영리한 것은 아니지만 아주 점잖고 기분 좋은 사람들입니다〉라고 그가 말했다. 그는 친절하게도 아처 양이 그들을 잘 알게 되기를 바란다고 말했다. 남동생들 가운데 하나는 성직자로서 로클리에 있는 자기 집안의 교회를 맡아서 정착했고, 그 교구는 인구가 많은 데다 날로 확장되고 있었다. 그 동생은 어떤 주제에 있어서 그와 의견이 달랐지만 뛰어난 사람이었다. 그런 다음에 워버턴 경은 동생의 몇 가지 견해를 언급했는데, 그것은 이사벨이 종종 들어 보았고 상당수의 사람들이 마음에 품고 있으리라고 여겨지는 의견들이었다. 사실 그중 많은 견해들을 그녀 자신도 갖고 있다고 생각했다. 그러나 워버턴 경은 그녀가 순전히 착각한 것이며, 그녀가 그런 의견을 갖고 있다고 생각하면서 아무런 의혹도 느끼지 못했을 리가 없고, 그런 견해들에 대해서 조금만 생각해 보면 아무 의미도 없는 견해라는 것을 알게 되리라고 그녀를 설득했다. 그녀가 이미 관련된 문제 몇 가지를 매우 신중하게 고려해 보았다고 대답하자, 그는 자신이 종종 느꼈던 사실, 곧 지상의 모든 나라 국민들 가운데 미국인들이 가장 별나게 미신적이라는 사실을 그녀가 한 가지 실례로서 보여 준다고 주장했다. 미국인들은 전부 다 지독한 토리당이고 편협하고 완고했다. 미국의 보수주의자들과 비슷한 보수주의자는 이 세상 어디에도 없다. 그녀의 이모부와 사촌이 그 점을 입증하고 있다. 그 두 사람이 갖고 있는 많은 견해는 그 무엇보다도 중세적이다. 오늘날의 영국 사람들은 그런 견해를 믿는다고 고백하기를 부끄러워할 것이다. 게다가 그들은 이 안쓰럽고 소중하며 어리석은 옛 영국에 필요한 것과 영국이 처한 위험을 영국에서 태어나서 상당한 토지를 소유하고 있는 그 자신 ─ 스스로에게 더욱 부끄러운 일이지만! ─ 보다도 더 잘 알고 있다고 오만하게도 주장한다고 그 귀족은 웃으며 말했다. 이런 이야기를 종합해 본 후 이사벨은 워버턴 경이 가장 참신한 유형의 귀족이며 개혁가이고 급진주의자로서 구태의연한 방식을 경멸한다고 추측했다. 그의 또 다른 남동생은 군인으로 인도에 있는데 다소 거칠고 고집이 센 사람이었다. 그는 지금까지도 빚을 져서 워버턴이 대신 갚도록 (형이라는 존재로서 누릴 수 있는 가장 소중한 특권 중 하나) 한 것 외에는 그리 유용한 일을 한 적이 없었다. 「나는 더이상 갚아 주지 않을 겁니다.」 그녀의 벗이 말했다. 「그는 나보다 훨씬 더 잘살고 있고 들어 본 적도 없는 사치를 누리면서 스스로를 나보다 더 훌륭한 신사라고 생각하거든요. 나는 일관성이 있는 급진주의자이기 때문에 오로지 평등을 지지합니다. 남동생들이 더 우월하다고 주장하는 것은 아니에요.」 그의 네 여동생 중에 둘째와 넷째는 결혼했는데, 그중 하나는, 흔히 사람들이 말하듯이, 시집을 무척 잘 갔고, 다른 동생은 그저 그런 결혼을 했다. 둘째 여동생의 남편 헤이콕 경은 매우 훌륭한 사람이지만 불행히도 지긋지긋한 토리당이었다. 그의 아내는 영국의 선량한 아내들이 전부 다 그렇듯이 자기 남편보다 더 고약했다. 다른 여동생은 노퍽에 좀 작은 땅을 갖고 있는 지주와 혼인했고, 결혼한 것이 엊그제 같은데 벌써 아이가 다섯이나 있었다. 워버턴 경은 이런 사실을 비롯한 이런저런 이야기를 그 젊은 미국인 아가씨에게 들려주면서 여러 가지 사실들을 분명히 밝히고 영국인들의 생활에서 특이한 면모를 적나라하게 드러내어 알려 주려고 애썼다. 이사벨은 그의 명료한 설명에, 그리고 그녀 자신의 경험과 상상력을 거의 참작하지 않는 듯한 태도에 종종 재미있어했다. 〈내가 포크와 스푼도 본 적이 없는 야만인이라

고 생각하는 모양이지.〉 그녀는 속으로 말했다. 그러고는 그
의 진지한 대답을 듣는 것이 재미있어서 천진난만한 질문을
던지곤 했다. 그래서 그가 그 덫에 빠졌을 때 그녀는 이렇게
말했다. 「얼굴에 물감 칠을 하고 깃털을 달고 있는 제 모습
을 당신이 보실 수 없어서 유감이에요. 당신이 불쌍한 야만
인들에게 얼마나 친절하신지를 알았더라면, 우리나라의 민
속 의상을 가져왔을 텐데요.」 워버턴 경은 미국 전역을 여행
했으므로 미국에 대해서 이사벨보다 더 많이 알고 있었다.
그는 매우 친절하게도 미국을 세상에서 가장 매력적인 나라
라고 말했다. 하지만 그곳을 돌이켜 생각해 보면, 영국에 있
는 미국인들에게 많은 것들을 설명해 줄 필요가 있다는 생각
이 커지는 것 같았다. 「미국에 있을 때 당신이 그곳 사정을
내게 설명해 줄 수 있었더라면 좋았을 것을!」 그가 말했다.
「나는 당신의 나라에서 좀 어리둥절했어요. 실은 무척 당황
했죠. 그리고 설명을 들으면 더 어리둥절해질 뿐이라는 게
문제였어요. 아마 사람들이 종종 일부러 틀리게 설명해 줬을
겁니다. 그곳 사람들은 그런 점에 있어서 꽤 영리하지요. 하
지만 내가 설명할 때 당신은 신뢰해도 좋습니다. 내가 말하
는 것은 틀림이 없는 사실이니까요.」 그가 매우 영리하고 교
양이 있으며 세상사에 거의 통달하고 있다는 것은 적어도 틀
림이 없는 사실이었다. 그가 흥미진진하고 감동적인 면을 흘
끗 볼 수 있게 해주었지만, 스스로를 과시하려고 그렇게 한
것은 결코 아니라고 이사벨은 느꼈다. 그는 흔치 않은 기회
를 잡고 재주를 부려서, 그녀의 표현으로는, 횡재했지만, 그
런 일을 자랑으로 삼지도 않았다. 그는 인생에서 최고의 것
들을 누려 왔지만 그렇기 때문에 그의 균형 감각이 깨진 것

도 아니었다. 그의 풍부한 경험 — 아, 너무나도 수월하게 얻어진! — 으로 얻은 식견에는 때로 거의 소년처럼 보이는 겸손함이 결합되어 있었다. 그 기질의 감미롭고 건전한 풍미는 지금까지 맛본 그 무엇보다도 기분 좋은 것이었고, 거기에 책임감이 있고 친절한 목소리가 더해지면서 그 맛이 조금도 줄지 않았다.

「나는 그 표본적인 영국 신사가 무척 마음에 들어요.」 워버턴 경이 돌아간 후에 이사벨이 랠프에게 말했다.

「나도 좋아해. 그를 무척 사랑하지.」 랠프가 대답했다. 「하지만 그를 동정하는 마음이 더 크단다.」

이사벨은 그를 곁눈질했다. 「글쎄요, 내가 보기에 그분에게 있어서 단 한 가지 결함은 누구도 그분을 동정할 수 없다는 것 같았어요. 그는 모든 것을 소유하고 있고, 모든 것을 알고 있고, 무엇이든 될 수 있는 것 같았어요.」

「아, 그리 좋은 형편은 아니야!」 랠프가 주장했다.

「건강에 있어서 그렇다는 건 아니겠죠?」

「아니, 그 점에서야 혐오스러울 정도로 건강하지. 내 말은, 그가 대단한 지위를 차지하고 있는데 그 지위를 갖고 온갖 장난을 치고 있다는 거야. 그는 자기 자신을 진지하게 받아들이지 않거든.」

「그럼 자기 자신을 농담거리로 여기나요?」

「그보다 더 나쁘지. 스스로를 부담스러운 짐으로, 악습으로 여기고 있으니까.」

「어쩌면 그런 존재인지도 모르지요.」 이사벨이 말했다.

「어쩌면 그렇겠지. 하지만 대체로 나는 그렇게 생각하지 않아. 그러나 이런 경우에 다른 사람들이 심어 놓은 악습을 지각하고 의식하는 것보다 더 가련한 일이 뭐가 있겠어? 그 악습은 깊이 뿌리박혀 있지만, 그 부당함을 인식하면서 느끼는 고통은 무척 쓰라리겠지. 내가 그의 처지라면 나는 부처상처럼 엄숙해질 수 있을 거야. 그가 차지하고 있는 지위를 상상해 보면 매혹적이지. 엄중한 책임, 크나큰 기회, 중차대한 고려, 엄청난 재산, 대단한 권력, 위대한 나라의 공무에 참여하도록 타고난 역할. 하지만 그는 자기 자신, 자신의 지위, 자신의 권력, 실로 세상의 모든 것에 대해서 온통 혼란에 빠져 있단 말이야. 운명적 갈림길에 서 있는 시대의 희생양이랄까. 그는 자신을 믿지 못하게 되었고, 무엇을 믿어야 할지도 모르고 있지. (내가 그의 처지라면 무엇을 믿어야 할지 아주 잘 알 수 있을 테니까) 내가 말해 주려 하면 그는 나를 응석받이로 자란 고집통이라고 부르지. 틀림없이 나를 지독한 속물이라고 진심으로 생각할 거야. 그는 내가 내 시대를 이해하지 못한다고 말하지. 분명히 나는 그보다는 더 잘 이해하고 있는데. 그는 스스로를 성가신 귀족계급으로 치워 버릴 수도 없고, 하나의 제도로 유지할 수도 없어.」

「그분이 아주 가엾은 처지는 아닌 것 같은데요.」 이사벨이 말했다.

「어쩌면 그렇지 않겠지. 하지만 매력적이게도 감식력이 풍부한 사람이기에 종종 불편한 시간을 보낼 거야. 하지만 그처럼 대단한 기회를 가진 사람에 대해서 그가 비참한 처지에 있는 게 아니라고 말해 봐야 무슨 의미가 있겠어? 게다가 나는 그가 비참하다고 믿어.」

「나는 그렇지 않아요.」 이사벨이 말했다.

「글쎄, 만일 비참하지 않다면, 그는 그렇게 느껴야 해!」 그녀의 사촌이 대답했다.

오후에 그녀는 이모부와 잔디밭에서 한 시간을 보냈고, 노인은 평소처럼 숄을 무릎에 두르고 연한 차가 담긴 큰 찻잔을 손에 들고 있었다. 이야기를 나누는 중에 그는 그녀에게 최근에 방문한 신사에 대해서 어떻게 생각하는지 물었다.

이사벨은 즉시 대답했다. 「매력적인 분이라고 생각해요.」

「그래, 멋진 사람이지.」 터치트 씨가 말했다. 「하지만 네가 그와 사랑에 빠지지 않기를 권하고 싶구나.」

「그러면 그렇게 하지 않겠어요. 이모부님께서 추천하시는 사람이 아니라면 절대 사랑에 빠지지 않을 거예요. 게다가,」 이사벨이 덧붙였다. 「사촌 오빠가 워버턴 경에 대해서 좀 슬픈 이야기를 들려주었어요.」

「아, 그래? 슬픈 이야기가 뭐가 있을지 모르겠구나. 하지만 너는 랠프가 그런 말을 해야 할 필요가 있었다고 생각해야겠지.」

「랠프 오빠는 그 친구분이 너무나 모든 것을 뒤집어 엎으려 한다고 생각해요. 아니면 그런 의식이 충분하지 않다고 생각하든지요. 어느 쪽인지 잘 이해하지 못하겠어요.」 이사벨이 말했다.

노인은 천천히 고개를 저으며 미소를 짓고 찻잔을 내려놓았다. 「나도 어느 쪽인지 모르겠구나. 그의 급진주의적인 생각이 꽤 멀리 나아가기는 하는데, 충분히 나아가지 못한 것일 수도 있지. 그는 아주 많은 것들을 없애 버리고 싶어 하는 것 같은데, 다른 한편으로는 자기의 모습이 그대로 남아 있기를 바라는 것 같기도 하거든. 나는 그것이 당연하다고 생각하는데, 다소 일관성이 없기는 하지.」

「아, 저는 그분이 지금 그대로 남아 있기를 바라요.」 이사벨이 말했다. 「만일 그분이 스스로를 없애 버린다면 벗들이 그를 몹시 그리워할 거예요.」

「그래.」 노인이 말했다. 「내가 짐작하기에는 그가 지금 그대로 남아서 벗들을 즐겁게 해줄 게야. 그가 가든코트에 오지 않는다면 나는 확실히 무척 아쉬워할 테고, 그가 여기 오면 늘 나를 즐겁게 해주거든. 그리고 그 스스로도 즐거워하는 것 같고. 이 사회에는 워버턴 경 같은 사람들이 상당수 있단다. 그들은 지금 상류층을 구성하고 있지. 그들이 무엇을 하려고 하는지, 그들이 혁명을 일으키려 하는지 어떤지 나는 잘 알지 못해. 어떻든 내가 죽은 후까지 혁명을 미뤄 주면 좋겠구나. 알다시피 그들은 모든 제도를 파괴하고 싶어 하거든. 하지만 나는 이 지역에 꽤 넓은 땅을 소유하고 있는 지주이기 때문에, 이 제도가 폐지되지 않기를 바란단다. 그들이 이렇게 행동할 줄 알았더라면 나는 여기 오지 않았을 거야.」 터치트 씨는 점점 더 유쾌한 기분으로 말을 이었다. 「영국이 안전한 나라라고 생각했기 때문에 건너온 거지. 만일 그들이 어떤 일이든 큰 변화를 일으키려 한다면, 나는 그것을 철저한 사기라고 부를 게다. 그런 일이 일어나면 실망할 사람들이 많을 거야.」

「아, 저는 정말로 혁명이 일어나면 좋겠어요!」 이사벨이 큰 소리로 말했다. 「혁명을 보게 된다면 즐거울 거예요.」

「어디 보자.」 이모부가 유머러스하게 말했다. 「네가 구세대 쪽인지 신세대 쪽인지를 잊었구나. 네가 서로 상반되는 견해들을 피력하는 것을 들었거든.」

「저는 양쪽 다 지지해요. 모든 쪽을 조금씩 편드는 것 같아요. 만일 혁명이 일어난다면, 혁명이 확고하게 자리를 잡은 다음에, 저는 아마도 고결하고 당당한 왕당파가 될 거예요. 그들과 더 공감하게 되겠죠, 그들은 매우 고상하게 행동할 기회를 갖게 될 테니까. 제 말은 매우 아름답게 행동한다는 뜻이에요.」

「아름답게 행동한다는 것이 무슨 뜻인지 모르겠구나. 하지만 내가 보기에 너는 늘 그렇게 하고 있단다, 얘야.」

「아, 좋으신 이모부님, 그 말씀을 믿을 수만 있다면!」 아가씨가 말을 가로막았다.

「유감스럽지만 어떻든 간에 너는 바로 지금 여기에서 단두대로 우아하게 걸어가는 즐거움을 누릴 수는 없을 거야.」 터치트 씨가 말을 이었다. 「네가 엄청난 돌발 사태를 보고 싶다면 이 집에 오래 머물러 있어야 할 테지. 알다시피, 막상 때가 되면 그들의 말을 액면 그대로 믿어 주는 것이 그들에게는 오히려 불편한 일일 거란다.」

「그들이라니 누구를 말씀하시는 거예요?」

「아, 워버턴 경과 그의 친구들, 상류 계층의 급진주의자들 말이다. 물론 내가 알고 있는 것은 내가 받은 인상뿐이지만. 너와 나는 알다시피 민주주의 체제에서 사는 것이 어떤 것인지를 잘 알고 있어. 나는 늘 민주주의 제도가 무척 편안하다고 생각했단다. 하지만 처음부터 그런 체제에 익숙해 있었지. 그리고 미국에서 나는 귀족이 아니었어. 너는 숙녀이지만, 나는 경이라고 불리는 귀족이 아니거든. 그런데 영국인들은 그런 점에 대해서 충분히 실감하지는 못하는 것 같아. 그것은 매일, 매시간 경험할 수 있는 문제이고, 그들 중 많은 이들은 그런 문제가 자기들이 지금까지 누려 온 것만큼 쾌적하다고는 여기지 않을 게야. 물론 그들이 민주주의 제도를 시험해 보고 싶다면야 그건 자기들이 알아서 할 문제지. 하지만 나는 그들이 너무 맹렬하게 시도하지는 않을 거라고 생각한단다.」

「그들의 의도가 진심이 아니라고 생각하세요?」 이사벨이 물었다.

「글쎄다, 그들은 진지하게 느끼기를 원한단다.」 터치트 씨가 인정했다. 「그렇지만 그것을 대개 이론에서 끄집어낸 것 같아. 그들의 급진적 견해는 일종의 소일거리라고 할 수 있지. 그들에게도 뭔가 오락이 있어야 할 테고, 그보다 더 조잡한 취미를 가질 수도 있겠지. 알다시피 그들은 매우 사치스러운데, 이 급진주의적 관념은 그들이 누리는 가장 큰 사치라고 볼 수 있겠지. 그 관념 덕분에 그들은 자신들이 도덕적인 인간이라고 느낄 수 있게 되고, 그러면서도 그들의 지위에 해가 되는 것은 아니거든. 그들은 자기들의 지위에 대해 무척 많이 생각한단다. 그들 중 누구라도 그런 생각을 하지 않는다고 너를 설득하려 들거든 절대로 넘어가서는 안 돼. 만일 네가 그런 가정 위에서 이야기를 풀어 간다면 곧 중단할 수밖에 없을 테니까.」

이사벨은 이모부가 묘하게도 색다르게 펼친 주장을 매우 주의 깊게 이해했다. 비록 자신이 영국 귀족 계층을 알고 있는 것은 아니었지만 그 주장이 그녀가 일반적으로 이해하고 있는 인간의 본성과 일치한다고 생각했다. 하지만 그녀는 워버턴 경을 위해서 이의를 제기해야 한다고 느꼈다. 「저는 워버턴 경이 사기꾼이라고는 생각하지 않아요. 다른 사람들이야 어떻든 간에 그건 개의치 않아요. 저는 워버턴 경이 시련에 처한 것을 보고 싶어요.」

「하느님께서 나를 내 벗들에게서 구해 주시기를!」 터치트 씨가 대답했다. 「워버턴 경은 매우 호감을 주는 젊은이야. 아주 훌륭한 젊은이지. 그의 수입은 연간 50만 파운드나 되고, 이 작은 섬나라의 땅을 5만 에이커나 소유하고 있고 그밖에 다른 것들도 많이 갖고 있단다. 들어가 살 수 있는 집이 여섯 채나 있지. 내 식탁에 내 의자가 있듯이 그는 의회에 자기 의자를 갖고 있어. 세련된 취향을 가진 사람이라서 문학과 미술, 과학, 매력적인 젊은 숙녀들을 좋아하지. 그의 가장 세련된 취향은 새로운 견해를 좋아하는 것이란다. 새로운 견해에서 큰 즐거움을 느끼는데, 아마 젊은 아가씨들을 제외하고는 거기에서 가장 큰 즐거움을 얻을 거야. 저만치 떨어져 있는 오래된 저택 — 그가 그 집을 뭐라고 부르더라? 로클리? — 은 아주 훌륭한 곳이지. 하지만 여기처럼 쾌적한 곳은 아니야. 하지만 그것은 문제가 되지 않지. 그에게는 다른 저택들도 많이 있으니까. 내가 보기에는 그의 급진적 견해는 누구에게도 해가 되지 않는단다. 물론 그 자신에게도 해가 되지 않고. 만일 혁명이 일어난다 하더라도 그는 아주 쉽게 빠져나올 수 있을 게야. 그들은 그를 건드리지 않을 거란다. 그를 있는 그대로 내버려 두겠지. 그는 사람들의 호감을 많이 받고 있거든.」

「아, 그는 스스로 원하더라도 희생자가 될 수 없겠군요!」 이사벨이 한숨을 쉬었다. 「그건 참 딱한 처지예요.」

「네가 그를 희생자로 만들지 않는다면 그는 절대로 희생자가 되지 않을 게다.」 노인이 말했다.

이사벨은 고개를 저었다. 그녀가 약간 우울한 기색으로

고개를 저었다는 사실은 우습게 보이는 점이 있었을 것이다.

「저는 어느 누구도 희생자로 만들지 않을 거예요.」

「너는 절대로 희생자가 되지 않기를 바란단다.」

「저도 그렇게 바라요. 하지만 이모부님은 그럼 랠프 오빠처럼 워버턴 경을 동정하시는 건 아니군요?」

그 이모부는 다정하고도 예리한 시선으로 그녀를 잠시 바라보았다. 「아니, 결국은 그를 측은하게 생각한단다!」

제9장

워버턴 경의 누이인 몰리네 양 두 명이 곧 이사벨을 만나러 왔다. 이사벨은 그 아가씨들에게 호감을 느꼈다. 그들은 대단히 독특한 특징을 보여 주는 것 같았다. 그녀가 사촌 오빠에게 그들을 묘사하면서 독특하다는 용어를 사용했을 때 그는 사실 몰리네 양에게 그처럼 어울리지 않는 형용사는 없다고 주장했다. 그녀들과 똑같아 보이는 아가씨들이 영국에 5만 명은 있다는 것이었다. 하지만 이런 장점은 없다고 치더라도, 그 손님들은 지극히 상냥하고 수줍어하는 매력적인 면을 갖고 있었다. 그리고 이사벨이 생각하기에 그 아가씨들의 눈이 여러 꽃들이 피어 있는 정원에서 제라늄 꽃 사이에 균형을 이루며 놓여 있는 수반, 〈장식용 물〉이 담긴 둥근 수반처럼 보이는 것도 장점이었다.

〈어떻든 간에 우울한 아가씨들은 아니야.〉 우리의 여주인공은 속으로 말했다. 그리고 그녀는 그 점을 대단한 매력으로 생각했다. 이따금 자신에게 그런 성향이 있는 건 아닌지 의심했을뿐더러 어린 시절의 친구 두세 명은 유감스럽게도 그런 비난을 받을 소지가(그렇지만 않았더라면 무척 멋진 아가씨들이었을 것이다) 많았기 때문이었다. 몰리네 양들은 젊음이 한창 피어나는 싱그러운 나이는 아니었지만, 얼굴빛이 화사하고 선명하며 어린애의 미소와 같은 것이 남아 있었다. 이사벨이 찬탄하며 바라본 그들의 눈은 둥글고 고요하며 만족한 기색이 어려 있었고, 또한 대체로 통통한 그들의 몸매는 바다표범 가죽으로 만든 재킷에 싸여 있었다. 그들은 매우 다정했고, 너무나 다정한 나머지 그것을 드러내면서 당혹감을 느낄 정도였다. 그들은 바다 반대편에서 온 그 아가씨를 약간 두려워하는 것 같았고, 자신들의 호감을 말로 표현하기보다는 표정으로 드러냈다. 하지만 그들은 오라버니와 함께 살고 있는 로클리에 이사벨이 점심 식사를 하러 와줄 것을 청했고, 그녀를 자주, 매우 자주 만나기를 바란다는 의사를 분명히 밝혔다. 이사벨이 언제 한번 자기 집에 와서 묵고 가지 않을 것인지 그들은 궁금해했다. 29일에 몇몇 사람들이 방문하기로 되어 있으므로 어쩌면 이사벨이 그 사람들이 머무는 동안에 올 수도 있을 것이다.

「유감스럽게도 대단히 유명한 분이 오시는 건 아니에요.」 언니 쪽이 말했다. 「하지만 당신은 우리를 있는 그대로 받아들여 줄 거라고 믿어요.」

「당신들이 매우 기분 좋은 분들이라고 생각하게 될 거예요. 있는 그대로도 매혹적인 분들이니까요.」 종종 아낌없이 찬사를 늘어놓곤 했던 이사벨이 이렇게 대답했다.

그 방문객들은 얼굴을 붉혔다. 그들이 돌아간 후 사촌 오빠는 그녀가 그 가엾은 아가씨들에게 그런 말을 했을 때 그들은 그녀가 거칠고 자유분방한 말로 자기들을 속이고 있다고 생각했을 거라고 말했다. 그들이 매혹적이라는 말을 들은 것도 생전 처음이었으리라고 그는 생각했다.

「어쩔 수 없어요.」이사벨이 대답했다. 「그렇게 차분하고 사려가 깊고 만족하고 있는 태도는 멋지게 보이거든요. 나도 그렇게 되고 싶어요.」

「절대로 그런 일이 없기를!」 랠프가 열렬히 소리쳤다.

「나는 그들을 모방할 작정이에요.」 이사벨이 말했다. 「그 아가씨들이 자기 집에서 어떻게 행동하는지 무척 보고 싶어요.」

며칠 후 랠프와 그의 모친과 함께 마차를 타고 로클리에 갔을 때 이사벨은 원하던 바를 이룰 수 있었다. 몰리네 양들은 넓은 응접실 안(그 방이 여러 개의 응접실들 중 하나라는 것을 나중에 알게 되었다) 빛바랜 사라사 무명천이 덮인 가구들이 무수히 늘어선 가운데 앉아 있었다. 이번에 그들은 검은 면비로드 옷을 입고 있었다. 이사벨은 가든코트에서 만났을 때보다 그들의 집에서 보았을 때 그들이 더 마음에 들었다. 그리고 그들이 우울하지 않다는 사실을 전보다 더 분명히 느꼈다. 전에는 그들에게 결함이 있다면 그것은 마음의 자유로운 활동이 부족한 점일 거라고 생각했다. 그러나 그들이 깊은 감정을 느낄 수 있다는 것을 그녀는 곧 알 수 있었다. 점심 식사를 하기 전에 워버턴 경이 멀리 떨어진 곳에서 터치트 부인과 이야기를 나누는 동안 그녀는 방의 한쪽 구석에서 그 아가씨들과 얼마간 이야기를 나눴다.

「당신들의 오라버니가 과격한 급진주의자라는 것이 사실인가요?」 이사벨이 물었다. 그녀는 그것이 사실임을 알고 있었지만, 우리가 보았다시피 인간의 본성에 대해 예리한 관심을 갖고 있던 그녀는 몰리네 양들에게서 이야기를 끌어내고 싶었다.

「아, 네, 그래요. 오빠는 대단히 진보적이에요.」어린 누이 동생인 밀드레드가 말했다.

「동시에 워버턴은 대단히 합리적인 사람이에요.」몰리네 양이 말했다.

이사벨은 방의 다른 쪽에 있는 그를 한순간 바라보았다. 분명 그는 터치트 부인에게 유쾌하게 대하려고 애쓰고 있었다. 랠프는 난롯불 앞에 누워 있던 개들 중에서 서슴없이 다가온 한 마리를 상대하고 있었다. 영국의 8월 기온으로 보면 그 넓은 고택에서 난롯불을 피우는 것이 이상하게 보이지 않았다. 「당신의 오라버니께서 위선적인 사람이 아니라고 생각하세요?」이사벨은 미소를 지으며 물었다.

「아, 물론이에요!」밀드레드가 재빨리 소리쳤고, 그 언니는 말없이 우리의 여주인공을 응시했다.

「그분이 시련을 견디실 수 있을 거라고 생각해요?」

「시련이라고요?」

「예를 들어 이 모든 것을 포기해야 하는 것 말이에요.」

「로클리를 포기해야 한다고요?」몰리네 양이 간신히 소리를 입 밖에 냈다.

「네, 그리고 다른 저택들도요. 그 저택들은 뭐라고 불리죠?」

그 자매들은 거의 겁에 질린 시선을 서로 나누었다. 「당신 말은, 경비 때문에 그렇게 한다는 뜻인가요?」어린 쪽이 말했다.

「저택 중 한두 채를 내놓을 거라고 생각해요.」언니 쪽이 말했다.

「그것들을 공짜로 내놓을 거라고요?」이사벨이 물었다.

「나는 오라버니가 자기 재산을 포기하는 것은 상상할 수 없어요.」몰리네 양이 말했다.

「아, 유감스럽게도 그분은 사기꾼이군요!」이사벨이 대답했다. 「그렇다면 그것은 부당한 지위라고 생각하지 않아요?」

그녀의 벗들은 몹시 당황했음이 분명했다. 「내 오라버니의 지위요?」몰리네 양이 물었다.

「오라버니의 지위는 매우 훌륭한 것으로 여겨지고 있어요.」여동생이 말했다. 「이 주(州)의 이 지방에서 첫째가는 지위고요.」

「틀림없이 당신들은 내가 매우 불손하다고 생각하실 거예요.」이사벨이 기회를 틈타서 말했다. 「아마도 당신들은 오라버니를 존경하고 다소 두려워하고 계시겠지요.」

「물론 오라버니를 존경하고 있어요.」몰리네 양이 간단히 말했다.

「당신이 존경한다면, 그분은 틀림없이 매우 좋은 분일 거예요. 왜냐하면 당신들은 분명 매우 선량한 분들이니까요.」

「오라버니는 더없이 친절해요. 그가 하는 선행들은 결코 세상에 알려지지 않을 거예요.」

「오라버니의 능력은 잘 알려져 있어요.」밀드레드가 덧붙였다. 「모두들 그의 능력이 탁월하다고 생각해요.」

「아, 나도 알 수 있어요.」이사벨이 말했다. 「하지만 내가 만일 그의 입장이라면 나는 죽을 때까지 싸울 거예요. 내 말은, 과거의 유산을 지키기 위해서 말이에요. 나는 반드시 그것에 매달릴 거예요.」

「사람은 자유주의 사상을 가져야 한다고 생각해요.」밀드레드가 부드럽게 주장했다. 「우리는 늘 그랬어요. 아주 오랜 옛날부터 말이죠.」

「아, 네.」 이사벨이 말했다. 「당신들은 그 사상으로 큰 발전을 이뤄 왔어요. 당신들이 그것을 좋아하는 것은 놀랍지 않은 일이에요. 그런데 당신들은 털실 자수를 무척 좋아하는군요.」

점심 식사 후에 워버턴 경이 그녀에게 집을 구경시켜 주었을 때, 그 저택이 품위 있는 그림처럼 아름다운 곳이라는 것은 그녀에게 당연하게 여겨졌다. 저택의 내부는 많은 부분들이 현대화되어 있었고, 그래서 최고의 장점들 몇 가지가 순수성을 잃어버렸다. 그러나 정원에 나와서 저택을 바라보았을 때, 넓고 고요한 해자 위로 높이 솟아오른 견고한 잿빛 건축물은 비바람에 침식되어 더없이 부드럽고 깊은 색조를 띠고 있어서 그 젊은 방문객에게는 전설 속의 성처럼 보였다. 날은 쌀쌀했고 햇빛은 다소 광채를 잃어 가고 있었다. 가을의 첫 선율이 울려 퍼졌고, 맥 빠진 햇살이 흐릿한 빛으로 종작없이 벽 위에 머물면서 오래 묵어 가장 예리한 상처를 부드럽게 골라서 엷은 빛을 쐬어 주고 있었다. 그 주인의 동생인 목사가 점심 식사에 동석했는데, 이사벨은 그와 5분간 이야기를 나누었다. 교회의 풍부한 의식(儀式)에 대한 조사에 착수했다가 헛일임을 알아차리고 포기하기에 충분한 시간이었다. 로클리의 목사는 체구가 크고 튼튼했으며, 솔직하고 자연스러운 표정과 왕성한 식욕, 무슨 이야기에든 가리지 않고 웃어 대는 성향을 지닌 사람이었다. 이사벨은 나중에 사촌 오빠에게서 그가 성직을 받기 전에 막강한 레슬링 선수였고 지금도 때로 가족들이 모인 사적인 자리에서는 상대를 바닥에 눕힐 수 있다는 말을 들었다. 이사벨은 그가 마음에 들었다. 그녀의 마음은 눈에 보이는 것 무엇에나 호감을 느낄 상태였다. 하지만 그를 정신적 도움을 주는 성직자로 생각하기 위해서 그녀의 상상력은 상당한 고전을 겪어야 했다. 일행은 점심을 끝내고 뜰에서 거닐기 위해 밖으로 나갔다. 워버턴 경은 약간 재간을 발휘해서 가장 낯선 손님이 다른 사람들과 따로 떨어져서 걸을 수 있도록 이끌었다.

「이곳을 차분하게 돌아보실 수 있기를 바랍니다.」 워버턴 경이 말했다. 「무관한 이야기들을 듣느라 관심이 분산되면 그렇게 하실 수 없을 거예요.」 하지만 그 자신이 꺼낸 이야기는(매우 기이한 내력이 있는 그 저택에 관한 이야기를 많이 하기는 했지만) 순전히 고고학적인 것만은 아니었다. 사이사이에 그는 더 사적인 이야기, 그 자신뿐 아니라 젊은 숙녀에게 사적인 이야기로 넘어가곤 했다. 그러나 결국에는 잠시 멈춘 후에 표면상의 주제로 다시 돌아가서는 말했다. 「아, 당신이 이 낡은 건물을 좋아해서 매우 기쁩니다. 당신이 이 저택을 더 많이 볼 수 있기를, 여기에 얼마간 묵으실 수 있기를 바랍니다. 내 누이들이 당신을 무척 좋아하게 되었어요. 그것이 조금이라도 당신의 마음을 끌 동기가 될 수 있다면 말이지요.」

「제 마음을 끌 것들은 수없이 많아요.」 이사벨이 대답했다. 「하지만 유감스럽게도 약속을 드릴 수 없군요. 제 일정은 전적으로 이모님의 결정에 달려 있거든요.」

「아, 죄송합니다만 그 말씀은 곧이곧대로 믿을 수 없군요. 당신은 자신이 원하는 것을 무엇이든지 할 수 있다고 믿습니다.」

「제가 그런 인상을 드렸다면 유감이군요. 그것은 좋은 인상이 아닌 것 같아요.」

「제가 희망을 품을 수 있도록 해준다는 미덕이 있습니다.」
그러고 나서 워버턴 경은 잠시 말을 멈췄다.

「희망이라니요?」

「앞으로 당신을 자주 만날 거라는 희망 말입니다.」

「아, 자주 뵙는 기쁨을 누리기 위해서라면 제가 그렇게 속박에서 벗어나야 할 필요는 없습니다.」 이사벨이 말했다.

「물론 그렇겠지요. 하지만 당신의 이모부님은 나를 좋아하시지 않는 것 같아요.」

「큰 오해를 하고 계신 거예요. 이모부님께서 당신을 무척 높이 평가하시는 말씀을 들었어요.」

「두 분께서 나에 관한 이야기를 나누셨다니 기쁩니다.」 워버턴 경이 말했다. 「하지만 그렇다 해도 그분은 내가 계속 가든코트를 방문한다면 좋아하시지 않을 겁니다.」

「제 이모부님의 취향에 대해서는 장담할 수 없겠군요.」 그 아가씨가 대답했다. 「하지만 저는 이모부님의 취향을 가급적 고려해야겠지요. 하지만 저 자신에 대해서 말씀드리자면, 저는 당신을 만나면 매우 즐거울 거예요.」

「바로 그것이 당신에게서 듣고 싶었던 말입니다. 그 말씀을 들으니 매우 기쁩니다.」

「경께서는 쉽게 기쁨을 느끼시는 모양이에요.」 이사벨이 말했다.

「아뇨, 나는 쉽게 기쁨을 느끼지 않습니다.」 그러고 나서 그는 잠시 입을 다물고 있었다. 「그게 아니라 당신이 나를 황홀한 매혹에 빠뜨렸어요, 아처 양.」

그가 뭐라 표현할 수 없는 목소리로 이렇게 말했기에 그 아가씨는 깜짝 놀랐다. 그것은 어떤 진지한 사건의 서곡처럼

들렸다. 그녀는 전에도 그런 소리를 들은 적이 있었기에 그
것을 금세 알아차렸다. 하지만 그녀는 현재 그 서곡에 다른
곡이 이어지지 않기를 바랐다. 그녀는 겉으로 드러날 만큼
당황했지만 그래도 될 수 있는 대로 명랑하게 재빨리 말했
다. 「유감스럽게도 이곳을 다시 방문할 수 없을 것 같아요.」

「절대로 방문할 수 없다는 말씀입니까?」 워버턴 경이 말
했다.

「〈절대로〉라고는 말하지 않겠어요. 그러면 무척 신파조로
느껴지니까요.」

「그럼 다음 주의 어느 날에 당신을 뵈러 가도 될까요?」

「물론이에요. 그것을 가로막을 일이 뭐가 있겠어요?」

「확실한 것은 없습니다. 하지만 당신에 대해서 생각하면
마음을 편하게 놓을 수 없어요. 당신이 늘 사람들을 평가하
고 있다는 느낌을 받습니다.」

「제가 그렇게 하고 있더라도 물론 경께서는 제 평가로 해
를 입을 일은 없습니다.」

「그렇게 말해 주다니 매우 친절하십니다. 하지만, 내가 득
을 얻는다 하더라도, 내가 가장 바라는 것은 엄밀하게 공정
한 평가가 아닙니다. 터치트 부인이 당신을 외국으로 데려
가실까요?」

「그러시기를 바랍니다.」

「영국으로는 충분히 만족하실 수 없으신가요?」

「그건 마키아벨리식의 말씀이에요. 대답을 드릴 만한 가
치도 없고요. 저는 될 수 있는 대로 많은 나라들을 돌아보고
싶어요.」

「그러면서 아마 당신은 계속 평가하겠지요.」

「즐길 수도 있기를 바랍니다.」

「그래요, 당신이 가장 즐거워하는 것이 바로 그것이지요. 나는 당신이 무엇을 하려는지 이해할 수 없어요.」 워버턴 경이 말했다. 「당신은 신비로운 목적이나 방대한 계획을 가진 것 같군요.」

「경께서는 매우 친절하게도 저에 관한 가설을 세우셨지만, 저는 거기에 전혀 맞지 않아요. 매년 5만 명가량의 미국인들이 외국 여행을 통해 마음을 향상시키려는 목적을 공공연히 마음에 품고 실행에 옮기는데, 그 목적에 신비로운 점이 한 가지라도 있을까요?」

「당신은 당신의 마음을 더 이상 향상시킬 수 없습니다, 아처 양.」 그녀의 벗이 단언했다. 「당신의 마음은 이미 더할 나위 없이 강력한 도구이니까요. 그 마음은 우리 모두를 내려다보면서 우리를 경멸하고 있어요.」

「당신을 경멸한다고요? 저를 놀리시는군요.」 이사벨이 진지하게 말했다.

「자, 당신은 우리를 〈기묘한〉 사람들이라고 생각하지요. 그것이 경멸하는 겁니다. 무엇보다도 나는 〈기묘한〉 사람으로 간주되지 않을 겁니다. 나는 전혀 그렇지 않으니까요. 그런 평가에 대해서는 항의합니다.」

「그 항의야말로 제가 지금껏 들어 보지 못한 가장 기묘한 것이네요.」 이사벨이 미소를 지으며 대답했다.

워버턴 경이 잠시 입을 다물고 있었다. 「당신은 오로지 곁에서 보고 판단을 내립니다. 당신은 관심을 보여 주지 않아요.」 그가 이내 말했다. 「당신은 오직 재미를 찾는 데 관심을 갖고 있지요.」 조금 전에 그의 목소리에서 들렸던 어조가 다시 나타났고, 이제는 뚜렷해진 비탄의 어조가 거기에 뒤섞여 있었다. 그 쓰라린 어조가 너무 갑작스럽고 생경한 것이라서 그녀는 자신이 그의 마음을 상하게 했는지 걱정스러웠다. 그녀는 영국인들이 무척 괴짜라는 말을 종종 들어 왔고, 그들이 본바탕에 있어서는 그 어떤 민족보다도 낭만적이라는 이야기를 어떤 독창적인 작가의 글에서 읽은 적이 있었다. 워버턴 경의 감정이 갑자기 낭만적으로 변하고 있는 것일까? 그가 자신의 집에서, 만난 지 세 번밖에 되지 않은 때에, 그녀에게 구애하는 일을 벌이려는 것일까? 하지만 그녀는 흠잡을 데 없이 훌륭한 그의 매너를 의식하면서 곧 마음을 놓았다. 그가 자신의 환대를 믿고 방문한 아가씨에게 흠모하는 마음을 표현했을 때 이미 고상한 예의범절의 한계점에 이르렀으나, 그럼에도 그의 훌륭한 매너는 손상되지 않았다. 그녀가 그의 훌륭한 매너를 신뢰한 것은 옳았다. 그는 약간 미소를 띠기도 하면서 그녀를 불안하게 했던 어조의 흔적을 모두 지우고 곧 이야기를 이어 갔던 것이다. 「물론 당신이 사소한 것들을 재미있어한다는 뜻은 아닙니다. 당신은 중요한 재료를 선택하지요. 인간 본성의 결점과 불행, 여러 나라들의 특성 같은 것들 말입니다!」

「그런 것에 관해서라면,」 이사벨이 말했다. 「제 고국에서도 평생 즐길 만한 재료를 찾을 수 있을 거예요. 그런데 이미 오래 걸었군요. 이모님이 곧 출발하려 하실 거예요.」 그녀는 다른 사람들 쪽으로 몸을 돌렸고 워버턴 경은 말없이 그녀의 옆에서 걸었다. 그러나 다른 사람들에게 다가가기 전에 말했다. 「다음 주에 당신을 만나러 가겠습니다.」

이사벨은 큰 충격을 받았다. 그러나 그 충격이 차차 가라

앉으면서, 그것이 순전히 고통스럽기만 한 충격이었다고 스스로에게 거짓말할 수는 없다는 느낌이 들었다. 그래도 아무튼 그녀는 그의 말에 꽤 차갑게 대답했다. 「좋으실 대로 하세요.」 그 냉정함은 그녀가 의도한 바가 아니었다. 많은 비판가들은 충분히 그럴 수 있다고 생각하겠지만 그녀는 그런 술책을 잘 부리지 않았다. 그 냉정함은 어떤 두려움에서 나온 것이었다.

제10장

　　로클리를 방문하고 온 다음 날에 이사벨은 친구 스택폴 양에게서 편지를 받았다. 봉투에 리버풀의 소인이 찍혀 있고 헨리에타의 날렵하고 깔끔한 필체가 드러난 편지를 보자 그녀의 마음에 금세 활기찬 기분이 일었다. 〈사랑하는 친구, 나는 여기 도착했단다.〉스택폴 양은 이렇게 썼다. 〈마침내 간신히 출발할 수 있었지. 뉴욕을 떠나기 바로 전날 밤에야 결정되었거든. 『인터뷰어』에서 내 계획에 동의했단다. 나는 노련한 신문기자처럼 몇 가지 물건만 가방에 꾸려 넣고는 전차를 타고 기선을 타러 갔지. 네가 있는 곳은 어디니? 우리가 어디서 만날 수 있을까? 아마 너는 성을 이곳저곳 방문했을 테고 이미 정확한 영국식 억양을 익혔겠지. 어쩌면 어떤 귀족과 결혼했을 수도 있고. 그랬으면 좋겠구나. 나는 영국 상류층 사람들을 소개받고 싶고, 네가 몇 명 정도 소개해 주기를 기대하거든. 『인터뷰어』는 귀족들에 관한 기사문을 보내 주길 바란단다. (일반 국민에 대한) 내 첫인상은 그리 낙관적이지 않았어. 하지만 그 점에 대해서 너와 이야기를 나누고 싶어. 그리고 어떻든 간에 내가 적어도 피상적인 관찰자는 아니라는 것을 너는 알고 있겠지. 또 네게 알려 줘야 할 아주 특별한 얘기가 있어. 될 수 있는 대로 빨리 만날 수 있도록 약속을 잡아 줘. 런던으로 오든지(너와 함께 런던의 명소들을 돌아보고 싶은 마음이 간절하거든) 아니면 어디든지 네가 있는 곳으로 내가 갈 수 있도록 해줘. 기꺼이 네가 있는 곳으로 갈 생각이야. 너도 알다시피 나는 모든 것에 흥미를 느끼고 있고, 영국의 내적 생활을 가급적 많이 보고 싶으니까.〉

이사벨은 이 편지를 이모부에게 보여 드리지 않는 편이 낫겠다고 판단했지만 그 편지의 내용을 그에게 알려 주었다. 그녀가 예상했던 대로 이모부는 스택폴 양을 가든코트에서 만나게 되면 기쁘겠다고 즉시 자기 이름으로 초대장을 보내라고 말했다. 「여성 작가이기는 하지만,」 그가 말했다. 「그 아가씨는 미국인이니까 그 다른 작가가 그랬듯이 내 결점을 폭로하는 글을 쓰지는 않겠지. 그녀는 나와 같은 사람들을 많이 보았을 테니까.」

「이모부님처럼 좋은 분은 본 적이 없었을 거예요!」 이사벨이 대답했다. 그러나 인물들을 묘사하려는 헨리에타의 본능적 욕구에 대해서는 완전히 마음을 놓을 수 없었다. 자기 친구의 여러 면모에서 마음 편히 받아들일 수 없는 면이 바로 그것이었다. 하지만 그녀는 터치트 씨의 집에서 방문을 환영한다는 편지를 스택폴 양에게 보냈다. 그러자 이 날쌘 아가씨는 조금도 지체하지 않고 곧 도착할 거라는 소식을 보냈다. 스택폴 양은 런던으로 가서 가든코트에 가장 가까운 기차역을 통과하는 기차를 탔다. 이사벨과 랠프는 그녀를 맞기 위해 기차역에서 기다렸다.

「내가 그녀를 사랑하게 될까, 아니면 미워하게 될까?」 그들이 플랫폼을 따라 걷는 동안에 랠프가 물었다.

「오빠가 어느 쪽을 선택하든 그녀에게는 거의 문제가 되지 않을 거예요.」 이사벨이 말했다. 「그녀는 남자들이 자기를 어떻게 생각하든 전혀 개의치 않거든요.」

「그렇다면 한 명의 남자로서 나는 그녀를 싫어하게 되겠군. 그녀는 틀림없이 괴물 같은 여자겠지. 무척 못생겼나?」

「아뇨, 분명히 예뻐요.」

「여성 탐방 기자, 치마를 입은 기자라고? 그녀를 만나 보고 싶은 호기심이 생기는군.」 랠프가 인정했다.

「그녀를 비웃는 것은 무척 쉬운 일이겠지만 그녀만큼 용감해지는 것은 쉽지 않아요.」

「그렇겠지. 폭력적인 범죄를 저지르는 일이나 사람을 공격하는 일에는 용기가 필요한 법이지. 그녀가 나를 인터뷰하고 싶어 할까?」

「절대로 안 할걸요. 그녀는 오빠가 인터뷰를 할 만큼 중요한 인물이라고 생각하지 않을 거예요.」

「두고 봐야지.」 랠프가 말했다. 「그녀는 아마 우리 집 강아지까지 포함해서 우리 모두를 묘사하는 글을 써서 그 신문사에 보내겠지.」

「그런 일을 하지 말라고 그녀에게 요구할 거예요.」 이사벨이 대답했다.

「그렇다면 그녀가 그런 일을 할 수 있다고 생각하는 건가?」

「물론이죠.」

「그런데도 그녀를 소중한 친구로 여기고 있다고?」

「소중한 친구로 삼은 것은 아니에요. 하지만 그녀의 결점에도 불구하고 그녀를 좋아해요.」

「아, 나는 그녀의 장점에도 불구하고 그녀를 싫어하게 될까 봐 걱정되는군.」 랠프가 대답했다.

「아마 3일만 지나면 오빠는 그녀를 사랑하게 될 거예요.」

「그리고 내 연애편지가 『인터뷰어』에 실리고? 그건 절대로 안 될 일이야!」 젊은이가 소리쳤다.

곧 기차가 도착했다. 즉시 기차에서 내린 스택폴 양은, 이사벨이 단언했듯이, 다소 시골티가 나기는 했지만 매우 섬세하게 예쁜 아가씨였다. 그녀의 몸매는 균형 잡히고 포동포동했으며 중키에다 얼굴이 둥글고 입은 작은데 살갗은 섬세하게 고운 빛이 감돌았다. 다갈색 고수머리를 뒤쪽으로 묶어 한 다발을 이루었고, 특이할 만큼 솔직하고 놀란 듯이 보이는 눈으로 바라보았다. 그녀의 외모에서 가장 두드러진 점은 놀랍게도 뚫어지게 바라보는 눈이었다. 그 눈빛에 건방지거나 도전적인 기미가 있는 것은 아니었지만 마치 타고난 권리를 의식적으로 행사하는 듯이 우연히 마주치는 대상 어디에나 한동안 머물렀다. 스택폴 양의 우아하고 기분 좋은 외모에 약간 관심이 끌렸던 랠프에게도 그 시선은 이런 식으로 머물렀다. 그 시선은 그녀를 비난하는 일이 그가 생각했던 만큼 그리 쉽지는 않으리라는 것을 암시했다. 그녀는 선명한 비둘기 빛깔의 주름진 드레스를 입고 바스락 소리를 내면서 은은한 빛을 발했다. 랠프는 그녀가 막 인쇄되어 접히기 직전의 신문 첫 판처럼 빳빳하고 새롭고 포괄적인 여자라는 것을 첫눈에 알 수 있었다. 머리끝부터 발끝까지 그녀에게는 아마도 잘못 꽂힌 활자가 하나도 없을 것이다. 그녀의 목소리는 맑고 높은 톤이었고, 풍부하지는 않았지만 우렁찼다. 그러나 터치트 씨의 마차에서 벗들과 자리 잡고 앉은 후에 보니 랠프가 예상한 바와는 달리 온통 대문자체, 끔찍한 〈표제〉 활자체만 박힌 신문은 아닌 것 같았다. 그렇기는 해도 그녀는 이사벨의 질문과 그 청년이 과감하게 던진 질문에 대해서 능변으로 명료하게 대답했다. 나중에 가든코트의 서재에서 터치트 씨와 인사를 나누었을 때(그의 아내는 그 자리에 모습을 드러낼 필요가 없다고 생각했다) 그녀는 자신의 능력에 대한 자신감을 더욱 분명히 드러냈다. 「자, 본인을 미국인으로 생각하시는지 아니면 영국인으로 생각하시는지를 알고 싶어요.」 그녀가 갑자기 말을 꺼냈다. 「일단 그것을 알아야 그에 따라서 말씀드릴 수 있을 거예요.」

「어떤 식으로든 말씀해 주세요. 말씀만 해주시면 우리는 고맙게 여길 겁니다.」 랠프가 과감하게 말했다.

그녀는 그를 뚫어지게 쳐다보았다. 그 눈빛은 반짝이는 큰 단추 — 이를테면 고무줄 고리를 팽팽하게 당겨 채우는 그런 단추 — 를 연상시키는 구석이 있었다. 그녀의 눈동자에 비친 주위 사물들을 볼 수 있을 것 같았다. 단추에 인간적인 표정이 있다고 여기는 일은 그리 흔치 않지만, 스택폴 양의 시선에는 그를 매우 겸손한 사람으로서 막연히 당황하게 만드는 무엇인가가 있었다. 그가 원하는 바 이상으로 침범당하고, 치욕을 당한 듯한 느낌이었다. 이런 느낌은 그녀와 어울려 하루 이틀을 보낸 후에 상당 부분 사라졌다는 말을 덧붙여야겠지만, 완전히 소멸해 버린 것은 아니었다. 「당신이 진정으로 미국인이라고 나를 설득하실 생각은 아니겠지요.」 그녀가 말했다.

「당신을 기쁘게 해줄 수 있다면 나는 영국인이 되겠어요. 터키인이라도 될 겁니다!」

「그런 식으로 마음대로 바꿀 수 있다면, 좋을 대로 하세요.」 스택폴 양이 대답했다.

「당신은 모든 것을 이해하고 있으니 국적의 차이라는 것이 조금도 장애가 되지 않으리라고 믿습니다.」 랠프가 말을 이었다.

스택폴 양은 여전히 그를 응시했다. 「외국어에 대해서 말씀하시는 건가요?」

「언어는 아무것도 아닙니다. 내 말은 정신, 국민성을 말하는 겁니다.」

「무슨 말씀인지 이해하지 못하겠어요.」 『인터뷰어』의 기자가 말했다. 「하지만 이곳을 떠나기 전에 이해할 수 있게 되기를 바랍니다.」

「오빠는 이른바 세계인이야.」 이사벨이 넌지시 말했다.

「그건 모든 것을 조금씩 갖고 있으면서도 그 어느 것도 많이 갖고 있지는 않다는 뜻이지. 애국심이란 자선과 같아서 자신의 본고장에서 시작한다고 생각해요.」

「아, 그런데 그 본고장은 어디에서 시작합니까, 스택폴 양?」 랠프가 물었다.

「어디서 시작하는지는 모르겠어요. 하지만 어디서 끝나는지는 알아요. 그것은 내가 여기 도착하기 한참 전에 끝났죠.」

「이곳이 마음에 들지 않소?」 터치트 씨는 연로하고 순진한 목소리로 물었다.

「글쎄요, 제가 어떤 입장을 택해야 할지 아직 마음을 정하지 못했어요. 무척 갑갑한 기분이 들거든요. 리버풀에서 런던으로 가는 길에 그렇게 느꼈어요.」

「아마 객차가 혼잡했던 모양이지요.」 랠프가 넌지시 말했다.

「네, 하지만 친구들로 북적거렸어요. 기선에서 알게 된 미국인 일행이었지요. 아칸소의 주도 리틀록에서 온 유쾌한 그룹이었죠. 하지만 그래도 갑갑했어요. 무언가 나를 압박하는 느낌이었어요. 그게 무엇인지는 알 수 없었어요. 나는 처음부터 여기 공기가 나와는 잘 맞지 않을 거라고 느꼈어요. 하지만 나는 내 나름의 대기를 만들 거예요. 그것이 올바른 방법이죠. 그러면 숨을 쉴 수 있을 테고요. 이 주위 환경은 매우 매력적으로 보여요.」

「아, 우리도 유쾌한 사람들입니다!」 랠프가 말했다. 「조금만 기다리면 알게 될 거예요.」

스택폴 양은 기다리려는 만반의 의도를 드러냈고, 가든코트에서 상당히 오래 머물겠다고 작정했음이 분명했다. 그녀는 아침마다 글을 쓰는 데 몰두했다. 그러면서도 이사벨은 친구와 많은 시간을 보냈다. 그 친구는 일단 하루치의 일을 마치고 나면 혼자 시간을 보내는 데 반감을 드러냈고 실제로 공공연히 거부했다. 오래지 않아 이사벨은 그들이 함께 영국에 체류하는 매혹적인 경험을 활자로 세상에 알리려는 친구의 의도를 단념하도록 요청할 기회를 얻게 되었다. 스택폴 양은 방문한 지 이틀째 되는 날 아침에 『인터뷰어』에 보낼 통신문을 쓰고 있었는데, 그 제목은 (우리의 여주인공이 학교 다닐 때 보았던 습자책의 필체와 똑같이) 정교하게 말끔하고 읽기 쉬운 필체로 〈미국인들과 튜더 왕조 — 가든코트의 인상〉이라고 적혀 있었다. 스택폴 양은 아주 당당하게 그 편지를 이사벨에게 읽어 주겠다고 제안했고, 이사벨은 즉시 항의했다.

「그런 일을 해서는 안 된다고 생각해. 이곳을 묘사해서는 안 된다고.」

헨리에타는 평소처럼 그녀를 빤히 응시했다. 「아니, 사람들이 원하는 건 바로 이런 거야. 이 집은 아름다운 곳이고.」

「신문에 실리기에는 너무 아름다운 곳이지. 그리고 이모부님께서는 그런 일을 바라시지 않아.」

「그런 건 믿지 마!」 헨리에타가 소리쳤다. 「나중에는 사람들이 늘 좋아해.」

「이모부님은 좋아하지 않으실 거야. 사촌 오빠도 마찬가지고. 네가 그렇게 한다면 그분들은 자기들의 환대를 배신한 행위로 여기실 거야.」

스택폴 양은 당황한 기색을 전혀 드러내지 않았다. 그녀는 그저 펜촉을 닦으려고 늘 갖고 다니던 작고 우아한 도구에 아주 깨끗하게 펜촉을 닦을 뿐이었다. 그런 다음에는 원고를 치웠다. 「물론 네가 찬성하지 않는다면 하지 않겠어. 하지만 나는 아름다운 주제를 희생하는 거야.」

「다른 주제들도 많이 있어. 네 주위에 온통 널려 있으니까. 드라이브를 하러 나가도록 하자. 네게 매혹적인 경치를 보여줄게.」

「내가 관심을 가진 건 경치가 아니야. 나는 늘 인간적인 관심사를 원해. 알다시피 나는 철저히 인간적이야, 이사벨. 나는 늘 그랬어.」 스택폴 양이 대답했다. 「네 사촌 오빠를 이 질화된 미국인의 예로 들어서 소개하려 하고 있었어. 요즘에는 그런 미국인에 대한 관심이 아주 크거든. 네 사촌은 멋진 실례야. 나는 그를 무자비하게 다루었을 거야.」

「그랬더라면 그는 죽을 지경이 됐을 거야.」 이사벨이 소리쳤다. 「무자비함 때문이 아니라 널리 알려졌다는 사실 때문에 말이야.」

「글쎄, 나는 그를 약간 죽이고 싶었을 거야. 그리고 네 이모부에 대해서도 글을 쓰면 좋았을 텐데. 내가 보기에 그분은 훨씬 더 고상한 유형에 속하는 분이고, 아직 충실한 미국인인 것 같거든. 그는 굉장한 노인이야. 내가 그분에게 경의를 표하는 것에 대해서 그분이 어떻게 반감을 느낄 수 있는지 모르겠구나.」

이사벨은 무척 의아한 마음으로 친구를 바라보았다. 존중해 줄 만한 점이 아주 많은 이 친구가 어떤 점에서는 그 정도로 형편없을 수 있다는 사실이 기이하게만 느껴졌다. 「가엾은 헨리에타, 너는 사생활의 자유에 대한 의식이 전혀 없어.」 그녀가 말했다.

헨리에타는 얼굴을 몹시 붉혔고, 반짝이는 눈에 잠시 눈물이 고였다. 그동안 이사벨은 친구가 전처럼 논리적이지 않다고 생각했다. 「너는 나를 몹시 부당하게 평가하고 있어.」 스택폴 양이 말했다. 「나 자신에 대한 이야기는 한 마디도 쓴 적이 없어!」

「그 점은 분명히 믿어. 하지만 다른 사람들에 대해서도 조심스럽게 삼가야 할 것 같아!」

「그래, 아주 좋은 말이야!」 헨리에타가 다시 펜을 잡으며 소리쳤다. 「그 말을 적어 둘게. 그 말을 어느 글에 끼워 넣을 거야.」 헨리에타는 참으로 성격이 좋은 아가씨였다. 30분이 지나자 그녀의 기분은 기삿거리가 부족한 여성 기자에게서 기대할 수 있는 최대한으로 쾌활해져 있었다. 「나는 사교계의 생활을 취재하겠다고 약속했어.」 그녀가 이사벨에게 말했다. 「그런데 아이디어를 전혀 얻지 못한다면 그 일을 어떻게 할 수 있겠니? 이 저택에 대해 묘사할 수 없다면, 네가 아는 곳 중에 내가 묘사할 수 있는 곳이 없을까?」 이사벨은 그 점에 대해 생각해 보겠다고 약속했다. 그리고 다음 날 친구와 이야기를 나누는 중에 우연히도 워버턴 경의 저택을 방문했던 일을 언급하게 되었다. 「아, 나를 그곳에 데려가 줘. 내게 딱 적합한 곳이 그런 곳이야!」 스택폴 양이 소리쳤다. 「나는 귀족들을 꼭 만나 봐야 해.」

「널 데려갈 수는 없어.」 이사벨이 말했다. 「그렇지만 워버턴 경이 이곳에 올 거야. 네가 그를 보고 관찰할 수 있는 기회가 있을 거야. 단, 네가 그의 말을 그대로 쓸 생각이라면, 나는 분명히 그에게 미리 경고를 하겠어.」

「그렇게 하지 말아 줘.」 친구가 간청했다. 「그가 자연스럽게 말하기를 바라거든.」

「영국인은 입을 다물고 있을 때가 가장 자연스러워.」

사흘이 지났을 때 이사벨의 예상대로 사촌 오빠가 그 손님에게 마음을 빼앗겼는지 어떤지는 분명치 않았다. 그는 그녀와 어울려 많은 시간을 보내기는 했다. 그들은 함께 정원을 거닐었고 나무 그늘 아래 앉아 있기도 했다. 템스 강을 따라 배를 타기에 쾌적한 오후 시간이면 지금까지 랠프와 단 한 사람만 탔던 보트에 스택폴 양이 한 자리를 차지했다. 그녀가 함께 있음으로써 랠프는 사촌과 둘이서 어울릴 때의 완벽하게 용해될 수 있다는 느낌이 당연히 혼란스러워지리라고 예상했지만, 어찌된 일인지 헨리에타의 존재는 그 부드러운 흐름에 예상만큼 용해되지 못하는 것은 아니었다. 『인터뷰어』의 통신원이 그에게 명랑한 기분을 일으켰기 때문이었다. 그리고 그는 점점 커지는 명랑함이 자신의 쇠락하는 날들을 장식하는 꽃이 되리라고 생각한 지 오래였다. 한편 헨리에타 쪽에서는 그녀가 남자들의 의견에 무관심하다는 이사벨의 주장을 입증하지 못했다. 가엾은 랠프가 그녀에게는 짜증스러운 문제를 제시하는 것 같았고, 그 문제를 해결하지 않는다면 비도덕적이라고 할 수 있을 터이기 때문이었다.

「그는 먹고살기 위해 무슨 일을 하지?」 헨리에타는 도착한 날 저녁에 이사벨에게 물었다. 「양손을 호주머니에 넣고 하루 종일 서성거리기만 하는 건가?」

「오빠는 아무 일도 하지 않아.」 이사벨이 미소를 지었다. 「여유가 많은 신사거든.」

「흠, 그건 수치스러운 일이야. 나는 열차의 차장처럼 열심히 일해야 하는데 말이야.」 스택폴 양이 대답했다. 「나는 그의 본색을 폭로하고 싶어.」

「오빠는 가엾게도 건강이 좋지 않아. 일을 할 수 있는 상태가 전혀 아니야.」 이사벨이 주장했다.

「푸! 그런 것을 믿다니. 나는 아플 때도 일하거든!」 그녀의 친구가 소리쳤다. 나중에 보트에 올라타서 뱃놀이에 끼었을 때 그녀는 랠프에게 자기가 미워서 물에 빠뜨리고 싶을 거라고 말했다.

「아, 아뇨.」 랠프가 말했다. 「나는 내 희생물들이 더 서서히 고문 받도록 할 겁니다. 그리고 당신은 매우 흥미로운 희생물이 될 거예요!」

「그럼 당신은 나를 고문하고 있군요. 그렇게 말할 수 있겠죠. 하지만 나는 당신의 모든 편견에 충격을 주고 있죠. 그것이 한 가지 위안거리예요.」

「내 편견이라고요? 내게는 고맙게 여길 편견도 없습니다.

그러니 당신은 지적 만족감을 그리 느끼지 못하겠어요.」

「그렇다면 당신에게는 더욱 부끄러운 일이에요. 나는 유쾌한 편견을 몇 가지 갖고 있거든요. 물론 나는 당신이 사촌동생과 시시덕거리는 것을, 당신이 그것을 뭐라고 부르든 간에, 망쳐 놓고 있죠. 하지만 나는 개의치 않아요. 내가 당신의 본색을 끌어내서 보여 줌으로써 그녀에게 도움을 주고 있으니까요. 그녀는 당신이 얼마나 얄팍한 사람인지를 알게될 거예요.」

「아, 내 본색을 제발 끌어내 주세요!」 랠프가 큰 소리로 말했다. 「그런 수고를 기울여 주는 사람이 거의 없으니까.」

스택폴 양은 이 일에 착수하는 데 노력을 조금도 아끼지않는 것 같았고, 대체로 기회가 있을 때마다 질문을 던지는자연스러운 방법을 사용했다. 이튿날에는 날씨가 궂었다.오후에 그 젊은이는 실내에서 즐겁게 해줄 생각으로 그녀에게 그림을 보여 주겠다고 제안했다. 헨리에타는 그와 함께긴 화랑을 거닐었고, 그는 화랑의 중요한 소장품들을 지적하고 화가들과 주제에 대해서 말해 주었다. 스택폴 양은 입을 꾹 다물고 그림들을 보았고 아무런 의견도 제시하지 않았다. 그녀가 가든코트의 방문객들이 흔히 지나치게 연발하는 무의미하고 진부한 감탄사를 전혀 발설하지 않았기에 랠프는 흐뭇했다. 이 아가씨를 공정하게 평가하자면, 실로 그녀는 판에 박힌 진부한 말을 하는 경우가 거의 없었다. 그녀의 목소리에는 진지하고 독창적인 면이 있었고, 때로 긴장해서 신중하게 말할 때는 교양이 높은 사람이 외국어로 말하는듯한 인상을 풍겼다. 후에 랠프 터치트는 그녀가 한때 미국잡지사에서 미술 비평가로 일한 적이 있다는 사실을 알았다.

하지만 이런 사실에도 불구하고 그녀는 그림을 보면서 하찮은 찬사를 늘어놓는 일이 없는 것 같았다. 그가 컨스터블[4]의 매력적인 그림을 보여 주었을 때 갑자기 그녀는 몸을 돌리고 그가 마치 그림이라도 되는 듯이 그를 바라보았다.

「당신은 늘 이렇게 시간을 보내세요?」 그녀가 다그쳐 물었다.

「이렇게 즐겁게 보내는 일은 거의 없습니다.」

「아니, 내 말 뜻을 아시잖아요. 일상적인 일거리 없이 지내느냐는 말이에요.」

「아, 나는 세상에서 제일 게으른 사람입니다.」 랠프가 말했다.

스택폴 양은 시선을 돌려 다시 컨스터블의 그림을 바라보았고, 랠프는 그 옆에 걸려 있는 랑크레[5]의 작은 그림으로 그녀의 관심을 돌렸다. 그것은 주름 칼라가 달린 분홍빛 상의와 반바지 차림의 신사가 정원에 있는 님프 동상의 받침대에 기대서서 풀밭에 앉아 있는 두 숙녀에게 기타를 연주해 주는 장면을 묘사한 그림이었다. 「바로 이것이 내가 이상적으로 생각하는 일상적 일거리입니다.」 그가 말했다.

스택폴 양은 다시 그를 바라보았다. 그녀의 눈길이 그 그림에 머무르기는 했어도 그녀가 그 주제를 이해하지 못했다는 것을 그는 알았다. 그녀는 더욱 진지한 것을 생각하고 있었다. 「당신이 어떻게 그런 것을 당신의 양심과 조화시킬 수 있을지 모르겠군요.」

「아가씨, 내게는 양심이란 것이 조금도 없거든요!」

4 Constable(1776~1837). 영국 낭만주의 풍경화가
5 Lancret(1690~1743). 프랑스 로코코 화가.

「그렇다면 양심을 갈고 닦으시라고 충고해야겠군요. 당신이 다음에 미국에 가실 때 필요할 테니까요.」

「아마 다시는 미국에 가지 않을 겁니다.」

「당신의 모습을 보여 주기가 부끄러우세요?」

랠프는 잔잔한 미소를 지으며 생각했다. 「아마 양심이 없으면 수치심도 없겠죠.」

「글쎄요, 당신은 여러 가지 확신을 갖고 계시는군요.」 헨리에타가 말했다. 「조국을 포기하는 것이 옳은 일이라고 생각하세요?」

「아, 사람은 자기 고국을 포기할 수 없습니다. 자신의 할머니를 포기할 수 없는 것이나 마찬가지죠. 그건 둘 다 선택 이전의 문제입니다. 사람을 구성하고 있는 요소라서 지워 버릴 수 없는 것이죠.」

「그 말은 당신이 지워 버리려고 애써 보았지만 실패했다는 뜻으로 들리는군요. 여기 사람들은 당신을 어떻게 생각하나요?」

「그들은 나를 보면 즐거워합니다.」

「그건 당신이 그들에게 굽실거리기 때문이겠지요.」

「아, 조금은 내 타고난 매력 덕분이라고 생각해 주세요.」 랠프가 한숨을 쉬었다.

「당신의 타고난 매력에 대해서는 아무것도 모르겠어요. 당신에게 매력이란 것이 있다면 그건 타고난 것이 아니에요. 순전히 습득한 것이죠. 아니면 당신이 여기 살면서 그것을 습득하려고 적어도 열심히 노력했겠죠. 당신이 성공했다고는 말할 수 없어요. 어떻든 그것은 내가 바람직하다고 인정하는 매력이 아니에요. 당신 자신을 어떤 식으로든 유용한 사람으로 만들어 보세요. 그러고 나서 매력에 대한 이야기를 하도록 하죠.」

「자, 그럼 내가 무엇을 해야 할지 말해 주세요.」

「무엇보다 먼저 고국으로 곧장 돌아가세요.」

「아, 알겠어요. 그런 다음에는?」

「뭔가를 꼭 붙잡으세요.」

「그런데 어떤 종류의 것을 잡으라는 말인가요?」

「당신이 붙잡을 수만 있다면 어떤 것이든 좋아하는 대로 잡아요. 새로운 사상이나, 어떤 원대한 일이나.」

「꼭 붙잡는 것이 매우 어려운 일인가요?」 랠프가 물었다.

「아뇨, 당신이 그 일에 마음을 쏟는다면.」

「아, 내 마음이라.」 랠프가 말했다. 「그 일이 내 마음에 달려 있는 거라면 —!」

「왜, 당신에겐 마음이 없나요?」

「며칠 전에는 있었는데, 그 후에 잃어버렸어요.」

「진지하지 못하시군요.」 스택폴 양이 말했다. 「당신은 그게 문제예요.」 그러나 이런 대화를 나누었음에도 불구하고 하루 이틀이 지나자 그녀는 또다시 그에게 관심을 쏟았고 나중에는 그런 불가사의한 외고집에 대해서 다른 이유를 들었다. 「나는 당신에게 무엇이 문제인지 알고 있어요, 터치트 씨.」 그녀가 말했다. 「당신은 너무 훌륭한 사람이라서 결혼할 수 없다고 생각하시죠.」

「당신을 알기 전까진 그렇게 생각했어요, 스택폴 양.」 랠프가 대답했다. 「그런데 그 후에 갑자기 생각이 달라졌죠.」

「쯧쯧!」 헨리에타가 불만스러운 소리를 냈다.

「그런 다음에는 내가 결혼할 수 있을 만큼 좋은 사람이 되지 못한다는 생각이 들었어요.」

「결혼을 하면 나아지실 거예요. 게다가 그건 당신의 의무예요.」

「아!」 젊은이가 소리쳤다. 「인간에게는 의무가 꽤 많이 있지요! 결혼도 의무입니까?」

「물론이에요. 그걸 전에는 모르셨어요? 결혼하는 것은 누구에게나 의무예요.」

랠프는 잠시 생각에 잠겼다. 그는 실망했던 것이다. 그는 스택폴 양의 어떤 점에 대해 호감을 품어 가던 참이었다. 그녀가 매력적인 여자는 아니더라도 적어도 매우 좋은 〈부류〉의 여자인 것 같았다. 탁월한 점이 부족하기는 해도, 이사벨이 말했듯이, 매우 용감했다. 그녀는 번쩍이는 옷을 입은 사자 조련사처럼 우리 안에 들어가서 채찍을 휘두를 수 있었다. 그러므로 그녀가 천박한 술책을 부릴 수 있는 사람이라고는 생각하지 않았는데, 이 마지막 말에는 거짓이 담긴 것처럼 들렸다. 결혼 적령기의 아가씨가 독신 청년에게 결혼하기를 권할 때, 그 말이 이타적 충동에서 나오는 것이라는 설명은 그리 명백한 설명이 되지 못한다.

「아, 그럼 이제 그 점에 대해서 해야 할 이야기가 많겠군요.」 랠프가 대답했다.

「그럴 거예요. 하지만 결혼이 의무라는 것이 가장 중요한 점이죠. 자기에게 걸맞은 여자가 없다고 생각하는 듯이 당신이 그저 독신으로 지내는 것은 무척 배타적으로 보인다고 말해야겠어요. 당신은 자신이 이 세상 누구보다도 더 낫다고 생각하세요? 미국에서는 사람들이 결혼하는 것이 일반적이에요.」

「그것이 내 의무라면,」랠프가 물었다. 「비슷한 논리로 볼 때, 그것은 또한 당신의 의무이지 않은가요?」

스택폴 양은 눈동자도 깜빡거리지 않고 햇빛을 받았다. 「당신은 어리석게도 내 논리에서 결함을 찾아내기를 바라시나요? 물론 나는 다른 사람들과 다르지 않게 결혼할 권리가 있어요.」

「자, 그렇다면,」랠프가 말했다. 「당신이 미혼이라는 것을 알아도 나는 전혀 화가 나지 않아요. 오히려 즐겁습니다.」

「아직도 진지하시지 않군요. 당신은 절대로 진지해지지 않을 거예요.」

「내가 독신으로 지내려는 습성을 떨쳐 버리고 싶다고 당신에게 말할 날에는 내가 진지하다고 믿을 건가요?」

스택폴 양은 이른바 남자의 접근을 고무하는 대답을 할 듯한 표정으로 그를 잠시 바라보았다. 하지만 이 표정이 갑자기 바뀌어 경악감뿐 아니라 분노마저 드러내는 듯이 일그러졌기에 그는 몹시 놀랐다. 「아뇨, 그때도 믿지 않을 거예요.」그녀는 쌀쌀하게 대답하고는 가버렸다.

「나는 네 친구에 대한 열정을 품지 못하게 되었어.」그날 저녁에 랠프가 이사벨에게 말했다. 「우리가 오늘 아침에 그것에 대한 얘기를 잠시 나누었지만 말이지.」

「그리고 그녀의 마음에 들지 않는 이야기를 하셨죠.」이사벨이 대답했다.

랠프는 그녀를 바라보았다. 「그녀가 나에 대해서 불평하던가?」

「유럽인들이 여자들에게 하는 말에는 매우 천박한 점이 있다고 하던데요.」

「그녀가 나를 유럽인이라고 부르나?」

「가장 고약한 유럽인들 중 하나라고요. 미국인이라면 절대 입에 올리지 않았을 얘기를 오빠가 했다고 하더군요. 하지만 무슨 이야기인지는 되풀이하지 않았어요.」

랠프는 유쾌하게 폭소를 터뜨렸다. 「그녀는 특이한 성격을 가진 사람이야. 내가 그녀에게 구애했다고 생각했을까?」

「아뇨. 미국인들도 그런 일은 하죠. 분명 그녀는 오빠가 자기 말의 의도를 오해하고 고약하게 해석했다고 생각했어요.」

「나는 그녀가 내게 청혼하는 줄 알고 그걸 받아들였어. 그게 불친절한 일인가?」

이사벨이 미소를 지었다. 「그건 내게 불친절한 일이었어요. 나는 오빠가 결혼하기를 바라지 않으니까요.」

「사랑하는 동생, 너와 그 아가씨 사이에서 내가 어떻게 처신해야 할까?」 랠프가 물었다. 「스택폴 양은 결혼이 내 본분이라고 말하고 또 일반적으로 보아 내가 그 의무를 다하도록 만드는 것이 자기의 의무라고 말하거든.」

「그녀는 의무감이 강한 사람이에요.」 이사벨이 진지하게 말했다. 「정말이지 그래요. 그녀의 말은 모두 그 의무감에서 비롯된 거예요. 바로 그 점 때문에 나는 그녀를 좋아해요. 그녀는 오빠가 그토록 많은 것을 소유하고 있는 것이 부끄러운 일이라고 생각해요. 그녀가 말하려고 했던 것은 바로 그거였어요. 그녀가 오빠의 마음을 끌려 했다고 생각했다면, 그 생각은 큰 착각이에요.」

「그 방식이 묘하게 보인 건 사실이야. 하지만 나는 그녀가 내 마음을 끌려고 한다고 생각했지. 내 비열한 마음을 용서해 줘.」

「오빠는 우쭐했던 거예요. 그녀는 불순한 목적이 없었어요. 자기에게 그런 목적이 있다고 오빠가 생각하리라고는 꿈도 꾸지 않았을 거예요.」

「그렇다면 그런 여성과 이야기할 때 매우 조심해야겠군.」 랠프가 겸손하게 말했다. 「하지만 그 아가씨는 매우 묘한 유형의 사람이란 말이야. 남들의 사사로운 일에 지나치게 간섭하고, 다른 사람들은 그렇게 하지 않기를 바라면서 말이지. 그녀는 노크도 하지 않고 서슴없이 방에 들어오더군.」

「그래요.」 이사벨이 인정했다. 「그녀는 문을 두드리는 고리쇠가 있다는 것도 잘 깨닫지 못해요. 사실 그녀는 그런 고리쇠가 괜히 허세 부리려고 달아 놓은 장식물에 불과하다고 생각할지도 몰라요. 그녀는 문이 늘 열려 있어야 한다고 생각해요. 하지만 나는 그래도 그녀를 좋아해요.」

「그래도 나는 그녀가 너무 스스럼없이 군다고 생각해.」 랠프는 스택폴 양에게 이중으로 속았다는 생각에 당연히 다소 불편한 심정이었다.

「글쎄요.」 이사벨이 미소를 지으며 말했다. 「내가 그녀를 좋아하는 건 아마도 그녀가 좀 통속적이기 때문일 거예요.」

「그녀가 그 이유를 들으면 우쭐해하겠군!」

「그녀에게는 그런 식으로 표현하지 않겠지요. 그녀에게 〈민중〉적인 면이 있기 때문이라고 말할 거예요.」

「네가 민중에 대해서 무엇을 알고 있지? 그리고 그녀는 그것에 관해서 무엇을 알고 있고?」

「그녀는 무척 많이 알고 있어요. 그리고 나도 그녀가 그 위대한 민주주의 — 그 대륙, 나라, 국민 — 의 빛을 받아 생긴 인물이라는 느낌을 받을 정도는 알죠. 그녀가 그 모든 것의 총합이라고 말하는 건 아니에요. 그녀에게 그런 것을 요구한다면 지나친 일이죠. 하지만 그녀는 그것을 암시하고, 그것을 생생하게 보여 주고 있어요.」

「그렇다면 너는 애국적인 이유에서 그녀를 좋아하는군. 유감스럽지만 나는 바로 그런 이유로 그녀에 대해 반감을 갖고 있고.」

「아,」 그녀는 즐겁게 한숨 쉬면서 말했다. 「내가 좋아하는 것은 아주 많아요. 좀 강렬한 인상을 주는 것이 있으면 그것을 쉽게 받아들이거든요. 자랑삼아 하는 말은 아니지만, 나는 좀 융통성이 있는 것 같아요. 헨리에타와 전혀 다른 사람들도 좋아하거든요. 예를 들어 워버턴 경의 누이동생들 같은 사람들도요. 몰리네 양들을 바라보고 있으면 그들이 어떤 이상에 부합하는 것처럼 느껴져요. 그런데 헨리에타가 등장하면 곧바로 그녀에게 설득되거든요. 그녀 자신 때문이 아니라 그녀의 뒤에 있는 것 때문에.」

「아, 그녀의 뒷모습을 말하는군.」 랠프가 제안했다.

「헨리에타의 말이 맞아요.」 그의 사촌이 대답했다. 「오빠는 절대로 진지해지지 않을 거예요. 나는 강들 너머 대초원을 가로질러 멀리 펼쳐진 그 광활한 나라를 사랑해요. 꽃이 활짝 피어 미소를 짓고 짙푸른 태평양에 가로막힐 때까지 뻗어 나가는 곳! 그곳에서는 강렬하고 달콤하고 신선한 향기가 뿜어져 나오는 것 같아요. 그리고 헨리에타는, 이런 비유를 써서 미안하지만, 옷 속에 그 향기를 약간 품고 있어요.」

이사벨은 말을 맺으면서 약간 얼굴을 붉혔다. 그 홍조는 그 말에 쏟아 넣은 순간적인 열정과 더불어 그녀에게 무척 잘 어울렸기에 그녀가 말을 멈춘 후에도 랠프는 미소를 지

으며 잠시 그녀를 바라보고 서 있었다. 「태평양이 그렇게 짙
푸른 청록색인지 어떤지는 모르겠어.」 그가 말했다. 「하지만
너는 상상력이 풍부한 아가씨로군. 그러나 헨리에타는 미래
의 냄새를 풍기지. 그 냄새는 사람을 압도할 정도야!」

제11장

이후로 랠프는 스택폴 양이 몹시 강력하게 사적인 어조를 띠고 있다고 여겨질 때에도 그녀의 말을 곡해하지 않겠다고 결심했다. 그녀의 눈에는 사람들이 같은 종류의 단순한 유기체로 보이고, 자신은 인간의 본성을 대변하기에는 너무 비뚤어진 인물이다. 그러므로 자신은 그녀와 엄밀히 상호적인 관계를 맺을 권리가 없다고 그는 생각했다. 그리고 그 결심을 꽤 재치 있게 지켜 나갔다. 그와 다시 접촉하게 되었을 때 그 아가씨는 거침없이 질문을 쏟아내는 재주를 발휘하거나 어디에서든 속내를 털어놓는 데 있어서 조금도 장애가 없다는 것을 알게 되었다. 우리가 이미 보았다시피 이사벨은 헨리에타의 진가를 인정하고 있었고, 헨리에타 자신도 이사벨과 자유롭게 지적인 대화를 나눌 수 있는 것을 고맙게 여겨 정신적 자매처럼 느끼면서 터치트 씨에 대해서는 그의 느긋한 덕망을 인정해 그 고상한 품격을 전적으로 존중한다고 말했다. 그러므로 가든코트에서 헨리에타는 더없이 편안하게 지낼 수 있었을 것이다. 그녀가 그 집의 안주인으로 〈인정〉해야 한다고 생각했던 그 자그마한 부인에 대해서 처음부터 억누를 수 없는 불신을 품지만 않았더라면 말이다. 하지만 그녀는 그렇게 인정해 줘야 하는 의무가 사실 전혀 부담스럽지 않은 일이고 자신이 어떻게 행동하든 간에 터치트 부인이 거의 개의치 않는다는 사실을 곧 알아냈다. 터치트 부인은 헨리에타가 수단과 방법을 가리지 않는 모험가이고, 대체로 모험가란 더욱 스릴을 느끼게 하는 존재이지만 그녀는 따분한 아가씨라고 이사벨에게 딱 부러지게 말했다. 부인은 조카딸이 그런 아가씨를 친구로 선택했다는 사실에 좀 놀라워했다. 하지만 곧 이사벨이 친구를 선택하는 문제는 어디까지나 이사벨이 알아서 할 일이고, 자신은 이사벨의 친구들을 모두 좋아할 생각도 없으며 또한 이사벨이 자기가 좋아하는 사람들만 사귀도록 제한할 생각은 전혀 없다고 덧붙여 말했다.

「만일 네가 내가 좋아하는 사람들만 만날 수 있다면, 네 교제 범위가 무척 좁아질 거야.」 터치트 부인은 솔직히 인정했다. 「그리고 네게 추천해 줄 정도로 내가 좋게 생각하는 남자나 여자가 있는지도 모르겠다. 누군가를 추천한다는 것은 중대한 문제거든. 나는 스택폴 양이 마음에 들지 않아. 그녀의 모든 점이 불쾌하게 보여. 그녀는 너무 큰 소리로 말을 많이 하고, 마치 누군가가 자기를 바라보고 싶어 하는 듯이 사람을 쳐다보거든. 실은 그녀를 보고 싶어 하지도 않는데 말이야. 틀림없이 그녀는 평생을 하숙집에서 살아왔을 거야. 나는 그런 곳의 제멋대로인 매너와 방자한 행동이 몹시 싫단다. 내가 내 매너를 더 좋아하느냐고 네가 묻는다면, 그쪽이 무한히 더 좋다고 말할 거야. 틀림없이 너는 내 매너가 형편없다고 생각하겠지만 말이지. 스택폴 양은 내가 하숙집 문화를 싫어한다는 것을 알고 있고, 내가 그걸 싫어하기 때문에 날 싫어해. 그녀는 하숙집 문화가 세상에서 최고라고 생각하니까. 가든코트가 하숙집이었다면 훨씬 더 마음에 들었을 거야. 나로서는 그런 문화를 참아 줄 수 없단다! 그러니 내가 그 아가씨와 잘 어울리는 일은 결코 없을 테고, 잘 어울리려고 애쓸 필요도 없지.」

헨리에타가 자신을 긍정적으로 평가하지 않는다는 터치트 부인의 짐작은 옳았지만, 그 이유를 정확히 짚어낸 것은 아니었다. 스택폴 양이 도착하고 하루 이틀쯤 지났을 때 터치트 부인이 미국의 호텔에 대해서 비난하는 말을 했는데, 그 말을 듣자 『인터뷰어』의 통신원은 당장 반박하려는 마음이 일었다. 그녀는 자기 직업 덕분에 서양의 다양한 숙박업소에 대해서 잘 알고 있었다. 헨리에타는 미국 호텔이 세계 최고라고 말했고, 터치트 부인은 미국 호텔에서 또다시 다투고 돌아온 지 얼마 되지 않았기에 세상에서 가장 형편없는 곳이 미국 호텔이라는 평소의 확신을 언급했다. 랠프는 두 사람을 화해시킬 생각으로 기분 좋게 중재하려고 하면서, 진실은 두 극단 사이에 있고 지금 문제되고 있는 미국 호텔은 그리 좋지도 나쁘지도 않은 정도로 생각해야 한다고 말했다. 하지만 스택폴 양은 이처럼 논란을 잠재우려는 그의 노력을 경멸하며 거부했다. 어중간한 정도라니! 세상에서 최고가 아니면 최하이지 미국 호텔에 어중간한 점은 없다는 것이었다.

「분명 우리는 서로 다른 관점에서 판단하고 있군.」 터치트 부인이 말했다. 「나는 개인으로 대접받기를 좋아하는데, 아가씨는 〈무리〉로 대접받기를 좋아하는군.」

「무슨 말씀이신지 모르겠어요.」헨리에타가 대답했다. 「저는 미국 숙녀로 대접받기를 좋아해요.」

「가엾은 미국 숙녀들!」터치트 부인이 웃으며 큰 소리로 말했다. 「그들은 노예를 섬기는 노예들이거든.」

「그들은 자유민의 동무예요.」헨리에타가 대꾸했다.

「그들은 자기들이 부리는 아일랜드인 하녀나 흑인 웨이터 같은 하인들의 동무지. 그 하인들의 일을 함께 하니까.」

「미국 가정의 하인들을 〈노예〉라고 부르시는 건가요?」스택폴 양이 물었다. 「만일 부인께서 그들을 그런 식으로 생각하신다면 미국을 좋아하시지 않는 건 놀랄 일도 아니죠.」

「좋은 하인을 두지 못하면 생활이 몹시 불편해져.」터치트 부인이 차분하게 말했다. 「미국의 하인들은 몹시 형편없어. 하지만 피렌체에 있는 내 하인 다섯 명은 완벽하지.」

「하인을 다섯 사람씩이나 두고 뭘 하시는지 모르겠어요.」헨리에타는 이렇게 말하지 않을 수 없었다. 「저는 하인 처지의 사람 다섯 명이 저를 둘러싸고 있는 것을 보고 싶지 않을 거예요.」

「그들은 다른 처지에 있는 것보다 그 처지에 있는 편이 더 낫지.」터치트 부인은 많은 의미를 담고 선언하듯이 말했다.

「내가 당신의 집사라면 내가 더 마음에 들겠소, 여보?」그녀의 남편이 물었다.

「아닐걸요. 당신에게는 집사 노릇에 적합한 행동거지가 없을 거예요.」

「자유민의 동무라! 그 말이 마음에 들어요, 스택폴 양.」랠프가 말했다. 「멋진 표현이에요.」

「자유민이라고 할 때 당신을 두고 말한 것은 아니었어요.」

랠프는 칭찬을 해주고도 이런 보답밖에 받지 못했다. 스택폴 양은 곤혹감을 느끼고 있었다. 자기 판단에는 봉건 제도의 이해할 수 없는 유물인 하인 계층에 대한 터치트 부인의 평가에 뭔가 불순한 점이 있다고 생각했음이 분명하다. 어쩌면 그녀는 이런 생각에 억눌려 있었기 때문에 며칠 시간을 보낸 다음에야 기회를 잡아서 이사벨에게 말을 꺼냈을 것이다. 「사랑하는 친구, 네가 점점 신의를 잃어 가고 있는 게 아닌지 궁금해.」

「신의를 잃어 간다고? 너에 대해서 그렇다는 말이야, 헨리에타?」

「아니, 그렇다면 무척 괴롭겠지. 하지만 그건 아니야.」

「그러면 조국에 대한 신의를 잃는다고?」

「아, 그런 일은 절대로 없기를 바라. 내가 리버풀에서 네게 편지를 보냈을 때 각별히 하고 싶은 이야기가 있다고 썼지. 그런데 너는 그것이 무엇인지 묻지도 않았어. 네가 이미 알아차렸기 때문이니?」

「알아차리다니 뭘? 대체로 나는 낌새를 잘 채지 못해.」 이사벨이 말했다. 「네 편지에 그런 말이 있었던 것이 이제야 기억난다. 까맣게 잊고 있었어. 네가 말하려던 것이 뭔데?」

헨리에타는 실망한 듯이 보였고, 빤히 쳐다보는 그녀의 눈빛에 실망감이 드러났다. 「네가 그걸 그런 식으로 물어보는 것은 옳지 않아. 하찮게 생각하는 듯이 말하잖아. 너는 변했어. 뭔가 다른 것을 생각하고 있는 거야.」

「네가 하려던 이야기가 무엇인지 말해 봐. 그러면 생각해 볼게.」

「정말로 생각해 볼 거야? 그 점을 확실히 알고 싶거든.」

「내가 마음대로 생각을 조절할 수 있는 건 아니지만, 최선을 다할게.」 이사벨이 말했다. 헨리에타가 말없이 한참 그녀를 바라보았다. 이사벨은 견디다 못해 마침내 덧붙였다. 「네가 결혼한다는 말을 하려는 거니?」

「유럽을 다 둘러보기 전까지 결혼 같은 것은 안 해!」 스택폴 양이 말했다. 「왜 웃는 거야?」 그녀가 말을 이었다. 「내가 하려는 말은 굿우드 씨가 나와 함께 기선을 타고 왔다는 거야.」

「아!」 이사벨이 대답했다.

「아주 적절한 대답이구나. 나는 그 사람과 이야기를 많이 나누었어. 그는 너를 따라서 유럽에 온 거야.」

「그 사람이 그렇게 말했어?」

「아니, 그는 아무 말도 하지 않았어. 그래서 그 사실을 알게 된 거지.」 헨리에타가 영리하게 말했다. 「그는 너에 대한 이야기를 거의 하지 않았지만, 나는 아주 많이 했어.」

이사벨은 잠자코 있었다. 굿우드 씨의 이름이 거론되자 그녀의 얼굴이 약간 창백해졌다. 「그렇게 했다니 무척 유감이구나.」 그녀가 마침내 말했다.

「내겐 즐거운 일이었어. 내 말을 듣는 그 사람의 태도도 아주 마음에 들었고. 그렇게 경청하는 사람에게는 아주 오래 이야기를 할 수도 있을 거야. 그는 무척 차분하고 열성적으로 귀를 기울였거든. 내 말을 몽땅 삼켜 버리는 것 같았어.」

「나에 대해서 무슨 이야기를 했는데?」 이사벨이 물었다.

「전체적으로 봐서 너는 내가 알고 있는 가장 훌륭한 아가씨라고.」

「그런 말을 하다니 그것도 퍽 유감이야. 그는 이미 나에 대해서 너무 좋게 생각하고 있거든. 그의 기분을 고무해서는 안 돼.」

「그는 조금이라도 격려를 받기를 애타게 바라고 있었어. 지금도 그의 얼굴이 눈앞에 선해. 내 말을 듣고 있던 그의 진지하고 열중한 표정이. 못생긴 사람이 그렇게 멋있게 보이는 건 처음이었어.」

「그는 무척 단순한 마음을 갖고 있는 사람이야.」이사벨이 말했다. 「그리고 그렇게 못생긴 건 아니야.」

「숭고한 정열처럼 단순한 것은 없어.」

「그건 숭고한 정열이 아니야. 그렇지 않다고 확신해.」

「네 말은 확신이 없는 듯이 들리는데.」

이사벨은 다소 차갑게 미소를 지었다. 「굿우드 씨에게는 더 실감 나게 말할 거야.」

「머지않아 그럴 기회가 있을 거야.」헨리에타가 말했다. 친구가 대단히 자신 있는 태도로 이렇게 말하자 이사벨은 아무 대답도 하지 않았다. 「그는 네가 변했다는 걸 알게 될 거야.」친구가 말을 이었다. 「너는 새로운 환경에서 영향을 받았어.」

「그렇겠지. 나는 모든 것에서 영향을 받으니까.」

「그 모든 것에서 굿우드 씨는 제외되어 있겠지!」스택폴 양은 약간 귀에 거슬리도록 유쾌하게 소리쳤다.

이 말에 미소로 답할 수 없었던 이사벨은 잠시 후 입을 열었다. 「그 사람이 내게 말해 달라고 부탁했니?」

「말로 부탁했던 건 아니야. 하지만 그의 눈빛이 간청했지. 그리고 작별하면서 악수를 나누었을 때의 손이.」

「그렇게 느껴 주다니 고맙구나.」그리고 이사벨은 고개를 돌렸다.

「정말이지 넌 변했어. 여기서 새로운 생각을 하게 되었고.」
친구가 말을 이었다.

「그렇기를 바라.」이사벨이 말했다. 「사람은 가급적 새로운 생각들을 많이 받아들여야 하니까.」

「그래, 하지만 예전의 생각이 옳은 것이었다면 새로운 생각이 예전의 생각을 방해해서는 안 돼.」

이사벨은 다시 고개를 돌렸다. 「내가 굿우드 씨에 대해서 어떤 마음이라도 갖고 있었다는 말을 하려는 거라면 —!」그러나 그녀는 가차 없이 반짝이는 친구의 눈을 보고 머뭇거렸다.

「사랑하는 아가씨, 분명 너는 그의 접근을 고무해 왔어.」

이 순간 이사벨은 그런 비난에 대해 부정으로 맞서려는 것 같았지만 대신에 곧 이렇게 대답했다. 「맞는 말이야. 내가 그를 고무했어.」그러고 나서 굿우드 씨가 무엇을 할 작정인지 알고 있느냐고 친구에게 물었다. 어쩔 수 없이 호기심에 굴복한 것이었다. 그녀는 그 문제에 대해서 이야기하는 것이 싫었고 헨리에타에게 섬세한 마음이 부족하다는 것도 알고 있었다.

「그에게 물어보았는데 아무 의도도 없다고 말하더라.」스택폴 양이 대답했다. 「하지만 난 그 말을 믿지 않아. 그는 아무 일도 하지 않을 사람이 아니니까. 숭고하고 과감하게 행동할 사람이지. 무슨 일이 일어나더라도 그는 언제나 뭔가를 할 거야. 그리고 그가 어떤 일을 하든지 그것은 언제나 옳은 일일 테고.」

「그 말은 맞아.」헨리에타에게 섬세한 마음이 부족할지라도 어떻든 이런 주장을 들으면 이사벨은 마음이 동했다.

「아, 네가 그를 좋아하기는 하는구나!」친구가 큰 소리로 말했다.

「그가 어떤 일을 하든지 간에, 늘 옳은 일일 거야.」이사벨은 헨리에타의 말을 따라 했다.「그처럼 잘못을 저지를 수 없는 사람에게 누군가의 감정이 무슨 상관이 있을까?」

「그에게는 상관이 없겠지만 감정을 느끼는 본인에게는 중요하겠지.」

「아, 그것이 내게 무슨 상관이 있는가 ― 우리가 하고 있는 이야기는 그게 아니야.」이사벨은 차갑게 미소를 지으며 말했다.

이번에는 친구가 진지하게 대답했다.「글쎄, 어느 쪽이든 상관없어. 너는 정말로 변했어. 불과 몇 주 전의 너와는 아주 딴판이야. 굿우드 씨는 그걸 알게 될 거야. 그가 곧 여기 올 거라고 생각해.」

「그렇다면 그가 날 미워하기를 바라.」이사벨이 말했다.

「그 사람이 널 미워할 수 있다는 생각을 할 수 없어. 그만큼이나 네가 그것을 바랄 가능성도 희박하다고 생각해.」

이 말에 우리의 여주인공은 대답하지 않았다. 캐스퍼 굿우드가 곧 가든코트에 나타나리라는 헨리에타의 말에 놀라서 다른 생각을 할 수도 없었다. 하지만 그런 일은 있을 수 없다고 스스로를 설득했고, 나중에 친구에게도 그것을 믿지 않는다고 말했다. 그랬는데도 이후 이틀 동안 그녀는 그 청년이 찾아왔다는 전갈을 듣게 될 것을 각오하고 있었다. 그 생각 때문에 그녀의 마음은 무겁게 짓눌렸고, 날씨가 달라지기라도 한 듯 공기도 후텁지근했다. 사람들과의 사교 면에서 말하자면, 이사벨이 가든코트에 머무는 동안 날씨는 대단히 쾌적했기에 조금이라도 변화가 생긴다면 나쁜 쪽으로 바뀌게 될 터였다. 사실 하루가 지나자 긴장감이 풀렸다. 그녀는 재롱을 떠는 애완견 번치를 벗 삼아 정원으로 산책을 나갔고 활기가 없으면서도 들뜬 상태로 한참을 거닐다가 저택이 바라다보이는 곳의 가지가 무성하게 뻗은 너도밤나무 밑 긴 의자에 앉았다. 검은 리본 장식이 달린 흰 드레스를 입은 그녀는 흔들리는 나뭇잎 그늘에 우아하고 조화로운 이미지를 이루었다. 그녀는 한참 그 작은 테리어에게 말을 걸면서 즐거워하고 있었다. 그 강아지를 사촌과 공유하자는 제안은 최대한 공평하게 — 다소 변덕스럽고 변화무쌍한 번치의 기분에 따라서 — 지켜져 왔다. 그러나 이제 처음으로 그녀는 번치의 지능에 한계가 있다는 생각이 들었다. 지금까지는 대체로 그 지능이 꽤 발달해 있다는 인상을 갖고 있었던 것이다. 이윽고 그녀는 책을 읽는 것이 좋겠다는 생각이 들었다. 예전에는 마음이 울적할 때면 신중하게 고른 책을 읽으면서 의식의 중심을 순수한 이성적 기관으로 옮길 수 있었다. 그러나 최근에는 문학이 그 빛을 잃어 가고 있다는 것을 부정할 수 없었다. 신사의 소장품에 반드시 끼어 있는 작가들의 전집이 이모부의 서재에 갖춰져 있다는 것을 떠올리고 나서도 그녀는 움직이지 않고 손에 아무것도 들지 않은 채 가만히 앉아서 서늘한 초록 잔디를 내려다보았다. 곧 하인이 다가와서 편지를 건네주는 바람에 그녀의 사색은 중단되었다. 그 편지에는 런던 소인이 찍혀 있고 그녀가 잘 아는 필체로 주소가 적혀 있었다. 이미 그에 대한 생각에 몰두하고 있던 그녀의 눈에 그 주소가 그것을 쓴 사람의 목소리나 얼굴처럼 선명하게 들어왔다. 이 편지는 짧았으므로 그 전문을 여기 옮길 수 있을 것이다.

　친애하는 아처 양,

　내가 영국에 왔다는 이야기를 들으셨는지 모르겠습니다만, 듣지 못하셨더라도 놀라지 않으시겠지요. 석 달 전에 올버니에서 당신이 깨끗이 단념하라고 말하셨을 때 내가 그 말씀을 받아들이지 않았던 일을 기억하실 겁니다. 나는 항의했고, 당신은 실로 내 항의를 받아들이며 내게 권리가 있음을 인정하신 것 같았습니다. 나는 내 확신을 받아들이도록 당신을 설득할 수 있으리라는 희망을 안고 당신을 만나러 갔습니다. 그런 희망을 품을 만한 타당한 이유가 있었지요. 하지만 당신은 내 희망을 좌절시켰습니다. 나는 당신이 달라졌음을 알았지요. 당신 스스로 변덕스러움을 인정했고, 당신이 인정한 것은 오직 그것뿐이었습니다. 하지만 그 인정은 매우 하찮은 것이었지요. 당신의 성격은 그렇지 않으니까요. 아니, 당신은 제멋대로이거나 변덕스러운 사람이 아니고, 앞으로도 결코 그렇지 않을 것입니다. 그러므로 당신을 다시 만날 수 있도록 허락해 주시리라 믿습니다. 내가 불쾌한 사람은 아니라고 말씀하셨지요. 나는 그 말을 믿습니다. 내가 당신에게 불쾌하게 여겨져야 할 이유를 모르겠으니까요. 나는 언제나 당신을 생각할 겁니다. 다른 사람은 결코 생각하지 않을 겁니다. 내가 영국에 온 것은 오로지 당신이 여기 있기 때문입니다. 당신이 떠난 다음에 미국에 그대로 남아 있을 수 없었습니다. 당신이 그곳에 계시지 않기 때문에 그곳을 미워했지요. 내가 현재 이 나라를 좋아한다면 그건 당신이 여기 있기 때문입니다. 나는 전에 영국에 와본 적이 있었지만 그리 마음에 들지 않았지요. 30분간 당신을 만나러 가도 될까요? 현재 내게 가장 큰 소망은 그것입니다.

캐스퍼 굿우드

이사벨은 이 편지를 읽는 데 너무 정신이 팔려 있었기에 부드러운 잔디밭 위를 걸어오는 발소리를 알아차리지 못했다. 하지만 무의식적으로 편지를 접으며 고개를 들었을 때 눈앞에 워버턴 경이 서 있었다.

제12장

그녀는 편지를 호주머니에 넣고 손님에게 환영의 미소를 지었다. 심란한 마음을 겉으로 조금도 드러내지 않았기에 자신의 태연한 태도에 스스로도 놀랄 지경이었다.

「당신이 여기 나와 계신다고 하더군요.」 워버턴 경이 말했다. 「응접실에는 아무도 없었고 사실 제가 만나고 싶은 사람은 당신이었기에 그냥 밖으로 나왔습니다.」

이사벨은 일어섰다. 그 순간 그가 옆에 앉기를 바라지 않았다. 「저는 막 들어가려던 참이었어요.」

「제발 그렇게 하지 말아 주세요. 이곳이 훨씬 더 쾌적하니까요. 로클리에서 말을 타고 왔는데 날씨가 아주 좋더군요.」 그의 미소는 특히 다정하고 유쾌했고, 그의 온몸은 선의와 안락함의 빛을 내뿜는 것 같았다. 그것이야말로 그녀가 그를 처음 만났을 때 받았던 매력적인 인상이었다. 그것은 맑은 유월의 기후대처럼 그를 감싸고 있었다.

「그러면 조금 걷기로 하지요.」 이사벨이 말했다. 그녀는 이 손님이 특별한 의도를 가지고 찾아왔으리라는 느낌을 떨칠 수 없었다. 그리고 그 의도를 피하고 싶으면서도 동시에 그것이 무엇인지 호기심을 채우고 싶었다. 예전에 한 번 그에게 어떤 의도가 있을지 모른다는 생각이 그녀의 상상에 번개처럼 스친 적이 있었고, 우리가 보았다시피, 그때 그녀는 어떤 불안감을 느꼈던 것이다. 이 불안감은 여러 가지 요소로 이루어져 있었는데, 그 요소들이 전부 다 불쾌한 것만은 아니었다. 사실 그녀는 여러 날 동안 그 요소들을 분석해 보았고, 워버턴 경이 자기에게 〈구애〉한다는 생각의 유쾌한 부분과 고통스러운 부분을 나눌 수 있었다. 어떤 독자들은 이아가씨가 너무 성급하게 생각하면서 동시에 지나치게 까다롭게 굴고 있다고 생각할 것이다. 그러나 너무 까다롭게 군다는 비난이 옳은 것이라면, 너무 성급하다는 비난은 받지 않아도 될 것이다. 그녀는 여러 차례 들었다시피 그 지역의 거물이라고 불리는 워버턴 경이 자신의 매력에 마음을 완전히 빼앗겼다고 믿고 싶지는 않았다. 그런 대단한 사람이 애정을 고백한다는 사실은 답변보다는 오히려 의문을 더 많이 일으키는 것 같았다. 그녀는 그가 〈유명 인사〉라는 강한 인상을 받았고, 그 단어가 전하는 이미지를 열심히 검토해 보았다. 그녀의 자만심을 입증하는 증거를 더 보태는 일이 있더라도 그런 위험을 무릅쓰고 이 말은 반드시 해야겠다. 이유명 인사가 자신을 사랑할지 모른다는 것은 모욕적일 정도로, 매우 불편할 정도로 자신을 침해하는 것으로 여겨지는 순간들이 있었다는 것이다. 그녀는 아직 유명 인사라는 사람들을 본 적이 없었고, 여태껏 그녀의 삶에 이런 의미의 유명 인사는 등장한 적이 없었다. 어쩌면 그녀의 고국에는 그런 사람이 전혀 없었을 것이다. 이전에 그녀가 개인의 탁월함을 생각할 때는 인격과 기지를 바탕으로 생각했고, 한 신사의 마음과 대화에서 무엇을 좋아할 수 있는지를 생각했다. 그녀 자신도 인격을 가진 사람이었고, 그 점을 의식하지 않을 수 없었다. 그리고 지금까지 그녀가 상상한 완전한 의식이란 대체로 도덕적 이미지와 관련되어 있었고, 그 이미지의 관건은 그녀의 숭고한 영혼에 기쁨을 줄 수 있는가 하는 물음이었다. 워버턴 경은 이런 단순한 척도로는 측정할 수 없고, 다른 식으로 평가되어야 할 속성들과 권력의 결합체로 광채를 발하는 거대한 모습을 그녀의 눈앞에 드러냈다. 습관적으로 신속하고 자유롭게 판단하는 그 아가씨는 그런 평가를 하는데 들일 인내심이 부족하다고 느꼈다. 그는 사실 어느 누구도 감히 요구하지 않았던 것을 그녀에게 요구하는 것 같았다. 그녀가 느낀 것은 지역적으로나 정치적으로 또한 사회적으로 큰 권력을 갖고 있는 거물이 남들의 시샘을 받으면서 생활하고 활동하는 체제 속으로 그녀를 끌어들이려는 의도를 품고 있다는 것이었다. 어떤 본능이, 오만하지는 않지만 설득력이 있는 본능이 그녀에게 저항하라고 말했고, 실로 그녀에게도 그녀 나름의 체제와 활동 범위가 있다고 속삭였다. 그 본능은 그 외에도 여러 가지를 말해 주었는데 그것들은 서로 모순되기도 하고 서로를 확인하기도 했다. 즉 그런 남자에게 자신을 맡기는 것은 그리 나쁜 일이 아니고, 그의 관점에서 그의 체제를 바라보는 것은 무척 흥미로운 일이 되리라는 것이었다. 하지만 반면에 그 체제의 많은 것들은 그녀로 하여금 매시간 혼란스러움을 느끼도록 만들 것이고, 전체적으로 보아 그 체제는 부담스러운 짐으로 여겨질 만큼 완고하고 어리석은 것이었다. 게다가 최근에 미국에서 건너온 젊은이가 있었다. 그는 체제랄 것이 전혀 없는 사람이었지만, 그에게서 받은 인상은 가벼운 것일 뿐이라고 스스로를 설득해 봐야 아무 소용도 없을 만한 성격의 소유자였다. 그녀가 호주머니에 넣어 둔 편지는 오히려 그 반대의 사실을 충분히 일깨워 주었다. 그러나 한 영국인 귀족이 청혼을 하기도 전에 그를 받아들일 것인지 말 것인지를 생각하고 전반적으로 볼 때 받아들이지 않는 편이 좋겠다고 생각하는 이 올버니 출신의 단순한 아가씨를 보고 독자 여러분이 비웃지 않기를 나는 감히 되풀이해서 간청한다. 그녀는 매우 신실한 마음을 가진 아가씨였다. 그녀의 지혜에 어리석음이 많이 끼어 있다면, 그녀를 가혹하게 판단하는 사람들은 훗날 그녀가 어리석은 행동을 꽤 많이 저지른 다음에야 한결같은 지혜를 터득하게 되었음을 알고 흐뭇해할 것이고, 그 어리석음은 그들의 자비심에 곧바로 호소할 것이다.

워버턴 경은 걷든지 앉든지 이사벨이 제안하는 대로 하려고 마음먹고 있었다. 그리고 그는 평소처럼 사교적인 미덕을 발휘하는 것이 특히 기쁜 듯한 태도로 그런 마음을 그녀에게 알려 주었다. 그러나 그러면서도 그는 자신의 감정을 완전히 통제하지 못하고 있었다. 그녀의 옆에서 잠시 아무 말 없이 거닐면서 그녀가 알아차리지 못하게 그녀를 흘끗 바라보는 그의 시선과 겸연쩍은 웃음에는 당혹한 기색이 어려 있었다. 확실히 — 이 점에 대해서는 이미 언급했으니 잠시 그 이야기로 돌아가도 괜찮을 것이다 — 영국인들은 세상에서 가장 낭만적인 사람들이고, 워버턴 경은 이제 그 실례를 보여 주려는 참이었다. 이제 그가 취하려는 행동은 그의 모든 친구들을 놀라게 하고 매우 많은 친구들의 기분을 상하게 할 것이며 겉으로 보아서는 장점이라고 봐줄 만한 것이 전혀 없는 일이었다. 그의 옆에서 잔디밭을 걷고 있는 아가씨는 그가 아주 잘 알고 있는 바다 건너편의 수상쩍은 나라에서 온 사람이었다. 그녀의 조상이나 인맥 관계는 극히 일반적인 것을 제외하면 모호하기 짝이 없었고, 그 일반적인 의미에서 볼 때도 분명 대수롭지 않았다. 아처 양은 세상 사람들에게 한 남자의 선택을 정당화해 줄 재산이나 그런 종류의 미모도 갖고 있지 않았다. 그리고 그가 헤아려 보았을 때 자신이 그녀와 함께 보낸 시간은 대략 스물여섯 시간에 불과했다. 그는 이 모든 것 ─ 열정을 가라앉힐 수 있을 많은 기회들을 거부해 버린 고집스러운 충동, 세상 사람들의 평가, 특히 재빨리 판단을 내리는, 세상 사람들의 절반에 해당되는 여자들의 비판 ─ 을 종합해 보았다. 그는 이런 것들을 충분히 직시했고 그런 다음에 머릿속에서 몰아내 버렸다. 그는 그런 것들에 대해서 단춧구멍에 꽂은 장미꽃 봉오리만큼도 신경 쓰지 않았다. 거의 평생 동안 일부러 애쓰지 않아도 친구들에게 불쾌감을 주지 않았던 사람이 이제 불쾌한 일을 벌일 필요가 생겼을 때, 그것이 짜증스러운 연상들 때문에 불신을 받게 되지 않은 것은 다행스러운 일이었다.

「말을 타고 오시면서 쾌적하셨기를 바라요.」 그가 주저하는 것을 보고 이사벨이 말했다.

「다른 이유가 아니라 여기에 온다는 것만으로도 쾌적한 일입니다.」

「가든코트를 무척 좋아하시나 보죠.」 그가 자기에게 뭔가를 호소할 작정이라는 것을 점점 더 확신하면서 그녀가 말했다. 그가 주저하고 있다면 재촉하지 않을 생각이었지만 그가 말을 꺼낸다면 자신은 차분히 이성을 잃지 않기를 바랐다. 자신이 지금 처한 상황이 몇 주 전만 하더라도 대단히 낭만적인 장면으로 떠올렸을 상황이라는 생각이 퍼뜩 머리에 스쳤다. 고색창연한 영국 시골 저택의 정원이 있고 그 전경은 어떤 아가씨에게 사랑을 고백하는 〈지체 높은〉(그녀가 생각하기로는) 귀족의 모습으로 아름답게 장식되어 있다. 그 아가씨를 자세히 들여다보면 놀랍게도 자신과 비슷한 점이 드러날 것이다. 하지만 이제 자신이 그 장면 속 여주인공이라 해도, 그녀는 그때처럼 그 장면을 바깥에서 바라볼 수 있었다.

「나는 가든코트를 전혀 좋아하지 않습니다.」 옆에 있던 사람이 말했다. 「오직 당신을 좋아할 뿐입니다.」

「저를 아신 기간이 너무 짧기 때문에 그런 말을 하실 권리가 없어요. 당신 말은 진담이 아니라고 생각해요.」

이사벨의 이 말이 전적으로 진실한 것은 아니었다. 그가 진지하다는 것에 대해서는 추호도 의심할 여지가 없었다. 이것은 그가 방금 입 밖에 내놓은 말이 세상의 통속적인 사람들에게 엄청난 놀라움을 일으키리라는, 그녀도 잘 알고 있는 사실을 인정한 것에 지나지 않았다. 더욱이 워버턴 경이 생각이 흐리터분한 사람이 아니라는 것을 그녀는 이미 알고 있었다. 그 외에도 그녀가 수긍하는 데 다른 것이 더 필요했다면, 그가 이렇게 대답했을 때의 목소리를 듣기만 해도 충분했을 것이다.

「이런 문제에 있어서 사람의 권리는 시간으로 측정되는 것이 아니라 감정 그 자체로 따져야 합니다, 아처 양. 내가 석 달을 더 기다리더라도 달라질 것은 전혀 없을 거예요. 내가 지금 확신하고 있는 의도를 더 확신하게 되지도 않을 테고요. 물론 당신을 만난 지는 얼마 되지 않습니다. 하지만 나는 당신을 만난 첫 순간부터 깊은 인상을 받았어요. 전혀 망설일 것 없이 그 순간에 당신을 사랑하게 되었습니다. 소설에서 흔히 말하듯이 첫눈에 반한 것이지요. 이제 나는 그것이 소설에나 나오는 허구적인 말이 아니라는 것을 알고 있어요. 앞으로는 소설에 대해 더 좋게 생각할 겁니다. 여기서 이틀을 묵었을 때 마음을 결정했습니다. 내가 그런 생각을 품고 있는 것을 당신이 알고 계셨는지는 모르지만, 나는 — 물론 정신적인 의미에서 — 가급적 최대한의 관심을 당신에게 기울였습니다. 당신의 말 한 마디, 행동 하나하나도 놓치지 않았어요. 당신이 일전에 로클리에 오셨을 때, 아니 오히려 당신이 돌아가셨을 때, 내 확신은 더없이 완벽해졌습니다. 그랬는데도 거듭 심사숙고하고 스스로에게 엄밀하게 물어보자고 결심했지요. 그렇게 했습니다. 요사이 오로지 그 일만 생각했어요. 나는 이런 일에 있어서 실수를 하지 않습니다. 매우 주의 깊게 판단하는 사람이니까요. 나는 뭔가에 쉽게 착수하는 사람은 아니지만, 일단 마음이 움직이면 그것은 평생 지속됩니다. 평생 지속되지요, 아처 양. 평생 말입니다.」 워버턴 경은 이사벨이 지금껏 들어 본 적 없었던 친절하고 다정하고 유쾌한 목소리로 되풀이했고, 감정의 저급한 부분들 — 흥분과 격렬함, 광기 — 을 말끔히 걸러내고 바람 없는 곳에 놓아둔 등불처럼 흔들리지 않고 타오르는 열정의 빛이 충만한 눈으로 그녀를 바라보았다. 그가 말하는 동안 무언의 동의로 그들의 발걸음이 점점 느려졌고 마침내 그들은 걸음을 멈췄다. 그가 그녀의 손을 잡았다. 「아, 워버턴 경, 당신은 저를 너무나 모르세요!」 이사벨은 아주 부드럽게 말하면서 손을 살짝 빼냈다.

「그런 말로 나를 조롱하지 마세요. 당신을 더 잘 알지 못하기 때문에 이미 무척 불행한 심정이니까요. 그것은 전부 내게 손실입니다. 하지만 나는 당신을 잘 알게 되기를 원하고 있고, 최선의 방법을 택하고 있다고 생각합니다. 당신이 내 아내가 된다면 당신을 알게 되겠지요. 그리고 내가 당신에 대해서 생각하는 좋은 점들을 말할 때 그것이 무지의 소치라고 말하실 수 없을 겁니다.」

「당신이 저에 대해서 아시는 바가 거의 없다면, 제가 당신에 대해서 아는 것은 그보다도 더 적어요.」 이사벨이 말했다.

「당신과 달리, 나는 더 잘 알게 되면 더 좋아질 사람이 아니라는 뜻인가요? 아, 물론 그럴 수도 있겠지요. 하지만 내가 당신에게 지금과 같은 이야기를 하기 위해서, 당신에게 기쁨을 주기 위해 노력하겠다고 얼마나 굳게 결심했을지를 생각해 주세요! 당신이 나를 싫어하는 것은 아니겠지요?」

「당신을 무척 좋아해요, 워버턴 경.」 그녀가 대답했다. 이 순간 그녀는 그에 대해 대단히 큰 호감을 느끼고 있었다.

「그렇게 말해 주어서 고마워요. 당신이 나를 낯선 사람으로 여기지 않는다는 것을 알려 주는군요. 나는 삶의 다른 관계들을 매우 명예롭게 이끌어 왔다고 진심으로 믿습니다. 그러므로 나 자신을 당신에게 바치려는 이 관계를 충실히 이끌어 가지 못할 까닭이 없다고 생각합니다. 이 관계에 훨씬 더 마음을 쏟고 있으니까요. 나를 잘 아는 사람들에게 물어보세요. 나를 두둔해 줄 친구들이 있습니다.」

「당신 친구들의 추천은 필요 없어요.」 이사벨이 말했다.

「아, 그렇게 말해 주시다니 매우 기쁘군요. 당신은 나를 믿고 있는 것이지요.」

「완전히 믿고 있어요.」 이사벨이 단언했다. 그녀의 마음은 그를 완전히 믿고 있다는 즐거운 느낌으로 열렬히 타올랐다.

상대방은 눈빛에 미소를 띠고 기쁨의 한숨을 길게 내쉬었다. 「만일 당신의 판단이 잘못된 거라면, 아처 양, 내가 소유하고 있는 것을 모두 잃어도 좋습니다!」

그녀는 이 말이 그가 부자라는 사실을 상기시키려는 것인지 의아했지만, 곧 그런 의도가 아니었다고 확신했다. 그는 스스로 그렇게 말할 수 있었겠지만, 자신이 부자라는 사실을 논외로 하고 있었다. 그리고 사실 그는 상대방이, 특히 자신이 청혼하고 있는 여자가 그 사실을 기억에 떠올리도록 내버려 두는 편이 안전할 것이다. 이사벨은 흥분하지 않게 되기를 기도했고, 이제 그녀의 마음은 매우 차분했으므로 그의 말에 귀를 기울이고 뭐라고 대답하는 것이 가장 좋을지를 스스로에게 물어보면서도 이런 사소한 비판에 빠져들었다. 뭐라고 대답해야 할까? 그녀는 자문했다. 그녀가 가장 바란 것은 가능하다면 그가 자기에게 해준 말 못지않게 친절한 말로 대답하는 것이었다. 그의 말은 완벽한 확신을 담고 있었다. 도무지 이해할 수 없는 일이었지만 그녀는 자신이 그에게 중요한 존재라고 느꼈다. 「청혼해 주시다니 뭐라 말할 수 없을 만큼 감사드려요.」 그녀가 마침내 대답했다. 「제게 큰 영광이에요.」

「아, 그런 말씀은 하지 마십시오!」 워버턴 경이 갑자기 소리쳤다. 「당신이 그런 말을 할까 봐 두려웠어요. 당신이 그런 말과 무슨 상관이 있는지 모르겠어요. 당신이 내게 왜 고마워해야 하는지도 모르겠고요. 내 말을 들어 준 당신에게 오히려 내가 고마워해야 합니다. 낯선 이나 다름없는 사람이 갑자기 당신에게 강타를 휘둘렀으니까요! 물론 그것은 중대한 물음입니다. 그 물음에 제가 스스로 답하기보다는 묻는 편이 더 좋겠다고 말해야겠군요. 하지만 당신이 주의 깊게 들어 주셨고, 아니 적어도 들어 주기라도 하셨으니, 내게 희망이 생깁니다.」

「희망을 너무 많이 갖지는 마세요.」 이사벨이 말했다.

「아, 아처 양!」 상대방은 다시 미소를 지으며 진지하게 중얼거렸다. 마치 그런 경고를 그저 신 나는 기분이나 의기양양한 마음이 넘쳐서 장난치는 것으로 받아들일 수 있는 듯이 말이다.

「희망을 조금도 갖지 말아 달라고 부탁한다면 무척 놀라시겠죠?」

「놀란다고요? 놀란다는 것이 무슨 뜻인지 모르겠군요. 놀라지는 않을 겁니다. 그보다 훨씬 더 나쁜 감정일 테니까요.」

이사벨은 다시 걸음을 옮겼다. 그녀는 몇 분간 입을 다물고 있었다. 「저는 이미 당신을 매우 존중하고 있으므로 당신을 더 잘 알게 된다면 존경심이 더 커지리라고 믿고 있어요. 하지만 당신께 실망을 드리지 않으리라고는 장담할 수 없습니다. 이런 경우에 인습적인 겸양 때문에 이런 말씀을 드리는 게 아니에요. 제 말은 더할 나위 없는 진심입니다.」

「나는 실망하더라도 기꺼이 무릅쓸 겁니다, 아처 양.」 그가 대답했다.

「말하셨듯이 그것은 중대한 문제이지요. 무척 어려운 문제고요.」

「물론 바로 대답해 주시기를 기대하지는 않습니다. 필요한 만큼 오랫동안 심사숙고해 보세요. 기다려서 좋은 대답을 들을 수만 있다면 기쁜 마음으로 오래도록 기다릴 겁니다. 다만 결국 제게 가장 소중한 행복은 당신의 답변에 달려 있다는 것을 기억해 주세요.」

「당신의 마음을 졸이게 한다면 무척 죄송할 거예요.」 이사벨이 말했다.

「아, 괜찮습니다. 오늘 좋지 않은 대답을 듣는 것보다는 여섯 달 후에 좋은 답변을 듣는 편이 나으니까요.」

「하지만 여섯 달 후에도 당신이 생각하시는 좋은 답변을 드리지 못할 가능성이 클 거예요.」

「왜 그렇지요? 당신은 저에 대해서 진심으로 호감을 갖고 있는데.」

「아, 그 점에 대해서는 의심하지 않으셔도 돼요.」 이사벨이 말했다.

「아니 그렇다면, 당신이 그 이상 무엇을 바라는지 모르겠군요.」

「제가 무엇을 원하는지가 아니라 무엇을 드릴 수 있는지가 문제예요. 제가 당신에게 적합한 사람이라는 생각이 들지 않아요. 정말로 그렇게 생각할 수 없어요.」

「당신은 그 점에 대해서 걱정할 필요가 없습니다. 그건 내 문제이니까요. 당신은 국왕보다 더 열성적인 왕당파가 될 필요는 없습니다.」

「그뿐 아니라,」 이사벨이 말했다. 「저는 누구와도 결혼할 마음이 없는 것 같아요.」

「물론 그럴 마음이 없으시겠지요. 대다수의 여자들은 처음에 그런 식으로 시작한다고 생각합니다.」 워버턴 경이 말했다. 그렇게 말은 했지만, 불안감을 달래려고 입에 올린 그 말을 그 자신도 믿지 않았다. 「하지만 그들이 설득되는 경우도 종종 있습니다.」

「아, 그건 그들이 설득되기를 바라기 때문이지요!」 이사벨은 가볍게 웃었다.

그녀의 구혼자는 침울한 표정을 지었고, 잠시 그녀를 말없이 바라보았다. 「당신이 주저하는 이유는 제가 영국인이기 때문일 거라는 우려가 드는군요.」 그가 곧 말했다. 「당신의 이모부께서 당신이 고국에서 결혼해야 한다고 생각하시는 것은 알고 있습니다.」

이사벨은 이 말에 약간 흥미를 느꼈다. 터치트 씨가 자신의 결혼에 관해서 워버턴 씨와 이야기를 나눌 거라고는 한 번도 생각해 본 적이 없었다. 「이모부께서 그렇게 말씀하시던가요?」

「그렇게 말씀하셨던 것을 기억합니다. 아마 미국인 전반에 대해서 그렇게 말씀하셨을 거예요.」

「이모부님 본인은 영국에서 사시는 것을 매우 유쾌하게 생각하시는 것 같아요.」 이사벨은 약간 심술궂게 보일 태도로 말했다. 하지만 이 말은 이모부가 외견상 지극히 만족해하고 있음을 계속 봐왔고, 또한 그녀가 편협한 관점을 취할 의무를 전부 피하려는 마음이 있음을 드러냈다.

이 말에 상대방은 희망을 얻었고 즉시 열렬히 소리쳤다. 「아, 친애하는 아처 양, 유서 깊은 이 나라 영국은 매우 좋은 곳이에요! 우리가 이 나라를 조금 갈고닦으면 더 나아질 겁니다.」

「오, 그렇게 하지 마세요, 워버턴 경. 그냥 내버려 두세요.

지금 있는 그대로가 좋으니까요.」

「그렇다면, 당신이 이 나라를 좋아한다면, 내 청혼을 받아들이지 않으려는 이유를 점점 더 알 수 없군요.」

「이해하시도록 설명할 수 없을 것 같아요.」

「그래도 내가 알아들을 수 있도록 시도는 하셔야지요. 내이해력은 괜찮은 편이니까요. 당신이 걱정하는 것은 — 날씨가 걱정이 되시나요? 다른 곳에서 살기를 원하신다면 얼마든지 그렇게 할 수 있습니다. 전 세계에서 당신이 원하는기후를 고르기만 하면 됩니다.」

그는 힘센 팔로 포옹하듯이 활달하고 허심탄회하게 말했다. 마치 그녀가 알지 못하는 신비로운 정원에 충만한 향기가 그의 깨끗한 입술에서 새어 나와 그녀의 얼굴에 곧바로와 닿는 것 같았다. 이 순간 그녀가 〈워버턴 경, 이 놀라운 세상에서 제가 할 수 있는 최선의 일은 매우 고마운 마음으로저 자신을 당신의 충실한 마음에 맡기는 것입니다〉라고 대답하려는 충동을 강렬하고 솔직하게 느낄 수 있었더라면 자신의 새끼손가락이라도 내놓았을 것이다. 그녀는 자신에게주어진 기회에 놀라워하며 경탄하고 있었다. 하지만 그녀는거대한 우리에 갇힌 야생동물처럼 가장 어두운 그늘이 깔린곳으로 가까스로 물러섰다. 그녀에게 제공된 그 〈화려한〉 생활의 안정감은 그녀가 상상할 수 있는 가장 위대한 것이 결코 아니었다. 마침내 그녀가 생각해 낸 말은 전혀 다른 것이어서, 자신이 맞고 있는 위기를 진정으로 직면해야 할 필요를 미루어 놓는 것에 불과했다. 「오늘은 이 문제에 대해서 더이상 아무 말씀도 하지 마십사 부탁드려도 저를 매정하다고생각하지 말아 주세요.」

「그럼요, 물론입니다!」 그가 소리쳤다. 「당신을 지루하게 하려는 마음은 전혀 없습니다.」

「제게 생각할 거리를 많이 주셨어요. 그것을 충분히 숙고해 보겠다고 약속드릴게요.」

「제가 당신에게 바라는 것은 바로 그것입니다. 그리고 제 행복이 전적으로 당신의 손에 달려 있음을 기억해 주십사 하는 것하고요.」

이사벨은 이 말을 극히 존중하는 태도로 들었지만 잠시 후에 이렇게 말했다. 「제가 생각해야 할 일은 당신의 요청을 받아들일 수 없다고 알려 드릴 방법, 그러니까 당신에게 괴로움을 드리지 않으면서 알려 드릴 수 있는 방법이라는 것을 말씀드려야겠군요.」

「그런 방법은 없습니다, 아처 양. 당신이 거절한다면 제가 죽을 거라고 말하지는 않겠어요. 저는 실연을 당했다고 해서 죽지는 않을 겁니다. 하지만 그보다 더 나쁘게 되겠지요. 아무 목적도 없이 살게 될 테니까요.」

「저보다 더 좋은 여자와 결혼하시게 될 거예요.」

「제발 그런 말은 하지 마십시오.」 워버턴 경이 매우 진지하게 말했다. 「그건 우리 둘 다에게 부당한 말입니다.」

「그렇다면 저보다 못한 사람과 결혼하시겠지요.」

「당신보다 더 좋은 여자가 있다면 저는 더 못한 여자를 좋아합니다. 제가 할 수 있는 말은 그뿐이에요.」 그는 여전히 진지하게 말을 이었다. 「사람마다 취향은 제각각이니까요.」

그가 심각했기 때문에 그녀도 똑같이 진지한 기분이 들었고, 지금으로는 그 이야기를 하지 말아 달라고 요청하면서 그런 기분을 드러냈다. 「직접 말씀드리겠어요. 곧. 어쩌면 편지를 드릴 수도 있고요.」

「편하실 대로 하세요.」 그가 대답했다. 「그 시간이 얼마나 걸리든, 제게는 무척 길게 여겨질 겁니다. 그 시간을 잘 보내 도록 해야겠지요.」

「계속 초조하게 해드리지 않겠어요. 저는 다만 제 마음을 좀 정리하고 싶을 뿐이에요.」

그는 우울하게 한숨을 쉬었고, 뒷짐을 진 채 사냥용 채찍 을 불안하게 흔들면서 그녀를 바라보았다. 「내가 무척 두려 워하고 있다는 것을 아세요? 당신의 그 놀라운 마음을?」

이사벨의 전기를 쓰고 있는 작가로서 나는 그 이유를 알 수 없지만, 이 질문에 그녀는 깜짝 놀라서 움찔했고 겸연쩍 게 얼굴을 붉혔다. 한순간 그녀는 그의 눈을 응시했고 그런 다음에 그의 동정심에 호소할 듯한 목소리로 말했다. 「저도 두려워요!」 그녀가 묘하게 소리쳤다.

하지만 그의 동정심은 일깨워지지 않았다. 그가 갖고 있는 동정심은 전부 자기 자신에게 필요했다. 「아! 인정을 베풀어 주세요. 너그러운 인정을.」 그가 중얼거렸다.

「이제 돌아가시는 것이 좋겠어요.」 이사벨이 말했다. 「편 지를 드리겠어요.」

「좋습니다. 하지만 당신이 어떤 내용을 쓰더라도 저는 당 신을 만나러 올 겁니다.」 그런 다음에 그는 생각에 잠긴 채 가만히 서서, 골똘히 바라보고 있던 번치의 얼굴을 응시했 다. 그 강아지는 지금까지 있었던 얘기를 다 알아들었으면서 도 갑자기 참나무 고목 뿌리에 호기심을 느끼는 척하면서 철 없는 행동을 계속하려는 것 같았다. 「한 가지 더 있어요.」 그 가 말을 이었다. 「알다시피, 로클리가 당신의 마음에 들지 않는다면, 그 저택이 습하거나 그런 종류의 문제가 있다고 생각하시면, 그곳의 50마일 내로 들어가실 필요가 없습니다. 그런데 그곳이 습하지는 않아요. 그 저택을 철저히 조사했으니까요. 더없이 안전하고 양호한 상태입니다. 그래도 당신 마음에 들지 않는다면, 그곳에서 사는 것은 생각하실 필요가 없습니다. 그건 전혀 어려울 것이 없어요. 다른 집들이 많이 있으니까요. 이 점을 말씀드려야겠다는 생각이 들었습니다. 해자를 좋아하지 않는 사람들도 있으니까요. 그럼 안녕히.」

「저는 해자를 무척 좋아해요.」이사벨이 말했다.「안녕히 가세요.」

그는 손을 내밀었고, 그녀는 한순간 그의 손을 잡았다. 그가 모자를 벗고 잘생긴 머리를 숙여 그녀의 손에 입을 맞출 만큼 긴 순간이었다. 그런 다음 그는 감정을 억제하고 여전히 사냥용 채찍을 계속 흔들면서 급히 걸어갔다. 그는 확실히 무척 동요된 상태였다.

이사벨 자신도 혼란스러운 상태였지만, 상상했던 것만큼 큰 영향을 받은 것은 아니었다. 그녀가 느낀 것은 선택에 따른 막중한 책임감이나 선택의 크나큰 어려움이 아니었다. 이것은 선택하고 말고 할 것이 없는 문제라고 여겨졌다. 그녀는 워버턴 경과 결혼할 수 없었다. 그것은 그녀가 여태껏 마음에 품어 온, 아니 이제 마음에 품을 수 있게 된, 인생의 자유로운 탐구를 찬성하는 지적 선입견을 조금도 뒷받침하지 못했다. 그녀는 이 사실을 편지에 써서 그를 설득해야 한다. 그 의무는 비교적 단순한 것이었다. 그러나 의아하게 여겨졌기 때문에 오히려 마음을 어지럽힌 것은 그 굉장한 〈기회〉를 거부하는 데 거의 힘이 들지 않았다는 사실이었다. 그 기회를 어떻게 제한하더라도, 워버턴 경은 그녀에게 대단한 기회를 제공했던 것이다. 그가 제공한 상황에 불편함이 따를 수도 있고, 억압적이거나 제한적인 요소가 있을 수도 있고, 실제로는 그저 의식을 마비시키는 진통제가 될지도 모른다. 하지만 스무 명의 여자 중 열아홉은 고민하지 않고 그 상황에 적응해 나갔으리라고 생각하더라도 같은 여자들을 부당하게 평가한 것은 아니었다. 그렇다면 그녀에게는 왜 그 기회가 뿌리칠 수 없는 구속력을 갖지 못한 것일까? 그녀가 누구이고 무엇이기에 자신을 남들보다 우월하다고 여기는 것일까? 그녀의 인생관이나 운명에 대한 계획, 행복관이 무엇이기에 그것을 이 엄청나고 굉장한 기회보다 더 대단하게 여기는 것일까? 그녀가 이런 기회를 받아들이지 않는다면 위대한 일을 해야 하고, 그보다 더 위대한 일을 해야 한다. 가엾은 이사벨은 지나치게 교만해서는 안 된다고 때로 다짐해야할 이유가 있었고, 교만의 위험에서 벗어나게 해달라는 그녀의 기도는 그 무엇보다도 진실했다. 자만심으로 인해 고립되고 외로운 상황이 황무지의 공포를 마음에 떠올리게 한 것이다. 만일 자만심이 훼방을 놓아서 그녀로 하여금 워버턴 경을 받아들이지 못하게 막았다면, 그것은 터무니없는 곳에서 저지른 우행이었다. 그녀는 그에 대한 큰 호감을 분명히 의식하고 있었으므로 그 감정은 매우 부드럽고 섬세하며 지성적인 공감이라고 과감하게 스스로를 설득했다. 그녀는 그를 너무 좋아했기에 그와 결혼할 수 없었다. 그것은 사실이었다. 그가 생각했던 그 청혼의 열렬한 논리 어딘가에는 오류가 있다고 그녀는 확신했다. 그 잘못된 점이 무엇인지를 꼭

집어서 말할 수는 없었지만 말이다. 그리고 그토록 많은 것을 제공하는 남자에게 비판적 성향이 있는 아내가 있다면 특히 수치스러운 일이 될 것이다. 그녀는 그의 청혼에 대해 생각해 보겠다고 약속했다. 그가 떠난 후 그녀는 이리저리 거닐다가 앞서 앉았던 긴 의자로 다시 돌아와서 생각에 잠겼다. 그때 그녀는 약속을 지키고 있는 듯이 보였겠지만 실은 그렇지 않았다. 그녀는 자신이 차갑고, 냉혹하고, 건방진 여자가 아닐지 의아해하고 있었다. 마침내 일어서서 다소 급한 걸음으로 집으로 돌아가면서 그녀는, 그에게 말했듯이, 정말로 자기 자신이 두려워졌다.

제13장

　바로 이런 감정 때문에 이사벨은 어떤 일이 일어났는지를 이모부에게 말하려는 생각이 들었다. 조언을 구하고 싶었기 때문은 아니었다. 그녀는 충고를 조금도 바라지 않았다. 다만 누군가에게 터놓고 말하고 싶었다. 그러면 더 자연스럽고 더 인간적인 느낌이 들 것이다. 이런 목적을 위해서는 이모나 헨리에타보다도 이모부가 더 편안한 상대로 보였다. 물론 사촌 오빠도 비밀을 털어놓을 수 있는 상대이기는 했다. 하지만 랠프에게 이 특별한 비밀을 알려 주려면 자신의 감정이 상하지 않을 수 없을 것이다. 그래서 다음 날 아침 식사가 끝난 후에 그녀는 기회를 엿보았다. 이모부는 오후가 될 때까지 자기 방에서 나오지 않았지만, 드레스 룸에서 그의 표현대로 자신의 〈패거리〉를 맞아들이곤 했다. 이사벨은 그 무리에 속했고, 거기에는 노인의 아들과 주치의, 시중드는 하인, 스택폴 양까지도 포함되었다. 터치트 부인은 그 안에 끼여 있지 않았기 때문에 이사벨이 이모부를 단둘이 만나는 데 큰 장애가 될 것이 없었다. 그는 서쪽으로 저택의 뜰과 강이 내다보이는 방의 열린 창가에서 복잡한 기계 장치가 달린 의자에 앉아 있었다. 옆에는 신문과 편지가 쌓여 있었고, 세심한 몸단장을 말끔하게 끝낸 부드럽고 사색적인 얼굴은 편안하고 너그럽게 기대하는 표정을 띠고 있었다.

그녀는 단도직입적으로 이야기를 꺼냈다. 「워버턴 경이 제게 청혼했다는 것을 이모부님께 알려 드려야겠어요. 아마 이모님께 말씀드려야겠지만, 먼저 이모부님께 알려 드리는 것이 가장 좋을 것 같아요.」

그 노인은 조금도 놀라는 표정을 짓지 않았다. 하지만 그렇게 자신을 신뢰해 주어서 고맙다고 말했다. 「네가 워버턴 경의 청혼을 받아들였는지 말해 줄 수 있겠니?」

「아직 명확한 답변을 하지 않았어요. 좀 시간을 두고 생각해 보겠다고 했어요. 그렇게 하는 것이 더 정중한 것 같아서요. 하지만 그를 받아들이지 않을 거예요.」

터치트 씨는 이 말에 대해서 아무 의견도 달지 않았다. 그는 사교적인 관점에서 그 문제에 관해 어떤 관심을 느끼든 간에 자신에게는 적극적인 발언권이 없다고 생각하는 듯한 분위기를 풍겼다. 「그래, 네가 여기서 성공할 거라고 내가 말했지. 미국인들은 높은 평가를 받고 있단다.」

「실로 아주 높이 평가되는 것 같아요.」 이사벨이 말했다. 「하지만 분별력도 없고 고마워할 줄도 모른다고 여겨지더라도 저는 워버턴 경과 결혼할 수 없다고 생각해요.」

「글쎄다.」 이모부가 말을 이었다. 「물론 노인네가 젊은 아가씨를 위해 대신 판단해 줄 수는 없는 일이지. 네가 마음을 정하기 전에 내게 물어보지 않아서 천만다행으로 여기고 있단다. 그런데 네게 알려 줘야겠지.」 그는 그리 중요하지 않은 일인 양 천천히 덧붙였다. 「나는 이 일에 대해서 지난 3일간 알고 있었단다.」

「워버턴 경의 마음 상태에 대해서요?」

「여기 사람들의 표현대로, 그의 의향에 대해서 말이지. 그가 내게 아주 유쾌한 편지를 보내서 자기 의향에 대해 모두 알려 줬거든. 그 편지를 보고 싶으냐?」 노인은 자상하게 물었다.

「감사합니다만 그 편지에 대해서는 관심이 없어요. 하지만 그분이 이모부님께 편지를 보낸 것은 다행이에요. 그건 옳은 일이니까요. 그가 옳은 일을 할 사람이라는 것은 분명해요.」

「아, 그래, 너는 그를 무척 좋아하는 것 같구나!」 터치트 씨가 말했다. 「그렇지 않은 듯이 가장할 필요는 없단다.」

「그분을 무척 좋아해요. 조금도 거리낌 없이 그것을 인정할 수 있어요. 하지만 지금으로선 누구와도 결혼하고 싶지 않아요.」

「네가 더 좋아할 사람이 나타날 거라고 생각하는구나. 그래, 그럴 가능성도 많지.」 터치트 씨는 그녀에게 결정의 부담을 덜어 주고 그 결정에 대한 즐거운 이유를 찾아냄으로써 조카딸에 대한 친절한 마음을 보여 주려는 것 같았다.

「다른 사람을 만나지 못하더라도 저는 전혀 개의치 않아요. 워버턴 경을 무척 많이 좋아해요.」 그녀는 갑자기 관점을 바꾼 듯이 보였다. 그녀의 이런 태도는 이따금 상대방을 깜짝 놀라게 하고 심지어 기분을 상하게도 했다.

그러나 그녀의 이모부는 이런 감정들을 다 차단하는 것 같았다. 「그는 아주 훌륭한 사람이란다.」 이모부는 고무하는 듯이 여겨질 듯한 어조로 다시 말을 꺼냈다. 「그의 편지는 내가 지난 몇 주간 받은 편지들 중에서 가장 유쾌한 것이었어. 그 편지가 마음에 든 이유 중 하나는 전부 너에 대한 이야기였기 때문일 게야. 그 자신에 대한 부분만 빼면 온통 네 얘기뿐이었거든. 그가 네게 그 얘기를 모두 들려주었겠지.」

「제가 그분에게 물어보고 싶은 것이 있었다면 모두 들려주었을 거예요.」 이사벨이 말했다.

「그런데 너는 호기심을 느끼지 않았고?」

「제가 호기심을 드러내 봐야 쓸데없는 일이었겠죠. 일단 그의 청혼을 거절하기로 결심한 다음에는.」

「그 청혼이 다분히 매력적이라고 생각하지 않았니?」 터치트 씨가 물었다.

그녀는 잠시 입을 다물었다. 「대단히 매력적이었다고 생각해요.」 그녀가 곧 인정했다. 「그런데 왜 그런지는 모르겠어요.」

「다행히도 아가씨들은 이유를 대야 할 의무가 없단다.」 이모부가 말했다. 「그 청혼은 매력적인 점이 아주 많지. 그런데 영국인들은 왜 우리를 우리 나라에서 꾀어내려 하는지 모르겠구나. 미국에서도 그들을 끌어들이려고 애쓰는 것은 알고 있어. 하지만 그것은 미국의 인구가 부족하기 때문이지. 여기는 알다시피 사람들로 넘쳐나고 혼잡한 곳이야. 그렇더라도 매혹적인 아가씨들이 살아갈 곳이야 어디라도 충분히 있겠지.」

「여기에는 이모부님을 위한 넓은 공간도 있었던 것 같아요.」 이사벨은 저택의 방대한 사냥터로 시선을 옮기며 말했다.

터치트 씨는 재빨리 겸연쩍은 웃음을 지었다. 「대가를 지불하기만 한다면 어디에나 머물 자리는 있는 법이란다, 애야. 나는 이곳을 위해 너무 큰 대가를 치렀다고 때로 생각하지. 어쩌면 너도 큰 대가를 치러야 할지 모르겠구나.」

「어쩌면 그렇겠지요.」그녀가 대답했다.

이모부의 암시 덕분에 그녀는 혼자 생각하면서 찾아냈던 것보다 더욱 명확한 이유를 얻게 되었다. 그리고 이모부의 온건하고도 예리한 인식이 자신의 딜레마와 이처럼 관련되어 있다는 사실은, 자신이 순전히 지적 열망과 모호한 야심 — 워버턴 경의 아름다운 간청 너머로 뻗어 나가서 딱히 규정할 수도 없고 어쩌면 칭찬할 수도 없을 무언가에 이르려는 야심 — 에 사로잡힌 희생양이 아니라 인생의 자연스럽고 합리적인 감정과 관련되어 있음을 증명해 주는 것 같았다. 이 중대한 시기에 그 막연한 무엇인가가 이사벨의 처신에 영향을 주기는 했지만 그것이, 비록 명확히 드러난 것은 아니더라도, 캐스퍼 굿우드와의 결합에 대한 상상은 아니었다. 그녀는 영국인 청혼자의 크고 조용한 손에 사로잡히는 데 열렬히 저항했다. 하지만 적어도 그 못지않게 보스턴 출신의 젊은이가 자신을 확실히 사로잡도록 내버려 둘 생각도 없었다. 그녀는 그의 편지를 읽은 후 그가 외국에 왔다는 사실을 비판하는 것에서 감정적인 도피처를 찾았다. 그가 그녀에게 미친 영향 가운데 한 가지는 그녀에게서 자유로운 느낌을 박탈하는 것 같았다. 그는 불쾌하게도 강력하게 스스로를 밀어붙이고 어딘지 맹렬하게 존재를 주장하는 모습으로 그녀의 눈앞에 떠올랐다. 그녀는 때로 그가 비난하는 모습을 떠올리거나 그런 위험을 예감하면서 시달리기도 했고, 자신이 하는 일을 그가 찬성할 것인지 아닌지 궁금해했다. 다른 사람들에 대해서는 그 정도로 고려해 본 적이 없었다. 곤란한 일은 그녀가 알고 있는 어떤 남자보다도, 가엾은(그녀는 이제 그 귀족에게 형용사를 붙이기 시작했다) 워버턴 경보다도, 캐스퍼 굿우드는 그의 본성에서 비롯된 어떤 힘 ─ 그녀는 이미 그것을 권력으로 느꼈다 ─ 을 상징하는 인물로 보였다는 점이었다. 그것은 그의 〈장점〉이라고 말할 수 있는 문제가 전혀 아니었다. 그것은 정신의 문제로서, 창가에 앉아서 지칠 줄 모르고 지켜보는 사람처럼 거칠 것 없이 타오르는 그의 눈 속에 담겨 있었다. 그녀가 그것을 좋아하든 그렇지 않든 간에, 그는 늘 자신의 온 무게를 실어서, 그리고 온 힘으로 주장했다. 그와 일상적으로 접촉할 때도 그것을 염두에 두어야 했다. 현재 이사벨에게 자기의 자유가 줄어든다는 것은 특히 불쾌한 것이었다. 그녀는 워버턴 경이 제공한 엄청난 뇌물을 똑바로 바라보고도 고개를 돌림으로써 자신의 독립성을 스스로에게 뚜렷이 강조했기 때문이었다. 어떤 때는 캐스퍼 굿우드가 그녀의 운명 옆에서 떠돌면서 그녀가 다루기 힘든 가장 완강한 실체가 될 듯이 보이기도 했다. 그렇게 보이는 순간에는, 잠시 그를 피하더라도 결국에는 그와 타협해야 할 터이고 그 타협은 확실히 그의 쪽에 유리한 결과를 낳을 거라는 생각이 들곤 했다. 그녀는 그런 식의 채무 관계에 저항하기 위해 도움이 될 것을 붙잡으려는 충동을 느꼈고, 이모의 초대를 열렬히 받아들인 것은 이 충동과 다분히 관련되어 있었다. 굿우드 씨의 방문을 매일 예상하면서 그가 틀림없이 꺼낼 이야기에 대한 대답이 즐겁게도 준비되어 있었던 바로 그때에 이모가 초대했던 것이다. 올버니의 집에 터치트 부인이 방문했던 날 저녁에 그녀는 굿우드 씨에게 이모가 제안한 그 엄청난 〈유럽〉 여행이 곧 시작될 터이므로 그 생각에 압도되어 지금은 어려운 문제들을 이야기할 수 없다고 말했다. 그때 그는 그 말이 답변이 되지 못한다고 주장했다. 그러므로 이제 더 나은 대답을 들으려고 그녀를 따라 대서양을 건넌 것이다. 그의 많은 부분을 당연한 것으로 받아들일 수 있었던 공상이 풍부한 아가씨에게는 그가 자신의 암울한 운명이라고 혼자서 말하는 것으로 충분할 것이다. 그러나 독자들은 그를 보다 더 가까이에서 명확하게 볼 권리가 있다.

그는 매사추세츠에 있는 유명한 방적 공장 주인의 아들이었다. 그 신사는 이 사업을 경영하면서 상당한 재산을 축적했다. 현재 캐스퍼는 그 일을 맡아 운영하고 있었고, 자신의 판단력과 사업가 기질을 발휘하여 극심한 경쟁과 불경기에도 아랑곳없이 번창하던 사업이 쇠퇴하지 않도록 경영해 왔다. 그는 하버드 대학에서 많은 교육을 받았지만 그곳에 유포된 지식을 많이 습득한 사람이라기보다는 운동선수나 조정 선수로 더 잘 알려져 있었다. 후에 그는 훌륭한 지성이라는 것도 운동처럼 뛰어넘거나 끌어당길 수 있으며 심지어는 기록을 깨면서 희귀한 묘기를 부릴 수 있다는 것을 알게 되었다. 그리하여 그는 자신에게 기계의 신비를 포착하는 눈썰미가 있다는 것을 알게 되었고 방적 과정을 개선하는 장치를 발명했다. 지금 널리 쓰이는 그 장치에는 그의 이름이 붙어 있다. 여러분은 신문에서 이 유용한 발명품과 관련하여 그의 이름을 보았을 것이다. 그는 이사벨에게 뉴욕 『인터뷰어』의 칼럼에 실린 굿우드 특허품에 관한 상세한 기사를 보여 주면서 그 사실을 확인시켜 주었다. 그 기사를 스택폴 양이 쓴 것은 아니었고, 그녀는 그의 보다 감정적인 관심사에 대해서 호감을 갖고 있었다. 그는 복잡다단하고 신경이 팽팽히 곤두서는 일들을 즐겨 했으며, 조직하고 주장하고 관리하는 것을 좋아했다. 그는 사람들이 그의 뜻에 따라서 일하고, 그를 믿고, 그의 앞에서 행진하며, 그의 생각이 옳다는 것을 증명하도록 만들 수 있었다. 흔히 말하듯이 그것은 사람을 다루는 기술이었고, 그에게 있어서 그 기술은 더 나아가 깊은 성찰에서 나온 대담한 야심에 기반하고 있었다. 그를 잘 아는 사람들은 그가 방적 공장을 운영하는 것보다 더 큰 일을 하게 될 거라고 여겼다. 캐스퍼 굿우드에게는 면화 솜처럼 부드러운 데가 전혀 없었고, 그의 친구들은 그가 어떻게든, 어디에선가 유명 인사로 이름을 알리게 되리라는 것을 당연하게 여겼다. 그러나 그러자면 어떤 거대하고 혼란스러운 것, 어둡고 추악한 일이 그에게 닥쳐야 할 것 같았다. 어떻든 그는 그저 독선적인 평화와 탐욕, 이득, 도처에 존재하는 선전으로 숨을 이어 가는 그런 종류의 것들과는 잘 어울리지 못했다. 그가 돌진하는 말을 타고 위대한 전쟁 ─ 자의식적인 그녀의 어린 시절과 성숙해 가는 그의 젊은 시절에 어두운 그림자를 드리웠던 남북전쟁 같은 ─ 의 소용돌이를 달려왔으리라고 생각하면 이사벨은 즐거웠다.

그녀는 어떻든 그가 성격적으로나 실제에 있어서나 사람들을 움직이는 주동자라는 사실이 마음에 들었고, 그의 본성과 외모의 다른 면보다 그 점을 훨씬 좋아했다. 그의 방적 공장에 대해서는 전혀 관심이 없었기에, 그녀의 상상력은 굿우드 특허권에 대해서 순전히 냉담하게 반응했다. 그의 남자다움이 조금이라도 줄었으면 좋겠다고 바란 것은 아니지만 가령 그의 외모가 조금 달라지면 더 멋있을 거라고 이따금 생각했다. 그의 턱은 너무 각지고 단호하게 보였으며 그의 몸은 너무 곧고 경직된 모습이었다. 이런 신체적 특징들은 인생의 보다 심오한 리듬과 쉽게 조화를 이루지 못하리라는 인상을 주었다. 그리고 그가 늘 똑같은 방식으로 옷을 입는 습관을 보면서 그녀는 반감을 느끼기도 했다. 그가 늘 같은 옷을 입는 것은 분명 아니었고, 오히려 그의 옷은 대체로 지나치게 새 옷처럼 보였다. 그렇지만 그 옷들은 모두 다 똑같아 보였다. 너무나 지루하게도 디자인과 옷감이 평범했다. 굿우드처럼 중요한 인물에 대해서 반감을 느끼는 사유로 들 수 있는 이런 점들은 하찮기 짝이 없는 것이라고 다짐한 것이 한두 번이 아니었다. 그런 다음에는 자신이 그를 사랑하고 있어야만 그것이 하찮은 사유가 될 거라고 생각하며 자책을 바로잡았다. 그녀는 그를 사랑하고 있지 않았다. 그러므로 그의 큰 결점뿐 아니라 작은 결점도 비판할 것이다. 그의 큰 결점은 그가 너무 진지하다는 질책, 아니, 사람이 늘 진지할 수는 없는 일이므로 그가 늘 진지하다는 것이 아니라 그렇게 보인다는 전반적인 비난에서 찾아볼 수 있었다. 그는 자신의 욕구와 의도를 너무나 단순하게 가식 없이 보여 주었다. 단둘이 있을 때는 같은 주제에 대해서 말을 너무 많이 했다. 그러나 다른 사람들과 함께 있을 때면 그는 그 어떤 주제에 대해서든 지나치게 입을 다물고 있었다. 하지만 그는 더없이 강건하고 단정한 체격을 지닌 사람이었고, 그 체격은 너무나 대단했다. 그의 신체를 구성한 여러 부분들은 마치 박물관과 초상화에서 금을 멋지게 박아 넣은 철판 갑옷을 입은 전사들의 여러 부위처럼 접합되어 있는 것 같았다. 그녀의 인상과 그녀의 행동을 이어 주는 명백한 고리가 혹시 존재한다면 어디에 있는 것일까? 그것은 참 이상한 일이었다. 캐스퍼 굿우드는 그녀가 생각하는 유쾌한 남자의 모습에 결코 부합한 바 없었다. 바로 그렇기 때문에 그녀는 그에 대해서 그토록 가혹한 비판을 하게 되었다고 생각했다. 하지만 그 유쾌한 남자의 이미지에 부합할 뿐 아니라 그 의미를 더욱 확장시켜 놓은 워버턴 경이 그녀에게 청혼하며 승낙해 주기를 호소했어도 그녀는 여전히 만족하지 못하고 있었다. 그것은 참으로 이상한 일이었다.

자신에게 일관성이 없다는 느낌 때문에 굿우드 씨의 편지에 답장을 쓰는 일이 쉽지 않았다. 이사벨은 한동안 그 편지에 답장하지 않겠다고 작정했다. 그가 그녀를 성가시게 굴겠다고 작정했다면 그 결과를 감수해야 한다. 그 결과들 중 첫 번째는 그가 가든코트에 내려오는 일이 그녀에게 전혀 즐겁지 않은 일이라는 사실을 스스로 깨닫도록 내버려 두는 것이었다. 그녀는 이미 이곳에서 한 청혼자의 습격을 피할 수 없었다. 상반되는 두 사람에게서 인정을 받는 것이 즐거운 일일지는 몰라도, 그런 열정적인 청혼자 두 사람을 동시에 맞이하는 것은 좀 야비한 일이었다. 그들을 맞이하는 것이 그들을 떠나보내기 위한 것이더라도 말이다. 그녀는 굿우드 씨에게 답장을 보내지 않았다. 그러나 3일이 지난 후 워버턴 경에게 편지를 썼고, 그 편지는 이 이야기의 한 부분을 이룬다.

　친애하는 워버턴 경,
　진지하게 많이 생각해 보았으나 경께서 일전에 친절하게도 제안하신 일에 대한 제 마음은 달라지지 않았습니다. 저는 경을 인생의 반려자라는 시각에서 생각할 수 없습니다. 실로, 진심으로, 그렇습니다. 또한 경의 저택 ——

경의 여러 저택들 — 을 제가 정착할 보금자리로 생각할
수도 없습니다. 이런 일들은 논리적으로 설명할 수 없습
니다. 우리가 매우 철저히 의논했던 그 문제를 다시는 언
급하지 말아 주시기를 진심으로 간청합니다. 우리는 각자
의 인생을 자기 나름의 관점에서 바라봅니다. 그것은 우리
들 중 가장 약하고 비천한 사람에게도 주어지는 특권이지
요. 그리고 저는 제 삶을 경이 제안하신 방식으로 바라볼
수 없을 것입니다. 이 답장으로 충분하다고 생각해 주시
면 감사하겠습니다. 그리고 저를 공정히 평가해 주셔서,
제가 경의 청혼에 값할 만한 존중심을 갖고 깊이 심사숙
고했음을 믿어 주시기 바랍니다. 그처럼 크나큰 존중심을
품고 인사드립니다.

이사벨 아처

이 편지를 쓴 아가씨가 그것을 보내려고 마음먹고 있었을
때 헨리에타 스택폴은 아무 망설임도 없이 어떤 일을 벌이겠
다고 결심했다. 그녀는 랠프 터치트에게 함께 정원을 산책하
자고 청했다. 그가 큰 기대를 품고 있다는 것을 끊임없이 입
증하려는 듯이 신속하게 동의했을 때 그녀는 그에게 부탁할
일이 있다고 말했다. 이 말에 그 젊은이가 움찔했다는 것은
인정해야 할 것이다. 우리도 알고 있다시피, 그는 스택폴 양
에게 어떤 이득이 되는 점을 밀고 나가려는 성향이 있다고
생각했기 때문이었다. 하지만 그 경계심은 근거가 없는 것이
었다. 그는 그녀의 경솔함이 얼마나 깊은 것인지에 대해서
들어 본 적이 없는 만큼 그 범위에 대해서도 명확히 알지 못
했기 때문이다. 그는 매우 정중하게 그녀에게 도움이 되고

싶다고 말했고, 그녀를 두려워했기에 곧 이렇게 덧붙였다. 「당신이 어떤 식으로 나를 쳐다볼 때면 무릎이 후들거리고 부딪치면서 몸이 꼼짝달싹할 수 없게 됩니다. 손발이 떨리고, 당신의 명령을 따를 힘이 남아 있기를 바랄 뿐이에요. 당신처럼 말하는 다른 여자는 본 적이 없습니다.」

「자,」헨리에타는 명랑하게 대답했다. 「지금까지 당신이 어떻게든 나를 당황하게 만들려고 애쓰고 있다는 것을 몰랐더라면 이제 그 말을 듣고 알게 되었겠죠. 물론 나를 놀리는 것은 손쉬운 일일 거예요. 나는 당신과 전혀 다른 관습과 관념 속에서 성장했으니까요. 나는 당신네가 임의로 만든 기준에는 익숙하지 않아요. 미국에서는 당신이 말하는 방식으로 내게 말을 건넨 사람도 없었어요. 만일 미국에서 어떤 신사가 나와 이야기를 하면서 그런 식으로 말을 건넸다면 그걸 어떻게 받아들여야 할지 몰랐을 거예요. 미국 사람들은 모든 것을 더 자연스럽게 받아들이죠. 결국 미국인들은 훨씬 더 단순한 사람들이에요. 그 점은 인정해요. 나 자신도 무척 단순하죠. 물론 그 점에 대해서 당신이 비웃고 싶으시다면, 얼마든지 비웃어도 괜찮아요. 하지만 전체적으로 생각해 볼 때 나는 당신처럼 되기보다는 나 자신이 되는 편을 택할 거예요. 나는 스스로에게 전적으로 만족하고 있으니까요. 전혀 달라지고 싶지 않아요. 있는 그대로의 나를 인정해 주는 사람들이 많이 있죠. 사실 그들은 자유민으로 태어난 멋지고 새로운 미국인들이에요!」최근에 헨리에타는 무력하고 순진한 사람으로서 많은 것을 양보해 주겠다는 식의 어조를 띠고 있었다. 「나를 조금 도와주시면 좋겠어요.」그녀가 말을 이었다. 「당신이 나를 도와주면서 나를 우습다고 생각하더라도 전혀 개의치 않아요. 아니 오히려 그런 재미에서 보상을 얻기를 진정으로 바라요. 이사벨에 관한 문제를 도와주시면 좋겠어요.」

「그녀가 당신의 마음을 상하게 했나요?」 랠프가 물었다.

「그런 일이라면 나는 신경 쓰지도 않았을 테고 당신에게 말하지도 않았을 거예요. 내가 걱정하는 것은 그녀가 스스로를 해치게 될지 모른다는 거예요.」

「그건 있을 수 있는 일이군요.」 랠프가 말했다.

그녀는 정원을 거닐던 걸음을 멈추었고, 그를 당혹하게 만드는 바로 그 눈빛으로 그를 뚫어지게 바라보았다. 「그것도 당신에게는 재미있는 일이겠군요. 당신이 말하는 방식이란, 참! 이렇게 냉담하게 말하는 사람은 처음이에요.」

「내가 이사벨에게 냉담하다고요? 아뇨, 전혀 그렇지 않아요!」

「그렇다면, 당신이 그녀를 사랑하지 않기를 바라요.」

「다른 사람을 사랑하고 있는데 어떻게 그럴 수 있겠어요?」

「당신은 당신 자신을 사랑하고 있어요. 그 다른 사람이란 바로 당신이에요!」 스택폴 양이 큰 소리로 말했다. 「그래서 당신에게 좋은 일이 많이 생기면 좋으련만! 하지만 평생 단한 번이라도 진지해지고 싶으시다면, 이번이 바로 그럴 수있는 기회예요. 당신의 사촌에 대해 진심으로 염려하는 마음이 있다면, 그 마음을 입증할 수 있는 기회죠. 당신이 그녀를이해하리라고는 기대하지 않아요. 그건 너무 지나친 기대이니까요. 하지만 내 부탁을 들어주기 위해서 그녀를 이해할필요는 없어요. 내가 필요한 정보를 알려 드릴 테니까.」

「그건 무척 즐거운 일이겠군요!」 랠프가 탄성을 질렀다.

「나는 칼리반이 되고 당신은 에어리얼이 되는 겁니다.」[6]

「당신은 칼리반과 전혀 비슷하지 않아요. 당신은 복잡한 사람이지만 칼리반은 그렇지 않으니까. 하지만 나는 상상의 인물들이 아니라 이사벨에 대해서 얘기하는 거예요. 이사벨은 강렬하게 실재하는 인물이지요. 내가 당신에게 말하고 싶은 바는 그녀가 걱정스럽게도 달라졌다는 거예요.」

「당신이 여기 온 이후로 그렇다는 말입니까?」

「내가 온 이후로, 그리고 오기 전에도요. 그녀는 예전의 아름다웠던 그 모습 그대로가 아니에요.」

「미국에 있었을 때와 다르다고요?」

「그래요, 미국에 있었을 때와. 그녀가 미국 출신이라는 것은 알고 계시겠죠. 그녀가 미국인이라는 것은 피할 수 없는 일이에요.」

「그녀를 다시 되돌려 놓기를 바랍니까?」

「물론이에요. 그래서 당신이 도와주기를 바라요.」

「아,」 랠프가 말했다. 「나는 칼리반에 불과해요. 푸로스퍼로가 아니라고요.」

「당신은 그녀를 현재의 모습으로 만들어 놓을 만큼 푸로스퍼로 역할을 잘 해냈어요. 그녀가 여기 온 후로 이사벨 아처에게 영향을 주셨죠, 터치트 씨.」

「내가요, 스택폴 양? 전혀 아닙니다. 오히려 이사벨 아처가 내게 영향을 미쳤지요. 그래요, 그녀는 누구에게나 영향을 미칩니다. 나는 그저 수동적이었어요.」

「그렇다면 당신은 너무 수동적이었어요. 분발해서 조심하

---

6 셰익스피어의 『템페스트 *The Tempest*』에 나오는 마법사 푸로스퍼로의 하인들. 칼리반은 반인반수고 에어리얼은 공기의 정령이다.

시는 게 좋겠어요. 이사벨은 매일매일 달라지고 있어요. 둥실둥실 곧장 바다로 떠내려갈 거예요. 나는 그녀를 계속 관찰해 왔기 때문에 그것을 잘 알 수 있어요. 그녀는 예전의 영리한 미국 아가씨가 아니에요. 다른 관점들, 다른 입장들을 받아들이면서 예전에 갖고 있던 이상에서 멀어지고 있어요. 나는 그 이상을 구하고 싶어요, 터치트 씨. 그 점에서 당신이 하실 일이 있어요.」

「제가 하나의 이상으로 등장해야 하는 건 분명 아니겠지요?」

「글쎄요, 그렇지 않기를 바라요.」 헨리에타는 즉시 대답했다. 「그녀가 타락한 유럽인들 중 한 명과 결혼하리라는 두려움이 내 마음속에서 무럭무럭 커가고 있어요. 그리고 나는 그런 일을 막고 싶어요.」

「아, 알겠어요.」 랠프가 말했다. 「그런 일을 막기 위해 내가 중간에 끼어들어서 그녀와 결혼하기를 바라는 건가요?」

「천만에요. 그런 치료라면 병 못지않게 고약하겠죠. 당신은 내가 이사벨을 구해 주기 위해서 막으려는 그 타락한 유럽인들의 전형이니까요. 아뇨, 당신이 다른 사람에게 관심을 가져 주면 좋겠어요. 예전에 그녀가 무척 관심을 두었던 청년인데 지금은 그를 그리 훌륭하지 않다고 생각하는 것 같아요. 그는 더할 나위 없이 훌륭한 사람이고 내게는 아주 소중한 친구예요. 그가 이곳을 방문하도록 당신이 초대해 주면 고맙겠어요.」

랠프는 이 부탁에 상당히 어리둥절해졌다. 그가 처음에 그 부탁을 지극히 단순한 관점에서 볼 수 없었다는 사실은 어쩌면 그의 마음의 순수성을 의심하게 할 만한 일일 것이다. 그의 눈에는 그 부탁이 어딘지 비비 꼬인 기미를 띠고 있었

224

다. 그리고 스택폴 양의 요청처럼 그토록 솔직한 요청이 세상에 실제로 있을 수 있다는 사실을 그리 확신하지 못한 것은 그의 잘못이었다. 한 젊은 여자가 한 신사를 자기의 소중한 친구라고 말하면서 그 신사에게 다른 아가씨 ― 이미 관심은 멀어져 갔고 또한 더욱 매력적인 아가씨 ― 의 호감을 살 기회를 줘야 한다고 요구한다는 것, 이것은 그의 기발한 해석을 모두 동원해도 한참 동안 도무지 이해할 수 없는 별난 요청이었다. 그 말을 액면 그대로 받아들이기보다는 행간의 숨은 의미를 이해하는 편이 더 쉬웠다. 그리고 스택폴 양이 오히려 자기 자신을 위해서 그 신사가 가든코트에 초대되기를 바란다고 상상한 것은 랠프의 마음이 천박한 것이 아니라 도리어 그가 무척 당황했음을 드러낸 징후였다. 하지만 랠프는 오직 영감이라고 부를 수밖에 없는 어떤 힘에 의해서 이 사소하고 천박한 해석을 떨쳐 버리고 벗어나게 되었다. 그가 이미 알고 있는 것 외에는 그 문제를 비춰 볼 다른 사실이 없는 상태에서 갑자기 그의 마음속에 이 『인터뷰어』 통신원의 어떤 행동에 대해서든 수치스러운 동기가 있다고 가정한다면 그녀에게 더없이 부당한 일이리라는 확신이 들었던 것이다. 이 확신은 재빨리 그의 마음을 뚫고 들어갔다. 어쩌면 그 확신은 순수하게 타오르는 이 아가씨의 동요하지 않는 눈빛에서 점화되었을 것이다. 그는 이 도전적인 눈길을 잠시 의식적으로 바라보았고, 더 큰 광원 앞에서 인상을 찡그리듯이 눈살을 찌푸리고 싶은 기분에 저항했다. 「당신이 말한 그 신사는 누구입니까?」

「캐스퍼 굿우드 씨예요. 보스턴 출신이죠. 이사벨에게 지극한 관심을 기울여 왔어요. 자기 목숨처럼 그녀에게 헌신적이었죠. 그녀를 따라 이곳으로 왔고 지금 런던에 있어요. 그의 주소를 모르지만 알아낼 수 있을 거예요.」

「그에 대한 이야기는 들어 본 적이 없는데요.」 랠프가 말했다.

「당신이 모든 사람에 대해 이야기를 들어 본 것은 아니겠지요. 그도 당신에 대해 들어 본 적이 없을 거예요. 하지만 그렇다고 해서 이사벨이 그와 결혼해서 안 될 이유는 없어요.」

랠프는 약간 모호하게 웃었다. 「당신은 사람들의 결혼에 굉장히 열성적이군요! 얼마 전에 내가 결혼하기를 바랐던 것을 기억하세요?」

「그 일은 다 잊기로 했어요. 당신은 그런 생각을 받아들일 줄 모르니까요. 하지만 굿우드 씨는 알고 있고, 그에게서 내가 좋아하는 점은 바로 그거예요. 그는 대단한 사람이고 완벽한 신사예요. 이사벨은 그런 사실을 알고 있어요.」

「그녀가 그를 무척 좋아하나요?」

「좋아하지 않는다면 그렇게 되어야 해요. 그는 그녀에게 폭 빠져 있으니까요.」

「내가 그를 여기에 초대해 주기 바란다는 말이군요.」 랠프가 생각에 잠겨 말했다.

「그러면 진정한 호의를 보여 주는 행동이 되겠죠.」

「캐스퍼 굿우드라, 좀 특이한 이름이군.」 랠프가 말을 이었다.

「나는 그의 이름에 대해서는 전혀 신경 쓰지 않아요. 에제킬 젠킨스라 하더라도 똑같이 말할 거예요. 내가 본 남자들 중에서 이사벨에게 걸맞은 사람은 그뿐이에요.」

「당신은 매우 헌신적인 친구로군요.」 랠프가 말했다.

「물론이죠. 당신이 나를 조롱하려고 그렇게 말하더라도 나는 개의치 않아요.」

「당신을 조롱하려는 말이 아닙니다. 나는 그 사실에 매우 깊은 인상을 받았어요.」

「전보다 더 빈정거리시는군요. 하지만 굿우드 씨에 대해서는 비웃지 말라고 충고해야겠어요.」

「정말이지 매우 진지하게 하는 말입니다. 당신이 이해해야 해요.」

곧 그녀가 그것을 이해했다. 「당신이 진지하다고 믿어요. 지금은 너무 진지하군요.」

「당신은 즐겁게 해주기 무척 어려운 사람이에요.」

「아, 당신은 정말로 무척이나 진지해요. 굿우드 씨를 초대하지 않으려는 거죠.」

「모르겠어요.」 랠프가 말했다. 「나는 이상한 일을 할 수도 있어요. 굿우드 씨에 대해서 조금 더 얘기해 주세요. 그는 어떤 사람인가요?」

「당신과 정반대되는 사람이에요. 방적 공장을 운영하고 있어요. 아주 훌륭한 공장이죠.」

「유쾌한 매너를 가진 사람인가요?」 랠프가 물었다.

「멋진 매너를 갖고 있죠. 미국식으로.」

「그가 우리의 작은 집단에서 기분 좋게 어울릴까요?」

「우리의 작은 집단에 대해서는 관심이 없을 거예요. 이사벨에게만 관심을 쏟을 테니까.」

「그를 초대한다면 사촌 동생은 어떻게 생각할까요?」

「전혀 좋아하지 않을 거예요. 하지만 그녀를 위해 좋은 일이죠. 그녀의 생각을 돌아오게 만들 테니까요.」

「그녀의 생각을 돌아오게 한다고요? 어디에서요?」

「이질적인 곳, 자연스럽지 못한 곳에서요. 석 달 전만 하더라도 그녀는 굿우드 씨를 받아들일 거라고 생각하게끔 행동했어요. 그런데 장소가 달라졌다고 해서 진정한 친구를 배신한다는 것은 이사벨답지 않아요. 나도 장소가 달라졌지만 옛 친구들을 전보다 더 좋아하게 되었거든요. 이사벨이 장소를 빨리 바꿀수록 더 나을 거라고 믿어요. 나는 그녀를 잘 알고 있기 때문에 그녀가 여기에서는 진정으로 행복해질 수 없으리라는 것을 알고 있죠. 나는 그녀가 강력한 미국적 유대를 맺기를 바라고 있어요. 그것이 그녀를 지키는 방법이 될 거예요.」

「좀 지나치게 서두르는 것이 아닐까요?」 랠프가 물었다. 「이사벨이 이 보잘것없는 나라 영국을 경험할 수 있는 기회를 더 누려야 한다고 생각하지 않아요?」

「그녀의 찬란한 젊은 시절을 망쳐 버릴 기회를요? 소중한 인간이 물에 빠지지 않도록 구해 주는 일은 아무리 서둘러도 이르지 않아요.」

「그렇다면 내가 이해하기로는,」 랠프가 말했다. 「그녀를 따라서 물에 빠지도록 내가 굿우드 씨를 밀쳐 주기를 바라는군요. 그런데,」 그가 덧붙였다. 「이사벨이 그의 이름을 한 번도 입에 올린 적이 없다는 것을 아세요?」

헨리에타는 활짝 웃었다. 「그 말을 들으니 기쁘군요. 그건 그녀가 그를 무척 많이 생각한다는 증거니까요.」

랠프는 이 말이 다분히 그럴듯하다고 인정하는 것 같았다. 그는 생각에 잠겼고 그동안 헨리에타는 그를 곁눈질로 바라보았다. 그가 마침내 말했다. 「내가 굿우드 씨를 초대한다면, 그와 말다툼을 벌이게 될 겁니다.」

「그런 일은 하지 마세요. 그가 더 나은 사람이라는 것이 증명될 테니까요.」

「분명 당신은 내가 그를 미워하도록 최선을 다하고 있군요! 그를 초대할 수 없겠어요. 그에게 무례하게 굴까 봐 걱정스러우니까요.」

「좋으실 대로 하세요.」 헨리에타가 대답했다. 「당신도 이사벨을 사랑하고 있다는 걸 몰랐어요.」

「정말로 그렇게 믿으세요?」 그 젊은이는 눈썹을 치올리며 말했다.

「지금껏 들어 본 당신의 말 중에서 가장 자연스러운 말이군요! 물론 그렇게 믿어요.」 스택폴 양이 영리하게 대답했다.

「그렇다면,」 랠프가 결론적으로 말했다. 「당신의 생각이 틀리다는 것을 증명하기 위해서 그를 초대하겠어요. 물론 당신의 친구로 초대해야지요.」

「그가 내 친구로 오지는 않을 거예요. 그리고 당신이 그를 초대한다고 해서 내 생각이 틀렸다는 것을 내게 증명하는 건 아니에요. 당신 스스로에게 증명하는 것이죠.」

스택폴 양의 마지막 말은(이 말을 끝으로 두 사람은 곧 헤어졌다) 상당한 진실을 담고 있었고, 랠프 터치트는 그 진실을 인정하지 않을 수 없었다. 그러나 그 말은 너무 예리한 인식의 날을 매우 무디게 만들었으므로, 그는 약속을 깨뜨리는 것보다 지키는 쪽이 더 경솔한 일이 되리라고 생각하면서도 굿우드 씨에게 여섯 줄의 짧은 편지를 썼다. 그가 가든코트에 살고 있는 작은 무리를 찾아와 줄 수 있다면 연로하신 터치트 씨가 기뻐하실 것이고 스택폴 양은 그 무리의 귀중한 일원이라고 했다. 이 편지를 (헨리에타가 말한 어떤 은행가 앞으로) 보낸 다음에 그는 약간 긴장감을 느끼며 기다렸다. 그는 이 새롭고 강력한 인물의 이름은 생전 처음 들은 것이었다. 어머니가 도착했을 때 미국에 이사벨의 구혼자가 있다는 말을 들은 바 있었지만 그 이야기는 실감이 나지 않았고, 모호하거나 불쾌할 답변을 듣게 될 질문을 일부러 하지는 않으려 했던 것이다. 하지만 이제 고국에 있던 사촌 동생의 구혼자는 더 구체화되어서 그녀를 따라 런던에 온 젊은이의 형태로 나타났다. 그는 방적 공장에 관련된 일을 하고 있고 미국식으로 가장 훌륭한 매너를 갖고 있는 사람이었다. 이렇게 갑자기 등장한 사람에 대해서 랠프는 두 가지로 생각했다. 그의 열정이란 스택폴 양이 만들어 낸 감상적 허구이므로(여자들 사이에는 늘 동성 간의 유대에서 빚어진 은밀한 양해가 있기 때문에 서로 애인을 찾아 주거나 상상으로 꾸며 내기도 한다) 이런 경우에는 그 사람에 대해서 걱정할 필요가 없고 그는 아마 초대를 받아들이지 않을 것이다. 혹시 그가 초대를 받아들인다면 너무나 불합리한 사람일 터이므로 더 이상 고려할 가치가 없을 것이다. 랠프의 두 번째 생각은 앞뒤가 맞지 않는 듯이 보일 테지만, 스택폴 양이 묘사했듯이 굿우드 씨가 이사벨에 대해 진지한 관심을 갖고 있다면 스택폴 양의 부름을 받아서 가든코트에 모습을 드러내지는 않으리라는 확신이었다. 「이런 가설을 놓고 생각해 보면, 그는 헨리에타를 자기 장미 줄기에 달린 가시로 여길 거야. 중재자로서 그녀의 재치가 부족하다고 생각할 테지.」 랠프는 혼자 말했다.

초대장을 보낸 지 이틀 후에 캐스퍼 굿우드로부터 아주

짧은 편지가 도착했다. 그는 초대에 감사하지만 유감스럽게도 다른 약속이 있어서 가든코트를 방문할 수 없으며 스택폴 양에게 안부를 전해 달라고 썼다. 랠프는 그 편지를 헨리에타에게 건네주었고 그것을 읽은 그녀가 소리쳤다. 「아니, 이렇게 딱딱한 말은 들어 본 적이 없어요.」

「그는 당신이 생각하는 만큼 내 사촌을 좋아하지 않는 모양이군.」 랠프가 말했다.

「아뇨, 그게 아니에요. 뭔가 더 미묘한 이유가 있어요. 그는 무척 생각이 깊은 사람이거든요. 그 이유를 알아내야겠어요. 그에게 편지를 보내서 무슨 의도로 그러는지 알아보겠어요.」

그가 초대를 거절하자 랠프는 막연히 심란해졌다. 그가 가든코트에 오기를 거절한 순간부터 랠프는 그를 중요한 인물로 생각하게 되었다. 랠프는 이사벨의 구혼자들이 무법자든 낙오자든 자신과 무슨 상관이 있는지를 스스로에게 물었다. 그들은 그의 경쟁자가 아니었고, 그들이 재주를 마음껏 발휘하더라도 그와는 상관없는 일이었다. 그래도 그는 굿우드 씨가 그렇게 딱딱하게 군 이유를 알아내겠다는 스택폴 양의 말이 어떤 결과를 낳았는지 무척 궁금했다. 그 호기심은 채워지지 않았다. 3일 후에 그녀에게 런던으로 편지를 보냈는지 물어보았을 때 그녀는 편지를 보냈지만 헛수고였다고 고백했다. 굿우드 씨가 답장을 보내지 않았던 것이다.

「그는 심사숙고하고 있을 거예요.」 그녀가 말했다. 「그는 모든 것을 심사숙고하거든요. 그는 정말로 조금도 충동적이지 않은 사람이에요. 하지만 나는 편지 답장을 당일로 받는 데 익숙하거든요.」

오래지 않아 그녀는 어떻든 런던으로 함께 여행을 가자고 이사벨에게 제안했다.

「솔직히 말하면,」 그녀가 말했다. 「여기에서 나는 별로 많은 것을 보지 못했어. 너도 그럴 거라고 생각해. 나는 그 귀족도 만나 보지 못했어. 그의 이름이 뭐라고? 워버턴 경? 그 사람은 너를 일부러 피하는 모양이야.」

「워버턴 경은 내일 오실 거야. 마침 알게 되었어.」 그녀의 친구가 대답했다. 로클리의 주인이 그녀의 편지에 대한 답장을 보냈던 것이다. 「그분을 샅샅이 알아낼 기회가 충분히 있을 거야.」

「글쎄, 편지 한 통을 쓸 거리는 되겠지. 하지만 50통을 써야 하는데 한 통 가지고 무얼 하겠어? 이 근방의 경치에 대해서는 이미 다 묘사했고 노부인들과 당나귀들에 대해서도 극찬을 써댔거든. 네가 뭐라고 말하든 간에 풍경을 묘사하는 것으로는 생기 넘치는 편지를 쓸 수 없어. 나는 런던으로 돌아가서 실제 생활을 느껴야겠어. 여기로 오기 전에 런던에서 3일밖에 체류하지 못했다고. 그 시간으로는 실제 생활에 접할 수 없어.」

이사벨도 뉴욕에서 가든코트로 오는 길에 영국의 수도를 그보다도 더 조금밖에 보지 못했기에 헨리에타는 둘이 런던에 가서 즐겁게 지내자고 제안했다. 이사벨은 그 제안에 매력을 느꼈다. 그녀의 상상 속에서 늘 거대하고 풍부한 도시로 어렴풋이 떠올랐던 런던에 밀집해 있는 이런저런 면모에 호기심을 느꼈다. 두 아가씨는 함께 계획을 세우고 낭만적인 시간을 상상하는 데 빠져들었다. 그들은 그림 같은 옛날 여관, 디킨스가 묘사한 여관들 중 한 군데에서 머물 것이고 멋진 이륜마차를 타고 도시를 돌아볼 것이다. 헨리에타는 여성 작가였고, 여성 작가라는 지위로 누릴 수 있는 큰 이점은 어디든지 갈 수 있고 무슨 일이든지 할 수 있다는 것이었다. 그들은 커피하우스에서 식사를 하고 그 후에 연극을 보러 갈 것이다. 웨스트민스터 사원과 대영박물관에 자주 들를 것이고 존슨 박사가 살았던 집과 골드스미스와 애디슨의 생가를 찾아볼 것이다. 이사벨은 이 계획에 점점 더 열의를 느꼈고 곧 그 빛나는 상상을 랠프에게 털어놓았다. 그는 갑자기 폭소를 터뜨렸는데, 그것은 그녀가 바랐던 공감의 표현은 아니었다.

「즐거운 계획이로군.」 그가 말했다. 「코벤트 가든에 있는 듀크 헤드로 가는 것이 좋겠어. 편안하고 격식을 차리지 않으면서도 고풍스러운 곳이니까. 그리고 내가 속한 클럽에 가입하도록 네 이름을 적어 놓을게.」

「우리 계획이 예의범절에 어긋난다는 뜻인가요?」 이사벨이 물었다. 「맙소사, 여기에는 예의에 어긋나지 않는 것이 하나라도 있나요? 헨리에타와 함께라면 분명 나는 어디라도 갈 수 있어요. 그녀는 그런 점에서 조금도 곤란을 느끼지 않아요. 미국 대륙 전체를 여행했으니 이 작은 섬나라에서 적어도 길을 잃는 일은 없을 거예요.」

「아, 그렇다면,」 랠프가 말했다. 「나도 그녀의 보호를 받으면서 런던에 동행할 수 있도록 해주면 좋겠군. 그렇게 안전하게 여행할 수 있는 기회는 두 번 다시 없을 것 같으니까.」

제14장

스택폴 양은 즉시 출발 준비를 하고 싶었을 것이다. 하지
만 이사벨은 우리가 이미 보았다시피 가든코트를 방문하겠
다는 워버턴 경의 전갈을 받았으므로 그곳에 남아서 그를
만날 의무가 있다고 생각했다. 사오일간 그는 그녀의 편지에
대한 반응을 일절 보이지 않았다. 그러고는 이틀 후 점심 식
사에 오겠다는 아주 짧막한 편지를 보냈다. 이처럼 그가 즉
각적인 반응을 미루고 기다린 점에 그녀는 감동했고, 그가
사려 깊게 인내심을 갖고 행동하려 하며 그녀를 너무 거칠게
몰아대는 듯이 보이지 않으려 한다는 느낌을 새롭게 받았
다. 이런 점을 더 차분히 숙고하면서 그가 자신을 진정으로
좋아한다는 확신을 갖게 되었다. 이사벨은 워버턴 경에게 편
지를 보냈으며 또한 그가 방문하리라는 것을 이모부에게 알
려 주었다. 그러자 그 노인은 평소보다 일찍 자기 방에서 나
와서 2시의 오찬에 모습을 드러냈다. 감시하려는 의도가 있
어서 그런 것은 아니었고, 자신이 그 자리에 동석하면 이사
벨이 그 귀족 방문객의 말을 다시 들어 주어야 할 경우에 두
사람이 식탁의 화제에서 벗어나더라도 덮어 주도록 도와줄

수 있으리라는 너그러운 생각 때문이었다. 그 유명 인사는 로클리에서 마차를 타고 왔고, 큰 여동생을 데리고 왔다. 아마 그도 터치트 씨와 비슷한 생각 때문에 그런 조치를 취했을 것이다. 스택폴 양은 두 손님에게 소개되었고, 점심 식탁에서 워버턴 경의 옆자리에 앉았다. 이사벨은 그가 일전에 지나치게 서둘러 꺼냈던 그 문제를 다시 언급하지 않기를 바랐기에 조마조마한 심정이었으므로 그의 명랑하고 차분한 태도에 경탄하지 않을 수 없었다. 그녀는 그가 당연히 자신에게 관심을 쏟으리라고 예상했지만, 그의 태도는 그런 낌새를 전혀 드러내지 않았다. 그는 그녀를 바라보지 않았고, 그녀에게 말을 걸지도 않았다. 그의 감정을 드러낸 단 한 가지 징후가 있다면 그녀와 눈길이 마주치지 않도록 피한다는 것이었다. 그러면서 다른 사람들에게 할 이야기는 많은 것 같았고, 음식의 맛을 음미하면서 맛있게 식사를 하는 것 같았다. 수녀처럼 이마가 매끈하고 목에 커다란 은 십자가를 건 몰리네 양은 분명 스택폴 양에게 관심을 쏟고 있었고, 깊은 이질감과 동경 어린 경이감 사이의 갈등을 드러내는 태도로 끊임없이 그녀를 응시했다. 로클리의 두 숙녀 중에서 이사벨은 그녀가 더 마음에 들었다. 그녀에게는 대대로 이어져 내려온 평온한 세계가 있었다. 게다가 그녀의 부드러운 이마와 은 십자가는 영국 국교의 어떤 불가사의한 신비를 나타내고 있고, 어쩌면 그 교단 수녀의 기묘한 직책을 다시 제정한 즐거운 사건을 가리킬지 모른다고 이사벨은 생각했다. 자신이 그녀의 오라버니의 청혼을 거절했다는 것을 몰리네 양이 알게 된다면 자신을 어떻게 생각할지 궁금했다. 그런 다음에는 몰리네 양이 결코 그 사실을 알지 못할 거라고, 워버턴 경이 여동생에게 그런 이야기를 했을 리가 없다고 확신했다. 그는 여동생을 좋아했고 친절하게 대했지만 전반적으로 보아 동생에게 말을 건네는 일이 거의 없었다. 이사벨의 지론은 적어도 그러했다. 이사벨은 식사 중의 대화에 끼지 않을 때는 대개 동석한 사람들에 대한 상상의 나래를 펼치곤 했다. 이사벨의 지론에 따르면, 만일 몰리네 양이 아처 양과 자기 오라버니 사이에 일어난 일을 알게 된다면 아마도 그 보잘것없는 아가씨가 신분 상승을 이루지 못했다는 데 충격을 받을 것이다. 아니, 오히려 (이것이 우리 여주인공의 마지막 의견이었다) 몰리네 양은 젊은 미국인 아가씨가 마땅히 느껴야 할 신분 차이를 의식했기 때문에 그랬다고 생각할 것이다.

이사벨이 주어진 기회를 어떻게 처리했든 간에 헨리에타 스택폴은 지금 자신을 둘러싸고 있는 절호의 기회를 소홀히 넘길 생각이 전혀 없었다. 「제가 생전 처음 만난 귀족이 당신이라는 걸 아세요?」 그녀는 곧장 옆에 앉은 사람에게 말을 걸었다. 「제가 세상물정에 몹시 어둡다고 생각하시겠지요?」

「매우 못생긴 남자들을 만나는 일을 모면하신 겁니다.」 워버턴 경은 약간 멍한 시선으로 식탁을 돌아보며 말했다.

「귀족들이 그토록 못생겼나요? 미국에서는 귀족들이 모두 잘생기고 멋진 데다 훌륭한 예복을 입고 왕관을 쓰고 있다고 믿거든요.」

「아, 예복과 왕관은 이미 오래전 과거의 유물이지요. 당신들의 전쟁용 도끼와 권총처럼 말입니다.」 워버턴 경이 말했다.

「그건 유감스러운 일이군요. 저는 귀족이 화려해야 한다고 생각해요.」 헨리에타가 주장했다. 「그렇지 않으면 귀족이란 무엇인가요?」

「저, 알다시피, 기껏 해봐야 대단한 것이 아닙니다.」 워버턴 경이 인정했다. 「감자를 드시지 않겠어요?」

「이런 유럽 감자는 그리 좋아하지 않아요. 저는 당신을 평범한 미국 신사와 구별할 수 없겠어요.」

「그러면 미국인으로 대하면서 말씀하시지요.」 워버턴 경이 말했다. 「당신들은 감자 없이 어떻게 먹고 살아가는지 알 수 없군요. 여기에는 당신이 먹을 수 있는 것이 거의 없을 겁니다.」

헨리에타는 잠시 입을 다물었다. 그의 말은 진심이 아닐 가능성이 있었다. 「저는 여기 온 후로 식욕이 거의 없었어요.」 그녀는 잠시 후에 말을 이었다. 「그러니 그건 그리 문제가 되지 않아요. 저는 당신을 인정하지 않아요. 그 점에 대해서는 꼭 말씀드려야겠다고 생각해요.」

「저를 인정하지 않는다고요?」

「네, 아마 당신에게 이렇게 말한 사람은 지금까지 없었을 거예요, 그렇겠죠? 저는 하나의 제도로서 귀족을 인정하지 않아요. 세상은 귀족을 넘어서, 훨씬 더 능가해서 발전했다고 생각해요.」

「아, 저도 그렇게 생각합니다. 스스로를 전혀 인정하지 않아요. 때로 이런 생각이 들기도 합니다. 만일 내가 지금의 내가 아니라면, 나 자신에 대해 어떻게 반대하겠는가? 그런데 자부심이 강하지 않다는 것은 좋은 점도 있습니다.」

「그렇다면 그것을 왜 포기하지 않으세요?」 스택폴 양이 물었다.

「포기한다고요? 무엇을?」 워버턴 경은 그녀의 거친 억양을 부드러운 억양으로 받아넘기며 물었다.

「귀족이기를 포기한다는 말이에요.」

「아, 저는 아주 보잘것없는 귀족이에요! 만일 당신네 미국인들이 끊임없이 상기시켜 주지 않는다면, 귀족이라는 사실도 완전히 잊어버릴 겁니다. 하지만 나는 조만간 귀족이기를 포기할 생각입니다. 거기 남아 있는 하찮은 것을 말이지요.」

「당신이 그렇게 하는 것을 보고 싶어요!」 헨리에타가 다소 고집스럽게 말했다.

「그 의식에 초대하지요. 저녁도 먹고 춤도 출 겁니다.」

「자,」 스택폴 양이 말했다. 「저는 이모저모를 다 보고 싶어요. 특권계층을 인정하지는 않지만 그들이 스스로에 대해서 뭐라고 말하는지 듣고 싶어요.」

「보시다시피, 말을 거의 하지 않습니다!」

「당신에게서 더 많은 이야기를 듣고 싶어요.」 헨리에타가 말을 이었다. 「하지만 계속 다른 곳을 보시는군요. 제 눈을 마주 보기를 겁내시는 거죠. 저를 피하고 싶어 하시는 걸 잘 알 수 있어요.」

「아뇨, 당신이 경멸한 감자를 보고 있을 뿐입니다.」

「그러면 저 젊은 아가씨, 당신의 누이에 대해서 설명해 주세요. 그녀에 대해서 잘 모르거든요. 그녀는 레이디인가요?」

「아주 착한 아가씨입니다.」

「말씀하시는 방식이 마음에 들지 않는군요. 화제를 바꾸고 싶으신 말투예요. 동생분의 지위는 당신보다 낮은가요?」

「우리 둘 다 이렇다 할 지위가 없습니다. 그렇지만 동생은 저보다 더 잘 살고 있죠. 성가신 일이 전혀 없으니까요.」

「네, 성가신 일을 별로 겪지 않은 분처럼 보이네요. 저도 그처럼 괴로운 일이 없으면 좋겠어요. 여기 영국에서는 사람들이 무척 조용하게 살아가는 것 같아요. 그밖에 무슨 일들을 하는지 말이죠.」

「네, 전체적으로 삶을 편안하게 받아들이지요.」 워버턴 경이 말했다. 「그리고 아시다시피 우리는 무척 지루한 사람들입니다. 그래요, 하려고만 하면 무척 지루하게 굴 수도 있습니다!」

「다른 일을 시도해 보시라고 권해야겠군요. 당신의 누이에게 무슨 이야기를 해야 할지 모르겠어요. 그녀는 보통 사람들과 너무나 달라 보여요. 저 은 십자가는 배지인가요?」

「배지?」

「신분을 나타내는 표시 말이에요.」

워버턴 경의 시선은 지금까지 다른 곳을 헤매고 있었지만 이 말을 듣고는 상대방의 눈길과 마주쳤다. 「아, 네.」 그는 즉시 대답했다. 「여자들은 저런 것을 좋아하지요. 저 은 십자가는 자작의 장녀들이 다는 장신구입니다.」 이 말은 미국에서 때로 그가 쉽사리 속아 넘어간 일에 대한 악의 없는 보복이었다. 점심 식사가 끝나자 그는 이사벨에게 그림을 보러 화랑에 가자고 제안했다. 그가 그 그림들을 스무 번도 더 보았으리라는 것을 알고 있었지만 그녀는 그 핑계를 문제 삼지 않고 순순히 따랐다. 그녀는 이제 무척 편안한 마음이었다. 그에게 편지를 보낸 후 특히 마음이 가벼워졌다. 그는 화랑의 끝으로 천천히 걸어가서 그림들을 응시하면서 아무 말도 하지 않다가 갑자기 말문이 터지듯이 털어놓았다. 「당신이 그런 식의 편지를 쓰지 않기를 바랐어요.」

「그렇게 할 수밖에 없었어요, 워버턴 경.」 그녀가 말했다. 「그 점을 믿어 주세요.」

「그것을 믿을 수만 있다면 물론 당신을 성가시게 하지 않겠지요. 하지만 믿고 싶다고 해서 믿어지는 것은 아닙니다. 그리고 솔직히 고백하자면 당신을 이해할 수 없어요. 당신이 나를 싫어한다면 이해할 수 있었을 겁니다. 그렇다면 잘 이해할 수 있어요. 그러나 당신이 인정하고서도 ──」

「제가 무엇을 인정했나요?」 이사벨이 약간 창백해지면서 말을 가로막았다.

「나를 좋은 사람으로 인정하셨다는 것이지요. 그렇지 않았나요?」 그녀가 아무 말도 하지 않자 그는 말을 이었다. 「당신에게 어떤 이유도 없는 것처럼 보이고, 그래서 부당하다는 느낌을 받습니다.」

「이유가 있습니다, 워버턴 경.」 이렇게 말하는 그녀의 어조에 그의 심장이 조여들었다.

「그 이유를 무척 알고 싶군요.」

「언젠가 그 이유를 드러내는 것들이 더 많아질 때 말씀드릴게요.」

「그때까지는 그것이 미심쩍게 보일 수밖에 없다고 말하더라도 용서하십시오.」

「저를 몹시 비참하게 만드시는군요.」 이사벨이 말했다.

「당신이 그렇게 느끼더라도 유감스럽게 여길 수 없군요. 제 기분이 어떤지를 당신이 알 수 있게 해줄 테니까요. 한 가지 질문에 답해 주시겠어요?」 이사벨은 동의하는 말을 하지 않았지만, 그는 말을 계속하도록 고무하는 눈빛을 그녀의 눈에서 분명히 보았다고 생각했다. 「누군가 좋아하는 사람이 있습니까?」

「그 질문에는 대답하지 않겠어요.」

「아, 그렇다면 누군가 있군요.」 그녀의 구혼자는 쓰라린 목소리로 중얼거렸다.

그 쓰라린 목소리에 마음이 움직여서 그녀는 큰 소리로 말했다. 「잘못 생각하셨어요! 아무도 없습니다.」

그는 고통에 빠진 사람처럼 격식을 차리지 않고 긴 의자에 털썩 주저앉았다. 그러고는 팔꿈치를 무릎에 올려놓고 마룻바닥을 응시했다. 「그렇더라도 그 사실을 기뻐할 수도 없습니다.」 그는 마침내 벽에 등을 기대며 말했다. 「만일 그랬더라면 핑계가 되었을 테니까요.」

그녀는 놀라서 눈썹을 치켜 올렸다. 「핑계라고요? 제가 저 자신에 대해서 핑계를 대야 하나요?」

하지만 그는 그 질문에 대답하지 않았다. 다른 생각이 머리에 스쳤던 것이다. 「내 정치적 견해 때문인가요? 내가 지나치게 진보적이라고 생각하십니까?」

「저는 당신의 정치적 견해에 반대할 수 없어요. 제가 알지도 못하니까요.」

「내가 무엇을 생각하든지 당신은 전혀 개의치 않는군요.」 그가 일어서면서 소리쳤다. 「당신에게는 모두 다 매한가지로군요.」

이사벨은 화랑의 다른 쪽으로 걸어갔다. 그곳에 서서 그녀는 매력적인 뒷모습과 가볍고 호리호리한 몸매, 앞으로 고개를 숙인 하얗고 긴 목덜미, 숱이 많고 땋아진 검은색 머리칼을 드러냈다. 그녀는 작은 그림을 자세히 보려는 듯 그 앞에서 걸음을 멈췄다. 그녀의 동작은 너무나 젊음에 충만하고 자유로워서 그 유연함 자체가 그를 조롱하는 것 같았다. 하지만 그녀의 눈은 아무것도 보고 있지 않았다. 그 눈에 갑자기 눈물이 고였다. 그는 곧 그녀를 따라갔지만 이때는 벌써 눈물을 닦은 다음이었다. 그러나 그녀가 고개를 돌렸을 때 얼굴은 창백했고 눈가의 표정이 생소하게 보였다. 「제가 말하지 않으려던 그 이유는 — 어떻든 말씀드릴게요. 그건 바로 제가 제 운명을 피할 수 없다는 거예요.」

「당신의 운명이라고요?」

「당신과 결혼한다면 그 운명을 피하려고 애쓰는 것이죠.」

「도저히 이해할 수 없군요. 나와 결혼하는 것이 왜 다른 것들처럼 당신의 운명이 되어서는 안 된다는 겁니까?」

「그것은 제 운명이 아니니까요.」 이사벨이 나약하게 말했다. 「제 운명이 아니라는 것을 알고 있어요. 포기하는 것은 제 운명이 아니에요. 그럴 수 없다는 것을 알고 있어요.」

가엾은 워버턴 경은 두 눈에 물음표를 달고 응시했다. 「나와 결혼하는 것이 포기하는 일이라는 뜻인가요?」

「일반적인 의미에서는 그렇지 않죠. 당신과의 결혼은 얻는 것이고, 아주 많은 것을 얻는 일이지요. 하지만 다른 기회들을 포기하는 것입니다.」

「무엇을 위한 기회 말인가요?」

「결혼할 기회를 뜻하는 건 아니에요.」 이사벨이 재빨리 얼굴을 붉히며 말했다. 그런 다음에는 말을 멈추고 자기 의사를 분명히 밝히려 해봐야 절망적이라는 듯 이마를 찡그리며 바닥을 내려다보았다.

「당신이 잃는 것보다 얻는 것이 더 많으리라고 암시하더라도 주제넘은 말은 아니라고 생각합니다.」 그가 말했다.

「저는 불행을 피할 수 없어요.」 이사벨이 말했다. 「당신과 결혼한다면 저는 불행을 피하려고 애쓰는 게 될 거예요.」

「당신이 애를 써야 할지 어떨지는 모르겠지만, 틀림없이 불행을 피할 수 있을 겁니다. 그 점에 대해서는 내가 정직하게 인정해야겠지요.」 그는 불안한 웃음을 지으며 소리쳤다.

「저는 그래서는 안 돼요. 그럴 수 없어요!」 아가씨가 소리쳤다.

「자, 당신이 불행해지겠다고 결심하고 있더라도, 왜 나를 불행하게 만드는지 모르겠군요. 당신에게는 비참한 삶이 아무리 매력적으로 보이더라도, 내게는 전혀 그렇게 보이지 않거든요.」

「제가 비참한 삶을 살겠다고 결심하고 있는 건 아니에요.」 이사벨이 말했다. 「저는 늘 행복하게 살겠다고 굳게 결심했고, 행복하다고 믿는 때도 종종 있었어요. 사람들에게 그렇게 얘기했고요. 그들에게 물어보세요. 하지만 이따금 어떤 특별한 방법으로도 결코 행복해질 수 없다는 생각이 이따금 들었어요. 고개를 돌려 외면한다든가 저 자신을 단절시켜서는 행복해질 수 없다고요.」

「당신을 무엇에서 단절시킨다는 뜻인가요?」

「삶으로부터요. 일상적인 기회와 위험, 대부분의 사람들이 알고 경험하는 일들로부터요.」

워버턴 경은 갑자기 미소를 지었는데, 희망을 담은 미소처럼 보이기도 했다. 「자, 친애하는 아처 양,」 그는 더없이 사려 깊게 열성적으로 설명하기 시작했다. 「나는 당신을 인생이나 혹은 어떤 기회나 위험에서 벗어나게 해줄 수 없습니다. 내가 제공할 수 있는 것은 그런 것이 아니에요. 그런 것을 제공할 수 있으면 좋으련만. 참말이지 그렇게 하고 싶습니다! 그렇지만 당신은 나를 뭐라고 생각합니까? 유감스럽지만 나는 중국 황제가 아닙니다! 내가 당신에게 제공하는 것은 평범한 운명을 편안하게 받아들일 기회일 뿐이에요. 평범한 운명이라! 자, 나는 평범한 사람들의 삶에 헌신하고 있습니다. 나와 결혼해 주세요. 그러면 당신이 얼마든지 평범한 삶을 살아갈 수 있도록 약속할게요. 당신은 그 어떤 것에서도 단절될 필요가 없어요. 당신의 친구 스택폴 양에게서도.」

「그녀는 그것을 결코 찬성하지 않을 거예요.」 미소를 지으려고 애쓰면서 이사벨은 이 지엽적인 문제를 이용해서 화제를 돌렸고, 그렇게 하고 있는 자신을 적지 않게 경멸했다.

「우리가 지금 스택폴 양에 대해서 이야기하고 있습니까?」 그 귀족이 조급하게 물었다. 「그렇게 이론적인 근거에서 사물을 판단하는 사람은 처음 봤습니다.」

「지금 저에 대해서 말씀하시는 것 같아요.」 이사벨은 겸손하게 말했다. 그리고 다시 고개를 돌렸다. 몰리네 양이 헨리에타와 랠프와 함께 화랑에 들어서는 것이 보였던 것이다.

워버턴 경의 누이는 약간 소심하게 오빠에게 말을 걸었고 차를 마실 시간에 맞춰 집에 돌아가야 한다고 상기시켰다. 차를 함께 마실 손님이 방문하기로 되어 있다는 것이었다. 그는 아무 대답도 하지 않았고, 분명 그녀의 말을 듣지 못한 모양이었다. 그는 뭔가에 정신이 팔려 있었고, 그럴 만한 이유가 충분히 있었다. 몰리네 양은 마치 오라버니가 왕이라도 되는 양 그 옆에 시녀처럼 서 있었다.

「아니, 나라면 절대로 이렇게 하지 않아요, 몰리네 양!」 헨리에타 스택폴이 말했다. 「내가 가기를 바라면 내 오라버니는 당연히 가야 해요. 내가 오라버니에게 바라는 일이 있으면, 그것을 해야 하고요.」

「아, 오라버니는 내가 바라는 일을 전부 해주세요.」몰리네 양은 재빨리 수줍게 웃으며 대답했다. 「화랑에 그림이 무척 많군요!」그녀가 랠프에게 몸을 돌리며 말을 이었다.

「모두 한 곳에 모아 놓았으니 아주 많아 보이죠.」랠프가 말했다. 「하지만 그 방식이 그리 좋지 않아요.」

「오, 화랑이 아주 멋지다고 생각해요. 로클리에도 화랑이 있으면 좋겠어요. 저는 그림을 무척 좋아하거든요.」몰리네 양은 스택폴 양이 다시 말을 걸까 봐 겁나는 듯이 계속해서 랠프에게 말을 붙였다. 헨리에타는 매혹적이면서도 동시에 위협적인 사람으로 보였다.

「아, 네, 그림이란 매우 편리하죠.」랠프는 어떤 방식으로 대답해야 그녀에게 잘 받아들여질 수 있는지를 잘 알고 있는 것 같았다.

「비가 내릴 때는 그림을 보는 것이 무척 즐거워요.」젊은 숙녀가 말을 이었다. 「최근에는 비가 무척 자주 내렸지요.」

「이제 돌아가신다니 유감이에요, 워버턴 경.」헨리에타가 말했다. 「당신에게서 훨씬 더 많은 이야기를 끌어내고 싶었거든요.」

「아직 돌아가지 않습니다.」워버턴 경이 대답했다.

「동생분이 가셔야 한다고 하더군요. 미국의 신사들은 숙녀들의 뜻을 따른답니다.」

「유감이지만 차를 마시러 오실 분들이 계세요.」몰리네 양은 오빠를 바라보며 말했다.

「알았어, 가도록 하자.」

「당신이 반대하셨으면 했는데!」헨리에타가 소리쳤다. 「몰리네 양이 어떻게 반응할지 보고 싶었거든요.」

「저는 아무런 행동도 하지 않아요.」이 아가씨가 말했다.

「당신과 같은 지위라면 가만히 있는 것만으로도 충분할 거예요!」헨리에타가 말했다. 「당신을 당신의 집에서 만날 수 있으면 좋겠어요.」

「로클리를 다시 방문해 주셔야 해요.」이사벨의 친구 말을 무시하면서 몰리네 양은 매우 상냥하게 이사벨에게 말했다.

이사벨은 그녀의 고요한 눈을 잠시 들여다보았다. 그 순간 그 깊은 잿빛 눈에서 자신이 워버턴 경을 거절함으로써 배척한 모든 것, 평화와 친절함, 명예, 재산, 대단히 안정된 상류 생활의 그림자를 보는 것 같았다. 그녀는 몰리네 양에게 입을 맞추고 말했다. 「섭섭하지만 다시는 갈 수 없을 것 같아요.」

「다시는 못 오신다고요?」

「유감이지만 곧 떠날 예정이거든요.」

「아, 정말로 섭섭해요.」몰리네 양이 말했다. 「좀 너무하시는 것 같아요.」

워버턴 경은 두 아가씨가 간단히 대화를 나누는 것을 바라보았고 그러고 나서는 몸을 돌려 그림을 바라보았다. 랠프는 주머니에 손을 넣고 그림 앞의 가로대에 기대서서 잠시 그를 지켜보았다.

「저는 당신의 집에서 만나 뵙고 싶어요.」헨리에타가 말했다. 워버턴 경은 그녀가 자기 옆에 있다는 것을 깨달았다. 「한 시간 정도 얘기를 나누고 싶어요. 여쭤 보고 싶은 것들이 아주 많거든요.」

「찾아 주시면 기쁘겠습니다.」로클리의 주인이 대답했다. 「하지만 당신의 많은 질문에는 아마 답변을 드릴 수 없을 겁니다. 언제 오시겠어요?」

「아처 양이 저를 데리고 갈 수 있을 때라면 언제라도 갈 수 있어요. 우리는 런던에 가려고 생각하고 있거든요. 하지만 먼저 당신을 만나러 가겠어요. 당신에게서 만족스러운 답변을 얻어 낼 작정이니까요.」

「아처 양에게 달려 있다면, 유감스럽게도 많은 것을 얻지 못하시겠군요. 그녀는 로클리에 오지 않을 겁니다. 그곳을 좋아하지 않아요.」

「아름다운 곳이라고 말하던데요!」 헨리에타가 말했다.

워버턴 경은 망설였다. 「어떻든 그녀는 오지 않을 겁니다. 혼자 오시는 편이 좋겠어요.」 그가 덧붙였다.

헨리에타는 등을 꼿꼿이 펴고 커다란 눈을 더욱 크게 떴다. 「당신은 영국인 아가씨에게도 그런 말씀을 하시나요?」 그녀는 약간 날카롭게 물었다.

워버턴 경이 그녀를 바라보았다. 「네, 그 아가씨에 대해 호감을 갖고 있다면.」

「그 아가씨에 대한 호감을 많이 갖지 않도록 조심하시겠지요. 아처 양이 당신의 저택을 다시 방문하지 않으려 한다면, 그건 저를 데려가고 싶지 않기 때문이에요. 그녀가 저를 어떻게 생각하는지 잘 알고 있어요. 당신도 똑같이 생각하시겠지요. 제가 개개인을 끌어들여 소개해서는 안 된다고요.」 워버턴 경은 어리둥절한 표정이었다. 스택폴 양의 직업을 알지 못했으므로 그녀의 말을 이해하지 못했다. 「아처 양이 당신에게 경고했겠지요!」 그녀가 곧 말을 이었다.

「경고를 했다고요?」

「바로 그 때문에 그녀가 당신과 단둘이 이곳으로 온 것 아니에요? 당신에게 주의를 주려고요.」

「아, 아뇨.」 워버턴 경이 태연히 말했다. 「우리가 나눈 이야기에는 그런 엄숙한 내용이 전혀 없었습니다.」

「글쎄요, 당신은 저를 경계하셨어요. 그것도 온 신경을 집중해서. 당신에게는 당연한 일이겠지요. 제가 관찰하고 싶었던 것은 바로 그것이었어요. 그리고 몰리네 양도 마찬가지였고요. 그녀는 조금도 언질을 주지 않으려고 했어요.」 헨리에타는 이 젊은 숙녀에게로 시선을 돌리며 말했다. 「어떻든 당신도 주의하라는 경고를 받았어요. 하지만 당신에게는 필요하지 않은 일이었어요.」

「그렇기를 바라요.」 몰리네 양이 모호하게 말했다.

「스택폴 양은 모든 것을 기록하거든요.」 랠프가 분위기를 누그러뜨리려는 듯이 설명했다. 「대단한 풍자가예요. 우리 모두를 꿰뚫어 보고 정확하게 파악하지요.」

「하지만 당신들처럼 고약한 자료를 수집한 것은 이번이 처음이에요.」 헨리에타는 이사벨에게서 워버턴 경으로, 그리고 이 귀족에게서 그의 누이와 랠프에게로 시선을 돌리며 선언하듯이 말했다. 「당신들 모두에게 뭔가 문제가 있어요. 흉보를 받기라도 한 듯이 우울한 표정이니까요.」

「당신은 정말로 우리 마음속을 꿰뚫어 보는군요, 스택폴 양.」 랠프가 앞장서서 화랑에서 나오면서 나지막한 목소리로 말했고, 뭔가를 아는 듯이 그녀에게 약간 고개를 끄덕였다. 「우리 모두에게 뭔가 문제가 있어요.」

이사벨은 그 두 사람의 뒤에서 걸었다. 확실히 그녀에 대해 호감을 갖고 있던 몰리네 양은 이사벨의 팔짱을 끼고 광택이 도는 마루를 나란히 걸었다. 워버턴 경은 뒷짐을 진 채 눈을 내리깔고 다른 편에서 천천히 걸었다. 얼마간 아무 말도 하지 않다가 그가 물었다. 「런던에 가신다는 것이 사실인가요?」

「그렇게 결정되었다고 생각해요.」

「언제 돌아오실 건가요?」

「며칠 내로 올 거예요. 하지만 잠시 머물다가 이모님과 함께 파리에 갈 예정이에요.」

「그러면 당신을 언제 다시 만날 수 있을까요?」

「한동안은 어렵겠지요.」 이사벨이 말했다. 「하지만 언젠가 다시 뵙기를 바라요.」

「정말로 바라십니까?」

「물론 그렇습니다.」

그는 말없이 몇 발을 옮겼고 그런 다음에 걸음을 멈추고 손을 내밀었다. 「안녕히 가십시오.」

「안녕히.」 이사벨이 말했다.

몰리네 양은 다시 그녀에게 입을 맞췄고 그녀는 두 사람과 작별했다. 그런 다음 그녀는 헨리에타와 랠프가 있는 곳으로 가지 않고 자기 방으로 물러났다. 터치트 부인은 만찬 전에 살롱으로 가는 길에 이사벨의 방에 들렀다. 「미리 말해 두겠지만, 네 이모부께서 너와 워버턴 경의 관계를 알려 주었단다.」 그 부인이 말했다.

이사벨은 잠시 생각했다. 「관계라고요? 그건 관계라고 할 것도 없었어요. 그것이 가장 이상한 점이에요. 그분이 저를 본 것은 그저 서너 번뿐이었어요.」

「왜 내게 말하지 않고 이모부에게 말했니?」 터치트 부인은 감정이 섞이지 않은 목소리로 물었다.

또다시 그녀는 망설였다. 「이모부님께서 워버턴 경을 더 잘 아시니까요.」

「그래, 하지만 나는 너를 더 잘 알지.」

「그 점은 잘 모르겠는데요.」 이사벨은 미소를 지으며 말했다.

「결국 나도 잘 모르겠구나. 특히나 네가 젠체하는 표정을 짓고 있으니 말이야. 네가 스스로에 대해서 무척 만족하고 있고 상이라도 받은 모양이라는 생각이 들 정도야! 워버턴 경처럼 대단한 사람의 청혼을 거절할 때는 뭔가 더 나은 것을 할 거라고 기대하기 때문이겠지.」

「아, 이모부께서는 그런 말씀을 하지 않으셨어요!」 이사벨은 여전히 미소를 지으며 소리쳤다.

제15장

터치트 부인은 그 계획을 마음에 들어 하지 않았지만 두 아가씨는 랠프의 보호를 받으며 런던을 둘러보기로 결정했다. 바로 그런 계획이야말로 스택폴 양이 제안할 만한 것이라고 터치트 부인은 말했다. 그리고는 『인터뷰어』의 통신원이 자기가 좋아하는 하숙집으로 일행을 데려갈 예정인지를 물었다.

「그 지역의 풍취를 물씬 풍기기만 한다면 헨리에타가 우리를 어떤 숙소로 데려가든지 저는 개의치 않아요.」이사벨이 말했다. 「바로 그런 것을 느끼기 위해서 런던에 가려는 것이니까요.」

「영국 귀족의 청혼을 거절한 아가씨라면 무슨 일이든 할 수 있겠지.」이모가 대답했다. 「그런 다음에야 하찮은 격식 따위는 차릴 필요가 없을 테니까.」

「이모님은 제가 워버턴 경과 결혼하면 좋으시겠어요?」이사벨이 물었다.

「물론 좋을 거야.」

「이모님이 영국인들을 무척 싫어하시는 줄 알았는데요.」

「그건 그래. 하지만 그렇기 때문에 더욱더 그들을 이용해야지.」

「이모님은 결혼을 그렇게 생각하세요?」 이렇게 말하고 나서 이사벨은 이모가 터치트 씨를 이용하는 것 같지는 않다고 과감하게 덧붙였다.

「네 이모부는 영국 귀족이 아니잖아.」 터치트 부인이 말했다. 「하지만 영국 귀족이었더라도 나는 아마 여전히 피렌체에 내 거처를 마련했을 거야.」

「워버턴 경이 저를 지금보다 조금이라도 더 낫게 만들 수 있으리라고 생각하세요?」 그녀는 활발하게 물었다. 「제가 지금 너무 훌륭해서 더 나아질 수 없다는 뜻은 아니에요. 제 말은, 제 말은, 워버턴 경과 결혼할 만큼 그를 사랑하지 않는다는 뜻이에요.」

「그렇다면 거절하기를 잘했어.」 터치트 부인은 아주 작은 목소리로 말했다. 「다만, 다음번에 대단한 청혼을 받을 때는 네가 어떻게든 네가 원하는 수준으로 올라갈 수 있으면 좋겠구나.」

「그런 청혼을 받을 때까지는 그런 이야기를 해봐야 소용이 없겠지요. 당분간은 청혼을 받는 일이 없기를 진심으로 바라고 있어. 마음이 너무 혼란스러워지거든요.」

「네가 앞으로 자유분방하게 행동하고 그런 식으로 생활한다면 아마 청혼 때문에 시달릴 일은 없을 게다. 하지만, 이번 일에 대해서는 비난하지 않겠다고 랠프에게 약속했어.」

「랠프 오빠가 옳다고 말하는 거라면 무엇이든지 할 거예요.」 이사벨이 말했다. 「저는 오빠에게 무한한 신뢰를 느끼고 있거든요.」

「그 애의 모친으로서 무척 고맙구나!」 이 숙녀는 메마른 미소를 지었다.

「정말로 그렇게 느끼셔야 할 것 같아요.」 이사벨은 참지 못하고 이렇게 대답했다.

랠프는 그들 세 사람이 단출하게 대도시를 관광하러 나서 더라도 예절에 어긋나는 것은 아니라고 이사벨을 안심시켜 주었다. 하지만 터치트 부인은 다르게 생각했다. 유럽에서 오랫동안 살아온 미국 태생의 여자들이 그렇듯이 그녀도 그런 문제에 관해서 타고난 감각을 완전히 잃어버렸다. 그래서 대서양 너머 미국 젊은이들에게 흔히 허용되는 자유에 반대하는 반응 — 그 자체로는 통탄스럽지 않은 — 을 보이면서 불필요하고 지나친 도덕적 윤리에 집착했다. 랠프는 두 아가씨들을 동행하여 런던에 갔고, 피카딜리에서 직각으로 나 있는 거리의 한 조용한 호텔에 그들의 숙소를 잡아 주었다. 처음에 그는 아가씨들을 윈체스터 광장에 있는 부친의 집으로 데려갈 생각이었다. 그 크고 단조로운 저택은 이 계절에 수의처럼 정적에 감싸여 있고 가구들은 갈색 삼베 천에 덮여 있었다. 그러나 다시 생각해 보니 요리사가 가든코트에 있었으므로 그들에게 식사를 제공할 사람이 없었기에 프랫 호텔을 그들의 숙소로 잡았던 것이다. 랠프 자신은 윈체스터 광장에 있는 집에 머물기로 했다. 그 집의 〈골방〉을 좋아했고 불기 없는 부엌에 대한 두려움보다 더 깊은 두려움에도 익숙했던 것이다. 사실 그는 대체로 프랫 호텔의 시설을 이용했고 아침 일찍 벗들을 찾아가는 것으로 하루 일과를 시작했다. 그 호텔에서는 불룩한 큰 흰색 조끼를 입은 프랫 씨가 직접 식기 뚜껑을 열어 주면서 식사를 제공했다. 아침 식사를 하고 나면 랠프는 그의 표현대로 기운이 솟았고, 세 사람은 하루를 즐겁게 보낼 계획을 세웠다. 9월의 런던은 바로 얼마 전 여름철에 관광객들에게 제공한 서비스의 흔적을 제외하면 텅 비어 있는 듯한 인상을 주었다. 그래서 그는 때로 사과하듯이 런던에 사람이 하나도 없다고 벗들에게 말했다가 스택폴 양의 빈축을 사기도 했다.

「당신 말은 귀족이 없다는 뜻이겠지요.」 헨리에타가 대답했다. 「하지만 그들이 단 한 명도 없더라도 조금도 아쉬울 것이 없다는 증거로 이보다 더 좋은 것은 없을 거예요. 내게는 이 도시가 더없이 꽉꽉 채워져 있는 것 같거든요. 물론 여기에 삼사 백만의 사람들 외에는 아무도 없다는 말이겠죠. 그 사람들을 뭐라고 부르죠? 중하류 계층? 그들은 고작해야 런던 인구일 뿐이고, 그 점은 전혀 중요하지 않다는 거죠.」

랠프는 자기로서는 귀족 계층이 남긴 빈자리를 느끼지도 않고 그러므로 스택폴 양이 그 빈자리를 채운 것도 아니었으며 그 순간 자기보다 더 만족감을 느끼고 있는 사람은 어디에도 없다고 주장했다. 이 말은 사실이었다. 반쯤 비어 있는 그 거대한 도시에서 활기를 잃어버린 9월의 나날들은 먼지투성이 천에 감싸인 현란한 보석처럼 그 속에 매력을 간직하고 있었던 것이다. 그는 비교적 열성적인 아가씨들과 여러 시간을 보낸 후 밤이면 윈체스터 광장의 빈 집으로 돌아가서 어둠에 잠긴 큰 식당으로 어슬렁거리며 들어갔다. 집에 들어설 때 현관의 탁자에서 집어 든 촛불만이 식당을 비추었다. 윈체스터 광장은 고요했고, 집 안도 정적에 잠겨 있었다. 바깥 공기를 들이느라 식당의 창문 하나를 올리면 밖에서 순경이 신발을 끌면서 천천히 걷는 소리가 들려왔다. 텅 빈 집에 그의 발소리도 크게 울렸다. 카펫의 일부를 걷어 놓았기에 그가 움직일 때마다 음울한 메아리가 울려 퍼졌다. 그는 안락의자에 앉았다. 검은색의 큰 식탁 여기저기에 작은 촛불 빛이 반사되어 반짝였다. 벽 위에 걸린 그림들은 모두 다 흑갈색으로 희미하게 뒤범벅이 된 듯이 보였다. 이 식탁에서 오래전에 소화된 저녁 식사와 실체가 사라져 버린 대화의 유령 같은 잔재가 감돌고 있었다. 이런 초자연적인 느낌은 그의 상상력이 날개를 펼치고 높이 솟아올랐다는 것과, 그가 잠자리에 들었어야 할 시간을 한참 넘기며 아무 일도 하지 않고 석간신문도 읽지 않는 채 의자에 앉아 있었다는 사실과 관련이 있었다. 그가 아무 일도 하지 않았다고 말했으니, 이런 시간이면 이사벨을 생각했다는 사실에도 불구하고 그 말을 고수할 것이다. 이사벨을 생각하는 것은 그에게 무익하기 그지없는 일이어서 어떤 결론에도 이르지 못했고 누구에게도 이로울 것이 없었다. 그 사촌 동생은 여행자답게 런던이라는 대도시의 깊거나 얕은 면모에 경탄하면서 며칠을 보내는 동안 그 어느 때보다도 매력적으로 보였다. 이사벨은 숱한 가설들과 결론, 감정으로 충일한 상태였다. 그녀가 런던의 특이한 면모를 찾아보러 온 것이라면 도처에서 그것을 찾아냈다. 그녀는 그가 대답할 수 없을 정도로 많은 질문을 던졌고, 역사적 원인이나 사회적 영향에 대해서 과감한 이론들을 개진했다. 그로서는 받아들일 수도 논박할 수도 없는 이론들이었다. 그 일행은 대영박물관과 화려한 예술 궁전[7]에도 여러 차례 찾아갔다. 그 궁전은 단조로운 교외의 방

7 수정궁.

대한 지역에서 다양한 골동품을 전시하고 있었다. 그들은 웨스트민스터 사원에서 아침 시간을 보냈고 값싼 기선을 타고 런던 탑에 갔다. 또한 공립 미술관이나 사립 미술관에서 그림들을 보았고 켄싱턴 가든의 큰 나무들 아래에 여러 차례 앉기도 했다. 헨리에타는 관광하는 데 조금도 지치지 않았고 런던에 대해서 랠프가 감히 바랄 수 없었을 정도로 너그러운 평가를 내렸다. 사실 그녀는 여러 가지 점에서 실망했다. 미국 도시의 장점들을 생생히 기억하고 있었으므로 런던에 대해서는 대체로 혹평을 가하지 않을 수 없었다. 하지만 헨리에타는 런던의 어둠침침하고 장중한 분위기를 어떻든 참아 주었고 이따금 한숨을 쉬면서 〈이것 참!〉이라고 짧게 말할 뿐이었다. 그 말은 그 이상 앞으로 나아가지 못하고 회상 속으로 사라져 버렸다. 그녀가 말했듯이 사실 문제는 그녀가 자신의 본령에 있지 않다는 것이었다. 「나는 생명이 없는 사물에 공감을 느낄 수 없어.」 그녀는 국립 미술관에서 이사벨에게 말했다. 그리고 지금까지 영국의 내적 생활을 엿볼 수 있는 기회가 충분히 주어지지 않았다는 데 계속 불만스러워했다. 터너의 풍경화나 아시리아의 황소 조각들은 그녀가 문인들의 정찬 파티에서 만나기를 바랐던 대영제국의 천재들과 유명 인사들을 대체하기에는 빈약하기 짝이 없었다.

　「당신네의 저명인사들은 다 어디 있는 거예요? 지식인들은 어디 있죠?」 그녀는 트래펄가 광장의 한복판에 서서 랠프에게 물었다. 마치 그곳에서 그런 사람들 몇 명을 당연히 만날 수 있을 거라고 생각하는 것 같았다. 「저기 기둥 꼭대기에 그들 중 한 명이 있군요. 넬슨 경이라고요? 그 사람도 귀족이었나요? 그의 신분이 그리 높지 않았기 때문에 공중으로

30미터나 올려놓았나요? 그건 과거의 일이죠. 나는 과거에 대해서는 관심 없어요. 내가 알고 싶은 것은 현재 지도자들의 마음이에요. 미래에 대해서는 말하지 않겠어요. 당신네들의 미래를 그리 신뢰하지 않으니까.」가엾게도 랠프가 아는 사람 중에는 지도자라고 불릴 만한 사람이 거의 없었고, 그는 유명 인사를 붙잡고 이야기를 나누는 것도 좋아하지 않았다. 스택폴 양은 랠프의 그런 성향이 한심하게도 진취적 정신의 결핍 상태를 드러낸다고 생각하는 것 같았다. 「내가 미국에 있다면,」그녀는 말했다. 「나는 어떤 신사라도 찾아가서 그에 대한 이야기를 많이 들었고 직접 보고 싶어서 왔다고 말할 거예요. 하지만 당신 말을 들으니 이곳의 관습은 그렇지 않은 모양이군요. 당신네는 무의미한 관습을 많이 갖고 있지만, 도움이 될 관습은 하나도 없는 것 같아요. 확실히 우리 미국인들은 선두에 서 있어요. 아무래도 상류 사회를 취재하는 일은 완전히 포기해야 할 것 같아요.」헨리에타가 말했다. 비록 그녀는 여행 안내서와 연필을 들고 돌아다니면서 『인터뷰어』에 보낼 런던 탑에 관한 편지(여기에서 그녀는 레이디 제인 그레이[8]의 처형을 묘사했다)를 썼지만 자신이 맡은 임무에 미치지 못한다는 우울한 생각에 시달리곤 했다.

이사벨이 가든코트를 떠나기 전에 일어났던 사건은 그 아가씨의 마음에 괴로운 흔적을 남겼다. 지난번 청혼자가 놀라서 내뱉은 차가운 숨결이 거듭 몰아치는 파도처럼 얼굴에

---

8 Lady Jane Gray(1537~1554). 다른 사람들이 꾸민 결혼 음모의 희생자. 헨리 8세의 병약한 아들 에드워드 6세의 신부로 예정되었고 그가 죽은 후에 왕좌에 올랐으나 9일 만에 쫓겨났고 후에 처형되었다.

다시 밀려와 닿는 것이 느껴지면 그녀는 그 숨결이 가실 때까지 머리를 감싸 안을 수밖에 없었다. 그녀로서는 더하면 더했지 그보다 못하게 처신할 수는 없었다. 이것은 어김없는 사실이었다. 그러나 그럼에도 반드시 해야만 했던 그 처신은 긴장된 자세로 몸을 움직이는 동작처럼 우아하지 않았다. 그리고 자신이 처신을 잘했다고 인정할 마음은 전혀 없었다. 하지만 이 불완전한 자부심에 해방감이 뒤섞여 있었고, 그것은 그 자체로 달콤한 기쁨이었다. 그녀가 잘 어울리지 않는 벗들과 거대한 도시를 쏘다니고 있을 때 이따금 이 해방감이 가슴속에서 고동치며 묘하게 드러나기도 했다. 그녀는 켄싱턴 가든을 걷다가 풀밭에서 놀고 있던 (대개 가난한) 아이들을 붙잡고 이름을 물어보고 6펜스 동전을 주었고, 예쁜 아이들에게는 입을 맞추었다. 랠프는 이 기묘한 자비로운 행동을 주시했고 그녀가 하는 일을 모두 눈여겨보았다. 어느 날 오후에 그는 벗들이 윈체스터 광장의 저택에서 시간을 보내도록 차를 마시러 오라고 초대했고, 그 방문객들을 맞기 위해서 집 안을 최대한 말끔히 정돈해 놓았다. 그들을 만날 또 다른 손님도 초대했는데, 랠프의 오랜 친구로서 상냥한 총각이었으며 우연히 그때 런던에 머물고 있었다. 그는 스택폴 양과 즉시 이야기를 나누는 데 어려움이나 두려움을 전혀 느끼지 않는 것 같았다. 밴틀링 씨는 건장하고 맵시가 좋은 사십 대의 신사로서 늘 미소를 지었으며 놀랍게도 옷을 잘 입고 두루두루 아는 것이 많고 종잡을 수 없이 즐거워하는 사람이었다. 그는 헨리에타가 말할 때마다 지나치게 큰 소리로 웃었고, 그녀에게 차를 여러 잔 따라 주었으며, 랠프가 꽤 많이 수집해 놓은 골동품을 그녀와 함께 살펴보았다. 그런 다음에 그 집주인이 야유회를 가듯이 광장으로 나가자고 제안했을 때, 밴틀링 씨는 그녀와 함께 그 좁은 광장을 몇 바퀴나 돌았다. 그들의 화제가 열두 번쯤 바뀌고 그녀가 영국의 내적 생활에 대해서 언급했을 때 그는 마치 그 주제에 열정적인 관심이라도 있는 듯이 적극적으로 반응했다.

「아, 알겠어요. 아마 당신은 가든코트가 무척 고요하다고 느꼈겠지요. 그렇게 여러 가지 병환이 겹친 집에서는 특별한 일이 일어나지 않는 것이 당연합니다. 랠프는 건강이 몹시 좋지 않아요. 의사들은 그가 영국에서 지내지 못하도록 금지했답니다. 그런데 그는 자기 아버지를 돌봐 드리려고 돌아온 거예요. 그 노인에게는 내가 아는 것만 해도 대여섯 가지의 문제가 있답니다. 대개 통풍이라고들 하지만, 내가 확실히 아는 바로는, 기질성(器質性) 질환이 너무 심각한 상태라서 조만간 돌아가실 거라고 합니다. 물론 그런 병자가 있으면 온 집안 분위기가 끔찍하게도 침체되지요. 그들이 손님들을 초대해서 대접할 여유가 거의 없을 텐데도 사람들이 늘 그곳에 머문다는 것이 놀랍습니다. 그런 데다 터치트 씨는 아내와 사이가 좋지 않았지요. 그 부인은, 아시다시피, 당신들의 독특한 미국적 방식으로 남편과 별거하고 있고요. 언제나 사건이 끊이지 않는 집에 가고 싶으시다면 베드퍼드셔에 있는 내 누이 레이디 펜슬의 집에 가보시라고 권하고 싶군요. 내일 당장 누이에게 편지를 쓰겠어요. 누이는 기쁜 마음으로 당신을 초대하리라고 생각합니다. 저는 당신이 무엇을 원하는지 잘 알고 있어요. 연극이나 소풍, 그런 유의 일을 좋아하는 사람들이 사는 집에 가보고 싶으시겠지요. 내 누이가 바로 그런 사람이랍니다. 그녀는 늘 이런저런 일을 계획하고 자기에게 도움이 될 사람들과 함께 지내는 것을 기뻐합니다. 누이가 답장을 보내면서 당신을 초대할 거라고 믿어요. 그녀는 유명 인사와 작가들을 무척 좋아합니다. 그녀 자신도 글을 쓰지요. 하지만 저는 누이가 쓴 글을 다 읽지는 못했어요. 보통은 시를 쓰는데 저는 시를 썩 좋아하지 않거든요. 바이런을 제외하고 말입니다. 미국에서도 바이런을 대단한 시인으로 생각하겠지요.」 밴틀링 씨는 이렇게 말을 이었다. 스택폴 양이 관심 있는 기색을 드러내자, 그는 부연 설명을 덧붙였고 신속히 이어지는 결론을 끌어냈으며 손바닥을 뒤집듯이 쉽사리 화제를 바꾸었다. 하지만 그러면서도 헨리에타가 베드퍼드셔의 레이디 펜슬의 집에 가서 머물 거라는 매혹적인 생각을 친절하게도 빼놓지 않았다. 「당신이 무엇을 원하는지 이해합니다. 당신은 진짜 영국인을 보고 싶으신 거죠. 터치트 집안은 전혀 영국적이지 않아요. 그들은 자기들만의 습관과 언어, 음식, 심지어 자기들의 기묘한 종교도 갖고 있거든요. 그 노인은 사냥을 사악한 일로 여기신다더군요. 당신은 연극 공연 시즌에 맞춰서 내 누이의 집에 가셔야 합니다. 누이가 기꺼이 당신에게 역을 맡길 겁니다. 틀림없이 당신은 연기를 잘할 테고요. 당신이 매우 영리한 사람이라는 것을 잘 알고 있습니다. 내 누이는 마흔 살이고 아이들이 일곱이나 있지만 주역을 맡을 겁니다. 얼굴은 평범한 편이지만 화장을 무척 잘해요. 그녀에 대해서 그 점은 인정해야겠죠. 물론, 연기를 하고 싶지 않으시면 하실 필요가 없습니다.」

윈체스터 광장의 풀밭을 거니는 동안 밴틀링 씨는 이런 식으로 자기 생각을 표현했다. 비록 런던의 검댕에 뒤덮인 풀밭이었지만 발걸음을 천천히 옮기고 싶은 마음을 불러일으켰다. 헨리에타는 혈색이 좋고 목소리가 부드러운 그 총각이 여성의 미덕을 민감하게 파악할 뿐 아니라 근사한 제안을 해주었기에 매우 기분 좋은 남자라고 생각했고, 그가 제공한 기회를 중요하게 생각했다. 「잘 모르겠지만 가고 싶어요. 당신의 누이께서 저를 초대해 주신다면요. 그건 제 의무일 거라고 생각해요. 누이의 이름이 뭐라고 하셨나요?」

「펜슬입니다. 이상한 이름이기는 하지만 나쁘지는 않지요.」

「저는 어떤 이름이나 다 마찬가지라고 생각해요. 그런데 그분의 지위는?」

「아, 남작의 아내예요. 편리한 지위이지요. 꽤 품위가 있기는 하지만 지나치게 높은 것은 아니니까요.」

「잘 모르지만 제게는 그 품위가 너무 높은 것 같아요. 그녀가 살고 있는 곳이 어디라고 하셨지요? 베드퍼드셔?」

「그 주의 북쪽 끝자락에 살고 있어요. 지루한 시골입니다만 아마 당신은 개의치 않겠지요. 당신이 그곳에 계시는 동안에 제가 내려가도록 하겠습니다.」

이런 대화가 무척 즐거웠으므로 스택폴 양은 레이디 펜슬의 상냥한 오라버니와 헤어지는 것이 유감스러웠다. 하지만 바로 전날 피카딜리에서 1년간 보지 못했던 친구들과 우연히 마주쳤던 것이다. 델라웨어 주의 윌밍턴에서 온 클라이머 자매는 대륙을 여행하고 있었고 이제 귀국하기 위해서 배를 탈 준비를 하는 참이었다. 헨리에타는 피카딜리의 포장도로 위에서 그들과 한참 대화를 나누었고, 세 아가씨가 동시에 말을 했지만 이야깃거리를 다 털어놓지 못했던 것이다. 그래서 헨리에타는 다음 날 6시에 저민 가에 있는 그들의 숙소를 찾아가서 함께 식사하기로 했고 이제 이 약속이 떠올랐다. 그녀는 저민 가 쪽으로 출발하기 전에 랠프 터치트와 이사벨에게 작별 인사를 했다. 그 광장의 다른 쪽에 있는 정원 의자에 앉았던 그들은 스택폴 양과 밴틀링 씨의 실질적인 대화처럼 명료하지는 않은 예의 바른 말을 주고받는 데 몰두하고 ― 그런 표현을 쓸 수 있다면 ― 있었다. 이사벨과 그 친구가 적절한 시간에 다시 프랫 호텔에서 만나기로 결정하자, 랠프는 헨리에타가 마차를 타야 한다고 말했다. 그녀가 저민 가까지 내리 걸어갈 수는 없다는 것이었다.

「그 말은 내가 혼자서 걷는 것이 예의에 어긋난다는 뜻이겠죠!」헨리에타가 소리쳤다. 「자비로운 신이시여! 내가 이런 처지에 놓이다니!」

「당신이 혼자 걸을 필요는 전혀 없습니다.」밴틀링 씨가 명랑하게 끼어들었다. 「대단히 기쁜 마음으로 당신과 함께 걷겠어요.」

「내 말은 그저 당신이 식사에 늦을 거라는 뜻이었어요.」 랠프가 대답했다. 「그 아가씨들은 우리가 끝까지 당신을 보내 주지 않으려 했다고 생각할 겁니다.」

「2인승 마차를 타는 것이 좋겠어, 헨리에타.」이사벨이 말했다.

「저를 믿으신다면, 제가 마차를 잡아 드리죠.」밴틀링 씨가 말을 이었다. 「마차를 잡을 때까지 조금 걸어야 할 겁니다.」

「내가 밴틀링 씨를 믿지 않아야 할 이유는 없겠지, 그렇지 않아?」헨리에타가 이사벨에게 물었다.

「밴틀링 씨가 네게 무엇을 해주실 수 있을지 모르겠어.」 이사벨이 상냥하게 대답했다. 「하지만, 네가 좋다면, 마차를 잡을 수 있을 때까지 우리가 함께 걷도록 할게.」

「괜찮아. 둘이서 갈 거야. 자, 가시죠, 밴틀링 씨. 제게 좋은 마차를 잡아 주세요.」

밴틀링 씨는 최선을 다하겠다고 약속했고, 두 사람은 이사벨과 사촌을 광장에 남겨 두고 걸어갔다. 이제 광장 위로 맑은 9월 날의 어스름이 깔리기 시작하고 있었다. 완벽하게 고요한 시간이었다. 어둑한 집들이 모여 넓은 사각형 모양을 이루고 있는 곳에서는 창문에서 빛 한 점 새어 나오지 않았다. 셔터와 블라인드가 모두 내려져 있었다. 넓은 보도에는 한 사람도 보이지 않고 텅 비어 있었다. 근처 빈민가에 사는 어린아이 두 명이 광장에서 특이하게도 활발한 기척이 나는 데 이끌려 녹슨 철책 사이로 얼굴을 쑥 들이밀고 있는 것을 제외하면 선명하게 눈에 띄는 것이라고는 남동쪽 귀퉁이에 서 있는 크고 붉은 우체통뿐이었다.

「헨리에타는 밴틀링에게 저민 가에 함께 가자고 마차에 타라고 청하겠지.」 랠프가 말했다. 그는 스택폴 양을 늘 헨리에타라고 불렀다.

「그럴 수도 있겠지요.」 그녀가 대답했다.

「아니면 오히려, 그녀는 그렇게 하지 않겠지만,」 그가 말을 이었다. 「밴틀링이 마차에 타도록 허락해 달라고 하겠지.」

「그럴 수도 있겠어요. 두 사람이 좋은 친구가 되어서 무척 기뻐요.」

「헨리에타가 그를 사로잡았어. 그는 그녀를 탁월한 여자라고 생각하고 있고. 그 두 사람의 관계는 깊이 발전할 거야.」 랠프가 말했다.

이사벨은 잠시 입을 다물고 있었다. 「나도 헨리에타를 무척 훌륭한 아가씨라고 생각해요. 하지만 그 관계가 발전할 것 같지는 않아요. 저 두 사람은 서로 상대의 실제 모습을 결코 알지 못할 거예요. 밴틀링 씨는 그녀가 실로 어떤 존재인지를 알지 못할 테고, 그녀는 밴틀링 씨에 대해 올바로 이해하지 못할 거예요.」

「사람들을 결합시키는 가장 일반적인 기반은 서로 간의 오해라고 볼 수 있어. 하지만 보브 밴틀링은 이해하기에 그리 어려울 것이 없어.」 랠프가 덧붙였다. 「매우 단순한 사람이니까.」

「네, 하지만 헨리에타는 더 단순한 사람이에요. 그런데 자, 이제 무엇을 해야 할까요?」 이사벨은 점점 어두워지는 주위를 돌아보며 물었다. 잘 다듬어진 광장의 자그마한 정원이 어둠 속에서는 크고 인상적으로 보였다. 「오빠는 함께 마차를 타고 런던을 드라이브하면서 즐기자는 제안은 하지 않을 것 같아요.」

「네가 원치 않는다면, 우리가 여기 있어야 할 이유는 없어. 날이 아주 푸근하군. 깜깜해지려면 앞으로 30분은 더 있어야 할 테고. 괜찮다면 담배를 피우겠어.」

「좋으실 대로 하세요.」 이사벨이 말했다. 「7시까지 나를 즐겁게 해주시기만 한다면. 7시가 되면 플랫 호텔로 돌아가서 간단하게 혼자 저녁을 먹겠어요. 수란 두 개와 머핀으로.」

「나와 함께 식사하는 것은 어떨까?」 랠프가 물었다.

「아뇨, 오빠는 클럽에서 식사하세요.」

그들은 거닐다가 다시 광장의 중앙에 있는 의자로 돌아왔고, 랠프는 담배에 불을 붙였다. 그녀가 말한 검소하고 조촐한 성찬에 자기도 낄 수 있었다면 랠프는 무척 기뻤을 것이다. 그러나 그것이 가능하지 않다면, 배제되는 것도 나쁘지 않았다. 어스름이 점점 짙어지는 광대한 도시의 한가운데서 잠시 그녀와 단둘이 있는 것은 큰 즐거움이었다. 그녀가 자기에게 의지하는 것 같았고 자신의 힘에 지배되고 있는 것 같았다. 그는 그 힘을 그저 모호하게 발휘할 수밖에 없었다. 그 힘을 최고도로 발휘하는 것은 그녀의 결정에 순종하며 받아들이는 것이었고, 그녀의 뜻을 따르는 데에는 실로 이미 어떤 감동이 있었다. 「왜 함께 식사를 하지 못하게 하지?」 그가 잠시 후에 물었다.

「그렇게 하고 싶지 않아서요.」

「나에게 싫증이 난 모양이군.」

「한 시간 후에 싫증이 날 거예요. 알다시피 내게 예언의 능력이 있거든요.」

「아, 그럼 그동안은 즐겁게 해주지.」 랠프가 말했다. 하지만 그는 더 이상 아무 말도 하지 않았고 그녀도 대답을 하지 않았기에 그들은 한참 정적 속에 앉아 있었다. 그 침묵은 즐겁게 해주겠다는 그의 약속과 어긋났고, 그녀는 생각에 잠겨 있는 것 같았다. 그녀가 무슨 생각을 하고 있을지 그는 궁금했다. 그녀가 생각할 만한 주제가 두세 가지 있었다. 이윽고 그는 다시 말을 꺼냈다. 「오늘 저녁에 나와 함께 식사하기를 거절한 것은 다른 손님을 기다리기 때문인가?」

그녀는 고개를 돌리고 맑고 아름다운 눈으로 바라보았다. 「다른 손님요? 내게 무슨 손님이 있겠어요?」

그는 대답할 말이 없었다. 그래서 억지일 뿐 아니라 어리석은 질문을 했다는 생각이 들었다. 「내가 알지 못하는 친구들이 많이 있겠지. 나는 네 과거에서 철저히 배제되어 있으니까.」

「오빠는 내 미래를 위해서 남겨 둔 사람이에요. 내 과거는 대서양 건너 저곳에서 끝났다는 것을 기억하셔야죠. 여기 런던에는 전혀 없어요.」

「그렇다면 잘됐군. 네 미래가 네 옆에 앉아 있으니까. 네 미래가 이렇게 가까이 있다는 것은 더없이 좋은 일이지.」랠프는 다시 담배에 불을 붙였고, 이사벨의 말은 아마도 캐스퍼 굿우드 씨가 바다를 건너 파리에 갔다는 소식을 받았다는 뜻일 거라고 생각했다. 담배에 불을 붙인 후 그는 잠시 연기를 내뿜다가 말을 이었다. 「방금 너를 즐겁게 해주겠다고 약속했지. 그런데 보시다시피 그 정도도 해내지 못하고 있어. 실은 너 같은 아가씨를 즐겁게 해주려고 노력하는 것이 무모하기 짝이 없는 일이지. 시원치 않은 내 노력에 대해서 네가 관심이나 두겠어? 너는 굉장한 것을 생각할 테고, 그런 일에 있어서 눈이 높을 테니까. 적어도 악단이나 돌팔이 약사들을 떼로 데려와야 할 게야.」

「돌팔이 약사 한 명만 있으면 충분해요. 그리고 오빠는 아주 잘하고 있으니, 계속해 보세요. 그럼 10분쯤 지나면 내가 웃기 시작할 거예요.」

「정말이지 내 말은 진심이야.」 랠프가 말했다. 「너는 실로 굉장한 것을 요구하고 있어.」

「무슨 뜻인지 모르겠는데요. 나는 아무것도 요구하지 않아요!」

「너는 아무것도 받아들이지 않지.」 랠프가 말했다. 그녀는 얼굴을 붉혔고, 이제야 갑자기 그의 말뜻을 짐작한 것 같았다. 하지만 그가 왜 그 일에 대한 이야기를 꺼내야 할까? 그는 약간 망설이다가 말을 이었다. 「너에게 무척 말하고 싶은 것이 있었어. 묻고 싶었던 질문이지. 내게는 그것을 물어볼 권리가 있다고 생각해. 그 대답에 일종의 이해관계가 걸려 있으니까.」

「무엇이든 원하는 것을 물어보세요.」 이사벨이 부드럽게 대답했다. 「만족스러운 답을 드리도록 노력하겠어요.」

「자, 그렇다면, 워버턴이 너와의 사이에서 일어난 일을 내게 알려 주었다고 말해도 개의치 않겠지.」

이사벨은 깜짝 놀랐지만 곧 놀라운 마음을 억눌렀다. 그녀는 펼쳐진 부채를 바라보고 있었다. 「괜찮아요. 그분이 오빠에게 이야기하는 것이 당연하겠지요.」

「그가 말했다는 사실을 네게 알려 주어도 된다고 하더군. 그는 아직도 희망을 품고 있고.」 랠프가 말했다.

「아직도?」

「며칠 전에는 품고 있었어.」

「지금은 그렇지 않으리라고 생각해요.」 아가씨가 말했다.

「그렇다면 퍽 안됐군. 그는 대단히 정직한 사람인데.」

「아니, 내게 잘 말해 달라고 그분이 오빠에게 부탁하던가요?」

「아니, 그게 아니야. 그는 어쩔 수 없어서 내게 말했던 거지. 우리는 오랜 친구고 그는 무척 실망했으니까. 자기를 만나러 와달라는 편지를 보냈기에, 그가 자기 누이와 함께 우리 집에 와서 점심 식사를 하기 바로 전날에 로클리에 갔지. 그는 매우 침울하더군. 네 편지를 받고 얼마 지나지 않은 때였어.」

「그 편지를 보여 주던가요?」 이사벨은 그 순간 오만하게 물었다.

「아니. 그저 딱 부러지는 거절의 편지라고 하더군. 그가 퍽 안쓰러웠어.」 랠프가 되풀이해서 말했다.

잠시 말이 없다가 그녀가 마침내 말을 꺼냈다. 「그분이 나를 몇 번이나 보았는지 아세요?」 그녀가 물었다. 「다 합해서 대여섯 번이에요.」

「그만큼 더 자랑스럽게 여길 만한 일이지.」

「오빠에게 그런 말을 들으려고 이 얘기를 꺼낸 건 아니에요.」

「그러면 왜 꺼낸 거지? 가엾은 워버턴의 마음이 천박하다고 증명하려는 건 아니겠지. 네가 그렇게 생각하지 않는 것은 알고 있으니까.」

분명 이사벨은 그렇게 생각한다고 말할 수는 없었다. 하지만 곧 다른 이야기를 꺼냈다. 「워버턴 경이 오빠에게 나와 이야기를 나눠 달라고 요청한 것이 아니라면, 그렇다면 오빠가 이 이야기를 꺼낸 것은 아무런 이해관계 없이 순수한 마음으로 물어보는 것이거나 아니면 말다툼을 좋아해서 그러는 거겠죠.」

「너와 말다툼을 벌일 생각은 전혀 없어. 나는 너를 그저 가만히 내버려 두고 싶을 뿐이니까. 다만 네 감정에 대해서는 큰 관심을 갖고 있지.」

「무척 고마워요!」 이사벨은 약간 불안하게 웃으며 소리쳤다.

「물론 너는 내가 아무 상관도 없는 일에 참견한다고 생각하겠지. 하지만 네 분노를 일으키지 않고 혹은 나 스스로도 난처해하지 않으면서 너와 이 문제에 대해 이야기를 나누면 안 될까? 내가 몇 가지 특권을 누릴 수 없다면 사촌 오빠라는 사실이 무슨 소용이 있겠어? 몇 가지 보상을 받을 수 없다면, 아무런 보답의 희망도 없이 너를 흠모하는 것이 무슨 소용이 있겠어? 입장권을 구하려고 큰 비용을 치렀는데 실제로는 공연을 볼 수 없다면, 병들고 무력해서 인생이라는 게임의 구경꾼밖에 되지 못하는 것이 무슨 소용이 있겠어? 나는 이것에 대해 듣고 싶구나.」 랠프가 말을 이었고 그녀는 관심을 느끼며 귀를 기울였다. 「네가 워버턴 경을 거절했을 때 무슨 생각을 하고 있었는지?」

「무슨 생각을 했느냐고요?」

「그렇게 놀라운 행동을 하도록 지시한 논리랄까, 그 상황에 대해서 네가 어떻게 생각했는지?」

「그분과 결혼하고 싶지 않았어요. 그것이 논리가 된다면 말이죠.」

「아니, 그건 논리가 아니야. 내가 이미 알고 있는 사실이고. 실은 아무것도 아니지. 너 자신에게 뭐라고 말했지? 분명 그것 말고도 다른 말을 했겠지.」

이사벨은 잠시 생각하고 자기 나름의 질문으로 대답했다. 「왜 그것을 놀라운 행동이라고 부르는 거죠? 이모님도 그렇게 생각하셨어요.」

「워버턴은 속속들이 좋은 사람이야. 그는 한 남자로서 결함이 거의 없는 사람이라고 할 수 있어. 그런데다 여기 사람들 말로 엄청난 거물이지. 막대한 재산이 있고, 그와 결혼할 여자는 최상류층의 귀부인으로 존중받을 거야. 그에게는 내적, 외적 장점들이 모두 다 결합되어 있어.」

이사벨은 사촌이 어디까지 나아갈 것인지를 알아보려는 듯 그를 쳐다보았다. 「그렇다면 내가 그분을 거절한 것은 그가 너무 완벽한 분이기 때문이었어요. 나는 완벽하지 않은데, 나에 비해서 그분은 너무 훌륭하니까요. 게다가 그분의 완벽함 때문에 나는 오히려 초조해져요.」

「그건 솔직하다기보다는 교묘한 답변이야.」랠프가 말했다. 「사실 너는 이 세상의 그 무엇도 네게 지나칠 정도로 완벽한 것은 아니라고 생각하고 있지.」

「내가 그렇게 훌륭하다고 생각하세요?」

「아니. 하지만 너는 스스로를 훌륭한 인간으로 생각한다는 그런 구실도 없으면서 그래도 까다롭게 요구하고 있는 거야. 하지만 스무 명의 여자들 가운데 열아홉 명은, 너보다 더 까다롭더라도, 이럭저럭 워버턴과 관계를 맺으려고 했을 거야. 그를 쫓아다닌 여자들이 얼마나 많았는지 모르겠지.」

「알고 싶지 않아요. 하지만,」이사벨이 말했다. 「전에 그분에 대한 이야기를 나누었을 때 오빠가 그분에게 묘한 점이 있다고 말하셨던 것 같아요.」

랠프는 담배를 피우며 생각에 잠겼다. 「그때 내가 했던 말이 네게 중요한 사안으로 여겨지지 않았으면 좋겠다. 내가 말한 것은 그의 결함이 아니었으니까. 그저 그의 입장에 특별한 점이 있다는 얘기였어. 그가 너와 결혼하고 싶어 한다는 것을 알았더라면 그런 말을 절대로 입 밖에 내지 않았을 텐데. 그가 자신의 지위에 대해 다소 회의적이라고 말했을 거야. 너는 그가 신념을 가지도록 만들어 줄 수 있겠지.」

「그렇게 생각하지 않아요. 나는 그런 문제를 알지 못하고, 그런 사명감도 느끼지 않고요. 오빠는 분명 실망한 모양이군요.」이사벨은 슬픈 눈빛으로 부드럽게 사촌을 바라보며 덧붙였다. 「오빠는 내가 그 결혼을 했더라면 좋아했겠군요.」

「천만에, 전혀 그렇지 않아. 나는 네 결혼 문제에 관해서 아무것도 바라지 않아. 네게 감히 충고할 생각도 없고, 너를 지켜보는 것만으로 만족하고 있어. 더없이 깊은 관심을 가지고.」

그녀는 다소 겸연쩍게 한숨을 쉬었다. 「내가 오빠에게 흥미롭게 보이는 만큼 스스로에게도 흥미롭게 보이면 좋겠어요!」

「또다시 솔직하지 않은 말을 하는구나. 너는 너 자신에게 지극히 흥미로운 존재이니까. 하지만,」 랠프가 말했다. 「네가 워버턴에게 준 답변이 정말 최종적인 것이라면, 그 일이 그렇게 되었다는 것이 나를 다소 즐겁게 해준다는 걸 알고 있어? 너를 위해서 즐거운 것은 아니고, 그를 위해서 즐거운 것은 물론 더더욱 아니지. 나 자신을 위해 즐거운 거야.」

「오빠는 내게 청혼하실 생각인가요?」

「물론 아니지. 지금 내가 한 말의 관점에서 보면 그건 치명적일 거야. 비길 데 없이 맛있는 오믈렛의 재료를 제공해 줄 거위를 죽이는 일이 될 테니까. 그 거위는 정신 나간 내 환상의 상징이야. 내 말은, 워버턴 경과 결혼하지 않으려는 아가씨가 무엇을 하는지를 보면서 짜릿함을 느끼게 되리라는 뜻이야.」

「이모님도 그것을 기대하고 계세요.」 이사벨이 말했다.

「아 그래, 구경꾼들이 많이 있을 거야! 우리는 앞으로의 네 삶에 매달리겠지. 나는 그것을 끝까지 보지는 못하겠지만 가장 흥미로운 시절은 볼 수 있을 거야. 물론 네가 워버턴 경과 결혼하더라도 여전히 앞으로의 삶이 전개될 테지. 매우 근사하고, 사실 매우 찬란하게 빛나는 삶이 전개될 거야. 하지만 비교적 약간 단조로운 삶일 테지. 미리 명확하게 정해져 있는 삶이고, 예상치 못한 일이 일어날 가능성이 적을 테니까. 알다시피 나는 예상치 못한 뜻밖의 일을 무척 좋아하거든. 이제 너는 인생이라는 게임을 손에 쥐고 있으니 우리에게 멋진 실례를 보여 주기를 기대한단다.」

「무슨 말인지 잘 모르겠어요.」 이사벨이 말했다. 「하지만 내가 이해하기로는 이렇게 말할 수 있겠어요. 오빠가 내게서 굉장히 멋진 예를 보고자 한다면, 내게 실망하실 거라고요.」

「너 스스로를 실망시킬 경우에만 그럴 거야. 그렇다면 네게도 무척 괴로운 일이겠지.」

그녀는 이 말에 직접적인 대답을 하지 않았다. 그 말에는 두고두고 생각해 봐야 할 큰 진실이 담겨 있었다. 이윽고 그녀가 돌연히 말을 꺼냈다. 「내가 구속되지 않기를 바라는 데는 해로울 것이 없다고 생각해요. 나는 결혼으로 인생을 시작하고 싶지 않아요. 여자들이 할 수 있는 다른 일도 있어요.」

「그만큼 잘할 수 있는 것은 없어. 하지만 너는 물론 다면적이지.」

「양면만 있어도 그걸로 충분해요.」 이사벨이 말했다.

「너는 가장 매력적인 다면체야!」 그가 갑자기 소리 질렀다. 하지만 상대의 눈길과 마주치자 그는 진지해졌고, 진지한 마음을 보이려고 말을 이었다. 「너는 인생을 보고 싶어 하는구나. 젊은이들이 흔히 말하듯이, 인생을 보지 못한다면 차라리 교수형을 당하는 편이 낫겠다고.」

「젊은이들이 원하듯이 그렇게 인생을 보려는 것은 아니에요. 그게 아니라 내 주위를 돌아보고 싶은 거예요.」

「너는 경험의 술잔을 쭉 들이켜고 싶은 게지.」

「아뇨, 경험의 술잔은 손대고 싶지 않아요. 그것은 독이 든 술이니까요! 나는 그저 내 눈으로 보고 싶을 뿐이에요.」

「그렇다면 보기를 원하지, 느끼기를 원하는 건 아니군.」 랠프가 말했다.

「감정이 있는 사람이라면 그런 식으로 구분할 수 없을 거라고 생각해요. 나는 헨리에타와 무척 비슷해요. 전에 그녀에게 결혼하고 싶은지를 물어보았더니 이렇게 말하더군요, 〈유럽을 다 볼 때까지는 안 하겠어!〉 나도 유럽을 보기 전까지는 결혼하고 싶지 않아요.」

「분명 왕관을 쓴 사람이 네게 반하기를 기대하는구나.」

「아뇨, 그건 워버턴 경과 결혼하는 것보다 더 나쁠 거예요. 그런데 무척 어두워지고 있네요.」 이사벨이 말을 이었다. 「이제 돌아가야겠어요.」 그녀는 자리에서 일어났지만 랠프는 계속 앉아서 그녀를 바라보았다. 그가 가만히 있었으므로 그녀도 움직이지 않았다. 그들은, 특히 랠프 쪽에서는, 말로 표현할 수 없는 모호한 의미가 가득한 눈길을 나누었다.

「내 질문에 답해 주었구나.」 그가 마침내 말했다. 「내가 알고 싶었던 것을 말해 주었고. 무척 고맙다.」

「내가 말해 드린 게 거의 없는 것 같은데요.」

「아주 중요한 것을 말해 주었어. 네가 세상에 흥미를 느끼고 있다는 것과 그 속으로 뛰어들려 한다는 것을.」

어둠 속에서 그녀의 눈이 은빛으로 잠시 빛났다. 「그런 말은 하지 않았어요.」

「네 말은 그런 의미였다고 생각해. 그것을 부인하지 마. 너무나 고귀한 것이니까!」

「오빠가 내게 어떤 기대를 걸고 있는지 모르겠어요. 하지만 나는 모험심이 강한 성격이 아니에요. 여자들은 남자들과 달라요.」

랠프는 천천히 일어섰고 그들은 광장 정문으로 함께 걸어갔다. 「그래.」 그가 말했다. 「여자들은 자신들의 용기를 자랑하는 일이 거의 없지만, 남자들은 흔히들 자랑하지.」

「남자들은 자랑할 만한 용기가 있으니까요!」

「여자들도 마찬가지야. 네게는 무척 많이 있고.」

「마차를 타고 프랫 호텔로 돌아갈 만한 용기는 있어요. 그이상은 아니에요.」

랠프는 광장의 문을 열었고 두 사람이 밖으로 나온 다음에 문을 닫았다. 「네가 탈 마차를 찾아 보자.」 그가 말했다. 마차를 잡기 위해 옆길로 걸어가면서 그는 그녀를 호텔에 데려다 줄 수 없을지를 다시 물었다.

「절대 안 돼요.」 그녀가 대답했다. 「오빠는 너무 지쳤어요. 집에 가서 쉬어야 해요.」

마차를 잡자 그는 문 옆에 서서 그녀를 마차에 태워 주었다. 「내가 가엾은 환자라는 사실을 사람들이 잊어버릴 때 종종 불편하지.」 그는 혼자 중얼거렸다. 「하지만 사람들이 그 사실을 기억할 때는 더 고약하단 말이야.」

제16장

 호텔로 데려다 주겠다는 랠프의 제안을 거절했을 때 이사벨의 마음에 어떤 은밀한 동기가 숨어 있었던 것은 아니었다. 그저 지난 며칠 동안 그의 시간을 너무 많이 빼앗았다는 생각이 들었을 뿐이다. 그리고 독립심이 강한 미국인 아가씨로서 지나친 도움을 받을 때는 결국 〈침해〉를 당했다고 여기게 되었기 때문에 그녀는 몇 시간을 혼자서 지내야겠다고 결심했다. 더욱이 그녀는 간간이 홀로 있는 것을 무척 좋아했는데, 영국에 도착한 후로 그런 취미를 거의 누릴 수 없었던 것이다. 고독이란 고국에서는 언제나 누릴 수 있는 사치였지만 지금은 아쉽게도 얻기 어려운 것이었다. 하지만 그날 저녁에 어떤 사건이 일어났다. 그 사건은 — 만일 흠잡기 좋아하는 사람이 있어서 그것을 주목했더라면 — 그저 혼자 있고 싶다는 소망 때문에 사촌의 동행을 거절했다는 주장을 완전히 무색하게 만들었을 것이다. 9시까지 기다란 촛대 두 개를 밝혀 놓고 프랫 호텔의 어둠침침한 조명을 받으면서 그녀는 가든코트에서 가져온 책에 파묻히려고 애썼다. 하지만 그녀가 읽을 수 있었던 것은 책장에 인쇄된 단어가 아닌 다른 단어들, 그날 오후에 랠프가 자기에게 한 말들뿐이었다. 갑자기 웨이터가 방문을 조용히 두드리는 소리가 들리더니 곧 들어와서 명예로운 트로피인 양 방문객의 명함을 내밀었다. 이 트로피를 뚫어지게 바라보는 그녀의 눈에 캐스퍼 굿우드라는 이름이 드러났을 때 그녀는 웨이터를 그저 앞에 세워 둔 채 아무런 의사 표현도 하지 않았다.

「신사분을 올라오시도록 할까요?」 그는 약간 고무하는 어조로 물었다.

이사벨은 여전히 망설였고, 주저하면서 홀끗 거울을 보았다. 「들어오시게 하세요.」 그녀가 마침내 말했다. 그리고 그를 기다리면서 머리칼을 매만지기보다는 용기를 가다듬었다.

캐스퍼 굿우드는 곧 들어와서 그녀와 악수를 나누었지만, 하인이 방을 나설 때까지 아무 말도 하지 않았다. 「왜 내 편지에 답장하지 않았지요?」 그는 신속하고 풍부하며 약간 위압적인 말투로 물었다. 언제나 날카롭게 질문하고 많은 것을 주장할 수 있는 남자의 목소리였다.

그녀는 재빠른 질문으로 답을 대신했다. 「내가 여기 있는 줄은 어떻게 아셨어요?」

「스택폴 양이 알려 주었습니다.」 캐스퍼 굿우드가 말했다. 「당신이 오늘 저녁에 아마 혼자 계실 테고 나를 기꺼이 만나실 거라고 하더군요.」

「당신에게 그런 말을 했다니, 그녀를 어디서 만나셨어요?」

「그녀를 만나지는 못했습니다. 편지를 보냈더군요.」

이사벨은 입을 다물었다. 둘 다 자리에 앉지도 않았다. 그들은 도전하는 기세로, 아니 적어도 논쟁을 벌이려는 태세로 그렇게 서 있었다. 「헨리에타는 당신에게 편지를 보낸다는 말을 한 번도 하지 않았어요.」 그녀가 마침내 말했다. 「이건 친절하지 않은 일이에요.」

「나를 만나는 것이 그렇게 불쾌한 일입니까?」 그 젊은이가 물었다.

「전혀 예상치 못했어요. 이렇게 갑자기 놀라는 것은 좋아하지 않아요.」

「하지만 내가 런던에 있는 것은 알고 계셨지요. 우리가 마주치는 것은 당연한 일입니다.」

「이런 것이 마주치는 건가요? 나는 당신을 만나지 않기를 바랐어요. 런던처럼 큰 도시에서는 충분히 그럴 수 있을 것 같았고요.」

「분명 내게 편지를 쓰는 것조차 당신에게는 불쾌한 일이었군요.」 손님이 말했다.

이사벨은 아무 대답도 하지 않았다. 헨리에타 스택폴이 자기를 기만했다는 느낌, 그 순간에 명확하게 규정할 수 있었던 그 느낌이 강렬하게 솟구쳤다. 「헨리에타는 확실히 섬세한 마음씨에 있어서는 봐줄 것이 없어요!」 그녀는 신랄하게 소리쳤다. 「이건 너무나 멋대로 행동한 거예요.」

「나 역시 그런 미덕에 있어서나 다른 미덕에 있어서나 봐줄 만한 사람이 아니라고 생각합니다. 그녀의 잘못만큼 내 잘못도 컸어요.」

그를 바라보고 있으려니 그의 턱이 그 어느 때보다도 더 각진 듯이 보였다. 이것도 불쾌한 기분을 일으켰겠지만 그녀는 다른 화제를 택했다. 「아뇨, 당신의 잘못이라기보다는 그녀의 잘못이 더 커요. 당신의 행동은, 아마, 당신으로서는 불가피한 것이었겠죠.」

「실로 그렇습니다!」 캐스퍼 굿우드는 일부러 웃으면서 소리쳤다. 「그리고 이제 여기 왔으니 어떻든 잠시 앉을 수 없을까요?」

「물론 앉으셔도 괜찮아요.」

그녀는 다시 자기 의자로 돌아갔고, 그 손님은 맨 처음 눈에 띈 자리에 앉았다. 더 나은 자리에 앉는 일 따위에는 관심을 두지 않는 데 익숙한 사람의 태도였다. 「나는 매일매일 내편지에 대한 답장이 오기를 기다리고 있었어요. 당신은 몇 줄 써 보낼 수도 있었을 텐데요.」

「편지를 쓰는 수고 때문에 답장을 안 했던 것은 아니에요. 한 장이든 네 장이든 쉽게 쓸 수 있었을 거예요. 제가 침묵을 지킨 것은 의도적인 것이었어요.」 이사벨이 말했다. 「그것이 최선이라고 생각했어요.」

그녀가 말하는 동안 그는 뚫어지게 그녀를 바라보고 있었다. 그러더니 눈을 내리깔고 카펫의 한 점을 응시하면서 자기가 꼭 해야 할 말만 하려고 무척 노력하는 것 같았다. 그는 강한 사람이었지만 그릇된 처지에 있었고, 자신의 힘을 완강하게 드러내다가는 그저 그릇된 처지를 뚜렷이 부각시킬 뿐이라는 것을 예리하게 의식할 수 있었다. 이사벨은 이런 처지에 있는 사람에 대해서 우월한 입장을 취하지 못하는 여자는 아니었다. 자신의 우위를 그의 면전에 과시하고 싶은 욕구는 거의 없었지만, 그렇더라도 그녀는 〈당신은 그런 편지를 내게 보내지 않았어야 한다는 것을 알고 계시잖아요!〉라고 즐겁게 그리고 의기양양하게 말할 수 있었다.

캐스퍼 굿우드는 눈을 들어 다시 그녀를 바라보았다. 그 눈은 투구의 안면 가리개 틈으로 번쩍이며 내다보는 것 같았다. 그는 강력한 정의감을 갖고 있었고, 그 정의감 외에도 연 중 어느 날이든지 자신의 권리에 관해서 주장할 준비가 되어 있었다. 「당신은 다시는 내게서 소식을 듣지 않기를 바란다 고 말하셨지요. 잘 알고 있습니다. 하지만 나는 그런 규정을 내 것으로 인정하지 않았어요. 곧 소식을 듣게 되실 거라고 당신에게 예고했습니다.」

「당신 소식을 다시는 듣고 싶지 않다고 말한 것은 아니에 요.」 이사벨이 말했다.

「그렇다면 5년 동안 듣고 싶지 않았다고 합시다. 아니면 10년이나 20년이나. 다 마찬가지입니다.」

「그렇게 생각하세요? 내 생각으로는 큰 차이가 있는 것 같 아요. 10년이 지나면 우리가 매우 유쾌하게 편지를 주고받게 될 거라고 상상할 수 있거든요. 내가 원숙한 문체로 편지를 쓸 수 있게 되었을 거예요.」

그녀는 이렇게 말하면서 시선을 돌렸다. 자신의 말이 상대 방의 표정에 비해서 훨씬 진지하지 못한 것임을 잘 알고 있 었다. 하지만 이윽고 다시 그에게로 눈을 돌렸을 때 그는 전 혀 무관한 이야기를 꺼냈다. 「이모부님 댁에서의 생활은 즐 거운가요?」

「정말 무척 즐거워요.」 그녀는 말을 멈췄다가 큰 소리로 말했다. 「당신은 이렇게 끈질기게 주장함으로써 어떤 이득 을 보게 되리라고 기대하시는 건가요?」

「당신을 잃지 않으리라는 이득입니다.」

「당신의 소유가 아닌 것을 잃는다고 말할 권리는 없어요. 그리고 당신의 관점에서 보더라도,」 이사벨이 덧붙였다. 「누 군가를 그냥 내버려 두어야 할 때를 알아야 해요.」

「내 행동이 무척 혐오스러운 모양이군요.」캐스퍼 굿우드는 우울하게 말했다. 그는 이처럼 절망적인 사실을 의식하고 있는 자신에 대해 그녀의 동정심을 일으키기보다는 앞으로 그 사실을 염두에 두면서 행동하도록 자기 앞에 잘 정리해 두려는 것 같았다.

「그래요, 당신은 내게 전혀 즐거움을 주지 않아요. 지금 당신의 행동은 어떤 점에서 보아도 적절하지 않아요. 가장 나쁜 점은 당신이 이런 식으로 시험해 보는 것이 전혀 필요하지 않다는 거예요.」분명 그의 성격은 핀에 찔렸을 때 피가 나올 정도로 연약한 것은 아니었다. 이사벨은 그를 처음 알게 되었을 때 곧 그녀에게 무엇이 좋은지를 그녀 자신보다 더 잘 알고 있다는 듯한 그의 태도에 맞서 스스로를 지켜내야 했던 때부터 자신에게 최고의 무기는 완벽한 솔직함이라는 사실을 알고 있었다. 캐스퍼처럼 완강하게 길을 가로막은 사람이 아니라면 그의 감정을 배려해 주거나 그를 피하려고 기민하게 옆으로 비켜설 수도 있겠지만, 자신이 얻을 수 있는 것이라면 무엇이든 꽉 움켜쥐려는 캐스퍼 굿우드를 상대할 때는 그런 배려를 해봐야 헛된 시도에 불과했다. 상처를 받을 수 있는 감수성이 그에게 없는 것은 아니었다. 그러나 그는 적극적으로 나설 때와 마찬가지로 수세에 몰렸을 때도 대범하고 완고한 태도를 드러냈다. 필요하다면 자신이 받은 상처를 스스로 치료할 수 있다고 믿을 만한 사람이었다. 그가 고통이나 통증을 느낄 수 있음을 감안하더라도, 그가 원래 철과 강철로 덮여 있는 사람이라서 공격을 위한 철저한 무장을 갖추고 있다는 예전의 생각이 다시 떠올랐다.

「나는 그것을 감수할 수 없습니다.」그는 간단히 대답했다. 이 말에는 위험할 만큼 분방한 점이 있었다. 그녀가 느끼기에 그는 자신이 그녀에게 늘 혐오감을 준 것은 아니었다고 얼마든지 주장할 수 있을 것 같았던 것이다.

「나도 그것을 받아들일 수 없어요. 그리고 우리 사이의 관계가 이런 상태여서는 안 돼요. 당신이 나를 몇 달간 당신의 마음에서 몰아내려고 노력만 하신다면, 우리 관계가 다시 좋아질 거예요.」

「알겠어요. 내가 정해진 기간 동안 당신을 전혀 생각하지 않는다면, 그 상태를 무한히 유지할 수도 있음을 알게 되겠지요.」

「〈무한히〉 그렇게 해달라고 요구한 것은 아니에요. 그건 내가 바라는 일도 아니고요.」

「당신은 당신의 요구가 불가능한 일이라는 것을 알고 있어요.」 그 젊은이가 말했다. 그가 〈불가능하다〉는 형용사를 당연하게 여기는 태도에 그녀는 화가 났다.

「의도적인 노력을 할 수 없다는 말인가요?」 그녀가 다그쳤다. 「당신은 그 외의 어떤 일에 대해서도 강하시잖아요. 그것에 대해서는 왜 강력하게 행동할 수 없다는 건가요?」

「무엇을 위해서 의도적으로 노력하라는 말입니까?」 이 말을 듣고 그녀가 꾸물거리고 있자 그가 말을 이었다. 「당신과 관련해서는 어떤 일도 할 수 없어요. 그저 지독하게 당신을 사랑하는 것밖에. 강한 사람이라면 그만큼 더 강하게 사랑할 뿐입니다.」

「그 말은 다분히 일리가 있군요.」 실로 우리의 아가씨는 그 말의 강력한 힘을 느꼈다. 그 말은 실제로 그녀의 상상력을 자극하는 미끼로서 거대한 진실과 시의 영역에 던져진 것 같았다. 그러나 그녀는 즉시 제정신을 차렸다. 「당신이 할 수 있다고 생각하시는 대로 나를 생각하든지 말든지 하세요. 다만 나를 그냥 내버려 둬주세요.」

「언제까지요?」

「글쎄요, 1년이나 2년쯤.」

「어느 쪽을 뜻하는 겁니까? 1년과 2년은 엄청난 차이가 있습니다.」

「그렇다면 2년으로 하지요.」 이사벨은 열성적으로 보이도록 꾸미면서 말했다.

「그러면 2년을 기다린 후에 내가 무엇을 얻게 됩니까?」 그는 움츠리는 기색이 전혀 없이 물었다.

「무척 고맙게 생각할 거예요.」

「그리고 내가 받을 보상은 무엇일까요?」

「당신은 관대한 행동에 대해서 보상을 바라세요?」

「그렇습니다. 큰 희생이 따라야 할 때는.」

「희생이 따르지 않는 관대한 행동이란 있을 수 없어요. 남자들은 그런 점을 이해하지 못해요. 당신이 희생을 치른다면 나는 당신에게 온갖 찬사를 바칠 거예요.」

「나는 당신의 찬사에 대해서는 한 푼의 가치도 두지 않습니다. 그것을 증명해 주는 것이 없다면 지푸라기 하나만큼도 개의치 않아요. 언제 나와 결혼해 줄 겁니까? 그것이 유일한 물음입니다.」

「절대로 하지 않겠어요. 만일 당신이 지금 내가 느끼고 있는 감정을 계속 느끼게 만든다면 말이죠.」

「그렇다면 내가 당신에게 다른 감정을 일으키려고 애쓰지 않는다면 무엇을 얻게 됩니까?」

「나를 죽도록 괴롭힐 때 얻는 것과 같은 것을 얻게 되겠죠!」 캐스퍼 굿우드는 다시 눈을 내리깔고 잠시 모자의 윗부분을 바라보았다. 그의 얼굴은 온통 짙붉게 물들어 있었다. 그녀는 자신의 날카로운 공격이 그의 마음을 꿰뚫었음을 알 수 있었다. 그 홍조는 갑자기 뜻밖의 진귀한 가치가 있는 듯이 여겨졌다. 고전적이고 낭만적이며 다른 결점들을 보상해 주는 가치, 혹은 그녀가 알지 못하는 뭔지 모를 가치랄까? 〈번민에 빠진 강한 남자〉란 인간적인 호소력을 지니는 것들 중 하나였다. 비록 이 경우에는 그 남자가 매력을 그리 발휘하지 못하는 사람이더라도. 「왜 내가 당신에게 이런 말을 하도록 만드세요?」 그녀는 떨리는 목소리로 소리쳤다. 「나는 그저 온유하고, 속속들이 친절한 사람이 되고 싶어요. 나를 좋아한다고 느끼는 사람들에게 그런 감정을 버리도록 설득해야 하는 것은 즐거운 일이 아니에요. 다른 사람들도 배려하는 마음이 있어야 한다고 생각해요. 우리는 각자 스스로를 판단해야 하고요. 당신은 당신 나름으로 최대한 배려하고 있다는 것을 알고 있어요. 당신의 행동에 대한 타당한 이유가 있고요. 하지만 나는 정말로 결혼하고 싶지 않아요. 아니 지금은 결혼에 대한 이야기도 하고 싶지 않아요. 어쩌면 결혼을 하지 않을 거예요. 절대로. 나는 그런 식으로 느낄 수 있는 권리가 충분히 있어요. 어떤 여자를 너무 거세게 압박하고 그녀의 의사와 반대로 몰아가는 것은 친절한 일이 아니에요. 내가 당신에게 괴로움을 준다면, 진심으로 미안하다고 말할 수밖에 없어요. 하지만 그건 내 잘못이 아니에요. 오로지 당신을 기쁘게 해주겠다는 생각으로 당신과 결혼할 수는 없는 일이니까요. 언제까지나 당신의 친구가 되어 주겠다는 말은 하지 않겠어요. 이런 상황에서 여자들이 그런 말을 할 때 그것은 일종의 조롱으로 여겨지니까요. 하지만 언젠가 나중에 내 마음이 어떤지를 확인해 보세요.」

이 말을 들으면서 캐스퍼 굿우드는 모자에 붙은 제조상의 이름을 뚫어지게 바라보고 있었고, 그녀가 말을 멈추고 한참 지난 후에야 눈을 들었다. 그러나 이사벨의 사랑스러운 장밋빛 얼굴에 떠오른 간절한 표정을 보자 그녀의 말을 분석해 보려는 생각은 혼란에 빠지고 말았다. 「미국으로 돌아가겠습니다. 내일 돌아가겠어요. 당신을 홀로 남겨 두겠어요.」 그가 마침내 말했다. 「다만,」 그는 울적하게 말했다. 「당신을 보지 못하게 되는 것이 몹시 싫군요!」

「걱정 마세요. 나는 해로울 일은 하지 않을 테니까요.」

「당신은 누군가 다른 사람과 결혼할 겁니다. 내가 여기 앉아 있는 것처럼 틀림없이.」 캐스퍼 굿우드가 말했다.

「지금 하신 말씀이 너그러운 비난이라고 생각하세요?」

「그렇지 않은가요? 많은 남자들이 당신을 유혹하려고 할 테니까요.」

「방금 말했듯이 나는 결혼하기를 바라지 않고, 결혼을 하지 않을 것이 거의 확실해요.」

「당신이 그렇게 말했다는 것은 알고 있습니다. 〈거의 확실하다〉라는 표현이 마음에 드는군요! 나는 당신의 말을 전혀 믿지 않아요.」

「무척 감사하군요. 내가 당신을 떨쳐 내려고 거짓말을 하고 있다고 비난하시려는 건가요? 무척 미묘한 말씀을 하시는군요.」

「그렇게 말하면 안 될 이유가 있습니까? 당신은 내게 아무

284

것도 약속해 주지 않았어요.」

「그래요, 그것이 부족하다는 것이군요!」

「당신은 무사할 거라고 믿을지도 모르지요. 무사할 거라고 바라기만 하면. 하지만 실은 그렇지 않아요.」 그 젊은이는 최악의 사태에 대비하려는 듯이 말을 이었다.

「그럼 좋아요. 내가 안전하지 않다고 해두죠. 당신 좋을 대로 생각하세요.」

「하지만,」 캐스퍼 굿우드가 말했다. 「당신을 내 눈앞에 둔다고 해도 과연 그런 일을 막을 수 있을지 모르겠군요.」

「정말로 모른다고요? 결국 당신이 몹시 두려워지는군요. 내가 다른 사람들을 쉽사리 마음에 둘 거라고 생각하세요?」 그녀는 갑자기 어조를 바꾸며 물었다.

「아뇨, 그렇지는 않아요. 나는 그 생각으로 위안을 삼으려고 애쓸 겁니다. 그러나 세상에는 눈부시게 매력적인 남자들이 틀림없이 상당수 있습니다. 오직 한 명만 있더라도 충분하겠지요. 가장 매혹적인 사람이 곧장 당신에게 접근하겠지요. 분명 당신은 매혹적이지 않은 사람은 받아들이지 않을 겁니다.」

「매혹적이라는 것이 재기가 반짝이는 영리함을 뜻한다면 — 당신이 이것 외에 무슨 의미를 뜻하려는 것인지 상상할 수 없는데 — 나는 내게 사는 법을 가르쳐 줄 영리한 사람의 도움 같은 것은 필요하지 않아요. 나 혼자서 그 방법을 찾아낼 수 있으니까요.」 이사벨이 말했다.

「혼자서 사는 법을 찾아낸다고요? 그 방법을 찾아내서 내게 가르쳐 주기 바랍니다!」

그녀는 잠시 그를 보고 재빨리 미소를 지으며 말했다. 「아,

당신은 결혼하셔야 해요!」

　만일 이 순간 탄성처럼 내지른 이 말이 그에게 악마의 목소리로 들렸더라도 그를 용서해 줄 수 있을 것이다. 그리고 그녀가 그런 가시 돋친 말을 쏘아 댄 심리적 동기가 더없이 명확한 것이었는지도 분명치 않다. 하지만 그가 그녀와 결혼하려는 야망으로 눈에 불을 밝히며 기를 쓰고 돌아다녀서는 안 된다. 그녀는 그를 위해서 그것을 분명히 느꼈다. 「하느님께서 당신을 용서해 주시길!」 그는 몸을 돌리며 목소리를 죽이고 중얼거렸다.

　자기가 강조한 말 때문에 약간 곤란한 처지에 놓였기에 잠시 후 그녀는 바로잡아야 할 필요를 느꼈다. 그러기 위해서 가장 쉬운 방법은 자신이 처했던 곳에 그를 밀어 넣는 것이었다. 「당신은 나를 대단히 부당하게 평가하고 있어요. 당신이 알지도 못하는 것을 말하고요!」 그녀가 큰 소리로 말했다. 「나는 만만한 희생양이 되지 않을 거예요. 이미 그것을 증명했어요.」

　「아, 물론, 내게는 호락호락 넘어오지 않았지요.」

　「다른 사람에게도 그 점을 증명했어요.」 그런 다음에 그녀는 잠시 말을 멈추었다. 「지난주에 청혼을 거절했으니까요. 이른바, 의심할 바 없이, 매혹적으로 눈부신 청혼이었어요.」

　「그 사실을 알게 되어 무척 즐겁군요.」 그 젊은이는 침통하게 말했다.

　「많은 아가씨들이 기꺼이 받아들였을 청혼이었죠. 온갖 매력을 다 갖춘 청혼이었으니까요.」 이사벨은 이 이야기를 할 생각이 없었지만, 이왕 말을 꺼냈으므로 솔직히 다 털어놓고 자신을 공정하게 밝히려는 욕구에 사로잡혔다. 「대단히 높은 지위와 큰 재산을 가진 사람에게서 청혼을 받았어요. 내가 대단히 호감을 느끼는 사람이었어요.」

캐스퍼는 강렬한 관심을 느끼며 그녀를 바라보았다. 「영국인입니까?」

「영국 귀족이에요.」 이사벨이 말했다.

그 방문객은 처음에 잠잠히 그 말을 받아들이더니 잠시 후에 말했다. 「그가 실망하게 되어 다행이군요.」

「자, 그럼, 당신에게 동병상련을 느낄 벗이 있으니, 어떻게든 견뎌 보세요.」

「나는 그를 벗으로 생각하지 않습니다.」 캐스퍼가 완강하게 말했다.

「왜 그렇죠? 내가 그의 청혼을 의심의 여지 없이 거절했는데.」

「그렇다고 해서 그가 내 벗이 되는 건 아닙니다. 게다가 그는 영국인이고요.」

「아니, 영국인은 사람이 아닌가요?」 이사벨이 물었다.

「아, 그 사람들요? 그들은 나와 같은 사람이 아닙니다. 그들이 어떻게 되든 나는 상관하지 않아요.」

「무척 화가 나셨군요.」 아가씨가 말했다. 「이제 그 문제에 대해서는 이야기를 충분히 나눴어요.」

「아, 그래요, 나는 무척 화가 났습니다. 그것을 인정해요!」

그녀는 그에게서 몸을 돌려 열려 있는 창가로 걸어갔고, 어둠에 잠긴 거리를 내다보며 잠시 서 있었다. 밖에서는 흐릿한 가스등 불빛만이 사교적 활기를 상징하고 있었다. 얼마간 이 젊은이들은 둘 다 아무 말도 하지 않았다. 캐스퍼는 벽난로 선반 주위에서 머뭇거리며 음울하게 그것을 뚫어지게 바라보고 있었다. 그녀가 자기에게 돌아가라고 실제로 요구한 것이나 다름없었고, 그는 그것을 알고 있었다. 하지만 혐오스럽게 보일지도 모를 위험을 무릅쓰면서도 그는 그 자리를 떠날 수 없었다. 마음에 품어 온 그녀에 대한 욕구가 너무나 간절한 나머지 쉽사리 포기할 수 없었다. 그는 억지로라도 그녀에게서 약속의 말 한 마디라도 얻어내려고 바다를 건너왔던 것이다. 이윽고 그녀가 창가를 떠나 다시 그의 앞에 섰다. 「당신은 나를 공정하게 대하고 있지 않아요. 방금 내 이야기를 듣고 나서도 말이죠. 그런 이야기를 해서 미안해요. 당신에게는 거의 중요하지 않은 일인데 말이지요.」

「아」 그 젊은이가 소리쳤다. 「당신이 나를 생각해서 그 청혼을 거절했다면!」 그러고 나서 그는 그토록 즐거운 생각을 그녀가 부정할까 두려워서 입을 다물었다.

「당신을 조금은 생각했어요.」 이사벨이 말했다.

「조금이라고요? 이해할 수 없군요. 당신에 대한 내 감정을 알고 있고 그 감정이 당신에게 약간이라도 의미가 있다면, 〈조금〉 생각했다는 것은 초라하기 그지없는 인정입니다.」

이사벨은 큰 실수를 떨쳐 버리려는 듯이 고개를 흔들었다. 「나는 더없이 친절하고 고귀한 신사의 청혼을 거절했어요. 그 점을 중요하게 생각해 주세요.」

「그렇다면 고맙군요.」 캐스퍼 굿우드가 우울하게 말했다. 「당신에게 대단히 감사드립니다.」

「이제 돌아가시는 것이 좋겠어요.」

「당신을 다시 만날 수 있을까요?」 그가 물었다.

「그러지 않는 편이 좋겠어요. 당신은 틀림없이 이 이야기를 다시 꺼낼 테고, 보시다시피 결국 어떤 결론에도 이르지 않으니까요.」

「당신에게 불쾌하게 들릴 말은 한 마디도 하지 않겠다고 약속해요.」

이사벨은 잠시 생각하다가 대답했다. 「하루 이틀 내로 이모부님 댁으로 돌아갈 거예요. 당신에게 그곳으로 오라고 초대할 수는 없어요. 그건 너무 일관성이 없는 행동이니까요.」

캐스퍼 굿우드도 잠시 생각에 잠겼다. 「당신도 나를 공정하게 평가해 주어야 합니다. 일주일도 더 전에 당신 이모부님 댁에 초대를 받았지만 사양했어요.」

그녀는 놀라는 기색을 드러냈다. 「누가 당신을 초대했나요?」

「랠프 터치트 씨였어요. 아마 당신의 사촌이겠지요. 그 초대를 받아들여도 된다는 당신의 허락이 없었기에 거절한 겁니다. 스택폴 양이 터치트 씨에게 나를 초대하라고 부탁한 것 같더군요.」

「물론 내가 부탁한 것은 아니었어요. 헨리에타의 행동은 정말이지 도가 지나치군요.」 이사벨이 덧붙였다.

「그녀를 너무 가혹하게 생각하지 마세요. 나와 관련된 일이니까요.」

「네, 당신이 거절한 것은 전적으로 올바른 행동이었어요. 그 점에 대해 감사드려요.」 그리고 그녀는 워버턴 경과 굿우드 씨가 가든코트에서 마주칠 수도 있었다는 생각을 떠올리며 경악감에 몸서리를 쳤다. 만일 그렇게 되었더라면 워버턴 경에게는 몹시 거북한 상황이었을 것이다.

「이모부님 댁을 떠나면 어디로 가실 겁니까?」 그가 물었다.

「이모님과 외국에 갈 거예요. 피렌체와 그 외 다른 곳들에.」

이 차분한 선언에 그 청년의 심장은 얼어붙는 것 같았다. 자신이 냉혹히 배제된 무리들 속으로 그녀가 소용돌이에 휩싸여 떠밀려 가는 것 같았다. 그래도 그는 재빨리 질문을 던졌다. 「그럼 미국에 언제 돌아오실 겁니까?」

「아마 오랫동안 돌아가지 않을 거예요. 여기서 지내는 것이 무척 행복하거든요.」

「당신의 조국을 포기할 생각입니까?」

「어린애처럼 굴지 마세요.」

「당신은 정말로 내 시야에서 벗어나겠군요.」 캐스퍼 굿우드가 말했다.

「모르겠어요.」 그녀가 다소 당당하게 말했다. 「이 모든 곳들이 잘 연결되고 서로 접하고 있어서 세계가 다소 작다는 인상을 주거든요.」

「내게는 너무나 거대한 곳인데요.」 캐스퍼가 소박하게 소리쳤다. 양보하지 않겠다는 단호한 표정을 짓고 있지 않았더라면 이사벨은 그 소박함을 감동적으로 받아들였을 것이다.

이 확고한 태도는 그녀가 최근에 받아들인 가설이랄까, 지론의 한 부분이었다. 그 지론을 철저히 밝히기 위해서 그녀는 잠시 후에 덧붙였다. 「이런 말을 한다고 해서 나를 몰인정하다고 생각하지 마세요. 내가 원하는 것은 바로 그것, 당신의 시야에서 벗어나는 거예요. 당신과 같은 곳에 있으면 나는 당신이 나를 관찰하고 있다고 느낄 거예요. 나는 그것을 좋아할 수 없어요. 자유로움을 너무나 소중하게 생각하니까요. 내가 세상에서 좋아하는 것이 단 한 가지 있다면,」 그녀는 다시 약간 숭고한 어조를 띠면서 말을 이었다. 「그건 내 개인적 독립성이에요.」

그러나 이 말에 빼어나게 탁월한 점이 있다면 그 어떤 것이든 간에 캐스퍼 굿우드의 경탄을 자아냈다. 이 말이 드러낸 드넓은 기상 앞에 그는 조금도 움츠러들지 않았다. 그는 그녀에게 날개를 달고 비상하려는 욕구가 없다거나 훌륭하고 자유로운 활동에 대한 욕구가 없다는 생각을 해본 적이 없었고, 그 스스로도 긴 팔다리로 활보하는 사람이었기에 그녀의 내면에 있는 어떤 힘도 두렵지 않았다. 이사벨의 말이 그에게 충격을 주려는 의도가 있었다면 그 목표를 이루지 못했다. 오히려 그는 이 부분에 공통점이 있다고 느끼면서 미소를 지었을 뿐이었다. 「나처럼 당신의 자유가 박탈되지 않기를 바랄 사람이 어디 있겠어요? 당신이 원하는 일이라면 무엇이든 완전히 독립적으로 하는 것, 내게 이보다 더 큰 기쁨을 주는 것은 없습니다. 내가 당신과 결혼하기를 원하는 것은 당신을 독립적으로 만들어 주기 위해서입니다.」

「그것은 아름다운 궤변일 뿐이에요.」 그 아가씨는 더욱더 아름답게 미소를 지으며 말했다.

「결혼하지 않은 여자는, 당신 또래의 젊은 아가씨는 독립적이지 못해요. 하고 싶어도 할 수 없는 일이 많이 있어요. 끊임없이 훼방을 받거든요.」

「그 아가씨가 그 문제를 보기 나름이겠지요.」 이사벨은 활기차게 말했다. 「나는 무모한 어린 나이가 아니에요. 내가 선택하는 것을 할 수 있고요. 완전히 독립적인 상태예요. 부모님이 계시지 않고, 가난한 데다, 진지한 성격을 갖고 있어요. 예쁘지도 않고요. 그렇기 때문에 소심하게 인습적으로 처신해야 할 의무가 없는 것이죠. 실로 나는 그런 사치를 누릴 여유가 없어요. 게다가 나는 스스로 사물을 판단하려고 노력해요. 잘못 판단하게 되더라도 그것은 아무 판단도 내리지 않는 것보다 더 고귀한 일이라고 생각하고요. 나는 양 떼에 속한 한 마리 양에 불과한 존재는 되고 싶지 않아요. 나는 내 운명을 선택하기를 바라고, 사람들이 예의에 벗어나지 않게 말해 주는 것 이상으로 인간사에 대해서 많이 알고 싶어요.」 그녀는 잠시 말을 멈췄지만 상대에게 대답할 틈을 줄 만큼 잠자코 있었던 것은 아니었다. 그가 분명 대답하려는 찰나에 그녀가 말을 이었다. 「이렇게 말씀드릴게요, 굿우드 씨. 친절하게도 당신은 내가 결혼하게 될까 봐 두렵다고 말하셨죠. 내가 결혼할 거라는 소문이 들리면 — 아가씨들에 대해서 그런 소문이 돌기 마련이니까 — 내가 자유를 사랑한다고 말했던 것을 기억하시고, 그런 소문에 대해 과감한 의심을 품어 주세요.」

그에게 이런 식으로 충고하는 그녀의 목소리에는 열정적인 확신 같은 것이 담겨 있었다. 그녀의 빛나는 솔직한 눈을 보면서 그는 그녀의 말을 믿을 수 있었다. 그는 대체로 안심할 수 있다고 느꼈다. 이런 기분은 매우 열성적으로 대답한 그의 태도에서 찾아볼 수 있었을 것이다. 「당신은 단 2년간 여행을 하고 싶다고요? 기꺼이 2년을 기다리겠습니다. 그 사이에 당신은 하고 싶은 일을 할 수 있겠지요. 당신이 원하는 것이 오로지 그것이라면 그렇게 말해 주세요. 나는 당신이 인습적이기를 바라지 않습니다. 당신에게는 내가 인습적인 사람으로 보입니까? 당신의 마음을 향상시키고 싶으세요? 내게는 당신의 마음이 지금으로도 아주 훌륭합니다. 하지만 당신이 얼마간 여기저기를 다니면서 다른 나라들을 보고 싶다면 내가 할 수 있는 한 기꺼이 당신을 도와 드리겠어요.」

「무척 관대하시군요. 새삼스럽게 느끼는 것은 아니지만요. 나를 도와줄 수 있는 최선의 방법은 우리 사이에 최대한 넓은 바다를 두고 떨어져 있는 거예요.」

「당신이 어떤 잔인한 일을 저지를 거라고 생각하게 되겠군요!」 캐스퍼 굿우드가 말했다.

「어쩌면 그럴 거예요. 마음이 내킨다면 그런 일도 저지를 수 있을 정도로 자유로우면 좋겠어요.」

「자 그렇다면,」 그가 천천히 말했다. 「나는 미국으로 돌아가겠습니다.」 그는 만족하고 자신 있게 보이려고 애를 쓰며 손을 내밀었다.

하지만 그는 이사벨이 그를 신뢰하는 만큼 그녀를 신뢰할 수는 없었다. 그녀가 잔인한 일을 저지를 수 있으리라고 생각한 것은 아니었다. 하지만 아무리 뒤집어 생각해 보아도 그녀가 선택을 보류한 방식에는 뭔가 불길한 점이 있었다. 그의 손을 잡으면서 그녀는 그에 대해 큰 존중심을 느꼈다. 그가 자기를 무척 좋아한다는 것을 알고 있었고 그를 관대한 사람이라고 생각했다. 그들은 잠시 서로를 바라보며 서 있었다. 악수를 하면서 하나로 묶여 있는 동안 그녀가 그저 가만히 있었던 것은 아니었다. 「잘됐어요!」 그녀는 다정하게 여겨질 정도로 매우 상냥한 어조로 말했다. 「합리적으로 처신하시면 손실을 입을 일이 없을 거예요.」

「하지만 2년 후에 당신이 어디 있든지 당신을 찾아갈 겁니다.」 그는 예의 특징적인 완강한 어조로 대답했다.

우리가 익히 봐왔듯이 우리의 아가씨는 변덕스러운 데가 있었다. 이 말을 듣자 갑자기 그녀의 어조가 바뀌었다. 「아, 잊지 마세요. 나는 아무 약속도 드리지 않았어요. 절대로 아

무것도!」그러고는 그가 떠나도록 재촉하려는 듯이 더 부드
럽게 말했다. 「그리고 내가 손쉬운 희생물이 되지 않으리라
는 것도 기억하세요!」

「당신은 당신의 독립성에 무척 싫증이 날 겁니다.」

「어쩌면 그렇겠죠. 그런 가능성이 클 수도 있고요. 그런
날이 오면 기쁘게 당신을 만나겠어요.」

그녀는 침실 문의 손잡이를 잡았고, 손님이 돌아가지 않
으려는지를 알아보려는 듯이 잠시 기다렸다. 하지만 그는
그 자리에서 움직일 수 없는 것 같았다. 아직도 그는 마음이
내키지 않는 듯이 보였고 그의 눈에는 쓰라린 항의가 담겨
있었다. 「이제 헤어져야겠어요.」이사벨이 말했다. 그녀는 문
을 열고 다른 방으로 들어갔다.

이 방은 어두웠다. 하지만 호텔의 뜰에서 창문을 통해 들
어온 희미한 빛이 어둠을 희석했다. 이사벨은 가구들의 윤곽
과 희미하게 빛나는 거울, 어렴풋이 드러난 큰 사주식 침대
를 알아볼 수 있었다. 그녀는 잠시 귀를 기울이며 서 있었다.
마침내 캐스퍼 굿우드가 거실을 나서서 문을 닫는 소리가
들려왔다. 그녀는 조금 더 서 있었다. 그런 다음에는 억누를
수 없는 충동에 휩싸여 침대 앞에 털썩 무릎을 꿇고 얼굴을
두 팔로 감쌌다.

제17장

그녀는 기도를 드리고 있는 것이 아니었다. 그녀는 떨고 있었고, 온몸이 바들바들 떨리고 있었다. 원래 그녀는 쉽게 전율을 일으켰고, 사실 온몸이 떨리는 것은 흔히 있는 일이었다. 하지만 지금은 세게 부딪힌 하프처럼 온몸이 윙윙 울리는 것 같았다. 그녀는 그저 이불을 뒤집어쓰고 갈색 시트로 온몸을 감싸기만 하면 되었지만, 이런 흥분 상태를 버틸 수 있기를 바랐다. 얼마간 기도하는 자세를 유지한 것이 차분해지는 데 도움이 된 것 같았다. 캐스퍼 굿우드가 가버렸다는 사실에 강렬한 기쁨이 솟구쳤다. 그를 그처럼 쫓아내고 나니 너무나 오랫동안 마음을 짓눌렀던 빚을 갚고 도장이 찍힌 영수증을 받은 듯한 느낌이었다. 안도의 기쁨을 만끽하면서 그녀는 고개를 더 깊이 숙였다. 그 안도감은 심장에서 고동치고 있었고, 벅찬 감격을 만들어 냈다. 하지만 그런 감정을 느끼는 것은 부끄러운 일이었다. 모욕적이고, 그 상황에도 맞지 않는 부적절한 것이었다. 그녀는 무릎을 꿇은 채 약 10분간 가만히 있었다. 다시 거실로 돌아왔을 때도 떨림이 완전히 가라앉은 것은 아니었다. 그런 전율이 일어난

데에는 실로 두 가지 이유가 있었다. 굿우드 씨와 긴 시간 동안 논쟁을 벌인 것이 한 가지 이유라면, 또 다른 이유는 유감스럽게도 그녀가 자신의 힘을 발휘하면서 느낀 즐거움이었을 것이다. 그녀는 조금 전에 앉았던 의자에 다시 앉아 책을 들었지만 책을 펼치려는 시늉도 하지 않았다. 그녀는 겉으로 볼 때 밝은 면이 명백히 드러나지 않는 사건들에 대해 반응하면서 종종 그랬듯이 낮은 소리로 부드럽게 열망하듯이 중얼거리며 의자에 등을 기댔고, 2주일 사이에 열렬한 구혼자 두 명을 거절했다는 만족감에 빠져들었다. 그녀가 캐스퍼 굿우드에게 무척 대담하게 묘사했던 자유에 대한 사랑은 아직은 순전히 이론적인 것에 불과했다. 그 사랑을 광범위하게 마음껏 누려 본 적이 없었다. 하지만 그녀는 자신이 뭔가를 해낸 것 같았다. 전투의 기쁨은 아니더라도 적어도 승리의 기쁨을 맛보았던 것이다. 자신의 계획에 가장 잘 들어맞는 일을 한 것이다. 열렬히 타오르는 이런 의식 사이로 어둑한 거리를 지나 슬프게 집으로 돌아가고 있는 굿우드 씨의 이미지가 떠오르자 뭔가가 강력하게 자신을 비난하는 것 같았다. 그래서 그 순간 방문이 열리자 이사벨은 그가 돌아왔으리라는 불안감에 벌떡 일어섰다. 그러나 들어온 사람은 다름 아닌 헨리에타 스택폴이었다. 저녁 식사를 마치고 돌아온 것이다.

스택폴 양은 우리의 아가씨가 어떤 일을 〈겪었다〉는 것을 즉시 알아차렸다. 사실 그것을 알아내는 데 대단한 통찰력이 필요한 것도 아니었다. 그녀는 곧바로 친구에게 다가갔지만, 그 친구는 그녀를 맞으며 인사말도 건네지 않았다. 이사벨은 캐스퍼 굿우드를 미국으로 돌려보낸 것을 의기양양하게 느끼면서 그가 그녀를 만나러 왔다는 사실을 일면 다행스럽게 여기지 않을 수 없었다. 하지만 동시에 헨리에타가 자기를 덫에 빠뜨릴 권리는 없다는 것을 잊지 않았다. 「그분이 왔니?」 헨리에타가 열망하듯이 물었다.

이사벨은 고개를 돌리고 한동안 아무 대답도 하지 않았다. 「너는 너무나 잘못된 행동을 했어.」 그녀가 마침내 단언했다.

「내 행동은 최선을 위한 거였어. 너도 그렇게 최선으로 행동했기를 바랄 뿐이야.」

「너는 심판관이 아니야. 나는 너를 신뢰할 수 없어.」 이사벨이 말했다.

달갑지 않은 말이었지만 헨리에타는 극히 사심이 없는 아가씨였으므로 이 말에 담긴 비난에 신경을 쓰지 않았다. 그녀는 오로지 그 말이 친구와 관련해서 무엇을 밝혀 주는지에 대해서만 관심을 기울였다. 「이사벨 아처,」 그녀가 똑같이 갑작스럽고 엄숙하게 말을 꺼냈다. 「네가 이 사람들 중 한 명과 결혼한다면 나는 다시는 너와 말을 하지 않을 거야.」

「그런 무시무시한 위협을 하기 전에 내가 청혼을 받을 때까지 기다리는 게 좋을걸.」 이사벨이 대답했다. 워버턴 경의 청혼에 대해서는 스택폴 양에게 입도 뻥긋한 적이 없었으므로 이제 와서 그 귀족을 거절했다고 말함으로써 헨리에타에게 자기 자신을 정당화해 볼 생각은 전혀 들지 않았다.

「아, 네가 일단 유럽 대륙에 건너가기만 하면 금세 청혼을 받을 거야. 애니 클라이머는 이탈리아에서 청혼을 세 번이나 받았대. 가엾게도 못생기고 자그마한 애니도.」

「그래, 애니 클라이머는 유럽인에게 붙잡히지 않았는데,

왜 나는 그렇게 되리라는 거지?」

「애니는 집요한 강요에 시달리지 않았을 거야. 하지만 너는 그럴 테고.」

「우쭐하게 해주는 말이구나.」 이사벨이 침착하게 말했다.

「난 너에게 알랑거리지 않아, 이사벨. 진실을 말하는 거지!」 그 친구가 소리쳤다. 「네가 굿우드 씨에게 희망을 주지 않았다고 말하려는 것은 아니길 바라.」

「왜 너에게 시시콜콜 말해 줘야 하는지 그 이유를 모르겠어. 조금 전에 말했듯이 너를 신뢰할 수 없으니까. 하지만 네가 굿우드 씨에게 큰 관심을 갖고 있으니까 숨김없이 말해 주지. 그는 곧 미국으로 돌아갈 거야.」

「네가 그를 내몰았다는 말은 아니겠지?」 헨리에타가 비명에 가까운 소리를 질렀다.

「나를 그냥 내버려 둬 달라고 부탁했어. 그리고 너에게도 똑같은 것을 부탁하겠어, 헨리에타.」 그 순간 스택폴 양은 당황한 나머지 눈을 번쩍였다. 그러고는 벽난로 위에 달린 거울 쪽으로 걸어가서 모자를 벗었다. 「즐겁게 저녁 식사를 했기 바라.」 이사벨이 말을 이었다.

그러나 그 친구는 사소한 말 때문에 주제에서 빗나갈 사람이 아니었다. 「네가 어디로 가고 있는지 알고 있니, 이사벨 아처?」

「이제 침대로 갈 거야.」 이사벨이 여전히 가볍게 대답했다.

「네가 어디로 떠내려가고 있는지 알고 있어?」 헨리에타가 모자를 우아하게 내밀면서 추궁했다.

「아니, 전혀 모르겠어. 그리고 알지 못하고 있어서 무척 기분 좋아. 깜깜한 밤중에 보이지도 않는 길을 덜거덕거리며 재빨리 질주하는 말 네 필이 끌고 가는 마차 — 내가 생각하는 행복은 바로 그런 거야.」

「굿우드 씨가 네게 마치 부도덕한 소설의 여주인공이라도 되는 양 그런 말을 하도록 가르친 것은 분명 아니겠지.」 스택폴 양이 말했다. 「너는 엄청난 실수를 저지르도록 떠내려가고 있어.」

이사벨은 친구의 간섭에 화가 났지만, 그래도 이 말에 어떤 진실이 담겨 있을지를 생각해 보려 했다. 하지만 아무 생각도 할 수 없었기에 이렇게 말할 수밖에 없었다. 「이렇게도 과감하게 나를 몰아세우다니 나를 무척 좋아하는 것이 틀림없나 보다, 헨리에타.」

「나는 너를 열렬히 사랑해, 이사벨.」 스택폴 양은 감정을 담아 말했다.

「그래, 나를 열렬히 사랑한다면, 그만큼 나를 혼자 내버려 둬 줘. 굿우드 씨에게 그렇게 부탁했는데, 네게도 부탁해야겠어.」

「지나치게 네 마음대로 하지 않도록 조심해.」

「굿우드 씨도 그렇게 말하더구나. 나는 위험을 감수해야 한다고 말했고.」

「너는 위험을 좋아하는구나. 너를 보면 몸서리가 나!」 헨리에타가 소리쳤다. 「굿우드 씨가 언제 미국으로 돌아가신다고?」

「모르겠어. 그분이 말하지 않았어.」

「아마 네가 물어보지 않았겠지.」 헨리에타는 공정하게 비꼬는 어조로 말했다.

「내가 그에게 만족스러운 대답을 거의 해주지 않았기에 이런저런 것을 물어볼 권리가 없었어.」

잠시 스택폴 양은 이 말에 대해서 쉽사리 의견을 붙일 수 없는 것 같았다. 그러나 마침내 그녀가 소리쳤다. 「자, 이사벨, 만일 내가 너를 잘 몰랐더라면, 너를 냉혹한 여자라고 생각했을 거야!」

「조심해,」 이사벨이 말했다. 「너는 내 기분을 망치고 있어.」

「유감스럽지만 이미 그렇게 만들었어.」 스택폴 양이 덧붙였다. 「적어도 그분이 애니 클라이머와 같은 배를 타면 좋겠구나!」

다음 날 아침에 이사벨은 친구가 가든코트로 돌아가지 않고(터치트 씨가 다시 환영해 주겠다고 약속했지만) 런던에 머물면서 밴틀링 씨가 누이인 레이디 펜슬에게서 받아 주겠다고 약속한 초대장을 기다리기로 결정했다는 말을 들었다. 스택폴 양은 랠프 터치트의 상냥한 친구와 나눈 이야기를 숨김없이 들려주었고 이제야말로 뭔가에 도달할 수 있는 것을 붙잡게 되었다고 확신한다고 말했다. 레이디 펜슬의 편지를 받자마자 — 이 편지가 틀림없이 도착할 거라고 밴틀링 씨가 보증한 것이나 다름없었다 — 그녀는 즉시 베드퍼드셔를 향해 출발할 것이다. 만일 그곳에서 그녀가 받은 인상을 알고 싶다면, 이사벨은 『인터뷰어』에서 찾아볼 수 있을 것이다. 헨리에타는 이번에야말로 영국 내적 생활의 면모를 확실히 관찰할 수 있을 것이다.

「너는 어디로 흘러가고 있는지 알고 있니, 헨리에타 스택폴?」 이사벨은 전날 밤에 친구가 썼던 말투를 흉내 내면서 물었다.

「난 대단한 지위로 흘러가고 있어. 미국 언론계 여왕의 자리로. 다음번 내 편지가 서부 전역 신문에 실리지 않는다면,

내 펜 지우개를 삼켜 버릴 거야!」

헨리에타는 대륙에서 청혼을 받았던 아가씨 애니 클라이머 양과 함께 적어도 그녀를 인정해 주었던 서반구에 대한 작별 인사로 기념품을 사러 가기로 약속한 터였다. 그녀는 곧 친구를 만나러 저민 가로 출발했다. 그녀가 나간 직후에 랠프 터치트의 방문을 알리는 소리가 들려왔다. 그가 방에 들어서자마자 이사벨은 그가 어떤 생각에 사로잡혀 있음을 알 수 있었다. 그는 즉시 사촌에게 그 생각을 털어놓았다. 모친에게서 전보를 받았는데 부친의 고질병이 급속히 악화되었고, 어머니가 무척 놀란 나머지 그에게 가든코트로 즉시 돌아오라고 당부했다는 것이었다. 적어도 이번 경우에는 터치트 부인이 전보를 애용하는 것에 대해 흠잡을 겨를이 없었다.

「우선 매튜 호프 경이라는 유명한 의사를 만나 보는 것이 좋겠어.」 랠프가 말했다. 「정말 다행히도 그분이 런던에 계시더군. 그분을 12시 반에 만날 예정인데, 가든코트로 왕진을 가주십사 부탁드릴 거야. 예전에 가든코트와 런던에서 아버님을 여러 차례 진찰하셨으니 기꺼이 내려가 주시겠지. 2시 45분에 급행열차가 있는데 나는 그걸 타려고 해. 너는 나와 함께 내려갈 수도 있고 여기 며칠 더 있어도 되겠고. 좋은 대로 하렴.」

「물론 같이 가겠어요.」 이사벨이 대답했다. 「이모부님께 내가 별 도움이 될 수 있을 것 같지는 않지만 편찮으시다니 이모부님 옆에 있고 싶어요.」

「아버님을 좋아하는 것 같구나.」 랠프는 약간 부끄러운 듯 기쁜 표정을 지으며 말했다. 「아버님의 진면목을 알고 있고. 세상 사람들이 다 알고 있는 건 아닌데. 아버님의 성품이 너무 섬세하거든.」

「이모부님을 매우 좋아해요.」 잠시 후에 이사벨이 말했다.

「아주 잘되었군. 그분의 아들 다음으로 너를 가장 흠모하는 분이니까.」

그녀는 이런 장담을 기쁘게 받아들였지만 터치트 씨가 자신을 좋아하더라도 청혼할 수 없는 처지라는 생각에 은밀히 조그맣게 안도의 한숨을 내쉬었다. 하지만 이런 생각을 입밖에 내놓은 것은 아니었다. 그녀는 자신이 런던에 머물지 않으려는 다른 이유가 있다고 랠프에게 말했다. 런던에 싫증이 나서 떠나고 싶고, 또 헨리에타도 런던을 떠나 베드퍼드셔에 가서 머물 것이다.

「베드퍼드셔라고?」

「밴틀링 씨의 누이인 레이디 펜슬의 집에서요. 초대장을 받으리라고 밴틀링 씨가 장담했대요.」

랠프는 불안한 심정이었지만 이 말에 웃음을 터뜨렸다. 그래도 곧 다시 진지한 표정을 띠었다. 「밴틀링은 용감한 사람이야. 그런데 초대장이 중간에 분실되면 어떻게 하지?」

「영국의 우체국은 실수하는 일이 전혀 없는 줄 알았는데요.」

「그 훌륭한 시인 호메로스도 때로 깜빡 졸기도 하거든.」 랠프가 말했다. 「하지만,」 그는 더 명랑하게 말을 이었다. 「그 훌륭한 밴틀링은 절대로 조는 일이 없지. 그리고 무슨 일이 일어나더라도 그는 헨리에타를 돌봐 줄 거야.」

랠프는 매튜 호프 경을 만나러 갔고 이사벨은 프랫 호텔을 떠날 준비를 했다. 이모부가 위독한 상태라서 그녀는 몹시 심란해졌다. 가방을 열어 놓고 그 앞에 서서 안에 넣을 물건들을 찾느라 넋 나간 듯이 주위를 둘러보고 있으려니 눈물이 왈칵 솟구쳤다. 어쩌면 이런 이유 때문에 랠프가 그녀를 데리고 기차역으로 가려고 2시에 돌아왔을 때 아직 준비를 끝내지 못한 것이었으리라. 하지만 스택폴 양은 거실에 앉아 있었다. 그곳에서 방금 점심 식사를 마친 그녀는 그를 보자마자 그의 아버지의 병환에 대해 유감의 뜻을 표했다.

「그분은 고귀한 분이세요.」 그녀가 말했다. 「마지막까지 믿을 수 있는 분이시지요. 만일 이번이 정말로 마지막이 된다면 ─ 이런 말씀을 드려서 죄송해요. 하지만 당신도 그런 가능성을 이따금 떠올리셨겠지요 ─ 가든코트에 가 뵙지 못해 죄송해요.」

「베드퍼드셔에서 훨씬 즐겁게 보낼 수 있을 겁니다.」

「이런 때에 저 혼자서 즐겁게 보낸다면 퍽 유감스러울 거예요.」 헨리에타는 무척 예의 바르게 말했다. 그러나 즉시 덧붙였다. 「마지막 장면을 기념하는 글을 꼭 쓰고 싶을 거예요.」

「아버님께서는 오래 사실 겁니다.」 랠프가 간단히 대답했다. 그리고는 더 쾌활한 이야기로 화제를 돌리면서 스택폴 양의 장차 계획에 대해서 물었다.

지금 랠프의 마음이 무척 울적한 상태였으므로 그녀는 평소보다 더 너그러운 목소리로 밴틀링 씨를 소개해 주어서 대단히 고맙다고 말했다. 「그분은 바로 내가 알고 싶었던 것들을 말해 줬어요.」 그녀가 말했다. 「상류 사회에 관한 일들과 왕족에 대한 것들 전부 다요. 왕족에 대해서 그분이 들려준 이야기가 왕족의 명예를 드높여 준다고는 생각할 수 없더군요. 하지만 그분은 내가 그것을 특이한 방식으로 보기 때문이라고 하시더라고요. 그런데 내가 원하는 것은 그분에게서 다만 사실을 알아내는 것이죠. 일단 사실을 확보하면 그것을 재빨리 연결시킬 수 있으니까요.」 그러고는 밴틀링 씨가 친절하게도 그날 오후에 들러서 그녀를 데리고 가기로 약속했다고 덧붙였다.

「어디로 데리고 간다는 겁니까?」 랠프가 감히 물어보았다.

「버킹엄 궁전이요. 그곳 전체를 보여 주실 거예요. 왕족의 생활이 과연 어떠한 것인지를 내가 좀 이해할 수 있도록 말이죠.」

「아,」 랠프가 말했다. 「우리는 당신을 믿을 만한 사람에게 맡기고 갑니다. 다음에는 당신이 윈저 성에 초대되었다는 소식을 듣게 되겠군요.」

「초대를 받으면 당연히 갈 거예요. 일단 시작하면 겁날 게 없거든요. 하지만 아무리 그래도,」 헨리에타가 잠시 후 덧붙였다. 「마음이 편치 않아요. 이사벨과 사이가 좋지 않아서요.」

「이사벨이 최근에 뭔가 잘못한 일이 있습니까?」

「음, 전에 당신에게 말을 꺼냈으니 그 이야기를 계속해도 나쁠 게 없겠죠. 나는 내가 선택한 주제에 대해서 언제나 끝을 맺거든요. 어젯밤에 굿우드 씨가 여기를 방문했어요.」

랠프는 눈을 크게 떴다. 얼굴이 조금 붉어지기도 했다. 그가 얼굴을 붉히는 것은 다소 날카로운 감정을 드러내는 징후였다. 그는 어제저녁에 윈체스터 광장에서 헤어지면서 그곳에서 헤어지는 이유가 프랫 호텔로 손님이 찾아오기 때문이 아니냐는 암시를 했는데 이사벨이 부인했던 일을 떠올렸다. 그녀의 이중성을 의심해야 한다는 것은 그에게 새로운 고통이었다. 다른 한편으로는, 그녀가 애인과 만날 약속을 했다는 것이 자신에게 무슨 상관이 있는지를 재빨리 스스로에게 물어보았다. 아가씨들이 그런 약속을 숨기는 것은 어느 시대에나 우아한 행동으로 여겨지지 않았던가? 랠프는 스택폴 양에게 재치 있게 답변했다. 「당신이 일전에 말해 주신 관점으로 보면, 당신은 그 일에 전적으로 만족했을 것 같군요.」

「그가 그녀를 만나러 왔다는 것이에요? 그건 그럭저럭 잘되었어요. 내가 꾸민 일이었거든요. 우리가 런던에 있다는 것을 그에게 알려 주었고, 내가 밖에서 저녁 시간을 보내기로 정해졌을 때 그에게 한 마디를 써 보냈죠. 〈총기 있는〉사람에게 귀띔해 줄 때 쓰는 그 한 마디 말요. 그녀가 혼자 있을 때 그가 오기를 바랐거든요. 당신이 방해가 되지 않기를 바랐다는 말은 하지 않겠어요. 어떻든 그는 그녀를 만나러 왔어요. 그렇지만 차라리 멀리 떨어져 있는 편이 더 나았을 거예요.」

「이사벨이 매정하게 굴었나요?」 사촌 동생이 자신을 속이지 않았음을 알게 되자 그 안도감에 랠프의 얼굴은 환해졌다.

「그들 사이에 무슨 일이 있었는지 정확히는 알지 못해요. 어떻든 이사벨은 그에게 만족감을 전혀 주지 않았어요. 그를 미국으로 돌려보냈죠.」

「가엾은 굿우드 씨!」 랠프가 한숨을 쉬었다.

「이사벨은 그를 쫓아 버리려는 생각밖에 없었던 것 같아요.」 헨리에타가 말을 이었다.

「가엾은 굿우드 씨!」 랠프가 되풀이했다. 그 감탄사가 자동적으로 터져 나왔다는 것은 인정해야 한다. 그 말은 다른 가닥을 잡아 가고 있던 그의 생각을 정확히 표현한 것이 아니었다.

「진심으로 그렇게 느끼시는 것 같지는 않군요. 당신이 정말로 염려해 준다는 생각이 들지 않아요.」

「아,」 랠프가 말했다. 「이 흥미로운 청년을 내가 알지 못한다는 것을, 한 번도 본 적이 없다는 것을 기억해 주세요.」

「어떻든 나는 그를 만날 거예요. 그리고 포기하지 말라고 말할 거예요. 이사벨이 원래대로 돌아오리라고 믿을 수 없으면,」 스택폴 양이 덧붙였다. 「만일 그렇다면, 나도 포기하겠어요. 내 말은 그녀를 포기하겠다는 거예요!」

제18장

　이런 상황에서 이사벨이 친구와 작별할 때 약간 곤혹스러우리라는 생각이 들었기에 랠프는 사촌 동생보다 먼저 호텔 정문으로 내려갔다. 잠시 지체한 후 뒤따라온 이사벨의 눈에는, 그가 생각하기로는, 항의를 받아들이지 않은 흔적이 역력히 남아 있었다. 두 사람은 가든코트로 가는 동안에 거의 말을 하지 않았다. 기차역에 마중 나온 하인은 터치트 씨의 병세에 대해 좋은 소식을 전해 주지 않았다. 그래서 랠프는 매튜 호프 경이 5시 기차로 내려와서 그날 밤을 묵기로 약속해 준 것을 또다시 다행으로 여겼다. 집에 도착해 보니 터치트 부인은 남편의 옆을 한시도 떠나지 않았고 그 순간에도 환자와 함께 있었다. 이런 사실로 말미암아 랠프는 결국 어머니에게 필요했던 것은 그저 손쉬운 계기였으리라고 생각하게 되었다. 더욱 훌륭한 본성을 가진 사람은 더 순조로운 시기에 빛을 발한다. 온 집 안에서 위기가 닥치기 직전의 정적을 느낄 수 있었던 이사벨은 자기 방으로 갔다. 하지만 한 시간이 지나자 그녀는 터치트 씨의 병세에 대해서 물어보고 싶어서 이모를 찾아 아래층으로 내려왔다. 서재에 들어갔지만 터치트 부인은 보이지 않았다. 차갑고 축축하던 날씨가 이제는 너무 나빠졌으므로 이모가 평소처럼 정원으로 산책을 나갔을 것 같지는 않았다. 이사벨은 이모의 방으로 하인을 보내 물어보려고 초인종을 누르려다가 뜻밖의 소리가 들려오는 바람에 얼른 그만두었다. 분명 응접실에서 들려오는 나지막한 피아노 소리였다. 이모가 피아노를 치는 일이 절대 없다는 것을 알고 있었으므로 그것은 아마도 혼자 즐기기 위해서 피아노를 치곤 하던 랠프일 거라고 생각했다. 이런 상황에서 그가 이처럼 기분 전환을 하려 했다는 것은 아버지에 대한 걱정을 덜게 되었음을 알려 주는 것이 분명했다. 그래서 이사벨은 쾌활한 기분을 되찾으면서 하모니가 울리는 곳으로 걸어갔다. 가든코트의 응접실은 상당히 떨어진 곳에 있었고 그 한쪽 구석에 놓인 피아노는 그녀가 들어선 문에서 가장 멀리 떨어져 있었기에 피아노 앞에 앉아 있던 사람은 그녀가 들어온 것을 알아차리지 못했다. 그 사람은 랠프도, 그 어머니도 아니었다. 그 숙녀는 문을 등지고 앉아 있었지만 이사벨은 자기가 전혀 알지 못하는 낯선 사람이라는 것을 금방 알 수 있었다. 이사벨은 깜짝 놀라서 멋진 옷을 걸친 그녀의 풍만한 등을 잠시 바라보았다. 이 숙녀는 이사벨이 없는 동안에 도착한 손님인 것이 분명했다. 이사벨은 가든코트에 도착해서 하인들과 잠시 이야기를 나눴고 그중에는 이모의 하녀도 포함되어 있었지만 그들 중 어느 누구도 새로 온 손님 이야기는 하지 않았다. 하지만 이사벨은 하인들이 얼마나 과묵하게 명령을 받고 따르는지를 이미 알고 있었고, 이모의 하녀가 쌀쌀맞게 자기를 대했던 것을 특히 의식하고 있었다. 그녀는 그 하녀의 도움을 받아 옷을 갈아입고 약간 지나치게 불신하며, 깃털이 더욱 광채를 발하게 하듯 머리를 흔들면서 하녀의 손길에서 빠져나왔다. 집 안에 손님이 와 있다는 것 그 자체는 당혹스러운 일이 아니었다. 그녀는 새로운 사람을 알게 될 때마다 그것이 자신의 인생에 어떤 중대한 영향을 미칠 거라는 젊은이들 특유의 믿음을 아직 버리지 않았던 것이다. 이런 생각을 하면서 이사벨은 그 숙녀가 놀랍도록 피아노를 잘 친다는 사실을 의식하게 되었다. 그녀는 슈베르트의 곡을 연주하고 있었다. 이사벨은 그 곡목은 알지 못해도 슈베르트의 작품이라는 것은 알았다. 그 숙녀는 자기 나름의 재량으로 신중하게 건반을 두드렸고, 그연주는 숙련된 기술과 풍부한 감정을 보여 주었다. 이사벨은 가장 가까이 있는 의자에 가만히 앉아서 연주가 끝날 때까지 기다렸다. 그 곡이 끝나자 그녀는 연주자에게 고맙다고 말하고 싶은 욕구를 강렬히 느꼈기에 자리에서 일어났고, 동시에 그 낯선 여자는 이사벨의 존재를 그때 막 알아차린 듯이 재빨리 몸을 돌렸다.

「매우 아름다운 곡이었어요. 당신이 연주하시니까 더욱 아름답게 들리는군요.」 이사벨은 진정으로 황홀한 기분을 표현할 때 흔히 그러듯 젊은 얼굴을 환히 빛내며 말했다.

「그럼 터치트 씨에게 시끄럽게 들리지 않았을 거라고 생각해요?」 그 연주자는 자기가 받은 찬사에 걸맞도록 상냥하게 대답했다. 「이 저택이 상당히 넓고 그분의 방은 멀리 떨어져 있어서 피아노를 쳐도 괜찮으리라고 생각했어요. 특히 그저, 그저 손가락 끝으로 친다면 *du bout des doigts* 말이죠.」

〈이 여자는 프랑스인일 거야.〉 이사벨은 생각했다. 〈프랑스인처럼 말하고 있으니.〉 이렇게 생각하자 우리의 사색적인 여주인공에게 그 손님은 더욱 흥미롭게 보였다. 「저는 이모 부님께서 회복되시기를 바라고 있어요.」 이사벨이 덧붙였다. 「이렇게 아름다운 음악을 들으시면 기분이 좋아지실 거예요.」

그 숙녀는 미소를 지었고 명확한 판단력을 드러냈다. 「유감스럽게도 우리의 인생에는 슈베르트조차 우리에게 아무 것도 들려줄 수 없는 순간들이 있어요. 하지만 그런 순간들이 우리에게 가장 불행한 때라고 인정해야지요.」

「그렇다면 지금 저는 그런 상태가 아니에요.」 이사벨이 말했다. 「오히려 몇 곡 더 연주해 주시면 무척 기쁘겠어요.」

「당신에게 기쁨을 준다면, 기꺼이 연주해 드리지요.」 이 상냥한 숙녀는 다시 자리를 잡고 몇 가지 화음을 눌러 보았다. 그동안 이사벨은 피아노에 더 가까이 다가가서 앉았다. 새로운 손님은 건반에 손을 올려놓은 채 문득 몸을 반쯤 돌려 어깨 너머로 돌아보았다. 그녀는 마흔 살쯤 되어 보였고, 예쁜 얼굴은 아니었지만 표정이 매혹적이었다. 「그런데,」 그녀가 말했다. 「당신이 조카딸인가요? 미국에서 온 아가씨?」

「이모님의 질녀예요.」 이사벨이 간단히 대답했다.

피아노에 앉은 그 숙녀는 잠시 가만히 있으면서 어깨 너머로 관심 있게 바라보았다. 「잘됐군요. 우리는 동포니까요.」 그러고 나서 그녀는 연주를 시작했다.

〈아, 그럼 프랑스인이 아니로군.〉 이사벨은 속으로 중얼거렸다. 그 반대로 상상하면서 그 숙녀를 낭만적인 인물로 생각했으니 이 사실을 알게 되자 매력이 반감되었으리라고 여겨질 것이다. 그러나 실은 그렇지 않았다. 이런 흥미로운 조건에서는 미국인이라는 것이 프랑스인보다 더 희귀하게 여겨졌다.

그 숙녀는 전과 같은 방식으로 부드럽고 장중하게 연주했다. 그녀가 연주하는 동안 방 안의 어둠이 깊어졌다. 가을날의 어스름이 짙어졌고 이사벨은 앉은 자리에서 비가 내리는 것을 볼 수 있었다. 이제 본격적으로 내리기 시작한 비는 차갑게 보이는 잔디밭을 씻어 내렸고, 거센 바람이 큰 나무들을 뒤흔들고 있었다. 마침내 연주를 끝내고 그 숙녀는 일어서서 미소를 띠고 다가오더니 이사벨이 고맙다고 인사할 틈도 주지 않고 말했다.「당신이 돌아와서 무척 기뻐요. 당신 이야기를 많이 들었거든요.」

이사벨은 그 숙녀가 매우 매력적이라고 생각했지만 그러면서도 약간 무뚝뚝하게 대답했다.「누구에게서 제 이야기를 들으셨어요?」

그 낯선 부인은 한순간 주저하더니 말했다.「당신의 이모부님에게서요.」그녀가 대답했다.「여기 온 지 사흘 되었는데 첫날 이모부님께서 내게 그분의 방으로 찾아뵙는 것을 허락해 주셨어요. 그때 그분은 당신에 대한 말씀만 하시더군요.」

「저를 모르셨으니 무척 지루하셨겠어요.」

「당신을 만나고 싶은 마음이 들었지요. 그 후로 당신 이모님은 터치트 씨 옆에 붙어 계신 때가 많았고 나 혼자서 지내다 보니 좀 지루했기에 더 그랬어요. 방문하기에 좋은 때를 선택하지 못한 거죠.」

하인이 램프를 가지고 들어왔고, 곧 다른 하인이 차 쟁반을 들고 들어왔다. 터치트 부인에게 차가 준비되었다고 알려 주었음이 분명했다. 곧 부인이 나와서 찻주전자에 손을 댔던 것이다. 부인이 조카딸을 맞이한 태도는 주전자 속을 들여다 보려고 뚜껑을 들어 올릴 때와 크게 다를 것이 없었다. 어떤 행동에서도 지나치게 열성적인 태도를 보이는 것은 그녀에게 어울리지 않는 일이었다. 남편의 상태에 대한 질문에 그가 더 좋아졌다는 말은 할 수 없었다. 하지만 그 지역의 의사가 옆에 붙어 있는데 그가 앞으로 매튜 호프 경과 상의하여 많은 도움을 줄 수 있기를 기대한다는 것이었다.

「두 사람은 이미 인사를 나누었겠지?」 그녀가 말을 이었다. 「아직 그렇게 하지 않았다면 서로 인사를 나누는 게 좋겠어. 랠프와 나는 계속 터치트 씨 옆에 있어야 하니까 두 사람이 서로를 상대해 주지 않으면 말벗이 없을 거야.」

「피아노를 잘 치신다는 것 외에는 아는 것이 없어요.」 이사벨이 그 손님에게 말했다.

「그것 말고도 알아야 할 것이 많단다.」 터치트 부인이 메마르게 작은 목소리로 말했다.

「그중 조금만 알아도 아처 양은 만족할 거예요!」 그 숙녀는 가볍게 웃으며 큰 소리로 말했다. 「나는 이모님의 오랜 친구예요. 피렌체에서 많이 살았어요. 나는 마담 멀이라고 해요.」 그녀는 꽤 잘 알려진 명사를 언급하듯이 자기 이름을 알려 주었다. 하지만 이사벨에게 그 이름은 별다른 의미가 없었다. 그저 마담 멀의 매너가 지금까지 만나 본 사람들 중에서 가장 매력적이라는 느낌이 들었다.

「이름은 그렇지만 외국인이 아니란다.」 터치트 부인이 말했다. 「마담 멀이 태어난 곳은 — 당신의 출생지를 늘 잊어버린단 말이야.」

「그렇다면 다시 알려 드려도 소용이 없겠군요.」

「오히려 그 반대지.」 터치트 부인은 논리와 관련된 문제에 있어서는 그냥 넘어가는 일이 없었다. 「내가 기억한다면, 당신이 말해 줄 필요가 없겠지.」

마담 멀은 국경을 넘어 통용되는, 일종의 세계적인 미소를 띠고 이사벨을 바라보았다. 「저는 휘날리는 국기의 그림자 밑에서 태어났어요.」

「마담 멀은 비밀을 너무 좋아한단다.」 터치트 부인이 말했다. 「그게 큰 결점이야.」

「아,」 마담 멀이 큰 소리로 말했다. 「내게 큰 결점들이 있지만, 그것이 그중 하나라고는 생각하지 않아요. 분명히 그건 가장 큰 결점은 아니에요. 나는 브루클린의 해군공창에서 태어났어. 아버지는 미국 해군의 고관이었고, 그 당시 그쪽 부대의 책임 있는 직위에 계셨죠. 그러니 나는 바다를 좋아해야 하겠지만 실은 몹시 싫어해요. 그래서 미국에 돌아가지 않는 거예요. 나는 육지를 사랑해요. 중요한 점은 뭔가를 사랑한다는 것이죠.」

차분하게 그녀를 관찰하면서 이사벨은 터치트 부인이 손님의 성격에 대해 묘사한 말을 그리 진지하게 받아들이지 않았다. 그 손님은 표정이 풍부하고 말하기 좋아하며 민감하게 반응하는 얼굴을 갖고 있었다. 그러므로 이사벨의 눈에는 비밀스러운 성향을 드러내는 얼굴로 보이지 않았다. 오히려 그 얼굴은 풍부한 성격과 기민하고 자유로운 움직임을 드러냈다. 표준적인 미인형 얼굴은 아니었지만 더없이 매력적이고 매혹적인 얼굴이었다. 마담 멀은 키가 컸고 피부는 희고 매끄러웠다. 그녀의 몸매는 전체적으로 둥글고 풍만했지만 살이 많아서 둔하게 보이는 부분은 전혀 없었다. 그녀의 얼굴은 통통했지만 완벽한 균형과 조화를 이루고 있었고, 얼굴빛은 건강미가 넘치고 깨끗했다. 잿빛 눈은 작지만 반짝였고 아둔한 구석이라곤 전혀 없었으며, 어떤 사람들의 말에 의하면, 눈물을 흘릴 여지도 전혀 없었다. 입술은 통통하고 두툼했는데, 그녀가 미소를 지을 때면 입술이 왼쪽 위로 끌려 올라갔다. 대부분의 사람들은 그것이 무척 기묘하다고 생각했고, 어떤 사람들은 매우 부자연스럽다고 생각했으며, 몇몇 사람들은 매우 우아하다고 생각했다. 이사벨은 스스로를 마지막 범주의 사람들에 포함시키려 했다. 마담 멀의 숱이 많은 금발은 어떻든 〈고전적 스타일〉로 매만져져서 마치 주노[9]나 니오베[10] 조각상처럼 보인다고 이사벨은 생각했다. 크고 흰 손은 완벽한 모양이었다. 손이 너무나 완벽하기 때문에 장식을 하지 않는 편을 좋아해서인지 그녀는 보석이 박힌 반지를 끼고 있지 않았다. 이미 보았듯이 이사벨은 그녀를 처음에 프랑스 여자로 생각했다. 그러나 더 찬찬히 살펴보면 그녀를 독일인, 지위가 높은 독일인이나 어쩌면 오스트리아인으로 남작 부인이거나 공작 부인, 아니 공주로 생각할 수도 있었을 것이다. 그녀가 브루클린에서 태어났다고는 결코 상상할 수 없었을 것이다. 하지만 물론 그녀를 그토록 유난히 두드러지게 만드는 탁월한 분위기가 브루클린 태생이라는 사실과 어울리지 않는다고 끝까지 주장할 수는 없었을 것이다. 그녀의 요람 바로 위에서 성조기가 휘날렸다는 것은 사실이었고, 산들바람에 자유롭게 휘날리는 성조기는 그곳에서 그녀가 인생에 대해 갖게 된 태도에 영향을 미쳤을

---

9 로마 신화의 주신 주피터의 질투심 많은 아내.
10 자식들을 자랑하다가 신의 분노를 사 자식들을 잃고 돌로 변한 신화 인물로 슬픔에 빠진 모성애의 상징.

것이다. 하지만 분명 그녀는 바람에 펄럭이며 나부끼는 그 천조각의 속성을 전혀 갖고 있지 않았다. 그녀의 태도는 보다 더 넓은 경험에서 비롯된 침착함과 자신감을 드러냈다. 하지만 경험을 많이 쌓았다고 해서 젊음이 시들어 버린 것은 아니었다. 오히려 그녀를 공감적이고 유연하게 만들었다. 한마디로 말해서 그녀는 강렬한 충동들이 경탄스럽게도 잘 어우러져 있는 여자였다. 이것이야말로 이상적인 결합으로서 이사벨에게 좋은 인상을 주었다.

세 숙녀가 앉아서 차를 마시는 동안 이사벨은 이런 점들에 대해 생각했다. 그러나 오래지 않아 런던의 명의가 도착해서 즉시 응접실로 안내되어 들어오는 바람에 차를 마시는 일이 중단되었다. 터치트 부인은 그와 단둘이 상의하려고 서재로 안내했다. 그래서 마담 멀과 이사벨은 만찬 때 다시 만나기로 하고 헤어졌다. 이 흥미로운 여성을 더 많이 볼 수 있으리라는 생각에 이제 가든코트에 드리워진 슬픔에 대한 의식이 많이 가라앉을 수 있었다.

이사벨이 만찬 전에 응접실에 들어가 보니 그곳은 텅 비어 있었다. 그러나 금세 랠프가 들어왔다. 아버지에 대한 근심이 조금 줄어든 것 같았다. 부친의 상태에 대한 매튜 호프 경의 생각은 랠프가 우려했던 것보다 덜 비관적이었다. 의사는 앞으로 서너 시간 동안 간호사 혼자 노인을 돌보게 하도록 권했다. 그래서 랠프와 어머니와 그 유명한 의사는 자유로이 식탁에서 식사할 수 있었다. 터치트 부인과 매튜 경이 식당에 들어왔고, 마지막으로 마담 멀이 들어왔다.

그녀가 들어서기 전에 이사벨은 벽난로 앞에 서 있던 랠프에게 그녀에 관해서 물어보았다.「그런데 이 마담 멀이라는 사람은 누구죠?」

「너를 빼놓지 않고 내가 아는 여자들 중에서 가장 영리한 여자야.」

「무척 기분 좋은 사람으로 보였어요.」

「그렇게 생각할 줄 알았어.」

「그래서 오빠가 그녀를 초대했나요?」

「내가 초대한 건 아니야. 우리가 런던에서 돌아왔을 때 그녀가 여기 와 있는지도 몰랐으니까. 아무도 그녀를 초대하지 않았어. 그녀는 어머니의 친구인데, 너와 내가 런던으로 떠난 직후에 어머니께서 그녀의 편지를 받으셨다더군. 그녀가 영국에 왔는데(그녀는 대체로 영국에서 많은 시간을 보내기는 하지만 보통은 외국에서 살고 있지) 며칠간 내려와 있겠다고 부탁했다는 거야. 그녀는 그런 부탁을 아주 당당하게 할 수 있는 사람이지. 어디를 가든지 큰 환영을 받고. 어머니께는 그 사람의 부탁이라면 망설이고 말고 할 문제가 아니야. 세상에서 어머니가 칭찬하는 단 한 사람이 바로 그녀니까. 만일 어머니께서 현재의 모습이 아니라면 (결국은 그쪽을 훨씬 더 좋아하시지만) 마담 멀이 되고 싶으실걸. 그런다면 실로 엄청난 변화겠지.」

「저, 무척 매력적인 부인이에요.」 이사벨이 말했다. 「피아노도 아름답게 연주하고요.」

「그녀는 모든 일을 아름답게 해. 완벽한 여자지.」

이사벨은 사촌 오빠를 잠시 바라보았다. 「오빠는 그녀를 좋아하지 않는군요.」

「웬걸, 한때 그녀를 사랑했어.」

「그런데 그녀가 오빠를 좋아하지 않았고, 그래서 오빠는 그녀를 좋아하지 않는군요.」

「어떻게 그런 얘기를 나눌 수 있었겠어? 멀 씨가 살아 있던 때였는데.」

「지금은 돌아가신 건가요?」

「그녀가 그렇다고 하더군.」

「그녀의 말을 믿지 않아요?」

「아니, 믿고 있어. 그 말과 가능성이 일치하니까. 마담 멀의 남편이라면 세상을 떠날 것 같았어.」

이사벨은 사촌을 다시 물끄러미 바라보았다. 「무슨 말인지 모르겠어요. 오빠가 어떤 뜻으로 말하고 있긴 한데, 실제로는 그런 의미가 아닌 거죠. 멀 씨는 어떤 분이었어요?」

「마담의 남편이지.」

「참 밉살스러운 대답이군요. 그녀에게 자식이 있나요?」

「어린아이는 없어. 다행히도.」

「다행이라고요?」

「아이에게 다행이라는 말이야. 그녀는 틀림없이 아이의 버릇을 망가뜨렸을 테니까.」

이사벨이 그에게 밉살스러운 대답을 하고 있다고 세 번째로 말하려는 순간 이야기는 중단되고 말았다. 화제의 숙녀가 들어선 것이다. 그녀는 옷자락이 스치는 소리를 내며 재빨리 걸어 들어와서는 늦게 온 것을 사과했고 팔찌를 조였다. 그녀의 군청색 공단 드레스는 앞이 파여 있어서 흰 가슴을 드러냈고, 기묘하게 생긴 은 목걸이로 가슴을 가리려 했지만 그리 효과적이지 못했다. 랠프는 더 이상 애인이 아닌 남자로서는 지나치게 민첩한 태도로 그녀에게 팔을 내밀어 식당으로 이끌었다.

설사 그가 지금도 그녀의 연인이었더라도, 랠프에게는 생각해야 할 다른 일들이 있었다. 그 유명한 의사는 가든코트에서 그날 밤을 보냈고, 다음 날 아침에 터치트 씨의 주치의와 다시 의논하고 나서 런던으로 돌아가면서 그다음 날 환자를 다시 봐달라는 랠프의 청에 동의했다. 그래서 이튿날 매튜 호프 경은 가든코트에 다시 왔고 이제는 그 노인에 대해서 전만큼 낙관적이지 않은 견해를 갖게 되었다. 노인의 상태가 스물네 시간 사이에 악화되었던 것이다. 기력이 완전히 쇠한 것 같았다. 줄곧 침상 옆에 붙어 있던 그의 아들은 아버지의 임종이 가까워졌다는 생각을 이따금 떠올리곤 했다. 랠프가 마음속으로 그 유명한 의사보다 더 신뢰했던 그 고장 의사는 매우 총명한 사람이었고 끊임없이 환자 옆에서 돌봐 주었다. 매튜 호프 경은 몇 차례 더 왕진을 왔다. 터치트 씨는 대체로 의식이 없는 상태였다. 그는 잠에 빠져 있었고 거의 말을 하지 않았다. 이사벨은 그 노인에게 도움이 될수 있기를 무척 바랐기에, 그를 간호하는 다른 사람들(그들 가운데 터치트 부인은 누구 못지않게 늘 옆에 붙어 있었다)이 쉬러 간 사이에 그를 지켜보도록 허락을 받았다. 노인은 그녀를 전혀 알아보지 못하는 것 같았다. 〈내가 여기 앉아 있는 동안에 돌아가시면 어떻게 하지?〉라는 생각이 이사벨의 머리를 떠나지 않았고, 그 생각에 애를 태우며 정신을 바짝 차렸다. 한번 그는 눈을 한참 뜨고는 뭔가를 알아보는 듯이 그녀를 응시했지만, 그가 자기를 알아보기를 바라며 그녀가 가까이 다가갔을 때 그는 눈을 감고 혼수상태에 빠져 들었다. 하지만 이 일이 있은 다음 날 그의 의식은 더 오래 깨어 있었다. 랠프 혼자 옆에 있을 때였다. 노인이 말을 하기 시작했기에 그 아들은 무척 기뻤고, 이제 곧 아버지가 일어나 앉을 수 있으리라고 말했다.

「아니다, 얘야.」 터치트 씨가 말했다. 「나를 앉아 있는 자세로 장사 지내지 않을 거라면 말이지. 어떤 고대인들이 그렇게 했듯이. 그런데 그게 고대인들이었던가?」

「아, 아버지, 그런 말씀 하지 마세요.」 랠프가 중얼거렸다. 「아버지가 회복되고 있다는 걸 부정하시면 안 돼요.」

「네가 그런 말을 하지 않았으면 내가 부정할 필요도 없겠지.」 노인이 대답했다. 「마지막 순간에 우리가 왜 거짓말을 해야 한다는 말이냐? 그 이전에도 거짓말을 한 적이 없는데. 나는 언젠가는 죽어야 해. 그리고 건강할 때 죽는 것보다는 아플 때 죽는 편이 더 낫지. 나는 무척 아프단다. 앞으로도 이보다 더 아플 수는 없을 거야. 너는 내가 지금보다 더 나빠질 거라고 주장하려는 생각은 아니겠지? 그렇다면 곤란한 일이지. 그것을 바라지는 않겠지? 그럼 됐다.」

이처럼 훌륭하게 의견을 밝힌 다음에 그는 고요해졌다. 그러나 다음번에 랠프가 함께 있을 때 그는 다시 이야기를 꺼냈다. 간호사는 저녁 식사를 하러 갔고, 만찬이 끝난 후 계속 병상을 지켰던 터치트 부인과 교대해서 랠프 혼자 노인을 지켜보고 있었다. 방 안을 비추는 불빛이라고는 최근에 필요해서 벽난로에 피운 어른거리는 난롯불뿐이었다. 벽과 천장에 투사된 랠프의 긴 그림자는 끊임없이 윤곽이 달라지면서 계속 기괴한 모양을 만들었다.

「옆에 누가 있는 게냐? 내 아들이냐?」 노인이 물었다.

「네, 저예요, 아버지.」

「다른 사람은 없는 게냐?」

「아무도 없어요.」

터치트 씨는 잠시 가만히 있더니 말을 덧붙였다. 「조금 이 야기를 하고 싶구나.」

「힘들지 않으시겠어요?」 랠프가 만류했다.

「그렇더라도 상관없다. 이제 긴 휴식에 빠질 테니. 너에 대 해서 이야기하고 싶구나.」

랠프는 침대에 가까이 가서 앉았고 몸을 숙여 아버지의 손 에 자기 손을 얹었다. 「밝은 주제를 고르시는 게 좋겠어요.」

「너는 언제나 영리했지. 네가 영리하다는 것이 자랑스러 웠단다. 네가 무언가를 이루리라고 생각하고 싶구나.」

「아버지께서 우리를 두고 가시면,」 랠프가 말했다. 「저는 아무것도 하지 않고 그저 아버지를 그리워만 할 거예요.」

「그건 내가 바라지 않는 바야. 그 점에 대해서 이야기하고 싶단다. 네게 새로운 관심거리가 있어야 해.」

「새로운 관심거리는 바라지 않아요, 아버지. 묵은 관심거 리들도 어찌할 바를 모를 정도로 많이 있으니까요.」

노인은 누워서 아들을 바라보았다. 그의 얼굴은 죽어 가 는 사람의 얼굴이었지만 그의 눈은 대니얼 터치트의 눈이었 다. 그는 랠프의 관심거리들을 헤아리고 있는 것 같았다. 「물 론 네게는 어머니가 있지.」 그가 마침내 말했다. 「어머니를 잘 돌봐 드려야 한단다.」

「어머니는 늘 스스로를 잘 돌보실 거예요.」 랠프가 대답했다.

「글쎄다,」 그의 부친이 말했다. 「어쩌면 네 어머니가 늙어 가면서 도움이 좀 필요할 게야.」

「저는 보지 못할 거예요. 어머니가 저보다 더 오래 사실 테 니까요.」

「그럴지도 모르지. 하지만 그렇다고 해서 이유가 되는 건 아니야 —!」 터치트 씨는 무력하기는 하지만 흠을 잡으려는 것은 아닌 듯 한숨을 쉬면서 말을 흐렸다. 그리고 다시 고요해졌다.

「저희들에 대해서는 걱정하지 마세요.」 그의 아들이 말했다. 「아시다시피 어머니와 저는 함께 아주 잘 지내니까요.」

「늘 떨어져서 지내지. 그건 자연스러운 일이 아니야.」

「아버지께서 떠나시면 아마 서로를 더 자주 보겠지요.」

「글쎄,」 노인은 두서없이 빗나가게 말했다. 「내가 죽는다고 네 어머니의 생활이 많이 달라질 거라고는 말할 수 없지.」

「아마 아버지가 생각하시는 것보다는 많이 달라질 거예요.」

「그래, 돈은 더 많아질 게다.」 터치트 씨가 말했다. 「좋은 아내가 받을 만한 몫을 네 어머니에게 남겼으니까. 네 어머니가 좋은 아내였던 것처럼 말이다.」

「어머니 본인의 논리에 따르면, 어머니는 좋은 아내였어요, 아버지. 어머니는 아버지를 결코 괴롭혀 드리지 않으셨어요.」

「아, 어떤 괴로움은 즐거운 거란다.」 터치트 씨가 중얼거렸다. 「가령 네가 준 괴로움은. 그런데 내가 앓아누운 후로 네 어머니가 좀 — 좀 — 뭐라고 말해야 할까? — 좀 상례를 벗어나는 일이 줄어든 것 같더구나. 내가 그것을 알아챘다는 것을 네 어머니가 아마 알고 있을 게다.」

「어머니에게 분명히 그렇게 말씀드릴게요. 아버지께서 그런 말씀을 해주셔서 기쁩니다.」

「말해 봐야 네 어머니에게는 전혀 차이가 없겠지. 네 어머니가 나를 즐겁게 해주려고 그렇게 하는 것은 아니거든. 네 어머니가 그런 일을 하는 것은 즐겁게 해주려는 것인데 ─」
그는 가만히 누워서 아내가 왜 그런 일을 하는지 생각하려고
잠시 애썼다. 「네 어머니가 그렇게 하는 것은 그 일이 자기
마음에 들기 때문이지. 하지만 내가 말하고 싶은 것은 이게
아니란다.」 그가 덧붙였다. 「너에 관한 이야기야. 너는 큰 부
자가 될 거란다.」

「네, 알고 있어요.」 랠프가 말했다. 「하지만 1년 전에 나누
었던 대화를 잊지 않으셨기 바랍니다. 제게 정확히 얼마만큼
의 돈이 필요할지를 말씀드렸고, 그 나머지를 훌륭하게 이용
하시도록 부탁드렸던 것 말이지요.」

「그래, 그래, 잘 기억하고 있어. 얼마 전에 새 유서를 만들어
놓았단다. 아마 이런 일은 세상천지 어디에도 없었을 게야.
젊은이가 자기에게 불리한 유서를 만들려고 애쓰는 것은.」

「그건 제게 불리한 것이 아니에요.」 랠프가 말했다. 「관리
해야 할 큰 재산이 있는 것이 불리한 일이지요. 건강 상태가
저처럼 좋지 않은 사람이 돈을 많이 쓰는 것은 불가능합니다.
충분한 정도라 해도 풍요로운 잔칫상과 마찬가지거든요.」

「그래, 너는 충분한 재산을 갖게 될 거야. 그리고 조금 더
많겠지. 한 사람에게 충분한 정도를 넘어서 두 사람에게도
충분할 게다.」

「그건 너무 많아요.」 랠프가 말했다.

「그렇게 말하지 마라. 내가 죽은 다음에 네가 할 수 있는
최선의 일은 결혼이란다.」

랠프는 아버지가 어떤 결론으로 나아가고 있는지 이미 예
상했고, 이런 제안은 새롭다고 할 것도 없었다. 그것은 오랫
동안 터치트 씨가 아들이 계속 살아가리라는 낙관적인 관점

을 취하는 방식으로서 가장 교묘한 것이었다. 랠프는 대개 그것을 농담으로 받아들였지만 현재는 농담을 할 수 있는 상황이 아니었다. 랠프는 그저 의자에 등을 기대고 아버지의 호소하는 듯한 눈빛을 바라보았다.

「내가 나를 그리 좋아하지 않았던 아내와 함께 아주 행복한 삶을 살았다면,」 노인은 교묘한 재간을 더욱 발휘하면서 말했다. 「너는 네 어머니와 전혀 다른 여자와 결혼한다면 어떤 삶이라도 가능하지 않겠니? 네 어머니와 비슷한 여자보다는 다른 여자들이 더 많으니 말이야.」 랠프는 여전히 아무 말도 하지 않았다. 잠시 후 부친이 부드럽게 다시 말을 꺼냈다. 「네 사촌에 대해서 어떻게 생각하니?」

이 물음에 랠프는 깜짝 놀라 어색한 미소를 띠고 대답했다. 「제가 이사벨과 결혼하기를 제안하시는 건가요?」

「글쎄다, 결국에는 그런 말이지. 이사벨을 좋아하지 않니?」

「네, 무척 좋아해요.」 랠프는 의자에서 일어나 난롯가로 걸어갔다. 잠시 벽난로 앞에 서 있다가 몸을 굽혀 기계적으로 장작불을 일으켰다. 「이사벨을 무척 좋아해요.」 그가 다시 말했다.

「그래,」 그의 부친이 말했다. 「그 애가 널 좋아하는 걸 알고 있단다. 너를 무척 좋아한다고 내게 말했거든.」

「저와 결혼하고 싶다고 하던가요?」

「아니, 그렇지만 그 애가 너에 대해서 반감을 가질 이유는 전혀 없어. 그런 데다 그 애는 내가 지금껏 보지 못한 매력적인 아가씨야. 그리고 너에게 잘해 줄 테지. 이 문제에 대해서 많이 생각해 보았단다.」

「저도 생각해 보았어요.」 랠프가 다시 침대 옆으로 돌아가며 말했다. 「아버지께는 거리낌 없이 그렇게 말씀드릴 수 있어요.」

「그렇다면 그 애를 사랑하고 있는 게냐? 네가 그럴 거라고 생각했지. 마치 일부러 그 애가 여기에 온 것 같구나.」

「아뇨, 그녀를 사랑하고 있지는 않아요. 하지만 만일 지금과 다른 형편이었더라면 사랑했을지 모르지요.」

「아, 형편이란 늘 어떻게 될지 알 수 없는 거란다.」 노인이 말했다. 「형편이 달라지기를 기다린다면 아무 일도 할 수 없을 게야. 네가 알고 있는지 모르겠다만,」 노인이 말을 이었다. 「이런 때에 그 이야기를 한다 해도 해로울 것은 없겠지. 얼마 전에 어떤 사람이 이사벨과 결혼하고 싶어 했는데, 그 애가 그 사람을 받아들이지 않았단다.」

「그녀가 워버턴을 거절했다는 것은 알고 있어요. 그가 직접 말해 주었어요.」

「그래, 그건 다른 사람에게 기회가 있다는 것이지.」

「일전에 런던에서 어떤 청년이 그 기회를 잡아서 청혼했는데, 아무것도 얻지 못했어요.」

「그게 너였니?」 터치트 씨가 열렬히 물었다.

「아뇨, 더 예전부터 알던 사람이었어요. 그 일을 결정지으려고 미국에서 건너온 가엾은 신사였죠.」

「그래, 그가 누구였든 간에 안됐구나. 하지만 그 일은 내 말을 입증하고 있을 뿐이야. 네게 길이 열려 있다는 것 말이다.」

「만일 그렇다면, 아버지, 제가 그 길을 걸을 수 없다는 것이 더욱 유감스럽지요. 제가 많은 것을 확신하는 것은 아니지만, 서너 가지는 확고하게 하고 있어요. 하나는 일반적으로 사촌들 간에는 결혼하지 않는 편이 더 낫다는 겁니다. 또 다른 확신은 폐 질환이 상당히 진행된 사람은 절대 결혼하지 않는 쪽이 낫다는 것이고요.」

노인은 기운 없는 손을 들어 올렸고 얼굴 앞에서 손을 저었다. 「그게 무슨 말이냐? 너는 모든 일을 그르칠 방식으로 매사를 보고 있어. 네가 20년이 넘도록 한 번도 보지 못한 사촌이 무슨 사촌이란 말이냐? 우리는 모두 서로의 사촌이야. 사촌이라고 해서 그만둔다면 인류는 멸망하고 말 거란다. 네 폐가 좋지 않다는 것도 마찬가지야. 전보다 훨씬 좋아졌잖니. 네게 필요한 일은 자연스러운 삶을 살아가는 거란다. 그릇된 원칙을 갖고 독신으로 지내는 것보다는 네가 사랑하는 예쁜 아가씨와 결혼하는 것이 훨씬 자연스러운 일이지.」

「저는 이사벨을 사랑하고 있지 않아요.」 랠프가 말했다.

「그것이 그릇된 일이라고 생각하지 않는다면 사랑할 거라고 방금 말하지 않았어? 나는 그것이 그릇된 일이 아니라는 것을 말하려는 거란다.」

「그저 지치실 뿐이에요, 아버지.」 랠프는 아버지가 아직 집요하게 의견을 고집하고 주장할 힘이 남아 있다는 것에 놀랐다. 「그러면 우리 모두 어떻게 되겠어요?」

「내가 널 위해 뭔가를 마련해 주지 않으면 너는 어떻게 되겠니? 은행 일에도 관여하지 않을 테고, 돌봐 주어야 할 나도 없겠지. 너는 관심거리가 아주 많다고 말하지만, 나는 그게 뭔지 모르겠구나.」

랠프는 팔짱을 끼고 의자에 등을 기댔다. 그는 얼마간 생각에 잠겨 골똘히 응시했다. 이윽고 큰 용기를 내는 사람처럼 그가 말을 꺼냈다. 「저는 이사벨에 대해 큰 관심을 갖고 있어요. 하지만 아버지께서 바라시는 그런 종류의 관심은 아니에요. 저는 여러 해를 버티지 못할 거예요. 하지만 그녀가 자신의 삶을 어떻게 살아가는지 볼 수 있을 만큼은 오래 살기를 바랍니다. 그녀는 저에게 전혀 의존하지 않기 때문에 저는 그녀의 삶에 거의 영향을 미칠 수 없어요. 하지만 그녀를 위해서 뭔가 해주고 싶은 것이 있어요.」

「무엇을 하고 싶은 게냐?」

「그녀의 돛에 바람을 약간 불어넣고 싶어요.」

「그건 무슨 뜻이냐?」

「그녀가 원하는 일을 할 수 있도록 해주고 싶어요. 가령 그녀는 세상을 보고 싶어 하거든요. 그녀의 지갑에 돈을 넣어 주고 싶습니다.」

「그래, 네가 그 생각을 하다니 기쁘구나.」 노인이 말했다. 「나도 그 생각을 했단다. 그래서 그 애에게 유산을 남겼지. 5천 파운드를.」

「잘하셨어요. 아버지는 정말로 친절하세요. 하지만 저는 조금 더 해주고 싶어요.」

대니얼 터치트 씨는 금전적인 제안을 들을 때마다 평생 습관적으로 숨어 있던 예리한 표정을 드러냈다. 사업가의 흔적이 완전히 지워지지 않은 그 환자의 얼굴에 그 표정이 여전히 남아 있었다. 「그 점을 기꺼이 고려해 보도록 하지.」 그가 부드럽게 말했다.

「그런데 이사벨은 가난해요. 어머니 말씀으로는 그녀에게 연간 수입이 몇백 달러밖에 없답니다. 저는 그녀를 부자로 만들어 주고 싶어요.」

「부자라는 게 무슨 뜻이냐?」

「자신의 상상력이 원하는 것을 충족시킬 수 있는 사람을 부자라고 말하는 겁니다. 이사벨은 상상력이 아주 풍부해요.」

「너도 그렇단다, 아들아.」 터치트 씨는 매우 주의 깊게 들으면서도 약간 혼란스러운 것 같았다.

「제가 두 사람이 써도 충분할 돈을 받게 될 거라고 말씀하셨지요. 제가 원하는 것은 아버지께서 친절하게도 저의 몫에서 남는 잉여분을 덜어서 이사벨에게 넘겨주시는 거예요. 제 유산을 똑같이 절반으로 나누어서 그녀에게 두 번째 몫을 주시면 좋겠어요.」

「그걸 가지고 그 애가 원하는 것을 하라고?」

「네, 온전히 그녀가 원하는 것을 할 수 있도록.」

「그것에 상당하는 보상 없이?」

「어떤 보상이 있을 수 있겠어요?」

「내가 이미 언급한 것 말이다.」

「그녀의 결혼 말씀이세요? 이런저런 사람과 결혼하는 것요? 바로 그런 일이 없도록 하기 위해서 그런 제안을 드린 겁니다. 그녀에게 넉넉한 수입이 있으면 생계 때문에 결혼해야 할 필요가 없을 거예요. 제가 막고 싶은 것은 바로 그런 일이에요. 그녀는 자유롭기를 바라고 있어요. 아버님께서 유산을 물려주시면 그녀는 자유롭게 살 수 있을 거예요.」

「그래, 그 문제를 많이 생각해 본 모양이로구나.」 터치트 씨가 말했다. 「하지만 왜 내게 부탁하는지 모르겠구나. 그 돈은 네 것이 될 테니 네가 직접 그 애에게 쉽게 줄 수 있을 텐데.」

랠프는 뚜렷이 드러나도록 눈을 크게 떴다. 「아, 사랑하는 아버지, 제가 직접 이사벨에게 돈을 줄 수는 없어요!」

노인은 신음 소리를 냈다. 「네가 그 애를 사랑하지 않는다는 말은 하지 마라! 그 공을 내게로 돌리고 싶은 게냐?」

「전적으로 그렇습니다. 저에 대해서는 조금도 언급하지 마시고, 그저 유서에 한 조항을 넣어 주시면 좋겠어요.」

「그럼 내게 새 유서를 만들라는 것이냐?」

「단어 몇 개만 들어가면 될 거예요. 다음번에 조금 기운이 나실 때 그걸 처리하실 수 있겠지요.」

「그럼 네가 힐러리 씨에게 전보를 보내야겠다. 내 변호사 없이는 아무 일도 하지 않겠어.」

「그럼 힐러리 씨를 내일 오시도록 하겠습니다.」

「내가 너와 말다툼을 했다고 그가 생각하겠구나.」 노인이 말했다.

「아마 그렇겠지요. 그분이 그렇게 생각하면 좋겠어요.」 랠프는 미소를 지으며 말했다. 「그리고 그 생각을 실천에 옮기기 위해서 제가 아버님께 몹시 거칠고 불쾌하게 굴고 이상하게 행동할 거라고 미리 말씀드릴게요.」

이 변덕스러운 생각을 받아들이면서 그의 부친은 마음이 상한 듯 잠시 가만히 있었다. 「네가 좋다면 무엇이든 해주마.」 마침내 터치트 씨가 말했다. 「하지만 그게 과연 옳은 일인지 모르겠구나. 너는 그 애의 돛에 바람을 불어넣고 싶다고 하는데, 너무 많이 불어넣는다는 걱정이 들지 않니?」

「저는 그녀가 순풍에 실려 나아가는 것을 보고 싶어요!」 랠프가 말했다.

「순전히 네 즐거움을 위해서인 듯이 말하는구나.」

「사실 그렇습니다. 큰 즐거움이지요.」

「글쎄다, 나는 이해하지 못하겠다.」 터치트 씨가 한숨을 쉬며 말했다. 「요즘 젊은이들은 내 젊은 시절과 무척 다르구나. 젊었을 때 나는 어떤 아가씨를 좋아하면 그저 바라보는 것 말고도 많은 것을 하고 싶었지. 너는 내가 느끼지 않았던 망설임을 느끼고 있고, 또 내가 해본 적 없는 생각을 하고 있어. 너는 이사벨이 자유롭기를 원하고 그 애가 부자가 되면 돈 때문에 결혼할 일이 없을 거라고 말하는데, 그 애가 돈 때문에 결혼할 아가씨라고 생각하니?」

「전혀 그렇지 않아요. 하지만 그녀는 예전에 누렸던 만큼 풍족하지 않거든요. 과거에는 그녀의 부친이 그녀에게 모든 것을 해주었어요. 그분은 돈을 흥청망청 써버리곤 했으니까요. 그녀는 그 잔칫상에서 남은 부스러기를 먹고 살아야 해요. 그리고 그 부스러기가 얼마나 부족한지를 아직 모르고 있어요. 앞으로 알게 되겠지요. 어머니께서 그 점에 대해서 다 말씀해 주셨어요. 이사벨이 정말로 세상에 내던져지면 그 것을 알게 되겠지요. 그리고 그녀가 채울 수 없는 많은 결핍을 깨닫게 될 것을 생각하면 저는 퍽 고통스러울 거예요.」

「나는 그 애에게 5천 파운드를 남겼단다. 그 돈이면 꽤 많은 결핍을 채울 수 있을 게다.」

「물론 그렇겠지요. 하지만 아마 이삼 년 내에 다 써버릴 거예요.」

「그럼 그 애에게 낭비벽이 있다고 생각하니?」

「물론이지요.」 랠프는 조용히 미소를 지으며 말했다.

가엾은 터치트 씨의 예리한 의식은 이내 완전히 혼란에 빠지고 말했다. 「그렇다면 그 애가 더 많은 돈을 써버리는 것은 그저 시간문제겠구나.」

「아뇨. 물론 처음에는 꽤 자유롭게 돈을 써버릴 거라고 생각해요. 아마 자기 언니들에게 그 일부를 양도하겠지요. 하지만 그런 다음에는 정신을 차리고 자기 앞에 아직 한평생이 남아 있다는 것을 기억하면서 수입의 한도 내에서 지낼 겁니다.」

「그래, 철저히 계획을 세웠구나.」노인이 무력하게 말했다. 「네가 그 애에게 관심을 갖고 있는 건 분명해.」

「제 관심이 너무 지나치다고 말씀하시면 앞뒤가 맞지 않습니다. 제가 더 멀리 나아가기를 바라셨으니까요.」

「글쎄다, 나는 모르겠다.」터치트 씨가 대답했다. 「네 마음에 공감할 수 없구나. 내게는 그것이 도덕적이지 못한 일로 보이거든.」

「비도덕적이라고요, 아버지?」

「그래, 한 사람이 편안하게 살 수 있도록 모든 것을 갖춰주는 것은 옳은 일인 것 같지 않구나.」

「그건 그 사람이 어떤 사람인가에 달려 있지요. 좋은 사람에게 편안한 상황을 만들어 주는 것은 전적으로 명예로운 미덕이 될 거예요. 훌륭한 충동을 실행에 옮기도록 도와주는 것보다 더 고귀한 일이 어디 있겠어요?」

이 말은 이해하기가 좀 어려웠다. 터치트 씨는 그 말에 대해 잠시 생각하고 나서 말했다. 「이사벨이 귀여운 아가씨긴 해. 하지만 그 애가 그 정도로 훌륭한 아가씨라고 생각하니?」

「그녀는 최고의 기회를 누릴 만큼 훌륭해요.」랠프가 대답했다.

「글쎄,」터치트 씨가 대답했다. 「그 애가 6만 파운드를 가지면 굉장한 기회를 많이 누릴 수 있겠지.」

「그럴 거라고 저도 믿어요.」

「물론 네가 원하는 대로 해주마.」노인이 말했다. 「다만 그것을 좀 이해하고 싶구나.」

「아, 아버지, 아직도 이해를 못 하시겠어요?」그의 아들이 달래듯이 물었다. 「정 그러시면 더 이상 그것에 대해서 고민하실 필요가 없어요. 그냥 없던 일로 하면 되니까요.」

터치트 씨는 한참 동안 잠자코 있었다. 랠프는 부친이 이해하려는 노력을 포기했다고 생각했다. 그러나 이윽고 아주 명료하게 그가 다시 말을 꺼냈다. 「먼저 이 점을 말해 다오. 6만 파운드를 가진 아가씨라면 재산을 노리는 사냥꾼들에게 희생될지 모른다는 생각을 해본 적이 있니?」

「희생이 되더라도 기껏해야 한 사람에게 희생되겠지요.」

「하지만 한 사람이라도 너무 많은 거란다.」

「분명 그건 그래요. 그것은 한 가지 위험한 일이고, 저도 그것을 고려해 보았어요. 그럴 위험이 있다고 생각합니다만, 그것을 하찮은 일이라고 생각하고 그런 일을 받아들이겠다고 마음을 먹었어요.」

가엾은 터치트 씨의 예리한 얼굴은 당혹감에 빠졌던 것인데, 그 당혹감이 이제 찬탄으로 바뀌었다. 「아니, 그렇게까지 그 일에 빠져들었다는 말이냐!」 노인이 되풀이했다. 「하지만 네가 거기서 무슨 이득을 얻을 수 있는지 모르겠구나.」

랠프는 아버지의 베개 위로 몸을 굽히고 부드럽게 베개를 쓸어내렸다. 그는 그들의 대화가 지나치게 길어졌다는 것을 의식하고 있었다. 「조금 전에 제가 이사벨에게 주고 싶다고 말씀드렸던 바로 그 이득을 얻을 겁니다. 제 상상력의 욕구를 충족시키는 것이지요. 하지만 제가 아버지를 이용한 방식은 정말이지 괘씸하기 짝이 없군요!」

제19장

   터치트 부인이 예상했던 대로 이사벨과 마담 멀은 그 집 주인의 병환이 지속되는 동안 함께 시간을 보내야 하는 경우가 많았다. 그래서 그들이 친해지지 않았더라면 서로 좋은 매너를 보여 주기 어려웠을 것이다. 두 사람은 최선의 매너로 서로를 대했으며, 그뿐 아니라 우연히도 서로에게서 즐거움을 느끼게 되었다. 그 두 사람이 영원한 우정을 맹세했다고 말한다면 좀 지나친 말이겠지만, 적어도 속으로 그들은 앞으로의 나날이 그들의 우정을 입증하리라고 생각했다. 이사벨은 양심에 거리낄 것이 전혀 없이 그렇게 생각했다. 그렇지만 이사벨은 친하다는 말에 마음속으로 부여하는 고귀한 의미에서 그 새로운 친구와 친하다고 인정하기는 어려웠을 것이다. 그녀는 사실 자신이 지금까지 친하게 지낸 사람이 있었는지, 아니면 앞으로 있을 수 있을지를 종종 의아하게 생각했다. 그녀는 다른 감정들뿐 아니라 우정에 대해서도 어떤 이상을 갖고 있었다. 현재의 경우 — 다른 경우들에는 그렇게 보이지 않았던 것인데 — 실제가 그 이상을 완벽하게 표현하고 있는 것 같지 않았다. 그렇지만 그녀는 사람이

지닌 이상이라는 것이 결코 구체화될 수 없는 본질적인 이유가 있다고 종종 스스로에게 상기시켰다. 이상이란 눈에 보이는 것이 아니라 믿어야 하는 것이므로, 경험의 문제가 아니라 믿음의 문제였다. 하지만 경험은 꽤 신뢰할 만한 모조품을 우리에게 제공할 수 있을 것이고, 그런 모조품을 최대한으로 이용하는 것이 지혜로운 일이다. 확실히 전체적으로 볼 때 마담 멀보다 더 기분 좋고 흥미로운 인물은 만나 본 적이 없었다. 우정을 맺는 데 큰 장애가 되는 결함, 즉 자기의 성격에서 지루하거나 진부하거나 너무나 익숙한 부분이 그대로 상대에게 재현되는 기미를 이토록 찾아보기 어려운 사람은 만나 본 적이 없었다. 이 아가씨는 신뢰의 문을 전보다 더 활짝 열었다. 그녀는 아직 누구에게도 말한 적이 없었던 것들을 이 상냥한 부인에게 들려주었다. 때로 그녀는 자신의 솔직한 이야기에 덜컥 겁이 나기도 했다. 마치 잘 알지 못하는 낯선 사람에게 자기 보물 상자의 열쇠를 내준 것 같았다. 이 정신의 보물은 이사벨이 갖고 있는 것들 중에서 조금이나마 중요하게 생각할 만한 유일한 것이었고 그러므로 신중하게 간직해야 할 이유가 더 많았다. 하지만 나중에 그녀는 너그러운 마음으로 저지른 실수를 결코 후회해서는 안 되고, 만일 자신이 마담 멀에게 있으리라고 가정했던 미덕이 실은 없었다면 그건 그만큼 마담 멀에게 나쁜 일일 것이라고 늘 생각했다. 마담 멀이 대단한 미덕을 갖고 있다는 데에는 의심의 여지가 없었다. 그녀는 매력적이고 공감적이며 영리하고 교양이 있었다. 그뿐 아니라 그녀는 이 정도의 수준을 넘어서(공정하게 이 정도로 평가될 만한 여자들을 몇 명 만나 보지도 못하고 살아올 만큼 이사벨이 불운한 것은 아니었기에) 보기 드물게 뛰어나고 탁월한 여자였다. 세상에 호감을 주는 사람은 많이 있지만, 마담 멀은 평범하게 성격이 좋다거나 끊임없이 재담을 늘어놓는 사람은 전연 아니었다. 그녀는 생각하는 법을 알고 있었고, 그것은 여자에게 있어서 희귀한 재능이었다. 그리고 그녀는 상당히 효과적으로 생각했다. 물론 그녀는 감정을 느끼는 법도 알고 있었다. 이사벨은 그녀와 일주일을 함께 지낸 후 그 점을 확신하지 않을 수 없었다. 실로 그것은 마담 멀의 큰 재능이었고, 가장 완벽한 능력이었다. 인생은 그녀에게 영향을 미쳤고, 그녀는 그 영향을 강렬하게 느꼈다. 이사벨이 그 부인과 사귀면서 얻을 수 있는 만족감의 한 가지는 이사벨이 즐겨 진지한 문제라고 부르는 것들에 대해서 이야기할 때 마담 멀이 그녀의 말을 너무나도 쉽게 빨리 이해했다는 것이었다. 그 부인에게 있어서 강렬한 감정이란 다소 과거에 속한 일이 되었다는 것은 사실이었다. 그녀는 과거의 한 시기에 열정의 샘이 격렬하게 분출되었기에 지금은 예전처럼 풍부하게 흐르지 않는다고 솔직히 털어놓기도 했다. 게다가 그녀는 강렬한 감정을 느끼지 않게 되기를 기대했을 뿐 아니라 그렇게 되도록 노력하고자 했다. 과거에 자신은 약간 제정신이 아니었다고 인정했고 지금은 완벽하게 정신을 차렸다고 주장했다.

「전보다 판단을 내리는 일이 더 많아졌어요.」그녀가 이사벨에게 말했다. 「하지만 그 권리를 얻기 위해서 대가를 치른 것 같아요. 사람은 마흔 살이 될 때까지는 판단을 내릴 수 없어요. 그 이전에는 지나치게 열성적이고, 너무 가혹하고, 너무 무자비하고, 게다가 너무나 무지하니까요. 당신에게는 미안해요. 마흔이 되려면 아직 긴 시간이 남았으니까. 하지만 얻는 것이 있으면 잃는 것이 있는 법이죠. 마흔을 넘긴 사람은 진정으로 감정을 느낄 수 없다는 생각이 종종 들어요. 생기 넘치는 예민한 감각이 완전히 사라져 버리거든요. 당신은 다른 사람들보다 더 오래 그 감각을 간직하겠지요. 몇 년 후에 당신을 만나면 나는 무척 흐뭇할 거예요. 인생이 당신을 어떤 사람으로 만들어 놓을지 보고 싶어요. 하지만 확실한 점이 한 가지 있죠. 인생이 당신을 망쳐 놓을 수는 없으리라는 거예요. 인생이 당신을 몹시 거칠게 다루더라도, 당신을 깨뜨릴 수 없으리라고 장담해요.」

이사벨은 마치 작은 전투에서 명예를 얻고 돌아와서 아직도 숨을 헐떡이고 있는 젊은 군인이 어깨를 도닥여 주는 대령의 격려를 받아들이듯이 이렇게 장담하는 말을 받아들였다. 그렇게 공적을 인정해 주는 행위처럼 그 말은 권위 있는 사람에게서 나온 것 같았다. 이사벨이 어떤 이야기를 들려주더라도 그 어떤 이야기에 대해서나 〈아, 나도 그런 일을 경험했어요. 다른 것들도 그렇듯이, 그런 일은 다 지나갈 거예요〉라고 대답할 준비가 되어 있는 사람에게서 나온 말이라면 한없이 가벼운 말이라도 그만한 영향을 미치지 않을 수 없었으리라. 많은 사람들은 마담 멀과 대화를 나누면서 초조한 기분이 들었을 것이다. 그녀를 놀라게 하기란 곤혹스러울 만큼 어려웠기 때문이다. 하지만 이사벨은 강렬한 인상을 주고 싶다는 욕구가 전혀 없었던 것은 아니지만 현재로서는 그런 충동을 느끼지 않았다. 그녀는 너무나 진지했고, 사려가 깊은 그 친구에게 너무나 큰 관심을 갖고 있었다. 더군다나 마담 멀은 그런 이야기를 의기양양하거나 뽐내는 어조로 말하는 법이 없었다. 그저 냉담한 고백처럼 툭툭 내뱉곤

했다.

　가든코트에 험악한 날씨가 계속 이어졌다. 낮이 점점 짧아졌고, 잔디밭에서 벌이던 아름다운 다과회도 끝나고 말았다. 그러나 우리의 아가씨는 자신과 마찬가지로 가든코트를 방문한 그 손님과 실내에서 긴 대화를 나누었고, 비 내리는 날씨에도 아랑곳없이 영국의 기후와 영국인들의 재능이 결합하여 완벽하게 만들어 놓은 방어구로 무장을 하고 종종 산책하러 기운차게 밖으로 나가곤 했다. 마담 멀은 비를 포함해서 영국의 거의 모든 것을 좋아했다.「영국에는 늘 비가 조금씩 내리지요. 한꺼번에 지나치게 많이 내리는 적이 없어요.」그녀가 말했다.「그리고 비에 젖는 일도 없고 언제나 좋은 냄새가 난답니다.」영국에서는 냄새에서 얻는 즐거움이 크다고 그녀는 말했다. 이 비길 데 없는 섬나라에는 안개와 맥주와 검댕이 혼합되어 있고, 묘하게 들릴지 몰라도, 그것이 이 나라의 향기를 만들어 내고 콧구멍에 대단히 쾌적한 느낌을 준다는 것이었다. 그러고 나서 그녀는 영국제 레인코트의 소매를 들어 코를 거기에 파묻고는 깨끗하고 섬세한 모직 냄새를 들이마시곤 했다. 늦가을의 기운이 완연해지면서 가엾게도 랠프 터치트는 집에 갇힌 죄수나 다름없는 신세가 되었다. 궂은 날이면 그는 집 밖으로 한 발도 내딛을 수 없었다. 때로 그는 양손을 호주머니에 넣고 창가에 서서 이사벨과 마담 멀이 한 쌍의 우산을 펼쳐 들고 큰 가로수 길을 따라 걸어가는 것을 슬픈 것 같기도 하고 비난하는 것 같기도 한 표정으로 바라보곤 했다. 가든코트의 길들은 땅이 단단했으므로 아무리 궂은 날씨에도 언제나 두 숙녀는 볼에 건강한 발그레한 빛을 띠고 돌아와서는 두툼한 구두 밑창이 진흙

한 점 없이 말끔한 것을 보면서 산책으로 말할 수 없이 기분이 상쾌해졌다고 말하곤 했다. 마담 멀은 점심 식사 전에 늘 어떤 일에 몰두했다. 이사벨은 그녀가 오전 시간을 확고하게 자기만의 시간으로 보내는 방식에 경탄하고 부러워했다. 우리의 여주인공은 늘 재간이 풍부한 아가씨로 통했고 자신이 그런 사람이라는 데 자부심을 갖고 있었다. 그러나 그녀는 마치 개인 정원의 담 바깥쪽을 돌듯이 마담 멀의 재능과 성취와 습관으로 닫힌 문 주위를 헤맬 수밖에 없었다. 이사벨은 그녀의 재능을 모방하고 싶었고, 그 숙녀는 스무 가지도 넘는 점에서 귀감으로 보였다. 〈나도 저렇다면 몹시 기쁠 텐데!〉 그 숙녀의 멋진 면모가 하나씩 드러날 때마다 속으로 감탄한 적도 여러 번이었다. 그리고 오래지 않아 그녀는 자신이 대단히 권위 있는 인물에게서 교훈을 얻었다는 것을 알았다. 실로 오래지 않아 그녀는 흔히 말하듯 영향을 받고 있다고 느끼게 되었다. 〈좋은 영향을 받고 있는 거라면 나쁠 일이 뭐가 있겠어?〉 그녀는 그렇게 생각했다. 〈좋은 영향을 많이 받을수록 더 좋은 거지. 한 가지 유의할 점은 발을 내딛을 때 잘 살펴보고 내가 어디로 가고 있는지를 알고 있는 거야. 나는 반드시 그렇게 할 거야. 너무 고분고분해질까 봐 걱정할 필요는 없어. 내 결함은 고분고분하지 않다는 것 아니었어?〉 모방은 가장 진지한 아첨이라고 흔히 일컬어진다. 이사벨이 때로 열망하는 눈길로 그리고 절망적인 눈길로 그 친구를 멍하니 바라보고 싶은 마음이 들었다면, 그것은 그녀 자신이 빛나기를 바랐기 때문이라기보다는 마담 멀을 비춰 줄 등불을 높이 들어 주고 싶기 때문이었다. 이사벨은 그녀를 몹시 좋아했다. 하지만 그녀에게 매료되었다기보다는 그 눈부신 빛에 압도되었다. 같은 땅에서 태어났지만 조국을 버린 이 여자를 대단하게 생각하는 것에 대해서 헨리에타 스택폴은 뭐라고 말할지 때로 자문해 보았고, 그녀가 가차 없이 비판할 거라고 생각했다. 헨리에타는 마담 멀의 의견에 동조하지 않을 것이다. 그 이유를 꼭 꼬집어서 말할 수는 없었지만 분명히 그럴 거라고 느꼈다. 반면에 그녀의 새로운 친구는 적절한 기회가 있으면 그녀의 옛 친구에 대해서 즉시 적절한 견해를 밝힐 것이다. 마담 멀은 매우 유머러스하고 관찰력이 예리하기 때문에 헨리에타를 공정하게 평가할 것이다. 그리고 스택폴 양과 친분을 쌓으면서 아마도 헨리에타가 감히 흉내 내지 못할 재치를 발휘할 것이다. 마담 멀이 쌓아 온 경험에는 모든 것의 진가를 판단할 수 있는 시금석이 있는 것 같았다. 그녀는 풍부하고 유쾌한 기억의 주머니 속 어딘가에서 헨리에타의 가치를 판단할 수 있는 열쇠를 찾아낼 것이다. 〈그건 대단한 일이야.〉 이사벨은 깊이 진지하게 생각했다. 〈최고의 행운이지. 사람들이 자신을 평가하는 것보다 더 우월한 입장에서 사람들을 평가할 수 있다는 것은.〉 그리고 그것을 고려해 볼 때 바로 그런 것이 귀족성의 본질이라고 덧붙였다. 다른 의미에서가 아니라 이런 각도에서 귀족적 위상을 목표로 삼아야 한다.

나는 마담 멀이 귀족적인 위상을 가진 사람이라고 이사벨이 생각하게 된 논리의 고리들을 하나씩 모두 다 나열하지는 않을 것이다. 그 부인은 귀족에 대해 언급하면서 그런 관점을 표현한 적도 없었다. 마담 멀은 위대한 것들과 위대한 사람들을 알고 있었지만 자기 스스로 위대한 역할을 한 적은 없었다. 그녀는 지상에 살고 있는 작은 사람들 중 하나였다.

명예로운 집안에서 태어나지도 않았다. 세상을 아주 잘 알고 있었기에 그 안에서 자신이 차지하고 있는 위치에 관해서 얼빠진 환상을 품지도 않았다. 그녀는 행운을 타고난 소수의 사람들을 많이 보았고, 그들의 행운이 자신의 운과 어떤 점에서 다른지를 명확히 알고 있었다. 견문이 넓은 자신의 기준으로 볼 때 그녀는 고귀한 상황에 적합한 인물은 아니었다. 하지만 이사벨은 그녀가 위대한 인물로 보인다고 상상했다. 그토록 교양이 높고 세련미가 넘치며, 그토록 현명하면서도 느긋하고, 그러면서도 그런 점을 그리 대수롭지 않게 생각한다는 것, 이것이야말로 진정한 귀부인의 자질이었다. 특히나 귀부인처럼 처신하고 그런 모습을 드러낸다면 더욱 그러했다. 어떻든 상류 사회 전체가 그녀를 위해 공헌하고 있는 것 같았다. 그리고 상류 사회가 발휘하는 온갖 기교와 우아함 — 아니, 오히려 그것은 상류 사회에서 멀리 떨어져 있으면서도 그녀가 찾아낸 것을 매력적으로 활용한 결과이자, 그녀가 있는 곳 어디에서든 떠들썩한 세상에 베풀어준 미묘한 은혜가 아니었을까? 아침 식사가 끝나면 마담 멀은 일련의 편지를 썼다. 그녀는 수없이 많은 편지를 받는 것 같았다. 마담 멀이 우편물의 양을 늘려 주도록 편지를 부치러 마을 우체국에 갈 때 종종 동행한 이사벨은 그녀가 주고받는 편지가 많다는 데 놀라곤 했다. 그녀는 감당할 수 없을 만큼 많은 사람들을 알고 있고, 늘 편지를 써야 할 일들이 생기곤 한다고 이사벨에게 말했다. 그녀는 그림 그리기를 진심으로 좋아했고, 장갑을 벗듯이 손쉽게 스케치를 하곤 했다. 그녀는 늘 햇빛이 나는 시간을 이용해서 접의자와 수채화 물감 상자를 들고 가든코트의 뜰로 나가곤 했다. 이미 보았다시피 그녀는 연주 솜씨도 훌륭했다. 저녁나절에 늘 그러듯이 그녀가 피아노 의자에 앉으면 함께 이야기를 나누던 사람들은 그녀의 우아한 이야기를 듣지 못한다는 불평 한 마디 없이 연주에 귀를 기울였다. 이것은 그녀가 훌륭한 연주자라는 사실을 입증하는 증거였다. 그녀를 알게 된 후 이사벨은 자기의 재주가 형편없음을 느끼면서 부끄러워했다. 비록 고향에서는 다소 뛰어난 재능이 있다는 평가를 받기도 했지만 그녀가 사람들에게 등을 돌리고 피아노 의자에 앉을 때면 대개 사람들과의 교제에 득이 되기보다 실이 된다고 여겨졌다. 마담 멀이 편지를 쓰지 않고 그림을 그리지도 않고 피아노를 치지도 않을 때는 보통 화려한 자수나 쿠션, 커튼, 벽난로 선반 장식물 같은 놀라운 것들을 만드는 데 몰두하고 있었다. 그런 공예품을 만들어 내는 그녀의 대담하고 자유분방한 창의성은 그녀의 재빠른 바느질 솜씨만큼이나 주목할 만했다. 그녀는 나태하게 빈둥거리는 일이 전혀 없었다. 지금까지 언급한 일에 몰두하지 않을 때는 책을 읽거나(이사벨이 보기에 그녀는 〈중요한 책을 전부 다〉 읽을 것 같았다) 산책을 나가거나 페이션스 카드 게임을 하거나 옆에 있는 사람과 이야기를 나눴다. 이런 일들을 하면서 그녀는 늘 사교적인 자질을 발휘했고 무례하게 자리를 비우는 일이 없었고 지나치게 오래 앉아 있는 일도 없었다. 그녀는 소일거리를 손쉽게 집어 들었고 그만큼 쉽게 내려놓았다. 일을 하면서 동시에 이야기를 했고, 자기가 하는 일을 그 어느 것도 그리 소중하게 생각하지 않는 것 같았다. 자기가 만든 스케치나 태피스트리를 남들에게 줘버리곤 했다. 피아노 연주를 듣는 사람들이 원하는 대로 중단하거나 계속하곤 했고, 그들이 무엇을 원하는지를 알아맞히는 데 한 치의 실수도 없이 늘 적중했다. 간단히 말해서, 그녀는 함께 지내기에 더없이 편안하고 유익하고 부드러운 사람이었다. 이사벨이 볼 때 그녀에게 결함이 있다면 그것은 그녀가 자연스럽지 않다는 점이었다. 이 말은 그녀가 가식적이라거나 허세를 부린다는 의미는 아니었다. 그녀처럼 이런 저속한 악덕을 갖지 않은 여자도 찾기 어려웠다. 오히려 그 말의 의미는 그녀의 성격에 인습이 너무 두텁게 덧씌워져 있어서 각진 부분들이 지나치게 마모되어 버렸다는 것이었다. 그녀는 지나치게 유연했고, 지나치게 유능하고, 지나치게 원숙하며, 지나치게 궁극적인 인물이었다. 한마디로 말해서 그녀는 인간이 지향해야 할 사회적 동물로서 너무나 완벽했다. 그리고 시골 저택 생활이 유행하기 이전 시대에 아무리 상냥한 사람이라도 틀림없이 갖고 있었으리라고 짐작할 수 있는 거친 활기의 흔적이 그녀에게서는 완전히 제거되어 버렸다. 그녀가 외따로 떨어져 있거나 혼자 생활하는 모습은 도저히 상상할 수 없었다. 그녀는 직접적이든 간접적이든 간에 다른 사람들과의 관계 속에서만 존재했다. 그녀가 자신의 영혼과는 과연 어떤 관계를 맺을 수 있을지 의아하게 생각할 수 있을 것이다. 하지만 이사벨은 표면이 늘 매력적인 사람이라고 해서 사람 자체가 피상적인 것은 아니라는 결론에 이르렀다. 그것은 젊은 시절에는 마음속에서 떨쳐 내기 어려운 잘못된 생각이었다. 마담 멀은 피상적이지 않았다. 아니, 그런 사람은 아니었다. 그녀는 깊이가 있었다. 그리고 그녀의 행동에서 드러나는 그녀의 본성이 인습적인 언어로 표현되었다고 해서 드러나지 않는 것은 아니었다. 〈언어란 결국 인습적인 것 아니겠어?〉 이사벨은 생각했다. 〈그녀는 훌륭한 취향을 갖고 있어서 내가 본 어떤 사람들처럼 독창적인 표현으로 자기를 나타내거나 꾸미려고 하지 않아.〉

「유감스럽게도 부인은 많은 고통을 받으신 것 같아요.」 한번은 마담 멀이 동떨어지게 들리는 암시를 했을 때 그 말에 대한 대답으로 이사벨은 이렇게 말했다.

「왜 그렇게 생각해요?」 마담 멀은 알아맞히기 놀이를 하는 사람처럼 재미있다는 듯이 미소를 지으며 물었다. 「내가 세상에서 인정받지 못한 사람들의 의기소침한 기색을 너무 많이 드러낸 게 아니면 좋겠군요.」

「그러신 건 아니에요. 다만 내가 생각하기에, 언제나 행복한 사람이었더라면 알지 못했을 것들에 대한 이야기를 가끔 하세요.」

「나는 늘 행복했던 건 아니었어요.」 마담 멀은 여전히 미소를 띠고 있었지만 어린아이에게 비밀을 알려 주듯이 진지함을 가장하면서 말했다. 「매우 놀라운 일이지요!」

하지만 이사벨은 그 아이러니를 맞받아서 대답했다. 「그 무엇이든 한순간도 깊이 느껴 본 적이 없었다는 인상을 주는 사람들도 아주 많아요.」

「그건 사실이에요. 도자기보다는 무쇠 냄비가 훨씬 더 많죠. 하지만 누구나 어떤 흔적을 갖고 있기 마련이에요. 단단한 무쇠 냄비라도 약간 흠이 있고 어딘가에는 조그만 구멍이 있죠. 나는 다소 견고한 편이라고 자부한답니다. 하지만 솔직히 말하자면 내게는 형편없이 쪼개지고 갈라진 금이 있어요. 솜씨 좋게 붙여 놓았기 때문에 아직은 이럭저럭 견딜 만해요. 그리고 나는 가급적 찬장 속에 들어가 있으려고 애를 쓰거든요. 조용하고 어둡고 묵은 향신료 냄새가 나는 찬장에. 하지만 찬장 밖으로 나와서 강렬한 빛을 받는다면, 그럴 때 내 모습은 소름 끼치도록 흉하기 짝이 없답니다!」

그때였는지 다른 때였는지 모르지만 내가 방금 묘사한 방향으로 대화가 흘러갔을 때 그녀는 언젠가 과거 이야기를 들려주겠다고 말했다. 이사벨은 즐겁게 듣겠다고 말했고 그 후 여러 차례 이 약속을 상기시켰다. 하지만 마담 멀은 그 이야기를 계속 나중으로 미루었고, 결국에는 그들이 서로를 더 잘 알게 될 때까지 기다려야 한다고 솔직히 말했다. 분명 그들은 서로를 잘 알게 될 것이다. 그들의 앞날에 오래 지속될 우정이 선히 보이는 듯했다. 이사벨은 동의했다. 하지만 자기를 신뢰할 수 없는 것인지, 자신이 신뢰를 배신할 사람으로 보이는지를 물었다.

「당신이 내 얘기를 퍼뜨릴까 봐 걱정하는 게 아니에요.」 마담 멀이 말했다. 「그 반대로 그 이야기를 당신이 너무 심각하게 받아들일까 봐 걱정이 되는 거죠. 당신은 나를 너무 가혹하게 판단할 거예요. 당신은 무자비하게 비판할 수 있는 나이거든요.」 지금으로서 그녀는 이사벨에 관한 이야기를 화제로 올리기를 더 좋아했고, 우리의 여주인공의 과거와 감정, 견해, 앞날에 대해 지대한 관심을 보여 주었다. 그녀는 이사벨이 쉴 새 없이 재잘거리도록 만들었고, 그런 재잘거림에 무척 다정하게 귀를 기울였다. 마담 멀의 이런 태도에 이사벨은 우쭐해졌고 고무되었으며, 그 벗이 온갖 유명 인사들을 알고 있고 ─ 터치트 부인의 말로는 ─ 유럽의 최고 상류층 사람들과 교유하며 살아왔다는 사실에 깊은 인상을 받았다. 그처럼 비교할 수 있는 범위가 넓은 사람에게서 호감을 받고 있었기에 이사벨은 스스로를 더 좋게 생각했다. 어쩌면 그런 비교를 통해서 득을 보고 있다는 만족감을 얻으려고 그녀는 종종 마담 멀에게 과거의 추억을 들려 달라고 청했을 것이다. 마담 멀은 여러 나라에서 살아왔고 열두 곳이나 되는 서로 다른 나라에 사는 사람들과 사교적 친분을 유지하고 있었다. 「내가 교육을 많이 받았다고는 주장하지 않아요.」 그녀가 말하곤 했다. 「하지만 내 나름대로 유럽을 잘 알고 있다고 생각해요.」 그리고 어느 날엔가는 옛 친구와 함께 지내려고 스페인에 갈 거라고 말했고 다른 날에는 새로 친해진 사람과의 친분을 이어 가려고 몰타에 갈 예정이라고 말했다. 그녀가 종종 머물렀던 영국에 대해서는 속속들이 알고 있었으므로 이사벨을 위해서 영국의 관습이나 사람들의 성격에 대해 상당히 많은 것을 알려 주었다. 〈어떻든〉 영국인들은 같이 살기에 세상에서 가장 편한 사람들이라고 그녀는 즐겨 말하곤 했다.

「지금처럼 터치트 씨가 위독한 상태에 마담 멀이 여기 머무른다고 이상하게 생각하지 마라.」 터치트 부인이 조카딸에게 이렇게 말했다. 「그녀는 실수를 저지를 수 없는 사람이야. 내가 아는 사람들 가운데 가장 재치 있는 사람이지. 그녀가 여기 머물러 있는 건 내게 호의를 베풀어 주는 거야. 여러 훌륭한 가문들을 방문할 일정을 미루고 있거든.」 터치트 부인은 영국에 머물고 있을 때 자신의 사교적 지위가 한두 등급 떨어진다는 것을 절대 잊지 않았다. 「그녀는 자기가 가고 싶은 곳을 얼마든지 마음대로 고를 수 있어. 머물 곳이 부족한 것도 아니고. 내가 이번에는 머물러 달라고 부탁했단다. 네가 그녀와 사귀게 되기를 바랐기 때문에. 네게 좋을 거라고 생각했지. 그녀는 결점이 없는 여자거든.」

「벌써 그 부인이 무척 좋아지지 않았더라면, 그 말씀에 더럭 겁이 났을 거예요.」이사벨이 대답했다.

「그녀는 정도에서 〈벗어나는〉 일이 조금도 없단다. 널 여기에 데리고 왔으니 나는 너를 위해서 할 수 있는 최선을 다하려고 해. 네 언니 릴리가 네게 많은 기회를 주기 바란다고 부탁하더구나. 네가 마담 멀과 사귀게 된 것은 그 한 가지 기회랄 수 있지. 그녀는 유럽의 가장 탁월한 여자들 가운데 하나란다.」

「저는 그분에 대한 이모님의 묘사보다 그분 자신이 더 마음에 들어요.」

「혹시 마담 멀에 대해서 비판할 소지가 있다고 생각하게 되리라는 뜻이냐? 그렇게 생각하게 되거든 내게 알려 다오.」

「그러면 이모님께 괴로운 일이 되겠지요.」이사벨이 말했다.

「나를 신경 쓸 건 없다. 너는 그녀에게서 결함을 찾지 못할 거야.」

「어쩌면 그렇겠죠. 하지만 혹시라도 결함이 있다면 놓치지 않을 거예요.」

「그녀는 세상에서 알 수 있는 것은 죄다 알고 있어.」터치트 부인이 말했다.

이런 대화가 있은 후 이사벨은 터치트 부인이 그녀에 대해 한 점의 오점도 없이 완벽하다고 생각하고 있음을 마담 멀에게 알려 주었다. 그 말에 마담 멀은 〈그렇게 말해 줘서 고마워요〉라고 대답했다.「하지만 이모님께서는 시계 문자반에 드러나지 않는 탈선에 대해서는 전혀 상상하지 못하시거나 아니면 적어도 언급하지 않으시는군요.」

「그러면 당신에게 이모님이 아시지 못하는 방종한 면이 있다는 말씀이세요?」

「아, 아뇨, 유감스럽게도 내게 있어서 가장 어두운 면은 가장 길들여진 면이에요. 내가 말하려는 바는, 이모님께서 결함이 없다고 하신 말씀은 가령 만찬 시각에, 다시 말해서 이모님의 만찬 자리에 절대 늦지 않는다는 뜻이라는 거죠. 가령 일전에 당신이 런던에서 돌아온 날에도 내가 만찬에 늦은 것은 아니었어요. 내가 거실에 들어섰을 때 시계가 정확히 8시를 가리켰거든요. 다른 분들이 일찍 오셨던 거죠. 또한 그 말씀은 편지를 받은 날 즉시 답장을 보내고, 이모님 댁에 묵으러 올 때는 짐을 너무 많이 가져오지 않고, 병이 들지 않도록 조심한다는 뜻이에요. 터치트 부인은 이런 점들을 미덕이라고 생각하시거든요. 미덕을 그런 요소들로 단순하게 축소시킬 수 있다는 것은 축복이죠.」

마담 멀 자신의 대화에는 대담하고 자유분방한 비판의 기미가 농후하다는 것을 알 수 있을 것이다. 그런 비판이 어느 정도 제한적인 효과를 미칠 때도 이사벨에게는 그것이 심술궂은 말로 여겨지지 않았다. 가령 터치트 부인의 세련된 손님이 부인을 흉보고 있다고는 전혀 생각할 수 없었는데, 거기에는 매우 타당한 이유가 있었다. 우선 이사벨은 마담 멀의 미묘한 표현의 의미에 열렬히 반응했기 때문이었다. 두번째로는 마담 멀이 그 밖에도 할 수 있는 이야기가 아주 많다고 암시했기 때문이었다. 세 번째로는 어떤 사람에게 그의 가까운 친척에 대해서 예의를 차리지 않고 말한다는 것은 그사람과 친밀한 사이라는 것을 보여 주는 기분 좋은 증거임이 분명하기 때문이었다. 이러한 친밀감의 증거는 하루하루 지나면서 더욱 많이 쌓였고, 이사벨이 가장 뚜렷이 감지할 수 있었던 증거는 바로 그 친구가 이사벨 자신을 화제로 삼고 싶어 한다는 것이었다. 마담 멀은 과거 자신의 삶에서 일어난 사건들을 자주 언급하기는 했지만 시간을 들여 자세히 이야기한 적은 결코 없었다. 그녀는 김빠진 소문을 입에 올리는 수다쟁이가 아니었듯이 자기 얘기만 해대는 조악한 이기주의자도 아니었다.

「나는 나이를 먹어서 신선미가 없는 데다 시들어 빠졌어요.」 그녀가 여러 차례 말했다. 「일주일 묵은 신문처럼 흥미롭지 못한 거죠. 당신은 젊고 싱싱하고 오늘 나온 신문 같아요. 당신에게는 중요한 것, 실체가 있어요. 과거에는 내게도 있었죠. 우리 모두 실체감을 갖는 것은 짧은 기간일 뿐이에요. 하지만 당신은 더 오래 갖게 될 거예요. 그러니까 당신에 대해서 이야기합시다. 당신이 할 수 있는 이야기라면 무엇이든 듣고 싶어요. 젊은 사람과 이야기하기를 좋아한다는 것, 그것은 내가 늙어 가고 있다는 증거죠. 그것은 꽤 괜찮은 보상이라고 생각해요. 내면에서 젊음을 느낄 수 없으면 밖에서 얻을 수 있으니까요. 그런 식으로 해서 젊음을 보고 느낄 수 있겠지요. 물론 우리는 젊은이들에게 공감해야 해요. 나는 늘 그럴 거예요. 혹시 나이 든 사람들에게는 고약하게 굴지 어떨지 모르겠어요. 그렇지 않기를 바라요. 내가 찬탄해 마지않는 노인들도 분명히 있거든요. 하지만 젊은이들에게는 결코 비열하게 굴지 않을 거예요. 그들은 강한 호소력으로 내 마음을 움직이거든요. 그러니까 당신에게는 마음대로 행동하도록 허용해 주겠어요. 내킨다면 건방지게 행동해도 괜찮아요. 나는 그냥 넘어갈 테고 당신을 몹시 버릇없게 만들

거예요. 내가 백 살은 된 것처럼 말한다고 생각해요? 자, 그렇게 볼 수도 있죠. 나는 프랑스 혁명이 일어나기 전에 태어났어요. 아, 정말이지, 아주 먼 과거로 돌아가는군요. 나는 한물간 구세계에 속하는 사람이에요. 하지만 내가 얘기하고 싶은 것은 그것이 아니에요. 새로운 세계에 대해 말하고 싶으니까요. 미국에 대해서 더 이야기해 줘요. 아무리 말해 주어도 내게는 충분치 않을 거예요. 나는 무력한 어린 시절에 여기 온 후로 여기서 계속 살았어요. 내가 그 빛나고 무시무시하고 우스운 나라 — 분명 그 어떤 나라보다도 위대하고 익살스러운 곳이죠 — 에 대해서 너무나 무지하다는 건 우스꽝스러운, 아니 수치스러운 일이죠. 유럽에는 우리와 같은 사람들이 무척 많이 있어요. 그리고 그런 이들을 가엾게 생각한다는 말을 해야겠군요. 사람은 자기 나라에서 살아야 해요. 그곳이 어디든 간에 바로 그곳에 타고난 본래의 땅이 있는 거죠. 우리가 미국인으로서 훌륭하지 못하다면, 유럽인으로서는 분명 더욱 형편없거든요. 여기에는 우리에게 자연스러운 땅이 없어요. 우리는 그저 지표면을 기어 다니는 기생충일 뿐이죠. 땅속에 굳건한 뿌리를 내리지 못해요. 적어도 그런 사실을 인식하면 환상을 갖지 않을 수는 있겠죠. 어쩌면 여자는 그럭저럭 살아갈 수 있을 거예요. 여자는 어디를 가더라도 타고난 장소가 없는 것 같으니까요. 어디에 있든지 간에 여자들은 지표면에 붙어서 이럭저럭 기어 다닐 수밖에 없어요. 이 말에 반대하고 싶어요? 이 말에 소름 끼치나요? 당신은 절대로 기어 다니지 않을 거라고 단언하겠어요? 사실 나는 당신이 기어 다니는 모습을 상상할 수 없어요. 당신은 수많은 가엾은 여자들보다 더 꼿꼿이 서겠지요.

아주 좋아요. 전체적으로 보아, 당신이 기어 다닐 거라고는 생각하지 않아요. 하지만 남자들, 미국인들, 그들은 여기서 무엇을 하고 있는지 생각해 볼까요? 나는 그들이 어떻게든 스스로를 세워 보려고 애쓰는 것을 부러워하지 않아요. 가 없는 랠프 터치트를 보세요. 그와 같은 사람을 뭐라고 불러야 할까요? 다행히 그는 폐병이라도 앓고 있죠. 다행이라고 말한 것은 폐병 덕분에 그에게는 할 일이 있기 때문이에요. 폐병은 그의 직업이고, 일종의 지위라고 볼 수 있죠. 이렇게 말할 수 있는 거예요. 〈아, 터치트 씨, 그분은 폐병을 치료하고 있어요. 기후에 대해서 아주 많이 알고 있죠.〉 하지만 그 것이 없다면 그는 어떤 사람일까요? 그가 대변하는 존재는 무엇일까요? 〈랠프 터치트 씨. 유럽에 사는 미국인.〉 이건 아무런 의미도 없는 말이죠. 이보다 더 무의미한 말도 없을 거예요. 〈그는 교양이 높은 사람이고 오래된 코담배 갑을 꽤 많이 수집했어요.〉 이렇게 말할 수 있겠죠. 그 〈수집〉이라는 단어만 나오면 아주 가련한 생각이 들어요. 나는 그 단어만 들어도 지긋지긋해요. 괴상한 단어라고 생각해요. 그의 가 없는 부친의 경우에는 사정이 다르죠. 그분은 자기 나름의 정체성이 있고, 그것도 꽤 중후한 정체성이라고 볼 수 있죠. 그는 훌륭한 금융기관을 대변하고 있고, 오늘날에는 그런 기관들이 다른 무엇보다도 중요하다고 여겨지니까요. 어떻든 미국인에게 금융업은 상당히 괜찮은 직업이지요. 하지만 나는 당신의 사촌이 병으로 죽지만 않는다면 고질병을 앓고 있다는 것이 무척 운 좋은 일이라고 여전히 생각할 거예요. 폐병이 코담배 갑보다야 훨씬 낫죠. 그가 병에 걸리지만 않았다면 뭔가를 할 거라고 말하고 싶어요? 아버지의 자리를 물려받아 은행에서 일할 거라고요? 가여운 아가씨, 나는 그렇게 생각하지 않아요. 그는 은행업을 조금도 좋아하지 않을 거예요. 어떻든 나보다는 당신이 그를 더 잘 알고 있겠죠. 나도 예전에는 그를 꽤 잘 알았지만. 그러니 그의 미심쩍은 부분들을 그냥 넘어가 주기로 하죠. 가장 나쁜 사례로 들 수 있는 사람은 내 친구인데, 이탈리아에 살고 있는(그 사람도 분별력이 생길 나이가 되기 전에 유럽으로 건너왔죠) 우리의 동포이고 내가 아는 가장 유쾌한 사람들 중 한 명이에요. 언젠가 당신은 그를 만나게 되겠죠. 내가 두 사람을 만나게 할 테고, 그러면 당신은 내 말이 무슨 뜻인지 알게 될 거예요. 길버트 오즈먼드라는 사람이에요. 그는 이탈리아에 살고 있어요. 그에 대해서 말할 수 있는 것, 그에 대해 평가할 수 있는 것은 오로지 그것밖에 없어요. 그는 지나칠 정도로 영리하고, 두각을 드러낼 자질을 갖고 있는 사람이죠. 하지만 이미 말했듯이, 이탈리아에서 아주 조용히 살고 있는 오즈먼드 씨라고 말하고 나면 더 이상 할 말이 없는 거예요. 경력도, 명성도, 지위도, 재산도, 과거도, 미래도, 그 무엇도 없어요. 아 그래, 굳이 말하자면, 그는 그림을 그리죠. 나처럼 수채화를 그리는데 나보다 좀 나을 뿐이죠. 그의 그림은 꽤 형편없거든요. 전반적으로 나는 그 점을 차라리 즐겁게 여기고 있어요. 다행히도 그는 무척 나태하죠. 너무 게을러서 그 나태함이 일종의 지위가 될 정도예요. 그는 이렇게 말할 거예요. 〈아, 나는 아무것도 안 해요. 너무 게으르거든요. 새벽 5시에 일어나지 않으면 하루 종일 아무 일도 할 수 없어요.〉 이런 식으로 해서 그는 일종의 예외적인 사람이 되는 거예요. 그가 일찍 일어나기만 하면 뭔가를 할 거라고 느끼게 되지요.

그는 자기 그림에 대해서 절대로 말하지 않아요. 보통 사람들에게는 말하지 않죠. 그러기에는 너무 영리한 사람이니까요. 어린 딸이 있는데, 아주 귀여운 아이예요. 그 애에 대해서는 말을 많이 해요. 그 딸에게 헌신적이죠. 훌륭한 아빠가 되는 것이 직업이 될 수 있다면 그는 매우 유명해질 거예요. 하지만 유감스럽게도 그것은 코담배 갑이나 별반 다르지 않아요. 어쩜 그만도 못할지 모르죠. 미국 사람들은 무엇을 하는지 말해 줘요.」 마담 멀은 이렇게 말했다. 그녀가 이런 생각을 한 번에 모두 다 전달한 것은 아니라는 점을 덧붙여야겠다. 이 말들은 독자의 편의를 위해서 하나로 묶어 제시했다. 그녀는 피렌체에 대해서 이야기했는데, 오즈먼드 씨가 사는 곳이고 터치트 부인이 중세식의 대저택을 소유한 곳이었다. 그리고 로마에 대해서도 이야기했고 그녀 자신이 그곳에 작은 임시 거처를 갖고 있으며 그 집에는 꽤 괜찮고 오래된 다마스크가 걸려 있다는 것이었다. 그녀는 여러 장소들과 사람들에 대해서 이야기했다. 심지어는 이른바 〈국민〉이라고 불리는 것에 대해서도 이야기했다. 이따금 가든코트의 친절한 주인과 그의 회복 가능성에 대해서도 말했다. 처음부터 그녀는 그 가능성이 희박하다고 생각했다. 그녀가 그에게 남은 수명을 단정적으로 딱 부러지게 판단하는 방식에 이사벨은 놀라움을 금치 못했다. 어느 날 저녁에 그녀는 터치트 씨가 회복할 수 없을 거라고 명확히 선언했다.

「매튜 호프 경이 내게 예의에 어긋나지 않게 분명히 말씀하셨어요.」 그녀가 말했다. 「만찬 전에 저기 난롯불 앞에 서 계실 때 말이에요. 그 훌륭한 의사는 무척 기분 좋은 태도를 취하시더군요. 그런 말씀을 하신 것이 기분 좋았다는 건 아니에요. 그런 이야기를 대단히 재치 있게 하시더라는 거죠. 나는 이런 시기에 내가 여기 머무는 것이 불편하다고 말했어요. 무분별한 처신으로 보인다고요. 내가 간호를 할 수 있는 것도 아니니까. 〈계속 머물러 계셔야 합니다.〉 그분이 이렇게 대답하더군요. 〈나중에 하실 일이 생길 겁니다.〉 이 말은 가엾게도 터치트 씨가 돌아가실 테고 그러면 내가 위로를 해주는 데 도움이 되리라는 뜻을 아주 섬세하게 표현한 것 아니겠어요? 하지만 사실 나는 전혀 도움이 되지 못할 거예요. 당신 이모님은 본인 스스로를 위로하실 테니까요. 위로가 얼마나 필요할지는 이모님만이 아시겠지요. 제삼자가 필요한 만큼 위로해 주겠다고 나서는 것은 매우 어려운 문제거든요. 당신 사촌에게는 사정이 다를 거예요. 그는 자기 부친을 몹시 그리워할 겁니다. 하지만 나는 절대로 랠프 씨를 위로한답시고 나서지 않을 거예요. 우리는 그런 사이가 아니니까.」 마담 멀은 랠프 터치트와의 관계에 뭔가 석연치 않은 불편함이 있음을 여러 차례 암시한 적이 있었다. 그래서 이사벨은 이 기회를 잡아서 그들의 사이가 좋지 않은지를 물어보았다.

「좋은 사이에요. 하지만 그는 나를 좋아하지 않아요.」

「오빠에게 어떻게 하셨는데요?」

「아무것도 하지 않았어요. 하지만 그런 일에 이유가 필요한 건 아니에요.」

「부인을 좋아하지 않는 것에 대해서요? 저는 타당한 이유가 있어야 한다고 생각해요.」

「무척 친절하군요. 당신이 시작하게 되는 날에는 꼭 이유를 마련해 두세요.」

「부인을 싫어하기 시작한다고요? 그런 일은 결코 없을 거예요.」

「그렇기를 바라요. 당신이 나를 싫어하기 시작하면 그 감정은 끝나지 않을 테니까요. 당신 사촌 오빠가 그런 상태예요. 싫은 감정을 넘어서지 못하는 거예요. 그건 천성적인 반감이죠. 그런 감정을 오로지 그 사람만 느끼고 있으니까 나는 그렇게 말할 수 있겠죠. 나는 그에 대한 반감을 전혀 갖고 있지 않고, 나를 공정하게 평가해 주지 않는다고 앙심을 품지도 않아요. 내가 바라는 것은 공정함이죠. 어떻든 그는 신사고 누군가에 대해서 비열한 말을 할 사람은 결코 아니라고 느낄 수 있어요. 내 속마음을 털어놓자면.」 마담 멀이 잠시 후에 덧붙였다. 「나는 그가 두렵지 않아요.」

「정말로 그렇기를 바랍니다.」 이렇게 말하며 이사벨은 랠프가 세상에서 가장 친절한 사람이라는 말을 덧붙였다. 그렇지만 그녀는 마담 멀에 대해서 랠프에게 처음 물어보았을 때 그가 명료하지는 않지만 이 숙녀가 모욕적이라고 생각했을 방식으로 대답했던 것을 기억했다. 그 두 사람 사이에 뭔가 문제가 있다고 이사벨은 속으로 말했다. 하지만 그 이상의 말은 하지 않았다. 만일 그것이 중요한 문제라면 존중심을 보여야 하고, 만일 그렇지 않다면 호기심을 느낄 가치가 없는 일이다. 지식을 열렬히 갈망했지만, 그럼에도 이사벨은 커튼을 들어 올리고 불이 밝혀지지 않은 어두운 구석을 들여다보는 것을 천성적으로 꺼려했다. 그녀의 마음속에서 지식에 대한 열망은 무지에 대한 섬세한 수용과 공존하고 있었다.

그러나 마담 멀은 이따금 그녀를 깜짝 놀라게 할 말을 하곤 했다. 그래서 그런 말을 들은 순간 이사벨은 선명한 눈썹을 치올렸고 나중에 그 말에 대해 곰곰이 생각해 보곤 했다. 「나는 아주 많은 것을 바쳐서라도 당신 나이로 되돌아가고 싶어요.」 한번은 그녀가 느닷없이 비탄이 섞인 어조로 이런 말을 내뱉었다. 그 말투는 그녀의 몸에 밴 여유 있는 태도로 희석되었지만 완전히 지워지지는 않았다. 「내가 다시 인생을 시작할 수만 있다면! 앞날이 창창할 수 있다면!」

「아직 앞날이 창창하신데요.」 이사벨은 막연히 두려움을 느꼈기에 부드럽게 대답했다.

「아뇨, 가장 좋은 시절은 사라졌어요. 헛되이 사라졌죠.」

「분명 헛된 것은 아니었을 거예요.」 이사벨이 말했다.

「아니, 내게 무엇이 남아 있죠? 남편도, 아이도, 재산도, 지위도, 한 번도 가져보지 못한 미모의 흔적도, 그 어느 것도 없어요.」

「당신에게는 친구들이 많이 있잖아요.」

「그것도 확신할 수 없어요.」 마담 멀이 큰 소리로 말했다.

「아니, 잘못 생각하신 거예요. 부인에게는 많이 있어요. 추억과 매력과 재능과 —」

그러나 마담 멀은 그녀의 말을 가로막았다. 「내 재능으로 내가 무엇을 얻었죠? 몇 시간을 보내고 또 몇 년을 보내기 위해서, 어떤 행동을 하고 있다는 구실로 또 정신없이 바쁘다는 구실로 스스로를 속여 넘기기 위해서 재능을 계속 사용해야 할 필요가 있었을 뿐이에요. 내 매력이나 추억에 대해서는 입에 올리지 않을수록 더 나아요. 당신은 당신의 우정을 받을 더 나은 상대를 찾아낼 때까지만 내 친구로 남아 있을 거예요.」

「그렇다면 내가 그렇게 하지 않도록 부인이 보살펴서야겠네요.」 이사벨이 말했다.

「그래요. 당신을 붙잡기 위해서 노력할 거예요.」 그녀는 이사벨을 진지하게 바라보았다. 「내가 당신의 나이로 돌아가고 싶다고 말했을 때 그 말은 당신이 가진 자질들, 당신처럼 솔직하고 관대하고 진실한 성품을 가지고 돌아가고 싶다는 뜻이었어요. 그랬더라면 내 인생을 더 나은 것으로 만들 수 있었을 거예요.」

「부인이 이루지 못한 것들 중에서 무엇을 하고 싶으셨어요?」

마담 멀은 악보 하나를 집어 들고 기계적으로 한 장씩 넘겼다. 처음에 그녀는 피아노 의자에 앉아 있다가 갑자기 몸을 돌려 말을 꺼낸 터였다. 「나는 야심이 무척 큰 사람이에요!」 그녀가 마침내 대답했다.

「그런데 부인의 야심이 채워지지 않았나요? 대단히 위대한 야심이었겠군요.」

「대단한 야심이었죠. 그 이야기를 하면 내 꼴이 우스워질 거예요.」

이사벨은 그 야심이 무엇이었을지, 마담 멀이 왕관을 쓰게 되기를 열망했을지 궁금했다. 「부인이 성공을 어떻게 생각하시는지는 몰라도, 제가 보기에는 성공하신 분 같아요. 실로 당신은 성공의 생생한 전형이에요.」

마담 멀은 미소를 띠고 악보를 던졌다. 「당신이 생각하는 성공은 무엇인가요?」

「별로 대단치 않다고 생각하실 거예요. 젊은 시절의 꿈이 실현되는 걸 보는 거예요.」

「아.」 마담 멀이 소리쳤다. 「난 그런 걸 한 번도 본 적이 없어요! 하지만 내 꿈은 대단히 크고, 너무 터무니없는 것이었죠. 맙소사, 내가 지금도 꿈을 꾸고 있군요!」 그러고 나서 그녀는 피아노로 몸을 돌렸고 장중하게 연주를 시작했다. 다음 날 그녀는 이사벨에게 성공에 대한 그녀의 정의는 매우 아름답지만 몹시 슬픈 것이었다고 말했다. 그런 식으로 따져 볼 때 과연 성공한 사람이 누가 있을까? 젊은 시절의 꿈. 그것은 매혹적이고 성스러운 것이다! 그런 것이 실현된 것을 본 사람이 혹시라도 있었을까?

「저는 보았어요. 몇 가지를.」 이사벨은 과감하게 대답했다.

「벌써? 그럼 어제 꾼 꿈이었겠군요.」

「저는 아주 어렸을 때부터 꿈을 꾸기 시작했어요.」 이사벨이 미소를 지었다.

「아, 어린 시절의 갈망을 뜻하는 거라면. 분홍색 허리띠와 눈을 감을 수 있는 인형을 갖는 꿈?」

「아뇨, 그런 얘기가 아니에요.」

「아니면 콧수염이 멋진 젊은이가 당신 앞에서 무릎을 꿇는 것?」

「아, 그것도 아니에요.」 이사벨은 더욱 강조하며 말했다.

마담 멀은 이 열렬한 어조를 주목하는 것 같았다. 「당신이 뜻하는 의미가 바로 그런 것이라는 의심이 드는군요. 우리는 누구나 콧수염이 있는 젊은이를 꿈꾸죠. 그런 젊은이는 도저히 피해 갈 수 없는 존재예요. 그는 중요하지 않아요.」

이사벨은 잠시 입을 다물고 있다가 그녀 특유의 극단적이고 앞뒤가 맞지 않는 말을 꺼냈다. 「왜 그런 젊은이가 중요하지 않은가요? 세상에 하고많은 젊은이들이 있는데요.」

「그런데 당신이 꿈꾸는 젊은이는 전형이 될 만한 인물이다 ― 그런 말인가요?」 그 벗이 웃으며 물었다. 「만일 당신이 꿈꾸던 젊은이와 똑같은 사람을 얻었다면, 그렇다면 그건 대단한 성공이지요. 진심으로 축하해요. 다만 그런 경우라면 당신은 왜 그 젊은이와 함께 아펜니노 산맥에 있는 그의 성으로 날아가지 않았지요?」

「그는 아펜니노 산에 성을 갖고 있지 않아요.」

「그럼 무엇을 갖고 있나요? 40번가의 흉한 벽돌집인가요? 그런 말은 하지 마요. 그런 걸 이상적이라고 인정할 생각은 없으니까.」

「저는 그의 집에 대해서는 조금도 신경 쓰지 않아요.」 이사벨이 말했다.

「그건 당신이 아직 미숙하기 때문이에요. 당신이 내 나이가 되면, 모든 인간에게는 자기 껍질이 있고 그 껍질을 고려하지 않을 수 없다는 사실을 알게 될 거예요. 껍질이라는 말은 인간을 둘러싼 환경 전체를 뜻하는 것이죠. 이 환경에서 뚝 떨어져 나온 남자나 여자 같은 것은 존재하지 않아요. 우리는 각자 부속물들의 덩어리로 이루어져 있어요. 우리가 우리의 〈자아〉라고 부르는 것이 무엇이죠? 그 자아가 어디서 시작하고 어디서 끝나지요? 그 자아는 우리에게 속한 모든 것들로 흘러 들어가고 거기에서 다시 흘러 나오죠. 나 자신의 많은 부분은 내가 골라서 입는 옷에 있다는 것을 알고 있어요. 나는 사물을 대단히 중요하게 생각해요! 다른 사람들의 눈에 우리의 자아란 우리가 자신의 자아를 표현해서 드러내는 것이에요. 우리의 집, 가구, 의복, 읽는 책, 사귀는 친구, 이런 것들이 모두 우리의 자아를 표현하고 있어요.」

이 주장은 대단히 형이상학적이었다. 하지만 마담 멀이 이미 주장했던 몇 가지 의견보다 더 그런 것은 아니었다. 이사벨은 형이상학을 매우 좋아했다. 하지만 친구의 의견에 따라서 이처럼 인간 존재에 대한 과감한 분석에 동조할 수는 없었다. 「부인의 의견에 찬성할 수 없어요. 저는 정반대로 생각하거든요. 제가 제 생각을 표현하는 데 성공하는지 어떤지 모르지만, 제 생각 외에는 어떤 것도 저를 표현하지 못한다고 생각해요. 저에게 속하는 어떤 물건도 저를 평가하는 척도가 될 수 없어요. 오히려 그런 물건들은 한계이자 장애고, 더할 나위 없이 임의적인 장애에 불과하죠. 부인 말대로 내가 선택해서 입은 옷이 나를 표현하는 것은 아니에요. 그런 일은 절대로 없어야 해요!」

「당신은 옷을 잘 입어요.」 마담 멀이 가볍게 대꾸했다.

「어쩌면 그렇겠지요. 하지만 저는 옷으로 평가되고 싶지 않아요. 제가 입은 옷이 양재사를 표현하는 것은 될지언정 나를 표현하는 것은 아니거든요. 무엇보다도 내가 옷을 입은 것은 내 선택이 아니에요. 사회가 강요한 것이지요.」

「그럼 옷을 입지 않는 편이 더 좋겠어요?」 마담 멀이 사실상 이 논의를 끝내려는 말투로 물었다.

나는 이사벨이 마담 멀에게 워버턴 경에 대해서 한 마디의 말도 하지 않았고 마찬가지로 캐스퍼 굿우드에 대해서도 침묵을 지켰다는 사실을 고백해야겠다. 우리의 여주인공이 이 완벽한 여자에 대해서 품고 있는 젊은이 특유의 충실한 마음을 묘사한 지금까지의 부분에 대해서 약간 의구심을 일으킬지 모르지만 말이다. 하지만 이사벨은 결혼할 기회가 있었다는 사실에 대해서는 숨기지 않았고 그것도 대단히 유리한 청혼이었음을 알려 주었다. 워버턴 경은 로클리를 떠났고 여동생들과 함께 스코틀랜드로 갔다. 그는 터치트 씨의 병세를 묻느라 한 번 이상 랠프에게 편지를 보냈지만, 그런 안부 인사에 그녀는 그리 당황하지 않았다. 그가 아직 근방에 머물고 있었다면 직접 찾아와서 안부를 물어야 한다고 느꼈을 것이다. 그는 매너가 훌륭한 사람이지만, 그가 가든코트에 왔더라면 마담 멀을 만났을 것이고 그녀를 보면 그녀에게 호감을 느껴서 자신이 그녀의 젊은 친구를 사랑한다고 알려주었을 거라고 이사벨은 확신했다. 우연히도 이 부인이 예전에 가든코트를 방문했을 때마다 — 이번보다는 짧은 기간을 머물렀지만 — 그는 로클리에 머물고 있지 않았거나 터치트 씨 집을 방문하지 않은 모양이었다. 그러므로 그 숙녀는 그를 그 지방의 저명인사로서 이름을 알고 있기는 했지만 터치트 부인이 새로 데려온 조카딸에게 청혼했으리라고 의심할 이유는 전혀 없었다.

「당신에게는 아직 시간이 많아요.」 이사벨이 일부를 제외하고 비밀을 털어놓았을 때 마담 멀은 이렇게 대답했다. 이사벨은 모든 것을 다 털어놓을 생각은 없었지만, 우리가 이미 보았듯이, 그만큼 털어놓은 것에 대해서도 이따금 후회했다.「당신이 아직 아무 결정도 내리지 않았고, 앞으로 결정을 내려야 하는 것이 다행이에요. 아가씨가 좋은 청혼을 몇 번 거절하는 것은 아주 좋은 일이에요. 물론 자기가 받을 수 있을 최고의 청혼이 아닌 경우에 그렇다는 말이에요. 내 어조가 지독하게 타락한 사람의 말투로 들린다면 용서해 줘요. 사람은 때로 세속적인 관점으로 생각해야 하거든요. 그저 거절하기 위해서 계속 거절하는 일은 없어야 해요. 거절하는 것은 유쾌하게 자신의 힘을 행사하는 일이지만, 받아들이는 것도 결국에는 자기 힘을 발휘해야 하는 일이죠. 거절하는

일이 너무 많다 보면 언제나 위험이 따르기 마련이에요. 내
가 처했던 위험은 그런 것이 아니라 — 거절을 많이 하지 못
했기 때문이었어요. 당신은 극히 출중한 아가씨이고, 나는
당신이 수상과 결혼하는 것을 보고 싶어요. 하지만 엄밀히
말해서, 알다시피, 당신은 훌륭한 결혼 상대라고 불릴 사람
은 아니에요. 당신은 무척 예쁘고 대단히 영리해요. 당신만
놓고 보면 실로 빼어난 사람이에요. 당신은 세속적인 물질의
소유에 대해서 그저 모호하게 생각하고 있는 것 같아요. 하
지만 내가 이해하기로 당신은 수입이 적어서 쩔쩔매는 것 같
지는 않군요. 당신에게 돈이 좀 있기를 바라요.」

「저도 그래요!」 이사벨은 간단히 대답했다. 자신이 가난하
다는 사실이 호방한 두 신사에게는 그리 문제가 되지 않았
다는 사실을 그 순간에는 까맣게 잊고 있었다.

가엾은 터치트 씨의 병세가 막바지에 이르렀다고 이제 솔
직하게 이야기되고 있었지만, 마담 멀은 매튜 호프 경의 너
그러운 암시에도 불구하고 끝까지 남아 있지 않았다. 그녀
는 다른 사람들을 방문하기로 한 약속을 마침내 지켜야 했
다. 어떻든 그녀는 영국을 떠나기 전에 터치트 부인을 만나
기 위해 다시 가든코트에 오거나 아니면 런던으로 찾아가겠
다는 약속을 남기고는 가든코트를 떠났다. 이사벨과의 작별
은 처음 만났을 때보다도 더 우정의 시작을 알려 주는 것 같
았다. 「나는 여섯 집을 차례로 방문할 거예요. 하지만 당신
만큼 내가 좋아하는 사람은 만날 수 없을 겁니다. 다들 옛 친
구들이지요. 내 나이에 새로운 친구를 사귈 수는 없거든요.
당신은 놀라운 예외였어요. 그것을 기억하고 되도록 나를
좋게 생각해 줘야 해요. 당신은 나를 믿어 주는 것으로 내게

보답해 줘야 해요.」

그 말에 대한 대답으로 이사벨은 그녀에게 키스했다. 어떤 여자들은 쉽게 키스를 하지만 키스도 제각기 다른 것이다. 이 포옹에 마담 멀은 만족했다. 그녀가 떠난 후 우리의 아가 씨는 혼자 지내는 때가 많았다. 식사 시간에만 이모와 사촌을 볼 수 있었다. 터치트 부인이 이제는 모습을 드러내지 않는 시간 중에 아주 적은 부분만 남편 간호에 바친다는 것을 알아냈다. 부인은 나머지 시간을 자기 방에서 보냈고, 조카 딸마저도 그 방에 접근하는 것을 허용하지 않았다. 아마도 자기 방에서 신비롭고 불가사의한 의식이라도 치르고 있는 모양이었다. 식탁에서는 침통한 표정으로 말이 없었다. 하지만 이모의 엄숙함이 그저 겉으로 드러난 태도가 아니라 양심의 가책이라는 것을 이사벨은 알 수 있었다. 그녀는 이모가 지나치게 자기 마음대로 살아온 것을 후회하고 있는지 궁금했다. 그러나 그 후회를 드러내는 증거는 전혀 없었다. 눈물을 짓거나 한숨을 쉬는 일도, 언제나 그 자체의 의미에 적절했던 열성을 과장하는 일도 없었다. 터치트 부인은 그저 매사를 심사숙고하고 요약해 보아야 할 필요를 느끼는 것 같았다. 그녀는 도덕과 관련된 작은 회계장부를 갖고 있었는데, 똑바로 줄이 그어져 있고 날카로운 강철 걸쇠가 달려 있는 그 책을 모범적으로 말끔하게 정리했다. 그녀가 입 밖에 내놓는 말들은 어떻든 늘 현실적인 울림을 띤 것들이었다. 「이런 일을 예상했더라면 네게 외국 여행을 제안하지 않았을 텐데.」 마담 멀이 떠난 다음에 이모가 이사벨에게 말했다. 「기다렸다가 내년에 널 데려오도록 사람을 보냈을 거야.」

「그랬더라면 제가 어쩌면 이모부님을 뵙지 못했을 텐데

요? 지금 여기에 와 있는 것이 제게는 큰 행복이에요.」

「잘됐구나. 하지만 네 이모부를 만나게 하려고 내가 널 유럽에 데려온 건 아니야.」 물론 더할 나위 없이 옳은 말이었다. 하지만, 이사벨이 생각했듯이, 전적으로 시의적절한 말은 아니었다. 이사벨은 이런 일이나 다른 문제들에 대해서 천천히 생각할 수 있었다. 그녀는 매일 혼자서 산책했고 서재에 틀어박혀 책장을 넘기면서 멍하니 시간을 보냈다. 그녀의 관심을 끈 일들 가운데 스택폴 양이 경험한 사건들도 있었다. 그 친구와는 정기적으로 편지를 주고받았다. 이사벨은 친구의 공적 편지보다는 사적인 편지의 문체가 더 마음에 들었고, 그래서 그녀의 공적 편지들이 인쇄되지 않았더라면 탁월한 수준이 되었을 거라고 생각했다. 하지만 헨리에타의 일은 사적인 행복을 위해서라도 바라는 만큼 원활하게 풀리지 않았다. 그녀가 그토록 열렬히 보고 싶어 했던 대영제국의 내적 생활은 그녀의 눈앞에서 도깨비불처럼 춤추는 것 같았다. 레이디 펜슬에게서 초대장이 오지 않은 것은 도무지 이해할 수 없는 일이었다. 평소의 친절한 마음으로 아무리 재간을 부려 보아도 가엾은 밴틀링 씨는 자기가 분명히 보낸 편지가 그토록 심각하게도 방기되었다는 사실을 도저히 설명할 수 없었다. 그는 분명 헨리에타의 일을 대단히 진지하게 생각했고, 헨리에타가 베드퍼드셔를 방문하리라는 환상을 품은 것이 자기 탓이라고 믿었다. 〈그분은 내가 유럽 대륙을 여행하는 것이 좋겠다고 생각하셔.〉 헨리에타는 이렇게 썼다. 〈그리고 그분도 그곳에 가려고 생각하고 있으니, 그의 조언은 진심일 거야. 그는 내가 프랑스의 생활상을 둘러보기를 바라고 있고, 사실 나도 새로운 프랑스 공화국을 무척 보고 싶어. 밴틀링 씨는 그 공화국을 그리 마음에 들어 하지 않지만 어떻든 파리에 가려고 생각하고 있어. 그 사람은 더 바랄 나위 없을 정도로 내게 관심을 기울여 준다고 말해야겠지. 나는 적어도 예의 바른 영국인을 한 사람 만나게 된 거고. 나는 밴틀링 씨에게 그가 미국인이었어야 한다고 거듭 말했어. 그 말에 그분이 얼마나 기뻐했는지 너는 모를 거야. 내가 그런 말을 할 때마다 그는 늘 탄성을 지르거든.《아, 하지만 저런!》》 며칠 후 헨리에타는 그 주말에 파리에 가기로 결정했고 밴틀링 씨가 전송해 주기로 약속했다고, 어쩌면 도버까지 동행해 줄 거라고 써 보냈다. 이사벨이 파리에 도착할 때까지 그곳에서 기다리겠다고 헨리에타는 덧붙였다. 마치 이사벨이 혼자서 대륙 여행을 떠날 수 있는 듯이 말하면서 터치트 부인에 대해서는 일절 언급하지 않았다. 우리의 여주인공은 랠프가 얼마 전에 만난 벗에게 관심이 있다는 것을 염두에 두고 그 편지의 몇 단락을 읽어 주었다. 랠프는 조마조마한 심정으로 『인터뷰어』의 통신원이 선택한 행로에 관심을 드러냈다.

「헨리에타가 아주 잘해 나가고 있는 것 같군.」 그가 말했다. 「기병 출신인 남자와 함께 파리에 가다니. 기삿거리가 부족하면 그 경험을 묘사하면 되겠어.」

「물론 인습에 맞는 행동은 아니에요.」 이사벨이 대답했다. 「하지만 헨리에타에 관한 한, 그 일을 지극히 순진한 행동으로 생각하지 않는다면 그건 큰 오해예요. 오빠는 헨리에타를 절대로 이해할 수 없을 거예요.」

「미안하지만 나는 그녀를 완벽하게 이해해. 처음에는 전혀 몰랐지만 이제는 제대로 볼 수 있는 눈이 생겼거든. 하지만 유감스럽게도 밴틀링은 그렇지 못할 거야. 그는 좀 놀라겠지. 아, 나는 마치 내가 만들어 낸 여자인 양 그녀를 잘 알고 있어!」

이사벨은 이 말을 결코 믿을 수 없었지만 더 이상 의혹을 드러내지 않았다. 그즈음에는 사촌 오빠에게 아주 너그럽게 대하고 싶은 마음이었기 때문이다. 마담 멀이 떠나고 일주일이 채 지나지 않은 어느 날 오후에 그녀는 서재에서 책을 앞에 펼쳐 놓고 앉아 있었다. 책을 읽는 데 온 정신을 쏟고 있는 것은 아니었다. 그녀는 창가에 있는 푹신한 의자에 앉아서 잔뜩 흐리고 비에 젖어 축축한 정원을 내다보았다. 서재는 저택의 현관과 직각을 이룬 곳에 있었으므로 현관문 앞에서 지난 두 시간 동안 대기중인 의사의 유개 마차를 볼 수 있었다. 의사가 그렇게나 오래 집 안에 있다는 사실이 놀라웠다. 그러나 마침내 의사가 주랑 현관에 나타났고 잠시 서서 천천히 장갑을 끼고 자기 말의 무릎을 바라보다가 마차에 올라 출발하는 것이 보였다. 이사벨은 30분간 가만히 앉아 있었다. 집 안에 거대한 정적이 감돌고 있었다. 너무나 고요했기 때문에 이윽고 방에 깔린 두툼한 카펫 위를 천천히 걸어오는 조용한 발걸음 소리가 들렸을 때 깜짝 놀랄 지경이었다. 그녀는 재빨리 창가에서 얼굴을 돌렸다. 거기에 랠프 터치트가 여전히 양손을 호주머니에 찔러 넣은 채 서 있었다. 하지만 평소의 은은한 미소가 그의 얼굴에서 완전히 자취를 감추어 찾아볼 수 없었다. 그녀는 벌떡 일어섰고, 그녀의 몸짓과 시선은 하나의 물음이나 다름없었다.

「다 끝났어.」 랠프가 말했다.

「그럼 이모부님께서 ―?」 이사벨은 말을 잇지 못했다.

「아버님은 한 시간 전에 운명하셨어.」

「아, 가엾은 랠프!」 그녀는 두 손을 그에게 내밀면서 나지막하게 탄식했다.

제20장

이 일이 있고 나서 두 주일쯤 지났을 때 마담 멀은 이인승 마차를 타고 윈체스터 광장에 있는 터치트 씨의 집으로 갔다. 마차에서 내리면서 보니 식당 창문들 사이에 말끔하고 커다란 목제 판이 걸려 있었다. 그 판의 산뜻한 검은색 바탕에는 흰 페인트로 〈매각물〉이라고 쓰여 있고 문의할 중개인의 이름이 적혀 있었다. 〈조금도 꾸물거리지 않는군.〉 그 방문객은 커다란 놋쇠 고리를 두드린 후 문이 열리기를 기다리면서 생각했다. 〈실리밖에 모르는 나라야!〉 집 안에 들어서서 응접실로 올라가면서 그녀는 집을 비우려는 흔적을 많이 볼 수 있었다. 그림들을 벽에서 떼어 소파 위에 올려놓았고, 창문에서는 커튼을 걷어 냈으며, 마룻바닥에 깔려 있던 카펫도 걷어 낸 상태였다. 터치트 부인은 곧 그녀를 맞았고, 애도의 인사를 당연한 것으로 생각한다는 암시를 몇 마디 말로 내비쳤다.

「당신이 무슨 말을 하려는지 알아요. 그가 아주 좋은 사람이었다는 것이겠지. 하지만 그건 누구보다도 내가 더 잘 알아요. 내가 남편에게 좋은 사람이라는 것을 드러낼 기회를 많이 주었으니까. 그런 점에서는 내가 좋은 아내였다고 생각해요.」 터치트 부인은 남편이 마지막에 가서 이 사실을 인정한 것 같다고 덧붙였다. 「남편은 나를 더없이 관대하게 대해 주었어요.」 그 부인이 말했다. 「내가 기대했던 것보다 더 관대하다는 말은 하지 않겠어요. 난 기대를 하지 않았으니까. 내가 대체로 기대 같은 건 하지 않는 사람이라는 걸 당신도 잘 알 거예요. 그런데, 내가 생각하기에, 남편은 내가 외국에서 많이 지내고 외국 생활을 하면서 ─ 〈내 멋대로〉라고 말할 수도 있겠지 ─ 사람들과 어울려 왔지만 남편이 아닌 다른 사람에 대해서 호감을 가진 적이 없었다는 사실을 인정하기로 한 거예요.」

〈당신 자신을 빼고는 누구에게도 호감이 없었겠지요.〉 마담 멀은 마음속으로 말했다. 물론 이 말은 겉으로는 전혀 들리지 않았다.

「나는 다른 사람을 위해서 남편을 희생시킨 적이 없어요.」 터치트 부인은 단호하고 무뚝뚝한 특유의 말투로 말을 이었다.

〈아, 그렇겠죠.〉 마담 멀이 생각했다. 〈다른 사람을 위해서 어떤 일도 한 적이 없으니까요.〉

이 무언의 논평에 담긴 냉소적인 빈정거림에 대해서는 설명할 필요가 있다. 이 말들이 우리가 지금까지 마담 멀의 성격에 대해서 갖고 있던 ─ 어쩌면 약간 피상적인 ─ 견해나 혹은 터치트 부인의 과거에 실제로 있었던 엄연한 사실들과도 일치하지 않기 때문에 더욱 그러하다. 또한 마담 멀은 터치트 부인의 마지막 말이 절대 자신의 옆구리를 찌르려는 의도는 아니라고 당연히 믿고 있었기에 더더욱 그 빈정거림을 설명할 필요가 있다. 실은 이 집의 문지방을 넘은 순간, 마담 멀에게는 터치트 씨의 사망이 미묘한 귀결을 빚어내어 자신을 제외한 소수의 사람들에게 유리한 결과를 가져왔다는 생각이 퍼뜩 스쳤던 것이다. 물론 그런 사건은 당연히 어떤 귀결을 빚게 마련이다. 가든코트에 머무는 동안에 그녀는 이 문제에 대해서 여러 번 상상해 본 적이 있었다. 그러나 그런 일을 머릿속으로 상상하는 것과 그 엄청난 증거물의 한가운데 서 있는 것은 전혀 다른 문제였다. 재산 분배 — 그녀는 전리품이라고 말할 뻔했다 — 에 대한 생각이 이제 그녀의 의식을 압도했고, 거기에서 자신이 배제되었다는 느낌으로 짜증이 일었다. 나는 그녀를 굶주린 입이나 시기하는 마음을 가진 일반 대중의 한 사람으로 그려 내고 싶지 않지만, 이미 우리가 보았다시피, 그녀는 채워지지 않은 욕망을 갖고 있었다. 만일 그녀에게 물어보았더라면 그녀는 터치트 씨가 남긴 유산의 한 몫을 차지할 권리가 물론 자기에게는 전혀 없다고 당당하고 멋진 미소를 지으면서 인정했을 것이다. 〈나와 그분과의 사이에는 아무 관계도 없었어요.〉 그녀는 말했을 것이다. 〈그런 건 전혀 없었어요, 불쌍한 분!〉 그녀는 엄지와 셋째 손가락을 맞붙여 튀기면서 말했을 것이다. 더욱이 내가 서둘러 덧붙이고 싶은 말은, 그녀가 지금 비뚤어진 욕망을 느끼지 않을 수 없었더라도 그것을 드러내지 않으려고 조심했다는 것이다. 그녀는 결국 터치트 부인이 남편을 잃은 것 못지않게 부인이 얻은 이득에 대해서 공감을 표현했다.

「남편은 내게 이 집을 남겼어요.」 최근에 미망인이 된 부인이 말했다. 「그렇지만 물론 나는 이 집에서 살지 않을 거예요. 피렌체에 훨씬 더 좋은 집이 있으니까. 유언장을 개봉한 지 3일밖에 지나지 않았지만 이 집은 벌써 팔려고 내놓았어요. 은행에도 배당받은 몫이 있는데 그것을 은행에 계속 두어야 할지 아직 모르겠어요. 그렇지 않다면 물론 꺼낼 거예요. 랠프는 물론 가든코트를 받았는데 그 애가 그곳을 유지할 돈이 있을지 모르겠군요. 그 애는 당연히 재산을 풍족하게 물려받았죠. 하지만 그 애의 부친은 엄청난 돈을 기부했어요. 버몬트 주에 사는 육촌들에게도 유산을 물려줬고요. 랠프는 가든코트를 무척 좋아하니까 여름철에 가사를 도맡을 하녀 한 명과 정원사 한 명만 있으면 거기서 잘 지낼 수 있을 거예요. 그런데 남편의 유서에 놀라운 조항이 있었어요.」 터치트 부인이 덧붙였다. 「내 조카딸에게 큰 재산을 남긴 거예요.」

「큰 재산이라고요!」 마담 멀이 부드럽게 되풀이했다.

「이사벨이 대략 7만 파운드를 받게 되었어요.」

마담 멀은 양손을 깍지 껴서 무릎에 올려놓고 있었다. 이 말을 듣자 그녀는 깍지 낀 손을 들어 잠시 자기 가슴에 댔고, 휘둥그레진 눈으로 상대의 눈을 뚫어지게 바라보았다. 「아,」 그녀가 큰 소리로 외쳤다. 「고 영리한 것 같으니!」

터치트 부인은 재빨리 그녀를 보았다. 「그게 무슨 뜻인가요?」

잠시 마담 멀은 얼굴을 붉혔고 눈을 내리깔았다. 「그런 결과를 성취한 것은 물론 영리한 일이지요. 노력도 들이지 않고!」

「노력은 분명 전혀 없었어요. 그리고 그것을 성취라고 부르지 마세요.」

마담 멀은 자기가 한 말을 취소하는 거북한 일을 여간해서는 하지 않았다. 오히려 자기의 말을 변명하고 유리하게 보이도록 표현하는 데 현명한 재간을 드러냈다. 「친애하는 부인, 이사벨이 세상에서 가장 매력적인 아가씨가 아니었더라면 분명 7만 파운드를 받지 못했을 거예요. 그녀의 매력에는 대단히 영리한 것도 포함되어 있고요.」

「이사벨은 내 남편이 자기에게 무엇을 해주리라고는 꿈에도 생각하지 못했을 거예요. 나도 생각하지 못했던 일이니까. 남편은 그런 의도에 대해서 내게 한 마디도 하지 않았거든.」 터치트 부인이 말했다. 「그 애는 내 남편에게서 몇 푼이라도 받을 권리가 전혀 없었어요. 그 애가 내 조카딸이라는 사실이 그에게 큰 권리로 여겨질 것도 아니었고. 그 애가 뭘 성취했다면 그건 무의식적으로 한 거지.」

「아.」 마담 멀이 대답했다. 「그런 것이 가장 큰 수완이지요.」

이 말에 대해서 터치트 부인은 자기 의견을 표현하지 않았다. 「그 애는 운이 좋았어요. 그 점은 부정하지 않아요. 하지만 지금은 그저 어리둥절해하고 있어요.」

「그 아가씨가 그 돈으로 무엇을 해야 할지 모른다는 뜻인가요?」

「그런 일은 생각도 해보지 않았을 거예요. 그 문제에 대해 어떻게 생각해야 할지 전혀 모르는 거지. 그 애는 등 뒤에서 갑자기 발사된 큰 총에 맞은 것 같았어요. 지금 자기 몸에 다친 곳이 없는지를 알아보는 느낌일 거예요. 바로 사흘 전에 유언 집행 책임자가 그 애를 방문했어요. 몸소 찾아와서는 아주 친절하게 그 사실을 그 애에게 알려 주었죠. 그가 말을 꺼냈을 때 그 애가 갑자기 울음을 터뜨렸다고 나중에 내게 말해 주더군요. 그 돈은 은행 계좌에 남아 있고, 그 애는 그 이자를 찾게 될 거예요.」

마담 멀은 지혜로우면서도 이제는 매우 온화한 미소를 지으며 고개를 가로저었다. 「무척 기쁜 일이군요! 돈을 찾는 것도 두세 번 하고 나면 익숙해지겠지요.」 그러고는 잠시 입을 다물었다가 갑자기 물었다. 「아드님은 그 일에 대해서 어떻게 생각하나요?」

「그 애는 유언장을 공개하기 전에 영국을 떠났어요. 피로와 근심에 너무 지쳐서 서둘러 남쪽으로 떠났죠. 지금 리비에라로 가는 길인데 아직 그 애에게서 연락을 받지 못했어요. 하지만 자기 아버지가 한 일에 대해서 그 애는 전혀 반대하지 않을 거예요.」

「그의 몫이 줄었다는 말씀을 하지 않으셨어요?」

「그건 그 애의 소망에 따른 일이었죠. 그 애는 미국에 있는 친지들을 위해서 뭔가를 해달라고 자기 부친을 설득했거든요. 그 애는 가장 소중한 사람을 돌보는 일에 조금도 열중하고 있지 않아요.」

「그건 누구를 가장 소중한 사람으로 생각하는가에 달려 있겠죠!」 마담 멀이 말했다. 그리고 그녀는 마룻바닥을 쳐다보면서 잠시 생각에 잠겼다. 「행복에 겨운 조카따님을 만날 수 없을까요?」 그녀가 마침내 눈을 들어 말했다.

「그야 만날 수 있어요. 하지만 그 애가 행복에 겨운 상태라고는 느끼지 못할 거예요. 요 사흘간 그 애는 치마부에[11]가 그린 마리아처럼 엄숙한 표정을 짓고 있었거든요.」 터치트 부인은 하녀를 부르려고 벨을 눌렀다.

이사벨을 불러오도록 마부를 보내자 그녀는 금방 들어왔다. 들어서는 그녀의 모습을 보면서 마담 멀은 터치트 부인

---

11 Cimabue(?1240~?1302). 피렌체파의 대표적 화가.

의 비유가 적절했다고 생각했다. 그 아가씨는 창백한 얼굴에 침울한 표정을 짓고 있었고, 깊은 애도에 빠져 있었기에 그런 인상은 조금도 줄어들지 않았다. 마담 멀을 보았을 때 그녀의 얼굴에는 가장 명랑한 순간에 떠오르는 미소가 떠올랐고, 마담 멀은 앞으로 나가서 우리의 여주인공의 어깨에 손을 얹고 잠시 그녀의 얼굴을 바라본 후에 마치 가든코트에서 받은 키스에 답례하듯이 그녀에게 키스했다. 현재로서 이 손님이 대단히 품위 있게 젊은 친구의 유산 상속에 대해 암시한 행동은 이것뿐이었다.

터치트 부인은 그 저택이 팔릴 때까지 런던에서 기다릴 생각이 전혀 없었다. 그 가구들 중에서 피렌체의 집으로 옮기고 싶은 것들을 골라 놓은 후에 그녀는 나머지 물건들을 경매인이 처분하도록 내버려 두고 대륙으로 출발했다. 물론 그녀의 조카딸은 이모를 따라 여행길에 나섰다. 이때쯤 이사벨은 마담 멀이 암암리에 축하해 주었던 뜻밖의 횡재를 이리저리 재보고 저울질하고 다른 식으로도 다뤄 볼 만한 시간을 충분히 누릴 수 있었다. 이사벨은 자기가 재산을 얻게 되었다는 사실을 자주 생각해 보았고 그것을 수십 가지 다양한 각도에서 바라보았다. 하지만 지금 우리는 그녀의 연속적인 사고 과정을 일일이 따라가지 않을 것이고, 그 새로운 의식이 처음에 왜 압박감을 주었는지를 설명하려고 애쓰지 않을 것이다. 이처럼 그녀가 즉시 기쁨을 느끼지 못한 기간은 실로 길지 않았다. 오래지 않아 그 아가씨는 부자가 된다는 것은 무언가를 할 수 있기 때문에 미덕이고, 무언가를 할 수 있다는 것은 즐거운 일이 될 수밖에 없다고 마음을 먹었다. 무언가를 할 수 있다는 것은 나약함, 특히 여자들의 갖가지 나약함의 어리석은 면과 반대되는 우아한 일이었다. 가냘프고 어린 아가씨에게는 나약함이 다소 우아할 수 있겠지만, 결국 세상에는 나약함보다 더 큰 우아함이 있다고 이사벨은 생각했다. 지금으로는 사실 릴리 언니에게 수표 한 장을 보내고 가엾은 에디스 언니에게 또 한 장을 보내고 나자 그리 할 일이 없었다. 그러나 그녀는 자신이 상복을 입고 있고 이모가 갓 미망인이 되어서 두 사람이 함께 조용히 여러 달을 보낼 수밖에 없는 것이 다행이라고 생각했다. 막강한 힘을 손에 넣게 되자 그녀는 진지해졌다. 그녀는 그 힘을 섬세하면서도 맹렬하게 음미해 보았지만, 그 힘을 써보려는 열의 같은 것은 느끼지 않았다. 결국 이모와 함께 몇 주일을 파리에서 머무는 동안에 그 힘을 써보기 시작했지만, 그 힘을 행사한 방식은 부득이하게도 대단치 않게 보이는 것뿐이었다. 그것은 온 세상 사람들이 감탄해 마지않는 상점들이 즐비한 도시에서 더없이 자연스럽게 강요되는 방식이었고, 또 터치트 부인이 그녀를 데리고 다니면서 거리낌 없이 지시한 방식이기도 했다. 부인은 조카딸이 가난한 아가씨에서 부유한 아가씨로 변모하는 것에 대해서 확고하게 현실적인 관점을 갖고 있었다. 「이제 너는 재산이 있는 아가씨니까 그 본분에 맞게 처신하는 법을 알아야 해. 처신을 잘해야 한다는 말이지.」 부인은 이사벨에게 딱 잘라서 이렇게 말했다. 그리고 그 아가씨의 첫 번째 의무는 온갖 멋진 물건들을 구비하는 것이라고 덧붙였다. 「너는 물건들을 잘 간수하는 법을 알지 못하지. 그렇지만 배워야 해.」 그녀가 말을 이었다. 이것이 이사벨의 두 번째 의무였다. 이사벨은 이모의 말에 순종했지만 현재로는 그녀의 상상력에 불이 붙지 않았다. 그녀는 힘을 발휘할 수 있는 기회를 갈망했지만, 그녀가 바랐던 기회는 이런 것이 아니었다.

터치트 부인은 자신이 세운 계획을 바꾸는 일이 거의 없었다. 남편이 죽기 전에 그녀는 겨울철을 얼마간 파리에서 지낼 생각이었으므로, 자기 자신이나 더욱이 조카딸이 파리에서 지내면서 혜택을 누리지 않아야 할 이유가 없다고 생각했다. 두 사람의 생활은 은거에 가까웠지만 그래도 부인은 샹젤리제의 변두리에 살고 있는 몇몇 동포 미국인들에게 격식을 차리지 않고 조카딸을 소개할 수 있었다. 터치트 부인은 붙임성이 있는 이주민들 가운데 많은 사람들과 가깝게 지냈고 그들의 타향살이나 그들의 신념, 오락, 권태감에 공감했다. 이사벨은 그들이 매우 부지런히 이모의 호텔로 찾아오는 것을 보았고 그들에 대해서 신랄하게 비판했는데, 그것은 틀림없이 인간의 의무에 대한 생각이 일시적으로 끓어올랐기 때문이라고 설명할 수 있을 것이다. 그녀는 그들의 삶이 사치스럽기는 하지만 공허하기 짝이 없다고 생각했고, 어느 화창한 일요일 오후에 미국인 이주민들이 모인 자리에서 이런 생각을 입 밖에 냈다가 몇몇 사람들에게 미움을 샀다. 그녀의 말을 듣고 있던 사람들은 그들의 요리사와 양재사들에게서 친절함의 귀감이라는 찬사를 받는 사람들이었다. 하지만 그들 가운데 두세 명은 이사벨이 대체로 영리하다는 인정을 받고 있기는 하더라도 그 영리함이란 새로 나온 연극 몇 편에서 볼 수 있는 재치 있는 말재주보다 못하다고 생각했다. 「당신들은 모두 여기서 이런 식으로 살고 계시는군요. 그런데 이런 생활이 과연 어떤 결과에 이를까요?」 그녀는 이런 질문을 던지기를 좋아했다. 「어디에도 이를 것 같지 않군요.

당신들은 이런 생활에 몹시 싫증 나실 거예요.」

터치트 부인은 이런 질문이 헨리에타 스택폴에게나 어울릴 만한 것이라고 생각했다. 부인과 이사벨은 파리에서 헨리에타를 만났고, 이사벨은 끊임없이 그녀와 어울렸다. 그러므로 조카딸이 무엇이든 독창적인 생각을 해낼 만큼 영리하지 못하다면 그런 말을 신문기자인 친구에게서 빌려 왔으리라고 터치트 부인이 의심했더라도 그럴 만한 근거는 충분히 있었다. 이사벨이 그런 말을 처음 한 것은 이모의 오랜 친구인 루스 부인을 방문했을 때였다. 현재 터치트 부인이 파리에 머물면서 직접 만나러 간 사람은 그 부인뿐이었다. 루스 부인은 루이 필리프[12] 시절부터 파리에서 살아왔고 자기는 1830년 세대라고 익살맞게 말하곤 했는데, 그 농담의 요지를 사람들이 늘 알아듣는 것은 아니었다. 그 농담이 통하지 않으면 루스 부인은 이렇게 설명하곤 했다. 「아, 그래요, 나는 낭만주의자들 중 하나예요.」 그 부인의 프랑스어는 결코 완벽해지지 않았다. 그녀는 일요일 오후에 늘 집에서 마음에 맞는 동포들에 둘러싸여 있었는데, 대개는 언제나 같은 사람들이었다. 사실 그녀는 늘 집에 붙어 있었고, 그 화려한 도시에서 자신이 점유하고 있는 작은 구석의 푹신푹신한 쿠션에 앉아서 볼티모어 출신의 타고난 억양을 놀랍게도 정확하게 그대로 재현했다. 그러므로 그녀의 훌륭한 남편 루스 씨 ─ 키가 크고 마르고 희끗희끗한 머리칼을 잘 빗고 다니는 신사로서 금테 안경을 쓰고 모자를 약간 머리 뒤쪽으로 넘겨서 쓰고 다니는 사람 ─ 가 찬사를 보내는 파리에서의 〈기

12 Louis Philippe(1773~1850). 1830~1848년까지 재위한 프랑스의 마지막 국왕.

분 전환〉이란 그저 관념적일 수밖에 없었다. 그 기분 전환이
란 그에게는 심오한 말이었지만, 그가 어떤 근심거리에서 벗
어나려고 그런 것을 찾는지를 절대로 짐작할 수 없었기 때문
이다. 그가 기분을 전환하는 한 가지 방법은 매일 미국 은행
에 가는 것이었다. 그 은행 안에 있는 우체국은 미국 시골 마
을의 우체국과 마찬가지로 흉허물 없이 친목을 다질 수 있
는 곳이었다. 또한 그는 (날씨가 좋은 날에는) 샹젤리제의 공
원 의자에 앉아서 한 시간을 보냈고, 자기 집 식탁에 유별나
게 훌륭한 음식을 차려 놓고 먹었다. 자기 집 식당의 반짝이
는 마룻바닥이 파리의 그 어느 곳보다도 더 멋지게 윤이 난
다고 믿으면서 루스 부인은 기뻐했다. 그는 때로 친구 한두
명과 카페 앙글레에서 식사를 하곤 했는데 음식을 주문하는
그의 세련된 솜씨는 그의 벗들에게 즐거움을 주었을뿐더러
그 식당의 수석 웨이터마저 감탄할 정도였다. 그의 기분 전
환으로 알려진 일은 이런 것들뿐이었지만, 이런 일들을 하면
서 그는 근 50년이 넘는 세월을 즐겁게 보냈고 파리만큼 좋
은 곳은 없다는 그의 거듭되는 주장을 의심할 바 없이 정당
화했다. 이런 조건으로 다른 곳에서 살았더라면 루스 씨는
인생을 즐기고 있다고 자부할 수 없었을 것이다. 파리 같은
곳은 세상에 둘도 없지만, 루스 씨가 이처럼 기분 전환을 할
수 있는 곳을 예전만큼 높이 평가하지는 않았다는 사실은 인
정해야겠다. 그의 여러 가지 재주들 가운데 정치에 대한 사
색을 빼놓을 수 없을 텐데, 그것은 겉으로 볼 때 아무 일도
하지 않는 듯이 보이는 많은 시간들을 활기차게 만들어 준
행동이었음이 분명하기 때문이다. 동료 이주민들이 흔히 그
렇듯이 루스 씨는 극도의 보수주의자, 아니 오히려 뿌리 깊

은 보수주의자였고, 최근에 프랑스에 수립된 정부를 지지하지 않았다. 그 정부가 오래 존속할 거라고 믿지 않았기에 그 종말이 임박했다고 해마다 장담하곤 했다. 「프랑스인들은 억압받기를 원합니다. 억눌려지기를 바라지요. 그들에게 필요한 것은 강력한 손, 아니, 강철 같은 발입니다.」 그는 프랑스 국민에 대해 종종 이렇게 말하곤 했다. 그가 이상적으로 생각하는 화려하고도 숙련된 통치를 보여 주었던 것은 지금은 패망한 나폴레옹 3세의 제국이었다. 「지금의 파리는 그 황제의 시절처럼 매력적이지 못해요. 그 황제는 도시를 쾌적하게 만드는 법을 알고 있었지요.」 루스 씨는 터치트 부인에게 종종 이렇게 말했다. 부인은 그의 사고방식에 전적으로 공감했고, 그 지긋지긋한 대서양을 건너온 이유는 오로지 공화국에서 벗어나려는 것이었다고 생각했다.

「그런데 부인, 내가 산업 궁전의 맞은편 샹젤리제에 앉아 있을 때 튈리리 궁전에서 나온 마차가 하루에 일곱 번이나 왔다 갔다 하는 걸 봤어요. 언젠가는 아홉 번까지도 왕복하는 것을 본 적이 있고. 그런데 지금은 무엇을 볼 수 있겠어요? 말해 봤자 아무 소용도 없지만, 호화로운 품격이 다 사라진 겁니다. 나폴레옹은 프랑스 국민이 무엇을 원하는지 알고 있었어요. 제국이 다시 부활할 때까지 파리에는, 우리의 파리에는 먹구름이 덮여 있을 겁니다.」

일요일 오후에 루스 부인을 방문하는 사람들 중에 한 청년이 있었는데, 이사벨은 그와 이야기를 많이 나누다가 그가 값진 지식을 풍부히 갖고 있다는 것을 알았다. 흔히 네드 로지에라고 불린 에드워드 로지에 씨는 뉴욕 토박이였지만 파리에서 성장했고 부친의 보호를 받으며 파리에서 살아왔다.

알고 보니 우연히도 그의 부친은 작고한 아처 씨의 오랜 친구이자 가까운 사이였다. 에드워드 로지에는 어린 시절의 이사벨을 기억하고 있었다. 뇌샤텔의 호텔에서 어린 아처 양들을 돌봐 주던 보모가 러시아 귀족과 달아났고 아처 씨의 행방이 며칠간 묘연했을 때 그 어린 아가씨들을 구해 준 사람이 바로 그의 부친이었다(그는 아들을 데리고 그쪽으로 여행하다가 우연히 그 호텔에 묵었다). 이사벨은 말쑥하고 자그마한 사내아이를 잘 기억하고 있었다. 그 아이의 머리칼에서는 달콤한 화장품 냄새가 풍겼더랬다. 그 아이를 돌봐 주던 보모가 있었는데 그녀는 아무리 약 오르는 일이 있더라도 그 아이를 절대로 자기 눈앞에서 벗어나지 못하게 할 거라고 장담했다. 이사벨은 그 두 사람과 함께 호숫가를 산책했고 어린 에드워드가 천사처럼 예쁘다고 생각했다. 그녀의 생각에 이 비유는 결코 상투적인 것이 아니었다. 이사벨은 천사답다고 생각하는 외모의 특징에 대해서 매우 명확한 개념을 갖고 있었고, 그 새로운 친구가 그 특징을 완벽하게 드러냈던 것이다. 푸른색 벨벳 모자를 쓰고 수를 놓은 빳빳한 칼라를 달아서 돋보이는 자그마한 분홍빛 얼굴은 그녀가 어린 시절에 꿈꾸던 얼굴이었다. 그 후 얼마 동안 그녀는 하늘의 천사들이 프랑스어와 영어가 뒤섞인 기묘한 말로 대화를 나누며 훌륭한 감정을 표현하리라고 굳게 믿었다. 에드워드가 호숫가에 가까이 가서는 안 된다고 보모가 〈금지〉했다던지, 늘 보모의 말에 순종해야 한다고 말했을 때 그랬듯이 말이다. 네드 로지에의 영어 실력은 많이 좋아졌다. 적어도 프랑스어 식으로 바뀌는 경우는 훨씬 줄었다. 그의 부친은 고인이 되었고 그의 보모는 오래전에 떠났지만 그 젊은이는 여전히 그들의 가르침에 따랐고 절대로 호숫가에 가까이 가지 않았다. 그에게서는 여전히 코를 즐겁게 해주는 냄새가 감돌았고 다른 신체 기관에도 불쾌감을 주지 않는 점들이 있었다. 그는 매우 온화하고 세련된 청년이었고 이른바 세련된 취향을 갖고 있어서 옛 도자기와 훌륭한 포도주, 책의 제본, 『유럽 귀족 연감』, 일류 상점, 일류 호텔, 열차 시간표 등에 대해 훤히 알고 있었다. 그는 루스 씨와 막상막하로 식사를 멋지게 주문했으므로 앞으로 경험이 더 쌓이면 그 신사의 훌륭한 후계자가 될 것 같았다. 그는 또한 부드럽고 순진한 목소리로 그 신사의 다소 엄격한 정치관을 옹호하기도 했다. 파리에 있는 그의 집의 매력적인 방들은 스페인산의 옛 제단 레이스로 장식되어 있었다. 그의 여자 친구들은 그것을 부러워하면서 그의 벽난로 장식은 많은 공작 부인들의 품위 있는 어깨에 걸쳐진 레이스보다 더 예쁘다고 말했다. 하지만 그는 대개 겨울철을 포[13]에서 보냈고, 한 번 미국에서 두 달을 보낸 적이 있었다.

그는 이사벨에게 큰 관심을 느꼈고, 예전에 뇌샤텔에서 산책했을 때 그녀가 호숫가에 가까이 가보자고 고집을 부렸던 일을 잘 기억하고 있었다. 내가 조금 전에 기록한 그녀의 위험한 질문에서 그는 바로 예전의 그런 성향을 알아차린 것 같았고, 우리의 여주인공의 질문에 어쩌면 과분하다 할 만큼 세련된 대답을 해주었다. 「이런 생활이 어디에 이르게 되겠느냐고요, 아처 양? 어떻든 파리는 어디로나 통한답니다. 일단 파리에 오지 않으면 어디로도 갈 수 없어요. 유럽에 오는

---

13 프랑스의 피레네 산맥 부근 휴양지.

사람이라면 누구나 여기를 통과해야 하지요. 당신이 이런 뜻에서 물어본 것은 아니겠지요? 파리의 생활이 어떤 도움이 되겠는지를 물어본 것이겠지요? 자, 당신이 미래의 일을 어떻게 꿰뚫어 볼 수 있겠어요? 우리 앞에 무엇이 놓여 있는지를 어떻게 알 수 있겠습니까? 길 자체가 쾌적하다면 나는 그 길이 어디에 이르든 개의치 않습니다. 나는 길을 좋아해요, 아처 양. 오래된 아스팔트 길을 좋아하죠. 그런 길에는 싫증이 날 수 없습니다. 애를 써봐도 싫증이 나지 않아요. 당신은 싫증이 날 거라고 생각하겠지만, 절대로 그렇지 않을 거예요. 늘 새롭고 신선한 것이 있거든요. 드루오 호텔을 예로 들어 보지요. 그곳에서는 일주일에 때로 서너 차례나 경매가 열립니다. 그곳에서 구할 수 있는 물건들을 달리 어디서 구할 수 있겠어요? 사람들이 뭐라고 말하든 간에 나는 물건들의 값이 싸다고 생각해요. 적절한 곳을 알고 있다면 말이죠. 나는 그런 곳들을 많이 알고 있어요. 하지만 혼자서만 간직하고 있죠. 당신이 원한다면 특별히 알려 드릴게요. 단 다른 사람들에게 말해서는 안 됩니다. 당신이 어디를 가든지 내게 먼저 물어보세요. 그걸 약속해 주기 바랍니다. 가급적 불바르에는 가지 마세요. 불바르에서는 할 수 있는 일이 별로 없거든요. 솔직히 말해서, 진담입니다만, 나보다 파리를 더 잘 알고 있는 사람은 없다고 생각해요. 터치트 부인과 함께 언제 우리 집에 오셔서 아침을 같이 드시지요. 내가 가진 물건들을 보여 드릴게요. 그 점에 대해서는 더 이상 말하지 않겠어요 *Je ne dis que ça*! 최근에 런던에 대한 얘기들이 무척 많았어요. 런던을 칭찬하는 것이 유행이었지요. 하지만 런던에는 봐줄 만한 것이 전혀 없어요. 할 수 있는 일도 전혀 없고요. 루이 15세 시절의 가구도 없고, 나폴레옹 시대풍의 가구도 없죠. 그들에겐 죽으나 사나 오로지 앤 여왕 시절의 가구가 있을 뿐이죠. 앤 여왕 시대의 물건들이 침실에 놓기는 괜찮아요. 화장실에도 괜찮지만, 살롱에는 적합하지 않죠. 내가 경매장에서 매일 시간을 보내느냐고요?」 이사벨의 다른 질문에 답하면서 로지에 씨가 말을 이었다. 「아, 아뇨. 그럴 만한 돈이 없거든요. 있으면 좋겠지만. 당신은 내가 그저 빈둥거리는 건달이라고 생각하시는군요. 당신의 표정으로 알 수 있어요. 당신의 얼굴은 놀랍게도 생각을 잘 드러내니까요. 이런 말을 했다고 불쾌하게 여기지 않기를 바랍니다. 주의하시라는 뜻으로 말한 것이니까요. 당신은 내가 어떤 일을 해야 한다고 생각하시지요. 나도 그렇게 생각합니다. 일이라는 것을 막연하게 생각하는 한은 그렇습니다. 하지만 막상 정확하게 꼭 집어서 말하려면 딱 막히고 맙니다. 고국에 돌아가서 가게를 차릴 수도 없어요. 내가 그런 일에 아주 적합할 거라고 생각하세요? 아, 아처 양, 나를 과대평가하시는 겁니다. 나는 물건을 사는 것은 아주 잘할 수 있지만 팔지는 못해요. 내가 어쩌다 물건들을 처분하려고 할 때 어떤지를 보셔야 해요. 다른 사람들이 물건을 사도록 만들려면 직접 살 때보다 더 많은 수완이 필요해요. 나에게 물건을 사게 만드는 사람들, 그 사람들은 정말로 영리하다고 생각합니다! 아, 아뇨, 나는 상점 주인이 될 수 없어요. 의사가 될 수도 없고요. 그건 불쾌한 일이니까요. 목사가 될 수도 없어요. 확신이 없으니까요. 게다가 성서에 나오는 이름들을 제대로 발음할 수도 없어요. 특히 구약성서에 나오는 이름들은 무척 어렵죠. 변호사가 될 수도 없어요. 뭐라더라, 미국의 소송

절차를 알지 못하니까요. 그밖에 다른 일이 있습니까? 미국에는 신사가 할 수 있는 일이 아무것도 없어요. 나는 외교관이 되고 싶습니다. 하지만 미국의 외교, 그것은 신사가 할 일이 아닙니다. 당신이 지난번 공사를 보셨더라면 ──」

로지에 씨가 오후 늦게 인사차 방문하러 와서 지금 내가 기술한 방식으로 자기 의견을 표현했을 때 종종 동석했던 헨리에타 스택폴은 대개 이 부분에서 그 젊은이의 말을 가로막고 미국 시민의 의무에 대해 일장 연설을 하곤 했다. 그녀는 그를 몹시 이상한 사람이라고 생각했다. 가엾은 랠프 터치트보다도 더 나빴다. 하지만 이 당시 헨리에타는 전보다 더 예리한 비판을 가하곤 했다. 이사벨에 관한 새로운 경각심이 그녀의 양심에 일었기 때문이었다. 그녀는 이사벨이 유산을 상속받은 일에 대해서 축하해 주지 않았고, 오히려 축하 인사를 하지 않도록 면제해 달라고 말했다.

「만일 터치트 씨가 네게 돈을 물려주는 문제를 내게 상의했더라면, 나는 절대로 물려주지 말라고 말했을 거야.」 그녀는 솔직히 주장했다.

「그래.」 이사벨이 대답했다. 「너는 그걸 축복으로 위장된 저주라고 생각하는 거지. 어쩌면 그럴지도 모르지.」

「그 재산을 덜 소중하게 여기는 사람에게 물려주라고 말했을 거야.」

「가령 너에게?」 이사벨은 농담 삼아 말했다. 그러고는 완전히 다른 어조로 말했다. 「정말로 그 재산이 나를 망칠 거라고 생각해?」

「너를 망치지 않기를 바라. 하지만 그 재산으로 네 위험한 성향이 더욱 확고해지리라는 것은 분명해.」

「사치스러운 것을 좋아한다든가, 무절제하게 낭비한다든가 그런 것 말이야?」

「아니, 전혀 그런 의미가 아니야.」 헨리에타가 말했다. 「네가 도덕적인 의미에서 위험에 노출된다는 뜻이야. 나는 사치품에 대해서 반대하지 않아. 우리가 가급적 우아해져야 한다고 생각해. 미국의 서부 도시들이 얼마나 사치스러운지를 생각해 봐. 여기에서도 그곳과 비교될 만한 것은 전혀 보지 못했어. 나는 네가 저속하게 세속적인 사람이 되지 않기를 바라고 있어. 하지만 내가 걱정하는 것은 그게 아니야. 너에게 위험한 점은 바로 네가 스스로 만든 꿈의 세계에 지나치게 빠져 있다는 거야. 현실과 충분히 접촉하지 않고. 네 주위에서 땀을 흘리며 분투하고 고통받는 세상, 죄를 짓고 있다고도 말할 수 있을 세상과 접촉하지 않는 거지. 너는 지나치게 까다로워. 우아한 환상을 너무 많이 갖고 있고. 새로 얻은 재산 덕분에 너는 그 환상들을 유지하는 데 관심을 기울일 이기적이고 냉혹한 사람들 몇 명과만 어울리면서 점점 더 너를 닫아 버릴 거야.」

이사벨은 이 무시무시한 상상의 장면을 응시하면서 눈을 크게 떴다. 「내가 가진 환상이라는 게 대체 뭐지?」 그녀가 물었다. 「나는 환상을 가지지 않으려고 무척 노력하는데.」

「글쎄.」 헨리에타가 말했다. 「너는 낭만적인 삶을 살 수 있다고 생각해. 스스로 즐거움을 누리고 남들을 즐겁게 해주면서 살아갈 수 있다고. 그렇지만 그 생각이 잘못이라는 것을 알게 될 거야. 네가 어떤 삶을 살아가든지 간에 너는 그 삶에 네 영혼을 쏟아부어야 해. 그 삶을 어떤 식으로든 성공적으로 만들기 위해서는 말이지. 그리고 네 영혼을 쏟아붓는 순간부터 그 삶은 낭만이 아닌 거야. 정말이야. 그것은 냉혹한 현실이 되지. 그리고 늘 스스로를 즐겁게 해줄 수는 없어. 때로 다른 사람들을 즐겁게 해주어야지. 네가 그럴 준비가 되어 있다는 점은 인정해. 그런데 그보다 훨씬 더 중요한 점이 있어. 종종 다른 사람들의 기분을 상하게 해야 한다는 거야. 늘 그럴 준비가 되어 있어야 해. 그런 일을 하지 않으려고 몸을 사려서는 안 돼. 그런 일은 전혀 네 마음에 들지 않을 거야. 너는 남들의 찬사를 받는 것을 너무 좋아하고, 남들의 호감을 받기 좋아하니까. 너는 낭만적으로 사물을 바라보면서 불쾌한 의무를 피할 수 있다고 생각하지. 바로 그것이 네 환상이야. 그런 불쾌한 의무는 피할 수 없는 것이거든. 살다 보면 어느 누구도, 심지어 자기 자신도 기쁘게 해줄 수 없는 경우가 많이 있다는 것을 각오해야 해.」

이사벨은 슬픈 듯이 고개를 저었다. 그녀는 고통스럽고 겁에 질린 표정이었다. 「네게는 지금이 그런 경우들 중 하나겠지, 헨리에타.」 그녀가 말했다.

스택폴 양이 파리에 머무는 동안 영국에서 체류할 때보다 직업적으로 소득이 더 많았지만 꿈의 세계에서 살지 않았다는 것은 분명 사실이었다. 이제 영국으로 돌아간 밴틀링 씨는 그녀가 처음 파리에 머물렀던 4주 동안 동무가 되어 주었다. 그리고 밴틀링 씨에게는 몽상적인 성향이 전혀 없었다. 두 사람은 개인적으로 매우 친밀한 관계를 이어 왔으며, 그 신사가 놀랍게도 파리를 잘 알고 있었기 때문에 헨리에타는 그 관계에서 특히 큰 도움이 받았다고 이사벨에게 말해 주었다. 그는 그녀에게 모든 것을 설명해 주었고, 모든 것을 보여 주었고, 늘 안내해 주고 통역해 주었다. 그들은 아침 식사를 같이 했고, 점심 식사도 함께 했고, 극장에 함께 갔고, 저녁 식사도 함께 했으며, 사실 어떤 점에서 보면 완전히 같이 산 것이나 다름없었다. 헨리에타는 그가 진실한 벗이라고 이사벨에게 여러 차례 장담했다. 그녀는 자기가 영국인을 그렇게 좋아할 수 있으리라고는 상상도 하지 못했다. 이사벨은 그 이유를 알 수 없었지만 『인터뷰어』의 통신원이 레이디 펜슬의 남동생과 맺은 동맹 관계에는 뭔가 웃음을 자아내는 점이 있다고 느꼈다. 그 관계가 그 두 사람 각자의 체면을 떨어뜨리지 않는 것이라고 생각했지만 그래도 재미있다는 느낌은 사라지지 않았다. 이사벨은 그들 두 사람이 동문서답 놀이를 하고 있으며 각자 단순한 마음의 함정에 빠져 있다는 의혹을 떨칠 수 없었다. 하지만 그래도 두 사람의 단순함은 존중할 만한 것이었다. 밴틀링 씨가 활발한 언론의 유포와 여성 통신원의 지위 강화에 관심을 갖고 있다고 헨리에타가 철석같이 믿고 있었던 것은 그녀의 품위에 어울리는 일이었다. 마찬가지로 밴틀링 씨의 입장에서도 스택폴 양이 『인터뷰어』 — 그가 도무지 명확히 이해할 수 없었던 신문 — 를 내세우는 것은, 영리하게 분석해 보면(밴틀링 씨는 그런 분석을 해낼 능력이 있다고 느꼈다), 그녀의 애정을 숨김없이 드러내는 명분일 뿐이라고 생각한 것은 그의 품위에 어울리는 일이었다. 이처럼 암중모색하는 두 독신자는 어떻든 간에 상대가 안타깝게 의식하고 있던 결핍을 서로 채워 주었다. 밴틀링 씨는 다소 굼뜨고 산만한 습관을 가진 사람이었으므로 민첩하고 예리하며 단호한 여자를 만나서 즐거웠다. 그 여자는 반짝이는 도전적인 눈과 모자 상자에서 갓 끄집어낸 듯한 신선함으로 그를 매료시켰고, 인생의 일상적인 음식을 싱겁다고 느꼈던 마음에 독특한 맛에 대한 감각을 일깨웠다. 반면에 헨리에타는 어떻게 해서인지 살아오면서 돈이 많이 들고 우회적이며 거의 〈묘한〉 과정을 거쳐서 그녀의 요구에 적합하게 만들어진 듯한 신사와 어울리는 것이 마음에 들었다. 그 신사의 한가하고 여유 있는 상태는 일반적으로 변명의 여지가 없었지만 숨 가쁘게 허덕이는 상대에게는 분명히 큰 혜택이었다. 그리고 그는 그녀의 마음에 떠오를 수 있는 사회에 관한 질문이든 실제적 질문이든 간에 거의 모든 질문에 대해서 철저하지는 않더라도 수월하게 관습적인 대답을 해줄 수 있었다. 그녀는 종종 밴틀링 씨의 대답이 매우 편리하다고 느꼈고, 미국 우편물의 배편을 놓치지 않으려고 동동거리는 가운데 그가 들려준 답변들을 상세하게 과시적으로 발표하곤 했다. 이사벨이 유쾌한 반론을 기대하면서 경고했던 대로, 헨리에타는 실로 세련된 취향의 심연으로 떠내려가고 있다는 우려가 들 수도 있을 것이다. 이사벨에게는 위험이 도사리고 있을지 모른다. 하지만 스택폴 양이 과거의 온갖 악습에 묶여 있는 계급의 견해를 채택하면서 영원한 안식을 찾을 수 있으리라고는 기대할 수 없을 것이다. 이사벨은 기분 좋게 친구에게 계속 주의를 주었다. 때로 우리의 여주인공은 레이디 펜슬의 사근사근한 남동생에 대해서 불손하고 익살맞은 말을 하기도 했다. 하지만 어떤 말을 하더라도 헨리에타는 그에 대한 상냥한 마음을 잃지 않았다. 그녀는 이사벨의 비꼬는 말을 충분히 의식하면서, 자신이 세상 물정에 밝은 이 완벽한 남자와 함께 보낸 시간들을 의기양양하게 일일이 늘어놓곤 했다. 세상 물정에 밝다는 말은 이제 그녀에게 예전처럼 비난을 뜻하는 용어가 아니었다. 그리고 나서 잠시 후 그녀는 자기들이 농담조로 말하고 있었던 것을 잊어버리고는 그와 함께 즐겁게 돌아보았던 곳들을 충동적으로 진지하게 털어놓곤 했다. 「나는 베르사유 궁전에 대해서 모르는 게 없어. 밴틀링 씨와 그곳에 갔거든. 그곳을 철저히 보겠다고 마음먹었지. 그래서 그곳으로 출발할 때 내가 철저한 사람이라고 그에게 알려 주었지. 그래서 호텔에서 사흘을 머물면서 그곳을 전부 다 돌아보았어. 날씨가 좋았어. 꼭 인디언 여름처럼 화창한 날씨였지만, 그 정도로 좋은 것은 아니었지. 우리는 그 정원에서 살다시피 했어. 아, 정말이야. 베르사유 궁전에 대해서는 더 이상 알 것이 없어.」 헨리에타는 봄철에 그 기사다운 벗과 이탈리아에서 만나기로 약속을 해둔 것 같았다.

제21장

　터치트 부인은 파리에 도착하기 전부터 그곳을 떠날 날짜
를 정해 두었고, 2월 중순이 되자 남쪽으로 여행을 시작했
다. 하지만 피렌체로 가는 여정을 잠시 중단하고 아들을 찾
아갔다. 그는 지중해의 이탈리아 쪽 해안에 있는 산레모에서
지루하고도 화창한 겨울을 천천히 움직이는 흰 파라솔 밑에
서 보내고 있었다. 이사벨은 당연히 이모와 함께 갔다. 비록
터치트 부인이 꾸밈없고 습관적인 논리로 그녀에게 두 가지
방안을 제시했지만 말이다.

　「이제 너는 물론 완전히 너 자신의 주인이 되었고 나뭇가
지 위에 앉은 새처럼 자유롭단다. 전에는 그렇지 않았다는
뜻으로 하는 말은 아니야. 다만 지금은 네가 다른 기반 위에
있다는 거지. 재산이란 일종의 울타리가 돼주거든. 네가 가
난하면 큰 비난을 받을 많은 일들을 부자라면 얼마든지 마
음대로 할 수 있어. 어디든지 갈 수 있고 혼자 여행할 수도
있고 네 집을 마련할 수도 있지. 물론 네가 말벗을 구해서 함
께 지낸다면 말이야. 이상한 캐시미어 숄을 두르고 머리칼을
염색하고 벨벳에 그림을 그리는 늙은 양갓집 부인을. 그런

여자는 네 마음에 들지 않을 것 같니? 그렇다면 물론 네가 하고 싶은 대로 할 수 있어. 나는 다만 네가 얼마나 자유로운지를 이해하기 바랄 뿐이란다. 스택폴 양을 말동무로 삼아 함께 지낼 수도 있고. 그 아가씨는 아주 유능하게 사람들을 쫓아낼 테지. 그렇지만 네가 나와 함께 있는 편이 훨씬 나을 거라고 생각한단다. 그래야 할 의무는 전혀 없더라도 말이야. 네가 그것을 좋아하는지는 별도로 치고, 몇 가지 이유가 있기 때문에 그렇게 하는 편이 더 나을 게야. 네 마음에 들지 않을 거라고 생각한다만, 그래도 그런 희생을 치르는 쪽을 권하겠다. 물론 처음에 나와 함께 지낼 때는 새로운 점이 있었더라도 지금은 다 사라져 버렸겠지. 그리고 너는 나를 있는 그대로, 지루하고 완고하고 편협한 노파로 보고 있을 게야.」

「이모님이 지루한 분이라고는 생각하지 않아요.」 이사벨이 이렇게 대답했다.

「그렇지만 완고하고 편협하다고는 생각한다는 거지? 내가 그렇다고 했잖아!」 터치트 부인은 자기 말이 옳다고 의기양양하게 말했다.

이사벨은 당분간 이모와 함께 지냈다. 변덕스러운 충동이 없지 않았지만 그녀는 대체로 점잖은 품위라고 간주되는 것을 대단히 중요하게 생각했고, 친척이 옆에 없는 젊은 숙녀는 이파리가 떨어진 꽃이나 마찬가지라고 생각했기 때문이었다. 터치트 부인과 나누는 대화가 올버니에서 처음 만났던 날 오후처럼 찬란하게 빛나지 못한 것은 사실이었다. 그때 부인은 물에 젖은 레인코트를 입고 앉아서 취향이 풍부한 젊은이가 유럽에서 어떤 기회를 얻을 수 있는지를 묘사했던 것이다. 하지만 이것은 다분히 그 아가씨 자신의 잘못이기도

했다. 그녀는 이모의 경험을 흘긋 엿보았고, 상상력이 별로 없는 이모의 판단과 감정을 늘 자신의 풍부한 상상력으로 예상했던 것이다. 상상력이 부족하다는 점을 별도로 치면 터치트 부인은 큰 미덕을 갖고 있었다. 그녀는 제도용 컴퍼스의 두 다리처럼 정직했다. 그녀의 단호하고 확고한 성격은 편안함을 주었다. 그녀가 어디 있는지를 정확히 알 수 있었으므로, 돌연히 마주치거나 예상치 못한 충격을 받을 일이 전혀 없었다. 그녀는 자신의 자리를 확고부동하게 지키고 있었으며, 이웃의 영역에 대해서 지나치게 호기심을 갖는 일도 없었다. 이사벨은 마침내 이모에 대해서 겉으로 드러낼 수 없는 동정심 같은 것을 느끼게 되었다. 말하자면 성격의 표면적이 너무 좁아서 인간적인 접촉을 쌓아 가는 데 너무 제한된 면밖에 갖지 못한 사람은 무척이나 황량한 상태로 살아가는 것 같았다. 그 협소한 표면에는 다정함이나 공감이 뿌리를 내릴 여지가 없었다. 바람에 실려 온 씨앗이 꽃을 피우거나 흔히 볼 수 있는 부드러운 이끼가 돋아나는 일도 없었다. 다시 말해서 이모가 드러낸 비활성(非活性)의 표면은 칼날처럼 좁고 날카로웠다. 하지만 그럼에도 이모가 나이를 먹어 가면서 어딘지 모르게 자신의 편리와는 무관한 것이 있다는 사실을 점점 더 용인하게 되고, 자신이 독자적으로 요구했던 것 이상을 받아들이게 되었다고 이사벨은 믿을 수 있었다. 이모는 자신의 일관성을 희생하면서 그보다 못한 것들, 즉 특정한 상황에서 핑곗거리를 찾아야 하는 것들을 배려하는 법을 배우고 있었다. 그녀가 환자인 아들과 몇 주일을 보내려고 가장 먼 길로 돌아 피렌체에 가야 했던 것은 순전히 외곬인 그녀의 마음을 돋보이게 하는 일은 아니었다.

예전에는 랠프가 자기를 보고 싶을 경우 팔라초 크레센티니에 젊은 주인님의 방이라고 불리는 넓은 방이 있다는 것을 기억하고 언제든지 찾아오면 된다는 것이 그녀의 더없이 확고한 신념 중 하나였기 때문이다.

「물어보고 싶은 것이 있었어요.」 이사벨은 산레모에 도착한 다음 날 그 젊은이에게 말했다. 「편지로 물어볼까 하고 몇 번이나 생각했지만, 그것에 대해서 편지를 쓰기가 망설여졌어요. 얼굴을 맞대고 물어보는 것이 더 편할 것 같았거든요. 이모부님께서 내게 그렇게 많은 돈을 남겨 주실 의도가 있었다는 것을 오빠는 알고 있었어요?」

랠프는 평소보다 더 다리를 쭉 뻗고 지중해를 더욱 골똘히 바라보았다. 「내가 알고 있었든 그렇지 않았든 간에 그게 무슨 상관이 있겠어, 이사벨? 아버지의 뜻이 무척 확고했거든.」

「그렇다면,」 아가씨가 말했다. 「오빠는 알고 있었군요.」

「그래, 아버지가 말씀해 주셨어. 그 이야기를 조금 나누기도 했고.」

「이모부님께서 왜 그렇게 하셨지요?」 이사벨이 갑자기 물었다.

「글쎄, 일종의 찬사 같은 것이겠지.」

「찬사라니 무엇에 대해서요?」

「네가 그토록 아름답게 존재하는 것에 대해서.」

「이모부님께서 나를 너무 좋게 보셨어요.」 그녀가 곧 말했다.

「우리 모두 그렇게 느끼고 있어.」

「그 말을 믿는다면 내 마음이 무척 불편할 거예요. 다행히도 나는 그 말을 믿지 않아요. 나는 공정한 대우를 받고 싶어요. 오로지 그것만 바라고 있어요.」

「그래, 좋아. 하지만 사랑스러운 사람을 공정하게 대한다는 것은 결국 찬란한 감정이라는 것을 기억해야지.」

「나는 사랑스러운 사람이 아니에요. 이렇게 불쾌한 질문을 하고 있는 순간에 오빠는 어떻게 그런 말을 할 수 있어요? 오빠에게는 내가 아주 조심스럽게 다뤄야 할 사람으로 보이는 모양이지요!」

「고통스러운 것처럼 보이는구나.」 랠프가 말했다.

「정말 괴로워요.」

「무엇 때문에?」

잠시 그녀는 대답을 하지 않다가 입을 열었다. 「갑자기 그렇게 큰 부자가 되는 것이 내게 좋은 일이라고 생각하세요? 헨리에타는 그렇게 생각하지 않아요.」

「아, 그 망할 헨리에타!」 랠프가 거칠게 말했다. 「내 의견을 말한다면, 나는 그것을 기뻐하고 있어.」

「그래서 이모부님께서 그렇게 하셨나요? 오빠를 기쁘게 해주려고?」

「내 생각은 스택폴 양과 전혀 달라.」 랠프가 더 진지하게 말을 이었다. 「네게 재산이 있는 것은 아주 좋은 일이라고 생각하지.」

이사벨은 진지한 눈빛으로 그를 바라보았다. 「내게 좋은 일이 무엇인지 과연 오빠가 알고 있을지 궁금해요. 혹은 오빠가 그런 일에 관심이 있는지.」

「내가 알고 있다면, 물론 관심이 있지. 무엇이 좋은 일인지를 말해 줄까? 스스로를 괴롭히지 말라는 거야.」

「오빠를 괴롭히지 말라는 뜻인 것 같군요.」

「너는 나를 괴롭힐 수 없어. 나는 고통을 받아들이지 않으니까. 자, 상황을 좀 더 편안하게 받아들여. 너에게 이것이 좋을지 아니면 저것이 좋을지를 지나치게 묻지 말고. 네 양심에 지나치게 질문을 퍼붓지 말도록 해. 그랬다가는 서투르게 치는 피아노처럼 가락이 맞지 않을 거야. 그런 질문은 중대한 경우를 위해 남겨 두도록 하렴. 네 인격을 형성하려고 지나치게 애쓰지 말고. 그것은 꼭 오므리고 있는 연약한 장미 봉오리를 억지로 잡아당겨서 벌리려는 것과 같으니까. 네 마음이 이끌리는 대로 살도록 해. 그러면 네 인격이 저절로 형성될 테니. 많은 것들이 너에게 유익할 테고, 그렇지 못한 예외는 극히 드물 거야. 그리고 넉넉한 수입이란 그 예외에 속하는 것이 아니야.」 랠프는 미소를 지으며 말을 멈췄다. 이사벨은 그 말을 듣는 족족 흡수하는 것 같았다. 「너는 생각을 너무 많이 해. 특히 지나치게 양심적이지.」 랠프가 덧붙였다. 「네가 잘못이라고 생각하는 것들이 터무니없이 너무 많아. 경계심을 늦추고, 네 열망에 양분을 주도록 해. 날개를 활짝 펴고 땅 위로 높이 날아올라 보렴. 그렇게 하는 것은 결코 그릇된 일이 아니야.」

이미 말했듯이 그녀는 온 정신을 집중해서 듣고 있었다. 그리고 그녀의 성격대로 재빨리 그 말의 의미를 이해했다. 「오빠는 지금 하고 있는 말을 제대로 이해하고 있는지 모르겠어요. 만일 그렇다면 오빠는 큰 책임을 지게 되거든요.」

「그 말을 들으니 조금 겁이 나기는 하지만 내 말이 옳다고 생각해.」 랠프가 계속 쾌활하게 말했다.

「어떻든 오빠의 말은 진실이에요.」 이사벨이 말을 이었다. 「그보다 더 진실한 말은 없을 거예요. 나는 나 자신에게 푹 빠져서, 인생을 꼭 의사가 내려 주는 처방처럼 보고 있어요.

마치 병원 침대에 누워 있는 환자처럼 어떤 것이 우리에게 좋을지 어떨지를 끊임없이 생각해야 할 이유가 어디 있겠어요? 올바른 일을 하지 않을까 봐 그토록 걱정해야 할 필요가 어디 있겠어요? 내가 올바른 일을 하거나 그릇된 일을 하는 것이 마치 이 세상에 큰일이라도 되는 듯이 말이죠!」

「너처럼 충고를 잘 받아들이는 사람도 없었구나.」 랠프가 말했다. 「선수를 쳐서 내 말을 앞지르니 말이야!」

그녀는 랠프의 말을 듣지 못한 듯이 그를 바라보았지만 그가 일으킨 생각의 흐름을 따라가고 있었다. 「나는 나 자신보다는 세상에 대해서 더 관심을 가지려고 해요. 하지만 늘 나 자신에게로 돌아오죠. 그건 겁이 나기 때문이에요.」 그녀가 말을 멈췄다. 그녀의 목소리가 약간 떨렸다. 「그래요, 겁이 나요. 뭐라고 말해야 할지 모르겠어요. 큰 재산이란 자유를 뜻하는데, 나는 그 자유도 겁이 나요. 재산이란 너무 엄청난 것이라서 그것을 아주 잘 사용해야겠지요. 그렇게 하지 못하면 부끄러울 거예요. 그러니 계속 생각해야지요. 끊임없이 노력해야 하고요. 그런 재산이 없는 편이 더 행복할지도 모르겠어요.」

「의지가 약한 사람들에게는 그쪽이 훨씬 더 행복하겠지. 나약한 사람들은 멸시를 받지 않기 위해서 엄청난 노력을 들여야 할 테니까.」

「내가 나약한 사람이 아니라고 어떻게 단정하실 수 있어요?」 이사벨이 물었다.

「아!」 랠프는 그 아가씨가 알아챌 정도로 얼굴을 붉히면서 대답했다. 「만일 네가 나약한 사람이라면, 내가 어처구니없이 속은 거지.」

우리의 여주인공은 지중해의 해안을 보면 볼수록 더욱 깊은 매력을 느끼게 되었다. 그곳은 이탈리아로 들어가는 문지방이었고, 감탄사가 터져 나오기 시작하는 입구였다. 아직은 모두 다 보고 느낀 것이 아니었지만 이탈리아는 약속의 땅처럼 그녀의 앞에 펼쳐져 있었다. 그 땅은 아름다움에 대한 사랑이 무한한 지식으로 위안을 얻을 곳이었다. 그녀는 매일 산책을 나가는 사촌 오빠와 함께 바닷가를 따라 천천히 거닐면서 제노바가 있다는 바다 건너편을 갈망하는 눈으로 바라보았다. 하지만 더 큰 모험을 앞두고 그 언저리에서 잠시 쉬는 것도 즐거웠다. 모험을 준비하며 주위를 서성이는 것도 무척 짜릿한 일이었다. 더욱이 그 기간은 자신의 인생에서 잠시 평화로운 막간의 휴식으로, 고적대의 연주가 중단된 시간으로 여겨졌다. 자신의 인생이 술렁이기 시작했다고 생각할 근거는 아직 없었지만 그럼에도 그녀는 자신의 희망과 두려움, 공상, 야심, 취미에 비추어 자신의 인생을 늘 마음속에 그려 보았고, 그러면 이런 주관적 사건들은 다분히 극적으로 생생하게 떠오르곤 했다. 마담 멀은 이 아가씨가 호주머니에 대여섯 차례 손을 넣고 나면 그 호주머니가 통 큰 이모부 덕분에 가득 채워졌다는 데 익숙해질 거라고 터치트 부인에게 말한 바 있었다. 그 예언은 예전에도 종종 그랬듯이 마담 멀의 통찰력을 입증했다. 랠프 터치트는 사촌 동생이 도덕적으로 열광하기 쉽다고, 즉 선의의 충고로 주어진 암시를 민감하게 받아들인다고 칭찬했다. 그의 충고가 어쩌면 그 상황에 도움이 되었을 것이다. 어떻든 간에 이사벨은 산레모를 떠나기 전에 자신이 부자라는 사실을 느끼는 데 익숙해졌다. 자신이 부자라는 의식은 그녀가 스스로에 대해 갖고 있는 복잡한 생각들 속에 적절히 자리 잡았고, 그 의식이 불쾌하게 여겨지지 않는 때도 종종 있었다. 그 의식은 수많은 선한 의도를 늘 당연한 것으로 여겼다. 그녀는 선한 의도를 가지고 할 수 있는 일을 상상하며 끝없는 미로에 빠져들었다. 기회나 의무에 대해서 폭넓은 인간적 관점을 갖고 있는 부유하고 독립적이며 너그러운 아가씨가 할 수 있는 훌륭한 일들은 대체로 숭고한 것이었다. 그러므로 그녀의 재산은 자신의 더 나은 자아의 일부로 여겨졌다. 그것은 그녀를 중요한 존재로 만들었고, 그녀가 상상하기에는 심지어 자신에게 어떤 이상적인 아름다움을 부여해 준 것 같았다. 그 재산이 그녀에게 어떤 영향을 미쳤다고 다른 사람들이 상상하는가는 전혀 별개의 문제였다. 이 점에 대해서는 우리가 나중에 살펴봐야 할 것이다. 방금 언급한 그녀의 상상들은 마음속의 다른 논란들과 뒤섞여 있었다. 이사벨은 과거보다 미래에 대해서 생각하기를 좋아했지만, 지중해의 파도 소리에 귀를 기울이면서 때로 그녀의 시선은 과거로 날아가기도 했다. 그 시선은 점점 멀어지고 있지만 그래도 아직은 충분히 두드러져 보이는 두 형체에 머물렀다. 그것이 캐스퍼 굿우드와 워버턴 경의 형체라는 것은 어렵지 않게 알아볼 수 있었다. 신기하게도 이 강력한 이미지들은 우리 아가씨의 삶에서 신속히 뒷전으로 물러났다. 그녀는 눈에 보이지 않는 것에 대해서는 그 실체에 대한 믿음을 늘 잃어버리곤 했다. 필요한 경우에 애써 그 믿음을 되살릴 수는 있었지만, 그 실체가 유쾌한 것일 때라도 그렇게 노력하는 일은 종종 고통스러웠다. 과거는 죽어 버린 것 같았고, 그 과거를 다시 떠올리면 최후 심판일의 으스스한 검푸른 빛이 떠오르는 것 같았다. 더욱이 그 아가씨는 자신이 다른 사람들의 마음 속에 살아 있다는 것을 당연시하지 않는 성향을 갖고 있었 다. 자신이 남들의 마음에 지울 수 없는 흔적을 남겼다고 믿 을 만큼 독선적으로 어리석은 것은 아니었다. 남들이 자신 을 잊어버렸다는 것을 알았을 때 상처를 받을 수는 있었다. 하지만 온갖 자유 중에서 그녀가 가장 감미롭게 여긴 것은 망각의 자유였다. 감상적으로 말해서, 그녀는 캐스퍼 굿우드 나 워버턴 경에게 마지막으로 남은 동전 한 푼도 준 적이 없 었지만 그들이 분명 자기에게 상당한 빚을 지고 있다고 느끼 지 않을 수 없었다. 물론 굿우드 씨의 소식을 듣게 되리라고 그녀는 스스로에게 상기시켰다. 하지만 앞으로 1년 반이 지 나야 하고 그 사이에 무척 많은 일들이 일어날 것이다. 사실 그녀는 그 미국인 구혼자가 더 편안하게 청혼할 수 있는 다 른 아가씨를 찾게 되리라고는 생각하지 않았다. 그렇게 구 애할 아가씨들이 많이 있기야 하겠지만 그런 매력에 그가 이 끌릴 거라고는 믿을 수 없었다. 하지만 그녀는 언젠가는 스 스로 부끄럽게도 마음이 달라졌다는 것을 알게 되고, 그 문 제에 있어서 캐스퍼와 관련이 없는 다른 일들(그런 일들이 무척 많아 보였지만)이 실로 완전히 종결되고, 지금은 더 고 귀한 숨을 들이쉬는 데 장애가 된다고 여겨지는 바로 그의 본성에서 안식을 얻을지도 모른다고 생각했다. 언젠가는 그 장애가 숨겨진 행복이라는, 튼튼한 화강암 방파제로 둘러싸 인 맑고 고요한 항구라는 것이 입증되리라고 상상할 수 있 었다. 그러나 그날은 적절한 때가 되어야 올 수 있는 것이므 로 그녀가 두 손을 맞잡고 기다릴 수는 없는 일이었다. 워버 턴 경이 자신의 이미지를 계속 소중하게 간직하리라는 것은 고귀한 겸허함이나 교양 있는 자존심을 가진 사람이라면 고려하지 않을 일이라고 생각했다. 그녀는 그 귀족과의 사이에서 일어났던 일의 흔적을 조금도 남기지 않으려고 확실히 노력했으므로 그 귀족의 편에서도 그에 상응하는 노력을 기울이는 것이 지당할 것이다. 겉으로는 그렇게 보일지 모르지만 이것이 그저 냉소적인 지론에 불과한 것은 아니었다. 이사벨은 워버턴 경이, 흔히 말하듯이, 실연을 극복하리라고 거리낌 없이 믿을 수 있었다. 그가 자신에 대한 깊은 애정을 품었다는 점에 대해서는 의심하지 않았고, 이 믿음에서 여전히 기쁨을 끌어낼 수 있었다. 그러나 그토록 지적이고 명예로운 지위에 있는 사람이 사랑의 상처에 걸맞지 않은 흉터를 키워 간다는 것은 터무니없는 일이었다. 게다가 영국인들은 편안함을 좋아한다고 이사벨은 생각했다. 그저 우연히 알게 된 자부심이 강한 미국인 아가씨를 깊이 마음에 간직하는 것은 결국 워버턴 경에게 편안한 일이 될 수 없을 것이다. 언젠가 그가 그에게 더욱 걸맞도록 처신한 영국인 아가씨와 결혼했다는 소식을 듣는다면 그녀는 놀라움의 고통조차 느끼지 않고 그 소식을 받아들이리라고 자부했다. 그 소식은 그가 그녀의 확고한 의지를 믿었다는 사실을 입증할 것이다. 그녀는 그에게 그렇게 확고하게 보이고 싶었다. 그것만이 그녀의 자존심에 흡족한 일이었다.

제22장

터치트 씨가 작고한 지 약 6개월이 지난 5월 초의 어느 날 화가라면 구도가 잘 잡혔다고 묘사할 소규모의 사람들이 오래된 빌라의 여러 방들 중 한 곳에 모여 있었다. 피렌체의 로마 문 외곽, 올리브 나무로 뒤덮인 언덕 꼭대기에 자리 잡은 그 빌라는 길고 다소 단조롭게 보이는 건물로서 토스카나 사람들이 좋아하는 길게 튀어나온 지붕을 이고 있었다. 피렌체를 둘러싼 언덕 위에 있는 그 빌라의 지붕을 멀리 떨어진 곳에서 바라보면 그 옆에 서너 군데 무리지어 서 있는 곧고 거무스름하며 선명하게 보이는 삼나무들과 조화롭게 직사각형을 이루고 있었다. 빌라의 정면은 언덕 꼭대기의 일부를 차지한 풀이 무성하고 텅 빈 작은 광장에 면해 있는데, 이 정면에 불규칙하게 창문 몇 개가 나 있고 건물의 기저에 맞게 긴 돌 의자가 마련되어 있어, 자신의 미덕을 제대로 인정받지 못하고 있다는 분위기를 풍기는 사람들 한두 명이 빈둥거리기에 적당했다. 어떤 이유에서인지 이탈리아에서는 그런 분위기가 더없이 소극적인 자세를 당당하게 취하는 사람들을 늘 우아하게 휘감고 있었다. 고색창연하고 견고하며 비바람에 침식되었지만 당당하게 보이는 이 빌라의 정면은 어쩐지 과묵한 느낌을 주었다. 그것은 그 집의 얼굴이라기보다는 가면처럼 보였다. 눈꺼풀이 무겁게 드리워져 있었지만 눈은 없었다. 사실 그 집은 다른 쪽을 향하고 있었다. 뒤쪽을 보면 그곳이 탁 트여 있어서 오후의 찬란한 햇빛을 한껏 받아들였다. 거기에서 보면 그 빌라는 언덕 비탈과 이탈리아 특유의 색깔로 아련히 빛나는 아르노 강의 긴 계곡 위에 솟아 있었다. 테라스처럼 생긴 그곳의 좁다란 정원에는 주로 야생 장미가 얼크러져 나 있고, 또 다른 돌 의자들은 이끼가 끼어 있고 햇볕을 받아 따뜻했다. 테라스의 난간은 기대기에 적합한 높이였고 그 아래로 비탈져 내려간 땅에는 멀리 올리브 나무들과 포도밭이 흐릿하게 보였다. 하지만 우리가 관심을 두고 있는 것은 이 빌라의 외관이 아니다. 한창 무르익은 봄날의 이 화창한 아침에 그 집에 살고 있는 사람들이 실내의 그늘진 쪽을 더 좋아한 것은 무리가 아니었다. 이미 광장에서 보았다시피 1층의 창문들은 멋지게 조화를 이루었고 고도로 정교한 건축학적 설계에 따라 배치되어 있었다. 그러나 그 창문의 기능은 외부 세계와 소통하기보다는 외부 세계가 들여다보지 못하도록 막으려는 것 같았다. 창문에는 굵은 가로대가 걸려 있었는데 너무 높이 있었기에 호기심을 느끼는 사람이 발끝을 들고 들여다보려 해도 창문에 이르지 못하고 기운이 빠지고 말았다. 이처럼 배타적인 창문 세 개가 일렬로 햇빛을 들이는 어떤 방 — 그 빌라는 여러 개의 방들로 나뉘어 있어 주로 피렌체에서 오래 거주한 다양한 인종의 외국인들이 함께 살고 있었다 — 에 어떤 신사가 한 어린 소녀와 어느 교단 소속 수녀 두 명과 함께 앉아 있었다. 지금까지의 묘사로 짐작할 수 있듯이 그 방이 그렇게 어두운 것은 아니었다. 이 방의 넓고 높은 문이 지금 뒤쪽에 뒤얽혀 있는 장미 정원으로 열려 있기 때문이었다. 그리고 높은 쇠 격자 창을 통해서 때로 이탈리아의 햇빛이 필요 이상으로 쏟아져 들어왔다. 더욱이 이곳은 편안하고 실로 사치스러운 방으로 서, 주도면밀하게 계획되고 교묘하게 배열되어 분명 세련미 가 넘치는 곳이었다. 빛바랜 다마스크와 태피스트리 벽걸이 들이 다양하게 걸려 있고, 세월이 흘러 광택이 더해진, 조각 이 되어 있는 참나무 서랍장과 캐비닛이 있고, 소박한 티를 내는 액자에 넣은 네모난 그림들이며, 고집스럽게 보이는 중 세 유물인 놋그릇과 도자기들이 있었다. 오랜 세월 이탈리아 가 그 창고 노릇을 해왔고 아직 완전히 고갈되지 않은 물건 들이었다. 이런 물건들이 느긋하게 시간을 보내는 세대를 많 이 고려하여 만들어진 현대의 가구들과 조화를 이루고 있었 다. 의자들은 모두 솜이 많이 들어 있어 푹신하고, 넓은 공간 을 차지하고 있는 책상은 그 정교한 완벽함이 19세기 런던 제라는 표를 보이고 있었다. 책들이 무척 많았고 잡지와 신 문들도 있었다. 그림들도 몇 장 있었는데 대개 수채화로 그 려진 작고 색다르며 정교한 것들이었다. 이 그림들 중 하나 는 거실의 화판 위에 얹혀 있었다. 이미 언급한 어린 소녀는 이제 우리가 그녀에게 관심을 기울이려는 시점에 그 화판 앞 에 서 있었다. 그녀는 말없이 그림을 바라보았다.

그 소녀와 함께 있던 사람들이 입을 다물고 있는 것은 아 니었고 고요한 정적이 감돈 것도 아니었지만, 그들의 대화는 어딘지 부자연스럽게 이어지고 있다는 인상을 주었다. 두 수 녀는 각자 편안하지 못한 모습으로 의자에 앉아 있었고 궁

극적으로는 말을 삼가려는 태도를 취하고 있었으며 그들의
얼굴은 너무 신중한 나머지 굳어 버린 것 같았다. 그들은 평
범한 얼굴에 체구가 크고 표정이 온화한 여자들이었다. 빳
빳하게 풀을 먹인 흰 리넨 깃과 골격에 박힌 듯 몸을 감싸고
있는 서지 천으로 개성을 배제한 수녀복 차림새는 일종의 사
무적인 겸손함을 돋보이게 해주었다. 그 두 사람 중에 상당
한 연배에 이른 수녀는 안경을 썼고 발그레한 얼굴에 뺨이
통통했는데, 다른 수녀보다 더 분별 있는 태도를 취하고 있
는 것이 소녀와 관련된 일에 책임을 지는 인물임이 분명했
다. 이 흥미로운 소녀는 모자를 쓰고 있었다. 매우 소박한 모
자 장식이 그 아이의 평범한 모슬린 스커트와 어울리지 않는
것은 아니었다. 그 스커트는 이미 〈단을 냈지만〉 나이에 비
해서 너무나 짧아 보였다. 두 수녀를 상대로 대화를 나누고
있으리라고 짐작할 수 있는 그 신사는 그 일이 어렵다는 것
을 의식하고 있었을 것이다. 매우 온순한 사람들과 대화를
나누는 것은 성격이 매우 강한 사람들과 얘기를 나누는 것
못지않게 그 나름대로 힘든 일이다. 하지만 동시에 그는 그
수녀들이 책임지고 있는 조용한 소녀에게도 무척 신경을 쓰
고 있음이 분명했다. 그 아이가 자기 쪽을 등지고 있을 때 그
는 그 가냘프고 자그마한 몸을 진지하게 바라보았다. 그는
마흔 살의 남자로 이마가 넓고 모양새가 좋았으며 아직 머
리숱이 많기는 했지만 나이에 비해 일찍 희끗희끗해진 머리
칼을 짧게 깎은 모습이었다. 그의 얼굴은 섬세하고 갸름했
으며 매우 입체적으로 윤곽이 뚜렷했고 태연한 표정이었다.
그 얼굴에 단 한 가지 결함이 있다면 좀 지나치게 턱이 뾰족
하다는 것이었다. 그의 턱수염 모양이 그런 인상에 기여한

바가 적지 않았다. 16세기의 초상화에서 볼 법한 식으로 잘 다듬어진 그 턱수염은 양쪽 끝이 낭만적으로 멋지게 올라간 콧수염과 더불어 그 사람이 이국적이면서도 전통적이라는 인상을 주었고, 그가 차림새에 세심한 신경을 쓰는 사람이라는 것을 암시했다. 하지만 자의식이 강하고 호기심이 많은 그의 눈, 모호하면서도 동시에 꿰뚫어 보고, 영리하면서도 냉혹하고, 공상가일 뿐 아니라 동시에 관찰자의 표정을 드러내는 그의 눈을 보면 그가 적절한 한계 안에서 차림새에 관심을 기울일 것이고 그렇게 관심을 기울인 점에 있어서는 결실을 얻어 냈을 거라고 여러분은 확신했을 것이다. 그러나 여러분은 그가 태어난 땅과 그곳의 기후를 짐작할 수 없어서 매우 어리둥절할 것이다. 보통 그런 것을 알아맞히는 일을 싱겁기 짝이 없게 만들어 주는 외모의 특징이 그에게는 전혀 없었다. 그의 핏줄에 영국인의 피가 흐르고 있다면 거기에는 아마도 프랑스인이나 이탈리아인의 피도 섞여 있었을 것이다. 그러나 그는 순도 높은 금화였으므로 일반적으로 유통되는 평범한 동전의 특징이나 문양을 조금도 갖고 있지 않았다. 그는 특별한 행사를 위해 주조된 우아하고 복잡한 메달이었다. 그는 늘씬하고 말랐으며 다소 기력이 부족한 모습이었고, 키는 크지도 작지도 않았다. 저속한 것을 걸치지 않겠다는 것 외에는 옷차림에 별다른 신경을 쓰지 않는 사람처럼 옷을 입고 있었다.

「자, 얘야, 그 그림이 어떠니?」 그는 어린 소녀에게 물었다. 그는 이탈리아어로 말했고 그 언어를 완벽하게 구사했지만, 그렇다고 해서 그가 이탈리아 사람이라는 확신을 주지는 못했을 것이다.

아이는 고개를 진지하게 한쪽으로 돌렸다가 다른 쪽으로 돌렸다. 「아주 예뻐요, 아빠. 아빠가 직접 그리셨어요?」

「그럼, 내가 그렸지. 내 솜씨가 좋다고 생각하지 않니?」

「네, 아빠. 무척 좋아요. 저도 그림 그리는 법을 배웠어요.」 그러고 나서 아이는 뒤로 돌아서 매우 귀여운 미소가 떠나지 않는 작고 예쁘장한 얼굴을 보여 주었다.

「네 솜씨를 보여 줄 견본을 가져왔어야지.」

「아주 많이 가져왔어요. 제 트렁크에 있어요.」

「따님은 아주, 매우 신중하게 그린답니다.」 나이 든 수녀가 프랑스어로 말했다.

「그 말씀을 들으니 기쁘군요. 수녀님께서 가르치셨습니까?」

「다행히도 그렇지 않습니다.」 그 수녀는 얼굴을 약간 붉히며 말했다. 「그건 제 임무가 아니거든요. 가르치는 일은 제 소관이 아니랍니다 Ce n'est pas ma partie. 더 현명한 분들에게 그 일을 맡기지요. 우리에게는 훌륭한 미술 교사가 있습니다. 아, 저, 그분의 이름이 뭐였지요?」 그 수녀는 다른 수녀에게 물었다.

옆의 수녀는 카펫을 바라보고 있었다. 「독일식 이름이에요.」 그 수녀는 그 이름을 번역할 필요가 있다는 듯이 이탈리아어로 말했다.

「그래요.」 다른 수녀가 말을 이었다. 「그 교사는 독일분이고, 오랫동안 우리 수녀원에서 가르치셨어요.」

그 대화를 듣지 않고 있던 어린 소녀는 그 큰 방의 열려 있는 방문 쪽으로 걸어가서 정원을 내다보며 서 있었다. 「수녀님께서는 프랑스분이시군요.」 신사가 말했다.

「그렇습니다.」 방문객은 나직하게 대답했다. 「저는 학생들에게 제 모국어로 말한답니다. 다른 언어를 모르니까요. 그런데 영국이나 독일, 아일랜드 같은 다른 나라에서 온 수녀님들도 계세요. 모두 각자 자기 나라 말로 말하지요.」

그 신사는 미소를 지었다.「제 딸을 아일랜드 출신의 수녀님께서 돌봐 주신 적이 있었습니까?」그 손님들이 이 말뜻을 이해하지 못했지만 농담이라는 것을 알아차렸을 때 그는 곧 덧붙였다.「수녀님들의 학교는 완벽하군요.」

「네, 우리 수녀원은 완벽하게 구비되어 있어요. 없는 것이 없답니다. 모두 다 최고 수준이고요.」

「체조 과목도 있습니다.」이탈리아인 수녀가 과감하게 말했다.「하지만 그리 위험하지는 않습니다.」

「그렇기를 바랍니다. 수녀님께서 그 과목을 가르치십니까?」이 질문을 듣자 두 수녀는 거리낌 없이 유쾌하게 웃음을 터뜨렸다. 그 웃음이 가라앉자 그 집의 주인은 딸을 바라보면서 딸이 많이 컸다고 말했다.

「그렇습니다. 하지만 성장이 멈춘 것 같아요. 아마 키가 더 크지는 않을 겁니다.」프랑스인 수녀가 말했다.

「그렇다고 유감스러운 건 아닙니다. 책 같은 여자가 좋거든요. 아주 훌륭하고 너무 길지 않은 책 말이지요. 하지만 제 아이가 키가 작아야 할 특별한 이유가 있는지 모르겠군요.」신사가 말했다.

그 수녀는 그런 일은 인간의 지식으로 알 수 없다고 암시하듯이 약간 어깨를 으쓱했다.「따님은 무척 건강하답니다. 그것이 가장 좋은 일이지요.」

「네, 건강해 보이는군요.」어린 소녀의 아버지는 딸을 잠시 바라보았다.「정원에서 무엇을 보고 있니?」그가 프랑스어로 물었다.

「꽃들이 많이 있어요.」그 아이가 작고 귀여운 목소리로, 아버지처럼 훌륭한 억양으로 대답했다.

「그래, 하지만 예쁜 꽃은 많지 않지. 어떻든 그렇더라도 나가서 수녀님들께 드릴 꽃을 꺾어 오렴.」

아이는 기뻐서 활짝 미소를 지으며 아버지를 바라보았다. 「정말 그래도 돼요?」

「그럼, 내가 그렇게 말할 때는.」그 아버지가 말했다.

소녀는 나이가 든 수녀를 바라보았다. 「정말 괜찮을까요, 수녀님?」

「아버님 말씀을 따라야지, 아가.」수녀가 다시 얼굴을 붉히며 말했다.

아이는 이 허락에 만족해하며 문지방을 넘어갔고, 곧 모습을 감추었다. 「아이들을 버릇없게 키우지 않으시는군요.」그 아버지가 명랑하게 말했다.

「아이들은 어떤 일을 하든지 허락을 받아야 합니다. 그것이 우리의 규칙이랍니다. 선선히 허락을 해줍니다만, 아이들은 반드시 허락을 청해야지요.」

「아, 수녀님들의 규칙에 대해서는 이의가 없습니다. 탁월한 규칙이라고 믿으니까요. 저는 제 딸을 어떻게 만들어 주실지 보고 싶어서 귀 수녀원에 보냈습니다. 믿음이 있었지요.」

「사람은 믿음이 있어야지요.」수녀는 안경 너머로 그를 바라보면서 덤덤하게 대답했다.

「그런데 제 믿음이 보답을 받았을까요? 제 아이를 어떻게 키우셨습니까?」

수녀는 잠시 눈을 내리깔았다. 「훌륭한 기독교인으로 만들었습니다.」

그 집의 주인도 눈을 내리깔았다. 하지만 두 사람에게 그 동작은 서로 다른 동기에서 비롯된 것 같았다.「네, 그리고 그 외에는?」

그는 수녀원에서 온 수녀를 바라보았고, 훌륭한 기독교인이면 된다고 그녀가 말하리라고 생각했을 것이다. 하지만 그녀는 매우 단순한 사람이기는 했어도 그 정도로 미숙하지는 않았다.「매력적인 어린 아가씨가 되었어요. 진정한 꼬마 숙녀이자, 부친께서 만족해하실 만한 따님이 되었습니다.」

「그야말로 숙녀다워 보이는군요.」그 아버지가 말했다. 「아주 예쁘고요.」

「따님은 완벽해요. 결점이 전혀 없습니다.」

「어린아이였을 때도 전혀 없었습니다. 수녀님들이 결점을 만들어 주시지 않아서 기쁩니다.」

「저희는 따님을 무척 사랑해요.」안경을 쓴 수녀가 당당하게 말했다.「그리고 결점에 대해서 말씀드리자면, 저희가 갖고 있지 않은 것을 어떻게 줄 수 있겠어요? 수녀원은 세상과 다르답니다*Le couvent n'est pas comme le monde*. 따님은 저희들의 딸이라고 말할 수 있어요. 아주 어렸을 때부터 저희와 함께 지냈으니까요.」

「올해 저희 곁을 떠날 아이들 중에서 저희가 가장 그리워할 사람은 따님이랍니다.」젊은 수녀는 경의를 표하듯 중얼거렸다.

「아, 그래요, 따님에 대해서 오래도록 이야기할 겁니다. 새로 온 아이들에게 따님을 본받으라고 말할 테고요.」이 말을 하면서 그 선량한 수녀의 안경이 흐려지는 것 같았다. 옆에 있던 수녀는 잠시 주머니를 더듬더니 곧 질긴 천으로 만든 손수건을 꺼냈다.

「수녀님들에게서 아이를 데려올지는 확실하지 않습니다. 아직은 결정된 것이 없습니다.」 그 주인이 재빨리 대답했다. 수녀들이 눈물을 흘리리라고 예상했기 때문이 아니라 자기 스스로에게 가장 유쾌한 말을 들려주는 사람의 어조였다.

「그 말씀이 사실이라면 저희는 매우 기쁘겠어요. 열다섯 살에 저희를 떠나는 건 너무 이르거든요.」

「오,」 그 신사는 지금까지보다 더 활기차게 외쳤다. 「제가 딸을 데려오고 싶어 하는 건 아니랍니다. 수녀님들이 아이를 언제까지나 돌봐 주실 수 있으면 좋겠어요.」

「아,」 나이 든 수녀가 미소를 짓고 일어서며 말했다. 「착하기는 하지만 따님은 이 세상에서 살아가기에 적합한 사람이랍니다. 이 세상은 따님 덕분에 득을 볼 겁니다 *Le monde y gagnera.*」

「훌륭한 사람들이 모두 수녀원에 숨어 버리면, 세상이 어떻게 번영을 누릴 수 있겠어요?」 다른 수녀도 일어서면서 부드럽게 물었다.

이 질문은 그 선량한 수녀가 생각했던 것보다 더 광범위한 의미를 담고 있었다. 안경을 쓴 수녀는 〈다행히도 좋은 사람들은 어디에나 있어요〉라고 편안하게 말하면서 조화로운 의견을 제시했다.

「수녀님들께서 돌아가시면, 여기에는 좋은 사람이 두 분 줄어드는 겁니다.」 그 주인이 아부하듯이 말했다.

이 지나친 찬사에 그 소박한 방문객들은 아무 대답도 하지 못했고, 점잖게 부정하는 듯이 서로를 바라보기만 했다. 그러나 어린 소녀가 흰색과 붉은색의 커다란 장미꽃 다발 두

개를 갖고 돌아오는 바람에 곧 당혹감을 숨길 수 있었다.

「카트린 수녀님께서 고르세요.」 아이가 말했다. 「색깔만 다르거든요, 유스티나 수녀님. 장미꽃의 수는 똑같아요.」

두 수녀는 미소를 짓고 망설이면서 서로를 보고 〈어느 것을 갖겠어요?〉라든가 〈아뇨, 수녀님이 먼저 고르세요〉라고 말했다.

「내가 붉은 장미를 가질게. 고마워.」 안경을 쓴 카트린 수녀가 말했다. 「나도 얼굴이 붉으니까. 로마로 돌아가는 길에 이 꽃들이 우리의 마음을 달래 줄 거란다.」

「아, 그렇게 오래도록 싱싱하지는 않을 거예요.」 어린 소녀가 외쳤다. 「오래갈 수 있는 것을 드릴 수 있으면 좋을 텐데!」

「넌 우리에게 너에 대한 좋은 추억을 주었단다, 내 딸아. 그것은 영원히 지속될 거야!」

「수녀님들이 예쁜 장식을 다실 수 있으면 좋겠어요. 그럼 제 푸른 목걸이를 드릴 텐데.」

「오늘 밤에 로마로 돌아가십니까?」 그 아버지가 물었다.

「네, 다시 기차를 탈 겁니다. 돌아가서 할 일이 무척 많아서요.」

「피곤하지 않으세요?」

「저희는 결코 피곤하지 않아요.」

「아, 수녀님, 때로 지치기도 해요.」 젊은 수녀가 중얼거렸다.

「어떻든 오늘은 아니에요. 여기서 너무 잘 쉬었거든요. 하느님의 축복이 있기를, 내 딸아 *Que Dieu vous garde, ma fille.*」

수녀들이 그의 딸과 작별의 입맞춤을 나누는 동안 그 주인은 그들이 나가도록 문을 열어 주려고 걸어갔다. 그러나 문을 열면서 그는 조그맣게 탄성을 지르고 그 너머를 바라보며 걸음을 멈췄다. 문 밖에는 천장이 둥근 대기실이 있었는데, 예배당처럼 천장이 높고 붉은 타일이 깔려 있었다. 남루한 하인 옷을 입은 소년이 문을 열어 주어 이 대기실로 어떤 숙녀가 방금 들어섰고 이제 우리의 벗들이 모여 있는 방으로 안내를 받고 있었다. 문간에 서 있던 신사는 탄성을 지른 후 아무 말도 하지 않았다. 그 숙녀도 말없이 다가왔다. 그는 그녀에게 인사도 하지 않았고 손을 내밀어 악수를 청하지도 않았으며 그저 그녀가 살롱으로 들어가도록 옆으로 비켜섰을 뿐이었다. 문지방에서 그녀가 망설였다. 「누가 계신가요?」 그녀가 물었다.

「당신이 만나도 될 사람이오.」

그녀는 방으로 들어섰고 수녀 두 명과 그들의 학생을 마주 보게 되었다. 그 학생은 두 수녀 사이에서 각각의 팔짱을 끼고 걸어 나오던 중이었다. 새로운 손님을 보자 그들 모두 걸음을 멈췄다. 마찬가지로 멈춰 섰던 그 숙녀는 그들을 바라보았다. 어린 소녀가 조그맣고 부드럽게 소리쳤다. 「아, 마담 멀이시군요!」

그 손님은 약간 놀란 기색이었지만 그럼에도 다음 순간 우아한 태도로 말했다. 「그래, 마담 멀이야. 네가 집에 돌아온 것을 환영하러 왔어.」 그리고 그녀는 양손을 그 소녀에게 내밀었다. 그 소녀는 즉시 달려와서 키스를 받으려고 이마를 내밀었다. 마담 멀은 매력적이고 조그마한 아가씨의 이마에 입을 맞추고 두 수녀에게 미소를 지으며 서 있었다. 수녀들은 그녀의 미소에 점잖은 인사로 답했다. 하지만 바깥세상의 휘황찬란한 빛을 일부 감고 들어온 듯한 이 당당하고 화려한 여자를 노골적으로 살펴보지는 않았다.

「수녀님들께서 딸을 집에 데려오셨소. 지금 수녀원으로 돌아가실 거요.」 신사가 설명했다.

「아, 로마로 돌아가신다고요? 저는 최근에 그곳에서 왔어요. 지금 아주 아름답지요.」 마담 멀이 말했다.

수녀들은 양손을 포개 소매 속에 넣은 채 가만히 서서는 이 말을 그대로 받아들였다. 그 집의 주인은 새로 온 손님에게 로마를 떠난 지 얼마나 되었는지 물었다. 「마담께서 저를 보러 수녀원에 오셨어요.」 그 부인이 대답할 틈도 없이 어린 소녀가 말했다.

「그래, 몇 번 갔지, 팬지야.」 마담 멀이 말했다. 「로마에서는 내가 너의 좋은 친구였지?」

「마지막으로 오셨을 때가 제일 잘 기억나요.」 팬지가 말했다. 「제가 그곳에서 나와야 한다고 말씀하셨으니까요.」

「그런 말을 하셨소?」 아이의 아버지가 물었다.

「잘 기억이 나지 않는군요. 팬지가 기뻐하리라고 생각하는 말을 했을 거예요. 피렌체에 온 지는 일주일 되었어요. 당신이 날 만나러 오시기를 바랐죠.」

「피렌체에 계신 것을 알았더라면 그렇게 했을 거요. 그런 일은 영감으로 알 수 없거든요. 그래야 한다고 생각하지만 말이지요. 앉으시오.」

두 사람은 특별한 어조로 톤을 반쯤 낮추고 신중하게 조용히 말했고, 어떤 특별한 필요가 있어서가 아니라 습관적으로 그렇게 하는 것 같았다. 마담 멀은 앉을 자리를 찾느라 주위를 돌아보았다. 「이분들을 배웅하시려는 모양이죠? 그렇다면 저 때문에 중단하지 마세요. 안녕히 가세요, 수녀님 *Je vous salue, mesdames.*」 그녀는 수녀들을 내몰기라도 하듯이

제22장 **411**

프랑스어로 덧붙여 말했다.

「이 부인은 우리의 가까운 벗입니다. 수녀원에서 이분을 만나셨을 거예요.」그 주인이 말했다. 「저희는 이분의 판단력을 신뢰하고 있기에, 휴가가 끝나고 딸을 수녀님들에게로 돌려보낼 것인지를 결정하는 데 이분의 도움을 받을 겁니다.」

「부인께서 우리가 소망하는 대로 결정해 주시기 바랍니다.」안경을 쓴 수녀가 과감하게 말했다.

「그건 오즈먼드 씨의 농담이에요. 제가 결정하는 것은 전혀 없습니다.」마담 멀 또한 농담조로 말했다. 「수녀님들의 학교가 매우 훌륭하다고 믿고 있어요. 하지만 오즈먼드 양의 벗들은 그녀가 당연히 속세에서 살아가도록 태어났다는 것을 기억해야겠지요.」

「저도 팬지의 아버님께 그렇게 말씀드렸어요.」카트린 수녀가 말했다. 「팬지를 세상살이에 적합하게 키우려는 것이지요.」그녀는 팬지를 보면서 중얼거렸고, 팬지는 조금 떨어진 곳에서 마담 멀의 우아한 옷을 바라보고 있었다.

「저 말씀 들었니, 팬지? 너는 당연히 세상살이를 위해 태어난 거야.」팬지의 아버지가 말했다.

아이는 순수한 어린애의 눈으로 그 순간 그를 바라보았다. 「제가 아빠를 위해 태어난 것이 아니에요, 아빠?」

소녀의 아버지는 재빨리 가볍게 웃었다. 「그렇다고 장애가 될 건 없지! 나는 세상의 한 부분이니까.」

「저희는 이만 가보겠습니다.」카트린 수녀가 말했다. 「어떻게 되든 간에 착하고 현명하고 행복하게 지내라, 내 딸아.」

「꼭 돌아가서 수녀님들을 뵐 거예요.」팬지가 대답하면서 다시 수녀들을 포옹하려 했으나 마담 멀이 즉시 가로막았다.

「아버님이 수녀님들을 배웅하는 동안 나와 함께 있자, 팬지야.」그녀가 말했다.

팬지는 실망해서 눈을 동그랗게 떴지만 항의하지는 않았다. 권위적인 목소리를 띤 사람이면 그 누구에게나 순종해야 한다는 생각이 그 아이에게 주입되어 있음이 분명했다. 그녀는 자기 운명이 흘러가는 대로 그저 수동적으로 바라보는 아가씨였다. 「카트린 수녀님이 마차에 타시는 것을 볼 수 없을까요?」그래도 그 아이는 매우 온순하게 물었다.

「네가 여기서 나와 함께 있으면 나는 더 기쁠 거야.」마담 멀이 이렇게 말했다. 그동안 수녀들은 다시 다른 손님에게 고개를 깊숙이 숙여 인사했고 오즈먼드 씨와 함께 대기실로 나갔다.

「아, 네, 그럼 여기 있겠어요.」팬지가 대답했다. 그 아이는 마담 멀에게 작은 손을 붙잡힌 채 옆에 서 있었다. 창밖을 내다보는 아이의 눈에 눈물이 고여 있었다.

「네가 순종하는 법을 배워서 기쁘구나.」마담 멀이 말했다.「착한 아가씨라면 그렇게 해야 해.」

「아, 네, 저는 복종을 아주 잘해요.」팬지는 피아노 연주 솜씨에 대해서 말하기라도 하듯 거의 자랑하는 말투로 나지막하게 열렬히 말했다. 그러고 나서는 들릴락 말락 하게 한숨을 쉬었다.

마담 멀은 잡고 있던 아이의 손을 자신의 섬세한 손바닥 위로 끌어당겨 바라보았다. 흠을 잡으려는 눈길이었지만 비난할 점이 전혀 없었다. 아이의 작은 손은 섬세하고 예뻤다.「네가 장갑을 끼고 있는지 수녀님들이 늘 확인하면 좋겠구나.」잠시 후 그녀가 말했다.「어린 아가씨들은 장갑을 끼는 것을 대개 싫어하거든.」

「저도 싫어했어요. 하지만 지금은 좋아해요.」아이가 대답했다.

「잘됐구나. 장갑을 한 상자 선물해 줄게.」

「정말 감사합니다. 무슨 색깔일까요?」팬지가 관심을 드러내며 물었다.

마담 멀은 잠시 생각했다.「유용한 색깔로.」

「그렇지만 아주 예쁠까요?」

「예쁜 물건들을 좋아하니?」

「네, 그렇지만 너무 좋아하는 건 아니에요.」팬지는 수녀원 생활의 흔적을 드러내며 말했다.

「그래, 너무 예쁘지는 않을 거야.」마담 멀은 웃으며 대답했다. 그녀는 아이의 다른 손을 잡고 가까이 끌어당긴 후 잠시 바라보며 말을 이었다.「카트린 수녀님이 그리울 것 같니?」

「네, 수녀님을 생각할 때는요.」

「그렇다면 생각하지 않도록 노력해라. 어쩌면 언젠가는 새엄마가 생길 거야.」마담 멀이 덧붙였다.

「그럴 필요는 없을 것 같아요.」팬지가 부드럽게 달래듯이 작게 한숨을 다시 쉬었다.「수녀원에 어머니가 서른 분이 넘었거든요.」

아이 아버지의 발소리가 대기실에서 다시 들려왔고 마담 멀은 아이의 손을 놓고 일어섰다. 오즈먼드 씨가 들어와서 문을 닫았다. 그러고는 마담 멀을 바라보지도 않고 의자 한두 개를 원래의 자리로 밀어 놓았다. 그 손님은 그가 이리저리 움직이는 것을 바라보면서 그가 말을 꺼내기를 잠시 기다렸다. 그러다가 마침내 말을 꺼냈다.「당신이 로마에 오기를 바랐어요. 로마에 와서 직접 팬지를 데려가고 싶어 할지 모른다고 생각했죠.」

「그렇게 생각하는 것이 당연하겠지. 하지만 유감스럽게도 내가 당신의 예상을 무시하고 행동한 것은 처음 있는 일이 아니었소.」

「그래요.」마담 멀이 말했다. 「당신은 무척 심술궂은 사람이라고 생각해요.」

오즈먼드 씨는 잠시 방 안에서 바삐 움직였고 그 방에는 그럴 공간이 넉넉했다. 그의 태도는 불편한 관심을 기울이지 않으려고 기계적으로 핑곗거리를 찾는 사람처럼 보였다. 하지만 이내 핑곗거리가 다 없어졌고, 책을 꺼내서 읽는 것 말고는 더 이상 할 일이 없었기에 뒷짐을 지고 서서 팬지를 바라볼 수밖에 없었다. 「왜 밖으로 나와 카트린 수녀님에게 마지막 작별 인사를 드리지 않았니?」 그가 갑자기 프랑스어로 딸에게 물었다.

팬지는 잠시 주저하면서 마담 멀을 바라보았다. 「내가 여기 있어 달라고 했어요.」 그 숙녀가 다른 의자에 앉아서 말했다.

「그래, 그 편이 더 나았소.」 오즈먼드는 인정했다. 그렇게 말하고는 의자에 앉아서 마담 멀을 바라보았다. 몸을 약간 앞으로 숙이고 팔꿈치를 의자 팔걸이 끝에 올려놓고는 두 손을 깍지 꼈다.

「부인께서 장갑을 선물로 주신대요.」 팬지가 말했다.

「그 말을 누구에게나 할 필요는 없단다.」 마담 멀이 말했다.

「아이에게 무척 친절하시군.」 오즈먼드가 말했다. 「팬지는 필요한 것을 다 갖고 있을 거요.」

「수녀님들이야 충분히 많았겠죠.」

「그 문제에 대해서 이야기하려면, 팬지를 밖으로 내보내는 편이 좋겠소.」

「그냥 여기 있게 두세요.」 마담 멀이 말했다. 「다른 이야기를 하도록 하죠.」

「원하신다면 저는 듣지 않겠어요.」 팬지는 사람들에게 믿음을 주는 솔직한 표정으로 말했다.

「귀여운 것, 들어도 괜찮아. 이해하지 못할 테니까.」 그 아버지가 대답했다. 아이는 정원이 내다보이는 열린 문 옆에 조심스럽게 앉았고 순진한 눈으로 동경하듯이 뜰을 내다보았다. 오즈먼드 씨는 개의치 않고 마담 멀에게 말했다. 「아주 건강해 보이는군.」

「나는 늘 똑같이 보일걸요.」 마담 멀이 말했다.

「당신은 정말 늘 똑같지. 변하지도 않고. 당신은 놀라운 여자요.」

「그래요, 그렇게 생각해요.」

「하지만 때로 마음을 바꾸기는 하지. 영국에서 돌아왔을 때는 당분간 로마를 떠나지 않을 거라고 했잖소.」

「내 말을 그렇게 잘 기억하시다니 기쁘군요. 그럴 생각이었어요. 피렌체에 온 것은 최근에 여기 도착한 친구를 만나기 위해서예요. 그때는 그 친구들의 동정을 알지 못했거든요.」

「그 이유도 당신답군. 당신의 행동은 언제나 친구들을 위한 것이지.」

마담 멀은 그 집의 주인을 똑바로 바라보며 미소를 지었다. 「그보다는 당신의 말이 더 당신답군요. 더없이 진실하지 못한 말이니까요. 하지만 나는 당신의 말을 죄라고 여기지 않아요.」그녀가 덧붙였다. 「당신이 자기가 한 말을 믿지 않는다면, 당신이 그걸 믿어야 할 이유가 전혀 없으니까요. 나는 친구들을 위해서 스스로를 망치지 않아요. 그러니 당신의 칭찬을 받을 자격이 없죠. 내가 지대한 관심을 기울이는 대상은 바로 나 자신이에요.」

「맞는 말이오. 하지만 당신 자신 속에는 다른 자아들이 아주 많이 들어 있지. 다른 사람들과 다른 일들이 너무 많이. 나는 그토록 많은 사람들과 접촉하며 살아가는 사람은 본 적이 없었소.」

「사람의 인생이 무엇이라고 생각하세요?」마담 멀이 물었다. 「외모? 행동? 약속? 교제?」

「당신의 인생은 당신의 야심이라고 생각해요.」오즈먼드가 말했다.

마담 멀은 잠시 팬지를 보았다. 「저 애가 그 말을 알아듣는지 궁금하군요.」그녀가 중얼거렸다.

「보시다시피 아이가 여기에 있으면 안 돼요!」팬지의 아버지는 다소 냉담하게 미소를 지었다. 「정원에 가서 꽃 한두 송이를 꺾어다 마담 멀에게 드리렴.」그가 프랑스어로 말을 이었다.

「그렇게 하고 싶었어요.」팬지는 큰 소리로 대답하며 재빨리 일어나서 소리 없이 밖으로 나갔다. 그녀의 아버지는 그녀를 따라 열린 문까지 가서는 잠시 서서 아이를 바라보았다. 그런 다음에 다시 돌아왔지만 자리에 앉지 않고 이리저리 서성대면서 앉아 있을 경우에 결핍될 자유로움을 만끽하려는 것 같았다.

「내 야심은 주로 당신을 위한 거예요.」마담 멀이 용기를 내서 그를 올려다보며 말했다.

「그건 결국 내가 한 말로 돌아가는군. 나는 당신 인생의 한 부분이오. 나와 수많은 다른 사람들이. 당신은 이기적이지 않아요. 이기적이라는 형용사는 받아들일 수 없소. 당신이 이기적이라면 나는 뭐가 되겠소? 나를 묘사할 적절한 형용사가 무엇이겠소?」

「당신은 나태해요. 내가 볼 때는 그것이 당신의 최악의 결점이에요.」

「유감스럽지만 그건 실로 내 최고의 결점이오.」

「당신은 상관하지 않는군요.」 마담 멀이 침울하게 말했다.

「그래요, 그다지 개의치 않소. 그건 어떤 결함이라고 부르겠소? 어떻든, 내가 로마에 가지 않은 이유들 중 하나는 그 나태함 때문이었소. 물론 다른 이유들도 있었지만.」

「당신이 로마에 오지 않은 것은 중요하지 않은 일이에요. 적어도 내게는. 당신을 만났더라면 즐거웠겠지만. 당신이 지금 로마에 머물고 있지 않아서 다행이에요. 한 달 전에 로마에 갔다면 아마 지금쯤 거기 있겠죠. 지금 당신이 여기 피렌체에서 하면 좋을 일이 있거든요.」

「내가 나태하다는 것을 잊지 마시오.」 오즈먼드가 말했다.

「잘 기억하고 있어요. 하지만 당신은 그걸 잊어버리기 바라요. 그래야 당신이 미덕과 보상 둘 다를 얻을 수 있을 테니까. 큰 노력이 드는 일도 아니고, 정말로 굉장한 이득이 될 거예요. 당신이 새로운 사람과 사귄 지 얼마나 되었죠?」

「당신을 알게 된 후로 새로 사귄 사람이 없는 것 같소.」

「그렇다면 새로운 사람과 사귈 때가 되었어요. 당신이 내 친구 한 사람과 만나기를 바라요.」

418

오즈먼드 씨는 이리저리 거닐다가 다시 열려 있는 문가로 돌아가서는 강렬한 햇빛을 받으며 왔다 갔다 하는 딸을 바라보았다. 「그 일이 내게 무슨 이득이 되겠소?」 그는 부드러우면서도 투박하게 물었다.

마담 멀은 잠시 기다렸다. 「당신에게 재미를 느끼게 해줄 거예요.」 이 대답에는 투박함이 전혀 없었다. 철저히 심사숙고한 끝에 나온 말이었다.

「당신이 그렇게 말한다면, 그 말을 믿겠소.」 오즈먼드가 그녀 쪽으로 다가오면서 말했다. 「어떤 점에서는 당신을 완벽하게 신뢰할 수 있으니까. 가령 당신은 교제하기에 좋은 사람들과 나쁜 사람들을 잘 구별할 거라고 전적으로 믿고 있지.」

「누구와 사귀든 간에 교제란 다 나쁜 거예요.」

「미안하지만 내가 생각하기에 당신이 갖고 있는 지식은 평범한 지혜라고 볼 수 없소. 당신은 그 지식을 올바른 방법으로, 즉 실험을 통해서 체득했으니까. 당신은 다소 터무니없는 사람들을 무수히 비교해 왔지.」

「그렇다면 내 지식으로 당신이 이득을 얻도록 해드리죠.」

「이득이라고? 이득을 얻게 되리라고 확신하고 있소?」

「그렇게 되기를 바라고 있어요. 그건 당신에게 달려 있는 일이에요. 당신이 노력을 하도록 내가 설득할 수 있다면!」

「아, 그런 얘기였군! 뭔가 성가신 일이 있을 줄 알았소. 이 세상에서 일어날 수 있는 일들 가운데 노력을 들일 가치가 있는 것이 뭐가 있겠소?」

마담 멀은 성의를 다하려는 마음이 상처를 받은 듯이 얼굴을 붉혔다. 「바보처럼 굴지 마요, 오즈먼드. 노력을 들일 만한 일이 무엇인지는 당신이 누구보다도 잘 알고 있어요. 과거에 당신이 어떠했는지 내가 보지 않았어요?」

「어떤 것들은 인정해요. 하지만 이 형편없는 삶에서는 그중 어떤 것도 이룰 수 없소.」

「노력을 하면 이룰 수 있어요.」 마담 멀이 말했다.

「일리는 있는 말이군요. 그런데 당신의 친구가 누구요?」

「내가 피렌체에 온 것은 그 친구를 만나기 위해서예요. 터치트 부인의 조카딸이죠. 아마 당신은 그 부인을 잊지 않았겠죠.」

「조카딸이라? 젊음과 무지를 연상시키는 단어로군. 당신이 무엇을 하려는지 알겠소.」

「그래요. 젊은 아가씨예요. 스물세 살이죠. 나와 무척 친하고요. 몇 달 전에 영국에서 처음 만났어요. 우리는 대단한 우정을 맺었죠. 나는 그녀를 굉장히 좋아해요. 그리고 내가 좀처럼 하지 않는 일도 하고 있죠. 그녀를 찬탄하고 있으니까요. 당신도 그럴 거예요.」

「그럴 수만 있다면 사양하겠소.」

「그러시겠죠. 하지만 찬탄하는 마음이 들지 않을 수 없을걸요.」

「아름답고, 영리하고, 부유하고, 재기가 반짝이고, 매사에 지적이고, 보기 드물게 고결한 아가씨요? 이런 조건을 갖춘 아가씨라야 사귀어 볼 생각이 들 거요. 아시다시피 얼마 전에 이런 조건에 부합하지 않는 사람에 대해서는 내게 말도 꺼내지 말라고 당신에게 당부했지. 나는 멍청한 사람들을 아주 많이 알고 있소. 더 이상은 알고 싶지 않소.」

「아처 양은 멍청하지 않아요. 아침 햇살처럼 화사한 빛을

420

발하지요. 당신의 묘사에 딱 들어맞는 아가씨예요. 그렇기 때문에 당신이 그녀와 알게 되기를 바라는 거예요. 당신이 요구하는 모든 조건을 충족시켜 주니까.」

「물론 어느 정도로는 충족시킨다는 뜻이겠지.」

「아뇨. 글자 그대로 충족시킨다는 말이에요. 그녀는 아름답고, 교양 있고, 너그럽고, 미국인치고는 집안도 좋아요. 게다가 매우 영리하고 무척 사랑스럽죠. 상당한 재산을 갖고 있고요.」

오즈먼드 씨는 조용히 귀를 기울이면서 이 이야기를 들려주는 사람을 줄곧 쳐다보면서도 속으로는 그 말을 검토해 보는 것 같았다. 「당신은 그 아가씨를 어떻게 하려는 거요?」

「보시다시피 그녀에게 당신을 만날 기회를 주려는 거예요.」

「그녀는 그보다 더 나은 일에 적합한 사람 아니오?」

「어떤 사람에게 어떤 일이 적합한지를 알고 있다고 자부할 생각은 없어요.」 마담 멀이 말했다. 「내가 알고 있는 것은 다만 내가 그들을 어떻게 다룰 수 있는가 하는 것이죠.」

「아처 양이 안됐군!」 오즈먼드가 단언했다.

마담 멀이 일어섰다. 「그녀에 대한 관심을 느끼기 시작했다는 뜻이라면, 그 말을 기억해 두겠어요.」

두 사람은 얼굴을 마주 보며 서 있었다. 그녀는 망토를 내려다보면서 매무새를 가다듬었다. 「아주 좋아 보이는군.」 오즈먼드가 뜬금없이 같은 말을 되풀이했다. 「계략을 품고 있고. 당신은 계략을 품고 있을 때 가장 보기 좋지. 당신에게는 늘 잘 어울리는 일이고.」

어떤 중대한 시기에 처음 만나거나 특히 다른 사람들이 있는 곳에서 만날 때 이 두 사람의 태도와 목소리는 마치 서로에게 우회적으로 접근하면서 암시적으로 말을 건네는 것처럼 뭔가 솔직하지 않고 용의주도한 구석이 있었다. 각자 그런 태도와 목소리로 상대방의 자의식을 뚜렷이 고조시키는 것 같았다. 물론 마담 멀은 조금 당황하고 있더라도 그런 기색을 상대방보다 잘 떨쳐 낼 수 있었다. 하지만 이번에는 마담 멀도 스스로 원했을 태도를 취할 수 없었고, 그 집주인에게 내보이고 싶었을 완벽한 냉정함을 드러낼 수 없었다. 하지만 여기서 강조해야 할 점은, 두 사람의 관계가 어떤 요소로 이루어져 있든 간에 어떤 순간에는 그것이 반드시 적나라하게 드러나면서 두 사람을 다른 사람들과 있을 때보다 더 친밀하게 대면하도록 만든다는 것이었다. 바로 지금 그런 일이 일어났던 것이다. 그들은 서로를 잘 안다고 생각하며 서 있었다. 그리고 각자 상대가 자기를 잘 알고 있다는 불편한 심사를 보상하기 위해서 자신도 상대를 잘 알고 있다는 만족감을 기꺼이 받아들이려 했다. 「당신이 그토록 냉혹한 사람이 아니면 좋겠어요.」 마담 멀이 조용히 말했다. 「그것은 늘 당신에게 해가 되었고, 지금도 그럴 거예요.」

「당신이 생각하는 만큼 내가 그렇게 냉혹한 사람은 아니오. 이따금 감동을 받을 때도 있으니까. 가령 조금 전에 당신이 당신의 야심은 나를 위한 것이라고 말했을 때처럼. 그 말은 이해가 되지 않소. 어째서, 왜 그런지 알 수 없으니까. 하지만 그렇더라도 내 마음은 감동을 받지.」

「시간이 지날수록 당신은 더욱더 이해하지 못하게 될 거예요. 당신이 절대로 이해하지 못할 일들이 있거든요. 당신이 딱히 이해해야 할 필요가 있는 것도 아니고.」

「어떻든 당신은 가장 놀라운 여성이오.」 오즈먼드가 말했다.「다른 누구보다도 더 많은 것을 내면에 갖고 있지. 터치트 부인의 조카딸이 내게 왜 그렇게 중요하다고 생각하는지 나는 이해할 수 없소. 반면, 반면에 ―」그는 잠시 입을 다물었다.

「〈나는 당신에게 거의 중요하지 않았는데〉라는 말인가요?」

「물론 내가 하려던 말은 그게 아니었소. 〈내가 당신 같은 여자를 알고 있고 그 진가를 알고 있는데〉라고 말하려 했소.」

「이사벨 아처는 나보다 더 나은 여자예요.」마담 멀이 말했다.

상대방은 껄껄 웃었다.「그렇게 말하는 걸 보니 틀림없이 그녀를 형편없다고 생각하는군.」

「내가 질투심을 느낄 수 있을 거라고 생각해요? 이 질문에 대답해 보세요.」

「나를 두고 질투심을 느낄 것 같으냐고? 아니, 대체로 그렇게 생각하지 않소.」

「그러면 이틀 후에 나를 만나러 오세요. 터치트 부인의 집에 머물고 있어요. 팔라초 크레센티니에. 그 아가씨를 거기서 만날 수 있을 거예요.」

「왜 처음에 그렇게 말하지 않았소? 그 아가씨에 대해서는 언급하지 말고.」오즈먼드가 말했다.「그 아가씨는 어떻든 거기 있을 텐데.」

마담 멀은 그의 어떤 질문에 대해서도 준비가 되어 있다는 듯이 그를 보았다.「왜 그런지 알고 싶으세요? 그녀에게 당신에 대한 말을 했기 때문이에요.」

오즈먼드는 이마를 찌푸리고 고개를 돌렸다.「그건 모르는 편이 차라리 나았겠소.」그러고 나서 즉시 그는 작은 수채

화가 놓인 이젤을 가리켰다.

「저기 있는 그림을 보았소, 내 최근 그림을?」

마담 멀은 가까이 가서 살펴보았다. 「베네치아 알프스 아닌가요? 당신이 작년에 스케치를 해둔?」

「그래요. 기막히게 잘 맞히는군!」

그녀는 조금 더 바라보다가 고개를 돌렸다. 「알다시피 나는 당신의 그림을 좋아하지 않아요.」

「알고 있소. 하지만 그것이 늘 놀라웠지. 내 그림은 사실 대다수의 그림보다 훨씬 낫거든.」

「그럴 수도 있겠죠. 하지만 당신이 하고 있는 유일한 일로 보자면, 글쎄요, 너무 약소해요. 당신이 다른 일들을 많이 한다면 기뻤을 거예요. 그것이 내 야심이었죠.」

「그래요, 당신은 그런 얘기를 여러 차례 했소. 불가능한 것들이었지.」

「불가능한 것이었다고요.」 마담 멀이 말했다. 그러고는 다른 어조로 덧붙였다. 「당신의 작은 그림은 그 자체로는 아주 좋아요.」 그녀는 방을 둘러보았다. 오래된 캐비닛, 그림들, 태피스트리, 빛바랜 실크를 씌운 가구들. 「적어도 당신의 방은 완벽해요. 여기 올 때마다 매번 그런 인상을 받아요. 어디에서도 이보다 더 나은 방은 본 적이 없어요. 그 어디의 누구보다도 당신은 이런 종류의 것들을 잘 알고 있어요. 감탄스러운 취향을 갖고 있죠.」

「내 감탄스러운 취향에 넌더리가 나는데.」 길버트 오즈먼드가 말했다.

「그렇더라도 아처 양을 여기 와서 보게 해야 해요. 그녀에게 벌써 이야기했어요.」

「내 물건들을 보여 주는 것에는 반대하지 않겠소. 백치 같은 사람만 아니라면.」

「당신은 그 일을 멋지게 하죠. 당신의 미술관을 보여 줄 때 당신은 특히 돋보이니까.」

오즈먼드 씨는 이 찬사에 대한 보답으로 그저 더 냉정하고 주의 깊은 눈길을 보냈다. 「그녀가 부자라고 했소?」

「7만 파운드를 갖고 있어요.」

「현금으로 *En écus bien comptés*?」

「그녀의 재산에 대해서는 의심할 여지가 전혀 없어요. 내 눈으로 직접 봤다고 말할 수 있을 정도니까.」

「아주 만족스러운 여자로군! — 당신보고 하는 말이오. 내가 그녀를 만나러 가면 그 어머니도 만나야 하는 거요?」

「어머니라고요? 그녀에게는 어머니가 없어요. 아버지도 계시지 않죠.」

「그렇다면 그 이모 — 누구라고 했지? — 터치트 부인.」

「그녀는 방해가 되지 않도록 쉽게 처리할 수 있어요.」

「그 부인에 대해서는 반감이 없소.」 오즈먼드가 말했다. 「오히려 나는 터치트 부인을 좋아하는 편이지. 그녀에게는 점점 사라져 가는 고풍스러운 특징이 있어요. 강렬한 개성이랄까. 그런데 그 키가 껑충하고 건방진 아들놈, 그 녀석도 거기 있소?」

「있어요. 하지만 당신을 성가시게 하지는 않을 거예요.」

「바보 같은 녀석이지.」

「당신이 잘못 알고 있어요. 그는 아주 영리한 사람이에요. 그렇지만 내가 그곳에 있을 때는 주위에서 얼쩡거리고 싶어 하지 않아요. 나를 싫어하니까요.」

「그보다 더 우둔한 짓이 어디 있겠소? 그 아가씨가 예쁘다고 했소?」 오즈먼드가 말을 이었다.

「그래요. 하지만 당신이 실망하지 않도록, 두 번 다시 말하지 않겠어요. 일단 와서 시작해 보세요. 내가 당신에게 부탁하는 건 그게 다예요.」

「무엇을 시작하란 말이요?」

마담 멀은 잠시 가만히 있었다. 「물론 당신이 그녀와 결혼하기를 바라요.」

「그런 목적을 이루기 위해 시작하라고? 글쎄, 내가 알아서 하겠소. 그녀에게 그렇게 이야기했소?」

「나를 뭘로 보는 거예요? 그녀는 기계 부품처럼 거칠고 조악한 사람이 아니에요. 나도 그렇고요.」

「정말로.」 오즈먼드가 잠시 생각에 잠겼다가 말했다. 「당신의 야심이 이해되지 않는군.」

「아처 양을 만나 보면 이해할 거예요. 당신의 판단을 보류해 두세요.」 이렇게 말하면서 마담 멀은 정원 쪽으로 열린 문에 다가가서 잠시 밖을 내다보았다. 「팬지가 정말로 예뻐졌어요.」 곧 그녀가 덧붙였다.

「내가 봐도 그렇소.」

「하지만 그 애는 수녀원 교육을 충분히 받았어요.」

「글쎄.」 오즈먼드가 말했다. 「수녀원에서 저 아이를 교육한 방식이 마음에 들어요. 아주 매력적이오.」

「그건 수녀원에서 한 일이 아니에요. 저 애의 천성이죠.」

「두 가지가 결합된 것이겠지. 팬지는 진주처럼 순수해요.」

「그런데 애가 왜 꽃을 가지고 돌아오지 않는 거죠?」 마담 멀이 물었다. 「서두르지 않는군요.」

「꽃을 받으러 나갑시다.」

「저 애는 나를 좋아하지 않아요.」 마담 멀은 양산을 펴면서 중얼거렸고, 두 사람은 정원으로 들어갔다.

제23장

마담 멀은 팔라초 크레센티니에 와서 한 달간 지내라는 터치트 부인의 초대를 받고는 부인이 피렌체에 도착했을 때 그곳으로 왔다. 이 영리한 마담 멀은 이사벨에게 다시 길버트 오즈먼드에 대한 얘기를 꺼냈고 그를 만나게 되기 바란다고 말했다. 하지만 우리가 이미 본 것처럼 오즈먼드 씨에게 그녀를 만나 보기를 권하면서 그랬듯이 그 일에 대해서 그렇게 강조하지는 않았다. 그 이유는 아마도 이사벨이 마담 멀의 제안에 조금도 반대하지 않았기 때문일 것이다. 마담 멀은 영국에서와 마찬가지로 이탈리아에도 친구가 많았고 그 나라의 토박이들과 그곳을 방문한 다양한 외국인들을 사귀었다. 그녀는 우리 아가씨 이사벨에게 〈만나 볼〉 만한 사람들을 대부분 언급했고, 물론 이사벨이 원하는 사람이라면 이 넓은 세상의 누구라도 만날 수 있으리라고 말했으며, 만나 보아야 할 사람들의 목록에서 오즈먼드 씨를 제일 위에 올려놓았다. 그는 거의 12년간 알아 온 오랜 친구로서 유럽 전역에서 가장 영리하고 가장 기분 좋은 사람들 중 하나라는 것이었다. 그는 전체적으로 보아 점잖은 보통 사람들을 뛰어

넘는 사람이었지만, 그것은 전혀 다른 문제였다. 매력을 발휘하는 데 능숙한 사람이 아니라서, 그런 사람과는 거리가 멀었다. 그가 주는 인상은 그의 신경과 기분 상태에 따라서 상당히 달라졌다. 기분이 좋지 않을 때에는 누구보다도 우울한 상태에 빠져서 마치 유배를 당해 의기소침한 왕자처럼 오로지 그런 시간들을 직시함으로써 버텨 냈다. 그러나 관심이나 흥미를 느낀다든지 적절한 도전을 받을 때는 — 지나치지도 모자라지도 않은 도전이어야 했다 — 그의 영리함과 탁월함이 두각을 드러냈다. 다른 많은 사람들에게 있어서 그렇듯이 그에게도 이런 자질들은 그가 자신의 입장을 밝히지 않거나 스스로를 내보이지 않을 때는 분명히 드러나지 않았다. 그에게는 외고집이 있어서 — 진정 알아 둘 만한 가치가 있는 남자들은 모두 다 그렇다는 것을 이사벨은 알게 될 것이다 — 자신의 빛을 모든 사람에게 골고루 비춰 주지는 않았다. 하지만 그가 이사벨에게는 찬란한 빛을 비춰 주리라고 마담 멀은 장담할 수 있었다. 그는 쉽게, 너무 쉽사리 권태를 느꼈고, 아둔한 사람들을 보면 늘 짜증을 느끼곤 했다. 하지만 이사벨처럼 영리하고 교양 있는 아가씨라면 그의 생활에 너무나 결핍되어 있는 신선한 자극을 줄 수 있을 것이다. 어떻든 간에 그는 빼놓지 말고 만나 보아야 할 사람이었다. 이탈리아에서 체류할 생각이 있다면 길버트 오즈먼드와 같은 사람을 사귀지 않아서는 안 된다. 두세 명의 독일인 교수들을 제외하면 그는 누구보다도 이탈리아에 대해서 많이 알고 있다. 그 교수들이 그보다 더 풍부한 지식을 갖고 있을지 모르지만, 그는 누구보다도 뛰어난 감식안과 취향을 갖고 있고 철두철미하게 예술적인 사람이었다. 이사벨은 예전에 가든코트에서 마담 멀과 한참 이야기에 열중했을 때 그 부인이 그 남자에 대해서 들려준 이야기를 떠올렸고, 이 탁월한 두 사람의 마음을 엮어 주는 끈이 과연 어떤 것일지 약간 호기심을 느꼈다. 마담 멀이 다른 사람들과 맺은 유대는 어떻게 해서인지 긴 역사를 거쳐 형성된 것이라고 이사벨은 느꼈고, 이 놀라운 여자가 일으킨 흥미진진한 관심에 그런 인상이 포함되어 있었다. 하지만 마담 멀은 오즈먼드 씨와의 관계에 대해서 오랫동안 유지해 온 차분한 우정이라고만 암시했다. 이사벨은 그토록 오랫동안 깊은 신뢰를 받아 온 사람을 만나면 기쁘겠다고 말했다. 「당신은 남자들을 아주 많이 만나 보아야 해요.」 마담 멀이 말했다. 「가급적 많이 만나야 해요. 남자들에게 익숙해질 수 있도록.」

「익숙해진다고요?」 이사벨은 엄숙한 눈길로 바라보며 되풀이했다. 그 엄숙한 시선은 때로 그녀에게 유머 감각이 부족하다는 것을 드러내는 것 같았다. 「아, 나는 남자들이 두렵지 않아요. 요리사가 푸줏간의 심부름꾼을 잘 알듯이 나는 남자들에게 익숙하거든요.」

「그들을 경멸하기 위해서 익숙해진다는 뜻이었어요. 대개의 남자들에 대해서 결국은 경멸하게 되거든요. 당신이 경멸하지 않을 극소수의 남자들을 골라서 사귀도록 해요.」

이 말에는 마담 멀이 좀처럼 입에 올리지 않던 냉소적 어조가 담겨 있었다. 그렇지만 이사벨은 놀라지 않았다. 세상을 많이 볼수록 존경심이 아주 활발하게 일어나리라고는 생각하지 않았던 것이다. 하지만 그랬어도 피렌체라는 아름다운 도시를 보았을 때 그녀의 마음에는 존중심이 솟아올랐다. 그 도시는 마담 멀이 기대하게 해준 것 못지않은 즐거움을 느끼게 해줬다. 그 도시의 매력을 평가하는 데 그녀의 감식안만으로 충분하지 않았다면, 그 신비로운 매력으로 이끌어 줄 영리한 벗들이 옆에 있었다. 실로 그녀는 미학적 해설을 차고 넘치도록 들을 수 있었는데, 랠프가 열정적이고 젊은 사촌 여동생에게 그 도시를 안내해 주면서 예전에 느꼈던 열정이 되살아나는 기쁨을 느꼈기 때문이었다. 마담 멀은 외출하지 않고 집 안에 머물렀다. 그녀는 피렌체가 간직한 보물을 이미 여러 차례 보았고, 해야 할 다른 일거리가 언제나 있었다. 그러나 그녀는 놀랍도록 생생한 기억을 되살려 온갖 보물에 대해서 이야기했고, 페루지노[14]의 큰 그림 오른쪽 구석에 무엇이 그려져 있는지, 또는 그 옆에 있는 그림에서 성녀 엘리자베스의 손이 어떤 위치에 놓여 있는지 같은 것들을 잘 기억하고 있었다. 그녀는 유명한 예술 작품의 특징에 관해 자기 나름의 의견을 갖고 있었고, 이따금 랠프와 무척 예리한 의견 차이를 드러내면서 유쾌하고 교묘하게 자신의 해석을 옹호했다. 이사벨은 그들 사이의 논의에 귀를 기울이면서, 자신이 그 두 사람에게서 많은 도움을 얻을 것이고 그들이야말로 가령 올버니에서는 도저히 누릴 수 없었을 혜택을 주는 사람들이라고 느꼈다. 청명한 5월의 오전에 이사벨은 정식 조찬 — 터치트 부인의 집에서 이 식사는 12시에 제공되었다 — 이 시작되기 전에 사촌과 함께 피렌체의 좁고 칙칙한 거리들을 돌아다녔고 유서 깊은 교회의 어둑한 구석이나 사람이 거주하지 않는 수도원의 아치형 천장이 있는 방에서 잠시 쉬곤 했다. 그녀는 화랑들과 궁전들에도 들러서 지

---

14 Perugino(?1450~1523). 르네상스 초기의 이탈리아 화가.

금까지 유명한 제목만 알고 있던 그림과 조각품을 직접 보았다. 그리하여 대체로 막연하고 알맹이가 없던 예상 대신에 간혹 제한적이기는 해도 구체적인 지식을 얻을 수 있었다. 그녀는 열성적인 젊은이들이 이탈리아를 처음 방문할 때 거리낌 없이 마음껏 드러내는 정신적 압도감을 유감없이 드러냈다. 불멸의 천재적 작품 앞에 섰을 때 심장이 고동치는 것을 느꼈고, 빛바랜 프레스코 벽화와 거뭇거뭇한 대리석 조각은 감미롭게 솟아 흐르는 눈물 때문에 흐릿하게 보였다. 그러나 매일매일 집으로 돌아오는 길은 밖으로 나갈 때보다 더 쾌적했다. 터치트 부인이 여러 해 전에 정착한 대저택의 널찍하고 큰 안뜰로 들어가서 천장이 높고 시원한 방에 들어서면 조각이 새겨진 서까래와 16세기의 장대한 프레스코 벽화들이 광고 시대에 익숙한 상품들을 내려다보고 있었다. 터치트 부인은 중세의 교파 분쟁을 연상시키는 이름이 붙은 좁다란 거리의 유서 깊은 저택에 살고 있었다. 집의 정면이 어둡기는 했지만 임대료가 적절하고 정원이 밝고 화사하기 때문에 충분한 보상이 되었다. 정원에서는 자연 그 자체도 마치 투박한 저택 건물처럼 고풍스럽게 보였고 늘 맑은 공기와 향기를 방들에 선사했다. 이사벨은 이런 곳에서 살아가는 것은 과거의 조개껍데기를 온종일 귀에 대고 있는 것 같다고 느꼈다. 여기서 어렴풋이 들려오는 영원한 이야기에 그녀의 상상력은 늘 깨어 있었다.

길버트 오즈먼드는 마담 멀을 만나러 왔다. 그 부인은 다른 쪽 구석의 보이지 않는 자리에 앉아 있던 아가씨에게 그를 소개했다. 이사벨은 대화에 거의 끼지 않았고, 두 사람이 그녀를 대화에 끌어들이려는 듯이 바라보아도 미소조차 짓지 않았다. 그녀는 마치 연극을 관람하는 듯이, 그리고 그 자리에 앉아 있기 위해 많은 돈을 지불한 듯이 가만히 지켜보고 있었다. 터치트 부인은 그 자리에 함께 있지 않았고, 두 사람은 빛나는 효과를 내기 위해 자기들 나름의 방식대로 밀고 나갔다. 그들은 피렌체와 로마, 세계 도처에 관한 이야기를 나누었는데, 어떤 자선단체를 위한 공연에서 연기하는 것이었더라면 대단히 효과적이었을 것이다. 그들의 대화는 예행연습을 충분히 거친 듯이 풍부하고 신속하게 진행되었다. 마담 멀은 마치 무대에서 연기하듯이 그녀에게 호소했지만, 이사벨은 익히 알고 있던 부인의 암시를 무시했고 그러면서도 그 장면을 망쳐 놓지 않을 수 있었다. 하지만 이사벨의 이러한 행동 때문에, 그녀를 믿을 수 있다고 오즈먼드 씨에게 말했던 친구는 물론 몹시 난처한 처지였다. 이런 일이 한 번만 일어났을 때는 큰 문제가 아니었다. 하지만 그런 일에 여러 번 말려들었더라도 이사벨은 자기를 내보이려고 시도할 수 없었을 것이다. 그 손님의 무엇인가가 그녀를 억눌렀고 긴장하게 만들었던 것이다. 그리고 그녀 자신이 인상을 주기보다는 그 사람에 대한 인상을 받는 것이 더 중요하다고 생각하도록 만들었다. 게다가 이사벨은 상대가 자기에게 어떤 인상을 기대한다는 것을 알고 있으면서 그런 인상을 만들어낼 재주는 거의 없었다. 눈부시게 보일 수만 있다면 그 무엇보다도 기쁜 일일 것이다. 그러나 그녀는 의도적으로 눈부시게 보이려는 것을 내켜 하지 않는 외고집이 있었다. 오즈먼드 씨를 공정하게 평가하자면, 그는 아무것도 기대하지 않는 듯이 점잖은 태도를 취하고 있었다. 그는 처음 재치를 드러낸 때를 포함해서 어떤 말을 할 때든 조용하고 편안한 태도를 보였다. 그의 얼굴과 머리가 섬세하게 생겼기 때문에 이런 태도는 더욱 보기 좋았다. 그는 잘생긴 사람은 아니었지만 섬세했고, 우피치의 다리 위에 있는 긴 화랑에 걸린 초상화들처럼 섬세했다. 그리고 그의 목소리도 섬세했다. 맑은 목소리인데도 어쩐지 감미롭지는 않았기 때문에 신기하게도 더욱 섬세했다. 실은 그의 목소리 때문에 이사벨은 그들의 대화에 끼어들지 않겠다고 마음먹게 되었다. 그의 말은 떨리는 유리 같았으므로 만일 그녀가 손가락 하나라도 내밀었다가는 곡조에 변화를 일으켜서 음악을 망쳐 버렸을 것이다. 하지만 그가 돌아가기 전에 어쩔 수 없이 그녀는 말을 해야 했다.

「마담 멀은 다음 주 어느 날에 언덕 꼭대기에 있는 제 집을 방문하셔서 정원에서 차를 같이 마시기로 하셨습니다. 당신이 함께 와주신다면 매우 기쁠 겁니다. 좀 아름다운 곳이라고들 합니다. 이른바 전망이 좋은 곳이 있지요. 제 딸도 무척 기뻐할 겁니다. 아니, 제 딸은 아직 너무 어려서 강렬한 감정을 느낄 수 없을 테니, 제가 진심으로 즐거울 겁니다. 대단히 기쁘겠지요 ―」 오즈먼드 씨는 문장을 끝내지 않은 채 약간 당황한 기색으로 중단했다. 「아처 양께서 제 딸을 만나 주실 수 있다면 매우 기쁠 겁니다.」 그는 조금 후에 말을 이었다.

이사벨은 오즈먼드 양을 만나면 기쁠 것이고 마담 멀이 언덕 꼭대기로 가는 길을 안내해 준다면 무척 고맙겠다고 대답했다. 이런 확답을 들은 후 그 방문객은 그 집을 나섰다. 그 이후 이사벨은 자기가 너무 무뚝뚝하게 굴어서 친구의 꾸지람을 들을 거라고 예상했다. 그러나 놀랍게도 그 숙녀는 실로 무엇이든 당연하게 여기는 사람이 아니었음에도 몇 분 후에 이렇게 말했다. 「당신은 아주 매력적이었어요. 다른 사람이 당신에게 기대했을 모습 그대로 행동했으니까요. 당신은 절대로 실망을 주지 않는군요.」

만일 꾸지람을 들었더라면 아마도 화가 났겠지만 그래도 이사벨은 호의적으로 받아들였을 것이다. 그러나 이상하게도, 마담 멀이 입에 올린 단어들 때문에 그녀는 처음으로 이 친구와의 관계에서 불쾌한 기분을 느끼게 되었다. 「그건 내가 의도했던 바가 아니었어요.」 그녀가 쌀쌀하게 대답했다. 「내가 아는 바로는 내가 오즈먼드 씨에게 매력적으로 보여야 할 의무가 없으니까요.」

마담 멀의 얼굴은 눈에 띌 정도로 붉어졌다. 하지만 우리가 알다시피 그녀는 자기 말을 취소하는 사람이 아니었다. 「사랑하는 아가씨, 나는 그 가엾은 남자를 위해서 말한 게 아니에요. 당신을 위해서 말한 거였지요. 물론 그 사람이 당신에 대해 호감을 갖게 되었는지 어떤지는 문제가 되지 않아요. 당신을 좋아하든지 그렇지 않든지 전혀 중요하지 않은 일이죠! 하지만 당신이 그에 대해 호감을 갖고 있다고 생각했어요.」

「그랬어요.」 이사벨이 솔직히 대답했다. 「그렇지만 그것이 왜 중요한 일인지 모르겠군요.」

「당신과 관련된 일은 모두 다 내게 중요해요.」 마담 멀은 지친 듯이 품위 있는 태도로 대답했다. 「특히 동시에 내 오랜 친구가 관련되어 있을 때는 말이죠.」

이사벨이 오즈먼드 씨에 대해서 어떤 의무감이 있든 간에, 그녀가 그 사람에 관해서 랠프에게 여러 가지를 물어보려는 마음이 든 것은 그 때문이었음이 분명하다. 그녀는 랠프의 판단이 그가 겪은 시련으로 말미암아 비틀려 있다고 생각했지만, 자신이 그 점을 참작할 수 있다고 자부했다.

「그 사람을 아느냐고?」 그녀의 사촌이 말했다. 「아, 그래, 그를 〈알고〉 있어. 잘 아는 건 아니지만 전반적으로 충분히 알고 있지. 그 사람과 사귄 적은 없었어. 분명 그도 나와 사귀는 것이 자기의 행복에 꼭 필요하다고 생각한 적이 없었을 거야. 그가 누구이고, 무엇을 하는 사람이냐고? 그는 정체불명의 모호한 미국인이야. 근 30년을 이탈리아에서 살아왔지. 왜 그를 정체불명이라고 하느냐고? 그저 내 무지를 감추기 위해서야. 그의 조상이나 가족, 태생을 알지 못하니까. 내가 아는 바가 없으니, 그는 정체를 감추고 있는 왕자일지도 모르지. 그런데 그렇게 생각하니 다소 그렇게 보이기도 하는군. 발작적으로 괴팍한 성미를 부려서 왕권을 포기하고 그 후로 혐오스러운 상태에서 살아온 왕자 말이야. 전에는 로마에 살았는데 최근에 여기에 정착했어. 로마가 천박해졌다고 그가 말하는 것을 들은 적이 있지. 그는 천박한 것을 몹시 두려워하지. 그것이 그의 특기라고 할 수 있어. 내가 알기로는 그에게 다른 특기가 없으니까. 그는 자기 수입으로 살고 있는데, 내가 알기로는 그 수입이 천박하게 많지는 않을 거야. 나는 가난하지만 정직한 신사다 — 그는 스스로에 대해 이렇게 말하더군. 젊은 시절에 결혼했고 아내를 잃었어. 아마 딸이 있을 거야. 또 누이도 있는데 이 근방 어딘가에 사는 그리 대단치 않은 백작인가와 결혼했어. 내 생각으로는 그 누이가 그 사람보다는 친절한 편인데 그래도 좀 불쾌한 사람이지. 그녀에 대해 좋지 않은 소문이 돌았던 적이 있지. 그녀를 만나 보라고 네게 권하고 싶지는 않아. 하지만 그 사람들에 대해서는 마담 멀에게 물어보지 그래? 그들에 대해서는 나보다 훨씬 잘 알고 있을 텐데.」

「그 부인의 의견뿐 아니라 오빠의 의견을 알고 싶어서 묻는 거예요.」이사벨이 말했다.

「내 의견 따위가 무슨 소용이 있겠어! 네가 오즈먼드 씨와 사랑에 빠진다면 내 의견에 신경이나 쓰겠어?」

「그리 많이 쓰지는 않겠죠. 하지만 얼마간은 확실히 중요해요. 자신이 처한 위험에 대해서 더 많이 알수록 더 나을 테니까요.」

「나는 그 말에 동의하지 않아. 그것이 오히려 위험할 수 있으니까. 요즘 우리는 사람들에 대해서 너무 많이 알고 있어. 우리의 귀나 입이나 마음이 온통 사람들에 대한 얘기로 가득차 있지. 누군가가 다른 사람에 대해서 말하는 것을 조금도 신경 쓰지 마. 모든 사람을, 모든 사물을 너 스스로 판단하라고.」

「나는 그렇게 하려고 애써요.」이사벨이 말했다. 「하지만 그렇게 하려고 하는 사람은 자만심이 강하다는 말을 듣지요.」

「그런 평가에도 신경 쓰지 말고. 내가 주장하려는 것은 바로 그거야. 사람들이 네 친구나 적에 대해 늘어놓는 말을 개의치 말고 마찬가지로 너에 대해서 말하는 것도 신경 쓰지 말라는 거지.」

이사벨은 잠시 생각했다. 「오빠의 말이 옳다고 생각해요. 하지만 신경 쓰지 않을 수 없는 것들도 있어요. 가령 내 친구가 공격을 받았다든지 아니면 내가 칭찬을 받을 때 같은 경우 말이죠.」

「물론 너는 비판하는 사람들을 언제나 자유롭게 판단할

수 있어. 하지만 사람들을 비판자라고 규정하게 되면 그들 모두를 매도하게 될 거야!」랠프가 덧붙였다.

「내 눈으로 직접 오즈먼드 씨를 보고 판단하겠어요.」이사벨이 말했다. 「그를 방문하기로 약속했어요.」

「그를 방문한다고?」

「그를 방문해서 그의 집의 전망과 그림들과 그의 딸을 보기로요. 정확히 무엇을 보게 될지는 모르겠어요. 마담 멀이 나를 데려가 줄 거예요. 그를 방문하는 숙녀들이 아주 많다고 하더군요.」

「아, 마담 멀과 간다면 어디든 믿고 갈 수 있겠지.」랠프가 말했다. 「그녀는 최고 부류의 사람들을 알고 있으니까.」

이사벨은 오즈먼드 씨에 대해서는 더 이상 말하지 않았지만 곧 마담 멀에 대한 사촌의 말투를 이해할 수 없다고 말했다. 「오빠의 말투는 그 부인에 대해서 뭔가 넌지시 암시하는 것처럼 들려요. 오빠의 의도가 무엇인지 모르지만, 오빠가 그녀를 싫어할 만한 이유가 있다면 그것을 솔직히 털어놓거나 아니면 그런 점에 대해서 조금도 내비치지 않아야 한다고 생각해요.」

하지만 랠프는 이런 비판에 대해서 평소보다 더 진지해 보이는 태도로 반박했다. 「내가 마담 멀에 대해서 이야기하는 방식은 그녀에게 직접 말할 때와 똑같아. 좀 과장되어 있기는 하지만 존중심을 갖고 말하지.」

「맞아요. 과장되어 있어요. 내가 불만스럽게 느끼는 것은 바로 그 점이에요.」

「내가 그렇게 하는 것은 마담 멀의 미덕이 과장되어 있기 때문이야.」

「누가 과장한다는 거죠? 내가요? 내가 과장하고 있다면 그녀를 제대로 대우하지 못하는 것이군요.」

「아니, 그게 아니라, 그녀 스스로 과장하고 있어.」

「아, 말도 안 돼요!」 이사벨은 진지하게 소리쳤다. 「그녀는 그 누구보다도 자기 권리를 주장하지 않는 —!」

「바로 그거야.」 랠프가 말을 가로막았다. 「그녀의 겸손함이 과장되고 있는 거야. 그녀는 권리를 주장하지 않을 이유가 없거든. 자기 권리를 당당히 주장할 이유를 완벽하게 갖춘 사람이니까.」

「그렇다면 그녀는 크나큰 미덕을 갖고 있군요. 오빠의 말은 앞뒤가 맞지 않아요.」

「그녀의 미덕은 대단한 것이지.」 랠프가 말했다. 「꼬투리를 잡을 결함이 하나도 없고, 아직까지 어느 누구도 발을 들여놓은 적이 없는 미덕을 갖추고 있고, 내가 아는 사람 중에 기회를 주지 않는 유일한 여자니까.」

「기회라니요?」

「글쎄, 그녀를 바보라고 부를 기회라고나 할까! 오로지 그 사소한 결함만 갖고 있는 사람으로서 유일한 여자지.」

이사벨은 참을 수 없다는 듯이 고개를 돌렸다. 「오빠의 말은 도무지 이해하지 못하겠어요. 너무나 모순적이라서 내 평범한 머리로는 도무지 알아들을 수 없어요.」

「그럼 이렇게 설명해 보지. 그녀가 과장한다고 말했을 때 그 말은 저속한 의미에서 쓴 것이 아니야. 가령 그녀가 자랑을 한다든가, 허풍을 떤다든가, 자신을 지나치게 훌륭한 사람으로 묘사한다든가 하는 의미는 아니지. 그건 말 그대로 그녀가 완벽함을 너무 멀리까지 밀고 나가려고 하고 있고,

그래서 그녀의 미덕 그 자체가 너무 팽팽히 당겨져 있다는 뜻이야. 그녀는 너무 선량하고, 너무 친절하고, 너무 영리하고, 너무 학식이 풍부하고, 너무 교양이 풍부하고, 너무나 모든 것을 갖추고 있어. 한마디로 말해서 너무나 완벽한 여자지. 솔직히 말하자면 내 신경에 거슬리는 사람이야. 내가 그녀에 대해서 느끼는 감정은 대단히 인간적인 아테네인들이 정의로운 자 아리스티데스[15]에 대해서 느꼈던 감정과 매우 흡사해.」

이사벨은 그의 얼굴을 뚫어지게 바라보았다. 그러나 그의 말에 조롱하는 기미가 숨어 있더라도 지금 그의 얼굴에는 그 기미가 드러나지 않았다. 「오빠는 마담 멀이 추방되기를 바라세요?」

「천만에. 그녀는 어울려 지내기에 너무 좋은 사람이거든. 나는 마담 멀을 보면 무척 즐거워.」 랠프 터치트가 꾸밈없이 대답했다.

「오빠는 정말이지 밉살스러워요!」 이사벨이 소리쳤다. 그러고 나서는 그 훌륭한 친구에 관한 어떤 수치스러운 일을 알고 있는지 물었다.

「전혀 아는 바가 없어. 내가 말하고자 했던 것이 바로 그점이라는 걸 모르겠어? 그녀를 제외하면 어떤 사람에게서든 조그만 성격적 결함을 찾을 수 있을 거야. 언젠가 내가 30분만 투자하면 틀림없이 너에게서도 결점을 찾을 수 있을 테지. 물론 나 자신으로 말하자면 그런 결점들이 표범처럼 점

---

15 Aristides(B. C. 530~B. C. 468). 아테네의 정치가이자 장군. 〈정의로운 자〉라는 별명이 끊임없이 언급되는 데 염증이 난 아테네인들이 도편 추방제로 그를 추방했다.

점이 박혀 있지. 하지만 마담 멀에게서는 아무것도, 단 하나도, 전혀 찾을 수 없다는 거지!」

「나도 그렇게 생각해요!」이사벨은 갑자기 고개를 치켜들며 말했다.「그래서 내가 그녀를 무척 좋아하는 거예요.」

「그녀는 네가 알아 둘 만한 탁월한 사람이지. 너는 세상을 보고 싶어 하니까 그녀보다 더 나은 안내자는 구할 수 없을 거야.」

「그 말은 그녀가 세속적이라는 뜻 같은데요?」

「세속적이라고? 아니.」랠프가 말했다.「그녀는 거대하고 둥근 세상 그 자체야!」

마담 멀을 보면 즐겁다는 그의 말은 이사벨이 그 순간에 속으로 믿었듯이 그의 악감정을 교묘하게 감추고 있는 말은 분명 아니었다. 랠프 터치트는 기분 전환을 할 수 있을 때는 언제나 그렇게 했다. 그리고 자신이 그런 사교술의 여왕에게 조금도 매혹을 느끼지 않았다면 스스로를 용서할 수 없었을 것이다. 그의 내면에는 공감뿐 아니라 반감이 깊이 숨어 있었다. 그러므로 그는 그녀를 공정하게 대했지만 그럼에도 불구하고 그녀가 모친의 집을 떠난다고 자신의 일상이 메말라 버릴 거라고는 느끼지 않았을 것이다. 그러나 랠프 터치트는 다소 이해할 수 없지만 마담 멀의 연기에 관심을 기울이게 되었고, 그녀의 전반적인 연기처럼 〈지속적으로〉 관심을 기울일 만한 대상도 없다고 생각했다. 그는 그녀 자신도 능가할 수 없었을 시의 적절한 태도로 그녀를 한 모금씩 음미했고, 가만히 묵혀 두었다. 그녀에 대해 안쓰러운 마음을 느낀 순간도 있었다. 그런데 그런 순간들은 무척 묘하게도 그가 친절한 마음을 거의 드러내지 않은 순간들이었다. 그는 그녀가 야심을 품고 갈망해 왔으며, 그녀가 성취한 가시적인 결실은 그녀의 내밀한 기준에 훨씬 미치지 못하는 것이었으리라고 확신했다. 그녀는 자신을 완벽하게 훈련했지만 보상을 전혀 받지 못했던 것이다. 그래 봐야 늘 평범한 마담 멀에 지나지 않았고, 스위스 상인의 미망인으로서 수입은 적고 아는 사람은 많았다. 그녀는 다른 사람들의 집에서 머무는 때가 많았고, 실없는 소리를 매끄럽게 늘어놓는 신간 서적처럼 거의 어디에서나 〈호감〉을 받았다. 이런 지위란, 그가 생각하기로는 여러 순간에 그녀에게 희망을 불러일으켰을 대여섯 가지의 지위와는 전적으로 대조되는 것이었기에 비극적인 요소가 내재되어 있었다. 그의 모친은 아들이 그들의 집을 방문한 온화한 손님과 잘 지낸다고 생각했다. 터치트 부인은 이 두 사람이 행위에 대한, 다시 말해서 그들 자신의 행위에 대한 지나치게 독창적인 이론에 큰 관심을 갖고 있으므로 공통점이 많이 있으리라고 생각했다. 랠프는 자신이 이사벨을 자기 쪽으로 끌어들이려 할 경우에 저항이 없을 리 없으리라고 오래전에 생각했으므로 그 사촌 동생이 그 탁월한 친구와 친하게 지내는 것에 대해서 당연히 심사숙고해 보았다. 그는 그보다 더 고약한 일에도 그랬듯이 최대한 좋게 생각하기로 마음먹었다. 그 관계가 자연스럽게 정리될 거라고 믿었다. 영원히 지속되지는 않을 것이다. 이 탁월한 두 여성은 이사벨이 생각하고 있듯이 서로 상대방을 잘 알고 있는 것은 아니었다. 그러므로 각자가 한두 가지 중요한 사실을 알게 되면 그 관계가 깨지지는 않더라도 적어도 느슨해질 것이다. 그때까지는 그 연상의 숙녀와 대화를 나누는 것이 젊은 아가씨에게 이로울 거라고 그는 기꺼이 믿고자 했다. 이사벨은 많은 것을 배워야 하고, 다른 지도자보다 마담 멀에게서 더 잘 배울 수 있으리라는 데는 의심의 여지가 없었다. 이사벨이 상처를 입을 가능성은 없었다.

제24장

　머잖아 이사벨이 오즈먼드 씨가 살고 있는 언덕 꼭대기의 집을 방문했을 때 그 방문으로 그녀가 어떤 해를 입게 될 것인지를 짐작하기란 분명 쉽지 않았을 것이다. 그 집을 찾아갔을 때보다 더 매혹적인 계절은 찾아보기 어려웠을 것이다. 토스카나 지방의 봄이 한창 무르익은 어느 따스한 오후였다. 두 친구는 마차를 타고 로마 성문을 나왔고, 그 성문을 꾸밈없이 인상적으로 만들어 준 섬세하고 선명한 성문 아치 꼭대기의 거대하고 장식 없는 상부 구조물 밑을 지났다. 그런 다음에는 과수원의 나무들이 흐드러지게 꽃이 핀 가지를 늘어뜨리고 향기를 내뿜고 있는, 높은 담장으로 둘린 구불구불한 오솔길을 지나서 비뚤어진 모양의 조그만 도회풍 광장에 이르렀다. 그 광장의 중요한 건물은 오즈먼드 씨가 일부를 차지하고 있는 빌라였는데 긴 갈색 벽으로 둘러싸인 그 건물은 매우 인상적이었다. 이사벨은 친구와 함께 높은 건물로 둘러싸인 넓은 안뜰에 들어섰다. 뜰의 바닥에는 선명한 그림자가 드리워져 있었고, 위쪽으로 우아한 아치를 인 주랑 둘이 마주 서 있어 그 주랑의 늘씬한 기둥들과 그 기둥들을 타고 올라 만개한 꽃들 위로 햇볕이 내리쬐고 있었다. 그 안 뜰에는 뭔가 근엄하고 강력한 분위기가 감돌고 있었다. 어째 서인지 모르지만 일단 그곳에 들어온 다음에는 힘껏 애를 써 야 밖으로 나갈 수 있을 것 같았다. 하지만 물론 이사벨은 아 직 밖으로 나갈 생각이 없었고 오직 앞으로 나아가려는 마음 뿐이었다. 오즈먼드 씨는 차가운 대기실 — 5월이었는데도 그곳은 냉랭했다 — 에서 그녀를 맞았고 우리가 이미 보았 던 방으로 그녀를 그 인도자와 함께 안내했다. 마담 멀이 앞 장을 섰다. 이사벨이 그와 이야기를 나누면서 약간 지체하는 동안 마담 멀은 익숙하게 살롱으로 발을 내딛고 들어가서 거 기 있던 두 사람과 인사를 나누었다. 그 한 사람인 팬지에게 그녀는 키스했다. 그 다른 사람은 자기의 누이동생인 제미니 백작 부인이라고 오즈먼드 씨가 이사벨에게 소개했다. 「그리 고 저쪽이 제 어린 딸입니다. 수녀원에서 돌아온 지 얼마 되 지 않았어요.」 그가 말했다.

팬지는 좀 작은 흰색 드레스를 입고 있었는데 금발을 단정 하게 말아 올려 헤어네트에 넣은 차림이었다. 그녀의 작은 신발엔 샌들처럼 끈이 달려 발목에 묶여 있었다. 아이는 이 사벨에게 전통적인 방식으로 무릎을 굽혀 절하고는 가까이 다가와서 키스를 받았다. 제미니 백작 부인은 일어서지 않고 그저 고개를 끄덕였다. 그녀가 상류층의 유행을 따르는 사 람이라는 것을 이사벨은 대번에 알 수 있었다. 그녀는 마른 데다 피부가 거무스름했고 전혀 예쁘지 않은 얼굴이었다. 그 녀의 이목구비는 열대지방의 새를 연상시켰는데, 부리처럼 생긴 긴 코와 재빨리 움직이는 작은 눈, 그리고 움푹 들어간 입과 턱이 특징적이었다. 하지만 그녀의 표정은 강조와 경탄, 공포와 기쁨을 강렬하고 다채롭게 잘 드러낼 수 있었기에 인간적인 냄새를 풍겼다. 그녀는 자신의 외모에 대해서 잘 알고 있으며 자신의 장점을 최대한으로 살리고 있음이 분명했다. 넉넉하면서도 섬세하고 우아함이 넘치는 그녀의 옷은 은은히 반짝이는 새의 깃털처럼 보였고, 그녀의 자세도 나뭇가지에 앉아 있는 새처럼 가볍고 날렵했다. 그녀는 매너를 무척 중시했다. 그렇게 매너를 중시하는 사람을 본 적이 없었던 이사벨은 즉시 그녀를 무척 가식적인 여자로 분류했다. 랠프가 그녀를 알아 둘 만한 사람으로 추천하지 않았던 것을 기억했다. 하지만 얼핏 보기에 제미니 백작 부인이 타락한 면모를 드러내는 것은 아니라고 기꺼이 인정했다. 겉으로 드러나는 그녀의 동작은 마치 전면 휴전을 선언하는 백기를 격렬하게 흔들어 대는 듯이 흰 실크 천에 매달린 장식 리본들이 펄럭였다.

「나는 당신이 여기를 방문한다는 사실을 알았기 때문에 찾아왔어요. 그러니 내가 당신을 만나게 되어 얼마나 기쁜지 믿을 수 있겠지요. 나는 대개 오라버니를 만나러 여기 오지 않거든요. 오라버니가 나를 만나러 내 집으로 오게 하지요. 여기 언덕 꼭대기는 참아 줄 수 없는 곳이에요. 이런 곳에서 살다니 오라버니가 무엇에 홀렸는지 모르겠어요. 정말이지 오즈먼드, 오라버니 때문에 언젠가는 내 말들이 결딴이 날 거예요. 말들이 다치는 날에는 오라버니가 내게 새 말들을 장만해 줘야 해요. 오늘은 말들이 헐떡거리는 소리를 들었다니까요. 진짜로 그랬어요. 마차에 앉아서 말들이 헐떡이는 소리를 듣고 있으려면 무척 불쾌하죠. 말들의 상태가 좋지 않다는 느낌을 주니까. 하지만 나는 언제나 훌륭한 말들을 부려 왔어요. 다른 것에서는 부족한 점이 있더라도 말에 한해서는 늘 최고를 고집해 왔죠. 내 남편은 아는 것이 별로 많지 않은 사람이지만 말에 대해서는 잘 알아요. 대체로 이탈리아인들은 그렇지 않은데 내 남편은 그 형편없는 판단력으로 영국제를 열광적으로 좋아하거든요. 내 말도 영국산이고 — 그러니 말들이 다치면 더 유감스러운 일이죠. 정말이지,」 그녀는 이사벨에게 직접 말을 이어 갔다. 「오즈먼드가 나를 오라고 하는 경우는 흔치 않아요. 나와 같이 있는 것을 좋아하지 않거든요. 오늘 내가 여기 오기로 한 것은 순전히 내 생각이었어요. 나는 새로운 사람들을 만나기 좋아하니까요. 그리고 당신은 정말이지 새로운 사람이니까요. 그런데 거기 앉지 마세요. 그 의자는 보기와 다르거든요. 여기에 썩 좋은 의자들도 몇 개 있지만 끔찍한 의자들도 있어요.」

백작 부인은 조금씩 경련을 일으키며 쪼아 대듯이 급하게 날카로운 목소리로 이렇게 말했다. 역경에 처한 착한 영국인, 아니 착한 미국인이 분별없이 과거를 회상하는 듯한 어조였다.

「내가 너와 함께 있는 것을 좋아하지 않는다고?」 그녀의 오라버니가 말했다. 「너를 무한히 소중한 동생으로 여기고 있는데.」

「어디에도 끔찍한 의자는 보이지 않는데요.」 이사벨이 주위를 돌아보며 대답했다. 「제게는 모두 다 아름답고 귀중한 물건으로 보여요.」

「괜찮은 물건들이 몇 가지 있습니다.」 오즈먼드 씨가 인정했다. 「사실 그리 나쁜 것은 없습니다. 하지만 제가 갖고 있는 것들이 제가 꼭 갖고 싶었던 것들은 아니지요.」

그는 미소를 짓고 주위를 둘러보면서 약간 어색한 태도로 서 있었다. 초연하면서도 뭔가에 몰두하고 있는 듯이 묘하게 뒤섞인 태도였다. 그는 오직 제격에 어울리는 〈가치〉만이 조금이라도 의미를 가질 수 있다고 암시하는 것 같았다. 이사벨은 그의 가족의 특징적인 면모가 더할 나위 없는 소박함은 아니라고 신속히 추리했다. 수녀원에서 돌아온 소녀는 단정한 흰 드레스를 입고 순종적인 작은 얼굴로 양손을 앞에 모은 채 마치 처음으로 영성체를 모시려는 듯이 서 있었지만, 오즈먼드 씨의 그 어린 딸조차 꾸미는 태가 전혀 없지는 않은 일종의 세련미를 드러내고 있었다.

「당신은 우피치와 피티 미술관에 소장된 골동품들을 몇 가지 갖고 싶었겠지요. 바로 그런 것들을 바랐을 거예요.」 마담 멀이 말했다.

「가엾은 오즈먼드, 낡은 커튼과 십자가상밖에 없으니!」 제미니 백작 부인이 소리쳤다. 그녀는 자기 오라버니를 성(姓)으로만 부르는 것 같았다. 하지만 그녀가 특별한 목적이 있어서 탄성을 지른 것 같지는 않았다. 이렇게 소리치면서 그녀는 미소를 띠고 이사벨을 바라보며 머리끝에서 발끝까지 훑어보았다.

그 오라버니는 여동생의 말을 듣지 않았고, 이사벨에게 무슨 말을 건넬 수 있을지를 생각하는 것 같았다. 「차를 드시지 않겠어요? 퍽 피곤하실 겁니다.」 마침내 그는 이런 말을 생각해 냈다.

「아뇨, 전혀 피곤하지 않아요. 제가 무슨 일을 했다고 피곤하겠어요?」 이사벨은 어떤 것도 숨기지 않고 단도직입적으로 말해야 할 필요를 느꼈다. 공기 중에 떠도는 무엇인가에, 그녀가 받은 전반적인 인상에 — 그것이 무엇인지 알 수 없었지만 — 자기를 주장하려는 마음을 모두 앗아가 버린 뭔가가 있었다. 이 장소, 이 시간, 여기 모여 있는 사람들은 표면에 드러나는 것 이상의 의미를 드러내고 있었다. 그녀는 그 의미를 이해하려고 노력할 것이고, 그저 우아하고 상투적인 말은 하지 않을 것이다. 가엾게도 이사벨은 많은 여자들이 관찰 중인 것을 숨기기 위해 우아하고 상투적인 말을 입에 올렸으리라는 사실을 틀림없이 모르고 있었다. 그녀의 자부심이 약간 경각심을 느꼈다는 것은 인정해야 한다. 흥미진진한 말로 묘사되었던 남자, 분명 스스로 두각을 드러낼 수 있는 남자가 아낌없이 호의를 베풀지 않는 젊은 아가씨인 자신을 그의 집에 오라고 초대했다. 이제 그녀가 그의 집에 왔으므로 대접을 해야 할 의무는 자연히 그의 쪽에 있었다. 오즈먼드 씨가 그 의무를 예상만큼 즐거운 마음으로 이행하지 못하는 것을 보았을 때 이사벨이 그것을 눈감아 준 것은 아니었고 그 순간 그 상대에 대해서 아량을 베푼 것은 아니었다고 우리는 판단할 수 있다. 〈쓸데없이 이런 일에 말려들다니 얼마나 바보 같은 짓이야 —!〉 그가 속으로 이렇게 외치리라고 그녀는 상상할 수 있었다.

「오라버니가 소장한 골동품들을 다 보여 주고 일일이 다 설명을 할 텐데, 그러면 집에 돌아갈 때 무척 피곤할 거예요.」 제미니 백작 부인이 말했다.

「그런 것은 걱정하지 않아요. 좀 지치더라도 적어도 뭔가 배울 수 있을 테니까요.」

「배울 것이 거의 없을 겁니다. 하지만 내 누이는 무엇이든 배우는 것을 몹시 두려워하지요.」 오즈먼드 씨가 말했다.

「아, 그건 맞는 말이에요. 더 배우고 싶은 것이 없으니까. 이미 너무 많이 알고 있거든요. 더 많이 배울수록 불행해지지요.」

「교육을 다 끝내지 못한 팬지 앞에서 지식을 과소평가하셔서는 곤란하겠죠.」 마담 멀이 미소를 지으며 끼어들었다.

「팬지는 해로운 것을 알지 못할 겁니다.」 아이의 아버지가 말했다. 「팬지는 수녀원의 작은 꽃이거든요.」

「아, 수녀원이라고!」 백작 부인은 옷깃의 물결무늬 주름을 펼치며 소리쳤다. 「수녀원에 대해서라면 내가 모르는 게 없어요. 거기서는 무엇이든지 배울 수 있죠. 나도 수녀원의 꽃이었거든요. 나 스스로 훌륭한 사람이라고 주장하지는 않았지만, 수녀님들은 그렇게 말했죠. 내 말뜻을 아시겠죠?」 그녀는 이사벨에게 물었다.

무슨 뜻인지를 이해할 수 없었던 이사벨은 자신이 다른 사람의 주장을 따라가는 데 매우 서툴다고 말했다. 그러자 백작 부인은 자기도 주장하는 것을 싫어하지만 오라버니는 논쟁을 벌이는 것을 좋아한다고 말했다. 그는 늘 논쟁을 벌이려 한다는 것이다. 「내가 볼 때는 어떤 것을 좋아하든지 싫어하든지 둘 중 하나예요. 물론 모든 것을 좋아할 수는 없죠. 그렇지만 그 이유를 논리적으로 따져 보려 해서는 안 돼요. 그러다가 어떤 결론에 이르게 될지 모르니까요. 아주 좋은 감정이라도 그 이유는 나쁠 수도 있어요. 그리고 아주 나쁜 감정이지만 좋은 이유가 있을 수 있고요. 내 말뜻을 이해하겠지요? 나는 이유에 대해서는 전혀 개의치 않아요. 하지만 내가 뭘 좋아하는지는 알고 있죠.」

「아, 그것은 중요한 일이지요.」 이사벨은 미소를 지으며 말했고, 이처럼 생각이 가벼운 사람과 사귀다 보면 지적인 평정을 얻지 못하겠다고 생각했다. 백작 부인은 논쟁을 거부했지만 이 순간 이사벨도 논쟁을 즐길 기분은 아니었다. 그래서 그녀는 팬지에게 손을 내밀면서 자신의 이런 몸짓은 다양한 견해를 일으킬 논쟁에 말려들 염려가 없을 거라고 편안하게 생각했다. 길버트 오즈먼드가 자기 누이의 말을 구제할 도리 없이 형편없다고 생각했음은 분명했다. 그는 화제를 바꾸었던 것이다. 오래지 않아 그는 수줍어하면서 이사벨의 손에 자기 손을 비비고 있던 딸의 다른 쪽에 와서 앉았다. 그러더니 딸을 의자에서 일으켜 자기 무릎 사이에 세우고는 자기에게 기대게 하고 그 가냘픈 몸을 팔로 감쌌다. 아이는 아무런 의도도 없지만 매력을 의식하는 듯이 보이는 고요하고 사심 없는 눈으로 이사벨을 뚫어지게 바라보았다. 오즈먼드 씨는 여러 가지에 대해서 이야기했다. 그는 마음이 내킬 때면 유쾌한 사람이 될 수 있다고 일찍이 마담 멀이 말했는데, 오늘 그는 그런 마음이 내킬 뿐 아니라 그렇게 하기로 작정한 것 같았다. 조금 떨어진 곳에 앉아 있던 마담 멀과 제미니 백작 부인은 서로를 잘 알고 있어서 편안하게 느낄 수 있는 사람들이 그렇듯이 조금도 애를 쓰지 않고 이야기를 나누고 있었다. 그러나 이따금 마담 멀이 어떤 말을 꺼냈을 때 백작 부인이 마치 던져진 막대기를 쫓아 뛰어가는 푸들 개처럼 그 명료한 말에 몰입되어 말하는 목소리가 이사벨에게 들려왔다. 마담 멀은 자신이 얼마나 멀리 나아갈지를 알고 있는 것 같았다. 오즈먼드 씨는 피렌체에 대해서, 이탈리아에 대해서, 그리고 이탈리아에서 사는 즐거움과 그 즐거움을 감소시키는 것들에 대해서 이야기했다. 만족스러운 점도 있지만 불만스러운 점도 있었다. 불만스러운 점은 한두 가지가 아니었다. 이 나라에 처음 온 사람들은 이 나라를 너무 낭만적으로 보려는 경향이 있다. 이곳은 인간으로서나 사회적으로 실패한 사람들 — 이 말로 그가 뜻하는 바는 이른바 자신들이 가지고 있는 감수성을 〈실현〉할 수 없는 사람들이었다 — 에게 적합한 곳으로서 그들에게 위안을 준다. 그들은 이곳에서 가난하게 살더라도 조롱을 받지 않으며 그 감수성을 지켜 나갈 수 있다. 아무런 이득도 되지 않는 조상 전래의 가보나, 불편하게도 한사 상속된 저택을 보유하며 간직하듯이 말이다. 그러므로 비길 데 없이 아름다운 이 나라에서 살다 보면 어떤 혜택을 누릴 수 있고, 다른 곳에서는 절대로 얻을 수 없는 인상들을 받을 수 있다. 그 인상들이 생활에 도움이 되는 일은 결코 없고, 매우 나쁜 인상들도 받게 된다. 그러나 때로 그 모든 것을 보상해 줄 훌륭한 인상을 받을 수도 있다. 그렇기는 하지만 이탈리아는 아주 많은 사람들을 망쳐 버렸다. 그래서 그는 자기가 이 나라에서 이토록 오래 살지 않았더라면 더 나은 인간이 되었을 거라고 때로 터무니없이 생각하기도 했다. 이 나라는 사람을 나태하게 만들고, 아마추어 예술 애호가로 만들고, 이류의 인간으로 만들어 놓는다. 인격을 쌓기 위한 규율을 제공하지도 않고, 달리 말하자면, 파리와 런던에 넘쳐나는 사교적으로나 다른 면에서 성공한 사람들의 〈뻔뻔스러움〉을 키워 주지도 않는다. 「우리는 기분 좋은 시골 사람에 불과합니다.」 오즈먼드 씨가 말했다. 「저 자신도 꼭 들어맞는 자물쇠가 없는 열쇠처럼 녹이 슬었다는 것을 잘 알고 있습니다. 당신과 이야기를 나누면 제 녹이 조금 벗겨지겠지요. 그렇다고 제가 보기에 매우 정교한 당신

지성의 자물쇠를 제가 돌릴 수 있으리라고 감히 주장하는 것은 아닙니다. 하지만 당신을 세 번도 만나기 전에 당신은 이곳을 떠나시겠지요. 그 후로는 당신을 결코 만나지 못할 테고요. 사람들이 여행차 방문하는 나라에서 살다 보면 매사가 그런 식입니다. 불쾌한 사람들이 들를 경우에도 물론 좋지 않겠지만 유쾌한 사람들이 올 경우에는 더 나쁩니다. 그들을 좋아하게 되자마자 그들은 다시 떠나 버리니까요! 헛된 희망에 속았던 적이 자주 있었기에 저는 애정을 느끼거나 매혹되지 않기로 했답니다. 당신은 여기 머무실 작정이라고요? 정착하실 거라고요? 그렇다면 정말로 안심이 되는군요. 아, 그래요, 당신의 이모님은 보증인 같은 분이시지요. 그분이라면 믿을 수 있다고 생각합니다. 네, 그분은 피렌체의 터줏대감이에요. 말 그대로 터줏대감입니다. 요즘의 아웃사이더들과는 다르지요. 이모님은 메디치 가문[16]과 동시대에 살았던 분이라고 할 수 있어요. 아마 사보나롤라[17]가 처형당한 곳에 계셨을 겁니다. 혹시 그 불길에 장작을 한아름 던지셨을지도 모르지요. 그분의 얼굴은 르네상스 초기의 그림들에 등장하는 어떤 얼굴들과 매우 흡사해요. 작고 냉담하고 확고한 얼굴로, 표정이 매우 풍부했겠지만 거의 언제나 똑같은 표정을 짓고 있지요. 실로 길란다이오[18]의 프레스코 벽화에서 그분의 초상화를 보여 드릴 수 있습니다. 제가 이모님에 대해서 이런 식으로 말씀드려도 불쾌하지 않으시겠지요? 그

---

16 르네상스에 지대한 역할을 한 14~16세기 피렌체의 명가.

17 Savonarola(1452~1498). 피렌체의 사치스러움을 비난한 도미니크회의 수도승으로, 1498년에 이단자로 화형에 처해졌다.

18 Ghirlandaio(1449~1494). 르네상스 초기의 이탈리아 화가. 미켈란젤로가 도제 생활을 하기도 했다.

렇지 않으실 거라고 생각합니다. 어쩌면 더 나쁘게 생각하실 지도 모르겠군요. 하지만 당신이나 당신 이모님에 대해서 존중심이 부족한 것은 아니라고 장담할 수 있습니다. 저는 터치트 부인에 대해서 특히 감탄하고 있거든요.」

그 집의 주인이 이처럼 약간 친밀하게 이사벨을 대접하려고 노력하는 동안에 그녀는 이따금 마담 멀을 바라보았다. 그녀와 눈이 마주친 마담 멀은 무심한 미소를 지었다. 지금 그 미소에는 우리의 여주인공이 매력적으로 돋보인다는 식의 부적절한 암시가 들어 있지 않았다. 이윽고 마담 멀은 제미니 백작 부인에게 정원으로 나가자고 제안했고, 백작 부인은 일어서서 깃털을 흔들고 옷자락 스치는 소리를 내면서 문간으로 걸어갔다. 「가엾은 아처 양!」 그녀는 동정심을 드러내는 얼굴로 두 사람을 돌아보며 탄성을 질렀다. 「한 가족 안으로 완전히 끌려들어 왔군요.」

「아처 양은 네가 속한 그 가족에 오로지 동정심만 느끼실 거야.」 오즈먼드 씨가 웃으면서 대답했다. 그 말에는 약간 조롱하는 여운이 풍겼지만 또한 더 섬세한 인내심도 깃들여 있었다.

「오라버니의 말이 무슨 뜻인지 모르겠군요! 아처 양은 나를 나쁘게 생각하지 않을 거예요. 오라버니가 나를 나쁘게 말하지 않는다면 말이죠. 오라버니가 말하듯이 내가 그렇게 나쁜 사람은 아니에요, 아처 양.」 백작 부인이 말을 이었다. 「나는 좀 바보 같고 좀 따분한 사람일 뿐이거든요. 오라버니가 그렇게만 말했나요? 아, 그렇다면 오라버니의 기분을 계속 맞춰 주세요. 오라버니가 늘 즐기는 화제를 꺼냈어요? 오라버니가 깊이 있게 다루는 주제가 두세 가지 있거든요. 그럴 경우에는 모자를 벗고 한참 얘기를 들을 준비를 하는 편이 좋을 거예요.」

「오즈먼드 씨가 어떤 화제를 좋아하시는지 저는 모르고 있어요.」 이사벨이 일어서면서 말했다.

백작 부인은 손가락들을 맞댄 손으로 이마를 누르면서 잠시 진지하게 명상하는 자세를 취했다. 「당장 알려 드리죠. 하나는 마키아벨리[19]고, 다른 하나는 비토리아 콜론나,[20] 그다음은 메타스타시오[21]예요.」

「아, 내게는 오즈먼드 씨가 그렇게 역사적인 주제를 화제에 올린 적이 없었어요.」 마담 멀은 제미니 백작 부인을 정원으로 끌고 가려는 듯이 팔짱을 끼면서 말했다.

「아, 당신에게는 그랬겠죠. 다른 사람 아닌 당신이 바로 마키아벨리고, 비토리아 콜론나니까요.」 함께 걸어가면서 백작 부인이 말했다.

「다음으로는 가엾은 마담 멀이 메타스타시오라는 말을 듣겠군.」 길버트 오즈먼드는 체념한 듯 한숨을 쉬었다.

이사벨은 자기들도 정원으로 나갈 거라고 생각하고 일어섰지만, 그 집의 주인은 방을 나서려는 의도를 보이지 않고 양손을 재킷 주머니에 찔러 넣은 채 서 있었다. 그의 딸은 그에게 팔을 끼고 매달려서 그의 얼굴과 이사벨의 얼굴을 번갈아 가며 올려다보고 있었다. 이사벨은 아무 말도 하지 않았

---

19 Machiavelli(1469~1527). 정치적 실용주의 이론으로 악명 높은 『군주론』의 저자.

20 Colonna(1492~1547). 르네상스 시대 가톨릭교 개혁에 힘썼던 여성 시인.

21 Metastasio(1698~1782). 이탈리아 시인. 유산을 탕진한 후 가극 대본을 집필했다.

지만 느긋한 기분으로 이제 무엇을 할 것인지 결정되기를 기다렸다. 그녀는 오즈먼드와 대화를 나누며 교제하는 것이 마음에 들었다. 늘 은밀히 전율을 일으키던, 새로운 관계를 맺는다는 느낌이었다. 커다란 방의 열린 창을 통해서 그녀는 마담 멀과 백작 부인이 정원의 아름다운 풀밭 위를 천천히 거니는 것을 보았다. 그런 다음 그녀는 고개를 돌려 주위에 흩어져 있는 것들을 보았다. 오즈먼드 씨가 그녀에게 자기의 보물을 보여 주리라는 묵계가 있는 것 같았다. 그의 그림들과 캐비닛은 모두 보물처럼 보였다. 잠시 후 이사벨은 어떤 그림을 자세히 보려고 가까이 걸어갔다. 그렇게 하려는 찰나에 그가 갑자기 말을 꺼냈다. 「아처 양, 제 누이동생에 대해서 어떻게 생각하세요?」

그녀는 약간 놀라서 그를 바라보았다. 「아, 그런 질문은 하지 마세요. 만나 뵌 지 얼마 되지 않았으니까요.」

「네, 조금밖에 보지 못하셨죠. 하지만 제 동생에게는 봐줄 점이 그리 없다는 것을 알아차리셨을 겁니다. 우리 가족의 억양에 대해서는 어떻게 생각하세요?」 그는 차가운 미소를 띠고 말을 이었다. 「편견이 없는 신선한 마음에 그것이 어떻게 들릴지 알고 싶거든요. 무슨 말씀을 하시려는지 압니다. 거의 주목하지 않으셨다는 말씀이겠지요. 물론 흘끗 보신 것에 불과합니다. 하지만 앞으로 기회가 있을 때 관찰해 주십시오. 저는 우리가 좀 그릇된 길에 빠져들었다고 종종 생각합니다. 여기 우리 것이 아닌 물건들과 우리 민족이 아닌 사람들 사이에서, 책임질 것도 없고 애정도 없고 우리를 결집시키거나 떠받칠 것도 없는 상태로 살아가면서 말이지요. 외국인들과 결혼해서 자연스럽지 못한 취향을 얻고 우리의 타고난 소명을 속이면서. 하지만 제가 이런 말을 하는 것은 누이동생 때문이라기보다는 저 자신 때문이라는 것을 덧붙이겠습니다. 누이는 매우 정직한 숙녀입니다. 겉으로 보이는 것보다는 더 정직하지요. 다소 불행한 편입니다만, 진지한 성격이 아니라서 그런 사실을 비극적으로 드러내지 않습니다. 오히려 희극적으로 드러내고 있지요. 그녀의 남편은 끔찍한 사람인데, 동생이 남편을 어떻게든 잘 참아 주고 있는지 모르겠습니다. 하지만 물론 끔찍한 남편이란 다루기 곤란한 존재이지요. 마담 멀이 좋은 충고를 해주는 모양인데 그것은 어린애에게 언어를 배우라고 사전을 주는 것과 같아요. 단어들을 찾아낼 수는 있어도 조합할 수 없는 것이지요. 내 누이는 문법이 부족합니다만 안타깝게도 문법적인 마음이 없습니다. 이런 세세한 이야기로 성가시게 해드려서 미안합니다. 당신이 한 가족 속으로 끌려들어 왔다는 동생의 말은 대단히 옳았군요. 저 그림을 내려서 보여 드리지요. 좀 더 밝은 빛이 필요하겠어요.」

　그는 그림을 내렸고 창가로 들고 가서는 그 그림에 대해 흥미로운 사실들을 들려주었다. 그녀는 다른 그림들도 보았고, 그는 여름날 오후에 방문하는 아가씨들에게 들려주기에 가장 적합할 사실들을 말해 주었다. 그가 가진 그림들과 메달, 태피스트리는 흥미로웠다. 그러나 잠시 후 이사벨은 그 물건들의 주인이 더 흥미롭다고 느꼈다. 그 물건들이 그 사람 위에 두껍게 장막을 드리우고 있었지만 그것들과 무관하게 흥미로웠다. 그는 그녀가 지금껏 만나 보았던 어느 누구와도 비슷하지 않았다. 그녀가 알고 있는 대부분의 사람들은 대략 여섯 가지 부류로 나눌 수 있었다. 물론 여기에 한두 가지 예외가 있기는 했다. 가령 리디아 이모님은 과연 어느 부류에 속할지 생각할 수 없었다. 비교적 독창적인 — 예의상 독창적이라고 말해 줄 수 있는 — 사람들, 가령 굿우드 씨나 사촌 랠프, 헨리에타 스택폴, 워버턴 경, 마담 멀 같은 사람들도 있었다. 그러나 이들을 생각해 볼 때 기본적으로 이 개인들은 이미 이사벨의 머릿속에 들어 있던 유형에 딱 들어맞았다. 그러나 그녀의 마음속에 있는 유형들 중에 오즈먼드 씨에게 적합한 것은 없었다. 그는 외따로 떨어진 표본이었다. 그녀가 이 진실을 그 순간에 알아차린 것은 아니었지만 이 진실이 하나씩 눈앞에 드러나면서 정리되었다. 그 순간에는 그저 이 〈새로운 관계〉가 자신에게 아마 가장 주목할 만한 관계가 되리라고 생각했을 뿐이었다. 마담 멀도 그런 희귀한 특징을 갖고 있었지만, 남자가 그런 분위기를 풍길 때 그것은 즉시 전혀 다른 힘을 갖게 되었다! 그가 보여준 낡은 접시들의 밑바닥이나 16세기 그림들의 구석에 박혀 있는 대단히 진기한 물건의 표식과 마찬가지로, 그가 특이하게 보인 것은 그의 말이나 행동 때문이 아니라 오히려 그가 억누르고 있던 것 때문이었다. 그가 일상적인 관례에서 눈에 띄게 벗어난 것은 아니었다. 그는 괴짜가 아니면서도 독창적인 사람이었다. 그녀는 그렇게 섬세한 기질을 가진 사람은 본 적이 없었다. 그 특징은 우선 신체의 각 부분에서부터 시작해서 감지할 수 없는 부분에까지 이르렀다. 숱이 많은 섬세한 머리칼, 팽팽히 당겨서 손질한 듯한 이목구비, 거칠지 않고 원숙하며 깨끗한 얼굴빛, 매우 고르게 자란 턱수염, 손가락 하나만 움직여도 표현력이 풍부한 몸짓을 효과적으로 만들어 낼 가볍고 매끄럽고 늘씬한 몸 — 이러한 신체적 특징들이 우리의 민감한 아가씨에게는 탁월하고 강렬한 자질을 보여 주는 것으로 보였고 여하튼 흥미로운 특징으로 여겨졌다. 그는 까다롭고 비판적인 사람인 것이 분명했다. 아마도 성미가 급할 것이다. 그의 감수성이 그를 좌우해 왔고, 아마도 너무 지나치게 좌지우지했을 것이다. 그 감수성으로 인해 그는 저속한 골칫거리들을 견딜 수 없게 되었고, 외따로 떨어지고 걸러지고 정돈된 세계에서 홀로 살면서 예술과 아름다움, 역사에 대해 생각하게 되었을 것이다. 그는 모든 일에 있어서 자신의 취향을 고려해 왔다. 불치병을 앓고 있는 환자가 마지막에 이르러 오로지 변호사와 상의하듯이, 그는 오직 자기 취향만 염두에 두었을 것이다. 랠프 오빠에게도 이러한 특성이 약간 있어서 인생을 감식안의 문제로 생각하는 것 같았다. 하지만 랠프에게는 그것이 유머러스하고 병적인 이상 생성물인 데 반해서, 오즈먼드 씨에게는 그것이 바탕을 이루고 있어서 모든 것이 그것과 조화를 이루었다. 분명 그녀가 그를 완전히 이해한 것은 아니었다. 그의 말이 항상 명료한 것도 아니었다. 가령 그가 자신을 시골 사람이라고 말했을 때 그것이 무슨 의미였는지 이해하기 어려웠다. 오히려 이사벨은 그에게 가장 부족한 부분이 바로 그런 시골 사람다운 면이라고 생각했을 것이다. 그 말은 그저 그녀를 어리둥절하게 만들려는 악의 없는 역설(逆說)이었을까? 아니면 수준 높은 세련된 교양의 극치를 드러내는 말이었을까? 그녀는 시간이 지나면 알게 되리라고 믿었다. 그것을 알게 되면 매우 흥미로울 것 같았다. 그토록 조화를 이루고 있는 것이 시골 사람다운 거라면, 그렇다면 대도시의 세련미는 대체 무엇이란 말일까? 그 남자가 무척 수줍어하는 사람이라고 느끼면서도 그녀는 이런 의문을 떠올릴 수 있었다. 그처럼 성마른 신경과 섬세한 감각을 지닌 사람의 수줍음은 최고 수준의 교양과 완벽하게 일치하기 때문이었다. 실로 그 수줍음은 천박함이 아닌 다른 기준과 시금석을 보여 주는 증거라고 할 수 있었다. 그는 무엇보다도 먼저 천박함이 떨어져 나갔는지를 틀림없이 확인할 것이다. 그는 피상적인 마음으로 유창하게 수다와 잡담을 늘어놓으며 쉽게 확신을 갖는 사람이 아니었다. 그는 남들에 대해서뿐 아니라 자기 자신에 대해서도 비판적이었다. 그리고 다른 사람들이 자기 마음에 맞으려면 많은 자질이 있기를 요구했고, 자기 자신이 남들에게 보여 주는 자질을 약간 의심쩍게 보았을 것이다. 이것은 그가 별나게 자만심이 강한 사람이 아니라는 증거이기도 했다. 그가 수줍어하지 않았더라면 그는 그 수줍음을 점진적으로 미묘하고 훌륭하게 변화시킬 수 없었을 것이다. 그녀가 그에 대해서 즐거움을 느끼고 동시에 어리둥절했던 것은 그 수줍음 때문이었다. 그가 갑자기 제미니 백작 부인에 대해서 어떻게 생각하는지를 그녀에게 물었던 것은 틀림없이 그녀에게 관심이 있다는 것을 보여 주는 증거였다. 자기 누이를 잘 알기 위해서 도움을 얻으려는 의도였을 리는 없었다. 그가 그렇게 관심을 보인다는 것은 뭔가를 알아내려는 마음을 드러냈다. 하지만 자신의 호기심 때문에 동생에 대한 애정을 희생시킨 것은 조금 이상한 일이었다. 이것이 그가 한 일 중에서 가장 기이한 부분이었다.

이사벨이 처음 들어간 방 외에도 다른 방이 두 칸 있었는데 똑같이 낭만적인 예술품들로 가득 차 있었다. 이곳에서 그녀는 15분을 보냈다. 무엇 하나 버릴 것 없이 극히 진기하고 귀중한 것들이었다. 오즈먼드 씨는 더없이 친절한 안내자처럼 작품들을 하나씩 보여 주었고, 어린 딸의 손을 계속 잡고 있었다. 그가 놀라울 정도로 친절하게 대했기에 이사벨은 그가 왜 그토록 자신을 위해 수고를 기울이는지 의아한 마음이 들었다. 결국에 그녀는 그가 소개해 준 그 많은 아름다움과 지식에 압도되고 말았다. 당분간은 그것으로 충분했다. 그녀는 그의 말에 주의를 기울일 수 없었다. 경청하는 눈으로 그의 말을 들었지만 그가 말한 것을 생각하고 있지는 않았다. 아마 그는 그녀를 실제보다 더 머리 회전이 빠르고 모든 점에서 영리하고 더 풍부한 지식을 갖추고 있다고 생각하는 모양이었다. 마담 멀이 그녀에 대해 유쾌하게 과장해서 말했을 것이다. 그렇다면 유감스러운 일이었다. 결국에 그는 틀림없이 알아낼 테고, 그렇게 되면 실제로 그녀의 영리한 면이 드러나더라도 자기가 착각했다는 사실을 너그러이 용인할 수 없을 것이다. 이사벨이 피로감을 느꼈던 이유들 중의 한 가지는, 마담 멀이 자기에 대해서 오즈먼드 씨에게 묘사했으리라고 짐작되는 대로 영리하게 보이려고 애를 썼기 때문이었다. 또한 자신이 어쩌면 천덕스러운 취향을 드러낼지도 모른다는(무지를 드러낼까 봐 걱정한 것은 아니었다. 그것에 대해서는 비교적 무관심했다) 두려움(그녀에게는 극히 흔치 않은) 때문이었다. 탁월한 교양을 갖고 있는 그의 판단력에 따르면 좋아해서는 안 될 것을 자신이 좋아한다고 말하거나 혹은 진정한 감식안이 있는 사람이라면 걸음을 멈추고 바라볼 미술품을 자신이 그냥 지나쳐 버린다면 그녀는 몹시 속이 상했을 것이다. 그녀는 자기가 보았던 많은 여자들이 태평하게, 그렇지만 천박하게 저지르는(그것이야말로 한 가지 경고였다) 괴상하기 짝이 없는 실책의 늪에 빠지고 싶지 않았다. 그러므로 그녀는 무엇을 말할 것인지, 무엇에 주목하고 무엇을 주시하지 않을 것인지에 대해서 신경을 곤두세웠다. 과거의 어느 때에도 이처럼 마음을 졸인 적이 없었다.

그들이 첫 번째 방으로 돌아오니 차가 준비되어 있었다. 하지만 두 숙녀가 아직 테라스에서 들어오지 않았고 이사벨은 아직 그 집의 훌륭한 전망을 보지 못했으므로, 오즈먼드 씨는 지체 없이 그녀를 정원으로 안내했다. 마담 멀과 백작 부인은 의자를 밖으로 내다가 앉아 있었고 오후의 날씨가 아름다웠으므로 백작 부인은 밖에서 차를 마시자고 제안했다. 그래서 팬지는 다기를 밖으로 내오도록 하인에게 일러 주러 갔다. 해가 기울었고 황금빛 햇살은 더욱 풍부한 색조를 발했다. 산들과 저 아래 펼쳐진 들판에 드리워진 큰 자줏빛 그림자는 아직 햇빛이 비치고 있는 곳과 마찬가지로 풍부한 색깔로 불타오르는 것 같았다. 그 광경은 특별한 매력을 띠었다. 공기는 엄숙할 만큼 고요했다. 드넓게 펼쳐진 풍경은 정원처럼 가꿔진 곳과 장대한 산의 윤곽, 비옥한 계곡과 완만하게 침식된 언덕들, 특이하게 인간적으로 보이는 거주의 흔적들로 근사한 조화와 고전적인 아름다움을 이루고 있었다. 「당신이 매우 즐거워하시는 것 같아서 다시 방문해 주시리라고 믿을 수 있겠습니다.」 오즈먼드는 이사벨을 테라스의 한쪽 구석으로 안내하며 말했다.

「틀림없이 다시 올 거예요.」 그녀가 대답했다. 「이탈리아에 사는 데 나쁜 점이 있다고 말씀하셨지만요. 사람에게 타고난 소명이 있다는 말씀은 무슨 뜻이었지요? 제가 피렌체에 정착한다면 제 타고난 소명을 저버리는 게 되는 것인지 궁금하군요.」

「여자에게 타고난 소명은 가장 인정을 받는 곳에서 사는 것입니다.」

「그렇다면 문제는 그곳이 어디인지를 찾아내는 것이군요.」

「맞습니다. 그것을 찾아내느라 많은 시간을 낭비하는 경우가 종종 있습니다. 사람들은 그녀에게 그것을 명확히 알려 주어야 합니다.」

「그 문제가 제게 명확해져야겠군요.」 이사벨이 미소를 지었다.

「어떻든 정착하신다는 말씀을 들으니 기쁩니다. 당신에게 방랑하는 성향이 좀 있다고 마담 멀이 알려 주었거든요. 당신이 세계를 돌아보려는 계획을 세웠다고 말했던 것 같아요.」

「제 계획에 대해서 좀 부끄럽게 생각합니다. 매일 새로운 계획을 세우거든요.」

「당신이 왜 부끄러워해야 하는지 모르겠어요. 그것은 가장 큰 즐거움입니다.」

「경박하게 보이는 것 같아요.」 이사벨이 말했다. 「사람은 무언가를 매우 신중하게 선택하고 그것에 충실해야겠지요.」

「그런 원칙에 따르자면, 저는 경박하지 않았군요.」

「계획을 세운 적이 없으세요?」

「몇 년 전에 계획을 세웠지요. 그리고 지금 그것에 따라 행동하고 있습니다.」

「매우 즐거운 계획이었겠군요.」 이사벨은 신경을 써서 말했다.

「아주 간단한 것이었어요. 가급적 조용히 있는 것입니다.」

「조용히?」 그녀가 되풀이했다.

「근심하지 않고, 분투하거나 몸부림치지 않는 것입니다. 스스로 물러나는 것이지요. 적은 것에 만족하고요.」 그는 문장 하나하나마다 조금씩 쉬면서 천천히 말했고, 무언가를 고백하고 있다는 남자의 자의식적인 태도를 띠고 이지적인 눈으로 상대의 눈을 뚫어지게 바라보았다.

「그런 일을 간단하다고 말씀하시는 건가요?」 그녀가 약간 빈정거리듯이 물었다.

「네, 소극적이니까요.」

「당신의 삶이 소극적이었다고요?」

「원하신다면 긍정적이라고 할 수도 있겠지요. 오로지 내 무관심을 긍정했지만 말입니다. 단, 그 무관심이 타고난 것은 아닙니다. 내게는 무관심이란 것이 없었어요. 그게 아니라 내가 의도적으로, 내 의지에 따라서 체념한 것이지요.」

그녀는 그의 말을 거의 이해하지 못했기에 혹시 그가 농담을 하고 있는 것은 아닌지 의심이 들 정도였다. 대단히 과묵한 인상을 주던 남자가 왜 갑자기 이렇게 내밀한 이야기를 털어놓는 것일까? 어떻든 그것은 그의 문제였고, 그의 속내 말은 흥미로웠다. 「당신이 왜 체념하셔야 했는지 모르겠군요.」 그녀가 곧 말했다.

「아무것도 할 수 없었으니까요. 미래에 대한 전망도 없었고, 가난했고, 천재도 아니었습니다. 재능도 없었지요. 젊었을 때 일찌감치 스스로를 평가했습니다. 나는 그저 세상에서 가장 까다로운 젊은 신사에 불과했어요. 내가 부러워한 사람은 이 세상에 두세 명 정도였지요. 가령 러시아 황제와 터키의 술탄 말입니다! 로마 교황을 부러워한 적도 있습니다.

대단한 존중을 받고 있으니까요. 제가 그 정도로 존중을 받을 수 있다면 기뻤겠지요. 하지만 그럴 수 없는 상황이므로 그보다 못한 것에 대해서는 관심을 두지 않았고, 그래서 명예를 구하지 않기로 마음먹었습니다. 아무리 보잘것없는 신사라도 언제나 자기 자신을 신사로 간주할 수는 있고, 다행히도 나는 보잘것없기는 하지만 신사였어요. 나는 이탈리아에서 아무것도 할 수 없었습니다. 이탈리아의 애국자가 될 수도 없었지요. 그렇게 하려면 이 나라를 벗어나야 했을 테니까요. 이 나라를 너무 좋아했기에 떠날 수 없었어요. 그리고 전반적으로 그 당시 이 나라에 무척 만족하고 있었으므로 두말할 필요도 없이 이 나라를 변화시키고 싶다는 욕구를 느끼지 않았어요. 그래서 조금 전에 말씀드린 그 조용한 계획에 따라 여기서 오랜 세월을 살아왔습니다. 불행하다고 느낀 적은 전혀 없었어요. 내가 관심을 둔 것이 전혀 없었다는 말은 아닙니다. 그러나 내가 관심을 느꼈던 것은 명확하고, 제한되어 있었지요. 나 이외에는 다른 어느 누구도 내 삶에 어떤 일들이 일어났는지 알지 못했습니다. 오래된 은 십자가를 헐값에 손에 넣은 일이나(물론 비싼 것은 절대로 살 수 없었지요) 오래전에 코레조[22]가 판자에 그린 스케치를 발견한 일 같은 것 말입니다. 어느 멍청이가 그 판자에 덧칠을 해놓았더군요.」

이 말을 이사벨이 전적으로 믿었다면 오즈먼드 씨의 생애를 요약한 설명으로서 그것은 다소 무미건조했을 것이다. 그러나 그녀는 그 이야기에 인간적 요소가 부족하지 않으리

<hr>

22 Correggio(1494~1534). 감상적이고 관능적인 그림을 그린 바로크 화가.

라고 믿으면서 자신의 상상력으로 보충했다. 그의 인생은 그가 말했던 것보다 더 다른 사람들의 삶과 뒤섞이는 일이 많았을 것이다. 물론 그가 그런 이야기를 하리라고 기대할 수는 없었다. 지금 그녀는 그에게 그 이상의 사실을 밝히도록 유도하지 않았다. 그에게 모든 일을 다 털어놓지 않았다고 은근히 암시한다면 원치 않는 정도로 스스럼없이 굴고 사려 깊지 못하게 처신하는 것이며, 실로 천박하게 요란을 떠는 일이 되었을 것이다. 분명 그는 충분히 이야기했다. 이제 그녀는 그가 성공적으로 독자성을 유지해 온 것에 대해서 신중하게 공감을 표할 마음이었다.「코레조를 제외하고 모든 것을 단념하시다니 무척 즐거운 삶이군요.」그녀가 말했다.

「아, 내 삶을 내 방식대로 잘 꾸려 왔습니다. 내가 그것에 대해서 투덜거린다고는 생각하지 마세요. 사람이 행복하지 않다면 그건 그 자신의 잘못입니다.」

이 말은 거창한 이야기였다. 그래서 그녀는 좀 더 작은 이야기로 좁혀 갔다.「늘 여기에 사셨나요?」

「아뇨, 항상 그런 건 아니었습니다. 나폴리에서 오랫동안 살았고 로마에서도 몇 년 살았어요. 하지만 여기 피렌체에서 산 지 꽤 되었어요. 어쩌면 거주지를 또 옮길지도 모르지요. 이제는 나 자신만 생각할 수 없으니까요. 딸이 커가고 있고 그 애는 나만큼 코레조와 십자가들을 좋아하지 않을 수도 있으니 말입니다. 팬지에게 최선이 되는 일을 해줘야겠지요.」

「네, 그렇게 하세요.」이사벨이 말했다.「너무나도 귀여운 아가씨예요.」

「아,」길버트 오즈먼드가 흐뭇한 듯이 외쳤다.「그 애는 천상의 어린 성녀랍니다. 제게 큰 행복이죠.」

제25장

    이처럼 다분히 친밀한 대화가 (우리가 지켜보지 않은 후에도 얼마간) 지속되는 동안 마담 멀과 그녀의 벗은 잠시 이어진 침묵을 깨고 이야기를 나누기 시작했다. 그들은 겉으로 드러나지는 않았지만 무언가를 기대하는 듯이 앉아 있었는데, 그 태도는 제미니 백작 부인에게서 더 뚜렷하게 드러났다. 그녀는 마담 멀보다 기질적으로 더 불안했기에 조급한 마음을 숨기는 기술이 그리 능숙하지 않았다. 이 숙녀들이 무엇을 기다리고 있는지는 분명하지 않았을 테고, 어쩌면 그들의 마음속에서도 분명치 않았을 것이다. 마담 멀은 오즈먼드가 그 아가씨와 단둘이 나누는 대화가 끝나기를 기다렸고, 백작 부인은 마담 멀이 기다렸기 때문에 자기도 어쩔 수 없이 기다렸다. 더욱이 기다리는 동안에 백작 부인은 사소한 심술을 부릴 시간이 무르익었다고 생각했다. 그녀는 지난 몇 분간 심술을 부리고 싶었을 것이다. 오라버니가 이사벨을 정원의 끝자락까지 데리고 가자 그녀의 눈길은 그들을 쫓아 그쪽을 바라보았다.
    「자.」 그런 다음에 그녀는 마담 멀에게 말했다. 「내가 축하

인사를 하지 않더라도 당신은 양해하겠지요!」

「물론이지요. 하지만 왜 그런 인사를 받아야 하는지 전혀 모르겠군요.」

「당신이 세운 작은 계획을 좀 자랑스럽게 여기고 있지 않은가요?」 백작 부인은 멀리 떨어져 있는 한 쌍을 바라보며 고개를 끄덕였다.

마담 멀은 같은 곳을 바라보았다. 그러고는 차분한 눈으로 백작 부인을 바라보았다. 「아시다시피 나는 늘 당신의 말을 잘 이해하지 못했어요.」 그녀가 미소를 지었다.

「마음이 내키면 당신보다 더 잘 이해할 사람도 없죠. 지금으로는 당신의 마음이 내키지 않는다는 뜻이겠죠.」

「당신은 다른 사람들이 내게 하지 않는 말을 하는군요.」 마담 멀은 진지하게 말했지만 신랄하지는 않았다.

「당신의 마음에 들지 않는 말이란 뜻인가요? 오즈먼드도 때로 당신의 마음에 들지 않는 말을 하지 않나요?」

「당신 오라버니의 말은 취지가 분명하죠.」

「그래요, 때로 독기 어린 말이지요. 내가 오라버니처럼 영리하지 않다는 뜻으로 말하는 거라면, 당신이 나와 오빠를 다르게 생각한다고 해서 내가 상처를 받을 거라고는 생각하지 마세요. 하지만 당신은 내 말을 이해하는 편이 훨씬 나을걸요.」

「왜 그렇지요?」 마담 멀이 물었다. 「그러면 무슨 도움이 될까요?」

「내가 당신의 계획에 찬성하지 않을 경우, 내가 그 일을 방해할 위험이 있다는 것을 깨달으려면 그것을 알아야 할 테니까요.」

마담 멀은 이 말에 일리가 있다고 인정하려는 것 같았다. 그러나 잠시 후 그녀는 조용히 대답했다.「당신은 나를 실제보다 더 타산적인 사람으로 생각하는군요.」

「내가 나쁘게 생각하는 것은 당신의 계산이 아니에요. 당신이 잘못 계산할 수 있다는 거죠. 이번에는 당신 계산이 틀렸어요.」

「그것을 알아내려면 당신도 여러모로 계산해 보셨겠군요.」

「아뇨, 그럴 시간이 없었어요. 저 아가씨를 본 건 이번 한 번뿐이니까.」 백작 부인이 말했다.「그렇지만 갑자기 확신이 들었죠. 난 저 아가씨가 무척 마음에 들어요.」

「나도 그래요.」 마담 멀이 말했다.

「당신은 호감을 이상한 방식으로 표현하는군요.」

「분명 저 아가씨에게 당신을 만날 수 있도록 배려해 주었죠.」

「그래, 그것이 저 아가씨에게 일어날 수 있는 최선의 일이라고요!」 백작 부인이 높은 소리로 말했다.

마담 멀은 잠시 아무 말도 하지 않았다. 백작 부인의 태도는 불쾌했고, 참으로 저속했다. 하지만 그것은 익히 알고 있던 바였다. 모렐로 산의 자줏빛 비탈을 바라보면서 그녀는 생각에 잠겼다.「백작 부인,」 그녀가 마침내 말을 꺼냈다.「흥분하시지 말라고 충고하고 싶군요. 당신이 암시한 그 문제에는 당신보다 더 목적의식이 강한 세 사람이 관련되어 있으니까요.」

「세 사람이라고요? 물론 당신과 오즈먼드는 포함되겠죠. 그런데 아처 양도 목적의식이 강하다는 말인가요?」

「우리들 못지않죠.」

「아, 그렇다면,」 백작 부인이 눈을 반짝이며 말했다.「당신들의 목적에 저항하는 것이 그녀에게 득이 될 거라고 내가 설득하면 그녀는 아주 멋지게 해내겠군요.」

「우리의 목적에 저항한다고요? 왜 그렇게 천박한 표현을 쓰세요? 그녀는 강요를 받고 있는 것도 아니고 기만을 당하고 있는 것도 아니에요.」

「그런 말은 믿을 수 없어요. 당신과 오즈먼드는 무슨 일이든지 할 수 있는 사람들이니까. 오즈먼드 혼자서 할 수 있다는 것은 아니고, 당신 혼자의 힘으로도 할 수 없겠죠. 하지만 두 사람을 합쳐 놓으면 당신들은 위험해져요. 마치 화합물처럼.」

「그렇다면 우리를 그냥 내버려 두시는 게 좋겠군요.」 마담 멀이 미소를 지었다.

「당신들을 건드릴 생각은 없어요. 하지만 저 아가씨에게 말하겠어요.」

「가엾은 에이미,」 마담 멀이 중얼거렸다. 「당신 머릿속에 대체 뭐가 있는지 모르겠군요.」

「나는 저 아가씨에게 관심이 생겼어요. 내 머릿속에 든 건 바로 그거예요. 저 아가씨가 마음에 드니까.」

마담 멀이 잠시 주저했다. 「그녀는 당신을 좋아하지 않는다고 생각해요.」

백작 부인은 반짝이는 작은 눈을 크게 떴고 얼굴을 찡그렸다. 「아, 당신은 정말 위험한 사람이에요. 당신 혼자서도.」

「그녀가 당신을 좋아하게 만들고 싶으면, 그녀 앞에서 당신 오라버니를 흉보지 마세요.」 마담 멀이 말했다.

「그녀가 그를 딱 두 번 만나고 사랑하게 되었다고 주장할 생각은 아니겠지요?」

마담 멀은 이사벨과 집주인을 잠시 바라보았다. 그는 난간에 기대어 팔짱을 끼고 그녀를 바라보고 있었다. 지금 그녀는 풍경을 계속 바라보고 있었지만 그 인간 외적인 풍경에 정신이 팔려 있지 않음은 분명했다. 마담 멀이 바라보는 동안 이사벨은 시선을 아래로 내리깔았다. 그녀는 어쩌면 당혹감을 느끼면서 말을 듣고 있는 것 같았고, 그러면서 양산 끝으로 땅을 찌르고 있었다. 마담 멀은 의자에서 일어섰다.「아뇨, 그렇다고 생각해요!」그녀가 선언했다.

팬지가 불러온 추레한 옷을 입은 심부름꾼 소년 ── 구식 매너를 그린 스케치북의 떨어져 나온 낱장에서 튀어나와 롱기[23]나 고야[24]의 붓으로 덧칠된 인물인 양 빛바랜 제복을 입은 기묘한 시종이었는데 ── 이 작은 탁자를 들고 나와서 잔디밭에 놓았다. 그러고는 다시 돌아가서 차 쟁반을 가져왔다. 그다음에는 다시 사라졌다가 의자 두 개를 가져왔다. 팬지는 그를 도와주지는 않으면서 온 정신을 집중하여 이 과정을 지켜보았고, 꽉 끼는 드레스 앞부분에 양손을 포개어 올려놓은 채 서 있었다. 차 탁자가 준비되자 그녀는 살그머니 고모에게 가까이 갔다.

「제가 차를 따르면 아빠가 싫어하실까요?」

백작 부인은 일부러 흠을 잡으려는 눈으로 아이를 보았고 질문에는 대답하지 않고 말했다.「이 가엾은 조카딸, 이 옷이 제일 좋은 드레스니?」

「아니에요.」팬지가 대답했다.「그저 평소에 입는 옷이에요.」

23 Longhi(1702~1785). 사치스러운 상류 사회의 화제가 되는 물건들을 그린 18세기 베네치아의 화가.
24 Goya(1746~1828). 낭만주의 운동을 예시한 스페인의 화가.

「내가 너를 보러 올 때가 평소라고 생각하니? 마담 멀과 저기 저 예쁜 숙녀는 말할 것도 없고 말이야.」

팬지는 잠시 생각하더니 심각한 눈빛으로 언급된 사람을 하나씩 둘러보았다. 그러더니 그녀의 얼굴은 활짝 웃음을 띠었다. 「예쁜 드레스가 있지만 그것도 아주 단순한 옷이에요. 고모님의 아름다운 옷 옆에 드러낼 이유가 있을까요?」

「네가 가진 옷 중에는 제일 예쁜 옷이니까. 나를 위해서 너는 늘 제일 예쁜 옷을 입어야 한단다. 다음번에는 그걸 입으렴. 네게 아주 좋은 옷을 입히는 것 같지 않구나.」

그 아이는 낡은 스커트를 살짝 쓸어내렸다. 「차를 끓이기에는 좋은 옷이라고 생각하지 않으세요? 제가 차를 따르도록 아빠가 허락해 주실까요?」

「나는 모르겠구나, 애야.」 백작 부인이 말했다. 「나는 네 아버지의 생각을 도통 이해할 수 없으니 말이지. 마담 멀이 더 잘 알고 있으니 부인께 물어보렴.」

마담 멀은 평소처럼 우아하게 미소를 지었다. 「그건 중대한 문제구나. 좀 생각해 봐야겠다. 신중한 어린 딸이 차를 끓이는 것을 보시면 네 아빠가 기뻐하실 것 같구나. 그건 집안의 딸에게 적합한 의무지. 다 컸을 때 말이야.」

「저도 그렇게 생각해요, 마담 멀!」 팬지가 소리쳤다. 「제가 차를 얼마나 잘 끓이는지 알게 되실 거예요. 한 사람마다 한 숟갈씩.」 그리고 아이는 탁자에서 분주하게 차를 준비했다.

「내게는 두 숟갈을 넣어 다오.」 백작 부인은 마담 멀과 함께 잠시 그 아이를 바라보다가 말했다. 「가만 있자, 팬지.」 백작 부인이 다시 말을 꺼냈다. 「네 손님을 어떻게 생각하는지 알고 싶구나.」

「아, 제 손님이 아니에요. 아빠의 손님이죠.」팬지가 반대 의견을 내놓았다.

「아처 양은 너도 만나러 온 거야.」마담 멀이 말했다.

「그 말을 들으니 무척 기뻐요. 저분은 제게 무척 다정하게 대해 주셨어요.」

「그럼 저 아가씨가 마음에 드니?」백작 부인이 물었다.

「매력적인 분이에요. 아주 매력적이에요.」팬지는 대화에 적절한 작은 목소리로 되풀이했다. 「속속들이 제 마음에 들어요.」

「그녀가 네 아버지의 마음에 들 거라고 생각하니?」

「아, 정말이지, 백작 부인!」마담 멀이 말리려는 듯이 중얼거렸다. 「가서 차를 드시라고 저분들을 불러오렴.」그녀는 그 아이에게 말을 이었다.

「저분들이 제가 만든 차를 좋아하실지 아닐지 곧 아시게 될 거예요!」팬지는 이렇게 말하고는 아직도 정원 끝에 어슬렁거리던 두 사람을 부르러 갔다.

「만일 아처 양이 저 애의 엄마가 된다면, 아이가 그녀를 좋아하게 될지 미리 알아보는 것은 분명 흥미로운 일이죠.」백작 부인이 말했다.

「당신의 오라버니가 재혼한다면 팬지를 위해서 하는 건 아닐 거예요.」마담 멀이 대답했다. 「저 애는 곧 열여섯 살이 될 테고, 그 후에는 새엄마보다 남편이 더 필요할 테니까요.」

「그리고 당신이 팬지의 남편도 얻어 줄 건가요?」

「물론 나는 팬지가 훌륭하게 결혼하도록 관심을 기울일 거예요. 부인도 그러실 거라고 생각하고요.」

「실로 나는 그러지 않을 거예요! 하고많은 여자들 중에서 내가 왜 남편을 중요시하겠어요?」

「부인은 행복한 결혼을 하지 못하셨지요. 내가 말하는 것은 바로 그겁니다. 내가 남편이라고 말할 때 내 말은 좋은 남편을 뜻하는 거고요.」

「세상에 좋은 남편이란 없어요. 오즈먼드는 좋은 남편이 되지 못할 거예요.」

마담 멀은 잠시 눈을 감았다. 「지금 화가 나셨군요. 왜 그런지 모르겠어요.」 그녀가 곧 말했다. 「당신의 오라버니나 조카딸이 적절한 때가 되어 결혼하는 것에 진심으로 반대하시지는 않겠지요. 팬지에 대해서 말하자면 우리가 언젠가는 그 애에게 적합한 남편을 찾아 주는 기쁨을 함께 누릴 수 있을 거라고 믿어요. 부인은 아는 사람이 많으니 큰 도움이 돼 주실 거예요.」

「그래요, 난 화가 났어요.」 백작 부인이 대답했다. 「당신 때문에 종종 화가 나요. 당신의 냉정함은 믿을 수 없을 정도예요. 당신은 이상한 여자예요.」

「우리는 늘 단결된 행동을 하는 것이 훨씬 나을 거예요.」

「지금 그 말은 위협인가요?」 백작 부인이 일어서면서 물었다.

마담 멀은 조용히 즐기려는 듯이 고개를 저었다. 「아뇨, 부인은 나만큼 냉정하지 않군요!」

이사벨과 오즈먼드 씨는 이제 천천히 그들 쪽으로 걸어오고 있었고, 이사벨은 팬지의 손을 잡고 있었다. 「당신은 오라버니가 저 아가씨를 행복하게 만들어 줄 거라고 믿는 체하는 모양이죠?」 백작 부인이 다그쳤다.

「만일 그가 아처 양과 결혼하면 신사처럼 행동할 거라고 생각해요.」

백작 부인은 갑자기 몸을 격렬하게 움직이면서 계속 자세를 바꾸었다. 「대부분의 신사들처럼 처신할 거라고요? 참으로 고마워할 일이겠군요! 물론 오즈먼드는 신사예요. 그 누이가 그런 말을 남들에게서 들을 필요는 없어요. 그런데 당신은 그가 우연히 고른 어떤 아가씨하고든 결혼할 수 있다고 생각하나요? 물론 오즈먼드는 신사예요. 그렇지만 오즈먼드처럼 우쭐대는 신사를 나는 결코, 한 번도, 절대로 본 적이 없어요. 대체 무슨 근거로 그렇게 우쭐대는지 도무지 모르겠어요. 나는 그의 친누이니까 알아야겠지요. 대체 그는 뭐 하는 사람이죠? 그가 한 일이 뭐가 있어요? 그의 출생이 특히 숭고하기라도 하다면, 그가 지체 높은 가문에서 태어났다면, 그걸 조금이라도 이해하겠어요. 만일 우리 집안이 대단한 명예나 탁월한 업적이 있는 가문이었다면 나는 분명 그걸 최대한 이용했을 거예요. 나에게 아주 딱 들어맞았을 거예요. 하지만 우리 집안은 봐줄 것이 전혀 없는 하찮은 집안이었어요. 물론 부모님이야 매력적인 분이었지요. 하지만 당신의 부모님도 마찬가지였으리라고 믿어요. 오늘날에는 누구나 다 매력적인 사람이죠. 심지어 나도 매력적인 사람이니까. 웃지 마세요. 그런 말을 들은 적이 있으니까. 그런데 오즈먼드는 늘 자기가 신의 아들이라고 믿는 것 같았어요.」

「마음대로 하고 싶은 말을 하세요.」 마담 멀이 말했다. 그녀의 눈길은 상대에게서 멀리 떨어진 곳으로 나아갔고 손으로는 드레스의 리본 매듭을 매만지고 있었지만 이처럼 재빨리 터져 나오는 말을 주의 깊게 들었다. 「당신네 오즈먼드 가문은 훌륭한 집안이에요. 당신네 핏줄은 아주 순수한 원천에서 흐르고 있음이 분명해요. 당신의 오라버니는 영리한 사람답게 그것을 확신하고 있고요. 그가 그 증거를 얻지는 못했더라도 말이죠. 부인은 그 점에 대해서 겸손하게 생각하지만 부인 자신도 대단히 뛰어난 사람이에요. 조카딸에 대해서는 어떻게 생각하세요? 그 아이는 작은 공주예요. 아무리 그래도.」마담 멀이 덧붙였다. 「오즈먼드가 아처 양과 결혼하는 것이 쉽지는 않을 거예요. 하지만 그가 시도를 해볼 수는 있죠.」

「그녀가 그를 거절하면 좋겠어요. 그러면 그의 콧대가 조금 꺾일 텐데.」

「그가 더없이 영리한 남자들 중 하나라는 사실을 잊어서는 안 되겠지요.」

「당신에게서 전에도 그 말을 들은 적이 있었는데, 그가 이룬 것이 대체 무엇이 있는지 나는 아직 찾아내지 못했어요.」

「그가 무엇을 이뤘느냐고요? 그는 원상태로 되돌려야 할 일은 전혀 하지 않았어요. 그리고 그는 기다리는 법을 알고 있고요.」

「아처 양의 돈을 기다리는 것 말이에요? 그 돈이 얼마나 되죠?」

「내 말은 그런 뜻이 아니었어요.」마담 멀이 말했다. 「아처 양은 7만 파운드를 갖고 있어요.」

「그렇다면 그녀가 저렇게 매력적인 아가씨라는 것이 무척 유감이군요.」백작 부인이 말했다. 「결국 희생을 당할 거라면 어떤 아가씨라도 상관없을 텐데. 저렇게 멋진 아가씨일 필요가 없는데.」

「그녀가 탁월한 아가씨가 아니라면 당신의 오라버니는 그녀를 쳐다보지도 않을 거예요. 그는 최고가 아니면 갖지 않을 테니까요.」

　「그래요.」백작 부인은 마담 멀과 함께 다른 이들을 맞으러 앞으로 걸어가면서 말했다. 「그는 만족시키기 매우 어려운 사람이에요. 그렇기 때문에 그녀의 행복을 생각하면 온몸이 다 떨려요.」

제26장

길버트 오즈먼드는 다시 이사벨을 만나러 왔다. 말하자면, 그가 팔라초 크레센티니로 찾아왔던 것이다. 그곳에는 물론 다른 벗들도 있었고 그는 터치트 부인과 마담 멀에게 늘 똑같이 정중하게 대했다. 그러나 터치트 부인은 두 주일 사이에 그가 다섯 번 방문했다는 사실에 주목했고, 어렵지 않게 기억할 수 있었던 다른 사실과 그것을 비교해 보았다. 예전에 그가 터치트 부인에게 경의를 표하려고 정기적으로 방문한 것은 1년에 단 두 번뿐이었다. 그리고 그가 그렇게 방문했을 때도 거의 주기적으로 그녀의 집에서 지내는 마담 멀이 와 있는 기간을 선택했던 적은 한 번도 없었다. 그러니 그가 찾아온 것은 마담 멀을 만나려는 것이 아니었다. 이 두 사람은 오랜 친구였고 그가 그녀를 만나려고 일부러 온 적은 한 번도 없었다. 오즈먼드 씨는 랠프를 좋아하지 않았으므로 — 이것은 랠프가 모친에게 말한 바 있었다 — 그가 갑자기 그녀의 아들을 좋아하게 되었다고 생각할 수도 없었다. 랠프는 헐렁한 옷을 걸치듯이 세련된 매너를 갖추고 있었고, 그것이 잘 맞지 않는 코트처럼 그의 몸을 덮었어도 벗어 버리는 일은 절대로 없었다. 그는 오즈먼드 씨를 말상대로 매우 좋은 사람이라고 생각했고 언제라도 접대하는 차원에서 그를 만날 의도가 있었다. 하지만 그가 과거에 자신을 좋아하지 않았던 일을 보상하려고 찾아오는 것은 아니라고 생각했다. 랠프는 이 상황을 보다 명확하게 읽어 낼 수 있었다. 오즈먼드를 끌어당기는 매력은 이사벨의 것이었고, 어떤 점에서 따져 보더라도 그 매력은 유난히 풍부했다. 오즈먼드는 정교한 것들을 연구하고 평가하는 사람이었으므로 그렇게 보기 드문 환영(幻影)에 호기심을 느끼는 것은 당연했다. 그래서 오즈먼드 씨가 무엇을 생각하고 있는지 분명하다고 모친이 랠프에게 말했을 때 랠프는 자기도 같은 생각이라고 대답했다. 터치트 부인이 오래전부터 교제해 온 소수의 사람들 명단에 이 신사가 끼어 있었다. 하지만 그가 어떤 재주를 부리고 어떤 과정을 통해 — 너무나 소극적이고 교묘했으므로 — 도처에서 효과적으로 자신을 내세웠는지에 대해서는 막연한 의혹을 품을 수밖에 없었다. 그는 줄기차게 방문하는 사람이 아니었으므로 불쾌감을 살 만한 기회도 없었다. 그리고 그가 없어도 터치트 부인은 잘 살아갈 수 있듯이 그도 그녀에게 의존하지 않고 잘 살아갈 수 있다는 인상을 주었기 때문에 — 무척 기묘하게도 그녀는 이런 자질이 자신과 관계를 맺는 기반이라고 여겼다 — 그에 대해 호감을 느끼고 있었다. 하지만 그가 조카딸과 결혼하려는 마음을 품었다는 것은 전혀 만족스럽지 않은 일이었다. 이사벨 쪽에서 볼 때 그런 사람과 결합한다면 병적인 외고집을 드러내는 일이나 다름없었다. 터치트 부인은 그 아가씨가 영국 귀족을 거절했음을 쉽사리 떠올렸다. 워버턴 경이 전력을 다하고도 얻지 못했던 아가씨가 출신도 모호한 미국인 아마추어 미술 애호가인 데다 이상야릇한 딸이 있는 중년의 홀아비이고 수입도 변변치 않은 사람에게 만족한다는 것, 이것은 터치트 부인이 생각하는 성공과는 전혀 들어맞지 않았다. 결혼에 대한 그녀의 생각은 감정적인 것이 아니라 정치적인 것이었음을 알 수 있을 것이다. 그런 관점은 언제나 봐줄 만한 점이 많았다. 「이사벨이 그의 말에 귀를 기울일 정도로 어리석지는 않을 거라고 생각해.」 터치트 부인이 아들에게 말했다. 이 말에 대해 랠프는 이사벨이 듣는 것과 대답하는 것은 전혀 별개의 문제라고 대답했다. 그의 부친이 말했을 것과 같이 그녀는 여러 당사자의 말에 귀를 기울였지만, 또한 상대방으로 하여금 자신의 말을 경청하게 만들었다는 것을 그는 알고 있었다. 그리고 그녀를 알게 된 이 몇 달 사이에 그녀의 대문에 나타난 새로운 구혼자를 보게 되었다는 사실을 무척 재미있게 생각했다. 그녀는 인생을 보고 싶어 했고, 그녀가 인생을 맛볼 수 있도록 행운이 도와주고 있었다. 멋진 신사들이 연달아 그녀 앞에서 무릎을 꿇는 것은 그 무엇보다도 좋은 경험일 것이다. 랠프는 네 번째와 다섯 번째, 여섯 번째의 구혼자가 나타나기를 기대했고, 그녀가 세 번째에서 멈추리라고는 생각하지 않았다. 그녀는 문을 조금 열어 두고 협상을 벌이겠지만 세 번째 구혼자를 안으로 들이는 일은 분명 없을 것이다. 그는 이런 생각을 이런 식의 비유를 써서 어머니에게 알려 주었다. 터치트 부인은 그가 몸을 재빨리 움직이는 지그 춤을 추기라도 하는 듯이 그를 바라보았다. 그에게는 기발한 그림을 그리듯이 말하는 습성이 있었기에 차라리 농아들이 쓰는 알파벳으로 말하는 편이 나았을 것이다.

「네 말이 무슨 뜻인지 모르겠구나.」 부인이 말했다. 「네가 비유를 너무 많이 사용하니까. 나는 비유법을 도무지 이해할 수 없었어. 내가 가장 존중하는 두 단어는 〈네〉와 〈아니오〉란다. 만일 이사벨이 오즈먼드 씨와 결혼하기 바란다면 그 애는 네가 어떤 비유를 쓰든 간에 그렇게 할 거야. 그 애가 하려는 일에 대해 적절한 비유를 스스로 찾아내도록 그 애를 내버려 둬라. 미국에 있는 그 청년에 대해서는 잘 몰라. 그런데 그 애가 그 청년을 많이 생각하는 것 같지는 않더구나. 그리고 그 청년은 그 애를 기다리는 데 싫증이 났겠지. 이사벨이 오즈먼드 씨를 어떤 방식으로 보게 된다면 그 애가 그와 결혼하는 걸 이 세상 무엇으로도 막을 수 없을 거야. 그래, 그건 괜찮아. 사람이 자기 뜻대로 하는 것을 나보다 더 찬성할 사람은 없을 테니까. 그렇지만 그 애는 이상한 것들을 좋아하거든. 오즈먼드 씨가 멋진 의견을 갖고 있다든가 미카엘 안젤로의 친필 원고를 갖고 있다고 그와 결혼할 수도 있어. 그 애는 사심이 없기를 바라지. 마치 욕심을 부릴 위험에 처한 사람이 자기 혼자뿐인 듯이 말이야! 그런데 오즈먼드 씨가 그 애의 돈을 쓸 수 있을 때 과연 그렇게 사심이 없을까? 네 아버지가 돌아가시기 전에도 그 애는 사심이 없기를 바랐지만 그 후로 그런 생각을 더욱 매력적으로 보게 되었어. 그 애는 사심이 없다고 확실히 믿을 수 있는 사람과 결혼해야 해. 그리고 그 점을 입증하려면 자기 나름의 재산이 있는 사람이라는 것이 가장 분명한 증거가 되겠지.」

「어머니, 저는 걱정하지 않아요.」 랠프가 대답했다. 「이사벨은 우리 모두를 놀리고 있는 거예요. 물론 그녀는 자기 뜻대로 하겠지요. 하지만 사람의 본성을 가까운 곳에서 관찰하고, 그러면서도 자신의 자유를 계속 지켜 나가면서 자기 뜻대로 할 거예요. 그녀는 이제 막 탐색 원정에 들어섰어요. 그리고 길버트 오즈먼드가 신호를 보냈다고 해서 초반에 자신의 진로를 바꾸지는 않을 거예요. 그녀가 한 시간 정도 속도를 늦출 수는 있겠지요. 하지만 우리가 알지 못하는 사이에 그녀는 다시 증기를 내뿜고 멀리 떠날 거예요. 또다시 비유를 사용한 것을 용서하세요.」

터치트 부인은 그 비유를 용서했다. 그러나 안심이 되지 않았기에 마담 멀에게 그 걱정을 털어놓지 않을 수 없었다. 「당신은 모든 것을 알고 있으니 이것에 대해서도 알고 있겠지. 저 별난 사람이 정말로 내 조카딸에게 구애하고 있는지 말이에요.」

「길버트 오즈먼드요?」 마담 멀은 맑은 눈을 크게 뜨고 대단히 영리하게 소리쳤다. 「맙소사, 놀라운 생각이군요!」

「그런 생각이 들지 않았다고?」

「부인의 말씀을 들으니 제가 백치 같은 기분이 들지만, 솔직히 말해서 그런 생각은 전혀 해본 적이 없어요.」 그녀가 덧붙였다. 「이사벨은 그런 생각을 했는지 궁금하군요.」

「그래, 그 애에게 물어봐야겠어.」 터치트 부인이 말했다.

마담 멀은 잠시 생각했다. 「그런 생각을 그녀에게 불어넣지 마세요. 차라리 오즈먼드 씨에게 묻는 편이 좋겠어요.」

「나는 그렇게 할 수 없어요.」 터치트 부인이 말했다. 「그가 나에게 그 일이 나와 무슨 상관이 있느냐고 따진다면 참아줄 수 없으니까. 이사벨의 상황을 고려하면, 그 사람이 그 잘난 체하는 태도로 그러고도 남겠지 ─」

「제가 직접 물어보겠어요.」 마담 멀이 용감하게 말했다.

「하지만 그의 입장에서 볼 때 그 일이 당신과 무슨 상관이 있다고?」

「아무 상관도 없기 때문에 물어볼 수 있는 거죠. 누구보다도 저와 상관없는 일이기 때문에 그는 마음대로 말하면서 제 질문을 슬쩍 넘겨 버릴 거예요. 하지만 그가 대답하는 태도를 보고 알 수 있을 겁니다.」

「그렇다면 당신의 통찰력으로 알아낸 결과를 알려 줘요.」 터치트 부인이 말했다. 「내가 그 사람에게 말할 수 없다면, 적어도 이사벨에게는 말할 수 있겠지.」

마담 멀은 이것에 대해 주의를 주려는 듯이 말했다. 「그녀에게 너무 조급하게 행동하시지 마세요. 그녀의 상상력에 불을 붙이지 마시라고요.」

「내 평생 누구의 상상력에 어떤 일도 해본 적이 없어요. 하지만 틀림없이 그 애는 뭔가를 하고 있어. 내 마음에 들지 않는 방식으로.」

「그럼 부인은 이 일이 마음에 들지 않으시군요.」 마담 멀의 이 말은 질문이 아니었다.

「대체 내가 왜 그걸 마음에 들어 해야 하지? 오즈먼드 씨는 실제로 내세울 만한 것이 하나도 없잖아요.」

다시 마담 멀은 입을 다물었고, 생각에 잠겨 미소를 지으면서 평소보다 더 매력적으로 입술을 왼쪽 구석으로 끌어올렸다. 「찬찬히 따져 보기로 하지요. 길버트 오즈먼드는 분명 매우 유망한 사람은 아니에요. 형편이 좋았더라면 대단히 좋은 인상을 주었을 사람이죠. 내가 알기로는 그가 좋은 인상을 준 것이 한두 번이 아니었고요.」

「틀림없이 냉혈적이었을 그의 연애 사건에 대해서는 말도 꺼내지 마요. 그건 나와 아무 상관도 없으니까!」 터치트 부인이 소리쳤다.「바로 그런 말 때문에 그가 내 집에 오지 않기를 바라니까. 내가 알기에 그가 이 세상에 갖고 있는 것이라고는 스무 장 남짓한 옛날 거장들의 그림과 좀 건방진 딸뿐이니까.」

「그 초기 거장들의 그림은 지금 상당한 돈이 된답니다.」 마담 멀이 말했다.「그리고 그의 딸은 아주 어리고 순진하고 전혀 해롭지 않은 소녀예요.」

「다시 말해서 멍청한 계집애란 말이지. 당신 말이 그런 뜻 아닌가? 그 애는 재산이 없으니 여기 사람들처럼 결혼하기를 바랄 수도 없겠지. 그러니 이사벨이 그 계집애를 부양해 주든지 지참금을 주든지 해야겠군.」

「이사벨은 그 아이에게 친절하게 대해 주는 데 이의가 없을 거예요. 그녀는 그 가엾은 아이를 좋아하는 것 같았어요.」

「오즈먼드 씨가 내 집을 방문하지 않아야 할 또 한 가지 이유로군. 그렇지 않으면 일주일 후에 내 조카딸은 자기 인생의 사명은 계모가 스스로를 희생한다는 것을 입증하는 거라고 믿을 테고, 그것을 입증하기 위해서 먼저 계모가 되어야 한다고 확신하게 될 테니까.」

「그녀는 매력적인 계모가 될 거예요.」 마담 멀이 웃으며 말했다.「하지만 그녀가 자신의 사명을 너무 성급하게 결정하지 않는 편이 낫다는 데 동의해요. 소명을 바꾼다는 것은 자기 코의 생김새를 바꾸는 것처럼 어려운 일이죠. 그 두 가지는 각각 얼굴과 성격의 한가운데에 자리 잡고 있기 때문에 그것을 바꾸려면 너무나 먼 과거로 돌아가서 시작해야 하죠. 어떻든 알아보고 알려 드릴게요.」

이런 논의들은 이사벨을 완전히 제쳐 둔 채 진행되었다. 그녀는 자신과 오즈먼드 씨의 관계가 사람들의 입에 오르내리고 있다는 것을 전혀 눈치채지 못했다. 마담 멀은 이사벨이 경계심을 품을 만한 이야기를 전혀 입에 올리지 않았다. 이제 그녀는 아처 양의 이모에게 문안을 드리려고 몰려든 피렌체의 많은 이탈리아인 신사들이나 외국인 신사들보다 오즈먼드에 대해서 더 특별히 암시하는 일도 없었다. 이사벨은 그를 흥미로운 사람이라고 생각했고 그렇게 인정했다. 그녀는 그에 대해서 생각하는 것을 무척 좋아했다. 그 언덕 꼭대기의 집을 방문한 다음에 어떤 이미지를 품고 돌아왔는데, 이후에 그를 더 잘 알게 되어도 그 이미지는 조금도 지워지지 않았고 그녀가 마음속으로 상상하거나 추측한 다른 것들, 옛일들 속의 사건들과 특별한 조화를 이루었다. 그것은 조용하고 영리하며 민감하고 뛰어난 한 남자가 아르노 강이 내려다보이고 이끼가 끼어 있는 테라스를 거닐면서 방울처럼 맑은 모습이 어린 시절에 새로운 우아함을 더해 준 어린 딸의 손을 잡고 있는 이미지였다. 그 그림에는 장식적인 화려함이 조금도 없었다. 하지만 그녀는 그 그림의 차분한 색조와 여름날의 황혼에 물든 분위기가 좋았다. 그것은 그녀의 마음속 가장 깊은 곳을 울리는 사적인 문제를 말해 주는 것 같았고, 빈약한 연상을 불러일으키는 대상, 주제, 접촉 — 뭐라고 불러야 할까? — 을 택할지 그러지 않고 풍부한 연상을 일으키는 것들을 택할지에 대해서, 또한 아름다운 곳에서 홀로 연구하며 지내는 외로운 삶에 대해서, 지금도 때로 고통을 느끼게 하는 과거의 슬픔에 대해서, 어쩌면 좀 과장되었겠지만 숭고한 면이 있는 자부심에 대해서 말해 주는 것 같았다. 그리고 천부적이기도 하고 갈고닦은 것이기도 한 아름다움과 완벽함에 대한 관심으로 말미암아 삶이 저 아래 멀리 바라다보이는 경치와 기하학적인 이탈리아 정원의 계단과 테라스와 분수들 사이에서 뻗어 나간 듯이 보이는 한 남자에 대해서 말해 주는 것 같았다. 그곳의 메마른 장소들은 불안하기도 하고 무기력하기도 한 기묘한 부성애의 자연스러운 이슬로 적셔질 뿐이었다. 팔라초 크레센티니에 올 때에도 오즈먼드 씨의 태도는 달라지지 않아서 처음에는 수줍어했다. 의심할 바 없이 그는 자의식이 강한 사람이었다! 그리고 (공감할 부분이 있는 사람만 알아볼 수 있을) 노력을 기울이면서 이 불리한 점을 극복하려 했다. 대개 그런 노력을 기울이다 보면 웬만큼 편안하고 활기차게 매우 긍정적이며, 다소 공격적이고, 언제나 암시적인 이야기를 하게 되었다. 오즈먼드 씨의 이야기는 남의 눈에 띄려는 열성을 드러내더라도 그로 인해 해를 입는 일은 없었다. 이사벨은 강렬한 확신의 징후를 그토록 많이 드러내는 사람은 진실한 사람이라고 어렵지 않게 믿을 수 있었다. 가령 그의 처지를 두둔하는 어떤 말에 대해서든, 특히 아처 양이 말했을 때 그것이 그 어떤 말이든 그가 명백히 고마운 마음을 세련되게 표현했을 때처럼 말이다. 이 아가씨가 줄곧 기쁘게 생각했던 것은 그가 즐거움을 위해서 그렇게 말하는 것이지 다른 사람들처럼 〈효과〉를 노리면서 말한 것이 아니라는 점이었다. 그의 생각이 이따금 기묘하게 보이기는 했지만 그는 그 생각들에 익숙한 듯이, 그 생각들과 더불어 살아온 듯이 말했다. 그 생각들이란 오래전에 귀중한 목재로 만들어서 광택을 낸 손잡이 같아서 필요하면 새 지팡이에 끼워 넣을 수 있을 것 같았다. 절박한 나머지 평범한 나뭇가지를 꺾어 만든 지팡이를 턱없이 우아하게 흔들어 대는 것과는 달랐다. 어느 날 그는 어린 딸을 데려왔고 이사벨은 그 아이와 다시 만나게 되어 기뻤다. 그 아이가 거기 있던 사람들 모두에게 키스를 받으려고 이마를 내밀었을 때 이사벨은 어떤 프랑스 희곡에 나오는 천진난만한 소녀를 생생히 떠올렸다. 이사벨은 이런 유형의 소녀를 본 적이 없었다. 미국의 소녀들은 그 아이와 전혀 달랐고, 영국의 처녀들도 달랐다. 팬지는 너무나 확고하게 만들어지고 완벽하게 다듬어진 모습으로 이 세상의 작은 자리를 차지하고 있었지만, 너무나 순진하고 어린애다운 상상력을 갖고 있다는 것을 쉽게 알 수 있었다. 그 아이는 이사벨과 나란히 소파에 앉았다. 작은 인조견 망토를 걸치고 마담 멀에게서 받은 유용한 장갑을 끼고 있었다. 단추가 하나 달린 작은 회색 장갑이었다. 그녀는 아무것도 적혀 있지 않은 백지 같았고, 외국 소설에 나오는 이상적인 아가씨였다. 이사벨은 그토록 아름답고 매끄러운 종이에 정신을 고양시켜 줄 글이 적히기를 바랐다.

제미니 백작 부인도 이사벨을 찾아왔지만 백작 부인은 그 질녀와 전혀 다른 사람이었다. 백지이기는커녕, 여러 가지 필체로 잔뜩 적혀 있는 종이였다. 그녀의 방문을 달가워하지 않았던 터치트 부인은 그녀의 표면에서 오해의 여지 없이 지저분한 오점들을 많이 찾아볼 수 있다고 말했다. 이 백작 부인 때문에 사실 그 집의 안주인과 로마에서 온 손님 사이에 약간 논쟁이 일어나기도 했다. 마담 멀은(다른 사람의 말에 언제나 동의함으로써 짜증을 일으키는 바보가 아니었으므로) 그 안주인이 자기 마음대로 반대 의견을 제시하는 만큼 남들에게도 대범하게 허용해 준 반대의 자유를 교묘하게 이용했다. 터치트 부인은 그처럼 평판이 나쁜 여자가 팔라초 크레센티니에서 전혀 존중받지 못한다는 사실을 오랫동안 틀림없이 알고 있었으면서도 이 시점에 이 집의 문간에 나타났다는 것은 뻔뻔스러운 일이라고 주장했다. 이사벨은 그 집에서 그 백작 부인에 대해 어떤 얘기가 돌고 있는지를 알고 있었다. 오즈먼드 씨의 누이동생은 자신의 부정한 행실을 너무나 잘못 처리하는 바람에 전혀 조리가 서지 않았고 — 그런 문제에 있어서 사람들이 요구하는 것은 적어도 그런 것이었다 — 그리하여 부서져 버린 평판의 파편들이 떠다니면서 사교계 활동에 지장을 초래했던 것이다. 그 모친은 관리 능력이 더 나은 사람으로서 외국의 작위를 높이 샀기 때문에 그 딸을 이탈리아인 귀족과 — 그 딸을 공정히 평가하자면 이때쯤 그녀는 아마도 귀족의 가치를 인정하지 않았을 것이다 — 결혼시켰다. 그 귀족은 아마 그녀가 격분한 마음을 가라앉히려고 애써야 할 구실을 제공했을 것이다. 하지만 백작 부인이 스스로 위안을 찾으려 한 방식은 터무니없었고, 이제 그 많은 핑곗거리들은 그녀가 벌인 예사롭지 않은 사건들의 미궁에 갇혀 자취를 감추고 말았다. 터치트 부인은 과거에 백작 부인이 방문하겠다는 의사를 밝혔지만 그녀를 결코 받아들이지 않았다. 피렌체가 도덕적으로 엄격한 도시는 아니었다. 하지만 어딘가에서 선을 그어야 한다고 터치트 부인은 말했다.

마담 멀은 이 불운한 백작 부인을 열성적으로 재치 있게 옹호했다. 사실 남에게 해를 끼친 적이 없고 그저 좋은 일을 했지만 방식이 잘못되었을 뿐인 여자를 왜 터치트 부인이 희생양으로 만들려 하는지 이해할 수 없다고 말했다. 물론 사람은 선을 그어야 한다. 하지만 선을 그으려면 똑바로 그어야 한다. 제미니 백작 부인을 배제하는 선은 분필로 그은 굽은 선이다. 이런 식으로 하려면 터치트 부인은 자기 집의 정문을 닫아걸고 사람들과 교제하지 않는 편이 나을 것이다. 부인이 피렌체에 머무는 동안 이렇게 하는 것이 최선의 방법일 것이다. 사람은 공정해야 하고 임의로 차별하지 않아야 한다. 백작 부인이 신중하지 못했던 것은 틀림없는 사실이고. 다른 여자들처럼 영리하지 못했다. 그녀는 전혀 영리하지 못하지만 선량한 사람이다. 그리고 영리하지 못하다는 이유로 누군가를 최고 사교계에서 배제한 적이 언제 있었던가? 이제 그녀에 대한 나쁜 소문이 들리지 않은 지 꽤 오래되었다. 그리고 그녀가 터치트 부인과 교제하는 사람들 무리에 끼고 싶어 한 것은 잘못된 처신을 그만두었다는 가장 좋은 증거일 것이다. 이사벨은 이 흥미로운 논의에 낄 수도 없었고 참을성 있게 주의를 기울일 수도 없었다. 그녀는 그 불운한 백작 부인을 다정하게 환영해 주는 것으로 만족했다. 백작 부인이 어떤 결함을 갖고 있든 간에 그녀에게는 적어도 오즈먼드 씨의 누이라는 장점이 있었다. 이사벨은 그 오라버니를 좋아했기 때문에 그 누이를 좋아하려고 노력하는 것이 당연하다고 생각했다. 상황이 점점 복잡해지고 있음에도 그녀는 아직 이런 소박한 결론을 내릴 수 있었다. 백작 부인을 오즈먼드의 빌라에서 만났을 때 썩 좋은 인상을 받은 것은 아니었지만, 그것을 보상할 수 있는 기회가 생겨서 다행으로 생각했다. 자기 누이동생은 점잖은 사람이라고 오즈먼드 씨가 말하지 않았던가? 길버트 오즈먼드에게서 나온 말치고는 꽤 투박한 말이었지만, 마담 멀이 그 말을 다듬어 광택을 내주었다. 가엾은 백작 부인에 대해서 오즈먼드 씨보다 더 많은 이야기를 들려주었고 그녀의 결혼과 그 결과를 알려 주었다. 그 남편은 토스카나의 유서 깊은 가문 출신이었지만 재산이 많지 않았다. 그래서 에이미 오즈먼드의 외모가 아직 인생에 방해가 되지는 않았더라도 문제가 될 만한 소지가 있었지만 그녀의 모친이 제공할 수 있었던 그리 많지 않은 지참금을 받고 기꺼이 그녀를 받아들였다. 그 액수는 이미 그 오라버니가 자기 몫으로 물려받은 세습 재산과 거의 비슷했다. 하지만 그 후에 제미니 백작이 유산을 물려받았으므로, 에이미가 몹시 낭비벽이 심한 사람이었지만 이탈리아인들의 기준으로 보면 그 부부는 지금 꽤 넉넉한 편이었다. 그 백작은 저열한 야만인이어서, 아내가 자기 마음대로 행동하도록 온갖 구실을 제공한 것이나 다름없었다. 그녀에게는 자식도 없었다. 세 아이를 낳았지만 태어난 지 1년 내에 모두 죽었다. 에이미의 모친은 고상한 학식을 갖고 있다고 늘 자부하면서 묘사적인 시를 발표했고 이탈리아와 관련된 주제로 영국의 주간지에 기고했지만 백작 부인이 결혼한 지 3년 만에 사망했다. 그 부친은 미국의 잿빛 여명기에 살았던 사람으로서 종적이 묘연하지만 원래 부유하고 성격이 거칠었다는 평판이 있었고 아내보다 훨씬 일찍 죽었다. 길버트 오즈먼드에게서 이런 점을 찾아볼 수 있다고 마담 멀은 주장했다. 즉 그가 여자의 손에서 양육되었음을 알 수 있다는 것이었다. 물론 그를 공정하게 평가하자면 미국의 코린느[25]라고 불리기

---

25 마담 드 스타엘Madame de Staël(1766~1817)의 소설 『코린느*Corinne*』(1807)의 주인공인 여성 시인.

를 좋아했던 그 모친보다 더 분별 있는 여성에 의해서 양육되었다고 가정할 수 있다. 그 모친은 남편이 사망한 후 자녀를 데리고 이탈리아에 왔고, 터치트 부인은 그녀가 도착한 이듬해에 그녀를 보았던 것을 기억했다. 터치트 부인은 그녀를 형편없는 속물이라고 생각했다. 터치트 부인은 오즈먼드 부인과 마찬가지로 정략결혼에 찬성했으므로, 이것은 터치트 부인의 판단에 일관성이 없음을 보여 주는 것이었다. 백작 부인은 말상대로 매우 좋은 사람이었고 사실 겉으로 보이는 것만큼 멍청한 여자는 아니었다. 그녀를 상대할 때 유념할 일은 그저 그녀의 말을 한 마디도 믿지 않는다는 간단한 전제를 따르는 것이었다. 마담 멀은 언제나 그녀의 오라버니를 위해서 그녀를 최대한 참아 주었다. 그 오라버니는 (그에 대해서 솔직히 말하자면) 누이동생이 자기 가문의 위신을 떨어뜨렸다고 느꼈기 때문에 에이미에게 보여 준 친절한 행동을 고맙게 생각했다. 당연히 그는 누이의 생활 방식이나 푸념, 이기심, 천박한 취향, 특히 진실을 모독하는 언사를 싫어했다. 그녀는 오라버니의 신경을 몹시 건드렸고, 그가 좋아할 유형의 여자가 아니었다. 그가 좋아하는 여자는 어떤 유형일까? 바로 백작 부인과 정반대로, 진실을 늘 성스럽게 여기는 여자였다. 이사벨은 백작 부인이 방문해서 30분간 앉아 있는 동안에 몇 번이나 진실을 모독했는지 헤아릴 수도 없었다. 그러나 실상 이사벨은 백작 부인이 다소 어리석지만 진실하다는 인상을 받았다. 백작 부인은 오로지 자기 자신에 대해서만 이야기했다. 아처 양을 잘 알고 싶고, 자기에게 진정한 벗이 있다면 매우 고맙게 여길 것이며, 피렌체의 사람들은 대단히 비열하고, 자신은 이 도시에 무척 염증을 느끼고 있으며, 파리나 런던, 워싱턴 같은 다른 도시에 가서 살고 싶고, 이탈리아에서는 낡은 레이스 외에 멋진 옷을 구하는 것이 불가능하고, 세계 도처의 물건 값이 점점 비싸지고 있고, 자기는 대단히 고통스럽고 궁핍한 삶을 살고 있다는 그런 얘기였다. 마담 멀은 이사벨이 백작 부인의 말을 들려주자 관심을 갖고 귀를 기울였다. 그러나 그녀가 그 이야기에 관심을 기울였던 것은 불안감에서 벗어나기 위해서가 아니었다. 대체로 그녀는 백작 부인이 두렵지 않았다. 그리고 그녀는 전체적으로 봐서 최선의 일을 할 수 있었고, 그러면서도 그렇게 보이지 않을 수 있었다.

그 사이에 이사벨에게 또 다른 손님이 왔는데, 그 손님을 뒤에서라도 두둔해 주는 일은 그리 쉬운 문제가 아니었다. 헨리에타 스택폴은 터치트 부인이 산레모를 향해 출발한 후 파리를 떠났고 그녀의 말에 의하면 북부 이탈리아의 도시들을 거쳐서 5월 중순에 아르노 강변에 도착했다. 마담 멀은 그녀를 머리끝부터 발끝까지 딱 한 번 훑어보고는, 고통스럽게도 그녀에게 두 손 들고 나서 참아 주기로 결심했다. 실로 마담 멀은 헨리에타를 상대하면서 즐거움을 느끼기로 결심했다. 헨리에타를 장미 향기처럼 들이마실 수는 없겠지만 쐐기풀처럼 움켜쥘 수는 있을 것이다. 마담 멀은 상냥하게 그녀를 쥐어짜서 하찮은 존재로 만들어 버렸다. 이사벨은 자신이 마담 멀의 이러한 대범한 태도를 예상했을 때 그 친구의 지성을 제대로 인정해 주었다고 느꼈다. 헨리에타가 도착하리라고 알려 준 사람은 밴틀링 씨였는데, 그는 그녀가 베네치아에 있는 동안에 니스에서 내려온 것이었다. 그녀가 아직 피렌체에 도착하지 않았지만 그는 그녀를 만나리라는 기대를 품고 팔라초 크레센티니를 방문했다가 실망감을 표현했다. 드디어 이틀 후에 헨리에타가 도착했을 때 밴틀링 씨가 무척 흥분했다는 사실은 베르사유 궁전을 함께 돌아본 이후 오랫동안 그녀를 보지 못했다는 점으로 충분히 설명할 수 있었다. 대체로 사람들은 그들의 관계를 재미있게 생각했지만, 그런 생각을 입에 올린 사람은 랠프 터치트뿐이었다. 자기 방에서 밴틀링이 시가를 피우는 동안 랠프는 모든 것에 대해서 비판적인 아가씨와 그녀를 따라다니는 영국인 신사를 화제로 삼아 우스꽝스러운 희극처럼 마음껏 놀려 댔다. 이 신사는 그 농담을 선선히 받아들였고, 자신이 그 관계를 긍정적인 지적 모험으로 여긴다고 솔직히 고백했다. 그는 스택폴 양을 대단히 좋아했다. 그녀의 어깨 위에 달려 있는 머리가 경이롭다고 생각했다. 그리고 그는 사람들이 뭐라고 말할 것인지에 대해서나 그녀 자신의 행동 및 자기들의 행동 — 그두 사람은 어떤 행동들을 한 바 있었다! — 이 어떻게 보일지에 대해서 전혀 생각하지 않는 여자와 어울리면서 큰 즐거움을 얻었다고 말했다. 스택폴 양은 어떤 일이 어떻게 보일지에 대해 전혀 신경을 쓰지 않았다. 그녀가 개의치 않는다면 자신이 왜 신경을 써야겠는가? 하지만 그는 호기심이 일었고, 그녀가 혹시라도 신경을 쓰게 될 일이 있을지 몹시 궁금했다. 그는 그녀가 가는 곳이면 어디까지라도 갈 각오가되어 있었다. 자기가 먼저 포기할 이유는 전혀 없었다.

헨리에타 역시 포기하려는 기색이 전혀 없었다. 영국을 떠난 후 앞날에 대한 전망이 더욱 밝아졌기에 이제 그녀는 자신의 풍부한 재간을 한껏 발휘하고 있었다. 사실 내적 생활을 밝혀 보겠다는 기대는 접어야 했다. 유럽 대륙의 사교계를 다루려는 시도는 영국에서보다 훨씬 더 큰 어려움에 부닥쳤다. 그러나 대륙에서는 그 외적 생활이 어디를 돌아보아도 손에 잡힐 듯이 눈앞에 드러났기에, 그 불투명한 영국 섬나라 사람들의 관습보다는 더 쉽게 글로 옮길 수 있었다. 그녀가 독창적으로 표현했듯이, 유럽에서는 집 밖에 나서기만 하면 태피스트리의 겉면이 보이는 것 같았다. 하지만 영국에서는 집 밖으로 나갔을 때 태피스트리의 안쪽이 보이는 것 같아서 어떤 무늬인지 도통 알 수 없었다. 그녀의 삶을 기록하는 작가로서 인정하기 괴로운 일이지만, 헨리에타는 더 내밀한 부분들을 단념하고 이제는 외적 생활에 많은 관심을 기울이고 있었다. 그녀는 두 달간 베네치아의 외적 생활을 살펴보았고, 그 도시에서 곤돌라와 광장, 탄식의 다리, 비둘기, 타소의 노래를 부르는 젊은 뱃사공에 대해 꼼꼼히 기록해서 『인터뷰어』에 보냈다. 『인터뷰어』는 아마 실망했겠지만, 적어도 헨리에타는 이제 유럽을 보고 있는 것이었다. 그녀는 말라리아 전염병이 돌기 전에 로마에 내려갈 생각이었다. 그녀는 마치 정해진 어느 날에 그 병이 시작될 거라고 생각하는 것 같았다. 이런 계획을 갖고 있기 때문에 지금으로는 피렌체에서 며칠만 지낼 생각이었다. 밴틀링 씨도 그녀와 함께 로마에 갈 예정이었다. 그는 이미 로마에 가본 적이 있고 군인이었으며 고전 교육을 받았으므로 — 그는 이튼 스쿨을 나왔는데 그곳에서 가르치는 것이라고는 라틴어와 화이트멜빌[26]뿐이라고 스택폴 양은 말했다 — 카이사르의 도시에서 그보다 더 큰 도움이 될 사람도 없을 거라고 이사벨에게

---

26 Whyte-Melville(1821~1878). 이튼 스쿨 출신으로 터키 비정규 기병대의 소장으로 크림 반도에서 복무했다. 주로 스포츠 소설을 썼다.

말했다. 다행히도 그즈음에 랠프가 이사벨에게 로마 순례 여행을 안내해 주겠다고 자청했다. 그녀는 다가오는 겨울철을 로마에서 보낼 생각이었고 그것은 아주 좋은 계획이었지만 그 사이에 미리 답사를 하는 것도 나쁘지 않았다. 아름다운 5월은 아직 열흘 정도 더 남아 있었고, 진정으로 로마를 사랑하는 사람들에게 5월은 가장 소중한 달이었다. 이사벨은 로마를 사랑하게 될 것이다. 그것은 기정사실이나 다름없었다. 이사벨은 신뢰하는 여자 친구와 함께 갈 것이고, 이 아가씨가 다른 요구에 관심을 기울여야 할 터이므로 그 덕분에 그녀와 어울리는 일이 그리 답답하지는 않을 것이다. 마담 멀은 터치트 부인과 함께 피렌체에 남아 있을 것이다. 그녀는 여름철을 피렌체에서 지내려고 로마를 떠나왔기에 돌아갈 생각이 없었다. 피렌체에 평화롭게 남아 있는 것이 즐겁다고 말했다. 그녀는 자기 집 문을 잠그고 요리사를 팔레스트리나의 집으로 보냈던 것이다. 하지만 그녀는 이사벨에게 랠프의 제안을 따르라고 권했고, 로마에 대해 훌륭한 안내를 받는다는 것은 결코 무시할 수 없는 일이라고 강조했다. 사실 이사벨은 그런 권유를 받을 필요도 없었다. 이렇게 되어 네 사람이 소규모의 여행을 계획하게 되었다. 이번에 터치트 부인은 조카딸의 벗이 돼줄 나이 지긋한 부인이 동행하지 않는 것을 받아들였다. 우리가 이미 보았다시피 이제 부인은 조카딸이 홀로 독자적으로 행동해야 한다고 믿고 있었던 것이다. 이사벨은 여행을 준비하면서 출발하기 전에 길버트 오즈먼드를 만나서 로마 여행을 떠날 거라고 언급했다.

「당신과 함께 로마에 가고 싶습니다.」그가 말했다. 「그 경이로운 곳에서 당신을 보고 싶군요.」

그녀는 거의 망설이지 않았다. 「그러면 가시지요.」

「하지만 당신 주위에 많은 사람들이 있겠지요.」

「아,」 이사벨이 인정했다. 「물론 저는 혼자가 아닐 거예요.」

잠시 그는 입을 다물고 있었다. 「그곳이 마음에 드실 겁니다.」 마침내 그가 말을 이었다. 「사람들이 로마를 망쳐 놓기는 했지만 그래도 당신은 열광적인 찬사를 보낼 겁니다.」

「안타깝게도 고대의 소중한 도시, 〈모든 나라들의 니오베〉[27]가 손상되었으니 그곳을 싫어해야 할까요?」 그녀가 물었다.

「아뇨, 그렇게 생각하지는 않습니다. 너무 자주 손상되었으니까요.」 그가 미소를 지었다. 「제가 혹시라도 로마에 간다면, 제 어린 딸을 어떻게 해야 할까요?」

「따님을 빌라에 남겨 두실 수 없을까요?」

「그건 마음이 놓이지 않습니다. 아이를 돌봐 주는 아주 좋은 노파가 있기는 하지만 가정교사를 둘 형편이 아니거든요.」

「그러면 따님을 데리고 가시지요.」 이사벨이 즉시 말했다.

오즈먼드 씨는 심각한 표정을 지었다. 「그 아이는 겨우내 로마의 수도원에서 지냈어요. 그리고 너무 어려서 즐거움을 위한 여행을 할 수 없습니다.」

「따님을 세상에 내놓고 싶지 않으신가요?」 이사벨이 물었다.

「그렇습니다. 어린 아가씨들은 가급적 세상과 떨어져 있어야 한다고 생각합니다.」

「저는 전혀 다른 방식으로 성장했어요.」

「당신은? 아, 당신에게는 그 방식이 성공을 거두었지요.

---

27 바이런Byron(1788~1824)의 장편 서사시 「차일드 해럴드의 순례Childe Harold's Pilgrimage」에 나오는 구절.

왜냐하면 당신은 — 당신은 특별한 사람이었으니까요.」

「제가 특별할 이유가 없는데요.」이사벨이 말했다. 하지만 그 말에 일말의 진실이 없다고는 생각하지 않았다.

오즈먼드 씨는 설명하지 않고 그저 말을 이었다. 「제 딸이 로마의 사교적인 일행에 끼어서 당신을 닮을 수 있다면 당장 내일이라도 그 애를 로마에 데리고 가겠습니다.」

「따님이 저를 닮도록 만들지 마세요.」이사벨이 말했다. 「자기답게 크도록 내버려 두세요.」

「딸을 내 누이에게 보낼 수 있습니다.」오즈먼드 씨가 말했다. 그의 말은 조언을 구하는 듯이 들렸다. 자기의 집안 문제를 아처 양과 의논하고 싶어 하는 것 같았다.

「네.」그녀가 동의했다. 「그렇게 하면 따님이 저를 닮지 않게 할 수 있겠네요!」

이사벨이 피렌체를 떠난 후 길버트 오즈먼드는 제미니 백작 부인의 집에서 마담 멀을 만났다. 다른 사람들도 있었다. 백작 부인의 응접실은 늘 사람들로 붐볐고 그들은 잡다한 대화를 나누었다. 그러나 잠시 후 오즈먼드는 앉아 있던 자리에서 일어나 마담 멀이 앉아 있는 자리의 약간 뒤쪽에 옆으로 놓인 긴 의자에 앉았다. 「그녀는 내가 로마에 함께 가기를 바라더군.」그가 낮은 목소리로 말했다.

「그녀와 함께 간다고요?」

「그녀가 거기 있는 동안 내가 그곳에 간다는 말이오. 그녀가 제안했소.」

「당신이 제안했고 그녀가 동의했다는 뜻이겠죠.」

「물론 그녀에게 그렇게 동의할 수 있는 기회를 주었소. 그렇지만 그녀는 고무적이었소. 무척 고무적이었지.」

「그 말을 들으니 기쁘군요. 하지만 너무 빨리 승리의 환성을 지르지는 마세요. 물론 당신은 로마에 가겠죠.」

「아.」 오즈먼드가 말했다. 「사람을 무척 바쁘게 만드는군. 당신의 이 기발한 생각 말이지!」

「그 일이 즐겁지 않은 척하지 마세요. 당신은 고마운 걸 모르는군요. 아주 오랫동안 당신은 이렇게 좋은 일에 몰두한 적이 없었어요.」

「당신이 이 일을 받아들이는 방식이 아름답군.」 오즈먼드가 말했다. 「그 점에 대해서 감사해야겠소.」

「하지만 너무 고마워하는 것 같지는 않군요.」 마담 멀이 대답했다. 그녀는 평소처럼 미소를 띠고 의자에 등을 기댄 채 방을 돌아보며 말했다. 「당신은 아주 좋은 인상을 주었어요. 당신도 좋은 인상을 받았다는 것은 내 눈으로 직접 확인했고요. 당신이 터치트 부인의 집을 일곱 번이나 방문한 것은 내게 호의를 보이기 위해서가 아니었죠.」

「그 아가씨가 불쾌하지는 않더군.」 오즈먼드가 조용히 인정했다.

마담 멀은 한순간 그를 바라보았고 그 사이에 단호하게 입술을 꼭 다물었다. 「그 근사한 아가씨에 대해서 당신이 할 수 있는 말은 고작 그게 전부인가요?」

「전부냐고? 그것으로 충분하지 않소? 내가 그 이상으로 평가해 주는 사람이 몇 명이나 있었소?」

마담 멀은 이 말에 대답하지 않았지만, 말을 하고 있는 듯이 우아한 얼굴로 방 안을 둘러보았다. 「당신은 속을 알 수 없는 사람이에요.」 그녀가 마침내 중얼거렸다. 「내가 그녀를 얼마나 깊은 심연에 빠뜨리게 될지 두려워요.」

그는 그 말에 명랑한 기색으로 대꾸했다. 「이제 당신은 뒷걸음질 칠 수 없소. 이미 너무 멀리 나갔으니까.」

「좋아요. 하지만 나머지는 당신 스스로 해야 해요.」

「그렇게 할 거요.」 길버트 오즈먼드가 말했다.

마담 멀은 말없이 앉아 있었고, 그는 다시 자리를 옮겼다. 그녀가 돌아가려고 일어서자 그도 작별 인사를 했다. 터치트 부인의 사륜마차가 뜰에서 그녀의 손님을 기다리고 있었다. 그는 그녀를 마차에 태워 준 후 잠시 그곳에 서 있었다. 「당신은 무척 경솔하군요.」 그녀가 다소 지친 듯이 말했다. 「내가 일어섰을 때 당신은 움직이지 않았어야 해요.」

그는 모자를 벗고 손으로 이마를 문질렀다. 「늘 잊어버리는군. 습관이 되지 않아서.」

「당신은 정말로 속이 음흉한 사람이에요.」 그녀는 그 도시의 신개발지에 지은 현대식 저택의 창문을 올려다보며 되풀이했다.

그는 이 말을 묵살한 채 자기 생각만 말했다. 「그녀는 정말이지 아주 매력적이오. 그보다 더 우아한 사람은 거의 본 적이 없었소.」

「그런 말을 들으니 좋군요. 당신이 그녀를 좋아할수록 내게도 더 좋으니까요.」

「그녀가 무척 마음에 들었소. 당신이 묘사했던 그대로였지. 게다가 덤으로 대단히 헌신적일 수 있는 아가씨라고 느꼈소. 결함이 딱 한 가지 있지만.」

「그게 뭔가요?」

「너무 생각이 많다는 거요.」

「그녀가 영리한 사람이라고 전에 말했죠.」

「다행히도 그 생각들은 몹시 형편없는 것들이오.」 오즈먼드가 말했다.

「왜 다행이라는 거죠?」

「물론, 희생되어야 할 생각들이니까!」

마담 멀은 등받이에 등을 기대고 똑바로 앞을 바라보았다. 그러고 나서는 마부에게 출발하자고 말했다. 그러나 그 친구가 다시 그녀를 붙잡았다. 「내가 로마에 가면 팬지를 어떻게 해야겠소?」

「내가 만나러 가겠어요.」 마담 멀이 말했다.

제27장

나는 우리의 젊은 아가씨가 로마의 강한 호소력에 어떻게 반응했는지를 상세히 기록할 생각이 없다. 또한 고대 로마 광장의 포석을 걸었을 때 그녀의 감정이 어떠했는지를 분석하거나, 성 베드로 성당의 문턱을 밟았을 때 그녀의 맥박이 얼마나 빨라졌는지를 세어 볼 생각도 없다. 그녀가 받은 인상은 한창 싱싱하고 열성적인 사람에게서 예상될 만한 것이었다고 말하면 충분할 것이다. 그녀는 언제나 역사를 좋아했고, 로마에는 보도에 깔린 돌들과 햇빛의 입자에도 역사가 담겨 있었다. 그녀는 위대한 행위에 대한 이야기를 들으면 언제나 상상력에 불이 붙곤 했는데, 로마는 어느 쪽으로 발걸음을 내딛든 간에 위대한 행위가 일어났던 곳이었다. 이런 사실들이 그녀의 마음에 강렬한 감동을 주었지만, 그 감동이 외적으로 드러나지는 않았다. 그녀의 벗들에게는 그녀가 평소보다 말을 적게 하는 듯이 보였다. 랠프 터치트는 무기력하고 어색한 태도로 그녀의 머리 너머 주위를 둘러보는 듯이 보일 때에도 실은 그녀를 열심히 관찰하고 있었다. 그녀 자신의 기준으로 보자면 그녀는 무척 행복했다. 이 시간들을 지금까지 느껴 보지 못한 가장 행복한 시간으로 여기려는 마음도 있었을 것이다. 끔찍했던 인류의 과거사에 대한 의식이 그녀를 무겁게 짓눌렀다가도 무언가 순전히 현대적인 것에 대한 의식이 갑자기 그것에 날개를 달아 푸른 하늘에서 퍼덕이게 했다. 그녀의 의식은 너무 많은 것들로 뒤섞여 있어서 그 다양한 부분들이 그녀를 어디로 이끌어 갈지 알 수 없었다. 그녀는 사색에 빠지려는 마음을 억누르고 여기저기를 돌아다녔다. 눈앞에 보이는 것들에서 종종 실제로 존재하는 것보다 더 많은 것을 보았지만, 머레이[28]의 관광 안내서에 상세히 설명된 많은 것들은 보지 못했다. 랠프가 말했듯이 로마는 심리적으로 중요한 계기가 되는 곳이었다. 시끌벅적한 관광객 무리들이 떠났고 장중한 건물들이 대부분 엄숙한 분위기에 다시 빠져든 계절이었다. 하늘은 눈부시게 파랗고, 이끼 낀 샘에서 솟아오르는 물은 냉기가 가신 채 갑절로 청명한 소리를 내며 흘렀다. 따뜻하고 화사한 거리의 구석구석마다 흐드러지게 피어 있는 꽃들이 사람을 맞이했다. 우리의 벗들은 로마에 머문 지 사흘째 되는 날 오후에 로마 광장의 최근 발굴지를 보러 갔다. 얼마간 대규모로 발굴 작업이 확대되고 있던 곳이었다. 그들은 현대적인 거리에서 내려와서 성스러운 길을 따라 엄숙하게 발걸음을 옮겼다. 그들 모두 같은 경의를 느꼈던 것은 아니었다. 헨리에타 스택폴은 고대 로마의 도로가 뉴욕과 매우 비슷하게 포장되어 있었다는 사실에 깊은 인상을 받았고, 고대의 거리에서 볼 수 있는 깊이 파인 마차 바퀴 자국들과 미국의 강력한 삶을

---

28 이탈리아에 대한 권위 있는 안내서 『여행자를 위한 지침서』를 펴냄.

대변하는 요란한 철로 사이에서 유사성을 발견하기도 했다. 해가 기울기 시작하면서 대기에 황금빛 광채가 펼쳐졌고 부서진 기둥들과 뭔지 모를 주춧돌들의 그림자가 폐허가 된 광장에 길게 드리워졌다. 헨리에타는 밴틀링 씨와 둘이 일행에서 떨어져 거닐었고, 율리우스 카이사르를 〈건방진 녀석〉이라고 말하는 그의 이야기에 분명 재미있게 귀를 기울이고 있었다. 랠프는 주의 깊게 경청하는 우리의 여주인공에게 가급적 상세하게 설명해 주었다. 그곳을 어슬렁거리던 초라한 고고학자들 중 한 명이 안내를 맡아서 관광 시즌이 지났음에도 전혀 손상되지 않은 유창한 말솜씨로 두 사람에게 설명을 늘어놓았다. 멀리 떨어진 광장의 한쪽 구석에 발굴 작업이 진행되고 있는 것이 보였다. 그 안내인은 곧 그곳으로 가보면 흥미로운 것을 볼 수 있으리라고 말했다. 많이 돌아다니느라 피곤했던 이사벨보다는 랠프가 그 제안에 더 관심을 드러냈다. 그래서 그녀는 랠프에게 가서 보고 오라고 권했고 자신은 그가 돌아올 때까지 기다리겠다고 했다. 그 시간과 장소가 무척 마음에 들기 때문에 잠시 혼자 있더라도 즐거울 것이다. 그래서 랠프는 관광 안내인과 함께 발굴지로 걸어갔고 이사벨은 주피터 신전의 기단 가까이 있는 부서진 기둥에 앉았다. 그녀는 잠시 혼자 있고 싶었지만, 오랫동안 고독을 누린 것은 아니었다. 그녀는 주위에 흩어져 있는, 몇백 년의 세월로 침식되었어도 아직 개체적 생명을 많이 간직하고 있는 과거 로마의 투박한 유물에 열렬한 관심을 느꼈다. 하지만 그녀의 생각은 얼마간 이런 것들에 머물다가 더욱 적극적인 호소력을 띤 곳들과 대상으로 옮겨 갔다. 그 단계들의 연결 고리들을 추적하려면 약간 섬세한 고찰이 필요할 것이다. 과거의 로마에서 이사벨 아처의 미래로 나아가는 것은 먼 걸음이었지만 그녀의 상상력은 단 한 번의 도약으로 그곳에 이르렀고, 이제 더욱 가깝고 더 풍부한 영역 위를 천천히 맴돌고 있었다. 생각에 잠겨서 고개를 숙인 채 그녀는 발치의 땅을 덮은, 쪼개지기는 했어도 완전히 부서지지는 않은 석판들을 바라보고 있었다. 그래서 늘어선 돌 위에 그림자가 드리워질 때까지 다가오는 발소리를 듣지 못했다. 고개를 들어 보니 어떤 신사가 서 있었다. 발굴지가 지루했다고 말하려고 돌아온 랠프가 아니었다. 그 사람은 그녀 못지않게 깜짝 놀란 것 같았다. 그가 그곳에 서서 모자를 벗는 바람에 그녀는 너무 놀라서 얼굴이 하얗게 질렸다.

「워버턴 경!」 그녀는 일어서면서 소리쳤다.

「당신이라고는 생각도 못 했어요. 저 모퉁이를 돌자마자 당신을 우연히 보게 되었으니까요.」

그녀는 주위를 돌아보면서 설명했다. 「지금은 혼자 있지만 조금 전만 해도 벗들과 함께 있었어요. 사촌 오빠는 저기 발굴 현장을 보러 갔고요.」

「아, 네, 그렇군요.」 워버턴 경은 그녀가 가리킨 방향을 멍하니 바라보았다. 그는 이제 그녀 앞에 확고한 자세로 서 있었다. 마음의 평정을 되찾은 것 같았고 매우 친절하게 그런 마음을 보여 주려는 것 같았다. 「방해가 되지 않았기를 바랍니다.」 그는 그녀가 앉아 있던 기둥을 바라보며 말을 이었다. 「피곤하신 것 같군요.」

「네, 좀 지쳤어요.」 그녀는 잠시 망설이다가 다시 앉았다. 「저 때문에 가시던 길을 멈추지는 마세요.」 그녀가 덧붙였다.

「아, 저는 일행이 없습니다. 꼭 해야 할 일은 없어요. 당신이 로마에 계실 줄은 전혀 몰랐어요. 저는 동양을 여행하고 돌아오는 길입니다. 이제 로마를 거쳐서 돌아가고 있을 뿐이지요.」

「긴 여행을 하셨군요.」 이사벨은 워버턴 경이 영국을 떠났다는 이야기를 랠프에게서 들은 적이 있었다.

「네, 여섯 달간 외국을 여행했습니다. 마지막으로 당신을 만난 후에 곧 떠났지요. 터키와 소아시아를 여행했고, 얼마 전에 아테네에서 왔어요.」 그는 어색하지 않게 처신했지만 편안한 마음은 아니었다. 그녀를 한참 바라본 후 그는 결국 솔직하게 물어보았다. 「이제 곧 작별하기를 바라세요? 아니면 제가 좀 더 여기 있도록 허락해 주시겠어요?」

그녀는 그 말에 매우 상냥하게 대답했다. 「금방 가시는 건 바라지 않아요, 워버턴 경. 당신을 뵙게 되어 무척 기뻐요.」

「그렇게 말해 줘서 고맙습니다. 앉아도 될까요?」

그녀가 앉아 있던 홈이 파인 기둥은 여러 사람이 쉴 수 있을 만큼 자리가 넉넉했고, 체격이 무척 큰 영국인이 앉기에도 충분한 공간이 있었다. 그처럼 체격이 좋은 인간의 훌륭한 표본으로 볼 수 있는 이 신사는 우리의 아가씨 옆에 자리를 잡았고, 5분이 지나는 동안 생각나는 대로 이런저런 질문을 던졌다. 몇 가지를 두 번씩이나 거듭 물어보는 것으로 보아 그 대답을 제대로 알아듣지 못했음이 분명했다. 그는 자신에 관한 이야기도 들려주었는데 그녀는 좀 더 차분한 여성다운 감각으로 그 이야기를 하나도 놓치지 않았다. 그는 그녀를 만나리라고 예상하지 않았다는 말을 두세 번 되풀이했다. 우연한 만남을 예상했더라면 더 나았으리라고 느끼고 있음이 분명했다. 평범한 일에서 엄숙한 일로, 그리고 즐거운 일에서 터무니없는 일로 돌연히 화제를 바꾸기도 했다. 그의 피부는 멋지게 햇볕에 그을렸고, 덥수룩한 턱수염은 아시아의 뜨거운 햇살에 그을려 윤이 났다. 그는 영국인 여행자들이 외국에서 국적을 드러내면서도 편안하게 걸칠 수 있는 위아래가 다른 헐렁한 옷을 입고 있었다. 유쾌하고 침착한 눈, 햇빛에 단련되어 구릿빛이 돌지만 생기가 넘치는 얼굴, 남자다운 체격, 절제하는 태도, 신사이자 탐험가 같은 분위기 덕분에 그는 영국인들에게 호감을 가진 사람들이라면 어디서든지 인정해 주었을 정도로 영국인을 훌륭하게 대표할 사람이었다. 이사벨은 이런 점들을 주목했고, 그에 대해서 늘 호감을 갖고 있었던 것을 즐겁게 생각했다. 그는 분명 매우 놀랐지만 그럼에도 자신의 장점들을 하나도 잃지 않았다. 말하자면 대단히 훌륭한 가문의 진수를 엿볼 수 있는 고유한 특성을 갖고 있었다. 그 특성은 그 가문에 가장 깊이 박혀 있는 특징이자 장식 같은 것이라서 세속의 변화에 좌우되지 않고 체제가 전체적으로 붕괴해야만 사라질 수 있는 것이었다. 그들은 그녀의 이모부의 별세와 랠프의 건강 상태에 대해서, 그녀가 겨울을 어떻게 보냈는지에 대해서, 그리고 로마를 방문하고 피렌체에 돌아갈 것이며 여름을 어떻게 보낼 예정이고 어느 호텔에 머물고 있는지를 자연스럽게 순서대로 이야기했다. 그러고 나자 워버턴 경은 자신이 여행하면서 이동한 경로, 자신이 품었던 의도와 여행 중 받았던 인상, 현재 머물고 있는 곳에 대해서 이야기했다. 마침내 두 사람 모두 입을 다물었다. 그 침묵은 두 사람이 나눈 이야기보다 더 많은 말을 담고 있었기에 그가 마침내 꺼낸 말이 불필요하게 보일 정도였다. 「당신에게 여러 차례 편지를 썼습니다.」

「편지를 쓰셨다고요? 저는 받은 적이 없는데요?」

「보내지 않았거든요. 모두 불태워 버렸습니다.」

「아,」 이사벨이 웃었다. 「제가 아니라 당신이 태워 버린 것이 더 나았어요.」

「당신이 편지를 읽고 싶어 하지 않을 것 같았어요.」 그의 소박한 말투에 그녀는 가슴이 뭉클해졌다. 「결국 편지로 당신을 괴롭힐 권리가 없다는 생각이 들었지요.」

「당신의 소식을 들었더라면 무척 기뻤을 거예요. 제가 무척 바랐다는 것을 아시지요. 그것을 ─」 그러나 그녀는 말을 멈췄다. 자기 생각을 입 밖에 낸다면 너무나 따분하게 들릴 것이다.

「무슨 말씀을 하시려는지 알고 있어요. 우리가 언제나 좋은 친구로 있기를 바라셨지요.」 워버턴 경의 입에서 나온 이 판에 박힌 말들은 확실히 무척 진부하게 들렸다. 하지만 그는 그것이 그렇게 들리도록 말하려 했다.

어쩔 수 없이 그녀는 이렇게 말할 수밖에 없었다. 「제발 그런 말씀은 하지 말아 주세요.」 이 말은 조금 전에 한 말보다 전혀 나은 것 같지 않았다.

「그 말을 하게 해주신다면 작은 위안이 될 겁니다!」 그가 힘주어 말했다.

「저는 감히 당신을 위로할 수 없습니다.」 차분히 앉아서 그녀는 여섯 달 전에 그를 만족시키지 못했던 대답을 했던 일에 내적 승리감 같은 것을 느끼면서 몸을 뒤로 젖혔다. 그는 유쾌했고, 강력했고, 여자들에게 친절했다. 그보다 더 훌륭한 남자는 없었다. 그러나 그녀의 대답은 여전히 마찬가지였다.

「저를 위로하려고 애쓰시지 않아도 좋습니다. 당신이 할 수 없는 일일 테니까요.」 그의 말을 들으며 그녀는 이상하게도 고양되는 기분을 느꼈다.

「저는 워버턴 경을 다시 만나기를 바랐어요. 제가 당신을 부당하게 대했다는 느낌을 주실 거라는 걱정은 없었기 때문이지요. 하지만 만일 그렇게 하신다면, 기쁨보다는 고통이 더 크겠군요.」 그러면서 그녀는 일행을 찾으려는 듯이 약간 의식적으로 당당하게 일어섰다.

「당신에게 그런 느낌을 줄 생각은 없습니다. 물론 내가 이런 말을 할 수는 없겠지요. 다만 당신에게 한두 가지를 알려 주고 싶었어요. 실은 나 스스로에 대해 공정하게 말하기 위해서입니다. 그 문제를 다시는 언급하지 않겠어요. 내가 작년에 당신에게 표현했던 것은 매우 강렬한 감정이었고, 그 외의 다른 것은 도무지 생각할 수 없었어요. 나는 잊으려고 노력했습니다. 활동을 하면서, 의도적으로 잊으려 했지요. 다른 사람에게 관심을 가지려고도 했어요. 지금 이런 말을 하는 것은 내가 내 의무를 다했다는 사실을 당신에게 알려 주고 싶기 때문입니다. 그런데도 성공하지 못했어요. 가급적 멀리 외국 여행에 나선 것도 그런 목적을 위해서였지요. 여행을 하면 마음이 분산된다고 하니까요. 하지만 내 마음은 분산되지 않았어요. 당신을 마지막으로 본 후로 늘 계속해서 당신을 생각했어요. 나는 예전과 똑같습니다. 당신을 여전히 많이 사랑하고 있고, 그때 당신에게 한 말은 지금도 똑같이 진실입니다. 당신에게 말하고 있는 이 순간도, 내게는 몹시 불행하게도, 당신이 얼마나 저항할 수 없이 매력적인지를 다시 보여 줍니다. 그래요, 이만 못한 말은 할 수 없습니다. 하지만 계속 고집을 부릴 생각은 없습니다. 잠시 말씀드리는 것이지요. 덧붙여 말하자면, 몇 분 전에 당신을 만나리라는 것을 전혀 예상하지 못한 채 당신과 마주쳤을 때 정말이지 나는 당신이 어디 계신지 알고 싶다고 생각하던 중이었어요.」 그는 자제심을 되찾았고, 이렇게 말을 하는 동안에 자제심을 완벽하게 회복했다. 그는 마치 소규모 위원회 앞에서 손에 든 모자에 숨겨 놓은 서류를 이따금 쳐다보면서 조용하고 명료하게 중요한 진술을 하고 있다고 여겨질 수도 있었을 것이다. 그리고 그 위원회는 분명 그의 주장이 입증되었다고 느꼈을 것이다.

「저도 당신에 대해서 종종 생각했어요, 워버턴 경.」 이사벨이 대답했다. 「제가 늘 생각하리라는 것을 믿으셔도 됩니다.」 그녀는 친절함은 끌어올리고 그 의미는 끌어내리려는 어조로 덧붙였다. 「그렇게 하더라도 어느 쪽에도 해가 되지 않겠지요.」

그들은 함께 걸음을 옮겼다. 그녀는 즉시 그의 누이동생들의 안부를 묻고는 자기가 안부를 물었다는 것을 그들에게 알려 달라고 부탁했다. 그는 얼마간 두 사람 사이의 중요한 문제에 대해서 더 이상 언급하지 않았고, 더욱 피상적이고 안전한 이야기에 다시 빠져들었다. 그러나 그녀가 언제 로마를 떠날 것인지를 알고 싶어 했고, 그녀가 로마에 머물 기한을 알려 주자 아직 한참 지나야 떠나는 것이 다행이라고 말했다.

「로마를 거쳐 돌아가는 길이라면서 왜 그렇게 말씀하세요?」 그녀가 약간 걱정스러운 어조로 물었다.

「아, 거쳐 간다고 했을 때 로마를 클래펌 환승역처럼 거쳐 간다는 의미는 아니었습니다. 로마를 거쳐 간다고 해도 한두 주일 정도는 머물러 있는 것이지요.」

「제가 머물러 있을 때까지 머무실 거라고 솔직히 말씀하시지요!」

그는 약간 얼굴을 붉히며 미소를 지었고 그녀의 의사를 타진하려는 것 같았다. 「당신은 그것이 마음에 들지 않으시겠군요. 저를 너무 자주 볼까 봐 걱정이 되는 모양이지요.」

「제가 무엇을 좋아하는지는 문제가 되지 않아요. 물론 저 때문에 당신이 이 아름다운 곳을 떠나시기를 바랄 수는 없어요. 하지만 솔직히 고백하자면 당신이 두렵습니다.」

「내가 다시 말을 꺼낼까 봐 걱정스럽다고요? 극히 신중하게 처신하겠다고 약속드리지요.」

그들은 서서히 걸음을 멈추고는 순간 서로의 얼굴을 바라보았다. 「가엾은 워버턴 경!」 그녀는 자기들 두 사람에게 아량을 베풀려는 의도로 동정심을 드러내며 말했다.

「실로 가엾은 워버턴 경입니다! 하지만 조심하겠어요.」

「당신은 불행하시겠지요. 하지만 저도 불행하게 만들지는 말아 주세요. 그것은 제가 받아들일 수 없습니다.」

「내가 당신을 불행하게 만들 수 있다고 믿을 수 있다면, 그렇게 해보고 싶군요.」 이 말을 듣자 그녀는 앞서서 걸었고 그도 따라서 걸었다. 「당신에게 불쾌감을 줄 말은 한 마디도 하지 않겠어요.」

「좋아요. 만일 그렇게 하신다면, 우리의 우정은 끝날 거예요.」

「어쩌면 언젠가는, 얼마 후에, 허락해 주시겠지요.」

「저를 불행하게 만들도록 허락해 드린다고요?」

그는 망설였다. 「다시 말할 수 있도록 ―」 그러나 그는 자제했다.「그 말은 억누르겠어요. 언제나 억누를 겁니다.」

랠프 터치트가 발굴 현장에 갈 때 스택폴 양과 그녀를 늘 따라다니는 밴틀링 씨도 함께 갔다. 이제 벌어진 구멍 주위에 쌓인 흙과 돌 더미 사이에서 나타난 이 세 사람의 모습이 이사벨과 그 동행의 눈에 들어왔다. 가엾은 랠프는 놀랍고 즐거운 마음으로 친구를 환영했고 헨리에타는 높은 목소리로 〈아니, 저기 그 귀족이시네요!〉라고 외쳤다. 랠프는 영국인들이 오래 떨어져 지낸 후 다시 만날 때 흔히 그러듯이 간결하게 영국인 이웃과 인사를 나눴고, 스택폴 양은 햇볕에 그은 그 여행자를 크고 지적인 눈으로 바라보았다. 그러나 곧 그 중대한 상황에서 자신의 입지를 다졌다.「아마 저를 기억하지 못하시겠지요.」

「실로 잘 기억하고 있습니다.」워버턴 경이 말했다.「저의 집을 방문해 주십사고 요청했는데 오시지 않았지요.」

「요청을 받는다고 어디나 다 가는 것은 아니에요.」스택폴 양이 냉정하게 대답했다.

「아, 그렇다면 다시는 초대하지 않겠어요.」로클리의 주인이 웃었다.

「초대하신다면 가겠어요. 안심하세요!」

워버턴 경은 웃고 있었지만 확신하고 있는 것 같았다. 밴틀링 씨는 인사를 하지 않고 옆에 서 있었지만 이제 기회가 생기자 그 귀족에게 고개를 끄덕였다. 그 귀족은 다정하게 〈아, 자네도 여기 있었나, 밴틀링?〉하고 대답하며 악수했다.

「아니, 당신이 워버턴 경을 알고 있는지 몰랐어요!」헨리에타가 말했다.

「아마 내가 아는 사람들을 당신이 모두 다 알고 있지는 못할 겁니다.」 밴틀링 씨가 유쾌하게 대답했다.

「영국인은 자기가 알고 있는 귀족이 있으면 언제나 그 사람 이야기를 하는 줄 알았어요.」

「아, 유감스럽게도 밴틀링은 저를 부끄러워하거든요.」 워버턴 경이 다시 웃었다. 이사벨은 그 어조에 기분이 좋아졌다. 그들이 집으로 발걸음을 돌리면서 그녀는 조그맣게 안도의 한숨을 쉴 수 있었다.

다음 날은 일요일이었다. 이사벨은 릴리 언니와 마담 멀에게 보내는 긴 편지 두 통을 쓰며 아침 시간을 보냈다. 이 편지들 중 어디에서도 그녀는 거절당한 구혼자가 다시 사랑을 호소하려고 해서 위험에 처했다는 사실을 언급하지 않았다. 일요일 오후에 훌륭한 로마인들은(최고의 로마인들은 북부 출신의 야만인들인 경우가 많다) 성 베드로 성당의 저녁 기도에 참석하는 관습을 따른다. 그러므로 우리의 벗들은 그 큰 성당으로 함께 마차를 타고 가기로 약속했다. 점심 식사가 끝나고 마차가 오기 한 시간 전에 워버턴 경은 파리 호텔로 찾아왔고, 랠프 터치트와 밴틀링 씨가 함께 외출 중이었으므로 두 숙녀를 만났다. 그 방문객은 전날 저녁에 약속했던 일을 지키겠다는 의도를 이사벨에게 입증하려는 것 같았다. 그는 신중하고 솔직했으며, 무언중에 끈질기게 졸라대지 않았고, 열정적인 기색을 조금도 드러내지 않았다. 그럼으로써 자신이 다만 얼마나 좋은 친구가 될 수 있는지를 그녀 스스로 판단하게 했다. 그는 자신의 여행에 대해서, 그리고 페르시아와 터키에 대해서 이야기했다. 스택폴 양이 그 나라들을 찾아가면 〈보람〉이 있을지를 물어보았을 때, 그 나라들은 여성의 진취적인 정신에 위대한 영역을 제공했다고 장담했다. 이사벨은 그를 공정하게 평가했지만, 그의 목적이 무엇일지 그리고 그의 탁월한 진실성을 입증함으로써 무엇을 얻으려고 기대하는지를 의아하게 생각했다. 만일 자신이 대단히 좋은 사람이라는 것을 보여 줌으로써 그녀의 마음을 누그러뜨릴 심산이었다면 그런 노고를 하지 않아도 되었을 것이다. 그녀는 그의 탁월한 점들을 모두 알고 있었다. 그 점을 선명하게 보여 주기 위해서라면 지금 어떤 일도 할 필요가 없었다. 더욱이 그가 로마에 얼마간이라도 머문다는 사실은 상황을 잘못된 방식으로 복잡하게 만들 것 같았다. 그녀는 올바른 방식의 복잡한 일을 좋아했다. 그러나 그가 방문을 마치고 돌아가면서 자기도 성 베드로 성당에 갈 것이며 그녀와 그녀의 벗들을 찾아보겠다고 말했을 때 그녀는 좋으실 대로 하라고 대답할 수밖에 없었다.

그녀가 성 베드로 성당에 도착해서 모자이크 모양의 바닥을 걷고 있을 때 제일 먼저 마주친 사람은 바로 그였다. 그녀는 성 베드로 성당에 〈실망〉하고 그것이 소문보다 규모가 작다고 생각하며 잘난 체하는 관광객들과는 달랐다. 입구에 팽팽히 당겨져서 탕 소리를 내며 닫히는 거대한 가죽 커튼 밑을 처음 지났을 때, 아치 모양의 높고 둥근 천장 밑에 서서 빛이 대리석과 도금, 모자이크와 청동에 반사되어 향내 자욱하고 농밀한 공기에 이슬비처럼 쏟아져 내리는 것을 처음 보았을 때, 그녀의 마음속에 위대하다는 생각이 떠올랐고 그 생각은 아찔하게도 높이 솟구쳤다. 그 후에도 그 생각이 높이 치솟을 공간은 조금도 부족하지 않았다. 그녀는 어린아이나 농부처럼 뚫어지게 바라보며 경탄했고, 그 안에 담겨 있는 숭고함에 말없이 경의를 표했다. 워버턴 경은 그녀의 옆에서 걸으면서 콘스탄티노플의 성 소피아 성당에 대해서 이야기했다. 그녀는 그가 자신의 모범적인 행동을 주시하라는 말로 이야기를 끝내지 않을지 걱정이었다. 미사가 아직 시작되지 않았지만 성 베드로 성당에는 구경할 것이 많이 있었다. 영적인 수양뿐 아니라 신체 단련을 위해 만들어진 듯이 광대한 그 성당에는 세속적이라고 불릴 만한 점이 있었다. 신자들과 관람객들이 뒤섞여 있는 여러 무리의 다양한 사람들이 각자의 의도에 따라 행동하더라도 충돌하거나 비방하는 일이 벌어지지 않았다. 그 훌륭하고 방대한 공간에서는 개인이 경솔한 행동을 저질러도 멀리 전달되지 않았다. 하지만 이사벨과 그녀의 벗들은 경솔한 짓을 저지르지 않았다. 헨리에타는 솔직한 심정으로 미켈란젤로가 그린 천장 벽화가 워싱턴에 있는 국회의사당의 천장 벽화와 비교할 때 한참 뒤떨어진다고 말했다. 그렇게 말하기는 했지만 주로 밴틀링 씨의 귀에 대고 속삭였고, 그 주장을 더욱 강조해서 『인터뷰어』의 칼럼에 쓰려고 더 이상은 언급하지 않았다. 이사벨은 워버턴 경과 함께 성당을 한 바퀴 돌아보았다. 그들이 정문 왼쪽에 있는 성가대석 가까이 갔을 때, 문밖에 밀집한 사람들의 머리 너머로 교황의 성가대원들이 부르는 노랫소리가 들려왔다. 그들은 로마 토박이들과 호기심이 많은 관광객들이 절반씩 섞인 군중 옆에서 걸음을 멈췄고, 그곳에 잠시 서 있는 동안 성스러운 합창이 울려 퍼졌다. 랠프는 헨리에타와 밴틀링 씨와 함께 성당 안에 있는 것이 분명했다. 이사벨은 자기 앞에 밀집한 사람들 너머를 바라보면서 그 멋진 성가와 뒤섞인 듯 자욱한 향 연기가 높다란 창문들의 우묵하게 들어가고 새김무늬가 있는 곳을 통해 비스듬히 비쳐드는 저녁나절의 햇빛에 은빛으로 빛나는 것을 보았다. 잠시 후 노래가 끝나자 워버턴 경은 그녀와 함께 자리를 옮기고 싶어 하는 것 같았다. 이사벨은 그를 따라갈 수밖에 없었다. 바로 그때 그녀는 길버트 오즈먼드와 마주쳤다. 그는 그녀에게서 약간 떨어진 뒤쪽에 서 있던 모양이었다. 이제 그는 아주 정중한 태도로 다가왔고, 이 장소에 어울리도록 격식을 잔뜩 차리려는 것 같았다.

「결국 로마에 오기로 결정하셨군요.」 그녀가 손을 내밀면서 말했다.

「네, 어젯밤에 도착해서 오늘 오후에 당신이 머물고 있는 호텔을 찾아갔습니다. 여기 오셨다는 말을 듣고 당신을 찾느라 둘러보았어요.」

「다른 이들은 성당 안에 있어요.」 그녀는 이렇게 대답하기로 마음먹었다.

「저는 다른 사람들을 만나러 온 것이 아닙니다.」 그가 즉시 대답했다.

이사벨은 주위를 둘러보았다. 워버턴 경이 그들을 바라보고 있었다. 어쩌면 이 말을 들었을 것이다. 갑자기 그녀는 그 말이 워버턴 경이 가든코트에 청혼하러 왔던 날 아침에 했던 말과 똑같다는 것을 떠올렸다. 오즈먼드 씨의 말에 그녀는 얼굴을 붉혔고, 머릿속에 떠오른 그 생각에 홍조가 조금도 가라앉지 않았다. 그녀는 두 신사에게 각각 상대방의 이름을 알려 주고 소개해 주면서 조금이라도 당황한 심정을 드러냈던 것을 만회할 수 있었다. 다행히도 이 순간 성가대 쪽에서 밴틀링 씨가 나타나 영국인다운 용감한 태도로 군중을 헤치고 나왔고 스택폴 양과 랠프 터치트가 그 뒤를 따랐다.

내가 다행스럽다는 말을 썼지만 그것은 아마도 피상적인 생각일 것이다. 왜냐하면 피렌체에서 온 신사를 보자마자 랠프 터치트는 즐겁지 않은 일로 받아들이는 것 같았기 때문이다. 하지만 그는 망설임 없이 예의 바른 태도를 취했고, 이제 오래지 않아 이사벨의 친구들 모두가 그녀 주위에 몰려들겠다고 적절히 너그러운 어조로 말했다. 스택폴 양은 오즈먼드 씨를 피렌체에서 만난 적이 있었다. 하지만 그가 이사벨을 흠모하는 다른 사람들 즉 터치트 씨와 워버턴 경 못지않게 마음에 들지 않는다고, 심지어 파리에 있는 로지에 씨보다도 더 마음에 들지 않는다고 이미 적절한 기회에 이사벨에게 말해 둔 바 있었다. 〈네게 도대체 어떤 점이 있는지 모르겠어.〉 그녀는 경쾌하게 말했다. 〈너는 멋진 아가씨인데 네가 끌어들이는 사람들은 하나같이 몹시 이상한 사람들뿐이니 말이야. 내가 조금이라도 존중하는 사람은 굿우드 씨뿐이야. 그리고 네가 제대로 평가하지 않는 사람도 바로 그분이고.〉

「성 베드로 성당에 대해서 어떻게 생각하세요?」 그동안 오즈먼드 씨는 우리의 아가씨에게 묻고 있었다.

「대단히 넓고 무척 화려해요.」 그녀는 이렇게만 대답했다.

「너무 넓지요. 그래서 인간은 티끌 같은 존재에 불과하다는 기분이 들게 합니다.」

「인간의 가장 위대한 성전에서 그렇게 느끼는 것이 옳지 않은가요?」 그녀는 자기 나름의 독창적인 표현을 다소 좋아하는 마음으로 물었다.

「인간이 보잘것없는 존재일 때는 어디에서든 그렇게 느끼는 것이 옳다고 생각합니다. 하지만 나는 다른 곳에서도 그렇지만 교회에서 그렇게 느끼는 것을 좋아하지 않아요.」

「당신은 실로 교황이 되셔야 해요!」 이사벨은 그가 피렌체에서 한 말을 기억하면서 탄성을 질렀다.

「아, 그랬더라면 좋았을 겁니다!」 길버트 오즈먼드가 말했다.

그동안 워버턴 경은 랠프 터치트와 둘이서 다른 곳으로 천천히 걸어갔다. 「아처 양에게 말을 걸고 있는 저 사람은 대체 누구인가?」 경이 물었다.

「이름은 길버트 오즈먼드라네. 피렌체에 살고 있지.」 랠프가 말했다.

「그 외에는?」

「아무것도 아닌 사람이야. 아, 그래, 미국인이지. 그런데 그 사실을 잊게 된다네. 미국인다운 점이 거의 없거든.」

「아처 양을 안 지 오래되었나?」

「삼사 주 정도 되었네.」

「그녀가 그를 좋아하고 있나?」

「좋아하는지 어떤지 알아내려 하네.」

「그녀가 그렇게 할까?」

「알아낼 거냐고?」 랠프가 물었다.

「그녀가 그를 좋아하게 될 것 같으냐고?」

「그의 청혼을 받아들일 것 같으냐는 뜻인가?」

「그래.」 워버턴 경은 잠시 후에 말했다. 「끔찍하게도 바로 그런 뜻일세.」

「누구도 그 일을 막으려고 애쓰지 않는다면 아마도 하지 않을 걸세.」 랠프가 대답했다.

그 귀족은 잠시 멍하니 응시하다가 이해했다. 「그렇다면 우리는 입을 다물고 있어야겠군.」

「쥐 죽은 듯이 조용히 있어야지. 오직 그 가능성을 믿고!」

랠프가 덧붙였다.

「그녀가 받아들일 가능성?」

「그녀가 받아들이지 않을 가능성.」

워버턴 경은 처음에 말없이 그 말을 받아들였지만 다시 말을 꺼냈다. 「그는 굉장히 영리한 사람인가?」

「그렇다네.」 랠프가 말했다.

워버턴 경이 생각에 잠겼다. 「그리고 그 밖에는?」

「더 무엇을 알고 싶나?」 랠프가 불평하듯이 말했다.

「그녀가 무엇을 더 원하겠느냐는 뜻인가?」

랠프는 그의 팔을 잡고 돌려세웠다. 다른 사람들이 있는 곳으로 가야 했다. 「그녀는 우리가 그녀에게 줄 수 있는 것은 전혀 원하지 않네.」

「아, 그렇겠지. 그녀가 자네를 원하지 않는다면야 ─!」 함께 걸어가면서 워버턴 경이 너그러이 말했다.

〈하권에 계속〉

열린책들 세계문학 230 여인의 초상 상

옮긴이 정상준 서울대학교 영문학과 졸업 후 텍사스 주립대학교에서 미국학 석사 학위, 하와이 주립대학에서 미국학 박사 학위를 받았다. 현재 서울대학교 영어영문학과 교수로 재직 중이다. 역서로 『아들과 연인』, 『나사의 회전』, 『다니엘서』 등이 있다.

지은이 헨리 제임스 **옮긴이** 정상준 **발행인** 홍예빈·홍유진
발행처 주식회사 열린책들 **주소** 경기도 파주시 문발로 253 파주출판도시
전화 031-955-4000 **팩스** 031-955-4004 **홈페이지** www.openbooks.co.kr
Copyright (C) 주식회사 열린책들, 2014, *Printed in Korea.*
ISBN 978-89-329-1230-1 04840 **ISBN** 978-89-329-1499-2 (세트)
발행일 2014년 11월 25일 세계문학판 1쇄 2021년 5월 30일 세계문학판 2쇄

이 도서의 국립중앙도서관 출판예정도서목록(CIP)은 서지정보유통지원시스템 홈페이지(http://seoji.nl.go.kr)와 국가자료공동목록시스템(http://www.nl.go.kr/kolisnet)에서 이용하실 수 있습니다.(CIP제어번호:CIP2014032024)